僕の昭和史

yasuoka shōtarō
安岡章太郎

講談社文芸文庫

目次

僕の昭和史

僕の昭和史Ⅰ

僕の昭和史は、大正天皇崩御と御大葬の記憶からはじまる。天皇の崩御は大正十五年十二月二十五日、御大葬は翌昭和二年二月七日ということだが、僕の記憶ではこの二つは同じ日であるようだ。僕がハッキリおぼえているのは、母が隣の家のおばさんと、こんな話をしていたことだ。

「昭和だなんて、古臭い名前だわねえ、何だか明治に似ているじゃないの。大正の方がずっとスッキリしていてハイカラなのに……」

しかし僕にとって、何より残念だったのは、『御大葬ノ歌』をおしえてもらえなかったことだ。その頃、僕らは朝鮮京城の憲兵隊官舎に住んでいた。父は職業軍人で陸軍獣医大尉であり、僕は南山《なんざん》幼稚園にかよっていた。となりが南山小学校で、そばを通ると重おもしい歌声がきこえた。

地にひれふして　天地《あめつち》に
いのりし誠　いれられず
日出づる国の　くにたみは
あやめもわかぬ　闇路ゆく

大葬《おほみはふり》の　けふの日に
流るる涙　はてもなし
きさらぎの空　春浅み
寒風いとど　身にはしむ

勿論、僕はこの歌詞を完全におぼえているわけではない。一番の「あめつちに」というところと、二番の「さむかぜいとど、みにはしむ」というところが、かすかに記憶に残っている程度で、あとはみんな忘れてしまった。それなら、なぜこの歌が僕に強い印象を残したかといえば、それはこのとき〝世代〟の断絶といったものを初めて味わわされたからだ。幼稚園の友達I君の姉さんは、小学校二年生で、この歌を一人でよく口ずさんでいた。しかし僕らが、それを教えてくれとたのむと、絶対にダメだという。おそれおおくも天皇陛下のおかくれになった歌を、みだりに教えるわけにはいかないというのである。それは僕には、不当な差別であるように思われた。僕らだって、あと二、三箇月すれば小学校へ上るというのに、なぜ僕らだけがあの歌をうたってはいけないといわれるのか——？

大袈裟なことを言っていると思われるかもしれないが、後年、戦争のきびしくなった頃、僕らは実際に二、三箇月の生れ月の違いが生死の別れ目になるという妙な運命にあわされた。まして一年二年という年齢の違いは、平時の十年二十年に匹敵する差違を、われわれ日本人同士の間にも生むことになったのだ。無論、僕らはふだん、このような生れ月や年齢による考え方の違いなど、べつに気にもしないし忘れている。しかし、たとえば個人的な体験を主にした「昭和史」というようなことを考えると、この大したこともなさそうな差違が俄然大きなものになってくる。たしかに、戦争や敗戦が大きな共通体験であったことは間違いないが、その部分部分を取り上げて、おたがいに語り合おうとすると、同じ学生上りの〝戦中派〟同士でも学年のちょっとした違いから、話がまったく嚙み合わなくなって、いったい何が共通体験かと思うようになる。

ところで、共通体験というのは、大震災とか空襲とか集団疎開とか、要するに大きな不幸を共にすることであって、幸福の共通体験というものはないらしい。しかも、トルストイのいうように、「幸福な家はみな一様に似通ったものだが、不幸な家はいずれもとりどりに不幸」なのである。つまり、幸福という「みな一様に似通ったもの」を僕らは共有することは出来ず、家によって個人によって「いずれもとりどり」であるところの不幸によって、僕らは共通の体験——歴史というもの——に、参画することになるわけだ。ここに個人史による現代史というもののムツかしさがある。僕らが、個人的に自分のこうむった時代の不幸を熱心に振りかえれば振りかえるほど、ますます「共通体験」の共通項からはずれて、何かしら特殊な、偏見にみちた、自分個人の不幸のグチをくどくどと語ることになりがちだからである。

それはさておき、大正天皇の崩御で全国民は喪に服することになった。この服喪の期間が、一年間であったか、半年ぐらいでおわったかは、もう忘れてしまったが、何にしても僕らは、小学校の入学式のときから服に喪章をつけて行き、しばらくの間、ことあるごとに、男の子は洋服の袖に黒い腕章を巻き、女の子は胸に黒いリボンをつけさせられていた。

第一次大戦にはほとんど参戦せず、名目上の戦勝国になったわがくには、英、米、仏、伊などと並んで世界の五大国とかいうものの一つになり、未曾有の好景気にわいたわけだが、僕の生れた大正九年（一九二〇）頃には、すでに不況の影が出はじめていたらしい。そして僕らが小学校に入った昭和二年（一九二七）からは、本格的な不況がはじまろうとしていた。『日本の歴史　別巻5　年表・地図』（中央公論社）によると、

三月十四日　衆議院で片岡蔵相、渡辺銀行破綻と失言。（十五日、取付のため休業。こ

の日、銀行取付、休業続出）

とある。無論、子供の僕が銀行の取付け騒ぎだの不況だのということを知っているわけがない。ただ、この失言をした片岡という人は母方の祖父の従兄とかに当っていたから、この人が何か大失策をやらかしたらしいということは、母と父が新聞をひろげて話し合っているのを見て、何となく僕にもわかった。芥川龍之介が自殺したのは、同じ年の夏であるが、たまたま同じ頃に、母の姉のつれあいが株で失敗してピストルで死んだ。その人の家には、僕も連れられて遊びに行き、何度か泊ったこともあるから、大変なことになったという気はしたものだ。

このように昭和時代は、その幕あきのしょっぱなから不吉なことが続いて起り、前途多難をおもわせるのであるが、それにしては僕自身、その頃のことを振りかえると、そんなに暗い感じはしない。むしろ僕たちの一家にとって、それは最も明るく、幸福な時代であったような気がするくらいだ。一つには、当時の京城という都会が大方の日本人にとって快適な街だったからだろう。

いまの京城、つまりソウルは、人口五百万とかの超過密都市で、東京と同様、或いはそれ以上に活気はあるけれど、自然環境の破壊も甚だしく、むかしの面影はまったくない。僕らのいた頃の京城は、人口はたぶん五十万ぐらい、小さいながら良くまとまって、ハイカラな感じの街だった。

僕らが住んでいたのは、本町（いまの忠武路《チュンムロ》）という目抜きの通りの直ぐ裏手で、おもての通りには三越だの銀座の亀屋の支店だのが並んでいた。本町を南に行くと南大門の広場があり、そこには朝鮮銀行、その他、大きな会社の建物が集っており、また町をちょっと出はずれたところに南山という丘があって、そこに僕のかよった幼稚園や小学校がある。この南山は、いまはKCIAの本拠になっており、山の斜面一帯は新興資産家の住宅地になっていて、花崗岩やレンガで囲った家がぎっしり立ち並んでいるが、僕らのいた頃は朝鮮には珍しい青々とした丘陵地帯だった。学校は斜面の中腹にあって、そこから少し奥に這入ると、深山幽谷のおもむきがあった。春先きなど、岩肌に張った氷の裂け目から奇麗な清水が湧き出しており、手をつけると千切れるほど冷たかったが、すくって飲むと体の中までスーッとするような、爽快な味がした。

空は、ほとんど一年じゅう晴れており、とくに冬になると青く澄んで、カーンと音がしそうな冴えた色をしていた。

無論、スモッグなんかは全然ない。ただ、僕らは自動車には割合によく乗った。他にこれといった交通機関がすくなかったせいでもあるが、何といっても僕ら日本人はここで特権階級だったからだ。父は「やっとこ中尉に、貧乏大尉」という大尉だったから、そんなに豊かな暮らしが出来るはずはなかったが、軍人は景気不景気には左右されない職業で、給料も外地手当がついていたし、住居は官舎で家賃もいらないから、経済的には内地勤務よりよほど楽だったはずである。僕は、ここへきて初めて、チョコレートだの、ハムだのソーセージだのというハイカラな菓子や食べものの味をおぼえた。父は長四角の青い鑵に入ったウェストミンスタアというタバコをふかし、母は髪をアイロンで縮らせて耳かくしという形に結っていた。

朝鮮の冬の空気はきびしく、零下十何度という日も珍しくはなかったが、とくに寒さというものは感じたことがない。どの家にも、床全面を暖めるオンドルがあったし、他の部屋には石炭ストーヴが真っ赤にもえていたから、日本内地の冬の生活よりはずっと温かかったろう。ただ、一と冬に何日か、とくに寒い朝には、本町通りの商店の軒下で寝ている朝鮮人の少年が凍死体で発見されたりした。そういうとき、日本人はなぜかひたすら怖れるのであった。

「朝鮮人はこわいわね」と、母も隣のおばさんと話していた。「こんな寒いときに、わざわざ裸にナンキン袋を着ただけで寝ているんですもの。あれじゃ、死なない方がフシギよ……」

「でもね、可哀相だとおもって、日本人がシャツだの服だのをやると、あの子たちは怒って、びりびりに引き裂いて、わざと寒いふりをして震えて見せるんですってよ」

「そうですってね、だから朝鮮人はこわいっていうのよね」

本町は、前にいったように京城で目抜きの通りで、横浜や神戸の元町なんかにも似てシャレた店が多かった。しかし、このなかで朝鮮人のやっている店が一軒でもあっただろうか。店員も、客も、道を歩いている人も、日本人ばかりだったような気がする。そんななかでボロを着た朝鮮人の子供は、一番奇麗な店の明るいショーウインドウの前で、ごろりと寝そべって金をねだるのだ。通りがかりの人が、着るものや食べものをやっても、そんなものは受けとらない。彼等が狙っているのは金だけだ。勿論、店としては迷惑だから、ときどき店員が出てきて追い払うが、少年たちはいくら追い払われても、店員が店の中にひっこむと、またもとのところで寝そべったり、うずくまったりする。また、店員が出てくる。しかし、少年は動こうとはしない。腹を立てた店員は、バケツで水をまいたり、少年の手や耳をひっぱって立たせようとしたりする。少年は大きな声で泣き叫ぶ。

「アイゴ！」

僕は、そんな光景を何度か見た。それは、たしかに怖ろしかった。しかし僕は、朝鮮人の子供のしぶとさに怖れをなすというより、あの子供が店の前で寝ていたいというのなら、なぜもっと寝かしておいてやらないのだろう、という素朴な疑問の方が強かった。

その頃、僕の家では蓄音機を買い入れた。勿論、電気蓄音機ではなく手廻しゼンマイ式のものだったが、箱の中から楽隊の音がきこえてくるというだけでも、驚くべきものであった。『砂漠に日は落ちて』、『君恋し』、そんな歌がはやっていたが、僕がとくに愛好したのは、二村定一の『笑い薬』という歌で、これはレコードがすり切れるほど聴いたから、メロディーも歌詞もよく覚えている。

　なーんぼ何でも、世の中に
　これほどバカげたことが、あるものか
　こないだも、電車の車掌に
　笑い薬を飲ませたら
　「尾張町」アッハッハ……、「みなさん乗り換え」ワハハハハ
　これでは車掌はつとまらない
　きょうから廃業、ワッハッハッ

というのである。「なーんぼ何でも」という間のびのした声と、「ワハハハハ」というけたたましい笑い声とが、何度くりかえしてきいても面白く、僕はひまさえあればそれをかけて、自分も笑いこけていた。

　それにしても、手廻しの蓄音機が文明の利器で、一種のステータス・シンボルでもあったような当時の日本は、軍事的には五大強国の一つであっても、他の点では〝発展途上国〟であったというべきであろう。いまのように、学生が夏休みにアルバイトをして自動車が買えたり、各家庭に電気洗濯機や真空掃除機が行きわたるなどということは、考えられもしなかった。真空掃除機といえば、僕が初めてそれを見たのは、朝鮮へくる途中、大

阪で伯父の家に泊ったときだ。この伯父は、大酒飲みの発明狂で、何でも銭湯の脱衣場で自分の着ているものを箱に入れると、その番号が浴場の富士山の絵の下にピカリと電気仕掛で光る、そして誰かがその箱に手をつっこむと、とたんに番号のついている電気がチカチカと明滅するので盗難予防になる、というそんなヘンな特許を百幾つも持っていることが自慢であった。また、この伯父は、珍しいものがあれば何でも買いこむくせがあり、電池のいらないダイナモつきの懐中電灯などを得意になって持ち歩いたりしていた。そのときも、「お前らは朝鮮へ行ったら、こんなウマい酒は飲めまい」と、さかんに父に酒を飲ませているうちに、自分が酔っぱらって、何か黒い物干し竿のさきに小さな箱のついたようなものを持ち出してきて、僕に、

「こりゃ坊主、これは何でも吸い取る機械やぞ。お前、ここで小便をやってみい、すぐ吸いとってやるぞ」

と、自慢してみせた。僕は、ほとんどそれを真に受けて、あわやその場で本当に小便をしようとしたところを、伯母と母とに叱られて止めた。つまり、それが真空掃除機であったわけだが、子供の僕はこれも伯父の発明にかかる神秘的な装置であろうか、と半ば本気で信じていた。

しかし、その頃、洗濯機や掃除機が普及しなかったのは、一つには人手がいくらでもあって、中流家庭では一人か二人、女中を雇っていないところはないぐらいだったからだ。

京城でも、母は日本人の女中を置いていた。最初はハルという人がいて、これがやめるとユクという人がきた……。考えてみると、これは当時、いかに人手が安かったかというだけではなく、いかに多勢の日本人が朝鮮へ出掛けていたかということでもあるだろう。当時は日韓合併後、まだ二十年とたっていなかったはずだが、日本人は朝鮮のなかに完全に日本人だけの社会をつくり上げていた。南山幼稚園にも、南山小学校にも、朝鮮人の子供はたぶん一人もいなかったはずだ。そんなだから、僕は朝鮮に何年いても、朝鮮語というものは、二、三の単語を知っている程度で、まったく憶えようともしなかった。それどころか、朝鮮人に朝鮮語をつかうことを禁じ、朝鮮人ばかりを集めた朝鮮の学校で日本語の教育を強制した。そして後には、朝鮮人の姓を取り上げて日本姓にあらためさせるようにした。

これは、僕ら日本人の差別心の特異な構造をあらわしているかもしれない。たとえばアメリカ人は、アフリカから連れてきた黒人に、ジムだのジョーだのと勝手な名前をつけて奴隷にしたが、家の中へ黒人を入れて、家事も黒人にまかせ、白人の赤ん坊は黒人の乳母の乳房を吸って成長したし、台所や給仕も全部黒人の仕事であった。だから、アメリカ南部の白人の味覚は、上流の家庭であればあるほど黒人化されてしまったといわれるくらいだ。僕らから見ると、こういうアメリカ南部の白人が、黒人と同じテーブルでは絶対に食事もせず、同じ便所もつかわせないほど、きびしく差別していたことは不思議である。しかしアメリカ人から見ると、われわれ日本人の朝鮮人に対する差別は、じつに奇妙で不合理なものに映ったにちがいない。

いや、日本人の朝鮮人差別は、不合理というより、無理な背のびというべきかもしれない。明治以来、わがくには、アジアのなかの〝名誉白人〟的な地位にのし上り、朝鮮を植民地にしたうえ、アメリカやイギリスと中国の市場を争うにいたった。しかし、せいぜい手廻しの蓄音機ぐらいが家庭のなかの唯一の文化的器具であった僕らは、ほとんどの家にT型フォードや新型のシヴォレーなどの自動車が行きわたっていたアメリカなどと、まともに争って勝てるわけがない。他民族を征服し差別するのだって、日本人と朝鮮人の差違は、アメリカの白人と黒人の文化的落差とは、較べようもないほど小さなものに過ぎない。だから、差別の問題を道徳的に問いなおすことはさて措いて、僕らは能力からいって、アメリカ人やイギリス人のように、アジアで他民族を支配したり差別したりすることは不可能だったはずである。要するに、日本が〝名誉白人〟になれたのは、アジアで他の国よりも何年か先きに近代化のスタートを切ったというだけのことだ。しかも、その頃、アメリカでは資本主義経済の根幹をゆすぶるような大恐慌を迎えようとしていたのだから、日本がその影響をまともに受けないはずはない。

昭和三年の秋、新しい天皇の即位式があり、御大典ということで日本中がお祭り騒ぎになった。京城でも、本町通りを三越の鼓笛隊を先頭に、山車《だし》が何十台もつづいて繰り出し、僕は昂奮した。とくに京城ホテルの山車には、小学校で僕の隣の席にいる女の子が、お姫様の恰好をして乗りこんでおり、髪に花飾りをつけたその子の白い顔が、群衆の頭ごしに次第に遠ざかって行くのが見えたとき、僕は生れて初めて、甘い物悲しさに胸を絞めつけられるような気分を味わった。そのためかどうか、僕はこのとき大勢の人波に揉まれて、父や母とはぐれて迷い子になり、途中から一人で家へ帰ってきた。

品川女郎しゅは十文め
十文めの鉄砲玉……

という、この日おぼえたばかりの歌を、わけもわからず口ずさみながら。

ものの本によると、この御大典のお祭騒ぎは、不況ムードを吹きとばすために、政府がそのように指導したものだという。子供ごころにも、それは普通のお祭と違って、騒ぎそのものが何となく冷いような、ヘンによそよそしい感じのするものだった。そして、それが終ると、街全体が急にしょぼんと淋しくなった。その年の夏、満州馬賊の王様、張作霖は乗っていた列車もろとも、爆破されて死んでしまったのだが、それは日本の軍人のしわざだという噂が、僕ら子供の間にまでひろがっていた。勿論、それがどういうことを意味する事件であるかは、わかるはずもなかったが「チョーサクリン」という名前を口にするたび、大人も子供も一様に、何かウシロメタイような薄笑いを浮かべたことは、たしかである。もっとも、これは僕が憲兵隊官舎という特殊な囲いの中でくらしていたせいかもしれないが……。

そういえば、あれは御大典が終って、どれぐらいたってからか、或る寒い晩に僕は、近所の人たちと一緒に、少し遠くの町へ映画を見に行った。活動写真館なら、官舎の直ぐそばにキラク館というのがあって、そこでは河部五郎、酒井米子、大河内伝次郎など日活時代劇の写真をよく見に行ったが、その日の映画見物は特別のものだった。一般の客席とはなれた柵の中の椅子に小さなテーブルがついていて、坐ると誰かがコーヒーを持ってきてくれた。僕は、家で紅茶は飲んでいたが、コーヒーを飲んだのは、たぶんこれが初めてだった。その熱くて苦い飲み物は、おいしいとかマズいとかいうよりも、僕には不気味なものであった。しかし、不気味な印象はコーヒーよりも、そのときの映画のせいであるかもしれない。中村大尉と何とかという下士官が満州の何処かで惨殺されたという事件があり、スクリーンにはその顚末を追った血なまぐさい記録のフィルムがうつっていたからだ。なぜ、そんな映画をわざわざ子供に見せたのか、それは一般公開の興行ではなく、軍人の家族のための特別の催しであったのか、そういうことは一切、僕はおぼえていない。ただ、おぼえているのは、黒白のフィルムの残酷な写真と、嘔き気のするような気味悪さと、それにコーヒーの苦い味とである。

そんなことがあって、間もなく、父の勤務先きが、京城の憲兵隊から青森県弘前の騎兵第八連隊というのに変った。それで僕らは、朝鮮半島を南に下り、本州の西端から北の突っぱなまで途中あちこちに寄りみちしながら、長い旅をすることになる。

僕が弘前にいたのは昭和四年五月から六年の三月までで、途中、昭和五年の三月から八月までは父のつとめの関係で東京にいたが、それを除いて丸二年、昭和不況のさなかを本州北端の土地で暮らしたことになる。

十月の終り頃から降りはじめる雪は、十二月に入ると本格的になり、ほとんど軒近くまでつもるから、家の中は一日じゅう真っ暗である。外へ出ても吹雪の日は、昼間から何も見えない。横なぐりに吹きつける雪と、地べたから舞い上る雪とで、空と陸とがくっついたようになり、まわりを雪に閉ざされてしまうからだ。おまけに京城とくらべて弘前は、何とすべてが遅れていたことか。電灯だけはあったが、水道もなければガスもなく、暖房は掘りゴタツしかないから、夜は親子三人、コタツのまわりに蒲団をしいて、三方からヤグラに足を突っこんで寝るのである。僕は寝相が悪かったから、眠っている間に蒲団をコタツの火の中に蹴込んでしまい、蒲団の綿が焼けるエガラっぽい煙で眼をさましたことが何度もある。

しかし僕にとっては、そんなことはべつにイヤでもなかった。困ったのは言葉がつうじないことだ。いまではテレビが、青森出身の流行歌手の津軽弁のコマーシャルを流したりして、東北弁もいわば〝市民権〟を獲得したかたちであるが、当時の東北方言は現在のようなものではなかった。それは、まさしく外国語であった。たとえば太宰治の初期の作品に『ダスゲマイネ』というのがあるが、これは本当は「ン、ダスケ、マイネ」（だからダメだの意）という津軽言葉を、わざとドイツ語風にかえて題名にしたものだそうだ。そういえば、僕も学校でそばにいた女の子から、いきなり、

「わこと、ちょすれば、まいね！」

といわれて、びっくりした。これは「わたしのことを、さわっちゃダメ」という意味であるが、僕はべつに彼女の体に触れたりしたわけではない。ただ何かの拍子に体がぶつかっただけのことだが、そのときは何を言われたのかサッパリわからなかった。僕が、まわりの子供たちの話している言葉がわかるようになったのは、三箇月ぐらいもたってからだろうか。その間、僕は家の外では完全に孤独だったわけだ。したがって僕の眼は、外よりも内に向っていたに違いない。しかし、その頃の僕が何を考えていたか、これはいまの自分にはわかるわけがない。憶い出すのは、母親の不平満々の顔つきとグチと、何ともい

えない白茶けた退屈な感情とである。
母のグチは、日常生活の不如意に関することが大部分だった。市内なのにガスも水道もないばかりでなく、家のつくりも古めかしく、台所の流しは〝坐り流し〟で、水仕事をするのに土間にしゃがんで、いちいち井戸の水で洗うのだから厄介だったに違いない。それに食べ物も、ハムやソーセージなどハイカラなものは一切ないし、魚もタイやカツオなどはなくて、コチだのハタハタだの、西国育ちの母の聞いたこともないようなものが多い。そして八百屋の店先きに並んでいるものときたら、たとえばタケノコなんかでも拇指ぐらいの太さしかないし、何でもヒネコびて小っぽけなものばかりだというのである。

しかし、こんなことが母の不平のタネになるというのも、要するに弘前では他に何の愉しみもなかったせいだろう。子供の僕が孤独であったとすれば、母の孤立感はもっと甚だしかったに違いない。言葉が通じないといっても、子供の僕は憶えるのが速いし、学校へ行けばとにかく土地の子供と遊ぶことは出来る。しかし、三十半ばの母の年齢になると言葉も憶えられないし、近所づき合いも出来ないわけだ。いまと違って、ラジオやテレビがあるわけではないし、映画館へ行っても——当時のことだから勿論無声映画だ——、弁士が津軽弁で説明をするのだから、これもまたちんぷんかんぷんである。

その映画館へ出掛けるにも、電車はないし、バスもない。あるのは乗合馬車だけだ。子供の僕にとっては、これは面白い乗りものだった。とくに冬になって雪がつもると、車輪をはずして橇《そり》をつける。荷馬車も馬橇になるわけだ。僕は学校の往きかえりにもスキーをはいており、ストックを馬橇のうしろに引っかけて滑るのは愉快だった。しかし、母にスキーなど出来るわけがないし、馬車や馬橇はもっぱら家の前の通りを糞だらけに汚して行く、厄介な貧しげな存在にすぎなかった。

その頃、母の最も憧れていたのは、父が東京へ転任になり、そこでアパートというものを借りて住むことであった。当時のアパートは、いまでいえばマンションであろうが、鉄筋コンクリート建てのアパートというものは東京、大阪などの大都市に二つか三つぐらいしか建っていなかった。台所の他に、部屋が三つぐらいあって、とくに各戸に水洗便所がついているというのが、母を最も魅了したところであった。これまで住んでいた京城はハイカラな街であったが、それでも個人の家庭で水洗便所のあるところはめったになかった。したがって臭いだけではなく、冬になると便器の下の溜が凍りついてしまうから、ずいぶん寒かったはずである。おまけに弘前では、便所は家の外の別棟になっており、長い土間の廊下を通って行かなければならなかった。僕は面倒なので、この渡り廊下の途中の炭俵をつみ上げたところでしばしば用を足すことにしていたが、これは母に見つけられて酷《ひど》く叱られた。

もっとも、その頃、弘前の人たちは大人でも必ずしも便所で用を足してはいなかった。

僕は学校の帰りみちで、よその小母さんが自分の家の前の溝にしゃがみこんで小用をしているのを見たことがある。その人は、片手に鍋を持って家から出てくると、隣の家の小母さんと二た言、三言、何か立ち話をしながら、溝をまたぐといきなり裾をまくって、何事もなさそうに放尿しはじめたものだ。僕は子供ごころにも、しばらくアッ気にとられていたが、要するに当時の弘前の町は大部分がまだ田園の風習をのこしていたのであろう。

昭和五年三月から八月まで、父が陸軍獣医学校で研修をうけるため、僕らも東京で暮らした。母の憧れていたアパートに入ることは出来ず、池尻の偕行社《かいこうしゃ》住宅という軍人の団地みたいなところに入ったのだが、弘前から一時的に脱出できたというだけでも、母はかなりホッとしている様子だった。しかし、当時の池尻とか三軒茶屋とかいうあたりは、弘前とどれほどの変りがあっただろうか。冬になっても雪が降らず、言葉が東北弁でないというだけで、田畑の間にゴチャゴチャと安普請の借家がたっているという新開地にすぎなかった。いまの二四六号線の道路ぞいに玉川電車が走っていたが、これは元来ジャリを運ぶためのトロッコのようなものが、進化して人間も乗せることになったものだから、道の両側は暗く、三宿のあたりに中将湯の工場が煉瓦の壁を陰気にそそり立たせているだけで、あとは駄菓子屋だの、一膳めし屋だのが、ぽつんぽつんと不景気な店をひらいていた。

そういえば、僕は「不景気」という言葉や、「クビを切られる」という言い方を、この頃から聞き憶えた。母の妹が、三井の会社員と結婚して牛込に住んでおり、遊びに行くと必ずそういった言葉を口にしたからだ。叔母は暗い顔つきで、自分のつれあいもいつクビになるかわからないといった話をするのだが、それをきいていると僕は、本当にその人の首が眼の前にスポンと飛んできそうな気がするのであった。軍人や役人は、景気不景気の影響はあまり受けないとはいうものの「ゲンポー」とか「グンシュク」とかいう言葉は、たびたび父や母の話から聞いた。

陸軍の軍縮はすでに大正十四年（一九二五）、宇垣陸相によっておこなわれ、職業軍人の何割かはそれによって失職していた。そのため宇垣は軍部の反感を買って、後年、首相に指名されながら組閣出来ず、結局これが陸軍の暴走を許して戦争につながるのであるが、勿論当時の僕にはそんなことはわかるわけもない。それよりも軍縮といえば、海軍がロンドン条約でイギリスやアメリカから無理矢理軍艦をへらされるというようなことを、よその家のラジオできいて、何かひどく恐ろしく重苦しい気分がした。当時ラジオは、いまのＨＡＭとかいうものと同じく、機械いじりの好きな人や特殊な好事家の持ちもので、まだラジオ屋というものさえ、めったに店はひらいていなかった。したがって、英米日の軍艦を五・五・三の比率で抑えるというロンドン条約を伝える雑音だらけのラジオの声は、何やら火星人じみたものにも聞えたものだ。

一方、「ゲンポー」はもっと現実的な響きがあった。僕は、あまり物を欲しがる子供ではなかったが、母が何かにつけて「ゲンポーだから、倹約しなければいけない」というのは、しょっ中きかされた。つまり、軍人や官吏の俸給は一律に一割減俸になったので、それは子供の小遣いにまでひびいてきたというわけだ。

しかし、それ以外に不況が僕たちの家庭に直接影響をおよぼしたものはなさそうだった。おそらく失業者以外、一般の俸給生活者にとって、この時代は比較的のんきなものだったのではなかろうか。物価は安定して、むしろ下り気味だったし、大正リベラリズムの匂いも、まだこの頃までに色濃く残っていたはずだからである。

ジャズで踊ってリキュールでふけて
あけりゃダンサーの涙雨

という『東京行進曲』のレコードの歌声は、僕の家でも、隣の家でも、あっちこっちから聞えてきた。そして僕は「リキュルでふける」とは何であるか、それがあけるとどうして「ダンスの涙雨」になるのか、しきりに疑問におもった。

これは、べつに不況の影響というわけではないが、その頃、僕を脅やかしたのは、或る一軒の貧しげな家だ。偕行社住宅を出ると、すぐそばに荒れた斜面の空地があり、斜面の下は洗濯水の溜ったドブのような沼のような汚い水溜りになっていた。その汚い水溜りの傍に、ぽつんと一軒、人けのないような家があって、僕は母につれられて銭湯へ行くとき、その家の前を通るのだが、或る晩、母はそのそばまでくると言った。

「あそこの家は、真っ暗だろう。きょう電気会社の人が来て電線を切っていったんだよ、電灯料を払わないと電気を止めるんだって……」

なるほど、そういえばその家の窓は暗く、中でローソクでもつけているのか一箇所だけ仄暗いものがボウッと見えた。僕は、お化けは怖がらないタチだったが、この電気会社の人が電線を切っていったというのは怖ろしかった。そして母は、「あの家に住んでるのは小説家なんだよ」といった。それをきいて僕は、将来なにがあっても「小説家」というものにだけはなるまいと決心した……。後年、僕は小説らしきものを書きはじめた頃、その暗い家のことを憶い出した。そして、ことによるとあの家に住んでいたのは葛西善蔵ではあるまいかと思った。善蔵は晩年、三宿に住んでいたというし、それなら池尻のすぐ近くだからである。しかし念のために、善蔵の年譜を見ると、

昭和三年（一九二八）四十二歳

一月、世田谷三宿一一一に転居。（略）七月二十三日、病勢急にかわり、永眠す。

とある。とすると、これは葛西善蔵ではなく、他の誰か同じように貧乏な作家が住んでいたことになる。

僕らは、その池尻の家には五箇月ばかり暮らしただけで、また弘前へもどったが、当時、弘前高等学校には太宰治が在学中であった。勿論、小学生の僕が太宰治を知っている

わけはない。しかし、太宰の同級生の小高根二郎という人は、父の上司の息子であり、僕の家にもときどき遊びにきて、僕に感情教育をほどこしてくれた。何でも二郎さんは僕をつれて、棟方志功のアトリエを訪問したことがあるというのだが、それは僕の記憶にはない。僕が憶えているのは、二郎さんと一緒に何処か田舎の道を歩きながら、「パリじゃ、いまシャンゼリゼの大通りを皆が大砲をひっぱって通っている。もうすぐ革命がはじまるのだ。いまみたいにノンキな時代はじきに終る……」というような話をきいたことだ。そして僕は、そのとき二郎さんの後をついて歩きながら、田ンぼの畔道の上をオハグロトンボが何十匹とむらがって飛んでいたことを、なぜかハッキリ想い出すのである。

歴史年表をみると、その年の失業者は三十二万人、年間労働争議九百一件、参加人員七万九千八百二十九人とある。しかし、その数字を見ただけでは、僕には不景気の状況がどんなであったかピンとこない。ただ、同じ頃、農村学童の欠食児童がおよそ二十万人というのは、実感でわかるものがある。僕のかよった第二大成小学校というのは弘前市内にあって、農家の子供はそんなに多くはなかったはずだが、それでも昼の弁当を持ってこない子供が、組の中に四、五人はいた。京城や東京の小学校には、そんな子供は一人もいなかったたし、弁当も持ってこられないほど貧乏な家というのは、僕には信じられなかったので、単に面倒くさいから弁当を持ってこないのだろうぐらいに思っていた。実際、昼休みの時間に、何人かの子が弁当も食わずに校庭に飛び出して遊んでいるのを見ると、遊びに夢中になっているとしか思えなかったものだ。しかし、それは僕の想像力が不足していたからである。彼等がどんな想いで校庭を駈けまわっていたのか、僕にはまったく思い及ばぬところであった。

もっとも、そういう彼等も、たとえば戦時中の疎開学童のような空腹は感じていなかったかもしれない。学校へ行く途中にリンゴ畑があり、そこへ行くと木になっているリンゴを勝手にもいで食うことは許されなかったが、熟れて地べたに落ちたものは、子供が自由にひろって食べても誰からも叱られなかったからだ。

翌昭和六年三月、僕らは二度目に東京へ出てきた。そして、そこで思い掛けず都会の残酷な面を見せつけられることになった。

前年は東京で暮らしたといっても、父の研修期間中、腰掛けの程度に過ごしただけだが、こんどは父は東京の連隊に転任になったので、家族の僕らの心構えも本格的になっていた。母は、こんどこそは明治神宮参道か代官山の鉄筋アパートに住むつもりで張り切っていたのだが、東京へ来てみると、どちらのアパートも容易なことでは入居出来ないことがわかった。しかし母は、そんなことでガッカリしているひまはなかった。何よりも小学校五年になる一人息子の僕の学校のことを心配しなくてはならなかったからだ。

じつは東京へ着くと早々、僕は母につれられて、本郷に住んでいる母の友人の家へ行ったのだが、そこで大変なものにぶっつかってしまった。その家の一人息子のA君が、こんど高師の附属小学校というのを受けたところ落第したというので、A君やA君のお母さんが泣いている真っ最中だったのだ。

僕には、A君たちが何を悲しんでいるのか良くわからなかった。だいたい小学校へ入るのに試験があるなどという話をきいても、合点が行かなかったのである。すでに僕は、京城の小学校から数えて四回も転校していたが、小学校へ上れないで苦労するなどという話は何処でも一度も聞いたことがなかったからだ。なんでも附属小学校というのは、三角の帽子に房のついたのをかぶっているというのだが、どうしてそんなおかしな恰好の帽子をかぶらせる学校へ行きたいのだろうか? ただ、いつまでも泣き止まないA君を見ていると、よほどひどい目に会ってきたに違いないとは思った。

僕ほどではないにしろ、母もやはり悲嘆にくれるA君母子には驚いたらしかった。良い大学へ行くには、良い高等学校、良い中学校に入らなければならず、それには小学校も進学率のいいところへ行かなければならないというのは、すでにその頃から常識であったわけだが、それにしてもこれから小学校へ入ろうとする子供が泣き出すほど深刻なものだとは、やはり考えてもいなかったのだろう。何にしても、その友人の家から帰る頃には、母の念頭からは、水洗便所つき鉄筋アパートのことはすでにあらかた消えていた。そのかわりに、何としてでも僕を東京の然るべき進学向きの小学校へ転校させなければならぬと、そのことで頭がいっぱいになっていた。

その頃、師範の附属小学校を除いて、進学率のいいのは本郷の誠之小学校と青山の青南小学校だということを、母は何処かで聞いてきた。父のつとめる連隊は世田谷にあり、本郷ではいかにも遠過ぎるというので、僕は青南小学校へ行くことにして、青山南町六丁目の路地を入った奥に家を借りることにした。当時の青山は屋敷町で、青南小学校よりも広い敷地の家がいくつもあって、長い塀をめぐらせた中に森閑と建っていたが、そういう大きな家と家の間にはきまってゴミゴミした路地があり、いまにも倒れそうな粗末な家がぎっしり並んでいた。僕の一家が住むことになったのもそういう家で、ただ新築というだけが取り柄の二軒長屋の二階家だった。目黒か世田谷あたりなら、同じ家賃でもっと広びろとした庭のある家も借りられるはずだが、父も母も息子の僕のために我慢したというわけだ。

ところで、せっかく青南小学校まで歩いて十分とはかからない近いところに家を借りたのに、学校へ転校の手続きに行くと、空席がないので暫くよその学校へ行くようにと言われ、青南よりも遥かに遠い青山小学校というのに僕は通うことになった。母にしてみれば、これは同潤会の鉄筋アパートの入居を断られたよりも、よほどのショックであったようだ。それ以来、母は人の顔さえ見れば、何とかして青南へ転校させられないものかと、そればかり言うようになった。

あれは、もう六月頃になってからだ。或る晩、母は何か贈物の箱をかかえて、青南小学校父兄会の顔のきく人の家へ出掛けて行った。そして、それから何日かたって、僕はようやく青南へ転校を許された。

いまは南青山と町名のかわった青山南町六丁目のあたりを歩いても、戦前の面影はほとんどない。そのくせ昔の電車通り（いまの二四六号線）には、当時のままの店が結構残っている。北村薬局、松本文具店、増田屋そば店、それに紀ノ国屋、また別のスーパー・マーケットの中に入っている吉橋肉店など……。しかし、表通りから一歩なかに入った住宅地には戦前からの住民は、まったくいないと言ってよさそうだ。僕の青南小学校の同級生Y君は、親の代から青山で洗濯屋をやっているが、戦前からのオトクイさんは一軒残らず他の土地に移ってしまったという。

おそらく、青山に限らず、東京という街全体がこのようなことになっているのではあるまいか。つまり、商店は会社組織に変ったりしながらでも同じ土地に残っている。しかし、それ以外の住民は同じ場所に住みついてはいないのである。これは、何もいまに始まったことではなく、江戸時代から大体同じようなものであったらしい。江戸へ来て三代たてば江戸っ子というのは、なかなか三代にわたっては住みつけないことだという。

そういう意味で、青南小学校というのは、甚だ東京の特色をよくあらわしていたといえよう。組の過半数は転校生で、一年生のときからこの小学校にきているのは、おそらく三分の一以下だっただろう。そして、わざわざ青南へ転校してきた子供の大半は、僕と同じく、上級学校を受験するためなのである。だから当然、越境入学も多く、市電（のちの都電）の回数券や、省線（いまの国電）のパスを持って遠くからかよってくる子もたくさんいた、つまり、小学校全体が流れ者の集りであり、教室の雰囲気はさながら名門予備校のごとくであった。青南小学校の校史というのをみると、こういう傾向はすでに大正時代初期の頃から見られるのである。受験教育を小学生時代からほどこすというのが、当時の校長の方針であり、この方針は代々受けつがれて、たぶん戦後都立高校の学校群制度がはじまる頃までつづいたようだ。なかでも僕らの前後数年間が、その絶頂期であったらしい。というのは、僕がこの小学校を卒業して数年たった頃から日華事変がはじまり、中学校の入試のやり方がやや変って、ペーパー・テスト一辺倒ではなくなるからである。

勿論、僕自身はそういうことはまったく知らなかった。ただ、母に青南はいい学校だから行けといわれて、そのとおりにしたまでだ。何事も徹底しているのが善いというなら、青南はいい学校だったに違いない。いずれ東京中の小学校が受験教育をほどこしてはいたのだから、青南がそれを意識的にシステマティックにおこなっていたのは、あながち悪いとは言えないわけだ。ただ、僕としてはこの学校の方針にはなかなかなじめなかったし、将来にわたってあまり好い影響をうけたとも思われない。つまり簡単にいうと、僕は学校へかよう気がなくなり、半ば常習的にエスケープすることをおぼえた。

実際、それはいま憶い出しても憂鬱な毎日であった。僕が青南に転校したのは、五年生の一学期の終りちかくであったが、もうその頃には五年生の課業をほとんどおえて、二学期からは六年生の課業にかかっていた。ところが僕は、弘前の小学校では四年生の課業も完全におえていなかった上に、東京へきてからも腰掛け的に一時遠くの学校へかよったりして勉強にはてんで身が入らなかったから、青南へ入ると四年生からいきなり六年生の課業に飛び込んだような具合になった。おまけに授業のやり方も普通の学校とはまるで違っていた。宿題がやたらに多く、算術の応用問題だけでも五十問も七十問も出る。教室では、それを順番に当てられて、答えが正しければ坐れるが、間違っていれば立たされる。そして宿題をやってこなければ、最初から最後まで立ちっぱなしというわけだ。僕は、宿題をやって行こうにも出来なかったし、無理してやっても間違えるにきまっていたから、それぐらいなら最初から何もやらずに立たされていた方がマシだと思うようになった。しかし、単に立たされるために学校へ行くというのもムナしいもので、とうとう学校へ行くかわりに青山墓地へ行って適当に時間をつぶし、何食わぬ顔をして家へ帰ることをおぼえたわけだ。

これは、いまでいえば登校拒否児童ということになるのだろうが、僕は必ずしも登校そのものを拒否したわけではない。とにかく毎日、ランドセルに本やノートや弁当を詰めこんで、家を出て学校へ行くフリだけはする。そして、墓地へ行って一人で勉強する気にはなっていた。ただ、墓地にはヤブ蚊が多く、勉強をするひまもないうちに時間がたって結局、一人で弁当だけ食べて家へ帰ることになる。そんなふうにして僕は、いったいどれほど学校を休んだことだろう。九月下旬の或る日、その日も墓地へ行ったあと、ぶらぶらと家のそばまで帰ってくると、母が門の前に立っているのを見て、僕はギョッとした。しまった、とうとうズル休みをしたのを見つかったか？　しかし、そうではなかった。母は、門の前で向いの家の小父さんや小母さんと話していたのだ、チョーサクリンの乗っていた汽車を爆破したのは本当は日本の軍人だ、などと。

母たちは、手に号外を持っており、その前夜、九月十八日の夜中に満鉄が爆破されたので、日本軍とシナ軍との間で戦争がはじまったと書いてあった。それで母は、三年前にチョーサクリンの死んだときのことを憶い出し、こんども本当は日本軍が爆弾を仕掛けたにちがいないということを、得意になって近所の人たちに話していたところなのだ。そんなだから、母は息子がきょうも学校をズル休みしてきたなどと疑うひまもなく、おかげで僕もここ当分は自分の悪事が見つかる心配はないだろうと思った。
のちに十五年戦争の発端と呼ばれるものは、このようにして僕らの日常生活を支配することになったわけだ。

しかし、「十五年戦争」という言い方は、戦後になって出来たもので、当時は誰もこんな戦争がこれから十五年間もつづくだろうとは、夢にも思ってはいなかった。いや、僕自身の実感からいっても、シナ事変と大東亜戦争は一体のものと考えられるが、満州事変とシナ事変との間には、ほんの数年間にしろ平和なインターヴァルがあって、それを戦争とは呼べない気がするのだ。

たしかに、シナ事変は満州事変の結果引き起されたものであろうし、歴史の巨視的な眼から見れば、満州事変から大東亜戦争までは一とくくりにして、日本を敗北にみちびいた戦争の時代ということが出来よう。しかし、その時代を生きてきた人間の一人として、僕はやはりそこに戦争でない〝時代〟が含まれていたと思う。年表をくってみよう。

昭和六年九月十八日、関東軍軍事行動開始（満州事変）。
昭和七年一月二十八日、第一次上海事変起る。
同年三月一日、満州国建国宣言（満州事変終了）。
同年五月五日、上海日中停戦協定（上海事変終了）。

同年五月十五日、海軍将校、ならびに陸軍士官候補生、首相・内大臣官邸襲撃。犬養首相を暗殺（五・一五事件）。

昭和八年一月一日、山海関で日中両軍衝突。

同年二月二十四日、国際連盟、日本軍の満州撤退勧告案を四十二対一で可決。松岡代表退場（国際連盟脱退）。

昭和九年三月一日、満州国帝政実施。

昭和十年三月、ドイツ再軍備宣言。

同年十月、イタリアのエチオピア侵略はじまる。

昭和十一年二月二十六日、皇道派青年将校、下士官兵、一四〇〇名を率い、クーデター。高橋蔵相、斎藤内相、渡辺教育総監らを暗殺（二・二六事件）。

同年九月、フランコ将軍、スペイン国家主席に就任（スペイン戦争はじまる）。

同年十一月十四日、内蒙軍、関東軍の支援で綏遠《すいえん》進撃（傅作義軍のために大敗、綏遠事件）。

昭和十二年七月七日、北京郊外蘆溝橋で日中両軍衝突（シナ事変＝日中戦争はじまる）。

こうやってみると、満州事変からシナ事変までの間にも、いろいろのことが起っており、〝非常時〟つまり準戦時下にあったことがわかる。しかし、満州事変そのものは僅か半年間でカタがついており、上海事変は小規模な局地戦で文字通り〝事変〟に過ぎなかったから、戦争の危害が僕ら銃後の国民生活におよんでくることは考えられもしなかった。というより、この二つの事変は日本にとって儲かる戦争であったというのが、国民全般の実感だったろう。勿論、あの戦争で、どれだけの費用がかかり、どれだけの利潤と経済的な効用があったかなど、僕らにはわかるはずがない。ただ、たった半年間の戦争で、あの広大な満州の土地が手に入ったというだけで、これはたいへんな大儲けだと、国民一般はおもったはずである。

事実、あの頃から、日本の景気は、見せ掛けだけにしろ、上向いてきたに違いない。もう叔母も、口ぐせのようになっていた「クビ」だの「失業」だのという言葉をあんまり言わなくなっていたし、母も「ゲンポー」のことでグチをこぼすことをやめた。これは父がようやく少佐に昇進したためでもあるだろう。それと同時に、父と母とは方眼紙を買ってきて家の設計をはじめた。何でも田舎にいる父の兄から、お金を出して貰って家を建てることになったのだ。「何しろインフレで、土地も大工の手間も上る一方だから、家を建てるならいまのうちだっていうからね」と、母は何処できいてくるのか、そんなことを言っていた。

僕自身のことをいえば、満州事変の起った日から、まだ一と月ばかりもズル休みをつづけていたが、とうとうそれが発覚して、母親の監視つきで学校にかようようになった。そして満州国が成立した頃、僕も東京の小学校というのがどんなものか、ようやくわかってきた。東京へ来るまで僕は、宿題とは何であるかということさえ、よくは知らなかったのだ。弘前にいた頃は、学校とは遊ぶところであり、地元の子供たちと仲良くやって行くところだと思っていた。勉強の方は、何しろ国語の読本を標準語で読めるのが僕一人で、それだけで他のことは何も出来なくとも、優等生のような顔をしていられたのだ。しかし東京では、学校は勉強をするところであり、何よりも宿題をよくやって、試験の成績を上げるところなのだ。それさえやっていれば、何も他の子供と仲良くしたりする必要はないのである。それに大体、そんなことをするヒマはなかった。とにかく厖大な量の宿題が出て、夜十二時までかかってそれを片付けてしまうと、あとはもう何をする気にもなれなかった。

きめられたことさえやっていればいいというのは、慣れてくると気楽なもので、成績もだんだん良くなった。転校してきたときには、たぶん七十人中七十番だったはずだが、二学期の終りには十五番になった。それで気がゆるんで六年生になると、また多少席次が下ったりしたが、もうズル休みはしなかった。それよりもパン屋の小僧さんと仲良くなって、よくその小僧さんとパン屋の台所で軍人将棋をやって遊んだ。その頃は、まだ学習塾というようなものはなかったが、授業のあとで学校の先生が何人か子供をあつめて、勉強をおしえてくれていた。その帰り途に、僕はパン屋に寄って、台所で小僧さんがカツ・サンドのカツを揚げたりするのを見ながら、小僧さんの手がすくのを待って軍人将棋をやったりして遊ぶのだ。いま考えると、われながらずいぶんヒネこびた子供に思われるが、当時の僕としては、これが唯一の息抜きの場所だった。

そんなことをしながらでも、無事に第一東京市立中学というのに入れたのは、やはり青南小学校の受験教育のおかげである。

六三制になってからは、校名も九段高校とあらたまり、校風などもすっかり変ってしまったらしいが、当時の市立一中はなかなかハイカラで、個性的な自由主義教育をめざしているといわれていた。しかし、こういった教育方針は、大正大震災前後に設立された学校にしばしば共通しており、セビロ型の制服と同様、一種の流行だったのかもしれない。しかも、僕らが入学した昭和八年頃には、「個性」だの「自由主義」だのというものは、まだ禁句ではなかったとしても、すでに充分流行遅れの気味ではあった。

たとえば、男の学校には珍しく作法教室というのがあって、そこでは以前は洋風のテーブル・マナーを教えられることになっていたが、僕らの頃にはそのような授業は廃止されて、もっぱら校則違反や成績不良の生徒が呼びつけられて教頭や担任の教師から説教を食う場所になっていた。また英会話教室というのもあって、元来はそこで外人か外国帰りの女の先生から英会話をならうことになっていたが、僕らが入ったときには、もうそういう先生はいなかった。かわりに高等師範を出たばかりの担任の英語教師から、æだのθだのといった発音を、ひどく概念的、かつ抽象的に教えこまれるハメになった。また、これは初代の校長N先生の頃からそうであったらしいが、鉄拳制裁が奨励され、何かといえば僕らはヤタラに頰桁を張りとばされるのであった。教育に体罰が善いことか悪いことか、僕は教師になったことがないから何とも言えない。ただ僕自身は、殴られて、目の覚めるようなおもいをしたとか、何かを教えられたとかいう記憶は一つもない。しかし、N校長はあくまでも鉄拳教育の信奉者で、生徒だけではなく教師のことも殴りとばしたという噂が伝わっていた。戦後、何処の学校でも体罰は禁止されたが、N氏は相変らず鉄拳制裁をやめなかったらしく、そのことが問題になって、とうとう教育界の役職を失ったということが、かなり大きく新聞にとり上げられていた。

しかし学校の教育方針がどうであろうと、僕が出来の悪い生徒であることには変りなかった。小学校の受験勉強でしめ上げられていた反動で、中学に入るとタガがゆるんで怠けたため、たちまち五十人中、五十番か四十九番の成績に落ち、以後卒業するまでビリから十番以上に上ったことはなかった。憶い返すと中学一、二年の頃は、つねに頭の中に『東京音頭』の太鼓のバチの音がひびき、「ハアー花になるなら、ちょいと九段のサクラ」という歌声が、磨滅して針の飛ぶレコードのように、何度も何度も繰り返して聞えてくるのである。学校の校庭は靖国神社の境内に接しており、春秋二回の例大祭のほかに、臨時大祭というのが恒例のようにおこなわれて、そのたびに見せ物小屋やサーカスの呼び込みの声や楽隊が騒々しく、教室の中まで侵入してくるので、僕は気もそぞろに授業の声などまるで耳に入らなかった。

靖国神社の臨時大祭というのは、新しく出た戦死者の霊が合祀されるためのものであったから、それが毎年のようにおこなわれていたのは、要するに当時が決して平穏無事な時代ではなかったということであろう。しかし僕らにとって、それは臨時に学校の休みが増えるということで、むしろ気分が浮きうきしてくるのであった。

小田急沿線の世田谷代田に新しい家が建ったのは、僕が中学に入って間もなくの頃だ。しかし、この家には、父母も僕も、あまり長いことは住めなかった。父は転任で千葉の四街道へ行くことになったし、僕は成績不良のために赤羽の寺の坊さんの先生のところへ預けられることになったからだ。父がふたたび東京の連隊に転任になり、僕がお寺から家へ戻されたのは昭和十年の暮になってからである。父が東京へ戻ったのは昇進して栄転だったが、僕が寺から帰されたのは成績が向上したためではなく、逆にいつまで置いてもらっても向上の見込みがなかったのと、少々体をこわしたせいである。しかし、理由が何であろうと、自分の家へ帰れたのは僕にとっては有り難かった。

その頃から僕は映画に熱中し、毎週、土曜、日曜のほか、週日でも学校の帰りに何処かの映画館にもぐりこむことが少くなかった。教科書は学校のロッカーに入れっぱなしにして、鞄の中には「キネマ旬報」、「新映画」、「映画之友」、「スタア」など、新刊旧刊の映画雑誌を取りかえ引きかえ、ぎっしり詰めこんで、往きかえりの電車の中でも熟読した。当時は、トーキー初期の全盛期である。ルネ・クレール、ジャック・フェーデ、ジュリアン・デュヴィヴィエ、ジャン・ルノアール、それにジョン・フォード、ウイリアム・ワイラー、アルフレッド・ヒチコック、日本では内田吐夢、溝口健二、熊谷久虎、山中貞雄、等々が次々と名作、秀作を送り出していた。アーノルド・ファンクと伊丹万作の共同監督による日独合作映画『新しき土』が出たのも、ちょうどその頃だった。映画そのものは、たしか富士山が爆発して、原節子が足袋はだしのまま噴煙もうもうたる火山に登って行くというようなトンチンカンなものであったが、ファンク博士に見出された原節子はたしかに美人であった。

僕はまた、映画のおかげで文芸書も読むようになった。『どん底』や『罪と罰』などを、映画をみるための参考に読んだものだ。また、『にんじん』、『商船テナシティー』、『白き処女地』などは、映画化されなければ僕など知るはずもない作品である。石川達三、石坂洋次郎、尾崎士郎、尾崎一雄などの名前も、僕は映画の原作者として憶えこんだ。家にあった改造社の円本で、有島武郎、谷崎潤一郎、佐藤春夫、里見弴を読むようになったのも、映画の刺戟からであった。僕は『或る女』や『痴人の愛』や『田園の憂鬱』や『多情仏心』などを、プロデューサーになったつもりで、シナリオや配役のことなど、あれこれ空想しながら読んだ。そして将来は、出来たらシナリオ・ライターになりたいものだなどと思った。

昭和十一年の一月、二月は雪が多く、あるとき母は、よそから歌舞伎座のキップをもらって見物に行ったが、大雪で電車も自動車もうごかず、帰れなくなったことがあった。母は遊び好きで、買い物や映画や芝居などによく出掛けたが、一と晩家をあけたのは、あとにも先きにも、このときだけだ。それから何日かたって、また大雪が降り、翌朝、学校へ行くと、飯田橋の駅の出口に剣付鉄砲を持った兵隊が何人も立っていた。昼近くになって、こんどは将校が一箇小隊ぐらいの兵隊をつれて学校に乗りこんできて、屋上に機関銃を据えた。その頃になって、ようやく僕らは、その日の朝、政府の高官たちが大勢殺されたことを知った。その日、二月二十六日は、昼までで授業は打ち切られ、翌日から二十九日、反乱軍の兵隊が原隊復帰するまで、学校は休みになった。こんなにたくさん休みになったのは、学校が都心の危険区域にあったおかげである。

まえに僕は、「十五年戦争」という言い方に実感としてなじめないものがあり、満州事変とシナ事変との間に、ほんの数年間にしろインターヴァルがあって、その期間を戦争と呼ぶ気にはなれないという意味のことを述べた。こんなことに拘わるのは、この数年間が僕にとっては、かけがえのない平和な時代であり、長い戦争の期間を通じて「平和」を夢見るとき、いつも一九三〇年代前半のあの頃のことが頭に浮かんだからだ。

勿論、こんなことは個人的な感傷であって、大して意味のあることではないだろう。ただ、平和というものについて、抽象論ではなく、何か具体的な記憶を持つということは、どんな些細な事柄であろうと、やはり無意味なこととは思えない。では戦争中、僕が具体的に想い浮かべた「平和」とは何であったか？　おもいつくままに上げると、まず一九三二年のロスアンゼルス・オリンピックであり、次いで五十銭銀貨の充実した握り心地であり、そして奇妙なことに「秩父の宮さま、みんなの宮さま、タラララッタッタッタ」という童謡である。

前の二つについては、別に説明することもない。オリンピックもベルリン大会のときには、日本の選手団がブレザー・コートに戦闘帽をかぶって入場行進をやったように、主催国のドイツとともに国家主義的な色彩が甚だ強かったが、ロスアンゼルスのときは、満州事変中であったにもかかわらず、軍国主義や国家主義の影はそんなに色濃く射していなかったと思う。五十銭銀貨というのは、子供が貰う最大の小遣銭であり、中学生になってからでも、これが一枚あると何処へ行くのも心丈夫だった。封切りの映画館の入場料も五十銭だったし、とんかつ定食や、ちょっとした食堂のランチも五十銭だったが、倹約すれば五十銭で、二本立ての古い映画（十銭）をみて、ライスカレー（二十銭）を食べ、コーヒー（十銭）を飲んで、タバコ（光＝十銭、ゴールデンバット＝七銭）も買うことが出来たのである。しかし、シナ事変がはじまると間もなく、五十銭銀貨は姿を消し、富士山の絵のついた小型の玩具じみた紙幣にかわった。

ところで、なぜ「秩父の宮さま」が平和な時代を想い出させるのか、じつのところこれは僕自身にもウマい説明が見つからない。秩父宮はスポーツが好きで、庶民的であると言われていた。しかし、皇族でスポーツの好きな人は秩父宮だけではなかったはずで、むしろスポーツというのは元来は貧乏人には縁が薄く、貴族の楽しむものであったのではないか。してみると、スポーツ好きの宮さまが、庶民的であるというのは、大して理由のないことだ。いや、庶民的ということ自体、何を意味しているのか、どうもあんまりハッキリしない。では、どういう点で、秩父宮が「みんなの宮さまタラララッタッタ」といわれるような人気があったのか？　一つだけわかることがある。それは今上天皇にくらべて、秩父宮には自由で闊達《かったつ》な印象があったことだ。勿論、天皇と他の皇族との間には身分の上でも、責任の上でも、大きな差があり、天皇が皇弟のように気軽に自由に振る舞えないのはわかりきった話だ。しかし例えば、英国のエドワード八世はアメリカ庶民のシムプソン夫人と恋愛して、王位を弟のジョージ六世にゆずったが、このエドワード八世のような性格を、当時の日本国民は何となく秩父宮に期待していたのではなかろうか。そういえば秩父宮は、皇族ではなく大名華族のなかでもそれほど格式の高くない家から王妃を迎えられたはずだ。

しかし国民全般が、秩父宮によせていた期待というのは、そんなことだけではなかったようだ。漠然とではあるが、もっと大きな何かを期待していた。といっても、それが何であるかは、いま考えてみても、なかなかわからない。ただ、僕の頭にはあの秩父宮をたたえる童謡の文句が切れ切れに浮かんでくるばかりだ。

日本アルプス、槍ケ岳、槍ケ岳
雪のお山に、お山に、お山に

ターララッタ、タッタッタ
おのぼりなるよ
…………
強い兵隊、三聯隊、三聯隊
赤い軍帽で、軍帽で、軍帽で
ターララッタ、タッタッタ
お進みなるよ
指揮刀ふって、真っ先きかけて
士官の宮さま、秩父の宮さま
みんなの宮さま、タラララッタタッタッタ
…………
（北原白秋『秩父の宮さま』）

この童謡は、僕が小学校三、四年生の頃のものだから、この「強い兵隊、三聯隊」と隣の歩兵第一聯隊の兵隊が叛乱軍になって二・二六事件を起したとき、まだこれが歌われていたかどうか、僕は知らない。しかし、童謡が歌われていようといまいと、依然として秩父宮に人気があったことはたしかだ。それが、二・二六が終って、ある時期から秩父宮は、「みんなの宮さまタラララッタタッタ」という陽気なリズムでうたわれる存在ではなくなって、ひそかに不気味な噂とともにその名が囁かれることになった。その噂というのは次のようなものだ。

一、秩父宮が二・二六事件の黒幕である。
一、秩父宮が第八師団を率いて上京される。
一、叛乱軍に呼応して天子さまに諫言されるそうだ。
一、秩父宮が上京されたので天皇陛下が激怒された。
一、秩父宮が天皇さまと代るそうだ。

（芦沢紀之『秩父宮と二・二六』より）

こうした噂の大部分が、単なる流言蜚語のたぐいであり、とくに秩父宮が自身で二・二六事件に関与されたことはまったくない、と芦沢氏は何度も繰り返して述べている。それは多分そのとおりであろう。しかし、こういうデマやスキャンダルが、たとえ根も葉もないものだったとしても、結局それは日本人が漠然といだいていた期待や願望から出たものだということは、案外忘れられているかもしれない。実際、「秩父宮が天皇さまと代るそうだ」というようなことは、誰もがそれを夢にも考えたことがなかったとすれば、出てくるはずもない噂ではないか。

いや、二・二六事件そのものが、僕らの秘かに夢見て待望していた事態だったのではないか？　しかし、それが現実に起った瞬間に、期待や夢は幻滅にかわってしまった、という結果をみて、初めて自分たちがこんなものを望んでいたのかと知らされ、あわてて眼をそらせてしまったのだ。誤解のないように言いそえれば、これは何も秩父宮が、赤い軍帽で、指揮刀ふって、二・二六事件の指揮を、真っ先きかけてやってもらいたいなどと、そんなことを日本人の一人一人が考えていたというわけではない。ただ、二・二六事件には、当時の日本人の欲求不満にこたえる要素がいろいろと含まれており、そのもろもろの欲求が《秩父宮による昭和維新》という幻影を生んだとはいえるであろう。

それにしても、なぜ《維新》であって《革命》ではないのだろうか。坂口安吾は終戦直後に発表した『堕落論』のなかで、天皇制が天皇によってつくられたわけではないとして次のように述べている。

　私は天皇制に就ても、極めて日本的な（従つて或ひは独創的な）政治的作品を見るのである。天皇制は天皇によつて生みだされたものではない。（略）

日本人の如く権謀術数を事とする国民には、権謀術数のためにも、大義名分のためにも、天皇が必要で、個々の政治家は必ずしもその必要を感じてゐなくとも、歴史的な嗅覚に於て、彼等はその必要を感じるよりも自らの居る現実を疑ることがなかつたのだ。

敗戦直後、天皇制存続の可否がさかんに論じられていた頃、僕はこれを読んで、日本人の意識構造についてあまりに独断的にきめつけ過ぎているようで不愉快だった。しかし、いま読み返すと安吾さんは極めて当然のことを言っているにすぎない。まことに僕ら日本人は、自己陶酔のなかにあっても、自己嫌悪にまみれたなかにあっても、発奮したときにも、シラケたときにも、いかなるときにも天皇を必要とし、そこからはなれるということはないらしい。

二・二六事件について、その真相らしいことを僕らが知らされたのは、戦後になってからだ。ただ事件の当時の報道管制のキビしい最中でも、ある程度のことは察しがついた。それを一と言でいえば、二・二六とは東京の連隊にいた青年将校たちが「君側の奸」を討とうとして失敗した事件であった。君側の奸を討つことが、果して政治的にみて有効であるかどうかということよりも、とにかくそれはヤリソコナッタ事件であった……。中学生の僕らは、事件の背後に軍部や高官たちのどのような権謀術数がうず巻いていたかなど、すこしも知らなかったし、たとえ知っていたとしても理解できるはずもなかった。しかし、これが大きなヤリソコナイであるということだけは、誰に教えられなくとも、一目瞭然よくわかった。いったい何をどうヤリソコナったか、これにはひどく混み入った事情がありそうだというだけで、さっぱりわからなかったが、この事件そのものは何か大変なムダ骨を折って、殺さなくてもいい人や死ななくてもいい人を大量に死なせているという感じが、先ずあった。たとえば、四年前の五・一五事件とくらべてみても、それは言えた。

五・一五というのは後にその記録などを読むと、作戦はあっても戦略というものはまるで感じられず、その点は二・二六よりも、さらに前後の見境いもないヒステリックな衝動的な事件であったというが、一と握りの海軍士官と陸軍の士官候補生だけが動いたにしては、まことに効率よくスピーディーに〝戦果〟を上げた作戦だった。したがって国民一般も、これが何を目的にしたものであるかなど深く考えもせず、殺された犬養首相や、その護衛の警官を一応気の毒だとは思っても、同情はそれ以上に下手人の海軍士官たちの方に集った。新聞は連日、減刑の嘆願書が全国から山のようにあつまっていることを報道し、女子学生などの若い女性が下手人の身代りに相ついで何人も自殺するというほどの騒ぎであった。そのせいか、軍法会議も彼等に極く軽い刑しかあたえず、一人も死刑にはならなかったが、もし死刑になっていたら、おそらく彼等は軍神の扱いをうけていたのではないかと思われる。

　ところが、二・二六事件になると、そのへんの様相は一変する。事件そのもののスケールが五・一五よりは遥かに大きいことは誰にもわかるし、事件の背後にはもっと大きなものが動いていることも感じられた。だから最初はみんな昂奮したが、その昂奮は二、三日のうちに急速にさめてしまった。何だか五・一五事件の焼き直しを見せられた気がして、それにしてはずいぶん手際の悪いやり方だな、と思うようになったのである。

「君側の奸」は、おおかた民衆の感情の上でも〝奸〟である。しかし一人一人の重臣の家に、大勢の兵隊が機関銃まで持って押しかけたと聞くと、〝奸〟は人になり、人ひとり殺すのに、何箇中隊もの兵隊に動員をかけるのは、いかにも大袈裟なことに思われてくる。しかも、それで〝奸〟を確実に殺しているのならともかく、元老の牧野伸顕は五・一五のときと同様無事であり、侍従長の鈴木貫太郎も生きている。とくに死んだと思われた岡田首相までが、じつは女中部屋の押入の中に隠れていたといって無傷で現れ出るにおよんで、僕らはひどくシラケた心持にさせられてしまった。——何という間の抜けた叛乱軍。こんなことで戦争に行って、ちゃんと敵をやっつけることが出来るのだろうか？

無論、戦争とテロとは別のものにちがいない。しかし、こんなに大勢の兵隊をうごかしながら、狙った重臣をこんなに討ちもらしているところを見ると、満州事変のとき馬占山という馬賊の大将を何度も戦死させたといいながら、その都度うまく逃げられてしまったことを憶い出さないわけにはいかなかった。——もしかすると日本軍は、じつは戦争がへタなんじゃないだろうか？　二・二六事件で、国民の間に軍部に対する不信の念を生じたというが、僕の場合、その不信の念は、こんなかたちでやってきた。

勿論、事件の内容をくわしく知っている大人たちは、こんな馬鹿なことは考えない。僕らにしても、しばらくたつと、二・二六事件が、五・一五事件とは比較にならないほど大きなものを残して行ったことがわかった。一つは戒厳令がしかれたこと、そしてもう一つは軍人はいつ暴れ出すかわからないという危惧の念である。これは以後、敗戦の日までつづくことになる。

その頃、新聞には「粛軍」という文字がよく出てくるようになった。しかし、これがどういう意味なのか、僕にはサッパリわからなかった。陸軍部内に派閥があって、これがおたがいに争っているらしいことは、前年相沢中佐という軍人が白昼、陸軍省へでかけていって執務中の永田鉄山中将を殺した事件のあったときから、うすうすはわかっていたが、それが二・二六事件とどういう関係があるのか、新聞を読んでもよくわからなかった。僕らばかりでなく大人にもこれはわからなかったであろう。学校へ行くと、Yという体操の教師が、

「この頃は軍も粛軍をやっとるんじゃから、おまえらも粛然とせにゃいかん」

と、まことに不思議なことをいって、僕らの顔を睨めまわしたりした。

戒厳令というものも、表向きは粛軍のためにやっているにちがいなかった。叛乱軍の兵隊に、原隊にかえるようにという告示を出したのは戒厳司令官だったからである。しかし戒厳令は、その叛乱軍の兵隊が完全に帰営して、地方から東京防衛のためにきていた部隊が引き上げてからもなかなか解除にならなかった。九段坂下の軍人会館（いまの九段会館）の入口に、「戒厳司令部」という大きな表札がかかって、剣つき鉄砲の衛兵が二人、通行人の僕らの方をにらんで立っていたが、その表札がいつ頃はずされたかという記憶はどうもハッキリしない。中央公論版の歴史年表をめくってみたが、これは見つからなかっ

た。

七月五日、陸軍軍法会議、二・二六事件、軍関係者に判決。十七人死刑。（十二日、執行）

とあるから、たぶんその直後のことに違いないと思うのだが、

七月二十七日、陸軍航空兵団司令部令公布。

八月七日、五相会議「国策の基準」決定。

八月十一日、閣議、第二次北支処理要綱決定。華北五省に防共親日地帯建設意図。

八月二十四日、成都で毎日新聞記者二名、殺害される。

九月三日、北海事件起る。（広東省北海で邦人虐殺）

などとあるばかりで、戒厳令については何も出ていない。ということは、戒厳令というものは当時の一般日本人にとっては何の係わりもないものになっていたということだろうか。僕自身、戒厳令で行政権や裁判権が軍隊にゆだねられたからといって、とくに身のまわりにそれらしい恐ろしい事が起ったという覚えもない。しかし、僕らは、その頃から、街で通りがかりに軍人に何か言われたら、それは言われたとおりにしなくてはならないという習性を身につけるようになったらしい。念のために、二・二六事件の民間関係者、北一輝、西田税たちの軍法会議の判決はいつ頃かというと、それは翌昭和十二年八月十四日で、五日後の十九日に死刑が執行されている。勿論、このときはすでにシナ事変が勃発し

て、北支や上海で、中国軍との間に本格的な戦争がはじまっていたから、この死刑判決や執行については、僕らはほとんど何の関心もはらわなかった。すでに、二・二六事件そのものが、ひどく遠い昔のことのように思われていたのである。

シナ事変は、まるで冗談ごとのようにしてはじまった。満州事変がはじまったときほどの緊張感もなかったように思う。政府は不拡大方針というのをきめており、近衛首相もそのように言明していたので、中国軍との小競り合いがせいぜい一週間ぐらいもつづいて終りになるのかと思っていた。前年の四月には長嶺子というところで日ソ両軍の衝突事件があり、十一月には綏遠で、日本軍指揮下の内蒙古軍が中国軍に敗れるという事件があったが、みんな一週間から一と月たらずで片づいていたからである。しかし、七月七日に北京郊外の蘆溝橋ではじまった事変は、その月の終り頃には北シナ全体にひろがり、八月に上海にも飛火して、それからさきはもう止め度もなくなった。

その頃、僕は中学生最後の夏休み中であり、毎日うだるような暑さにウンザリしながら、こうやって戦争がはじまると、また景気が好くなるのだろうか、などと考えていた。八月の終りちかく、いくらか涼風の立ちはじめる頃、日比谷映画劇場に山中貞雄のＰＣＬ入社第一回作品『人情紙風船』を見に行った。日比谷はその頃、アメリカ映画を専門に上映しており、日本映画がかかったのは前進座総出演のこの映画が初めてだった。しかし僕は、この映画について不思議に何も憶えていない。山中貞雄と前進座のコンビの映画は、日活で撮った『街の入墨者』なんかの印象がずっとハッキリしているし、大河内伝次郎主演『丹下左膳・こけ猿の壺』などというのも、アメリカものの探偵物語『影なき男』をうまくつかって気のきいたパロディーにしていた。ところが『人情紙風船』となると、やたらに淋しい気がしただけで、どんな場面も憶い出すことができないのだ。

僕が憶えているのは、このとき一緒に上映したニュース映画で海軍渡洋爆撃隊というのが出てきたことだ。左右の翼に一つずつエンジンをつけた、いわゆる双発爆撃機は、日本にはまだないものだと思っていたから、これが何機も編隊を組んで、九州か何処かの基地を飛び立ち、東シナ海を超えて中国本土に爆撃をくわえているという場面には、びっくりさせられた。伴奏音楽には、たしかワグナーの『ワルキューレ』が使ってあったのではないか。空襲の場面にワグナーはつきものであって、僕らは戦争が終るまで映画をみに行くたびに、あの音楽をそれこそ耳にタコのできるほど繰り返してきかされることになった……。いずれにしても僕はこのとき初めて、海軍の使用したこの文明の利器に半ば感動しながら、これでとうとう戦争がはじまってしまったのだな、と思った。しかし、満州建国以来、しばらくつづいた〝平和〟な時代が、もうこれで終ったのだとは、まだ信じられなかった。

言い遅れたが、山中貞雄は『人情紙風船』を最後に出征して、間もなく中支で戦死した。新劇俳優の友田恭助、映画監督の小津安二郎も同じ頃に、相ついで出征。小津は数年後に無事帰還したが、友田は上海付近の渡河作戦で戦死した。また、火野葦平という兵隊作家が『糞尿譚』という風変りな題名の作品で芥川賞をうけたのも、この年の暮れのことだ。満州事変のときは、こんなに有名な俳優や監督や作家などが兵隊にとられて出征するということはなかったし、ましてや戦死するなどということは考えられもしなかった。

中学五年の夏休みがおわって、クラスのほとんど全員が受験勉強に血まなこになっているというのに、僕は相変らず鞄のなかに映画雑誌をつめこんで、教科書や参考書にはまるっきり見向きもしなかった。学校のかえりに富士見町の現在角川書店のあるあたりの本屋で、「キネマ旬報」を買うつもりで、

「旬報をくれ」

といったら、店員が心得顔に「受験旬報」をよこしたことがあって、そのときはさすがに多少、自分の生活態度を反省した。しかし僕の考えでは、どうせいまから勉強したって三月の受験には間に合いっこない、浪人一年は覚悟のうえだから、中学を卒業するまで、あとの半年間は徹底的に遊ぶことにしようというのであった。もともと僕の親戚は、一人の例外をのぞいて、父や父の兄弟たち、その息子たちは皆、一年から三年ぐらいは浪人し

ていた。ただ僕と同い年の従兄が一人、その年の四月に四年修了で高知高校に入っていたが、そういうのは親戚中での変り種であるから、あまり気にする必要はなかった。

シナ事変がはじまったといっても、それで世の中全体が戦争一色に塗りつぶされたというわけではない。いや、国が戦争をはじめたといっても、個々人の日常の生活感情の上ではあくまでも平和を固執していたものだ。街には『露営の歌』だの、『上海だより』だの、軍歌調の歌謡がながれていたが、同時に『忘れちゃイヤよ』だの、『とんがらがっちゃダメよ』だのという歌も決してすたれたわけではなかった。ただ、九月に入って不急不要の外国製品の輸入が一時差し止めということになって、同級生で早くも髭の生えかけた連中が、あわててジレットの替刃を買いあさったりしはじめたが、そんなのは必要に迫られたというより、単に大人の気分を味わうためにやっているだけであった。僕はオクテで、ろくに髭らしいものも生えそろっていなかったから、カミソリには関心がなかった。僕が気になったのは、そんなことより外国映画がどうなるかということだった。しかし輸入会社の倉庫には、まだ未公開のフィルムのストックがたくさんあって、その中には、『どん底』だの、『舞踏会の手帖』だの、『望郷（ぺぺ・ル・モコ）』だの、『大いなる幻影』だの、名作のうわさの高い作品がいろいろあるというので、先のことを心配するより、そういうものを早く観たいという期待感の方が強かった。とくに『大いなる幻影』は、すでに試写会での批評があちこちの雑誌に出ていて、ほとんどすべての批評家が最大級の讃辞を述べており、ジャン・ギャバンの熱心なファンであった僕は、そのギャバンと、頭を剃り上げたグロテスクな俳優エリッヒ・フォン・シュトロハイムとが、いったいどんなことをやらかすのか、想っただけでも胸が鳴る心持だった。

ところで、戦争はいろいろのものを僕らから奪って行ったが、一方ではまた思い掛けないものを与えてくれてもいた。たとえば、映画が〝市民権〟を得たのは戦争がはじまってからである。それまで映画館——とくに日本映画をやっている活動小屋——は、差別された不良の巣窟のように思われており、僕ら中学生が監督者のつきそいなしに映画館に入っているのを補導員というのに見つかると、学校に通報されて説教されることになっていた。もっとも、それはタテマエだけで、僕らの学校では映画や芝居を観に行くこと自体はそれほどウルサく咎められはしなかったが、それでも教師の前で映画の話など出来るのはお気に入りの優等生に限られていた。ところが、戦争がはじまってしばらくたつと、いつの間にか映画に関するタブーが消えて、教室で英語の教師が『会議は踊る』や『未完成交響楽』の話なんかをするようになった。つまり、映画そのものが罪悪視されることはなくなったのだ。しかし、それが戦争とどういう関係があるのか——？

これを簡単に説明することはむつかしい。遠因をいうと、まず国家総動員体制といったものをつくり上げるには、どうしても映画を動員する必要があったからであろう。「大衆を啓蒙するには映画が最も有効である」といったのはレーニンだが、これはレーニンに限らず、ヒトラーやムッソリーニも同じことを考えていた。ヒトラーは、レニ・リーフェンシュタール女史に委嘱してニュールンベルクのナチ党大会やベルリン・オリンピックの模様を壮大な記録映画にとらせていたし、ムッソリーニもローマの郊外に巨大な撮影所をかまえるという具合だ。わがくにも総力戦を遂行しようとするなら、映画を利用しないという法はない……。しかし、そんなことよりも、もっと直接的に映画の効用を、軍人や学校の教師たちに教えこんでくれたのは、前線から送られてくるニュース映画であろう。

ニュース映画というものが、いつ頃から始まったものか、僕にはハッキリした記憶はない。シナ事変の起るまえから『パラマウント・ニュース』とか、『朝日世界ニュース』とかいったものがあったことはあったが、それはまだ添えものに過ぎなかった。ニュース映画の存在が俄然大きく感じられるようになったのは、事変がはじまってからである。勿論、ニュースの画面にうつるのは、わが皇軍の勇ましい姿ばかりで、決して戦争の実態などというものではない。しかし、それでも北支の曠野にながながと連なる万里の長城だとか、不器用な手製の日の丸の小旗を手にした中国民衆の顔だとかは、どんな新聞の報道記事よりも、具体的に戦場を僕らに伝えてくれたわけだ。それまで、朝日一社ぐらいでしか作っていなかった日本のニュース映画も、毎日、読売、同盟通信などの各社でつくり出し、外国のニュース映画も、パラマウントの他に、ワーナー・ニュースとか、パテー・ニユースとかいうのをやり始めた。こうなると、ニュース専門の映画館もあっちこっちに出来てきた。たとえば新宿なら、武蔵野館の裏の朝日ニュース劇場とか、伊勢丹前の新宿文化映画劇場とか……。そして、これらの映画館のことは、もはやどんなに口うるさい教師たちでも、不良の巣窟だなどと言えなくなってきたのである。

ニュース映画館では、ニュースの他に、文化映画と称する短編記録映画や、ウォルト・ディズニー、デイヴ・フライシャーなどのマンガ映画を併映していたが、それらのなかには一般の長編映画よりも、遥かに純粋に意欲的に映画の可能性を追求したものがあって、僕は昂奮したものだ。またマンガ映画も、ウォルト・ディズニーの才能が最もはなばなしく開花したのは、あの時代ではなかったろうか。『ドナルド・ダックの南極探険』や『炎の舞』などの短編は、『ファンタジア』とか『白雪姫と七人の小人』といった後の長編よりも、ずっと詩的で美しかったように思う。

それにしても僕は、映画館の薄闇の中で何を感じ、何に昂奮していたのか、いまになってそれを憶い出そうとしても、浮かんでくるのは映画館のまわりの情景とか、観おわったあとで歩いた街の様子とか、そんなものばかりで、映画を観ていたときの昂奮それ自体は憶い出すことができない。無論、僕はその頃にみた映画の或るものは冒頭の場面からラスト・シーンまで、いまでも殆どそらんじている。しかし、それは同じ映画を何度も繰り返してみたための記憶であって、昂奮そのものの記憶ではない。おそらく映画の昂奮は、それほど純粋に官能的であるために、いったん昂奮がさめると同時に何に官能していたかもわからなくなるのだろう。

神田の南明座で、初めて『外人部隊』を観たときも、そうだった。冬の寒いさなかなのに、大きな鉄の火鉢に炭火の真っ赤におこったのが一つ、通路に置いてあるだけで、観客はまばらだった。僕は、たぶんその日、昼まで学校をサボッて、一人でまっすぐそこへやって来たのだ。ジャック・フェーデの『外人部隊』は昭和十年に封切られた旧作だが、当時はまだそういう旧作を頻繁に繰り返して見せなければならないほど、映画配給社は手詰りではなかった。だから古い名作を観るには、二流か三流の小屋で年に何度か〝名画祭〟と称して一日替りでいろいろのフィルムを見せるのを捉まえる以外に手はなかった。その日は、ルネ・クレールの『幽霊西へ行く』と二本立てで、両方みると三時間以上かかるのだが、僕はそれを三回も繰り返して観てしまった。『幽霊……』の方は前にも観ていたし、そう何度もみる気はなかったから、もっぱら『外人部隊』のために、昼の十二時から夜十時頃まで、飯も食わずにそのシンシンと寒い南明座の椅子に坐りこんでいたわけだ。

何がそんなに面白かったのか、これは前にも言ったように、いまとなってはわからない。何にしても僕は、マリー・ベルという女優の顔や声がそれ以来、忘れられなくなった。いや、それ以上に感銘をうけたのは、外人部隊という軍隊の不可思議な性格であったかもわからない。軍隊といえば、いずれ僕らも天皇陛下の命令で名誉の出征兵士になるわけだが、その日本軍とフランスの外人部隊とは何と違って見えたことだろう。——この映画を観てから三十年以上もたって、僕は先年マルセイユで外人部隊の兵舎を見た。そして、この植民地鎮圧の傭兵部隊のやることは結局、日本軍と大差ないものらしいことがわかった。フランスでも、日本でも、映画のなかの軍隊は所詮ツクリモノに過ぎない。とはいえ僕は、あきらめきったウツロな眼つきで、日ざかりのアフリカの白っぽい道を、太鼓や笛の音に合わせて、足を引き摺りながら歩いて行く軍隊の行列に、いまだに或るロマンチシズムを忘れかねているのである。

アランは、その反戦の書『マルス——裁かれた戦争』のなかで、軍隊の行進（パレード）というのは美学の根源ともいうべきもので、これを外側から眺めると人間は誰でも心を動かさずにはいられなくなるが、隊列に組みこまれて歩かされている兵隊にとってはただ苦痛なだけだ、という意味のことを述べている。それはその通りだ、と僕も思う。しかし、映画『外人部隊』の行進は、外側から眺められた美しさと、内側にいる兵隊の苦痛とを、同時に両側から巧みに描き上げていた。物憂い太鼓とカン高いピッコロの音、白い砂埃を上げながらやってくる外人部隊の兵士のなかには、禁治産者になった金持のドラ息子、政治運動で追いつめられた虚無主義者、前歴のわからない食いつめ者、ただ何となくアフリカにやってきてそのまま部隊に居付いてしまったのんきな男、等々種々雑多な連中が入り混っていて、それが同じ運命の糸にあやつられて、ヨーロッパから見れば地の果てのような砂漠の前線に向って歩いて行く。見ているうちに僕は、わけもなしに自分がその兵隊の中の一員であるような気分になっていた。アフリカの風土も知らず、女遊びの味も知らない僕が、この勇壮な戦闘場面一つあるわけでもない映画の何処に魅きつけられたものか、考えるとこれは不思議だ。主人公の兵隊の裏にある女関係や、とくに下宿屋の女将フランソワーズ・ロゼーの微妙にうごく心裡など、当時の僕にわかるはずもないからだ。にもかかわらず僕は、最後の場面でロゼーの発する高笑いの声が耳についてはなれないほど感動したのである。

外人部隊をあつかったのは、この映画の他に、有名なゲーリイ・クーパー、マレーネ・デートリッヒ共演の『モロッコ』だの、ジャン・ギャバンとアナベラの『地の果てを行く』だの、いろいろとあった。一番古いのは『モロッコ』で、これがたぶん外人部隊ものの原型だろう。『地の果てを行く』はピエール・マッコルランの小説をデュヴィヴィエが映画化したものだが、これは珍しくスペイン領モロッコが舞台になっていた。封切は昭和十一年、つまりシナ事変の起る前年の秋だったが、タイトルのところに、

この映画を、元スペイン軍外人部隊司令官フランコ将軍閣下に捧ぐ。

という日本語の献辞がついていた。つまりフランコ将軍麾下の部隊が、この映画の戦争場面のエキストラをつとめたというわけだが、こんな献辞はフランス語の原版にはついていなかったに違いない。当時、フランコはその外人部隊をひきいてスペイン本国に乗りこみ、人民戦線派の政府軍と大規模な内戦を引き起していたが、無論フランスは、英、米、ソ連などとともに政府軍を支持しており、この映画はそれより以前に作られたものだとしても、フランコに献辞を捧げる性質のものではなかったからである。それを日本語版にわざわざ入れたのは、配給会社が日本の軍部や当局者にお世辞を使ったものとみていいだろう。フランコ軍にはナチ・ドイツの後押しがあり、そのドイツと日本は防共協定なるものを結ぼうとしていたところだったから、フランコ軍は日本の間接的な友軍になるというわけだ。

こんな、どうでもいいようなことを僕が憶えているのは、じつはそれから一年たって——つまりシナ事変の年の十二月、政府は一九四〇年に予定されていた東京オリンピックの中止を発表したが、それと前後してフランス映画『大いなる幻影』の上映許可を見合せるという処置をとることになったからである。オリンピックの方は、「時局の重大性にかんがみ」というようなことで、それなりに中止の理由がハッキリしていたが、『大いなる幻影』の上映が差し止められた理由は甚だ不明瞭で、何ともスッキリしなかった。『大いなる幻影』は、第一次大戦でドイツ軍の捕虜になったフランス空軍の将校が、何度も収容所脱走をこころみたあげく、ついに成功してスイス国境の彼方へ逃げのびるという話だから、それ自体は別段「時局にふさわしくない」といわれる理由はないようなものだった。ドイツ国内でも、ヒトラーにつぐ実力者のゲーリング空軍元帥などは、同じ飛行将校という立場から、この映画に賛意を表していたという。ところがゲッベルス宣伝相は「これはドイツ軍を甚だしく侮辱するものである」として、断固上映を禁止した。そこで、わがくにでも、盟邦ドイツ国民の名誉をそこなうようなものは上映を見合わせた方がよろしいというので、とうとう禁止になってしまった。

僕は、じつに腹立たしかった。オリンピック中止と違って、『大いなる幻影』の上映禁止は新聞でも大きく取り扱ってはいなかったし、あまり話題にもならなかったが、僕としてはオリンピックなんかよりも、こっちの方がよほど重要だった。検閲ということ自体は、子供の頃から新聞雑誌に、〇〇や××のいっぱい入ったものを見慣れてきたせいで、そういうものがあることは仕方がないと思いこまされてきたのだが、ドイツの宣伝大臣の意向でいったん許可した映画の上映が禁止されるというのは、どう考えても合点が行かなかった。――いったい、このくにの検閲制度というのは、どうなっているのだ？　役人は自分の頭でものごとを考えて決めるのではなくて、外国の大臣の言うことをきいて自分の国のことを判断するというのだろうか？

大袈裟にいうなら、このとき僕は初めて思想的にめざめたことになるだろうか。

これまで僕は、ドイツという国が好きだったし、ヒトラーやナチも嫌いではなかった。昭和八年に国際連盟を脱退して以来、日本が国際的に孤立させられているということは、少年の僕でも心細い気持だった。だから、ドイツがナチの天下になると直ぐに国際連盟を脱退してくれたのは、日本にとっては有り難いことのような気がしていたのだ。そして、スペインでフランコ将軍が内戦を起すと、僕はフランコがはやく政府軍をやっつけてくれるようにと応援していた。おそらく、これは僕だけではなく大半の日本人がそうだったのだ。そして、もしも僕が映画ファンでなかったら、この気持はずっとあとまで続いたに違いない。ところが、ジャン・ルノアールの不朽の名作というような呼び声の高かった映画が見られなくなったことで、僕はいっぺんにゲッベルスを憎み、ナチやヒトラーやドイツが嫌いになってしまった。そして日本が、このナチの真似をしはじめていることが、急に不安になってきた。

とはいうものの、僕は勿論、中国で日本の軍隊が何をやっているかなど、少しも知らなかった。じつは『大いなる幻影』が上映不許可になって、僕が憤慨していた頃、南京ではそれどころではない大変なことが起っていたのだが、新聞もラジオもニュース映画も、それについてはまったく、僕ら国民には何も知らせてくれてはいなかったのだ。

昭和十二年十二月十三日から、翌十三年一月末まで、六週間のうちに日本兵は中国人を十五万五千人以上を殺し、五千人以上の女性に暴行をはたらいたうえに、市民の財貨を掠奪し、街を焼き払ったということは、戦後になるまで、日本人のほとんどが知らなかったことだ。

しかし、いまになって思うのだが、もしこれをあの当時、日本の新聞やラジオでこのとおりに報道されていたとしても、果して僕らはそれを信じる気になったかどうか、僕には自信がない。たしかに僕らは、南京虐殺事件というものについては知らされていなかったし、細かい数字や何かは無論、全然知らなかった。しかし、十五万五千人というような数字を聞かされても、それだけでは何も驚かなかったのではないか。すくなくとも、それだけの数の死体が街に転がっているということがどういうことなのか、自分の眼でそれを見てみるまで、何のことだか見当もつかなかったに違いない。——要するに、チャンコロが死んでいる、ただそう思っただけだったかもしれないのだ。だいいち僕自身は、その頃、日本人の将校が二人で中国人の「百人斬り競争」をやったという新聞記事が出ていたことを、全然憶えていないのである。

百人斬り〝超記録〟

向井、百六——野田、百五

両少尉さらに延長戦

こういう記事が、昭和十二年十二月十三日づけの東京日日新聞に出ていたというのだが、僕はそんなものをまったく見過ごしてしまっていた。僕の家では、新聞は朝日と日日をとっていたが、日本の将校がシナ人の首をいくつ切ろうが、そんなことには少しも興味が持てなかったからであろう。この僕の無関心は当時の新聞に軍部の検閲が加えられていたということとは直接関係のないことだ。

あれは南京事件があって一、二年たってからのことだ。クラーク・ゲーブル主演の『地球を駈ける男』という映画が入ってきて、ゲーブル演じるアメリカの新聞記者が、中国でさんざんデタラメの記事をつくって送る場面があった。日の丸のマークをつけた玩具を飛ばして、それが中国人少女に襲いかかるトリックの場面を、ゲーブルがニュース映画のカメラで撮るのだが、それが矢鱈におかしくて、僕もまわりの観客もみんな馬鹿みたいに笑い転げながら眺めていたのである。

映画『大いなる幻影』は、終戦後二、三年たって公開された。つまり、そのフィルムは配給会社の倉庫に十年余りも眠っていたことになる。僕は早速、映画館に駆けつけたが、見終って何ともつかずシラジラしいような気分にさせられた。

映画それ自体が、ツマらなかったというわけではない。ただ、僕がそれを期待していたときと、実際に見たときとでは、時代や環境が違いすぎて、つい眼がスクリーンからはなれてしまうのだ。いってみればそれは、通俗小説の筋立てではないが、長年引き裂かれていた恋人に出会っても容易に打ち解けられないような心持かもしれない。何にしても、この映画の主題はあまりにも第二次大戦前夜の〝時代〟の空気に密着しており、何とかして戦争を避けたい、戦争から逃れたいというあの頃の願望がスクリーンの向うから漂ってくる気がして、それが戦争も終ったこの時点に、戦禍の痕もナマナマしい映画館の中では、いかにもムナしく、色褪せたものに感じられたものである。

考えてみれば、昭和十二年、まだ十七歳の中学生であった僕には、この映画のストーリーだけを知らされても、それが何を主題にしたものかなど、わかるはずがなかった。しかしいまになってみれば、これは明らかにジャン・ルノアールが、平和を守るために当時結成されたばかりの人民戦線に期待をかけ、その主旨にそってつくられたものに違いない。つまり、貴族もブルジョアも労働者も農民も、これまでの階級対立を解消して、平和を守るために手を結ぼう、という……。前にも述べたようにこの映画は、第一次大戦でドイツ軍の捕虜になったフランスの空軍将校が、協力し合って何度も収容所脱走をくわだて、ついに雪の国境をスイス領内に逃げおおせるという話だが、その捕虜のフランス将校のなかには労働者出身のジャン・ギャバンもいれば、貴族のピエール・フレネもいる、さらにロスチャイルドを想わせるユダヤ系の大ブルジョアの息子もいるし、教師上りのインテリもいるといった具合で、おのおのの出身階級によってそれぞれ性格も利害感情も違うから二六時中、衝突ばかりしている、それが収容所脱走という目的のために協力一致するというのである。しかも、その収容所の所長エリッヒ・フォン・シュトロハイムは、オーストリーの貴族であって、フランス貴族のピエール・フレネ中尉に階級的な親愛感を持っており、結局この二人の貴族がお互いに騎士道精神を吐露し合っている隙を突いて、イガミ合っていた労働者のギャバン中尉とユダヤ人将校とが手をつないで無事に収容所を逃げ出してしまうことになっている。

勿論、これだけの設定をあえて人民戦線の観念に結びつける必要はないかもしれない。しかし、ジャン・ルノアールのこれにつづく作品がフランス労働組合の支援による人民戦線映画『ラ・マルセイエーズ』であることを考えると、『大いなる幻影』にも国家主義に対抗するため、貴族をふくめた全階層の協力と結集を呼びかける意図があったといえるだろう。となると、ナチの宣伝相ゲッベルスがこの映画の上映禁止を主張したのも極く当然だったことになる。ちなみに『ラ・マルセイエーズ』はフランス労働組合の醵金でオムニバス映画の形式でつくられたが、政治意識が前面に出過ぎたせいか、前作『大いなる幻影』には遠く及ばない失敗作であったらしい。ルノアールはその後、アメリカに渡って『南部の人々』などの映画をつくるのだが、あまりパッとした評判ではなかったようだ。


ところで、人民戦線といわれても、それが何のことなのか、当時の僕にはわからなかった。中学の同級生に矢内原光雄というのがいて、彼の父親、矢内原忠雄はその著作が当局の忌諱に触れたため昭和十二年十二月、東大教授を辞任しなければならなくなった。それと前後して〝人民戦線グループ〟の執筆禁止ということが、新聞や何かに大きく出た。僕は、矢内原光雄とは一年生の頃からずっと一緒で割に仲が良かったから、

「ジンミンセンセンて何だい？」

と、矢内原に訊いた。すると矢内原は、

「要するに左翼のことさ。しかし、うちの親父は左翼なんかじゃねえよ。左翼なら、もっと話がわからア」

とこたえた。そう言われても、僕にはさっぱりわからなかったが、それ以上に詳しく訊こうと思っても、何となくそれは出来なかった。一つは矢内原の家庭の事情に触れるのが気の毒であったことと、もう一つは周囲にジンミンセンセンのことなど大声で話すのを許されない空気がすでにあったからである。

しかし、本当のところ〝人民戦線〟とは何だったのか？　ヒュー・トマスの『スペイン市民戦争』（都築忠七訳）は、次のように言っている。

一九三六年二月の（スペイン国内）選挙で、左翼の諸政党は、人民戦線協定を結んで一団となった。この名称は共産党から提案されたからであった。（略）ブルガリア共産党のディミートロフは、当時コミンテルンの書記長であったが、ヒトラーの台頭がソヴィエト連邦にあたえる脅威に直面して、世界共産主義の政治目標を、つぎのように定義した。「社会民主主義諸政党との統一行動を準備する共同人民戦線の結成は、必要なことである。共産主義労働者、社会民主主義労働者、カトリック労働者、その他の労働者の統一のために、努力できないものだろうか。（略）」

というわけで、この提言はコミンテルンに受け入れられ、人民戦線の政策が正式に開始された。これまで各国共産党は、ブルジョア政党はすべてファシストだといっていたのだが、それをやめて中流階級諸政党との友好関係をつけるように指令された。とはいうものの、この一時的な妥協を計った政策は、ソヴィエト政府やコミンテルン執行部とは最初から相容れないものがあったらしい。

それ（人民戦線）は、ソヴィエト政府が、ヒトラー・ドイツに対抗するため、少なくとも若干のブルジョア国家（なかんずくフランスと英国）との同盟を必要としたことを認めるものではあったが、同時にそれは、一切の資本主義的ブルジョア社会の転覆という、共産主義の長期目標を維持する必要によって規定された妥協であった。

という。このヒュー・トマスの言うところがどの程度に正確なものか、僕は知らない。しかし、人民戦線が最初から性格のハッキリしない妥協の産物であったことだけはたしかだろう。まして当時、中学生であった僕らには、何のことやらサッパリわけがわからなかったのも無理はない。

いずれにしても、その人民戦線は、一九三八年（昭和十三年）の暮れにバルセロナが陥落して、フランコ軍の勝利が確定的になると何処かへ消えたように失くなり、僕らはそんな言葉を忘れるともなく忘れてしまった。だいたい僕が、バルセロナの陥落など憶えているのは、研究社から出ていた受験生向きの英語雑誌に Barcelona Falls という見出しがあって、これは英作文の試験に出るかもしれないぞと思ったからだ。

僕は、その年の三月、中学を卒業して、四国の松山高等学校を受けに行き、予定通りに落第したが、そのとき受験宿でみた新聞には、ヒトラーのドイツがオーストリーを併合したことが出ていた。そして翌昭和十四年（一九三九）には、同じ四国の高知高校を受けに行って、これも半ば予期した通りに落第したが、このときもヒトラー・ドイツは、スペイン戦争勝利の余波を駆ってチェコに侵入して保護国にしている。このように、僕が地方の高校に遠征して落第するたびに、どういうわけかヒトラーは隣国に軍隊を進めて成功を収めるので、その意味からも僕は、ヒトラーは自分にとってゲンの悪い人物だと思わざるを得なかった。

もっとも、僕の落第が何よりも学力不足に由来していたことは、言うまでもない。前にも述べたように、僕は中学を卒業するまでは徹底的に遊び、勉強は浪人してから始める方針であったが、これは小学校五年のときズル休みを重ねながら、二箇月足らず勉強して級友の学力に追いついた経験から、浪人一年すれば充分人並みの学力がつくものと計算していたのである。しかし、高校受験は中学のように簡単には行かず、城北高等補習学校というのに一年間かよっても、大した効果は上らなかった。ただ、作文だけは四十分間で六百字の文章を書くことがウマくなり、しばしば模範例に上げられるようになった。しかし、これも受験に役立つかどうかはわからない。苦手の課題がでると、まるで書けなかったからである。

浪人二年目も同じ予備校にかよい、そこの教室で古山高麗雄その他、何人かの仲間と出会った。いずれも浪人二年目以上の連中だが、僕と違って学力はあり、運さえ良ければ浪人せずに何処かの高校に入れるぐらいの実力はあった。とくに一学期の終り頃から、教室に顔を見せはじめた古山は、遊んでばかりいるくせに、模擬試験になるといつも上位の成績を収めて、僕をおどろかせた。しかし別の意味で僕がもっと驚いたのは、彼がすでに女を知っていたことだ。僕には生来、図々しいところと気の弱いところがあって、女性の前に出ると無闇に昂奮したり怖気づいたりするのだが、古山にはそういうところがまるでなかった。彼は、極めて平然と新宿二丁目や玉の井などの遊所にかよい、帰ってくると、また平然と勉強しはじめるという具合で、まったくそれは日常茶飯の一と齣《こま》のごとくであった。

「ああ、興亜奉公日とは、こまったことを始めやがったな」

あるときも、古山は出しぬけにそんなことを言って、僕をおどろかせた。「興亜奉公日」というのは、その年の夏――シナ事変が三年目に入ったとき――から始まったもので、毎月一日には各戸で日の丸の国旗をかかげ、出征兵士の労苦をしのんで歌舞音曲など、一切の遊興を慎むという行事である。戦時中をとおして、国民の個人生活に干渉する細ごまとした法令やら要望やらが続々と出てくることになるのだが、この「興亜奉公日」

はそのハシリであった。それにしても、これはイヤなことには違いないが、どうして「こまったこと」になるのか？　そう思って、僕が訊きかえすと、古山は平然とこたえたものだ。

「だって、その日は遊廓が休みになるじゃないか、全国一斉にだぜ……。不便だし、こまるよ、これは」

実際、こまるといえば、その頃から戦争の影響は僕らの日常生活の一層現実的な面に、いろいろとあらわれはじめていた。たとえば「純綿」という言葉がはやり出したのも、その頃からだ。木綿といえば、それまでは一番安くて実用的な布地だとされていたが、事変以来、それは姿を消して、ス・フ（ステープル・ファイバー）と称するパルプ製の代用繊維がこれにかわった。ス・フは見掛けはそんなに悪くなかったが、水につけると溶けたようになり、吸湿性がなかったから、とくに下着やタオルには、まったく不向きなしろものだった。それで、「スフ」は不良な代用品の代名詞になり、「純綿」は昔からある本物ということになった。「純綿の鮨」といえば七分搗《つ》きでなく白米の飯をつかった鮨であり、「純綿コーヒー」といえば大豆を焦がした代用豆の混っていないコーヒーというわけだ。コーヒーだの、香水だのといった外国製品が品薄になっても、それほどは驚かなかったが、あるとき突然、マッチがなくなったのは、国民の間にちょっとした恐慌を捲き起した。もっとも、マッチが本格的に不足して配給制になったのはアメリカとの「大東亜戦争」がはじまってからで、シナ事変のこの頃には単に一時的に供給が途切れただけで、すぐまた出廻るようになった。それで、マッチがなくなったのは、外国のスパイが朝鮮人や中国人を使って買い占めさせたのだ、というデマがとんだりもした。

いずれにしても、そんな風に日用の実用品が失くなりはじめたことから、ようやく僕らは戦争の実感を、いやおうなしに身のまわりで覚えさせられるようになってきた。しかし、この圧迫感は、僕らの両親や祖父母たちの日清、日露の両戦役の頃には覚えたこともない奇妙なものだったに違いない。何しろ、宣戦布告もなく、政府が不拡大方針をとなえているうちに戦線が拡がって、いつの間にか中国全土に厖大な数の軍団が派遣され、何処までひろがるかわからない泥沼の中に、銃後の国民までが、どっぷり浸されたようになっているのだ。

「もう、こうなったら汪《ワン》さんにお願いして、何とか手を打つようにして貰うより仕方がないって、家へくる軍人も言っていたぜ」

予備校の仲間の一人が、そんなことを言った。汪《ワン》さん、つまり蔣介石に次ぐ国民党のNo.2汪兆銘は、前年（一九三八）の暮れに、日本との和平交渉をすすめるために重慶を脱出したということで、和平に希望を持つとしたら、汪兆銘にたよる他ないことは、誰でもが薄うす感じていることだった。しかし、その汪さんと、「蔣介石を相手にせず」と声明を発した近衛首相との交渉はどうなっているのか、あまりはかばかしい進展も見えないうちに、近衛首相は辞任して平沼内閣にかわってしまった。

そして、一層不気味なことに、その年の夏の初め頃から、ソ満国境でノモンハン事件というのが始まって、そこでは僕らに見当のつかない凄惨な戦闘がおこなわれている模様であった。最初の頃、新聞にはわが陸軍の戦闘機が連日、大量のソ連機を撃墜しているといった景気のいい記事ばかりが出ていた。たとえば朝日新聞は『ノモンハンの江戸っ子荒鷲』のコラムの続きものをかかげているが、その見出しは次のようなものだ。

デブ隊長・秘密の体重――機上にどっしり勇猛無類
鮭に唸る胃袋――テントは食物座談会
ああ還らぬ碁仇――国境の草に祈る、勇士にもこの感傷
必要な〝見届け役〟――功を誇らぬ荒鷲勇士
秘談〝命有り少尉〟――搭乗機は東京鋳物号
瞼の英雄に捧ぐ――今は涙の追憶幾篇

じつは、これをものした入江徳郎記者は、入社早々、ノモンハンに特派されたが、どんなところかも知らずに着いたところ、見渡す限り何の遮蔽物もない砂漠の向うの地平線から、黒蟻のようなソ連軍の戦車の大群がイキナリ姿をあらわして、ゾロゾロとこちらへ攻め寄せてくるのに、まったく生きた心地もしなかったという。勿論、『江戸っ子荒鷲』の

なかには、そのようなことは一と言も出てこない。もっぱら、ありあまる食料を腹一杯食べて勇敢にたたかう航空隊の勇士の横顔が描かれているだけだが、これは当時、厳重な軍の検閲下にあって惨憺たる敗戦の実情については何も書くことを許されなかった記者の苦肉の策であろう。しかし、いかにひた隠しに隠されていても、わが軍の敗北の状況は、部分的にではあるが、何処からともなく伝わってきた。圧倒的なソ連軍戦車に包囲されて、わが軍は負傷兵を収容することさえ出来ないほどの大混乱に陥っているとか、わが軍は敵戦車を何台か擱坐《かくざ》させても、敵はその戦車のまわりを他の何台もの戦車で取り囲んで、わが軍の歩兵が近づくことも出来ないうちに、毀れた戦車は修理を了えて走り出すから、結局敵にはほとんど被害をあたえることは出来ないのだとか、さらに何とかいう皇族の将校は上官の命令もきかずに勝手に後方の基地にかえったので、事実上の敵前逃亡だといわれて問題になっているのだとかいったことまでが、ひそひそ声で囁かれるようになった。

僕らは、宮様が戦線を離脱したからといって、別段そのことには驚かなかったが、そういう前線に皇族までがかり出されているということ自体に、これまでの戦況にはない切迫したものを感じて、ドキリとさせられた。

蒙古や北満なんか、どうだっていい、早く何とかソ連とは和睦してくれないものか、悲惨な話をきくにつけて、僕はひたすらそう願わずにはいられなかった。すでに、そのとき満十九歳になっていた僕は、徴兵適齢が目前に迫っているだけに、血腥い戦線の模様は他人事とは思えなかったのである。

そんな或る日、僕は予備校の夏期講習から帰ってきて、何気なくその日の夕刊を見た瞬間、愕然とさせられた。一面に、大きな活字で、こう出ていたからだ。

独ソ不侵略条約締結

昨夜突如独政府公表

僕は、おどろくと同時に腹立たしかった。日本は、日独防共協定というものを、いったい何のために結んだのだ——？　僕はいまだに、この「防共協定」なるもののおかげで、『大いなる幻影』が見られなくなったことをうらんでいた。あの映画を上映禁止にしたのだって、ドイツの宣伝大臣の言ったことに気兼ねしたからではないか。そんな細かなことにまで気をつかいながら、わがくにの政府は自分の国の兵士が何万人も血を流して戦っている当面の敵ソ連と、ドイツが「不侵略条約」を結んでいるのに、ドイツ政府の発表があるまで気がつかないとは何事だ。それにドイツもドイツだ、本来ならこういうときにノモンハンで苦境に立っている日本の立場を考えて、停戦協定の仲立でもしてくれるのが、盟邦の役割じゃないか。

腹立たしいのは、それだけではなかった。日本の新聞には、どれにもドイツが日本との信義を破ったことについて非難した記事が、いくら探しても出てこないのだ。ようやく何日かたって、片隅の方にほんの小さな活字で、こんなことが出ていた。

防共協定は精神的約束――独情報部長談

として、ドイツ宣伝省内でおこなわれた外国新聞記者団とのインタヴューで、ドイツ情報部長は、日独防共協定と独ソ不侵略条約との関係をきかれて、こうこたえているというのだ。「防共協定は精神的な国際的約束であり、独ソ不侵略条約は国家間の一協定だ」

それを読むと僕は、そこに並んだ黒い小さな活字がドイツ軍戦車のように見え、冷く光ったその戦車群が僕らを突き放して、みるみる遠く遥かな地平線の彼方へ消えて行くようだった。――もう、こんなドイツにたよることはない。ドイツは日本から離れてソ連軍の味方になってしまったのだ、何が「防共協定は精神的な国際的約束」だ、精神的約束なら破ったっていいっていうのか、バカにしてやがらあ！

それと同じ頃、朝日新聞には守山ベルリン特派員との国際電話応答が、次のように出ていた。

本社　この問題について大島駐独大使の働き掛けはどんなものでしたか
守山　大島大使は今度の事については全然与っていなかったように思われます
本社　わが大使館の館員はどうでしたか
守山　平然としていますね、面目玉は潰された訳ですが
本社　ドイツの民衆はどんな風にしてこの対ソ協定を迎えていますか

守山　それはもう大歓迎で非常な喜び方です。ベルリンの街は蘇ったようで活気を帯びて居ります、昨日までは非常に憂鬱だったのです、愈々今度は戦争を避けられないと信じているような状態で非常に心配して居たのですが、そこへこのモスコーとの協定成立で戦争の危機が去ったという感じで、ドイツ人はもう大変な喜び様ですチャルマーズ・ジョンソンの『尾崎・ゾルゲ事件』は、ノモンハン事件と独ソ不可侵条約について、次のように言っている。

……一九三九年八月二〇日の未明（略）、ジューコフ元帥は、戦車、航空機、砲兵隊、歩兵隊をつぎこんだ反攻作戦を慎重に練って、日本軍を驚かせ、その月の終りまでに日本軍をソ蒙領内から駆逐した。この敗北の後に、日本がとりうる唯一の論理的な手段は宣戦布告しかなかったろう。

だが、日本がこの（ノモンハンの）戦闘に敗北を喫していたころ、同盟国ドイツが、日本を裏切っていた。一九三九年八月二三日、モロトフ・リッペントロップ協定が調印され、さらに同年九月一日には独ソ両国はあい共に、ポーランドに侵入した。政治的には全く素人である関東軍の将官たちは、満州国内に撤退し、驚くべき外交的な情勢の進展を理解しようと努めた——。よく知られているように、諸国の共産党はスターリンの意図が分らなかったが、日本政府も、ドイツがなぜ協定に調印したのかその真意をつかめなかった。（萩原実訳）

右のC・ジョンソンによれば、リヒャルト・ゾルゲは、尾崎秀実などから得た情報をシベリア経由で逐一モスコーのソ連情報部に送ると同時に、同じ情報をベルリンにも報告していたという。当時ゾルゲは、駐日ドイツ大使館でオットー大使につぐ実力者であり、ナチス党員章も持っていて在日ナチスの指導者でもあったというのだから、ベルリンに対しても精一杯、点数をかせぐようつとめていたのは当然のことだろう。ただ、ここで気になるのは、尾崎の方はゾルゲを通じてドイツ側の情報を、どの程度に知らされていたかということだ。寺谷弘壬によれば、ゾルゲは独ソ不侵略条約の成立を策動し、「その極秘裡の二国内交渉と内容とを締結発表の二週間前に大スクープ」したというのだが、こうしたゾルゲの策動なりスクープなりを尾崎はまったく知らなかったのだろうか？　それとも、かなりのことを知りながら、あえてソ連側の利益を守るために、これを近衛など、自分がブレーンをつとめる日本の上層部に教えることはしなかったのだろうか？　尾崎とゾルゲの関係や、二人の思想上の立場をかんがえるうえで、もしこれが事実であるとすれば、じつに興味のある問題だ。

何にしても、独ソ不侵略条約が出来て一週間後に、この両国が東西からポーランドに攻めこんだために、イギリスとフランスがドイツに宣戦布告して、第二次ヨーロッパ大戦がはじまったわけだが、このニュースをきいたとき、僕はおどろくよりもホッとした気持だった。――これは僕だけではなく、日本人のほとんどがそうだったと思う。勿論、ヨーロッパで戦争がはじまれば、それが世界中に拡がって、日本もその中に捲き込まれるだろうということは、容易に考えられる。しかし、ドイツが日本を裏切ったというのに、ドイツ人だけが勝手に、「戦争の危機が去ったという感じで、ドイツ人はもう大変な喜び様です」というのでは、僕ら日本人は、まったく踏んだり蹴ったりではないか。

中国のうしろに、英、米、フランスなどの力の働いていることは、誰でもが知っていた。そのうえソ連の後盾にドイツがまわったとあっては、もう日本は立つ瀬がない。いくら世界中が平和になろうと、日本だけが孤立させられて、ソ連や中国を相手に戦争をつづけなければならないなんてことになるのは、まっぴらだ。そこへ、ヨーロッパでも戦争がはじまって、イギリスもフランスもソ連もドイツも一蓮托生、全部が戦争の渦にまかれてしまったというのだから、日本としては一と息吐けるだけでも、大助かりというわけだ……。無論、こんな考え方は、いかにも近視眼的で利己的に過ぎると思われるに違いない。しかし、すでに徴兵適齢期を目前に控えた僕としては、何といわれようと、自分たちだけが兵隊にとられて、戦車の下敷になって死ぬような目に合いに行くのがイヤだった。

あれは、いつ頃からはやりはじめたのだろうか、『出征兵士を送る歌』というのが、街角のラウド・スピーカーなんかから流れてくるのが、よく耳につくようになった。

わが大君に　召されたる
命栄えある　朝ぼらけ……

そんな文句が、センチメンタルな節廻しできこえてくると僕は、どうせ兵隊に引っぱられる心配のない連中が何を言ってるんだという気がして腹立たしかった。

ノモンハン事件は、その年の九月十六日、ソ連軍との間に停戦協定が成立して、どうやらわが軍は完全敗北という汚名だけは免れることができた。しかし、この沙漠地帯での敗戦の模様は、かえってその頃から、真偽とりまぜて頻々と僕らの耳にも入るようになった。東京の郷土部隊である第一師団も動員されて事件の末期に現地に向ったせいもあって、「近所の誰某さんの息子さんもノモンハンで死にそうになった」というのが、「ノモンハンでひどい目にあって死んだ」という話になって伝わってきたりもした。

勿論、まだその頃には敗戦の予感といったものは国民一般にはなかっただろう。しかし漠然とした不安や焦燥の念は、確実に僕らの周囲に拡がりつつあった。

すでにシナ事変の初期――まだ外国人の国内旅行が許されていた頃――、日本の地方都市をまわってきたゾルゲは、フランクフルター・ツァイトゥング紙に、「東京雑感」として次のような記事をよせている。

この三カ月間、中国で展開された軍事行動が日本にとって不可避の運命とかたく信じている人が、日本国民のあいだにどれくらいいるかをいうのは、むずかしい。だが、平均的日本人には、問題はほかにありそうだ。中国との戦争の結末はどうなるのか。今後の軍事行動やさらに増強される軍備のはてにどういう終結があるのだろうか。考えたくないというよりも、考えられないのだ。今日一般の国民が知っているのは、日本の本当の敵は、ソ連とイギリスなのである。この二国は極東における日本の独占的支配をゆるすはずがなく、日中戦争の結果、もっと日本と対立するようになり、戦争があちこちで続いてほしいと思っているのだ。（セルゲイ・ゴリャコフ、ウラジーミル・パニゾフスキー『「ゾルゲ」世界を変えた男』寺谷弘壬監訳より）

しかし、独ソ両軍のポーランド侵入のあと数箇月間、僕らは最後の〝平和〟を愉しんだといえるかもしれない。よく北国でいう三寒四温のようなものが、戦争中にもあって、ときどき間歇的に〝平和〟な季節が、長い戦争の合い間にやってくる。昭和十四年（一九三九）九月から半年間ばかりは、そんなかりそめの平和な時期であったように思う。

イギリスとフランスは、ドイツに宣戦布告したものの、本気で戦争をはじめる気はなかったらしく、ポーランドが一週間ぐらいで独ソ両軍に占領されてしまっても、ヨーロッパでは一向に戦闘のおこなわれる気配もなかった。フランスはマジノ線、ドイツはジーグフリード線という要塞のようなコンクリートの塹壕線を、それぞれ敷いていたが、フランスでは、「ジーグフリード線に洗濯物を干しに行こう」という歌がはやっているということだった。

一方、シナ事変も戦線は膠着して、新聞を見ても大した軍の動きはなさそうだった。僕の親父は前年から中支派遣軍で蘇州に行っていたが、向うの暮らしはノンキなものらしく、連絡にきた兵隊に父の様子を訊くと、兵隊は直立不動の姿勢で、

「ハイ、毎日よく飲んでおられます」

とこたえて、母を苦笑させた。しかし、そういう母も、父に劣らず毎日をじつにのんびりと過ごしていた。父がいなくても、戦時加俸で給料はそのまま留守宅に来るし、日常の物資にもとくに欠乏したものはなかったから、母は毎日のように友達を呼び集めて雑談したり、街へ買物に出掛けたり、映画や芝居を見に行ったりしていた。母にとって唯一の気懸りは、一人息子の僕が浪人していることだけだったろう。

無論、こんなノンキな暮らしが出来たのは軍人が特権階級だったからで、一般の出征兵士の留守家族の生活は決してこんなものではなかったはずだ。しかし、戦争でうるおったのは軍人の家族だけではなかったこともたしかで、街中や盛り場は軍需景気にわきたっているように見えた。その頃はＧＮＰだの経済成長率だのというものは発表されなかったし、株価の動きなども僕には関心がなかったから何も知らなかった。ただ僕にもわかった

のは、大学予科や旧制高校の入学志願者が年々増えてきたこと、官立の高専よりも私立の大学予科の入試がむしろ難しくなっていること、また高専の出身者がそのまま就職するより大学へ進学する例が多くなったこと、等々だ。そういえば大学出の就職率もめっきり良くなったらしく、「大学は出たけれど」とか、「就職難」とかいう言葉は、ほとんど聞かれなくなった。街には人があふれており、映画館や芝居小屋は何処もたいてい満員だった。

その頃、雑誌「文芸」に連載されていた高見順の小説『如何なる星の下に』は、浅草六区のお好み焼き屋やレヴュー劇場が舞台になっていたが、それにはこんな場面がある。

……その瓶口黒須兵衛《ビング・クロスビー》と、あとで楽屋の入口のところで会つた。

瓶口はりゆうとした洋服を着てゐて、ピカピカ光つた靴をはいてゐて、――その前に立つと頓《とみ》にみすぼらしく見劣りがする、汚い草履をはき汚い二重廻しをきた私の肩を、瓶口は十年の知己のやうに親しげに叩いて、

「ねえ、先生」（略）「おや、おや、ひどいふけだ」

瓶口は私の二重廻しのうしろを払つてくれまでして、

「小柳マーちゃんは十二月のはじめには帰つてきますが、会はまあ、――小柳マーちやんが帰つてからでせうね」

フフフと笑つて私の肩を叩いた。

サーちゃんの言葉といひ、この瓶口の言葉といひ、私が小柳雅子に夢中なことは、

いつかもう小屋中に「有名」に成つてゐるらしい。君が言ひふらしたのだらう、そんな眼を朝野に向けると、朝野はくるりと私に背を向けて、

「瓶君は実際全く、いやほんたうに張り切つてるねえ」

すると瓶口は革手袋をはめた手を元気よくパンパンと叩いて、

「いま張り切らなきや、張り切るときはないですよ」

「——人気が出てきたからなア」

「ここでぐツと、のしちまはないツと……」

高見順は、当時新進気鋭の作家で、この『如何なる星の下に』も話題作であった。しかしその高見順、すなわち〝私〟も、瓶口の前に出ると「頓《とみ》にみすぼらしく見劣りがする」というわけだ。勿論これは小説であり、しかも〝私〟は踊り子の小柳マーちゃんに想いをよせていることで、何かひけめを感じているところなのだから、現実にこれと同じ場面があったということではない。しかし、ついこの間まで楽屋のすみでくすぶっていた瓶口のような芸人が、事変以来、映画のアトラクションなどで急に人気が出て、流行作家の肩をポンと叩いたりするなど、いかにもありそうな話だ。

事変後、間もなく外国映画の輸入が止ったことは前にも述べたが、映画のストック本数が少くなると、洋画上映館はそれまで二本立てでやっていた映画を一本にして、そのかわりにポピュラー・ソングの歌手やジャズ・バンドの実演をやることになった。ちょうどダ

ンス・ホールやキャバレーが閉鎖されて、楽師や歌手は失職中であったが、そういう連中がこんどは舞台で演奏できることになったわけだ。この瓶口黒須兵衛なども、その一人だろう。当時は、「あきれた・ぼういず」などという四人組が、ギターを片手に、

ダイナ、ダイナは、何だいナ

ダイナは英語の、どどいつで

というような歌をうたっていたが、瓶口《ビング》はたぶんそういうモダンな——古い芸人に言わせれば半素人のような——芸人をモデルとしたものと思われる。勿論、瓶口などを戦時利得者とか、軍需成金などというのは当らない。しかし時局は、サアベルをガチャつかせたり肩をイカらせたりする連中の他に、瓶口のような連中にも脚光を浴びせることになった。

ところで、しばらく止められていた外国映画の輸入も、この頃から許可されて少しずつ入ってくるようになった。もっとも『風と共に去りぬ』のような金のかかる超大作や、チャップリンの『独裁者』のようにヒトラーをからかったりした作品は除外されたが、それでもコリンヌ・リュシェール主演の『格子なき牢獄』や『美しき争い』、ウィリー・フォルストの『ブルグ劇場』、フランク・キャプラの『わが家の楽園』、ジョン・フォードの『駅馬車』など、なかなか好いものが上映された。けれども、この頃、めざましくのびて

きたのは、外国映画よりも日本映画であった。戦争のおかげで、映画に〝市民権〟があたえられたということは、まえにも述べたとおりだが、とくに日本映画の場合、シナ事変のはじまる直前の昭和十一年頃から、これまでの新派悲劇やチャンバラの活動写真ではない、新しい観客層を狙った映画が出はじめた。そして昭和十四年頃には、そうした映画の監督や演技者だけでなく撮影所や製作会社のプレスティージを高めるような野心作が目白押しに並ぶようになった。ちなみにその年のキネマ旬報社のベスト・テンの上位をみると、次のようになっている。

一位『土』(内田吐夢)、二位『残菊物語』(溝口健二)、三位『土と兵隊』(田坂具隆)、四位『兄とその妹』(島津保次郎)、……七位『暖流』(吉村公三郎)

題名だけを眺めてもなかなか堂々たるものではないか。よく戦時下にこれだけの作品が揃ったものだと感心するが、この頃はまだ映画製作の物資や資材はそんなに不足していなかったのだろう。内容も『土と兵隊』を除くと、とくに戦時色を感じさせるものはなかった。勿論、検閲はあったし、言論思想の統制もおこなわれていて、石川達三の小説『生きてゐる兵隊』は前年に発禁処分をうけている。映画に対する統制も当然、以前より一層きびしくなっていたはずだが、積極的に戦争讃美や軍の宣伝を強要されるというほどでもなかったのだろう。ただ、『土と兵隊』は、たしか歌舞伎座で有料試写会というのがあって、僕は友達と二人で観に行ったが、これには田坂監督の前作『五人の斥候兵』ほどには感銘をうけなかった。わざわざ中国大陸にロケーションして、画期的な戦争映画といわれたが、陸軍に協力してもらっているせいか、全体に窮屈な感じがして退屈だったのである。

しかし、他の映画も戦時色はなかったといっても、時代の影響を受けないはずはなかった。たとえば『暖流』は、原作岸田国士の小説が朝日新聞に連載されている頃から非常な好評であったが、その好評の理由は大部分主人公日疋祐三の朴訥な性格と逞しい実行力とにあったようだ。ストーリーを簡単にいえば、東京山手の或る私立の大病院で起ったお家騒動のようなもので、病院長が同時に病院の持主で経営者でもあるのだが、その院長が死ぬと、グータラの息子とズルかしこい医者とが経営を壟断して、まさに病院は破産にひんしている。そこへ、元の院長に恩義を感じている日疋が乗りこんで、独断専行、不合理な習慣や、乱脈をきわめた経理を改革して、見事に病院を建てなおすというものだ。これに日疋と病院の看護婦石渡ぎん、さらに病院長の長女啓子との間の恋愛がからみ、結局、日疋とぎんとが結ばれるというところで終っている。映画では、この日疋を佐分利信、ぎんを水戸光子、啓子を高峰三枝子がやった。たしか原作では日疋は坊主頭であったが、佐分利の演ずる日疋は坊主ではなく黒いソフト帽をかぶって、これが日疋の実行力と強い意志を象徴するように見えたものだ。そして映画が成功すると、日疋と同じような黒いソフト帽の男があっちこっちに現れた。

戦時下の風俗といえば、戦闘帽に巻き脚絆というのがお定まりのようであるが、いかなる時代にあっても流行というのは一般の風俗を多少ヒネったかたちで——つまり日疋の黒い帽子のようなかたちであらわれるのである。

じつは、これについて先般、加藤周一氏の文学業績を祝うパーティーがあり、その席上丸山真男氏がはなはだ面白い話をされた。なにぶん酒も入っており、聞き流しにきいていたので不確かな記憶しかないが、当時大学の助手か何かをやっておられた丸山さんも日疋の黒いソフト帽に関心を持たれた模様で、その行動力にひかれるところもあったらしい。

しかし、日疋の魅力は何処にあったか？　日疋の学歴は小樽高等商業の出身で、いわゆるエリート・コースからははずれている。それが恩人の病院が危機にひんしているときくと、台湾製糖庶務課長という有利な椅子を投げうって、病院再建という厄介な仕事に乗り出す。病院長の家族はブルジョアであり、洗練された都会趣味の文化をもっていて、最初のうちは日疋のバンカラな性格とはことごとに衝突する。しかし日疋は、病院の経営を改革すると同時に、そういう人たちの生活意識も着実に変えてしまうのである。そして、院長の娘啓子からも慕われるようになる。こういう日疋の性格には、行動右翼のそれに似たものがありはしないか、つまり当時の日本人の意識の底には、ナチズムに対する賛意のようなものが隠れていて、それに見合う人物が行動力にとんだ日疋であり、また旧来の虚飾の文化に対する反感が日疋の黒い帽子の流行になってあらわれていたのではないか——？

大要こんなお話であったように思う。

丸山さんのこういうお話が、何処からどういう具合に加藤氏の文学業績のオマージュにつながってくるのか、かんじんのことを僕は、いまどうしても憶い出すことができないのであるが、『暖流』の日疋のなかには行動右翼、ないしは革新官僚の意識のようなものが、たしかに流れていたという気はする。そして、その革新意識は、何処でどう間違ったか、翌昭和十五年（一九四〇）皇紀二六〇〇年の大政翼賛会という大変不幸なものを生むことにつながってくるのである。

昭和十五年（一九四〇）――、僕の実感として戦争が本格的にはじまったのは、この年からである。

ヨーロッパでは、ヒトラーが電撃作戦というのをやりはじめた。まず四月、北のデンマークとノルウェーを占領し、五月になるとベルギーとオランダを一週間かそこらで降伏させた。そして、その月末にはイギリス軍はダンケルクに追い詰められ、あやうく全滅させられそうになりながら、何とか撤退作戦を成功させて、英本土へ逃げ帰ることになる。これを見て、イタリヤも枢軸側に立って参戦、英仏両国に宣戦布告した。その間にドイツ軍はパリを無血占領し、フランスは敗北を認めてコンピエーヌの森で降伏状に署名した。ドイツ軍の進撃開始から、わずか二箇月あまりのことである。

パリ陥落の報せをきいて、日本の自由主義派の知識人たちは他人事でなく衝撃をうけた。のちに慶応の予科で僕の担任教師になる高橋広江教授は、教場で生徒たちにフランス敗北の事情を語りながら、悲憤のあまり教壇の机に泣き伏したということだ。

しかし僕個人としては、フランスの敗北などより、この年またまた落第して浪人三年目に入ったことの方が、当然ながらずっとショックが大きかった。何度も言うように僕は一、二年浪人することは予定の行動だったから、べつに驚きもアワてもしなかったが、浪人三年は完全に予定外だった。

これまで、松山、高知と、南国ばかり目指していた僕は、一転してこの年は東北の山形高等学校を受けた。方向転換については別段深い理由はない。ただ何となく気分をかえてみたかったというまでだ。それに、松山や高知は、途中で連絡船に乗換えたりするから片道二十時間以上かかったが、山形までならその半分ぐらいしかかからない。上野発の夜行に乗って、翌朝目を覚したら、汽車はもう白雪皚々《がいがい》たる庄内平野を走っていた。

同じ東北でも、弘前に較べて山形は、昔から物産も豊かで北陸との交通もひらけているせいか、街並みも明るく、道にチリ一つ落ちていない感じで、小さいながら良くまとまった居心地のよさそうな町だった。僕は、こういうところで三年間こもって勉強することを考えると、何か非常に充実した人生が送れそうな気がしたものだ。もっとも僕のこの町に対する好印象も、大部分はこのとき泊った宿屋の女中さんに起因するものであったかもしれない。

その頃、受験宿といえば、大抵は学生相手の素人下宿が春休みの試験シーズンのときだけ臨時に旅館に早変りするのが通り相場で、頗る殺風景なものときまっていた。山形のその宿屋も下宿屋兼業らしかったが、部屋も夜具も清潔で、部屋には大きなコタツと火鉢が置いてあり、火鉢には鉄瓶のお湯がチンチン沸いていて、いかにもアット・ホームな温かさが感じられた。まだ、その頃は東京でも、そんなに日常物資が不足しているわけではなかったが、地方に出てみると僕らの忘れかけていた平和な時代の感触——食べもの、家具、調度、人の気風など——が、町全体に色濃く残っていることはたしかだった。コタツのヤグラを食卓の代りにして飯を食うのは東北地方の風習だが、ぷんと味噌の香りのする熱い汁をすすって炊き立ての庄内米の飯を食いながら僕は、こういう朝食を食うのは何年振りのことだろうと思った。

しかし、何よりも僕らを喜ばせたのは、給仕に出てくる可愛らしい女中さんのサーヴィス振りだった。僕らは、東京の同じ予備校から三人連れで、この宿に泊って受験にきていたのだが、小柄で笑窪のできる真っ赤な頰っぺたに眼のクリクリした彼女が、笑顔で食事を運んできて、お茶を入れたり、お代りをしたり、コタツの火加減を見てくれたりしながら、僕らの冗談口にも適当にアイヅチを打ってくれるものだから、僕らは三人とも彼女にノボセ上ってしまった。といっても、試験中のことでもあり、三人ともどちらかといえばオクテの方だったから、この女中さんにランデ・ヴウを申し込んだりする勇気もヒマもなかったが、廊下に紅いベッチンの足袋をはいた彼女の足音がきこえてくると、三人で声を競い合うように合唱しはじめるのだ。

　わらべは見たり　野なかのバラ
　きよらに咲ける　その色めでつ

本来、僕はこういう歌はあまり好きではなく、『ガソリン・ボーイ三人組』とか、『上海リル』とか、『セント・ルイス・ブルース』なんかを、サッチモ風にドラ声でどなり上げるのを得意としていたのだが、紺ガスリのもんぺの似合う彼女を見ていると、やはりシュウベルトだのドリゴのセレナードだのを、精一杯やさしげに歌い上げてみたくなるのであった。

　こんな調子だから、三人が枕を並べて落第したといっても、当然のことだと言われるかもしれない。しかし、僕はともかく、他の二人はふだんの成績は良く、模擬試験などでも山形高校ぐらいは悠々パスするだけの点数を上げていたのだから、試験の合い間に宿屋へ帰ったとき歌をうたったぐらいで落第するとは思われなかったのである。いや僕だって、試験のあとで他の連中と回答をつき合せてみると、そんなに悪い出来ではなかった。英数国漢それに国史など、各課目とも七割はとれていそうであった。普通、六割とれていれば合格圏内にあるとされていたから、七割とれれば安全圏のはずである。しかし結果は、げんに三人とも落第なのであるから、これはやはり三人揃って宿の女中さんにノボセ上って、シュウベルトを歌い過ぎたことが良くなかったと考える他はなさそうだ。

それはさておき、東京へ帰ってみると、家には高知から上京してきた僕と同い年の従兄が泊りこんでいた。その従兄と僕とは、年だけではなく生れ月も同じだったので、何かにつけて比較対照されることが多かったが、中学四年で高知高校へ進んだ彼は、僕が浪人二年している間に高校を卒業して、こんどは東大独法受験のために出てきたというわけだ。こうして彼は僕の家から本郷の大学へ、僕自身は第二志望である早稲田の第一高等学院へ、それぞれ入学試験をうけにかようことになった。第一日目の試験がおわって、僕が、

「どうだった」

と訊くと、従兄は眼鏡のおくから微笑を浮かべて、

「ダメだよ、独文和訳の問題の第一行目に分らん単語が四つも出てきて、第二行目からもほとんど毎行に一つか二つ分らんところがあったから……」

という。僕は、心ひそかに、なるほどこれで彼も今年はダメだとすると、ボクとの差は一年だけ縮まることになるわけか、と思った。しかし、そんなことを考えているうちに、はやくも山形からは落第の通知がきた。そして早稲田の方はどうかというと、第一次には合格したが、第二次の口頭試問と身体検査を受けに行くと、ここで想わぬ蹉跌《さてつ》が起った――。じつのところ、これまで僕は、高校は文科ばかり受けてきたが、早稲田は理科を志

望していた。というのは、母の知り合いが早稲田の理工科の先生を知っているというので、僕はその先生のところへ挨拶に連れて行かれ、第一次の学科試験に合格すれば、あとは大丈夫引き受けてくれそうな話をきかされていたからだ。その第一次には通ったし、志望学科も理工科のなかでは一番やさしい「工業経営」というのにしておいたから、もう心配はいらないというので僕は予備校の友人たちと夜の新宿へ出掛けて行った。当時、御苑裏には特殊喫茶と称して女給が横に坐る店が並んでおり、そんな店で赤い酒や黄色い酒を何杯か飲みかわして、「これで予備校ともお別れだ、しかし城北の友達を忘れないようにしよう」などと、おたがいに浪人生活との訣別を祝し合った。そして僕は、翌日の第二次試験にのぞんだわけだ。

最初の蹉跌は身体検査のところで起った。眼の検査で、赤や緑の色をとりまぜた点描の字を読まされるのは、小学校以来、何度もやったことがあり、いつもなら難なく読めるのだが、その日に限って読もうとすると、眼の前がかすんだようにチラチラして、はっきり見えない。これが生れて初めての二日酔いのせいだとは、僕は知らなかった。検査医が「色神弱」のところへシルシをつけようとするのを見て、僕はびっくりした。理工系の学校では色盲だとハネられることになっていたからだ。

「違います、僕は色弱なんかじゃありません。もう一度みてください」

あわてて頼みこんで、ようやくそこは通過した。M検やら何やら徴兵検査同様に、体じゅうあっちこっちを調べられたあげく、やっと身体検査を了ってホッとした僕は、真っ先きに口頭試問のおこなわれる教室の前に駆けつけた。まだ誰もそこには来ていなかった。しばらくすると廊下を向うから、坊主頭に詰衿服をきた小使か事務員らしい人が、手に書類をいっぱい持ってやって来た。

「君、これから口頭試問をうけるの」

と、やや横柄な口調できいた。そうです、とこたえると、

「じゃ、こっちへ入んなさい」

と、先に立って僕を教室に案内した。男は机の上にドサリと書類を置くと、僕を振りかえって、

「君、部屋へ入ったらドアを閉めてきたまえ」

僕はムッとした。うしろにはすでに何人か受験生が並んでいる。それなのに何でドアを閉めてこなきゃならないんだ。しかし、言われるままにドアを閉めると、こんどは更にいらだたしげな声で、

「君、どうしてお辞儀をしない」

という。僕は、初めてその坊主頭の男が試験官であることに気がついた。あわてて直立不動の姿勢になって最敬礼をしたが、すでに試験官の心証を少からず害したことはたしかだった。——それにしても何だってこの人は、頭を坊主にしたうえに詰衿の服なんか着て

るんだろう、試験官の先生ならちゃんとそれらしい恰好をしていればいいじゃないか。急に試験官らしく重おもしい構えで机の向う側に坐った男は、仔細ありげに僕の調査票を覗きこんでいたが、顔を上げると、

「ひどい成績だね、中学時代は」

と、まず訊いた。しかし、これは最初に松山の高等学校を受けに行ったときから、訊かれつけてきたことだから、別段あわてることもない。はい、これからシッカリ勉強しますとこたえた。

「しかしだねえ」と試験官はつっこんでくる。「君は、得意な課目は英語、嫌いな課目は数学としてあるけれど、理科系へ行くのに、これはどういうことですか?」——はい、それはどちらかといえば数学よりも英語がマシだということです、とこたえると、「じゃ、訊くがねえ、工業経営を第一志望にしたのはどういうこと? 君の家は町工場か何かやってるんですか」

これは明らかに悪意の質問だった。眼の前の調査票に、「父の職業・軍人」と書いてあるのだから、僕の家が町工場でないことはわかるはずだし、仮りにそうだとしても大学の工業経営学科が町工場の経営法を教えるところでないことぐらい、誰だって知っている。しかし、そうかといって工業経営とはどういう学問かと訊かれても、それは大学の先生だってあんまりうまくは答えられなかっただろう。だが、この坊主頭の試験官の繰り出した

最後の質問は、もっと意地が悪かった。

「君、尊敬する人物は汪精衛と書いてあるが、馬鹿にジャーナリスティックだな、これは一体どういうこと……？」

そういわれると、僕にはまったく返答のしようがなかった。たまたま、汪精衛はほんの何日か前、南京に蔣介石とは別の国民政府をつくったところだった。試験官が「馬鹿にジャーナリスティックだな」といったのは、それを指しているに違いなかった。しかし、僕は、べつにジャーナリスティックな興味で汪精衛の名前を上げたわけではない。じつはこの調査票を書きこむとき、まわりの連中を見廻すと、ほとんどが「楠正成」と書いているのだ。それで僕は、ひとひねり捻ったつもりで想い浮かぶままに「汪精衛」としたのだが、まさかその通りを答えるわけには行かない……。僕は返答につまって俯向いた。あせると、いろんな考えが頭の中を馳けめぐる。汪精衛の南京政府が日本軍のつくったカイライ政権であることは僕らでも知っていた。しかし汪精衛自身は日本軍のカイライではない、立派な人物にちがいないのだ。孫文の最大の同志の一人で、「東亜新秩序」建設のためにつくす人だと新聞にも書いてある。だが、そんなことをこの試験官の前でしゃべってみたって、ますます「ジャーナリスティックだ」と思われるだけのことだろう……。僕が黙りこんでから、どれぐらいたっただろう。

「よし。わかった。もう行きたまえ」

と試験官のいうのをきいて、僕はやっと救われたような心持で部屋を出た。

第一早稲田高等学院から、「不合格」という判を押したハガキの通知が家にとどいたのは、それから数日たってからだ。僕はよほど楽天的に出来ているせいだろうか、そのハガキを手にとって眺めながら、しばらくは信じかねる気持だった。これは何かの間違いだ、ハンコだから押し間違えるということだってあるだろう——、先日の口頭試問であれほどの失敗を演じながら、僕はまだそんな風に考えたものだ。しかし、いくら何でも大学当局が、合格と不合格の判を押し違えることなど有り得なかった。念のために、早稲田まで合格発表を見に行ったが、掲示板には無論僕の名前は出ていなかった。そして、家へ帰ると何ということだ、あれほどドイツ語の試験が出来なかったといっていた従兄は、こんどもまたちゃんと東大に合格して、新しい学帽を僕の家まで見せに来ているのだ。

「よかったなア、ボクの方はことしも、またダメだったよ」

そういうと、この従兄までが、さすがに驚いたらしく、

「ええ?」

といったまま、しばらくは口もきかなかったが、そそくさと「他の親戚の家にちょっと用事があるから」と、まるで自分が悪いことでもしたように帰って行った。そして僕は、初めて落第生であることに孤独を感じた。

これまでの僕は、落第するたびに自分の学力不足を悟らされただけだった。しかし、こんどは違った。眼の前を長いながい行列が通り過ぎて行く。何処へ行くのだか知らないが、とにかくその行列はまっとうな人間をうしろへ従えて、先きへ先きへと延びて行く。だから、それについて行きさえすれば、自分も人並みに生きているのだという、平凡だが満ち足りた気分にひたることが出来る。それで僕も、遅ればせながら行列のあとをついて走り出そうとするのだが、その瞬間に、見えない手でガッシリと抑えこまれ、暗いアナグラのようなところへ突き落されてしまった。お前の行くところはそっちじゃない、こっちだ、と——。暗い中にいても、通り過ぎていく行列の足音だけはハッキリと聞える。しかし、その行列は目的があって何処かへ行こうとするのではなくて、ただ闇の中の同じところをグルグルと永遠にまわり歩かされているだけなのだ。

「そうだ、お前は永遠にここから這い上ることはできない。長い行列をくんで真直ぐ進んで行くのは、お前とは別種の人たちなのだ。お前はここに居残って、彼等とは別の生き方を考えなくてはならない……」

そういう声は、あの坊主頭に黒い詰衿服をきた試験官のようだった。

たしかに僕は、あの試験に自分で失敗したとは思っていなかった。ただ理由もなしに落されたという気がしていただけだった。しかし考えてみると、やはり僕はあの試験に落されるだけの理由はあったのだ。それは単なる偶然のツマズキや、早合点の失敗ではなくて、もっと本質的な意味でそうなのだ。手取り早くいえば、僕はあの理科系の学校には行きたくなかったし、行くべきではなかったのに、たまたま知っている教授がいて、世間的にもそんなにみっともなくはない学科に入れてくれそうだという、ただそれだけのために試験を受けに行ったから落ちたのだ。僕は、もっと真剣に考えなくてはならない。ただ、行列のあとをついて何処かの学校へ行くというのではなく、自分が何をやりたいのか、どういうことなら自分にも出来そうなのか、ということを……。

だが、そうはいっても、僕には自分のやりたいことが何なのか、いま直ぐに見つけることは出来なかった。たしかに、工業経営学などというものが自分には興味のないことはハッキリしているが、自分が何を欲し、何に興味を持っているかを考えると、あまりにも漠然としていて、見当もつかなかった。

それよりも早急にしなければならないのは、何処でも自分を入れてくれる学校を見つけて、籍だけでもそこへ置くことだった。さもないと、すでに徴兵適齢期になっている僕は、すぐにも兵隊検査を受けて、来年は兵営に送りこまれることになるからだ。内心では自分の本当にしたいことをして生きようと決心しながら、一方で何処でもいいから入れてくれる学校を探して縋りつこうというのだから、ずいぶん身勝手な話だし、屈辱的なことでもあった。

結局、神田の某大学専門部夜間部というのが、いまからでも願書を受けつけてくれるというので、渋谷から須田町行きの市電に乗って、その大学の試験をうけに出掛けた。べつに市電に乗ること自体、そんなに珍しいことではないはずなのだが、なぜかそのときの僕は久し振りで、こういうノロノロと動く乗り物にのっているという気がした。電車が三宅坂を過ぎ、半蔵門にさしかかるあたりから、急にあたりが明るくなった。

時は四月、お堀端の桜は満開なのである。カタツムリのような黒いポールを振り振りゆっくりと進む電車は、まるで桜の花のトンネルの中を行くようだった。やがて反対側には九段坂靖国神社の桜も見えてくる。その黒ぐろとした銅貼りの大きな鳥居のそばを通ると、僕はまた急に心の中が暗くかげりはじめるのを感じた。

僕が浪人三年している間に、シナ事変は一向解決のメドもつかないまま四年目に入った。偶然にも、僕の人生の蹉跌は、そのまま国運の蹉跌でもあったわけで、どちらもドロ沼に足を突っこんだまま足掻きがつかなくなっていた。

それでも僕は、第一学期、夏休みのはじまるまでは比較的勤勉に予備校にかよった。その間、学力がどの程度進歩したか、僕にはわからない。ただ、自分にもわかるのは受験作文がバカにうまくなったことだけで、何を書いても六〇〇字で起承転結だけはキチンと型にはまって整うようになった。つまり、それだけ僕は、受験生としてマンネリズムに陥ってしまったというわけだ。そんな或る日、僕は家から予備校にかよう途中、何処かの畑で——あの当時、世田谷の下北沢や代田あたりは、あっちこっちに小さな畑がいくらも残っていた——、青い麦がいっせいに穂先を空に向ってのばしながら、そよ風にそよいでいるのを見て、自由って奴はいいものだな、と思った。

なぜ、そんなことを考えたのか、自分でもよくわからない。住宅地のなかの窮屈な畑に植えられた麦がそんなに〝自由〟であるはずはないからだ。憶うに僕は、その頃、自由という言葉にあこがれており、その年、第三高等学校に入学した古山高麗雄から、「第三高等学校自由寮内」とした手紙がくると、その「自由寮」という字面を見ただけで、何か胸が躍るような気がしたくらいであった。勿論、いくら「自由寮」といったって、当時の三高生に特別に〝自由〟が配給されているわけは有り得ない。それぐらいのことは僕だって知っていたし、第一古山自身が寮にいては自由がきかないといって間もなく普通の下宿屋へ移ってしまったほどだから、自由寮は決して居心地のいい場所ではなかったにちがいない。ただ僕は、学校の寄宿舎に「自由」という名がついていること自体に、郷愁とも感動ともつかない昂奮をおぼえずにはいられなかったのである。
実際、昭和十五年の半ば頃になると、自由とか個人とかいう言葉は、それだけでハッキリと危険思想視されるようになっていた。しかし、そうなると僕らは却って、自由というものの貴重な存在意義を教えられることになったのだ。じつは、J・S・ミルの『自由論』の一部が中学校の英語の教科書にのっていて、その七面倒臭い文章を読まされたおかげで僕は、自由とか自由主義とか言われると、それだけでがっかりしてしまうほど苦手だったものだが……。いまだって僕は、自由の概念を論じたものには興味がないし、J・

Ｓ・ミルも読み返す気にもなれない。ただ、いったん自由が禁止されてしまうと、人はあらゆる面で無制限に他人の干渉を受け入れなければならなくなる。仮りに僕らの一人一人が、個人的には何も特別な干渉を受けることはなかったとしても、人の心の内側まで探り出そうという時代の風潮そのものが、何ともやり切れないほどイヤなものだった。

その頃から、左翼の出版物に対する取り締りは一段ときびしくなって、ほとんどが発売禁止になり、左翼系の新協劇団や新築地劇団は解散させられた。そういうことなら、僕らはべつに驚くこともなかったし、時勢から考えてアタリマエだともいえた。しかし、音階のドレミファソラシドが外来思想だからというので、ハニホヘトイロハと呼び変えさせられたりするのは、一見どうでもいいようなことであるだけに、いったい何を考えてそんなことを強制するのか、常識ではまったく判断がつきかねた。そして、その年の夏、米内内閣から第二次近衛内閣に変って、政府が新体制というものを唱えはじめた頃から、その種の常識では考えられないような規制が、ヤブから棒に次から次と飛び出して、それがみんな強圧的に施行されることになったのだ。たとえば、セビロやネクタイは非国民的な服装だというので、国民服というカーキ色の軍服めいたものを着させられることになり、女は着物にはもんぺ、ドレスの下には足首をくくったズボンをはかなければならなくなった。しかし、そういう服装を強制されるのは、主に中流以下の庶民であって、上層の人たちの間ではセビロやネクタイも結構通用したし、また近衛首相などは革製の軍帽のようなツバのついた帽子に革製のハーフ・コートを着込んだりしていたが、これは明らかにヒトラーの服装から学んだものにちがいなかった。

僕は、近衛さんがヒトラーの真似をしたいなら、それでもいいと思った。しかし、一般国民にはナッパ服とも軍服ともつかないものを着せておいて、自分だけは黒光りのする革の帽子に革のコートを着る神経は、自己顕示欲としては子供っぽ過ぎるし、冗談事というにはフザけ過ぎていて、何とも合点が行かないものであった。最も考えられることは、近衛さんに限らず、日本人全体がこの時期から、多少とも常軌を逸しはじめていたということであったろう。

僕自身、たしかにヒステリックになっていた。本来なら、時勢がどう変ろうと、受験生は受験勉強さえしていればいいようなものだが、同じ予備校に三年もかよいつづけている僕は、どの教科書や問題集も手垢だらけになっており、どれをひらいてみても分るものは最初から分るし、分らないものは最後まで分りっこないという気がするばかりで、一向に身が入らなくなった。得意だった作文も、課題が「国防」とか、「必勝」とか、時局向きのものになると、何を書いていいかわからないままに、白紙で呈出したりするようになった。その頃から受験作文は、たしかに思想調査の傾向をおびるようになっていたのである。

どうかすると、一週間に二、三回も足を踏み入れていた映画館にも、僕はだんだん遠ざかるようになった。この年、最大の話題作はベルリン・オリンピックの記録映画『民族の祭典』で、これは邦楽座（いまのピカデリー劇場）で一等席五円という特別料金をとって見せた。当時の映画館はまだ五十銭（税ヌキ）が普通だったから、五円はたまげた高価な入場料だった。僕は一番安い一円の席で見たが、開巻劈頭《へきとう》、女性の全身ヌード像が出てきたのには、おもわずカタズをのんだ。しかし、それ以上に印象的なのは各国選手団の入場行進の場面だった。ギリシアを先頭に、国名のＡＢＣ順で入場してくるのは現在と同じだが、日本選手団の行進を見ているうちに、僕は不覚にも涙がこぼれた。野暮ったい黒のブレザー・コートに戦闘帽をかぶった小柄な選手たちの姿は、他の国の選手にくらべて、あまりにも惨めに見劣りがしたからである。

ベルリン大会のときの日本チームは、水泳で圧倒的な大勝を博したほか、主競技の陸上ではマラソンや三段跳びで金メダルをとったし、棒高跳びでは二位と三位になって、なかなかの好成績をおさめたわけだが、この入場式の日本人選手の体つきを見ていると、その好成績とは無関係に一人一人が、いかにも貧相でみにくく、会場の他の国々の選手団とはまったく異質な存在に見えたのだ。しかし、僕がおもわず涙をこぼしたのは、必ずしもそんなことのためではない。日本人が白人にくらべて、体つきや顔つきが見劣りするのは、何もこの映画を見て初めて知ったわけではないからだ。では、なぜ泣けてきたのか——？

これは、じつのところ僕にも理由はわからなかった。ただ、日本選手団がその情ない外貌にもかかわらず、みんな精一杯、胸を張って、その短い曲った脚をうごかしながら、一生懸命歩いている姿を見ているうちに、僕の眼からひとりでに涙が溢れ出し、頰をつたって落ちていた。

しかし、僕が映画館から足が遠のいたのは、何よりも新しい映画で見るべきものがほとんどなくなったからだ。アメリカ映画ではジョン・フォードの『駅馬車』、ヨーロッパ映画ではジャック・フェーデの『旅する人々』、他に何があっただろう? 日本映画の凋落はもっとひどかった。これは明らかに、検閲がここにきて急に厳しくなったことと関係がありそうだった。映画の出来の好し悪しというより、内田吐夢や溝口健二の作品でさえ、堅苦しい教訓調が前に出てきて、見ていて愉しくないのであった。

そんな中で、尾崎一雄の小説を映画化した『暢気眼鏡』は、これまでの文芸映画と異って、ずいぶんふざけたものだが、杉狂児と轟夕起子の演じる貧乏作家夫婦の生活は、珍しく愉しい映画だった。僕は、これを古山高麗雄と二人で見に行ったが、その帰り路で古山がしきりに、

「ええなア、文士はええなア。おれも将来、貧乏覚悟で三文文士になろうかなア」

というのをきいて、おどろいたものだ。古山は、映画をみて感心すると、必ず「ええな

ア、ええなア」を繰り返して、たとえば『巴里祭』をみたあとでは、「ええなア、パリジャンはええなア。神様はどうしておれをパリジャンに生んでくれなかったのかなア」

と、映画の主人公と自己とを混同したようなことを言うクセがあったが、『暢気眼鏡』を見終って貧乏文士を志願する言葉には、何か僕をギクッとさせるような実感があった。僕自身、もし生れ変ることがあってもパリジャンになりたいなどとは夢にも想わなかったが、杉狂児の演ずる私小説作家の生活は、架空であるにもかかわらず身近な感じで、自分も同じようなことをやってみたい誘惑をふと覚えさせられていたからだ。そのとき古山は、またこんなことも言った。

「もし芥川賞が貰えたら、文士になっても食えるんだよ。いや、賞は貰えなくても、芥川賞なら候補になるだけでもええッて……。高見順でも、太宰治でも、みんな候補になっただけで、ちゃんと食えるようになっとるからなア」

東京育ちの中学生のなかにも文学青年はいるにはいたが、彼等は決してこんなことは言わなかっただろう。文学賞というものも、僕らは単に名誉が与えられるものだと考えて、それで生活が成り立って行くようになるなどとは想ってもみなかった。高見順や太宰治の名前は、雑誌や本の広告で知ってはいたが、そういう人たちがどうやって文壇で認められ、どのように暮らしているかなど、まったく思案の他だったのである。しかし、僕が

『暢気眼鏡』で教えられたのは、何よりも貧乏暮らしの中にも愉しさがあるということだった。玄関に風呂桶を据えて入浴したり、家の中で雨漏りの音をききながら、それに合せて細君と二人で歌をうたったり、そんなことが現実にあろうとなかろうと、とにかく心の持ちよう一つで辛い世間も気楽に暮らせるということがわかれば、僕にはそれで充分だった。

言い遅れたが、この映画が上映されたのは、その年の始めで、まだ入学試験のはじまる前のことだ。だから、そのとき僕は自分が浪人三年するとは思っていなかったし、古山も何処の学校へ入るとも決っていなかったのだ。しかるに、あれはたしか、五月の終りか、六月の初め頃だ、京都の高等学校にかよっているはずの古山が突然、ふらっと僕の家にやってきた。

「もう、京都にはウンザリしてね、どうしても東京の空気が吸いたくなって、ゆうべの夜汽車に飛び乗った。けさ着いたところだよ……」古山は、僕の部屋に上ると、部屋の隅に積み上げてあった映画雑誌のページをめくりながら言った。「学校も、京都もツマらんなア。予備校の方がよっぽどましだ。おれはいよいよ決心したぜ、『暢気眼鏡』みたいになれるかどうかわからんが、とにかく貧乏文士を志願しますから、そのつもりでいて下さい、とおふくろに言ってやったんだ」

当時は、まだ〝五月病〟という言葉はなかったが、おそらく古山はそれに近い症状であったのかもしれない。しかし、古山が何で学校に失望したかということよりも僕は、貧乏文士を志願するという彼の意気を壮とした。それで自分も、たちどころに同調して、「おれも、そうするよ」と言った。

「おれも行くから、君も行け、シナにゃ四億の民がいる」というのは、昔はやった『馬賊の唄』の文句だが、そのときの僕の心境は、大方そんなところだった。文学をこころざすのは大抵、何かに挫折するところから始まると思うのだが、僕の場合、挫折などという高尚な言葉はアテはまりそうもない。たかだか、それは入学試験に連続的に落第してヤケになったというに過ぎないことだからだ。しかし、古山はともかく高等学校には入っている。それでいて貧乏文士を志願するというのだから、僕に較べると、遥かに純粋な動機があったといえるだろう。つまり、彼の場合、時代に逆行してすすむという心意気がたしかにあって、その熱情に僕は動かされたというべきだろう。

ところで、文学をはじめるといっても、その頃の僕にはまったく雲を摑むような話であった。予備校の教室で顔を合せる連中には、僕と同じく浪人三年、あるいは四年というのが何人かいて、そんななかで文学をやりそうなのを僕は仲間に誘い入れた。倉田博光、高山彪、それに中学校の同級生で同じ予備校に二年かよい、早稲田の理工科に入ったものの、やはり学校がつまらなくてウンザリしているらしい佐藤守雄などを集めて、「風亭園倶楽部（ふうてんくらぶ）」と称する回覧雑誌をつくることにした。無論、古山もこれに京都から参加する、というより彼はしばしば学校を休んで東京へ出てくると、僕ら四人を引っ張って浅草や玉の井へ案内するなど、京都にいながら、じつは仲間の中心人物になっていた。——このへんのことは、これまでに、小説や随筆に何度も書いてきたことだから、もう繰り返すのはやめよう。

回覧雑誌が出来上ったのは、十月の半ば頃だっただろうか。僕は、短篇小説『髪剃り話』というのと随筆一篇、古山は『三枚目の幸福』という小説、倉田は童話、高山は詩、そして佐藤は『淫戯』というエロチックな短篇を書いた。みんな初めて書いたようなものばかりだから、出来映えは無論、上乗とは言いかねたが、倉田の家に佐藤と僕の三人が集って、徹夜で表紙や貼り箱までつくり、キチンと製本をすると、一見堂々たる特装本のごときものに仕上った。倉田の家は、隣りが小学校で、秋の運動会か何かの練習をやっているらしく、僕らが眠い目をこすりながら一と晩がかりで製作したその本を手にとって、撫でたり、さすったりしていると、オルガンの行進曲とともに、

紀元は二千六百年
ああ、一億の胸は鳴る

という子供たちの軍歌調の歌声が、繰り返し繰り返し、何度も聞えてきた。

僕らが、小説や詩に熱中し、日夜原稿用紙と取り組んでいた間に、日本軍は北部仏領イ

ンドシナ（いまの北ベトナム）に進駐し、ベルリンでは日、独、伊、三国同盟が結ばれ、国内では大政翼賛会、それに隣組と称する町内住民の相互監視組織がつくられるなど、着々と新たな大戦争に突入する準備体制がととのえられていたわけだが、そうしたことはもはや完全に僕らの関心の外にあった。

翌、昭和十六年、僕は倉田と一緒に慶応の文学部予科に入学した。じつは二人とも、外国語学校のフランス語科へでも行こうかと思っていたのだが、あいにく試験の前夜に佐藤と高山から呼び出しがかかって、高山の下宿へ出掛けてみると、そこに見知らぬ女性が二人いて、その夜は一と晩、乱痴気パーティーに明けることになってしまった。そんなことで、僕も倉田も、一睡もせずに試験を受けに行ったが、数学など問題を読むのがやっとで、とても答案を書くどころではなかったから、そのまま出てきてしまった。無論、これは受験生としては言語道断の態度というべきだが、僕らは真面目に試験をうける気は、とっくの昔になくしていた。

その年、佐藤は早稲田の高等学院を理科から文科に転科して一年からヤリ直すことになっていたが、高山はもう学校は止めるといって何処へも願書さえ出しておらず、二人はちょうど入学試験のはじまる頃に旅行に出掛けてしまった。そして、旅から帰るとその晩、僕らを呼び出して、旅先きで知り合った女たちと一緒に大騒ぎをやらかしたというわけだ。なぜそんなことをしたのか？　別段僕らはそれについて考えてみようともしなかった。要するに、もうおれたちはこれ以上、人に試されることはゴメンだなどと、そんなことを、しょっ中、言い合っていたのだ。

しかし、正直のことをいうと僕は、仲間と分れて一人になると、やはり心細くなった。第一、どんなに学校がつまらないところだとしても、学校をやめれば即座に兵隊に行かなければならない。それなら少しはイヤなことも我慢して、何処かの学校へ行くべきではないか。いくら自由に生きたいといっても、そんな自由は何処にもありはしないのだ。そこで、僕と倉田は慶応の試験をうけ、これは二人とも無事に合格した。

ところで、僕らが慶応の入学手続をすませて、われわれの溜り場になっていた西銀座の喫茶店娯廊の二階に行くと、古山が一人で隅のテーブルの椅子に坐っていた。われわれの顔を見ると、古山は笑いながら、

「おれ、学校やめちゃったよ」

と言う。そういえば古山の学帽には、三高の徽章も白線もついていない。

「それはまた、どういうことだ、ドッペッたんじゃないのか？」

「いや、ドッペリじゃなくて、退学だよ」

「だって、退学になるのは一年を二度つづけて落第したときだろう。君は、まだ一度もドッペってないじゃないか」

「それはそうだが、出席日数が足りないと退校になるのが規則だ」

と古山は言った。医者の診断書を出して休学を申し出れば、退校処分にはならないですむが、そんな面倒なことはする気になれない、という。

「学校なんか、どうだってええよ……。そんなことより、おれ、浅草で芝居を書くぜ。何とかオペラ館あたりにもぐりこんで、いっちょう当ててやるんだ」

そういう古山の意気軒昂たる有様に、僕はふたたび驚かされた。そして自分が、たったいま慶応の予科の入学手続きを了えてきたことに、何ともいえないウシロメタサをおぼえさせられた。


昭和十六年四月、慶応の予科に入学すると僕は、築地小田原町の路地奥の家に間借りして暮らすことになった。同じ小田原町に高山彪、新橋烏森に倉田博光、柳橋台地に古山高麗雄がそれぞれ部屋を借りて、毎日おたがいの下宿を訪ねては泊りこんだり、そのへんをほっつき歩いたりしたことも、もう小説やエッセーにさんざん書いてきたから、つけ加えて言うべきことはない。ただ、戦争と自我形成期とが同じ時期にぶっつかった僕にとって、この築地小田原町の頃は青春期のヤマ場であり、しかもそのヤマ場を自分自身の弱さのために、みずから回避してきたという想いがある。それだけに僕は、この頃のことは何べん繰り返して書いても、充分に書けたという気がしたことは一度もない。何か一番大切なものを見落して、ただ記憶の外側を撫でるだけでおわってしまうのだ。

おそらくそれは、僕がこの時期に自分自身をゴマ化そうとして必死になっており、自分のなかの重要なものを何かにスリかえて生きてきたせいかもしれない。なぜ、そんなことをしたのか？　戦争の重圧、それもある。しかしそれ以上に、僕自身の性格のなかに、その場その場をゴマ化して通ろうという安易な、いい加減なところがあり、それがたまたま戦争という大きな事態にぶっつかって、なおさら自分自身をゴマ化すより他に生きる道がないように思いこんでしまったのであろう。僕は、どうやら無事に自分をゴマ化しおおせたつもりでその場を通り過ぎてきた。その結果、自分がそのとき何を考えて生きてきたかという大事なことを、どうしても憶い出せないことになってしまった。

勿論、こういうことは僕だけではなかったに違いない。時代の要求と自己の意志との折り合いをつけることは、大なり小なり誰でもがやってきたことだからだ。それにしても、そういう時代の圧力が、年齢の下になる者ほど重く強くのしかかってきたということは、たしかにあった。それについて、僕らと同年代の評論家服部達は、戦後しばらくたってからこんなふうに言っている。

一九三六年に二十歳であった人たちから四五年に二十歳であった人たちに至るまでは、おおむね、その精神形成の時期と戦争とが重なりあったと見てよい。外部には暴力的な状況があり、彼らの精神はそのなかで育って行った。比較的年長者にあっては、外部の暴力を避けてその片隅に小さな別世界を形づくる余裕のある一時期が与えられた。年齢が若くなるほど、特殊な条件に恵まれた人々にしか、それができなくなった。中村真一郎のように病弱であったか、三島由紀夫のように家庭的条件に恵まれた人々のみが「教養」を身につけることができた。しかしその教養は、外部への出口を封ぜられてゐたために、必然に抽象的ないし形式的になった。小市民的性格の夢想的な面が強く出てきた。「軽井沢コミュニスト」が発生し、文学共和国が意図され中世的なもしくはワイルド風な季節外れの美学が大手を振って登場した。そうでない人々は自己形成の途中で軍隊生活に入ることを余儀なくされた。(『新世代の作家たち』「近代文学」、昭和二十九年一月)

僕が服部達と知り合ったのは、この文章を服部が発表したあとのことだから、戦争中、学生時代の服部とは会ったことも見たこともない。にもかかわらず、右の文章を読むと細部にいたるまで、僕らの経験したことや考えていたことと良く一致するため、まるで服部が僕らの仲間か、少くともその直ぐ近くにいたように感ずるのである。

たしかに、僕らも「外部の暴力を避けてその片隅に小さな別世界を形づく」ろうとはしていたのだが、すでにそのための時間はあまりにも少く、また「教養」を身につけるための家庭的条件にも恵まれているとはいえなかった。しかしなおかつ、僕らは僕らなりに何とかそのような片隅の別世界——つまり精神的な防空壕——を形づくる必要があったのだ。僕らが築地とか柳橋とか新橋とか、地名をきくといかにもロマンチックな感じのする土地の陋巷に間借りの住居をきめたのは、まさにそのような「別世界」をつくることを夢見ていたからだ。しかし、その夢は何と脆くて醒めやすかったことだろう。

ところで言い忘れたが、東京に家のある僕が下宿暮らしをはじめたのは、たまたま父の任地が中国戦線から福岡に新設された西部軍に変り、母もそちらへ移ったため、世田谷の家は僕が一人で暮らすには不便だからという理由であった。しかし、それは表向きのことであって、僕の本音はとにかく家を出て一人で勝手に暮らすことにあった。そして、どうせ間借りをするなら、東京のなかでもこれまで自分の住んだことのないところ――河のある下町がいいと思ったのだ。しかし、それだけではなかった。じつはボードレールの伝記を読んで、遺産を相続したボードレールがセーヌ河のほとりに住居をきめてそこを人工楽園にしたというのを真似て、セーヌ河のつもりで隅田川を眺めて暮らすことにしようとしたのだ。さしずめそれは、服部のいう「ワイルド風の季節外れの美学」に相当するものであったろうか。だが、実際に僕が住んだのは隅田川のほとりにはちがいなかったが、居ながらに広い川面を見渡せるようなところではなかった。勝鬨橋の少し手前を左に入った路地奥は、まわりじゅうに家が建て混んでいて、川が見えるどころか、僕の借りた二階の六畳間も、窓をあけると隣りの家の窓に手が届きそうなほどだった。

それだけでも、人工楽園にはほど遠かったが、一層驚いたのは、その部屋で寝た最初の晩からナンキン虫に攻めたてられたことだ。ナンキン虫というのは、奇妙な性質があって明るいところではほとんど姿をあらわさないが、夜寝ようとして電灯を消すと、とたんに部屋の四隅から走りよってきて、体の空気に露出しているところを刺す。どういうわけか、肌着にくっついたり、蒲団のなかにもぐりこんだりはせず、その点はノミやシラミよりはマシであるが、走りよってきて首筋など刺されたときの痛さは、ノミやシラミの比ではない。刺された瞬間、ジーンときて、それはムシが刺したというより太い注射針でも刺されたような痛さだ。あまりのことに僕は一瞬、自分の痛みも信じかねたくらいであった。いったい何が起ったのだ？　そう考えるひまもなく、第二、第三の電撃的な襲撃をうけて僕は、ようやくカブトムシほどの大きさのものが首のまわりを何疋も這いまわっているのを感じて、枕元の電灯をつけた。すると、小さなアズキ粒ぐらいの丸まるとしたムシが何疋も、こけつまろびつといった感じで、部屋の隅の方へ向って走って行く。しかも、そのスピードは意外に速く、僕が掌で押さえようとしても、むなしく畳を叩くだけでおわってしまった。そして、もう一度、寝ようとして電灯を消すと、たちまちムシは四方から押しよせてくるのである。僕はようやくのことで一疋のムシをつかまえ、親指の爪の間にはさんでつぶした。とたんに、ツーンと鼻を刺すような臭気がただよい、僕はそれがナンキン虫というものであることを理解した。

それはしかし、何という不幸な孤独なものを想わせる臭いであったことか。僕はその下宿で、初めて両親から独立した生活の第一歩を踏み出したつもりだった。だからといって僕には別段、未来に向って大それた希望や抱負などあるわけでもなかったが、それでも何とか「人工楽園」らしいものを演出すべく、枕元にはコーヒーを仕込んだサイフォンと、古いシャンソンのレコードをそえたポータブルの蓄音機が並べてあった。あくる朝、隅田川を上るポンポン蒸気の音で眼をさましたら、まずサイフォンに火をつけて、シャンソンのレコードをききながらコーヒーがわくのを待ち、寝床でゆっくりコーヒーを飲んで「楽園」の気分を味わうつもりだったのだ。しかるに何ぞや、ナンキン虫の襲来にあって、暗闇で何度も電灯をつけたり消したりしているうちに、サイフォンは素っ倒され、まわり中はコーヒーの粉だらけになっているのだ。僕は自分の夢みた楽園が、あまりにも「抽象的ないし形式的」に過ぎ、「小市民的性格の夢想的な面が強く出」たものであることを、いやおうなしに悟らされた。

しかし、あくる朝早く、僕の下宿をたずねてきた倉田の顔を見るなり、この憂鬱はあらかた消しとんだ。倉田は僕と同様、前日の午後、新橋烏森の下宿に引っ越したところだったが、僕よりもひどく首のまわりを真っ赤に脹れ上らせている。

「ひどいんだ、おれの借りた家はナンキン虫の巣だ。家主のおばさんにきいたら、あのへん一帯、どこの家もそうで、ナンキン虫の出ないのは酒屋が一軒だけだっていうんだ。君んところは、どうだった？」

と、早口にまくしたてながら、せきこむように訊く。それを聞いているうちに、僕は同病相憐むというよりは、もっと積極的に元気が出た。こいつは、おれよりも参っているな、そう思うと僕は心に余裕を生じて、

「うーん、何かそんなものがいることはいるようだね、しかし大したことはない」

と、いかにもナンキン虫ぐらいには狎《な》れ切っているような口調でこたえてやった。すると不思議なもので、その晩もナンキン虫は出るには出たのだが、もう最初の晩のようにひどく刺されることもなかった。そして、二、三日のうちに免疫を生じたものか、いつとはなしにナンキン虫のことは、まったく気にならなくなってしまった。後年、入営して、まわりの兵隊が皆、ナンキン虫にやられたと大騒ぎしているときにも、僕一人は全然何ということもなかったのだから、たしかにナンキン虫は免疫が出来やすいのかもしれない。

何にしても、このようにして僕の楽園幻想は、文字通り一夜にして潰え去ったが、僕はなお自分の生活態度を固執する必要があった。いや、それは仲間に対する義務といった方が当っているかもしれない。古山が高等学校を退学して東京へやってきたことは、僕や倉田や佐藤守雄などにとっては何といっても大きな衝撃だった。それは別段、反時代的な姿勢などというものではなく、要するに学校など面倒臭くなったからだ、と古山自身は言う

のだが、その人生の表街道に殊更背を向けたような態度には、僕らは秘かに一種畏敬の念をおぼえざるを得なかった。といっても僕は、古山のすることを何から何まで真似するわけにはいかなかった。古山はいつも徹夜でオペラ館に持ちこむ軽演劇の脚本を書き、昼頃起き出すのであるが、僕はそんなに遅くまで寝ていられなかった。第一、築地の朝は早いのである。僕が部屋を借りた家の主人も、魚河岸のエビの仲買いをやっていたが、その人は七時頃にはいったん河岸から帰ってくる。その頃には、家中の人や近所隣りの人たちは皆、起き出して道端で大声にワイワイ話し合ったりしているから、僕も寝ているわけにはいかなかったのだ。

朝飯は、魚河岸の場外でとることもあった。パリの中央市場のまわりには私娼窟がいっぱいあって、朝っぱらから若い娼婦が入口で特急便で遊ぶ客を待ちうけているということだったが、残念ながら東京の中央卸売市場にはそんな設備はなかった。その代り、午前中で店をしめてしまう鮨屋だの、テンプラ屋だの、そば屋だの、シルコ屋だのが、場外にずらりと並んでいて、どれも安くて、なかなかウマいと評判のところもあったが、何しろあたり一帯に魚臭いにおいが立ちこめているうえに、起きぬけにはそんなものを食う気にもなれないので、たいていは表から店の様子を眺めるだけで、ぶらぶらと銀座まで歩いて出た。

朝の銀座裏の光景は、ひっそり閑とした通りをネコが塵溜めをひっくり返して逃げて行ったりするだけで、一向おもしろくもないものだが、そこを通り抜けて西銀座の電車通りまで出ると、甘い温かいにおいのするパン屋だの、コーヒー屋だのが、はやくも店をあけていた。いまは日軽金ビルになっているところが、その頃は国民新聞社で、その並びの娯廊という喫茶店が当時銀座で一番うまいコーヒーを飲ませる店ということになっており、その二階が僕らの溜り場になっていた。

昭和十年代の頃でも、コーヒーの名前を何十種類もメニューに並べた店が銀座には何軒かあったが、前年（昭和十五年）の六月か七月かに、コーヒーの公定価格が一ぱい十五銭ときまってからは、その手の店は営業方針をかえて、代用コーヒーしか出さなくなった。何しろそれまでは、普通のコーヒーが一ぱい二十五銭か三十五銭、メニューに名前ののっているコーヒーは五十銭から一円以上もしたのだから、十五銭では引き合わないわけだ。しかし娯廊は、もともとミルク・ホールみたいな飾り気のない店で、普通のコーヒーは十五銭だったから、公定価格がきまってからも、コーヒーの質は以前とそんなに変らなかった。とくに朝の一番出しのコーヒーは、引き立ての新しい粉をつかっているからウマいというので、店の開くまえからコーヒー・ファンが寄り集っていた。そういう常連の一人に、いつも和服の着流しで青黒い顔をした中年男がいた。その人はコーヒーを注文すると、たもとから〝光〟の箱をとり出し、一本のタバコを指先きで二三度、丁寧にしごくようにしてから口にくわえる。そしてコーヒーが出てくると、それを一と口、口にふくんで一人でウナズき、やおらタバコに火を点けてゆっくりとふかしはじめるのである。僕は、その人の名前も知らず、勿論口をきいたこともなかったが、いつもきまって同じ時刻に、同じ喫茶店にあらわれ、同じ手順で同じ恰好でコーヒーを飲む客を、いったい何をしている人かと、いまだに印象に残っている。

僕は、娯廊でコーヒーを一ぱい飲むと、それから四、五軒おいた並びの店で、焼き立てのロール・パンにバターをはさんだやつを買い、それを頬張りながら、また娯廊へ戻って二杯目のコーヒーを飲む。そうやって銀座尾張町の四つ角までくると、服部の大時計が九時過ぎを指している。本来ならそこから地下鉄で渋谷へ出て、渋谷から東横線で日吉の学校へかようのが、僕の日課であるはずだが、その時刻から出掛けたのでは、もう二時間目の授業にも間に合わないので、また娯廊へ戻るなり、倉田や、高山の下宿を訪問するなりすることになるわけだ。

そんなふうにして授業には、ほとんど出席しないうちに四月も終り、五月も半ば頃になった或る朝、娯廊へ行ってみると、まだ店があいていない。そんなとき僕は、いつも国民新聞の掲示板に貼り出された新聞を眺めて時間をつぶすことにしていたが、その朝の新聞を見て驚いた。

ヘス独副総理、謎の飛行
突如蘇格蘭《スコットランド》に着陸す

と大きな活字が躍っており、「ナチス党本部は精神錯乱と発表」とあるのだ。僕は、ギラギラした初夏の日射しのまぶしいなかで、そんな記事を眺めながら、何かこちらの精神まで錯乱してきそうな不安と動揺をおぼえていた。

僕がヘスは、現在、まだ西ベルリン・シュパンダウの牢獄にとじこめられているという。僕が国民新聞の掲示板でその記事を眺めたときから数えて、すでに四十年以上になる。ナチ党内で総統代理の要職にまで就いていたヘスが、単独で和平交渉のためイギリスへ飛んだ動機について、アラン・バロックの『アドルフ・ヒトラー』（大西尹明訳）は次のように述べている。

しかしここ数年間、特に戦争がはじまってからというものは、ヘスの影は薄くなった。（略）ヘスはまた、ヒトラーの個人秘書たるマルチン・ボルマンの勢力が次第に強くなって、自分の地位が知らず知らずの間に危くなってきたのにも気がついた。そのためにヘスは憤慨するとともに、不平がましい気分にもなった。自分の地位を回復し、自分の崇拝する指導者の歓心を取り戻すためのある手段、すなわち、あっと人を驚かすようなある行為を考えだしたのである。最近のしあがって来た者などには及びもつかないほど自分はヒトラーの肚の中が読めると確信していたヘスは、一九四〇年の夏という早い時期に飛行機でイギリスに行き、大芝居を打って、いままで総統の目をかすめてきた和平交渉を立派にやってのけてやろうと肚にきめたのである。ヘスのもくろみは無論、あらゆる意味で失敗に終った。突然、交戦中の敵国の高官がスコットランドの上空から一人でパラシュートで飛び下りてきたって、そんな者のいうことをイギリス側でもまともに聞き入れるはずもなかったし、ヒトラーはじめナチの幹部の連中も、この不思議な事件に驚きはしたもののヘスの勇気に感心する者はなく、とくにヒトラーは腹を立てて、ヘスの官職を剝奪すると同時に、万一ドイツに帰ってきたら直ちに銃殺にするという命令を出したという。要するに、これはナチの権力機構の内部から起った一場の茶番劇というものだろうが、ヘスが本当に精神錯乱を起していたというのなら、四十何年間投獄されたままというのは気の毒なようでもある。

それにしても、ヘスの突飛な行動は、直接的にはヒトラーの歓心を買うためであったとしても、結局は大向うのウケを狙った――つまりドイツ民衆が西欧の平和を願っており、自分がその〝平和の使徒〟になろうとした――わけだろう。そして逆にいえば、このことからナチというのは、あくまでも大衆の人気に支えられた民衆政党であり、それはヨーロッパ市民社会の伝統を背景に生れたものだといえるだろう。ナチが大衆を基盤とする政権であったというのは勿論、僕の思いつきではない。東洋史家の宮崎市定氏に『ヒトラーと握手した話』という短文がある。ドイツ留学中の宮崎氏がカフェでお茶を飲んでいると、ナチの幹部をしたがえたヒトラーがあらわれ、カフェの客たちと握手をしてまわった、それで宮崎氏自身もヒトラーと握手したというのであるが、宮崎氏はこういうヒトラーをつうじて独裁者というのは決して〝民主主義〟と無縁なものではないと述べているのである。

いわれてみると、なるほど僕らの社会には〝独裁者〟が天下ってくる可能性はあっても、みずから独裁者を生み出す力はないのかもしれない。近衛首相や東条大将は、あきらかにヒトラーの影響をうけて部分的にはその模倣をしているけれども、銀座の喫茶店や新宿のオデン屋でお客と握手してまわったりはしなかったし、その必要もなかったのだ。まして、ヘスのように、国民が平和をのぞんでいるからといって、単身で敵国に戦闘機を駆ってパラシュートで降下し、相手国の首相に会見を申し込むなどというハナレわざを演ずる者は、わがくにの政治家には一人としていなかった。では、なぜわがくにには民主主義は育たなかったのか？　宮崎氏によると、それはわがくにに青銅器の時代がなかったからだという。すなわち、一般に民主主義は古代の都市国家から発達したといわれるが、その都市国家は青銅器時代と同時に始まり、青銅器時代とともに衰える、そして青銅器が鉄器にとって代られたとき、中央集権の大領土国家が出現する、というのである。

ところで、日本の金属器文化の受容は甚だ特徴的なものであった。それは遠くメソポタミアを出発した青銅器文化と鉄器文化とが、ほとんど時を同じくして、西暦紀元前後に到着したからである。即ちメソポタミアから日本まで、青銅器文化が伝播するにはおよそ三千年ほどかかったが、鉄器文化は約一千年で同じ道程を踏破したのである。つまり鉄器文化の出発がおよそ二千年ほど遅れていたから、両者はほとんど同時に到着したことになったわけである。（「東洋史の上の日本」＝新潮社『日本文化研究』1）

というわけで、シリヤ、メソポタミアには二千年の青銅器文化、すなわち都市国家と民主主義生成の期間があったが、世界の終着地点である日本には、まったくその期間がなく、だいたい新石器時代程度の文化しかなかったところへ、大陸から青銅器文化をとびこえてイキナリ鉄器文化が流れこんできた。だから、都市国家をつくるひまもなく、氏族制度から一躍して統一古代帝国をつくらなければならなかった。ここには当然、いろいろの無理が生じる。

大和朝廷は地方豪族を討伐して、だまし討ちにしたり、寝首をかいたりして、遮二無二、統一の道を進んだ。勝ちさえすればいいのだ。理屈はあとの人がつけてくれる。そこには後世の武士道のようなものはない。こういうやり方は、明治政府と大いに似たところがある。彼等の哲学は、権力が正義であり、勝利が名誉であることだけを信ずる。しかしながら、この大和朝廷が成しとげた統一のおかげで、日本の人民は外部世界の進歩に追いつくいとまを得て、一息つくことができたという事実も否定することができない。だから大和朝廷がその被征服民に向って、自己を謳歌しろ、と言えば、彼等は唯々としてそれを謳歌したのである。この点、のちの明治政府も全く揆を一にする。(同右)

この宮崎氏の説がどのへんまで正鵠を射たものであるか、僕にはわからない。しかし、日本人は長いものには巻かれろという主義だから日本には民主主義は育たない、などといわれるよりは、宮崎氏のように説明してもらう方が飲み込みやすいことは、たしかだろう。なるほど、僕らの性格にはアキラメやすいところはある。しかし、「長いものには巻かれろ」はアキラメというより、本当は現実生活のチエである。現実に「長いもの」がそこに存在していれば、いったんはそれに巻きこまれることは止むを得ない。どうやってその中に巻きこまれ、どうやってそれに耐えるか、その方が問題だ。

ところで僕は、昭和十五年(一九四〇)、第二次近衛内閣のときに施行された新体制運動という「長いもの」に巻かれて、イライラしていたが、本当のところ何で自分がイライラするのかはわかっていなかった。たとえば電車に乗っていても、宮城や明治神宮のそばに差しかかると、車掌が「宮城前(あるいは明治神宮前)でございます」という、と乗客一同はそれに合せていっせいに頭を下げなくてはならない——そういうことが新体制運動の一端で、それがどんなに馬鹿げているかということは誰もが知っていながら、誰もがそれに従わざるを得なかった——。そして当時の僕がイライラさせられたのも、主としてそういう暗黙の了解がヘンにものわかりよく国民同士の間で成り立っていることだった。実際、こんなクダらないことを誰が想いついたのだろう、走っている電車の中で宮城や明治神宮に頭を下げたって、忠君にも愛国にもなりはしないではないか。

しかし、じつのところ僕のイラ立ちの原因は、もっと別のところにあった。新体制とか国民精神総動員とかいうものが、ナチ・ドイツのやり方のサル真似だというのは僕らでも直ぐにわかったが、本物のナチと日本の新体制との違いがどういうところにあるのかは、わからなかった。僕は漠然と、ドイツ人は頭が良くて理論的で全体主義国家というものが独創的な思考から理路整然と組み上げられているのに、日本の国家指導者ときたら理論も何もなしに上っつらだけヒトラーの真似をして、それで戦争に勝つつもりでいるんだろうか、と腹を立てていた。だが、どうしてそんなことでイラ立つ必要があるのだろう? 少くとも僕は、本物の独裁者や本物の全体主義国家をのぞんでいるはずはなかったではないか。実際のところ僕は、近衛さんとヒトラーとの違いは、民衆が政治に参加しているかいないか——宮崎氏流にいうならば過去に青銅器文化を持っているかいないか——であることに気がつかず、ただ何となくその違いをモヤモヤと感じている自分自身に対してイラ立っていたのだ。

ところで、近衛さん自身はこれについて、どう感じていたのだろう?

近衛文麿という人について、これまでずいぶんいろいろの人が、いろいろのことを書いている。勿論、僕はその極く一部を読んだに過ぎない。しかしそれを見ても、これは戦争当時、僕らが新聞などで断片的に読んで想像していた人物とそれほど変りはない。つまり、いつも周囲から期待されているものの、いざとなるとまったくタヨリ甲斐のないような、何とも捉えどころのない人のようだ。もっとも、期待は近衛その人の責任というより、五摂家筆頭という僕ら自身の権門に対する憧憬から生じたものでもある。しかし、お公卿さんの政治家なら誰でも人気があったかといえば、そんなことはない。やはり、近衛の人気は格別であった。それというのも、この人には絶えず現状に対するイラ立たしさがあり、それが国民一般の共鳴を呼んだのではないか、そのイラ立たしさが或る場合にはこの人を革新政治家のように見せ、或る場合には軍人嫌いの平和主義者のように見せるというう具合いに……。だが、実際にそのイラ立たしさが何にもとづくものなのかは、誰にもわかりっこないことなのだが。

近衛文麿は、第一次大戦の講和会議に随員の一人として参加したが、その出発にあたって、『英米本位の平和主義を排す』という小論文を発表しており、それはいかにも当時の日本人のイライラした感情に訴えるようなものだ。いわく、来るべき講和会議において国際平和聯盟に加入するにあたり、少くとも日本として主張せざるべからざる先決問題は、経済的帝国主義の排斥と、黄白人の無差別待遇、これなり。（略）

もし講和会議にしてこの経済的帝国主義の跋扈を制圧し得ずとせんか、この戦争によりて最も多くを利したる英米は一躍して経済的世界統一者となり、国際聯盟軍備制限といふ如き自己に好都合なる現状維持の旗幟を立てて世界に君臨すべく、爾余の諸国、いかに之を凌がんとするも、武器を取り上げられてはその反感憤怒の情を晴らすの途なくして、恰もかの柔順なる羊群のごとく喘々焉として英米の後に従ふの外なきに至らむ。（略）

吾人は単に我国のためのみならず、正義人道にもとづく世界各国民平等生存権の確立のためにも、経済的帝国主義を排して各国をしてその殖民地を開放せしめ、製造工業品の市場としても、天然資源の供給地としても、これを各国平等の使用に供し、自国にのみ独占するが如き事なからしむるを要す。

といったことを論じているのであるが、そのイライラぶりが最も良くあらわれているのは、次のような結語の部分であろう。

次にとくに日本人の立場よりして主張すべきは、黄白人の差別的待遇の撤廃なり。かの合衆国をはじめ、英国殖民地たる濠州、加奈陀《カナダ》等が白人に対して門戸を開放しながら、日本人はじめ一般黄人を劣等視してこれを排斥しつつあるは、いまさら事新しく喋々するまでもなく、我が国民の夙に憤慨しつつあるところなり。黄人と見ればすべての職業に就くを妨害し、家屋耕地の貸しつけをなさざるのみならず、甚しきはホテルに一夜の宿を求むるにも白人の保証人を要する所ありといふにいたりては、人道上由々しき問題にして、たとひ黄人ならずとも、いやしくも正義の士の黙視すべからざるところなり。即ち吾人は来るべき講和会議において英米人をして深くその前非を悔いて傲慢無礼の態度を改めしめ、黄人に対して設くる入国制限の撤廃は勿論、黄人に対する差別的待遇を規定せる一切の法令の改正を正義人道の上より主張せざるべからず。（後略）（大正七年十二月十五日「日本及日本人」）

対ドイツ休戦の講和会議に、こういう黄色人種への差別撤廃を持ち出そうというのは、ちょっと考えると奇妙だが、これはヴェルサイユ講和会議の理念の一つに「民族自決」ということがうたわれていたためだろう。もっとも、その「民族自決」は実際はヨーロッパ内の国境再編成を主眼にしたもので、有色人種への差別や偏見に反対するというようなものではなかったであろうけれども……。どっちにしても、青年時代の近衛がこの国際会議に出席したことは、その後のこの人の人生航路に決定的な影響をおよぼすことになったらしい。というのも、この講和会議で日本の代表たちは、微妙なかたちで疎外され、そのためとくに青年の近衛は国際社会での孤立感を肌身にしみて覚えさせられたことと思われるからだ。

勿論、僕はヴェルサイユ会議にかぎらず、各国の全権があつまる国際会議がどんなものか知りはしない。ただ、この会議に近衛と一緒に随員にえらばれた西園寺公一の随筆を見ると、この若い公卿貴族二人は、会議にあつまった白人たちの仲間には全然入らず、もっぱらインド人や中国人とばかり付き合っていたようだ。一方、全権委員の西園寺公望公爵は、日本から大勢の芸者を連れて行って、毎晩、彼女たちにかしずかれて旅情を慰めていたという。しかし、これは何も西園寺老公が好色であったからというより、若い頃からヨーロッパに留学して国際会議の空気も良く知っている老公が、会議で日本の置かれる立場を見透し、その期間中、心理的コンディションを平静にたもつためのものであったらしい……。こういったことから、この講和会議にのぞむ日本全権団の一行を、僕はあのベルリン・オリンピックの入場式の日本選手団の姿になぞらえて想い浮かべてしまうのだ。黒いブレザー・コートに、戦闘帽をかぶり、くの字に曲った短い脚で一生懸命行進していた選手たちの姿は、そのまま華麗なヴェルサイユ宮殿で紅毛碧眼の外交官たちに囲まれた日本全権団のそれにそっくりではなかろうか。

そうでなくとも日本は、第一次世界大戦でほとんど何もせずに、名目上の戦勝国の席にありついたところである。厖大な血を流して戦ったヨーロッパの聯合軍側諸国から見れば、そんな日本の全権団は、醜いアヒルの子のような存在であったろう。そんななかで、

日本の代表が、

「英米人をして、深くその前非を悔いて傲慢無礼の態度を改めしめ、黄人に対する差別的待遇を規定せる一切の法令の改正を、正義人道の上より主張せざるべからず」

などと叫んでみたところで、誰もまともに取り合ってくれるはずがない。事実、牧野伸顕全権による「人種差別撤廃」の提案はまったく無視されて、

「吾人は、この提案が今日此処にて、ただちに採用せらるべきことを、強ひて求めざるべし」

と、つけ加えざるを得なかった。若い近衛は、このような場面をどう見ていたか。その『講和会議総会を見る』によると、牧野男爵のあと、ウルグワイ、パナマその他の小国の委員が、代るがわる立って演説をしたが、誰れも耳を傾ける者がなく、ザワザワとあっちこっちで私語の声が起った。議長のウィルソンだけは、さすがにじっと傾聴の姿勢であったが、ロイド・ジョージなどは、立ったり坐ったり、テーブルの上の炭酸水を自分で注いで飲んだりしながら、隣りの誰かと冗談口をきいてゲラゲラ笑ったりしているうちに、とうとう会議の中途で帰ってしまった、とある。

何にしても、このときの日本全権団は、なまじ戦勝国につらなっているだけに、そして有色人種国としては唯一の〝強国〟ということになっているだけに、その孤立感で有形無形に傷つけられるところがあったに相違ない。或いは、その傷つき方は敗戦国のドイツの

それと匹敵したかもしれない。いや、正面から攻撃されるドイツと違って隠微なかたちで疎外されるだけに、日本の代表の傷つき方は、もっと屈折して深かったかもしれない。これが後の日独同盟に発展する動機にはならないにしても心情的にドイツに結びつく機縁になったのではないか。

ところで、ヘスの事件に戻っていえば、ヘスが「一九四〇年の夏」に、早くもイギリスに単独飛行で渡る計画を立てていたというのには、驚かざるを得ない。一九四〇年夏といえば、フランスを破ったドイツ軍は、イギリス軍をダンケルクから追い落し、怒濤の進撃ぶりを誇っていた頃ではないか。その時期に、すでにドイツの民衆はイギリスと講和したがっていたというのであろうか。無論、ヘスの破天荒な計画は、ヘス自身があせっていたからにちがいない。したがって、ヘスがドイツ大衆の民意を見誤っていたということは充分考えられる。しかし、それにしても戦争の極く初期からドイツ人のなかに戦争忌避の空気があったからこそ、ヘスはあのような計画を立てたのであろう。

無論、こんなことは当時の日本の新聞には出ていなかったし、僕自身は全然気づきもしなかったことだが、ヘスの事件をただ突拍子もない不可思議なことことばかりは考えられなかった。

僕は、その日、新聞を立ち読みしたあと、娯廓でコーヒーを飲んだりしながら、しばらくグズグズしていたが、どういうわけか、ふっと学校へ行ってみる気になり、かれこれ十一時近くになって、銀座から渋谷行きの地下鉄に乗った。そしてガラガラに空いた電車の坐席の真ン中あたりに腰を下ろしたとたんに、はっとした。僕の真正面に、ネズミ色のソフト帽をかぶって、陰気な顔で新聞を読んでいる男がいたが、その人が新聞から顔を上げた瞬間に僕と眼があって、見るとそれは僕のクラス担任の高橋広江教授であった。昨年、パリがドイツ軍によって無血占領されたとき、教壇の上で泣き伏したといわれる、あの高橋先生である。

どうして、この先生がいま頃、こんな電車に……？　と、僕は思った。

しかし、高橋先生の方は、学校が始まって以来、ほとんど出席したことのない僕の顔は見憶えがないらしく、眠そうな脹れぼったい眼を向けて、急にそわそわしはじめた僕の顔を怪訝なおももちで眺めていた。

『パリの生活』（第一書房、昭和十四年刊）というのは、高橋広江先生が一九三七年から三八年にかけてフランスへ留学したときの滞在記である。僕は、この本を学生時代にも友人に借りて見たことがあるし、また戦後比較的早い時期に、白井浩司氏から借りて読んだ記憶がある。それをいままた読み返したのは、半分は意地悪い興味からである。高橋先生は、僕の慶応予科一年と二年のクラス担任で、フランス語の教授でもあったわけだが、それ以上にこの先生は僕らの眼には急進的な、それでいて何処かシニカルな、国家主義者であるように映っていた。そういう高橋先生が、シナ事変初期、第二次ヨーロッパ大戦直前のパリで、どんなことを考え、どんな暮らしをしていたかに、あらためて僕は興味を持ったのだ。しかし、そういう僕のこころみは大半、アテはずれであった。と同時に、僕は自分の記憶や印象がいかにいい加減のものであるかを悟らされた。

僕の記憶では、高橋先生は在仏当時、発売されたばかりのジャン＝ポール・サルトルの『嘔吐』が評判になっているのをみて、フランスの知識人がこういうものを読んでよろこんでいるようではダメだ、と憤慨しているはずであった。しかし、『パリの生活』をすみからすみまで読み返してみても、そのようなことは何処にも書かれていなかったのである。

ついでながら僕は、白井氏が『嘔吐』を翻訳した動機についても思い違いをしていた。僕は、高橋先生がサルトルのこの小説を貶していたにもかかわらず、フランスからその本を持って帰り、慶応予科生の白井浩司氏に貸しあたえ、白井氏はそれを読んで同人雑誌にその一部分を翻訳発表したと覚えていたのだが、こんど白井さんに問い合せてみると、これは間違いであった。白井さんは、雑誌NRFで『壁』、『水いらず』などを読んでサルトルに興味を持ち、丸善に注文して三冊輸入された『嘔吐』の一冊を手に入れて、これを一年がかりで翻訳した。その訳稿を高橋先生に見てもらい、先生の世話で雑誌「文化評論」に一部分が掲載されたというのである。こういう話をきくと僕は、自分の記憶力の悪さにガッカリするよりも、白井氏と自分との大人になる速度の違いに驚かされる。

僕は、浪人三年もしてその三年目に文学をやろうと決心したくらいだから、だいぶオクテの方に違いない。それにしても、僕より僅か二歳しか年長でない白井氏が、無名の〝新人〟サルトルを発見して、その代表作を翻訳したりしている時期に、自分が何をしていたのかと思うと、その懸隔は余りにもはなはだしいのである。いや、白井氏の場合、幸運も手伝っていたといえるであろう。しかし、白井氏の三田の同期生の顔ぶれを見ると、芥川比呂志、堀田善衛、加藤道夫、那須国男といった秀才が並んでいるが、この人たちはいずれも学生時代から大人であり、とにかく一人前の仕事をしはじめている。僕らから見れば、それは考えられないくらい早熟な人たちの集りだったことになる。しかし本当は、それは早熟晩熟といった個人的素質や才能の問題というより、多分に時代環境の違いというべきであろう。そのことは堀田善衛の自伝小説『若き日の詩人たちの肖像』などを読むとハッキリ感じられるのだが、とにかく昭和十一年、二・二六事件のとしに慶大予科に入学した堀田氏たちは、鼻下に美髯をたくわえた明治時代の大学生の伝統を多少とも受けついだところがあった。ところが、それから四、五年たって同じ学校に入学した僕らは、鼻下に美髯どころか、頭髪をのばすことすら許されず、丸坊主の頭に軍帽まがいの学生帽をかぶり、週に一度はズボンにゲートルを巻いて登校しなければならなくなったのだ。

頭を坊主刈にさせられること、それ自体は何というほどのことでもない。しかし、それまでは小、中学生の象徴的風俗であった坊主頭に大学生がさせられるというのは、単に見掛けだけの問題ではない。言いかえれば僕らは、大学生になっても大人になることを許されなくなったのである。これまで大人になれば、当然たのしむことになっていた娯楽や嗜

好、たとえば飲酒とか酒場へ入ることなども、学生には禁止されるようになり、酒場や喫茶店の入口に、

「学生・未成年者の入場、お断り申上候」

という札が掲げられた。勿論、酒もひそかに飲むぶんにはいくらでも飲めたし、バアや喫茶店に入ることも実際には大して咎められはしなかった。しかし、生活の幅を制限されるということ、おおっぴらに大人の扱いをして貰えなくなるということは、多かれ少かれ僕らの精神的発育を妨げることになった。いまになって考えれば、その影響は意外なほどに大きかったというべきだろう。

話をもとへ戻そう——。高橋先生の『パリの生活』について僕は、勝手な読み違えや、記憶違いをしていたが、それについては何も弁解することはない。おそらく僕は、この本を誤解していたように、高橋先生その人のことも誤解していたにちがいない。但し、僕らの接した高橋先生はこの本を書いていたときの高橋先生ではなかった。僕らの前にあらわれた先生は、すでに時代の環境に傷つけられ、教壇の上でヒステリックに荒れた言葉を吐いたり、ふさぎこんだりしておられたのである。

しかし『パリの生活』には、そのようなところは少しもなかった。一と言でいえば、それは第一次、第二次、両大戦のはざまで束の間の平和を生きているヨーロッパへの挽歌と

いったようなものだ。近代はすでに行き詰っているが、社会主義の未来にも期待はもてない、ファシズムの跋扈《ばっこ》は気がかりだが、これといって有効な防衛策もない、そして有色人種の勃興とそれに対する差別と偏見、そんな状況を、壮大な寺院や美しい街路、明け方まで営業をつづけるカフェやレストランのテラスを背景に、旅行者の気ままな眼で抒情的に綴っている。それは横光利一の『旅愁』や、中村光夫の『戦争まで』にも通じ合うもので、必ずしも高橋先生独自の卓見が述べられているというわけではないのだが、読みはじめると僕は、高橋先生の声音が耳もとで蘇ってくるような懐しさも手伝って、思わずのめりこむように読み耽った。

今日は彼（高橋先生は自分のことを三人称で呼ぶ奇妙なクセがあった）の誕生日であった。それを彼は故国の戦時と自らの巴里滞在の哀愁の中に迎へた。

起床午前十時。食後、心伸びやかにお湯に入つた。

こういう何でもない文章が、なぜか身につまされるように訴えてくるのである。その日の午後、先生はおばあさんのフランス人に会話の個人教授をうけに行く。そのマダム・アヴニエが、休戦記念日とはフランス人にとってどういう日か知っているかと訊く。先生が、それは平和の回復した日だと平凡に答えると、アヴニエ夫人は、それは「大砲が永久に沈黙した」（Le canon se tut à jamais）日であるという。それで先生が、「少くともそう信じたのだ」と言いそえると、この老女性平和主義者は、少し不機嫌な顔をしながら、

「そうだ」とこたえる。

中村光夫の『戦争まで』にも出てくるが、高橋先生もコレージュ・ド・フランスのポール・ヴァレリーの連続講義を定期的にききにいっている。中村氏はヴァレリーの講義を満員の会場できいて非常に満足しているが、高橋先生の方は、声が小さくて良くききとれないなどと、文句が多い。

ポオル・ヴァレリイの講演を聴く。詩に神の精神の片鱗を期待する彼は、この詩の心理の幾何学的分析を語る老いたる講演者の光も熱もない風貌に、索漠たるものを感じた。これは彼が真に奇蹟のない現実に徹した精神を持つてゐないためかも知れなかつたが、兎も角その時の彼の印象は、運転を休止した機械のその精密な説明を技師に聴くやうなものであつた。

何か一種の味気なさ、商業主義化された社会に生存する詩人の生態を思つてゐたとき、頃日来の睡眠不足は彼をぬ眠らせてしまつた。

とか、また別の日には、

「愛する人に会ふ勿れ」かな?——彼はそんなことを考へたりなどしてゐた。彼の解釈ではヴァレリイが内に蔵してゐた「愚かさ」が衰退したのであつた。故に老年は聡明である。展望的風景の静けさである。

とかいっている。そして、その頃から高橋先生は、こんな感想をもらしはじめる。

いま欧羅巴は行動力の激突することによつてのみ、前進する。懐疑論は常に聡明であるが、無力である。（略）叡智がその核心に少量の愚かさを包むことが、求められる。……

勿論、これは旅行者が「孤独の床に入」ってかんがえる感慨であって、このようなことから直ちに行動右翼への共鳴がはじまるわけではない。ただ、高橋先生がヴァレリーの講義を聴きながら――というより見ながら――、そこに知識人の無力を感じたというのは、必ずしも旅行者の疎外感のせいばかりではないだろう。しかし、知識人が無力になってきたのは時代が暴力化したためばかりではない。高橋先生の指摘でもっと重要なのは、ヴァレリーの講演をききながら、「商業主義化された社会に生存する詩人の生態を思」ったということだろう。先生は他の場所で、ソルボンヌ大学の文学の講義をうけて、大学の教授たちの生活があまり愉しそうではないという印象を語っている。「彼等は文学を楽しむためにに、教授であるのではない。ただ彼等は学者であるのであつて、彼等の生活は暗く陰鬱であるといふことに、皆の話が一致した」と……。つまり先生は、いまの社会では詩人の講演にも、大学教授の話にも、文学などというものはなく、あるのはただ詩人の生態、或いは文学に対する科学的分析だけだ、というのである。これは何も、ヴァレリーやソルボンヌ大学教授を非難していることではなかろう。高橋先生自身、みずから外国文学の教授としての「生態」を振り返っての感慨であろう。

彼の心持は、さういふ研究が無意味だといふのではなかつた。(重大に顧慮されていいのは)さういふ生活の機械的な分業の事実であり、その実際であつた。さうしてかういふ状態で社会が凝固することは、或る人々には堪へられないことであらう。そこでそれに反抗して動いてゐる社会の部分が、フランスのコムミュニスムであり、ファッシズムであり、彼はそれを代表する文学者として、ジイドがありマルロオがあるのだと思つた。

僕は、地下鉄で高橋先生と向い合せの席に坐ったあと、学校へ行ったかどうか、憶えていない。途中で下りてブラブラと何処かへ出掛けたようにも思うのだが、何処へ行ったという記憶もないのだ。僕は、自分の怠け癖を高橋先生のせいにしようとは思わない。しかし、高橋先生が僕に劣らず怠け者であったことはたしかであった。他の授業はともかく、フランス語だけはとっておこうと、学期のはじまったばかりの頃、僕は午前中の早い時間にある高橋先生の授業に、せっせとかよったものだ。ところが、僕が登校する日に限って掲示板に必ず、

本日、高橋広江君、休講

と出ているのだ。教授も学生も、ひとしく〝君〟と呼ぶのは福沢諭吉以来の伝統であるということで、そんなところに明治の開明思想の形骸がのこっているのを、僕は頬笑まし

いものに思って眺めたものだが、毎度毎度、休講の貼り札ばかり見せられると、もう物珍しくも頰笑ましくもなく、わざわざ築地から日吉くんだりまで出てきた自分が無視されているような、ウンザリした気分にさせられた。

休講が多いのは、高橋先生ばかりでなく、漢文の奥野信太郎先生や、西川寧先生なども同様で、生徒も一とクラスの定員五十人のうち、出席率のいいときで三十人ぐらい、悪いときには十人内外しか出てこない。これは慶応に限らず、私立大学の文科は何処でもこんなものではなかっただろうか。出席率のいいのは主に予科から学部にすすむとき、経済や法科に転科を狙っている連中で、ハッキリと文学部志望でいながらキチンと学校へ出てくるのは、むしろ余程の変りダネというべきだった。そんなところで、フランス語の初歩をアーベーセーから教えるのは、高橋先生としても苦痛であったに違いない。「文学を楽しむために、教授であるのではない。ただ彼等は学者であるのであつて、彼等の生活は暗く陰鬱である……」という言葉は、ソルボンヌ大学などよりも、電鉄会社から無料で提供された無人の丘陵に、鉄筋コンクリート建の兵営のような校舎だけがヤケに目につく日吉のキャンパスを背景にしたとき、一層の実感をおびてくるはずだ。

僕らのような怠け学生もさることながら、一般の勤勉な学生たちも、戦争という国家非常の時代の激動している社会を考えると、それは何ともエタイの知れない非現実的な集団におもわれた。日吉の駅を下りると、両側に瘦せこけたイチョウ並木のある道路を埋めつくして、真っ黒い制服制帽の学生たちが真っ黒くむらがったまま、丘の上の校舎に向って動いて行く。近づいて、一人一人を見れば、それぞれ良家の子弟というにふさわしい顔立ちをしており、なかには秀才だっているに違いないのだが、こうして黒い川のように流れて行く集団を見ると、それは機械的な手段で大量生産される家畜の大群といったものでしかないようだった。大量生産はいいとしても、このなかでいまの時代に即応して何とか役に立つのは何パーセントぐらいだろうか？　医者の卵、技師の卵、会計士の卵、弁護士の卵、教員の卵……。しかし、その大半は本当は軍人の卵、下級将校や下士官の卵として育てられているのではないか？　そう思うと、僕らのように文士の卵のそのまた卵であるような者は、この大集団のなかでは、まったく存在する価値も理由もないもののように考えられてくるのであった。

奇妙なことに受験浪人中の僕は、自分が無用の存在だなどということはあまり考えたことがなかった。おそらくそれは、まだ戦争といっても世の中の状況はそれほど厳しくはなかったからだろうか。それとも浪人が無用な存在であることは、考えるまでもなく自明のことだからであろうか。ところが、こうやって曲りなりにも学生ということになってみると、にわかに自分が無用でありながら無用ではないような顔をしたウサン臭げな存在におもわれてきたのだ。

或る日、築地のガランとした大衆食堂に入ると、帳場で女中と近所の客らしい男が、ひそひそ声で話し合っていた。

「もうすぐ、チョーヨーがくるってさ」

「そうね、たいへんなことになったわね、チョーヨーだなんて」

二人は、僕の顔を見るとぴたりと話しやめて、探るような眼つきでこちらを見ながら、話題をかえた。おおかた僕のことを、刑事か憲兵か、その筋の者だと思ったのかもしれない。どっちにしても、そんな場面にぶっつかると僕は、どうしていいかわからないような気持にさせられた。国民徴用令というものが出来て、ひまな人間は強制的に軍需工場に引っ張って行かれて働かされるという話はきいていた。しかし、築地の魚市場のまわりの食い物屋などで働いているような人までが、チョーヨーに持って行かれることなど、僕は考えてみたこともなかった。僕ら学生は、何一つロクなことはしていなくとも、徴用どころか徴兵さえ大っぴらに猶予されているというのに……。すでに倉田や、高山や、古山高麗雄などは、学校をやめて徴兵猶予取消願いなるものを役所に出していた。本来なら僕も、仲間と一緒に同じ手続きをとるはずであった。しかしイザとなると、僕はそんなことをするのも面倒臭かった。まだ学校をやめさせられたわけでもないのに、何でわざわざこちらから兵隊にとられる手続きをしなければならないのか？

勿論、僕はすでに学校へ行く気はなくしていたし、第一学期は出席不足で期末試験を受けられないことになっていた。普通、期末試験を失格になると、その年は落第になるはずであったし、そうなるとこちらから退学を申し出なくとも、早晩、退学処分になるにきまっていた。——そういうことなら、それまでこっちはジッとしていたって、いいじゃないか。

あれは七月の初め、期末試験のはじまる直前のことだ。僕は、何のつもりか、ひさしぶりに学校へ出掛けた。すると、誰もいない廊下でバッタリ、またもやあの高橋先生にぶつかってしまった。先生は、驚いたような、こまったような顔をして言った。

「あの、君は今学期はもう試験は受けなくていいことになっていますから……」

「ハイ、それはわかっています」

僕はこたえると、ぴょこりと一つ、お辞儀をして学校を出た。そして自分では、何となくスガスガしいような心持がしたものだ。その足で、たぶん僕は渋谷か新宿の盛り場に出ると、映画館に入った。何の映画を見るつもりだったのかは忘れてしまったが、とにかく場内は満員で、僕は汗まみれになりながら、人垣の間からスクリーンを見ていた。ニュース映画がはじまった。日射しの強いジャングルの間から、象が出てきたように思う。つづいて日本軍の兵隊が鉄砲をかついで行進するところがうつった。

「わが軍の仏領印度シナ進駐部隊は……」

と、アナウンサーの故意に無表情を気どったような声がきこえた。

僕は、日本軍がペタン元帥のひきいるヴィシーの新フランス政府との取り引きで仏印に進出したことを、新聞で読んで知っていた。ニュース映画はその場面をうつしているに違いなかった。伴奏音楽は、巨象の行進にふさわしく、いくぶんオドケたような、賑やかなエキゾチックな曲を流していた。これまで戦争のニュースといえば、中国戦線しかうつらなかったのに、幅の広い葉をつけた南方の植物がうつるだけでも、これは眼新しかった。いよいよ、これで日本は戦争の決定的な段階に足を踏み入れたことになる……。しかし、僕を含めて観客の誰もが、これでアメリカとの戦争がはじまるとは、まだ思っていなかったのではなかろうか？　そんなことよりも僕は、きょう久し振りで会った高橋先生が、新しい白麻のセビロに小ざっぱりした縞のネクタイを締めていたことを想い出していた。そして、先生は何でわざわざ僕に、もう試験は受けなくてもいいなどと言ったのだろうか、とそのことを思い返してみたりした。先生は僕を見て、驚いたような顔をしたが、それはなぜだったのだろう？　勿論、そんなことは僕が考えたってわかることではない。ただ、そのとき先生が小ざっぱりした身装をしていた理由だけは後になってわかった。

高橋先生は、すでに自身の身の振り方について決定的な意志を固めておられた。すなわち、それから間もなく、軍の嘱託となって仏印に出掛けて行かれた。そして翌年、日本へ帰ってこられた先生は、もはやまごうかたなく超国家主義者になっていたように、僕らの目にはうつった。

昭和十六年夏から冬にかけて、すなわち戦争がシナ事変から大東亜戦争に発展するまでの四、五箇月間を、僕は老人のような心持で暮らしていた。

第一学期の期末試験を失格になると、僕は試験を受けるかわりに日吉の図書室にこもって、小説を書いた。文久二年四月、土佐藩では那須信吾、大石団蔵、安岡嘉助の三人が、参政吉田東洋の首を切って脱走するという事件があったが、僕はそれをモデルに臆病な暗殺者が不安なままに周囲の状況に押されて事件に巻きこまれ、切り取った首を下帯にぶら下げて逃走して行く場面を短篇に仕立てた。手法は、芥川の『羅生門』や、ドーデーの『タルタラン・ド・タラスコン』の一部を真似したが、安岡嘉助というのは僕の先祖の身内の一人だったので、僕は自分の揺れ動いている心境を彼に託し描こうと思ったのだ。といっても、四百字詰め原稿用紙で十五枚ほどの短篇だから、大したことが書けるわけはなかったが、それでも一週間ほどで仕上げると、去年の『髪剃り話』なんかよりは、かなり小説らしいものになってきた。

ところで僕は、その小説を書き上げたとたんに、原因不明の発熱で一週間ばかり寝込んでしまった。こうなるともう一人で下宿でがんばる気力も尽き果てて、僕は福岡にいる両親のところへ帰った。他の仲間の連中は、学校をやめて、それぞれが自分の小さな別世界の中に必死のおもいで立て籠っていたが、僕はもはやそうした自分の〝楽園〟を信じることが出来なくなっていた。史実の上からいうと、嘉助は脱藩後、一年あまり京都の薩摩藩邸にかくまわれ、那須と一緒に天誅組に参加して、最後は六角牢獄で打ち首になるのだが、僕にはそこまで突っ走る元気はなかった。

八月いっぱい、僕は福岡天神町の父の官舎で暮らした。仲間もなく、することもないので、昼間は近くの海岸へ泳ぎに行き、夜は長三州の『三体千字文』というのを買ってきて習字をしたりした。ついこの間までとは、まるきり別人のごとき生活だが、遊ぶ気にも、勉強する気にもなれなかった。天神町は福岡目抜きの通りにあり、中洲の盛り場も近かったが、出掛けてみても面白くはなかった。盛り場も、あまり家の近くだと馴染めないものだろうか。しかし何よりも、僕自身の心持が一向に浮き立たなかった。愉しみといえば、東京では姿を消した食い物が、ここにはまだふんだんにあることだった。鶏の水炊きは博多の名物だが、新鮮な魚や野菜の他に、肉やバターなども豊富に出廻っていた。といっても、東京なら闇値で手に入るコーヒー豆もここでは買う手蔓がなかったし、気の利いた喫茶店一つ見当らなかった。それで九月に入ると、母と一緒に東京の代田の家に帰ったが、やはり住みなれた場所だけにホッとした。

九月の新学期からは僕は、ほとんど毎日学校にかよった。一学期の試験を受けていない者は全科目零点になるので、二学期、三学期をよほどがんばっても、まずその年は落第になるにきまっていた。だから学校に出ることは無意味にひとしかった。しかし僕は、家にいても仕方がないので、あたかも勤勉な生徒のように毎朝遅刻もせずに学校にかようことになったのだ。

もっとも学校では、どの先生もあまり授業には熱心ではなかった。クラス担任でフランス語の受け持ちである高橋広江先生は、前に述べたように軍の嘱託になって仏印へ行ってしまったので、臨時に二宮孝顕先生が代講になった。フランス留学から帰ったばかりの二宮先生は、年はまだ二十台の若さだから、率直にいうと少々たよりないところもあったが、高橋先生と違って親しみがもてた。おそらく授業に一番熱心だったのも、この先生だろう。しかし僕らは、授業よりもこの先生の無駄話を好んだ。先生は幼稚舎からのKOボーイなので、生徒に古き好き時代の慶応の話を持ちかけられると、先生はつい延々とそれについて語って倦むことを知らなかったのである。

しかし、古き好き時代がどんなものであったか、僕らにはついに分らなかった。もはや学校そのものが、事実上解体しかけている有様で、軍事教練と勤労奉仕が最も重要な課業になっていた。僕は新聞を見る気にもなれなかったが、情勢は刻々と切迫していることは断片的にきこえてくる街の噂や、ラジオのニュースなどからでもわかった。アメリカが日本への石油輸出を禁じ、A（米）B（英）C（中国）D（オランダ）ラインとかいうものが張りめぐらされたといわれれば、それが実質的にどれほどの効果を持つものかはわからなくても、自分たちが孤立させられているという鬱とうしい感じだけはいやおうなしに伝わるのである。

あれは十月の半ば頃であったか、父は南方に派遣された。新しい任務が何であるか、僕らにもハッキリしたことは言わなかったが、大掛りな軍団が編成され、それが近々アメリカとの戦争をはじめるためのものであることは、何も言われなくともわかった。もっとも、職業軍人が出征するのは、商社員が海外出張するのと同じであるから、父は軍服に折り鞄一つ下げただけで気楽な様子で出掛けて行った。僕は母と一緒に東京駅まで父を見送りにいったのだが、一人でひょこひょことプラットフォームの階段を上って行く父の後姿を見ていると、これが戦場に出ていく人であるとも思えず、これからアメリカ、イギリスをはじめ、世界の大半の国を相手に大戦争が起ろうとしているなどとは、何か夢のような信じ難いことだった。

その日から、十二月八日まで、どんなふうに日が過ぎていったか、僕は憶い出すことができない。ということは、つまり何も特別な事は起らなかったというわけだろう。僕は、学校では新しく友達をつくるまいと思っていた。第一、同級生の大半は僕にくらべて年が若過ぎたし、僕と同じく浪人三年もしている連中や落第生たちは、ひどく孤独で無気力な顔つきをしていて、こちらから近づく気には到底なれなかった。しかし、そうはいっても毎日、学校へ顔を出しているうちに、何となく口をきき合うような仲間が一人二人と出来てきた。石山皓一とか、小堀延二郎とか、小泉淳作とか……。最初は若い彼等のすることを、僕は御隠居さんのような心持で遠くの方から眺めていたのだが、向うは必ずしも僕を年寄りとも思っていないらしく、平気で近づいてきて、一緒に茶を飲みに行ったり、飯を食ったりするようになった。

小堀は映画青年で監督志望であり、石山は詩を書いていたが、僕は彼等が何をしようとしているかなど、べつに関心はなかった。それよりも、石山は色白の美青年で日本橋の薬問屋の息子であること、また小堀は六尺ゆたかの長身で力が強く、相撲部と拳闘部から入部を誘われて、それを断るのに苦労しているというような話に興味を持った。その他、新宿の大地主で彫刻家の息子であるYとか、小堀が稚児さんのようにしたがっている海軍士官の息子のSとか、いずれも育ちの好い、坊っちゃん坊っちゃんした連中で、彼等と付き合って毒にも薬にもならない話をしていると、「ふうてんくらぶ」の仲間と一緒になって、親から金を絞れるだけ絞って親を苦しめることが結局一番親孝行になることだ、というような生活をしていた頃の疲労やシコリが揉みほぐされる気がした……。そんなだから、十二月に入って、そろそろ二学期の期末試験も近づいた或る日、学校へ行くといきなり小堀と石山から、

「こんど同人雑誌をはじめるから、ぜひ仲間に入ってくれ」

と言われたときには僕は、驚くというより、何か場違いのところへ引っ張りこまれるような戸惑いを覚えさせられた。しかも、その朝、僕はラジオもきかず、新聞も見ずに家を出てきたのだが、西南太平洋上でアメリカ軍との戦争がはじまっているというのである。僕ばかりではなく、そのときクラス・メートの大半は、この戦争勃発のニュースを知らなかった。勿論、いずれアメリカとも戦争になるに違いないとは思っていた。しかし、それがいま始まったといわれても、すぐさま信じる気にはなれなかった。だいたい、西南太平洋上などというのはバクゼンとしすぎて、おお海原の何処いらへんを指しているのか、見当もつけかねるのである。それで僕は、たったいま持ち込まれた同人雑誌と戦争の話が頭の中でこんぐらかり、昏迷せざるを得なかった。

——同人雑誌といったって、こんな時期にいったいどんなものを作る気なのだ？　だいたい文芸同人雑誌というのは全国で二誌か三誌に統合されて、僕らが勝手につくることは

許されなくなったはずではないか。そう訊くと、小堀はこたえた。

「それが大丈夫なんだよ、知り合いの印刷屋にたのめば、紙も都合してくれるし、活版でちゃんとした印刷をやってくれるよ。雑誌といったって、千も二千も刷るんじゃなくて、二、三百部の小っちゃなものだから、黙って出したってウルサいことは言われないって」

本当だろうか？　あまりアテに出来る話ではなかった。しかし同時に、アテにならない話なら気軽にきいておけばいい、という気もした。同人は、小堀、石山の他に、YやSであるという。どうせ彼等は子供である。小説といったって、それらしい恰好のついたものさえ書けるわけがない。べつに正面切って、断らなくたって、いずれこんな話はひとりでに沙汰やみになるに違いない。とくに僕がそう思ったのは、石山と小堀が二人で雑誌の誌名をきめるのに、辞苑をデタラメにひらいてそのページの最初の見出し語からとったということを聞いたからだ。

「何とそれが『奇型』というんだよ」と石山がいった。「何かいい誌名はないかね、いくらなんでも『奇型』じゃアね」

「いいじゃないか、『奇型』で……。いまの時代にぴったりだよ」

僕は、無責任にそう言った。しかし、言っているうちに、その誌名はたしかに現在の自分たちには最もふさわしいもののように思われてきた。

日米戦争開戦の日の感想は、ずいぶん多くの人がいろいろと書き残している。たとえば太宰治は『十二月八日』という題で、その日のことを女の文体で日記風につづっているし、あらゆる雑誌のあらゆる欄に、何篇か開戦の日のことを書いた文章がのっていた。勿論、そのすべては、多かれ少かれ当局の検閲や軍の意向を意識したものだから、開戦に反対したものは一つもない。なかには馬鹿々々しいほど卑屈に軍部に迎合したものもあるし、また本心をひた隠しにしているためか、まったく内容のないような文章もたくさんあった。しかし仮に、検閲を顧慮する必要がなかったとしても、この戦争をどう受けとめるべきかは、そんなに容易にこたえられるものではなかっただろう。

正月元旦の朝、僕は、帝国海軍真珠湾爆撃の写真が新聞に載つてゐるのを眺めてゐた。「戦史に燦たり、米太平洋艦隊の撃滅」といふ大きな活字は、躍り上る様な姿で眼を射るのであるが、肝腎の写真の方は、冷然と静まり返つてゐる様に見えた。模型軍艦の様なのが七艘、行儀よくならんで、チョッピリと白い煙の塊りを上げたり、烏賊の墨の様なものを吹き出したりしてゐる。いや、いや、外観に惑はされてはならぬ、これこそ現に数千の人間が巻き込まれてゐる焦熱地獄を嘘偽りなく語つてゐるものだ、と僕はしきりに自分の心に言ひ聞かすのであるが、どうも巧くいかない。誰も今までにこんな驚くべき写真を撮つた人間はゐなかつたのだぞ、そんな事を心中で繰り返すほど、却つて僕の心は落ち着きを取戻し、想像力は、もう頑固に働かうとはしなかつた。あの写真を眺めた人達は、皆多かれ少かれ僕と同じ様な感じを、驚くべき写真に、驚くべきものが少しもないといふ困惑に似た一種の心理を経験した筈だと思ふ。（以下略）（小林秀雄『戦争と平和』）

これは開戦の翌々月、雑誌「文学界」にのったものだが、開戦から一と月たっても、この程度にハッキリと戦争を自分の中で受けとめることのできた人は、そうたくさんはいなかったと思う。まして、開戦のその日の衝撃や昂奮をその日のうちに語れといわれても、どう語れるものでもなかったであろう。「驚くべき写真に、驚くべきものが少しもないという困惑に似た一種の心理」は、いうまでもなく写真を語っているわけではない。戦争という驚くべきものに、「驚くべきものが少しもないといふ困惑」を、誰もが一様におぼえていたはずである。ラジオは一日中、『軍艦マーチ』と『抜刀隊の歌』を繰り返し、大本営発表の戦果をつぎつぎに発表していた。僕らがそれに昂奮しなかったといえば嘘になる。まるで毎日が早慶戦の騒ぎなのだ。真珠湾攻撃の戦果や、特殊潜航艇のはたらき、そして英最新鋭戦艦プリンス・オヴ・ウェールズとレパルスの轟沈、こういったことは、まさに夢のような現実であった。ラジオが大声にがなり立てなくたって、僕らは驚かざるを得ないのである。しかし、夢のような現実だけが、戦争であり得るわけはなかった。本当に驚くべきことは、この小さな日本がアメリカやイギリスその他、ほとんど全世界を敵にまわして戦っているということそのものでなければならなかったが、そういう実感は僕らにはなかった。日本がアメリカと戦争をして勝てるとは、おそらく誰一人おもってはいない。にもかかわらず、現にその戦争がおこなわれている。そのような驚くべきことがあるのに、僕らは少しも驚いていない。これは一体、何としたことだろう？　あとから考えれば、いろいろと説明をつけることは出来るだろう。たとえば、この時期には、もはや対米戦争は避けられないものになっており、一人一人の力や一つの国の意志などでは、どうにもならなくなっていた。そして国民はそのことを無意識のうちにもよく自覚していたので、アメリカとの戦争がはじまっても、皆はただ「来るべきものが来た」という気持になったのだ、などと……。しかし、小林氏の『戦争と平和』は、次のような言葉で結ばれている。

　僕は写真を見乍ら考へつゞけた。写真は、次第に本当の意味を僕に打ち明ける様に見えた。何もかもはつきりしてゐるのではないか。はつきりと当り前ではないか。戦に関する理論も文学も、戦ふ者の眼を曇らす事は出来まい。これは、トルストイが、「戦争と平和」を書いた時に彼の剛毅な心が洞察したぎりぎりのものではなかつたか。戦争と平和とは同じものだ、といふ恐しい思想ではなかつたか。近代人は、犯罪心理学といふ様なものを思ひ付いた伝で、戦争心理学といふ様な奇妙なものを拵へ上げてしまつた。戦は好戦派といふ様な人間が居るから起るのではない。人生がもともと戦だから起るのである。

戦争と平和とは同じものだ、というのはたしかに恐ろしい思想だろう。しかし振りかえると僕ら一人一人は、この恐ろしい思想を何ごともなく実践していた。僕らの大半は、戦争の時代を平和なときと同じように暮らしていたのである。満州事変から大東亜戦争までの十五年間を、一とつながりの十五年戦争と見立てることに、僕は個人的な実感から反対だということは何度も述べた。実際、満州事変とシナ事変の間には、束の間ながら平和な時期があり、それは僕個人にとっては掛けがえのない貴重なものだったからだ。しかし、見る人によっては、その期間もやはり戦争中の一時期だと見做されるだろう。そして、また逆に、或る人にとっては、シナ事変も、満州事変も、同じように平和な時代であったといえるかもしれない。いや、召集されて戦場に行っている兵隊でさえ、大部分の者が日常の大半を平時と同じ感覚で送っているのだ。いかにそれが苦渋にみちた平和であろうとも、戦争とは係わりのない時間が戦場にだって流れている。そのことは後に僕自身、軍隊に入ってみて実感したことだ。中隊にいる間、初年兵の僕らは忙しくて、とても「戦争」のことなど、憶い出しているヒマがなかった。

ところで、小林氏の右の文章が発表された昭和十七年二月、僕らの同人雑誌も刊行されることになった。誌名は「奇型」ではなく、「青年の構想」といういくらかモットモらしいものに、石山自身がつけかえたが、同人の顔ぶれその他は、十二月八日に相談をうけたときのものと変りはなかった。ページ数も百ページ足らずの薄いもので、部数はたしか百五十部だったから、小堀が言ったように検閲にもかからずにすんだのだろう。実際、それは雑誌というより、自分たちの文章を活字に組んで仲間内の者に配るというだけのものに過ぎなかった。石山は詩を、小堀はシナリオ風の小説を書いたが、僕は新しいものを書くひまもなく、その気にもなれないので、回覧誌「ふうてんくらぶ」に出した『首斬り話』をそのままのせた。

同人費というものは、とくに集めていなかったが、印刷屋の請求がきたとき、皆で渋谷の質屋へ行き、その場でレーンコートや、カバンや、腕時計など、身につけていたものをはずして、めいめいが一、二点ぐらいずつ入質しただけで、まかなうことが出来た。

刷り上った雑誌のうち、五十部ほどは、れいれいしく「贈呈」と書いて、新聞社や雑誌社や評論家などに発送し、残りは同人が頭割りに分けて、クラスの連中などに売りつけたりした。僕自身は、初めて雑誌を出したことについて、どうという感想もなかったが、到底出せるはずもないと思っていたものが出たのだから、嘘から出たマコトというような、不思議な気分にはなった。

その夜、僕らは巣鴨にあった小堀の家の近くの飲み屋で、発刊パーティーのようなものをやった。しばしば述べたように、当時すでに学生がそのような場所に出入りすることは禁じられていたが、家の近くの顔見知りということで、飲み屋の親父は大目に見てくれたわけだ。酔いがまわってくると、小堀は言った。

「どうしたって、おれたちは学校にいる間に何か書いて食えるようになっていなけりゃいけないんだ。大学を出てからじゃ、もう書くひまなんてないからなア」

それはそうだろう、と僕は思った。何しろ学校を出たら、すぐに兵隊に行かなければならないのだ。しかし、在学中に小説を書いて、それで飯を食うことはおろか、何処かの雑誌に発表されるということさえ、万が一にもありそうもなかった。そう思うと僕は、突然のようにいまが戦争中であることを憶い出し、

「ずいぶん戦争は長いなア」

と、つぶやいた。

昭和十七年三月、僕は奇跡的に落第を免れた。前にもいったように、僕はこの年の第一学期はほとんど出席せず、期末試験を失格になっていたので全科目が零点だった。したがって二学期と三学期が満点に近い成績でもないかぎり、平均して及第点には達しない。しかるに二学期、三学期の僕の成績は、平均してせいぜい七点か八点ぐらいだから、これでは及第できるわけがなかった。

その頃、慶応では落第すると〝塾僕〟と称する小使さんが、学校の徽章のついた提灯を持って夜遅く家へ報らせにくるというので、落第のことを「提灯」と呼んでいた。だが、僕のところに「提灯」は来なかった。これは一体どうしたことか？　たぶんそれは戦捷のご祝儀にちがいない。

十二月八日の開戦以来、三箇月あまりの我が軍は、陸海軍とも文字どおり連戦連勝だった。捷報をきくのは誰にとっても不愉快なものではなく、とくに海軍の活躍は国民の人気をあつめ、戦果を発表する大本営海軍報道部の平出大佐などは、奇麗に撫でつけた長髪とチョビ髭とによって、茶の間やニュース映画館のスターになっていた。一方、陸軍はハワイ、マレー沖海戦のような派手な大戦果は上げられなかったものの、フィリピンやビルマやマレー半島に進撃して、二月十五日には早くも〝東洋のジブラルタル〟と称するシンガポールを占領、畳二枚分はありそうな大きな白旗をかかげたイギリス軍のパーシバル将軍を相手に山下奉文大将が、「汝は降伏する気があるのかないのか、イエスかノーか」ときめつけて、国民の快哉を呼んだ……。学校も、そんな世相を反映して、本来落第させるべき生徒にもオマケの点数を加算して、大盤振舞の気分で及第させてくれることになったわけだ。

もっとも、学校当局には、正式に宣戦布告して一挙に戦線がシナ大陸から太平洋全域に拡大されたことで、遠からず全学生の召集がおこなわれるだろうという予測もあったのであろう。そしてそうなれば、落第生などつくるより、一人でも多くの学生を一年でも早く卒業させてしまった方が、学校経営上都合がいいという打算もあったものと思われる。

実際、誰も彼もが戦捷のニュースに酔わされていたわけではない。シンガポールの攻略戦がおこなわれていた頃にも、僕の行きつけのコーヒー屋では、両国の酒屋のSさんという親爺さんがこんなことを言っていた。

「おれの弟は、学校時代にマルクスをやっててね、いまでもヒミツに勉強してんだがね、その弟が言うにはナチスのドイツ軍はソ連でベタ敗けに敗けてるんだそうだ。それで『スモレンスクの陥ちるのが早いか、シンガポールが早いか』って、ヨーロッパじゃそれで賭をしてるって言うんだよ」

スモレンスクというのは、モスコーの手前何キロかの地点にある街だが、前年の夏、モスコーを目指して進撃したナチ軍は、そのスモレンスクを攻略したところで力が尽き、以後は攻守ところをかえて、目下ソ連軍がスモレンスク奪回に向っている、というのである。僕は、Ｓさんの弟がどんな人かも知らないし、スモレンスクというのが戦略上、どんな重要な意味のある地点かということも聞いたことがない。しかし、英国侵入の時機を失したドイツ軍は、ソ連戦線でもモスコーまであと一歩のところへ迫りながら、どうしてもそこから先きへ進めず、逆にソ連軍によって押し返されつつあることはあきらかだった。そして、このドイツ軍の運命は、すなわち明日の日本軍の運命なのではないだろうか？

勿論、当時はまだ誰も日本軍の敗北を心配している者はいなかった。そのコーヒー店に集る常連の客だって、Ｓさんの言うことなんか本気できいているわけではなかった。だから、シンガポール陥落のニュースが伝わると、Ｓさんは皆から散々からかわれて、とうとうコーヒー店の便所の中へ逃げこんだまま、しばらく出てこられなかったということだ。

しかしドイツ軍は、やがてスモレンスクを撤退し、以後ふたたびその地点を回復することは出来なかった。そしてそのことから、Sさんをからかった連中も、いつか日本軍が巻きかえされる日がくるだろうということを無言のうちに考えはじめていた。その日がいつのことかは、わからないとしても。

あれは四月半ば、もう桜も散った頃だ。僕はその日、昼頃、巣鴨の小堀延二郎の家を訪ねたが留守だったので、日本橋本町の石山の家へ行ってみることにして、山手線の電車に乗った。電車の中は空いており、僕は向い側にいる日本髪の女性と彼女の連れの和服姿の中年男を眺めていた。当時、日本髪のカツラはまだそれほど普及しておらず、たとえば洲崎や吉原の女郎衆の大半は自毛で島田髷に結っていたから、日本髪の婦人が物珍しいわけではなかったが、真っ昼間、電車の中でこういう恰好の婦人づれと出会うことは、めったになかった。

「あたしが貰ったアリの実を、戸棚の中へかくしといたのよ、あとで食べようと思ってさ……。ところが、いざ戸棚の中を覗いてみたら、もうないのよ、さっきたしかに仕舞っといたアリの実が……」

「この頃の子は、まったく手が早いね」

僕は、どうでもいいようなそんな話をききながら、この二人がいったい何者でどういう関係なのだろうか、と考えていた。ところが電車が秋葉原に着くと、空襲警報が出ているというので、乗客一同はそこで下されてしまった。

「空襲警報？　警戒警報のまちがいじゃないのか？」

ホームに溢れた客たちは、そんなことを口ぐちに言っていたが、やがて遠くでポンポンと花火を上げるような音がきこえた。爆弾かなと思ったが、そうではなく我が軍の高射砲の音らしかった。しかし高射砲を撃つなら、敵機の姿も何処かに見えなくてはならないはずだが、いくら空を眺めてもそれらしいものは見当らず、爆音も一向に聞えてこないのだ。

「ちがうわよ、あなた……。ほらほら、あっちの方よ、何だか煙が上っているみたいじゃないの」

ふと見ると、さっきの日本髪の女性が和服の旦那の背中に手をかけて、抱きつくようにしながら、もう一方の手をのばして、お茶の水か後楽園の方を指さしているのであった。僕は、その方角に瞳をこらしたが、やはりケムリも何も見えはしなかった……。僕の記憶はそこまでで、電車がいつ動き出したのか、それとも秋葉原から歩いて日本橋の石山の家へ行ったのか、そして日本髪と和服の旦那の二人がどうなったのか、まるで覚えがない。

来襲した敵機は航空母艦から飛び立った中型爆撃機十三機で、決して本格的な戦略的空襲というものではなかったが、それでも小学生が校庭に集っているところを狙われるなど、あっちこっちで相当の被害があったことは、後になって知った。しかし僕には、この空襲の初体験は、「アリの実」がどうしたこうしたと言っていた日本髪の女性の会話の断片と同様、何か別世界の白昼夢のような奇妙な印象を残しただけで、やがて来る敗戦の予兆といったものはまだ感じられなかった。

敗戦の予兆といえるようなものがあったのは、それから半年ばかりたって、ガダルカナル島での日本軍の苦戦が伝えられてからだ。電波探知機とか、ブルドーザーとか、いままでの兵器の概念からはずれたような新兵器をアメリカ軍が持っているという噂のひろまったのもその頃からで、アメリカと日本とでは資源や技術や生産力で決定的な差のあることが、一般国民の間にもようやくハッキリしてきたのである。勿論、ガダルカナル島のアメリカ軍上陸作戦に先き立って、ミッドウェーでの我が海軍の潰滅的な大敗戦があったわけだが、その損害はヒタ隠しにされていたので、僕らはまったく知らなかった。ただ、日本海軍が緒戦の頃の勢いを失っていることは、何とはなしに感じてはいたけれども。

そんな或る日、日吉の学校で午後の授業をきいていると、突然、ドカーン、と腹に響くような音がきこえ、それにつづいて南西向きの窓のガラスがいっせいにビリビリとふるえた。爆撃？　それにしては警戒警報のサイレンも何も鳴らなかったし、たった一発だけでおわるのもへんだった。それが何であるかがわかったのは、一週間ばかりたって横浜の知り合いの家へ行ってからだ。あの爆発音は何と横浜港内でドイツの駆逐艦が轟沈させられたためだというのである。攻撃したのは、何でもアメリカの潜水艦であろうという。（もっとも戦後になってきくと、沈んだのはドイツの駆逐艦ではなく輸送艦で、潜水艦でなく機雷に触れたのだというが――）僕は二重三重の意味で驚いた。

第一は、これだけの大事件が東京湾内で起っているというのに、新聞には一行もその記事が出ていないことだ。わが軍にとって都合の悪いことは報道されないということは知ってはいたが、その実例をハッキリ示されたのは、これが初めてだった。

第二は、敵の軍艦がわれわれの眼と鼻のさきまで近づいているということ。

第三は、それにもかかわらず横浜の市民があまり驚いているようにも見えないことだ。何でもドイツの艦船が沈んだとき、その食糧倉庫から厖大な量のカン詰が投げ出され、それが潮流の関係で運河の方へ流されて、万国橋のたもとのあたりにプカプカ浮んでいるのを、近所の市民は総出で網やタモなどを持ってすくいに行ったという。恐怖心よりも、そんなことがもっぱら街の噂になっていた。

たしかに、ドイツ製のカン詰なんか、めったに食べたことのある人もいないのだから、食糧品払底の折から争って皆が拾いに出掛けたのは無理もないことだ。しかし、実際にそのカン詰を拾って食べたという人の話は僕は聞いていないので、それがどんなものか、そしてどれほどの量が流れてきたのか、そういうことはわからない。或いは、それは噂だけで、本当はカン詰など一つも浮んではこなかったのかもしれない。何にしても、その事件のあと、しばらくの間、横浜の町のあちこちでドイツの海軍士官や水兵を見かけたし、なかには痛いたしい包帯姿の水兵や、車椅子に乗った若い士官などもいた。けれども彼等の大半は自分の艦を沈められて意気阻喪するよりも、想いがけずユックリ上陸する機会をあたえられたことで嬉々としているように見えた……。いや、彼等が嬉々としていたというより、久しく外国船の船員を見忘れていた横浜の街の人たちが、ふっと彼等の姿に昔の街の様子を想い出して、一瞬、浮きうきした夢を見ていたというべきかもしれない。
横浜に限らず、いたるところの街々に、厭戦気分はその頃からようやく覆いようもなく出はじめていた。

米機を撃つなら、英機も撃て！

そんなビラが、右翼団体の名前で、日比谷公園から有楽町一帯にかけて、ガード下の壁などに貼りつけられているのを見掛けるようになったのも、その頃からだ。〝英機〟は勿論、東条英機を指しており、東条首相の人気は何処でも極端に悪くなっていた。

僕は、また学校をサボりはじめた。無論これは厭戦気分とは直接係わりのないことだ。ただ、戦捷のご祝儀で及第させてもらった当座は、何か高揚した気分があったものだが、そんなものが消え失せると同時に、教室の中の空気もたまらなく退屈になってきた。
高橋広江先生は仏印から帰って、この新学年からまた僕らにフランス語を教えてくれることになった。先生は、これまでになく張り切っておられた。というのは従来、僕らのクラスは英語が第一外国語、フランス語は第二外国語であったのだが、この年から英語は敵性国語だというので第二外国語になり、フランス語（隣のクラスはドイツ語）が第一外国語ということになったのだ。そのこと自体は、僕にとっても歓迎すべきことだった。英語はどうせ中学校以来怠けつづけてきたので、いまさら勉強したって間に合いっこないが、フランス語ならまだ基礎からやり直すだけの余裕があるはずだからだ。

しかし、よく考えてみれば、これは僕の心得違いであった。英語を怠けて勉強できなかった者が、どうしてフランス語なら勉強する気になれるというのか？　要するに、問題は骨がらみになっている僕の怠けごころであり、これを克服しない限り怠けの口実はいくらでも見つけることが出来た。さしあたり僕は、新しいフランス語の教科書をひろげてみて驚いた。それには、アラン・フルニエや、ファーブルや、プロスペル・メリメなんかも入ってはいたが、あとはモーリス・バレス、レオン・ドーデ、シャルル・モーラスなど、名高いフランスの右翼、超国家主義者の評論がずらずらと並んでいるばかりか、第一次大戦の功労者で、第二次大戦ではヴィシー政府の主席になっているアンリ・ペタン元帥のアカデミー入会の記念講演まで入っているのだ。これでは、まるで僕らはフランス語を通じて、学校へファシズムを習いに行かされるようなものではないか。

いや、こういうフランスの右翼や王党派の意見をきくことも、フランスやヨーロッパの社会を知る上では、無意義なことではないかもしれない。しかし、こういうものを教材に語学の初歩を教えられるというのは、僕にとっては学校を怠ける絶好の材料になった。もっとも、こんなことでもしなければ、当時の世相ではもはや学校でフランス語を教えるということが不可能になっていたのかもしれない。何しろ、英語を〝敵性国語〟とするならば、フランス語は〝亡国語〟であり、言葉そのものが汚染された危険思想のように言われかねなかったからだ。そのフランス語を英語よりも優位な第一外国語にするについては、僕らの知らないところで、いろいろの手練手管やカケヒキが、文部省や学校当局との間で講じられたにちがいない。

それにしても、仏印から帰ってきてからの高橋先生の言動は、奇っ怪なものがあり、僕らをしばしば戸惑わせた。たしかあれはフランス語が第一外国語になって、最初の授業のあったときだ。先生は開口一番、次のように述べられた。

「諸君、諸君はもう就職の心配をする必要はありません。こんどわたくしは仏印で、日本の軍人さんと友達になって、いろいろと今後の日本の政策について話し合った結果、こういう計画を立てました。それはラオスとかカンボジア、あのあたりはケシの栽培に最適な土地なんですね。そこでわたくしたちは、あのへんに軍の支援で表向き民間の大アヘン精製会社をつくることにいたしました。そうやって現地人はもとより、フランス人、オランダ人、イギリス人、その他、植民地で収奪事業をやってきた連中にアヘンを大いに吸ってもらうようにするのです。これが日本を中心にした大東亜共栄圏の確立には、一番有効な方法であることに意見が一致いたしました。会社が設立されたあかつきには、諸君にも大いに社員として働いてもらうつもりです。ですから諸君は、その日にそなえて、いまから充分フランス語を勉強しておいて下さい。諸君の就職は全部わたくしが引き受けます。もう心配いりません……」

僕らは、この高橋先生の話を、どう受けとっていいかわからなかった。アヘン会社設立うんぬんの話もだが、何よりも先生が僕らの「就職」を心配してくれていることが不可思議だった。たしかに高橋先生が大学を出た昭和の初年の頃には、就職が学生たちの最大の関心事であり、悩みでもあったであろう。しかし、いまや僕らの中には誰も就職のことなど考えている者はいなかった。僕らは学校を出れば、たちまち軍隊に就職し、兵隊に採用されるにきまっていたからだ。

ところで、その年の七月、のびのびになっていた同人雑誌の第二号を出すことになった。誌名も「青年の構想」から、「青馬」というのにかえ、印刷も有楽町の近くの本格的な会社で引き受けてくれることになった。ページ数こそ六十四ページの薄っぺらなものだったが、前号よりは反響が大きく、次のような人たちから激励のハガキや手紙をよせられた。西条八十、恩地孝四郎、矢崎弾、保田与重郎……。まだ他にもあったと思うが、それらは皆、僕の入営中に空襲で焼けてしまったために、かろうじて右の四人の方の名前を記憶しているだけだ。大学予科生の出した貧弱な雑誌に、これだけの反響があったのは、当時この手の雑誌がほとんど出ていなかったためだろう。それに、この号には、われわれ同人の他に、石山皓一や疋田寛吉の友人だった故田中慶治の遺作の詩十数篇をまとめてのせたが、それが好評を呼んだのである。

田中は、昭和十七年四月十三日、数えの二十歳で死んでおり、雑誌にのせた詩も、ほとんど十六、七の頃の作品らしいのだが、年齢をこえて光る才能を示していた。ここに、その二、三を紹介しておこう。

蜥蜴

籠
美くしいものに隠された
青い獣を狙つてゐる蜥蜴
腹部に受けた弾痕をかくし
内身自己嫌悪に煮えくり滾つてゐる蜥蜴。
(まだ他人を傷つけ様としてゐる)
夏の日差の中に、

だあれもゐない庭で、
痴態を喋る鸚鵡と肌が七色に光つてゐる蜥蜴
流れて行くのを意識してゐる二匹の獣。

蛙

我心に蒼き蛙住みて、
我総ては蛙の顔。
（数々の冷き屍の上にあり）
放たる、事なき日々の労れ、
心痛き程に淋しの雲吹きて
我は蛙に和む。
孤り、罪《とが》を見つけて、白き路、
唯、胸の焰に住む者にのみと
己まかせる暖き感触に帰つて来るのだ。
我心に蒼き蛙住みて、
白光に眸動かず
心心の中にゆらゆらかげろうゝ燃ゆる。

悼詩

坊や、七ツ、
青いお人形、
ボク 肩を叩いたよ
虚を――坊やが死んだ！
長い眉毛が――まぶたが合さつてゐる。
母さんが何も云はずに居た
小ちやな 白木の柩が
縷々と上る香煙に
坊や
〝新しいお家が出来るんだい〟
て云つてたねえ
坊や
新しいお家が出来たよ
坊や
坊や、七つ、

どこに遊んでゐる
え、何故死んでおくれだつた。

昭和十八年、大東亜戦争は第三年目に入って、日本の敗色はいよいよ濃厚になってきた。二月にガダルカナル島撤退、四月に山本五十六元帥戦死、五月にアッツ島守備隊玉砕という具合だ。そして僕は、この日本軍の衰運と歩調を合せるように、この年また落第してしまった。前年は戦捷のご祝儀で及第させてもらったが、こんどはその反動で、この重大な時機に不真面目な学生は容赦なく落第させるということに、学校は方針をかえたようであった。

しかし、僕はどっちにしろ、大して悲観はしなかった。もう一年、予科をやらされるとなると、ことしで徴兵猶予の特典は切れてしまうのだが、僕は自分でも〝学生〟という中途半端な身分にあきあきしており、兵隊でも何でもかまわない、もっと現実と直面した生活を送りたいと思うようになっていた。とはいえ、いったい〝現実〟とは何か？　これはよく分らないことなのだが、戦時下の学生が現実ばなれのした存在であることは、日常茶飯にイヤでも意識せざるを得ないものではあった。

元来、学生は特権階級ではあったが、戦争中はとくに徴兵延期を許されて、僕のようなナマケモノでも兵隊にとられないですむのだから、この学生の特権は世間の人に甚だ目障りなものになったに相違ない。しかも、その頃から学生を特権階級とする社会基盤そのものが急速に崩れはじめていた——。脱線になるが、明治の近代化がじつは徳川時代に準備されたものであるとするならば、戦後の〝民主主義〟社会もじつは戦時中に用意されたものだと言えるだろう。勿論、僕は戦時中の統制経済が民主的に運営されていたなどと言うつもりはないが、物資の配給制度が僕らに平等主義をもたらしたことは否定できないのである。米、砂糖などからはじまって、味噌、醬油、塩などあらゆる食糧、衣類、その他日用品が全部、配給キップがなければ、誰も手に入れることが出来なくなった。統制の裏側にはヌケ道もあり、闇物資と称するものがひそかに出廻ってはいたが、タテマエとしての平等主義は法的に支持されており、物資の分配に関する限り、身分や階層の上下による差別は解消せざるを得なくなった。しかも、一方では、闇物資を動かせる連中や、都市近郊の農村から、新しい〝特権階級〟が生れてきた。戦後、食糧危機のときのデモ〝食糧メーデー〟に、

朕はタラフク食っている

ナンジ臣民　餓えて死ね

というプラカードが立って、不敬であるというので物議をかもしたが、こういった平等思想が何に根ざしているかは明らかだろう。

僕らの大学生という特権的な身分が、何となくウサン臭く、居心地の悪いものになってきたについては、その背景に右のような事情がある。

日常の必需品が本当に手に入り難くなったのも、この頃からだ。食糧品は勿論のこと、石鹼や木炭や都市ガスや、生活に必要なあらゆるものが無くなってきた。永井荷風の昭和十八年の日記は、次のように書き出されている。

正月一日。炭を惜しむがため正午になるを待ち起出で台所にて焜炉に火をおこす。焚付けは割箸の古きもの又は庭木の枯枝を用ゆ。暖き日に庭を歩み枯枝を拾ひ集むる事も仙人めきて興味なきに非らず。焜炉に炭火のおこるを待ち米一合とぎてかしぐなり。惣菜は芋もしくは大根蕪のたぐひのみなり。（中略）是去年十二月以後の生活。唯生きて居るといふのみなり。正月三ケ日は金兵衛の店も休みなれば今日は配給の餅をやきて夕飯の代りとなせり。

荷風のケチン坊は、戦後、文化勲章を貰った頃から急に有名になったが、この日記に見られる生活の窮乏ぶりは、勿論ケチのせいではない。外国の大公使館の並ぶ麻布の高台の偏奇館と称する洋館に暮らしていた荷風は、偏屈な変り者かもしれないが、戦前の日本の有資産階級の一員であったに違いない。戦前の資産階級の全部が、このような困窮生活を強いられていたわけではないにしても、軍部や大商社に手づるがなく、積極的にヤミ商品にも手を出さなかった人たちは大抵、荷風と似たり寄ったりの暮らし向きを余儀なくされていたのではないだろうか。

荷風は、昭和十二年に『濹東綺譚』を出して以来、わずかな小品文の他に何も発表していなかった。けれども戦時中、忘れられた作家になっていたわけでは決してない。むしろ隠然たる人気作家であったといえるだろう。少くとも僕ら学生の間で、荷風は太宰治と並んで最も人気のある作家であった。太宰と荷風とは一見まったく無関係の作家のようだが、両者に共通しているのは、それぞれ微妙なかたちで、しかもハッキリと時流に背を向けていたことだ。太宰は、荷風とちがって戦争中も毎月のようにあっちこっちの雑誌に作品を発表しつづけているが、軍の御用作家にもならず、時局便乗小説のようなものは一つも書いていない。それでいて、どうして検閲にも引っかからなかったのか？　これはいま簡単に説明することはムツかしい。一つだけ言えそうなことは、太宰にとって戦争中の庶民の窮乏生活というのは絶好の自己処罰の機会であり、日常生活が苦しければ苦しいほど彼はそれを精神的に享受することが出来たであろうということだ。東北屈指の大地主の家に生れた太宰は、いってみれば戦争のおかげで、ひとりでに階級からの脱落者になることが出来たわけで、それは平和な時代に、格式とか、家柄とか、さまざまな因襲にとらわれた環境では、いくら努力しても自力ではどうにもならなかった桎梏から、初めて解き放たれることになったのだ。つまり太宰は、戦争中から戦後の解放感を、その個性的な資質によって、先き取りしていたということになる。

荷風の『濹東綺譚』も、階級からの脱落者を自己演出して見せたという点では、太宰と共通しているかもしれない。

わたくしは毎夜この盛場（玉の井）へ出掛けるやうに、心持にも身体《からだ》にも共々に習慣がつくやうになつてから、この辺《あたり》の夜店を見歩いてゐる人達の風俗に倣つて、出がけには服装《みなり》を変ることにしてゐたのである。これは別に手数《てすう》のかゝる事ではない。（略）つまり書斎に居る時、また来客を迎へる時の衣服をぬいで、庭掃除や煤払《すすはらひ》の時のものに着替へ、下女の古下駄を貰つてはけばよいのだ。

わたくしは女の言葉遣ひがぞんざいになるに従つて、それに適応した調子を取るやうにしてゐる。これは身分を隠さうが為の手段ではない。処と人とを問はず、わたくしは現代の人と応接する時には、恰《あたかも》外国に行つて外国語を操《あやつ》るやうに、相手と同じ言葉を遣ふ事にしてゐるからである。「おらが国」と向《むかう》の人が言つたら此方《こっち》も「おら」を「わたくし」の代りに使ふ。

このような箇所は、まだいたるところにあって、「これは身分を隠さうが為の手段ではない」と言いながら、これが小説の重要なモチーフになっていることは明らかだろう。主人公大江匡は、身分を偽って、最も卑しまれている職業の女と仮初めの恋愛を、仮初めのものとして愉しみながら、そこに世相に対する文明批評や時代の動きを映し出している。ただ、太宰の場合、階級からの離脱者であるという演技はほとんど無意識のものであるのに対して、荷風の自己演出は、あくまでも意識的であって、ある場合にはそれが臆面もないほど強調されているという違いはある。たとえば、冒頭の言問橋の交番で主人公が巡査に尋問される場面で、いろいろ巡査とのやりとりがあったあげく、持ち物の中に女ものの長襦袢があったのを怪しまれ、あやうく豚箱に入れられそうになるが、たまたま財布の中に、火災保険の仮証書と戸籍抄本に印鑑証明書と実印が入っていたので、主人公の身分が判明して、無事釈放されることになる——。

「御苦労さまでしたな。」わたくしは巻煙草も金口のウヱストミンスターにマッチの火をつけ、薫だけでもかいで置けと云はぬばかり、烟を交番の中へ吹き散して足の向くまゝ言問橋の方へ歩いて行つた。

というあたり、主人公（すなわち作者）の特権意識は、おやと思うほど露骨である。

話を元へ戻そう。荷風にしろ、太宰にしろ、それぞれ戦争の中で自分の生きる場所をはっきりと持っていた。荷風は隠遁者として、太宰はみずから罰せらるべき者として。しかし、僕ら学生は、自分を何処へ持って行こうにも納まる場所がなかった。勿論、医学部や工学部の学生は例外である。彼等は軍医や技術将校の卵であるにきまっていた。しかし文科系の、それも文学部の学生ときては、どう転んでもサマになるものではなかった。学校では、なるべく僕らを兵隊の卵として扱おうとしていた。教練のある日は朝から軍服まがいの教練服にゲートルを巻いて登校させられ、教師に出会うと挙手の礼をさせられた。しかし、そんなふうに兵隊のマネをさせられればさせられるほど、僕らはますますウサン臭げなマガイモノになってしまうのだ。当時、海軍予備学生というものに人気が集ったのは、なかではそれが学生の納まり場所として一番まともなものだと考えられたからだろう。そのへんの事情を、服部達はこう説明している。

たとえば海軍に比べて陸軍はより閉ざされた社会であったために、学生上りの者は後者よりも前者においてより優遇された傾きがある。旧日本海軍における階級というものは外部の一般社会の階級と或る程度照応するように造られていて、たとえば上流階級出身の者は容易に将官と気脈を通じ得たし、反対に、将官になるということは、上流階級と対等に交際する資格を持つことであった。そして、学生上りであるということは、彼の出身が少くとも中流階級であることの保証となったのである。しかしながら、学生上りの予備士官が大量に流入しはじめると、海軍はその「シャバ気」に対してしだいに自己防衛の必要を感じはじめた。(『新世代の作家たち』)

昭和二十九年に書かれたこの文章は、いまになると粗略に過ぎると思われるところもあるだろう。しかし、陸海軍の分析として、これは甚だ簡にして要を得たところがある。陸軍にくらべて海軍は、学生上りの者を「より優遇」したかどうか、実際のところ僕は知らない。しかし、陸軍では隊内で自分の名前に出身学校や学部名までつけて名乗ることは考えられもしなかったが、海軍では何々大学何々学部学生海軍予備少尉何の誰兵衛というよ うな呼び方もしたらしい。つまり海軍では、学生という〝身分〟を隊内の或る〝階級〟に当てはまるものと考えて、そのように処遇した。具体的にいえば、海軍予備学生は陸軍の幹部候補生とちがって最初から士官候補生の待遇で入隊するのである。だから陸軍の幹候は、入隊の当初、古参の下士官は勿論のこと上等兵や一等兵などの古兵よりも下の地位に置かれるが、海軍予備学生は入隊したときから下士官より上なのである。どうしてこんなことになったかといえば、それは海軍がイギリスの階級制度を模範にして、英国の身分社会制をそのまま自分たちに当てはめたためだという。

しかし当然のことながら、日本はイギリスではない。英国なら大学へ行くことのない階層の子弟でも、日本では経済的な事情が許せばどんどん大学へ行くし、またその大学もイギリスとは違って、とくに日本の私立大学はオックスフォードやケンブリッジのように名家の子弟を集めたエリートの養成機関というわけではない。したがって、そういう大学から採用された予備学生たちは、旧日本海軍を痛く失望させて、ことあるごとに「貴様たちは、帝国海軍の恥である」とか何とか呼ばれることにもなるわけだ……。そのへんのところを服部は、「海軍はその『シャバ気』に対してしだいに自己防衛の必要を感じはじめた」と、あたりさわりのない表現を用いているが、この「シャバ気」とは、率直にいえば「ガラの悪さ」といったことなのだ。

つまり、僕ら学生というものは、シャバにあってもウサン臭げな身分であったが、軍隊へ入ってもやはりそのウサン臭さは取れなかったというわけだ。

こんなふうに言うと、いかにも旧日本海軍は人が好くて、学生をやたらに甘やかしたために、あとで失望することになったというように受け取られるかもしれないが、実情は決して海軍が一方的にお人好しだったということではなさそうだ。それは海軍だって、日本の大学生がイギリスの学生と同じものでないことぐらいは知っていた。しかし、知っていながら昭和十七、八年頃になると、背に腹はかえられず、ということになったようだ。とくにミッドウェーの敗戦で、航空母艦と一緒に多数の飛行機搭乗員を一挙に失ってからは、飛行機があっても乗り手がいないために飛ばすことが出来ないという状況がしばしばあって、早急に搭乗員の補給を迫られていた。しかし勿論、高度な技術を要求される飛行機乗りの養成は、即席には出来ない。それで、最初から爆弾を抱えて敵艦の上にツイラクするということを目的とした、つまり特攻要員を速成するために、予備学生というものを大量に募りはじめたのだという噂が、その当時から僕らの耳にも入ってきた。また、海軍は兵学校出の正規の士官の温存をはかって、学生上りの予備士官を消耗品として採用しているという噂もあった。

こんなことは、ただの噂だけだといっても、聞いて好い気持になれるはずはなかったが、大して気にとめる者もいなかった。遅かれ早かれ、どっち途、自分たちが死ぬことだけは間違いないと思われたからである。しかし僕自身は、海軍に入りたいとも思わなかった。命が惜しくはないといえば嘘になるが、それ以上に短剣を吊った海軍士官に憧れたりすることが、何となくテレ臭くもあり、馬鹿々々しくもあったからだ。第一、人一倍運動神経のにぶい僕が飛行機乗りなんかになれるとは、てんから思えなかった。

すでに昔の仲間――古山や高山や倉田――たちは皆、徴兵検査をうけて、普通の陸軍の兵隊としてシナ大陸や南方の戦線に送られているはずであった。僕も、彼等のあとを追って、同じように一般兵として苦労するのが、せめてもの礼儀というものだろう。

あれは四月であったか、五月であったか、僕は世田谷の区役所の近くの小学校の校舎をかりた徴兵検査場で、大勢の若ものたちと一緒に検査を受けた。大部分が工員さんとか、近所の八百屋とか魚屋とかでつとめている人たちのようであった。検査といえば、入学試験のたびに方々の学校で体格検査を受けさせられたが、越中フンドシ一本の裸になって、行列をつくって並んだり、四つん這いになったりするのは、学校の検査とは何処かちがって群衆の一人に混ぜ込まれたという感じがした。徴兵区司令の大佐は、むかし慶応の配属将校をやっていた人だという。僕は、それを聞くと、やはり何となくホッとした。ことによったら、なかなか話のワカる人かもしれない、そんな気持がふっと湧いた。親しみのある顔で、笑いかけながら、「どうだい、学校の方は？　イチョウ並木も昔のままかね」とでも話しかけてくれるようなら、補充兵にまわしてくれる可能性もある、という……。

一と通り検査を終って、僕はその大佐の前に立った。なるべく大声を出して、元気よく氏名を名乗る。

「おう、君はケイオーか」

大佐は、日焼けした丸顔をほころばせながら、僕を見て言った。書類の上に眼をおとして、

「うーん」とうなずきながら、「学業を中断して兵隊に行くのは大変だな」

「はい、ノンビリやって来ましたから」

僕は、くすぐったい心持を抑えながら言った。

「そうか、ノンビリやってきたか……」

大佐は、また上機嫌に笑い声を上げた。

「はいッ」

僕は胸をはってこたえる。とたんに思い掛けない返答がかえってきた。

「よし。甲種合格！」

どうしてだろう、どうしておれが甲種合格なんだろう。勿論、補充兵になったって、現役と同じように直ぐ召集はくるのだし、どうせ入営するのなら、第三乙種とか丙種とかいわれるよりは、甲種合格の方がいいではないか。そう思いながら、しかし僕は何となく理不尽なものを押しつけられたような心持だった。

それでも、十一月二十日、東部第六部隊に入営ときまると、さばさばした気分になった。これでやっと学生生活とも、おさらば出来るわけか——。東部六部隊は、青山のもと歩兵一聯隊のあったところで、それがいまは近衛歩兵第三聯隊になっているという。へーえ、おれが近衛兵か？　僕は若干、尻こそばゆいような心地がした。近衛兵といえば、全国の村々の模範青年ばかりがえらばれてなるということだったからだ。しかし、僕の想像は何重にも間違っていた。まず、その頃の近衛聯隊というのは、必ずしも模範青年ばかりが集るところではなく、むしろ全国からの寄せ集めの兵隊は、いわば〝外人部隊〟みたいなもので大層ガラが悪いのだという。しかも、東部六部隊に入営したからといって、それは六部隊要員として徴集されたというわけではなく、原隊はやはり歩兵一聯隊であって、それはいま北満のソ連国境に近い孫呉というところに駐屯しているから、多分、入営後、間もなくそちらへやられるというのである。しかし、何よりも意外なことは、それから三月ばかりたって起った。その時、僕は入営前に父母の郷里を訪れて、墓参などするという名目で、一人で高知県を旅行していた。九月二十三日、親戚の家で、新聞を見ていると、

医、理工科系以外の学生の徴兵猶予撤廃

と大きな活字が並んでいるではないか。僕は、とりあえず急いで東京の家に帰ってきた。十一月二十日の入営予定日が、繰り上げられる可能性もあるからだ。ところが、これも予想に反して、逆に翌年三月二十日まで、徴兵は繰り延べになっていた。

入営が四箇月も繰り延べになったことで、僕が安堵しなかったといえば嘘になる。実際、当時の四箇月の猶予は気分の上で十四箇月にもまさるほどのものだった。しかし、僕の入営を心配してくれていた小堀延二郎そのほか大勢の友達が、僕より先きに入営させられることになったのは、奇妙な運命のめぐり合せとしかいいようがなく、彼等を見ていると僕は自分の幸運を喜ぶ気持も半減せざるを得なかった。とにかく彼等の入営は突然だった。九月二十三日に徴兵猶予の取り消しが発表されると、十月下旬にはもう検査を受け、丙種合格の者までが、陸軍は十二月一日、海軍は十二月十日に入営することになったのだ。しかも、海軍はこれまでは予備学生を士官候補生の待遇で採用していたのに、こんどからは陸軍と同じように学生をいったん最下級の二等水兵で入隊させることになった。これは何でもないようなことだが、服部達流にいえば、海軍も陸軍並みに閉鎖的になったということかもしれない。

しかし、本当のところ海軍は何も学徒動員のときから突如として閉鎖的になったわけではないらしい。たとえばミッドウェーの敗戦を海軍は大本営の陸軍の作戦指導部にもヒタ隠しにしており、そのため陸軍は制空権も制海権もないところでガダルカナル島の作戦を強行し、二万人近い兵隊がほとんど無意味に殺されることになったというのである。或る意味でこれは「大東亜戦争」の内実を端的に示した例話であるかもしれない。軍部は国民のことは考えずに戦争をはじめたが、その軍部も陸軍は海軍を無視し、海軍は陸軍を馬鹿にして、おたがいに自分たちだけで勝手に戦争をやっていたわけだろう。「挙国一致」というのは、僕らが子供の頃から耳にタコが出来るほど聞かされてきたスローガンであったが、実際は国じゅうがバラバラになっていた。一致しているのは、むしろ軍に対する怨嗟の声で、とくに東条首相にはそれが集中していた。

ところで、学徒動員が発表されると、しばらくの間、新聞やラジオやあらゆるものが、いっせいに学生を讃美し、同情を示すようになった。学生の遊興飲食は止められているはずであったのに、学徒動員令が出て以来、渋谷や新宿の飲み屋は学生服の客でいっぱいになり、酒に酔った学生が肩を組んで高歌放吟しながら歩いていても、街の人たちは見咎めて眉をひそめるわけでもなく、かえって戦前の「自由」な時代が戻ってきたような、何かそんな気分を掻き立てられてでもいるようだった。

学校の中も久しぶりに活気づいていた。何しろ、出席簿に名前だけはのっているが、ついぞ見掛けたこともない連中が、毎日のようにひょこひょこと教室に顔を見せるようになったのだ。なかには三年も四年も落第をつづけて、とっくの昔に除籍になっていそうな者もいて、そういうのが不似合いな学生服を着てあらわれると、やはり同類項の万年落第生らしいのが、「よう、お前、生きていたのか、よかった、よかった」などと声をかけ合っている。それは『忠臣蔵』の芝居で、赤穂浪士が討ち入りの前夜、そば屋の二階へ集ってくる光景を想わせた。

しかし彼等が何のために学校にやってくるのか、これは僕には理解し難かった。察するところ彼等はもはや学生ではなく、ただ徴兵延期をするために学校に籍だけは置いて、他で何かやりながら暮らしていたのだが、突然入営させられることになると、自分が学生であったという身分をもう一度確認しておきたくなるものらしかった。そういう連中とは別に、ふだん学校へ顔は出すが全然勉強はしていなかったのが、入営がきまると急にいろんな本を買いこんで読みはじめるような者もいた。小堀延二郎は、入営前にどうしても長篇小説を一本書くといって、原稿用紙を二千枚買いこみ、それを机の上に置いていた。そして入営の直前まで、学生服に日の丸の旗をタスキ掛けにした恰好で、机の前に坐っていたが、残念ながら小説は完成しないまま、十二月一日、東部第六部隊に入営した。

勿論、二十歳そこそこの学生が、それも入営を控えた二箇月ばかりの間に、二千枚もの小説が書けるわけはなく、小堀がそれを試みたのは、多分に自己陶酔や芝居っ気から出たところがあった。しかし、だからといって、僕には小堀を責める気にはなれなかった……。小堀の家は何を職業にしていたのか、どうやら親父さんは映画館の経営やフィルムの貸し出しなんかをやっている様子で、いつか僕は小堀の家でお産の実写映画と昔のアメリカのブルー・フィルムを見せて貰ったことがあり、それは勿論小堀の家の職業には直接関係のないことなのだが、取引き上、そんなものも手に入るという家の中の空気は、僕にとっては物珍しく、また親しみ易いものであった。僕は、石山皓一などと一緒に小堀の家には何度も泊めてもらったことがあり、またその家から三人一緒に吉原などへ出掛けたりしたこともある。そういうとき小堀の母親は、われわれがどんな場所へ何をしに行こうとしているかなど訊きもせず、ただ玄関でカンカンと切り火を切って送り出してくれるのであった。つまり、小堀が小説家をこころざし、大学を出る前に何とか一本立ちの作家になっておきたいと願ったのは、何よりもそんな優しい母親の期待にこたえるためだったのだ。それが突然の学徒動員で入営しなければならないとあって、小堀は毎日、必死で分厚い原稿用紙をつみ重ねた机の前に坐ることになったわけだ。

小堀が入営するとき、僕は前の晩から他の仲間と一緒に小堀の家に行っていた。その日も小堀は、われわれの相手をしながら、まだ未練げに机の前に坐っていたが、祝いの酒盛りがはじまることになって、小堀は自分で台所へ酒を運びに行った。そのとき茶の間のラジオが軍艦マーチをやり出した。そして台所で、小堀が母親に呼びかけている声が、われわれのいる座敷まで聞えてきた。

「お母アさん、また〝戦果〟のニュースだよ……」

僕は、その小堀のはずむような声が夕暮れの台所の物音の中から聞えたのを、なぜか忘れることができない。その頃、僕らはもう大本営発表の戦果の報道を殆ど信用しなくなっていた。しかし小堀は、まるで真珠湾攻撃のニュースを聞いたときのような声で、母親に話しかけてやっているのだ。小堀の母が、それにこたえる声は聞えなかった。ただ、何かを刻む俎《まないた》の音だけが、間遠にものうげに聞えてくるだけだった。

十二月に入って、全国数万の学徒がいっせいに陸軍か海軍かに入隊してしまったあと、街中は急にガランとなった。連日、あちこちの駅頭や街角にひびいていた各大学の壮行会の太鼓の音や、応援歌や寮歌の声が、嘘のように消え、渋谷から日吉へかよう通学電車のプラットフォームにも、まばらな人影がうつろに立っているばかりだ。教室も半数以上――たぶん四分の三ぐらい――は空席で、出てきているのは若い子供みたいな連中ばかりだから、僕は話し相手もいなくなった。ところが、そんな或る日、Tという男が、即日帰郷になったといって、ひょっくり学校にあらわれた。

「面白い話があるんだ」と、Tは僕の顔を見るといった。「中野正剛の自殺なあ、あれはやっぱり東条に殺されたようなものだっていうんだ」

面白い話というから、それはTがどうやって軍隊から帰されてきたかという話だろうと思っていたので、僕は多少拍子ヌケがした。中野正剛が自殺したのは、出陣学徒の徴兵検査がはじまったばかりの頃のことだ。だから新聞には、学徒兵や予備学生を讃美したようなことばかり出ていたが、そんななかで、

中野正剛氏自殺、

昨夜日本刀で割腹

という記事を見たときは、僕もはっとしたものだ。

中野正剛氏は、二十七日午前六時、渋谷区代々木本町八〇八の自宅階下居間の仏壇の前で死亡してゐるのを、同家女中が発見、赤坂の前田病院長の来診を乞うたが、すでに手の下しやうがなく代々木署に急報、東京地方刑事裁判所検事局から松城部長検事、野村検事が出張検視の結果、二十六日午後十二時ごろ日本刀で割腹、さらに頸動脈を切断し自殺したものと判明した。なほ遺書一通があつた。――中野邸には逸速く令弟中野秀人画伯、東部第十部隊在営中の令息達彦伍長がかけつけたほか、頭山満翁、三宅雪嶺翁らが弔問に来邸した。(昭和十八年十月二十七日朝日新聞夕刊)

この東部第十部隊からかけつけた《令息達彦伍長》というのは、青南小学校と市立一中で僕と同学年で、隣同士のクラスにいたから良く知っていた。《伍長》とあるからには、中野君は将校になる甲幹の試験には落ちて乙幹だったのだな、とそんなことを思うとヘンに懐しかったが、こういう程度の新聞記事では中野氏が何で自殺したのかもサッパリわからないから、それっきり忘れるともなく忘れていた。しかしTが、「あれはやっぱり東条に殺されたようなものだそうだ」というのを聞くと、なるほど、と思った。前年の暮、「米機を撃つなら、英機も撃て」というビラが有楽町のガードなどに貼りつけてあったが、あれは中野正剛が日比谷公会堂でおこなった東条英機弾劾演説のビラであり、東条や軍部はもっと本当のことを国民に知らせるべきだ、というのがその主旨だということを、僕は後になって聞かされていた。そして、いまTの話をきくと、中野氏はあの演説以来、絶えず憲兵につきまとわれて監視され、腹を切らざるをえないところへ追いつめられたというのである。

そんな話を、Tは軍隊に一日か二日いた間に、一緒に入った学徒兵の誰かから聞かされたというのだが、話は妙に具体的で、たとえば中野氏が切腹するのに使った刀は、刃がボロボロに欠けており、傍にあった目覚時計が傷だらけになって毀れていた、これはいったん刀で腹を刺したが、脂で滑ってうまく切れないので、目覚時計で刀の刃をノコギリのように欠いて、それでようやく腹を切ったのだ、などと……。しかし、そんなことよりもっと僕が驚いたのは、中野氏の自決の背後に、中野氏が直接関係したわけではないが東条暗殺の計画があり、その計画にどうやらTが軍隊で一緒になったW大の学徒兵も危く巻きこまれそうになったという話だ。

その学徒兵は、この十月の半ば頃の日曜日、友人に誘われて新橋の土橋の際にある喫茶店に出掛けた。その頃は、すでに喫茶店も開店閉業のありさまで、大豆を焦がした代用コーヒーやサッカリン入りの紅茶さえなく、コブ茶と称する塩っぱいお湯を飲みながら、すり切れた軍国歌謡のレコードでもきかされるのが関の山であった。しかし、どうかすると何処かの裏町の小さな店で、本物のコーヒーや、砂糖もバターもたっぷりつかったホットケーキなどを出すところもあるという。それで、その学徒兵――いや、そのときはまだW大の学生であったわけだが――も、友人がわざわざ誘ってくれたのは、普通の喫茶店では出てこないような飲みものか食べものを出す店だろうぐらいに考えて、ガランとした倉庫なんかの並んでいる一画にある店に入った。すると、坊主頭にセビロ服を着た数人の男をかこんで十人ばかりの学生が、しきりに何か話し合っている。学生たちは全員が、こんどの動員にかかっている連中だった。これはタダの喫茶店じゃないな、そう思ったがいまさら引き返すわけにも行かないので、そのW大生も話の仲間に加わった。中心になっている坊主頭のセビロ服は、じつは陸軍士官学校の本科生で、日曜日を会合にえらんだのは彼等の外出日が他にないからだった。陸士の連中は、店の奥に細長い木箱を二つ運びこんでいた。一つの箱には銃器が、もう一つの箱には弾薬が入っている。これらの武器を使って、陸士の連中は東条首相を狙い、一般の学生は徴兵検査をうけに各自の本籍地へかえったとき、その地方の県知事を狙って、いっせいに全国的なテロをおこなうというのである。W大生は、その計画には自分は参加しかねる旨を申し出た。すると周りの連中は、強いて彼を引きとめるわけでもなく、ただ絶対に秘密をまもるようにと約束させられた。やがてW大生は、郷里の北陸へかえって、そこで検査をうけた。ところが、検査場にいるときから国民服をきた憲兵のような男がW大生を見張っており、宿まで一緒についてきた。そして東京へかえるまで宿から一歩も外へ出ることができなかったという……。

Tから聞かされたそんな話は、じつに奇怪で何処まで信用できるものかわからなかった。しかし、中野正剛の自決の話とこれを結びつけると、何やら完全なデマカセとは思えないような現実感がある。とくに徴兵検査をうけに郷里へかえったW大生が、検査場からずっと私服の憲兵らしいのにつけまわされて宿から一歩も出られなかったというあたりは、そうだった。しかし、そういう話をきいていると僕は、黒いロイド眼鏡の奥から三白眼の瞳をジッと見据えるように覗かせるTの顔までが、ふっと私服の憲兵のように見えてきて、馬鹿々々しいとは思いながら不安になってきた。しかもTは、たった一日、教室へ顔を出してそんな話をしていったあと、翌日からまた全然学校へ姿をあらわさず、とうとう彼とは二度と会わずじまいで、僕自身の入営する日がきた。

いま、映画やテレビで学徒出陣のドラマを見ると、出征する主人公の学生のうしろには決って可憐な女子学生や婚約者などの姿があるようだ。これは必ずしも作劇上の止むを得ざるフィクションではないかもしれない。しかし僕を含めて、僕の周囲には誰も、そういう艶福家の学生はいなかった。そして、そのことを僕らは別段、口惜しいことだとは考えてはいなかった。これは決して負け惜しみではない。現実に入営のくる日を待っている期間というのは、そんなロマンチックな夢を追うには索漠として苛酷に過ぎるのである。

昭和十九年は一月一日から大雪であった。僕はその日、午後から日本橋の石山皓一の家へ行き、夜になって二人して玉の井へ出掛けた。玉の井へ行くには変装が必要であったが、それは永井荷風のように、「書斎に居る時、また来客を迎へる時の衣服をぬいで、庭掃除や煤払《すすはらひ》の時のものに着替へ、下女の古下駄を貰つてはけばよいのだ」というわけにはいかなかった。戦争が進むにつれて私娼窟の取締りはきびしくなり、迷路のような小路の辻々には私服の刑事が眼を光らせて立っていたから、迂闊な恰好で出掛けて行くと、たちまち見咎められてブタ箱へ送られる惧れが大きかったのである。その夜も、漬け物屋のかどを曲って、小窓の並んだ小路に足を踏み入れたとたんに、険悪な叫び声がきこえ、人だかりがしているので、覗いてみると雪のヌカルミの上に女が一人倒れており、二人の刑事が彼女を引っ立てようとしているのであった。女は泥酔しているらしく、さかんに泣きわめいており、刑事は黙ってそれを見下ろしながら、ときどき靴先きで女の体を蹴とばしていた。そのたびに、どすっどすっというような不気味な音がひびいて、僕は一瞬、自分も軍隊に入るとあんな目に合わされるのじゃないかな、とイヤな気がした。そして何となく一、二歩、後へ退いた拍子に、ドブの中に片足を突っこんで足袋から袴の裾までぞっぷり濡れてしまった。それを見て、石山が、

「こいつあ、春から縁起が悪いわえ」

と、『三人吉三』の口真似をしてからかったが、実際に僕は正月早々から不幸な気分であった。それから三月二十日の入営まで、どのようにして過ごしたか、もはや僕には記憶はない。はっきりしているのは、僕は小堀のように入営までに二千枚の長篇小説を書こうなどという野望は持たなかったということだけだ。僕の中にアセリがなかったわけではない。焦燥感はあったが、それは何か眼に見えないものに縛りつけられたような感じで、何も出来ないまま、いたずらに時日の経過して行くのをジリジリと待っている毎日であった。

戦況は日に日に、わが方に不利であった。すでに前年、山本五十六は戦死して元帥になり、「軍神」とあがめられていたが、そのあっけないような死に方は、海軍の最高指揮官がもはや戦争をアキラメているのではないかと思わせた。そしてこの年、十九年になる

と、二月六日にマーシャル群島の拠点、クェゼリン島とルオット島の守備隊が全滅し、軍人軍属六千五百人が玉砕した。さらに十七、十八の両日には、連合艦隊の南太平洋最大の基地トラック島が、アメリカ空軍の大空襲をうけて潰滅状態になっている。こういう状況は、山本元帥につづいて古賀峯一連合艦隊司令長官の戦死とともに、例のごとく国民一般には隠されていたが、庶民は案外な嗅覚でそういったことをかなりの点まで察知していた。これは入営後、洋服店の徒弟とか、町の工員とかをやっていた連中と話し合ってみてわかったことだが、彼等は軍の機密事項といわれているようなものを、学生である僕らよりは遥かに精しく知っていたのである。

この年は三月になっても、たびたび雪が降った。僕の入営の前々日あたりも、東京にはかなりの雪が降った。石山や佐藤守雄や疋田寛吉などが、泊りがけで遊びにきていて、シャンソンのレコードをかけながら酒を飲んだり、雪を掻き集めて茹で小豆にまぶして氷アズキにして食べたりした。そして入営の前夜は、一と晩じゅう「タブー」のレコードをかけて、皆で踊り狂った。少しは寝ておいた方がいいというので、二時か三時ごろ、僕の部屋に蒲団を敷いて、皆で雑魚寝をしたが電灯を消すと、僕は不意に孤独になった。射しこんでくる窓の雪明りで、机や本棚の角が黒く浮き上って見えるにつれて僕は、こうした〝事物〟と自分がいま別れようとしていることが、いやにハッキリと意識されてくるのだ。――戦争は一体いつまでつづくだろう？

「一九五〇年七月十四日にパリのポン・デザールで会おう」

小堀が入営するときにも、僕らはふざけ合って、そんなことを約束した。いくら何でも一九五〇年、昭和二十五年までには世の中は平和になっているだろう。しかし、そのときまで誰が生き残れるだろうか？

いずれにしても、未来は計り難いものにちがいなかった。いま、霞町から六本木にかけて、ステーキ屋や中華料理屋やバーやブティックやナイト・クラブが立ち並び、外人娼婦なども徘徊する歓楽街になったあたりを歩いていると、僕は突然、言いようのない胸苦しさにおそわれる。昭和十九年の六本木は軍人の町であり、汗と帯革の臭いと軍靴の足音が立ちこめていた。入営の朝、僕は見送りについてきてくれた母や友人たちと、六本木の電車停留所で別れた。本当は営門の前までついてきてくれるはずであったが、停留所のある曲り角に、見送り人はここで帰るようにという衛兵司令の注意書が出ていたからだ。六本木の停留所から六部隊の営門までは、せいぜい三百メートルぐらいのものだろう。しかし、その距離は僕には無限に遠かった。手を振って別れ、入隊者の群れの流れに入って、やがて営門をくぐろうとすると、衛兵がそばに寄ってきて、いきなり僕の学生帽のツバをぐいと引き下げた。

「きょうから軍人だぞ。帽子ぐらいはキチンとかぶれ。そんなにアミダにかぶるんじゃあねえ」

その瞬間に、僕は眼の前が暗くなり、曇天の空が頭の上へ落ちてきたようだった。

東部第六部隊に入営したといっても、そこで僕らは被服や銃器を渡されただけで、営内では宿泊することなく、神宮外苑の日本青年会館に移動して、一週間ばかり待機した後、北満孫呉の原隊に送られた。

戦後、日中友好条約以来、ようやく満州（中国東北）へも旅行が許されることになったが、ソ満国境の孫呉は軍事基地であるらしく、依然として立入禁止地区である。黒竜江（アムール河）をはさんで、ブラゴヴェシチェンスクの対岸に黒河の町があり、少し南へ下って愛輝、さらに奥まったところが孫呉である。いずれにしろ、あたり一帯は日露戦争の頃まではロシアの勢力圏内にあったらしく、貨幣も清国紙幣でなくルーブル紙幣が通用していた由。とくに冬期、黒竜江が結氷すると、人でも馬車でもその上を渡って往来することができるから、国境はあってなきがごとき状態であったという。勿論、清朝末期のその頃と、僕らが入営した頃では、情況はすっかり違っていた。しかし、地理的気象的環境は、日露戦争の頃でも、大東亜戦争の頃でも、そしてまた現在でも、少しも変りはないはずだ。したがって、いまも孫呉には外国人観光客の立ち寄りを許さないというのも、止むを得ないことでもあろう。

いや、だいたい孫呉には、観光的価値などはいかなる意味でもありはしない。外苑の日本青年会館にいた頃、僕ら初年兵を受領にきた下士官から、『孫呉ブルース』というのを教わった。

憧れの孫呉よ、想い出のあの街よ
昼はアムール、船を漕ぎ
夜は散歩の異人町
黒河の街の灯も、またたいて
しっぽり溶け合う心と心

……………

これは歩兵一聯隊の兵隊の作詞作曲になるものだというが、メロディーはシナ事変初期の頃から流行していたブルース調で、なかなか都会的な哀感のあるものと思われた。まさか、兵隊の僕らが国境の川、黒竜江にボートを浮かべてロシア娘と相乗りができるなどとは想いもしなかったが、それでもいくらかはエキゾチックな匂いのする町なのだろうというぐらいには考えたものだ。だいたい、孫呉という地名も一般には秘密になっていて、家族にも部隊の所在地は知らされず、郵便の宛先きは「ハルピン第〇〇軍事郵便所気付」になっているのだ。ところが、僕らの乗せられた軍用列車は、満州の曠野をひた走りに走ってハルピンを過ぎ、それからさらに三日目の深夜に、ようやくプラットフォームも何もない材木置場のようなところに着いた。そこが孫呉の駅であったわけだ。

真っ暗でよくわからなかったが、とにかく駅の周辺には「異人町」どころか、満人の部落さえ見当らず、何やら灰色の凍土が不規則な畝を打って何処までもひろがっているだけのノッペラボウの土地であった。

何処までもノッペラボウといったが、じつは僕らの歩兵第一聯隊は、孫呉の北のはずれの丘の上にあった。したがって、いったん何処かへ出ると、帰りは必ず長い長い坂を上って営門へかえることになる。それは言いようもないほど憂鬱な坂であった。しかし、そうかといって坂の下の五十七聯隊の連中が羨ましいわけでもなかった。坂があろうとなかろうと、営門へ入ること自体が憂鬱であることに変りはないはずだからだ。

僕は、ここで軍隊を語ろうとは思わない。いったん軍隊を語りはじめたら、紙数がどれだけあっても足りなくなるからだ。しかも、どんなに綿密に書いたところで、体験のない人には所詮正確なことは伝わる見込みはないからである——。体験といえば、いまの自衛隊でも民間会社の新入社員を体験入隊させることがあるらしい。それにはそれなりの効果はあるのだろうが、じつはそれは何かを体験したことにはならないだろう。いずれ〝体験のための体験〟などというものは、現実ばなれのした特殊な催しに過ぎないからである――。僕らも学生時代に、何度か体験入隊させられたことがある。しかし本物の軍隊生活は、それとは全然別物であった。いや、本物の軍隊にしたところで、入隊後一週間はお客様扱いである。僕らの場合、青年会館で一週間、孫呉に着いてからも一週間、合計二週間の猶予期間があり、その期間はまア体験入隊みたいなものであった。その間、古兵や下士官たちは、寝台のつくり方やら衿布のつけ方、食器の並べ方、その他いろいろのことを教えてくれたり、炊事場、浴場、酒保、被服庫、兵器庫など、営内のあちらこちらを案内してくれる。また、課業も、軍歌演習やら脚絆巻き競争やら信号ラッパの聞き分け方やら、子供じみたことばかりだ。それに食事のあとでは、しばしば演芸会がおこなわれ、初年兵は一人ずつ立って、いま内地ではやっている歌や得意の歌をうたわせられる。そのようにして一週間たつと、あくる朝、突然、初年兵の一人が殴り倒されるような目にあい、それから本格的な軍隊生活がはじまるわけだ。

だが、私的制裁のすさまじさだけが軍隊生活というわけではない。シゴキは大学の運動部などでもおこなわれているようだし、規則に縛られているのは寮生活も同じであろう。ただし、どのように猛烈な運動部でも脱走が国家の叛敵罪に問われるということはない。

国家権力が上官や古兵の後盾になって一人一人の兵隊に直接圧迫を加えてくるということもない――。これはずっと後になってからだが、或る寒い朝、官物が盗まれたという疑いがかけられたため、中隊全員が抜き打ちに私物検査されたことがある。舎内で検査がおこなわれている間、僕らは吹きさらしの戸外で一時間ばかりも立たされていた。舎内で寝台や手箱の中などを散々掻きまわされたあげく、こんどは僕ら一人一人の軍服のポケットの中身を中隊長の立会いで内務係の下士官に探られることになった。たぶん僕は膨れ面をしていたかもしれない。自分が盗みの嫌疑をかけられ、所持品を勝手に引っくりかえして調べられるのは愉快なものではなかったからである。しかし、自分ではそのような不服をおもてには現したつもりはなかった。それが、そうではないことがわかったのは、その夜の日夕点呼がすんでからだ。僕は班長室に呼びつけられた。

「お前は、けさの内務検査と服装検査のとき、隊長どのの前で、腕組みをして立っていたな……。あれは、いったい何の真似だ。軍人勅諭に何と仰せられている。『上官の命令は直ちに朕が命令と心得よ』とあるだろう。上官はお前にとって天皇陛下じゃ。陛下の前でお前は腕組みをして立っとったんじゃ」

下士官は、僕の胸ぐらをつかんで言うと、革の上靴《じょうか》で僕の頰桁を力いっぱい殴りはじめた。人の顔を殴るのに、なぜ履き物で殴るのか、僕はその由来は知らない。しかし〝上靴びんた〟を食うのはこれが初めてではなく、頰の肉の引き裂かれるような痛みをこらえることには一種の快感があることも知っていたから、びんたそのものには別段僕はへこたれなかった。ただ僕は、理不尽なことで無抵抗なままで殴られている自分自身に何かウンザリせざるを得なかった。実際、上官の命令が〝朕〟の命令であるとしても、上官が即ち天皇であるということはリクツに合わない。

失くなった官物——それが一体どういうものか、銃器なのか、被服なのか、それとも食糧なのか、僕ら初年兵には一向知らされてもいなかったのであるが——は、厳重な内務検査、服装検査にもかかわらず、ついに出てこなかった。それで中隊長は不機嫌になり、内務係准尉に当り散らしたのであろう。そして准尉は下士官に当り、下士官はその腹いせに初年兵の僕が腕組みして突っ立っていたことを憶い出して、発見出来なかった官物泥棒の代りに僕を思う存分ぶん殴ったにちがいない。

誰もが言うことだが、軍隊では結果だけが問題であり、それだけで総てが左右される。どんなに尊い動機からやったことでも、結果が失敗ならば悪事を働いたものと見做される。逆に悪事を働いても見つかりさえしなければ責められることはない。だから泥棒も、とくに官物の泥棒は、盗まれた方が悪いので、他人に見付からないように盗むことはむしろ奨励される。兵隊言葉でこれを「インズウをつける」と称することは、よく知られているとおりだ。

それにしても、軍隊に泥棒の多いことに僕は驚かされた。インズウをつける程度をこえて本格的な泥棒も結構多く、なかには本職の専門家もいたかと思われる。それで兵隊たちは、二六時中まわりじゅうにいる泥棒の警戒ばかりしていなければならなかった。とにかく、何かを机の上にでも置き放しにすれば失くなってしまうのは当然のことだとしても、物干し場に干した洗濯物を絶えず見張っていなければならないのである。しかも盗まれたら、自分がよそから盗んでくる以外に方法はない。勿論、正式には何か盗まれた場合は上官に報告することになっているが、迂闊にそんなことをすれば、僕が殴られたときのように中隊全員が内務検査や服装検査で取り調べをうけることになる。しかも、それで盗品が挙げられる可能性はゼロに等しいのだから、めったなことでは盗まれても報告はせず、自分で始末をつける。その意味で軍隊は、甚だアナーキイな社会であった。しかし、この種の無政府主義的社会は、適応能力の乏しい者にとって大変住みにくいことは言うまでもない。僕は、その方面の才能は、決して豊かではなかったから、見よう見真似でそれを習得するまでに、かなりヒマがかかり苦しんだ。しかし僕は、この盗まれたら盗みかえすという慣習は必ずしも倫理的にまちがっているとは思わない。要するに、それは軍隊とシャバの違いであるにすぎない。

あれは、僕がいくらかインズウをつける要領もおぼえ、一期の検閲もおわった時分のことだ。僕は洗面所の湯沸し当番についていた。冬は各班にぺーチカがあるが、夏になると湯沸し場は隊内で唯一火の気のあるところだから、ここにはいろいろのものが持ちこまれる。たとえば、飯盒に入れた味噌汁だとか、生のナンキン豆だとか、そういうものを釜の焚口の火で温めるなり焼くなりしてくれといって持ってくるのだが、湯沸し当番は役得としてその上前を多少ハネることが黙認されていた。あるとき、隣の班の初年兵のMが白米の入った飯盒を持ってきて、「これで粥を炊いといてくれ」と言って、かえった。

Mは、べつに練兵休をとっていなかったし、腹をこわしている様子もない。だから、これはMが何処かでインズウをつけてきたものに相違ない。それにしても白米の粥とは豪勢なものだな、と僕は思った——。粥はやがて炊き上った。しかし、Mはいつまでたっても取りにこない。僕は、フタをとって試食してみることにした。少し足りなくなった分は湯を入れて増やしておけばいい。白米に塩を少し入れただけの白粥だが、ふだん麦やコーリャンの飯ばかり食っているせいで、口の中でとろけるようにウマかった。最初は掛け盒に半分ほど食ってみたのだが、それでは腹の虫がおさまらなくなったので、また少し食った。さらに十五分ばかり待ったが、Mはまだやって来ない。僕は、また飯盒のフタをあけた。そのようにして、それから一時間ばかりたってMがやってきたときには、飯盒の中身は完全にカラッポになっていた。

「悪かったなア」と僕は言った。「お前があんまりいつまでたっても取りに来ないもんだから、とうとうオレが食っちまったよ。この埋め合せはいつかきっとするからさア」

しかしＭは、みるみるうちに顔色を変えた。

「何だって、おめえはあの粥をみんな食っちまっただか？　おれが使役に出ている間によう……」Ｍは、北関東訛りの百姓言葉で大声に叫んだ。「おめえ、一体どうしてくれるだよう、あの米はＥ班長どのが腹下したから、『これで粥を炊いてこウ』って、おれが言いつかったもんだに、おめえはそれを食っちまって、どうしるだよウ」

僕は、茫然となった。Ｅ班長というのは、あの内務検査のときに僕を上靴でさんざん殴りつけた下士官である。そのＥ班長の粥を、湯沸し当番の僕が洗面所の片隅でコッソリ食ってしまったとわかれば、こんどこそ僕はどんなヒドい目に会うかわからない。と同時に僕は、「どうしるだよウ、どうしるだよウ」と泣き叫ぶＭの声にも悩まされた。どうするといわれたって、いまさらどうにもならないことは明らかだが、洗面所の壁に反響して中隊じゅうに聞えそうなその声で、僕は軍隊に入って以来、暫く忘れていた感情――端的な恥ずかしさを覚えた。

「たのむ、もう泣かないでくれ。Ｅ班長にはおれが何も彼も正直に言って謝るから、泣くのだけは止めてくれ……、たのむ、泣かないで」

僕が必死で懇願していると、「おい、どうしたんだ」とうしろから声をかけられた。振り向くと、二年兵の軽機関銃手Ｉ一等兵だった。いやな奴に見つかった、と僕は思った。小柄で痩せ型のＩは、いつか頑丈な体つきの三年兵と抱き合って、娼婦が客と寝るときの真似をしていたことがある。勿論、それはフザけた冗談事にやっただけで、それ以上のものではなかったが、僕はその生臭い遊戯に閉口して、以後I一等兵の顔も見ないようにしていたのだ。

「E班長の粥を食っちまったっていうのか、しょうがねえ奴だ……」と、Iは青白い顔つきで、僕を憐れむように眺めながら言った。「ちょっと待ってろ、おれが何とかしてやる」

Iは、班内に引きかえすと、白い木綿の袋に入った白米を僕らの目の前に投げつけるように置いた。そして、

「これでもう一ぺん炊き直せ。以後、気をつけろよ」

と、手短に言いすてると、アッケにとられている僕とMとをその場に残したまま、引き上げて行った。僕は、そのとき、I一等兵に何といって礼を述べたか、述べなかったか、それさえハッキリした記憶がない。もし、どんなに丁寧に礼を言ったにしたところで、I一等兵はテレ臭そうにそっぽを向いたにちがいない……。どっちにしても、それ以後、僕は兵隊同士がたといどんなに生臭いフザケっこをやっているのを見ても、もうそれだけで彼等の人間性を批判したり疑ったりする気はなくなった。

僕は、軍隊にいる間、まったく戦争のことを考えなかった。これは嘘のように聞えるかもしれないが、本当のことだ。庶民は案外、戦況の実情をくわしく知っていたということ

は前にも述べた。学生上りでない、ただの工員さんや、小僧さん上りのような人が、巨大な航空母艦信濃が完成早々沈没したことだの、トラック島の海軍基地がアメリカ軍の空襲で完膚なきまでに破壊されたことなどを、ちゃんと知って、戦争がわが軍の敗北に終りつつあることも心得ていたのである。こういう噂や情報を、彼等が何処からどのようにして聞き込んでいたものか、僕は知らない。ただ、不思議なのは、彼等がそういうことを知りながら、いかにも屈託なげに彼等自身にあたえられた仕事にはげんでいたことだ。そして僕自身、軍隊内では彼等と同じように、自分に課せられた仕事をどうコナすかということで、手一杯になっていた。実際、軍隊では、朝起きてから夜寝るまで、よけいなことを考えるヒマはまったくないといってよかった。いや、夜寝てからも、不寝番というものが、ほとんど一日おきに廻ってきたから、ゆっくり休むというわけにはいかなかった。

普通、不寝番というのは、中隊内を見まわって、火事や泥棒を警戒し、また寝相が悪くて毛布を剝いで寝ている者がいれば、風邪をひかないように毛布を掛け直してやったりするのが、主な役目だ。ところが、いつ頃からか、二人で立つ不寝番のうち、一人は戸口に立って、もっぱら北方の山の頂きを眺めることになった。つまり、山の向うには黒竜江が流れており、その対岸はソ連領なのであるが、山頂附近にはいつも中国共産軍のゲリラ兵がいて、「青吊り星」、「赤吊り星」と称する信号灯を上げて、ソ連軍に合図を送っている。その信号灯が何時何分にいくつ上ったかを眺めることが、不寝番の役目になったわけだ――。考えてみれば、これは異状なことで、国境線はそれだけ不安定な状態にあったことになる。しかし、僕にはそういうことに少しも実感が持てなかった。何か冗談事に花火見物でもしているような心持ちだった。一つには当時の満州国は、日本の領土と同じで、日本本土よりも空襲にさらされる危険がないだけ、かえって安全だぐらいに、誰もがタカをくっていたせいもある。だが、それ以上に、兵隊には戦争を考えるヒマがなかったのである。

そんなだから、その年、昭和十九年の八月に動員が下って、部隊全員が南方へ出動することになったときにも、誰も恐慌をきたす者はいなかった。かえって北満の冬を過ごさずに南方へ行けることを、口ぐちに喜んでさえいた。一方で、南方戦線の戦況が極度に悪化していたことを知っていたにもかかわらず、とにかく現在いる場所から何処かへ移るというだけで、胸をはずませているのである。

動員の目的は表向き熱地訓練とされ、「ワ号演習」と称せられていた。しかし行き先きは、どうやらフィリピンだということは、兵隊たちにもわかっていた。動員されたのは関東軍の第四軍と第五軍であり、両軍の司令官は山下奉文であったが、僕らの属する第一師団はレイテ島にまわされたことが、後になってわかった。レイテ島でわが軍がほとんど全滅させられたことは、大岡昇平氏の『レイテ戦記』その他に詳しい……。しかし僕は、この動員には加わらなかった。部隊が出発する前々日、四十度以上の高熱を発して寝こんでしまったからだ。

翌日、僕は部隊から病院に移された。中隊からは、班付きのK上等兵が病院までつきそってくれた。僕は隊内の成績すこぶる不良であったにもかかわらず、このK上等兵からだけは可愛がられており、動員に加われば同じ分隊で狙撃手をつとめることになっていた。「しっかりやれよ、おれがついていてやるからな」K上等兵は、いつもそういって僕を励ましてくれたが、病院の入口では、もうそんなことは言わなかった。僕は、ありったけのタバコを二百本ばかりK上等兵に進呈して、それだけで別れた。

部隊が出発してからも、二箇月ばかり僕は孫呉の病院に置かれた。病名は左湿性胸膜炎。中学三年のとき、肋膜の疑いで暫く学校を休んだことがあったが、それが再発したものらしい。十月に南満の旅順の療養所に輸送され、翌年三月二十日まで、そのリンゴ畑の真ン中にあるバラックの病棟にいた。そこから奉天の病院に送られ、内地送還になって大阪陸軍病院に着いたのが四月一日、エイプリル・フールの日であった。

僕の原隊は東部第六部隊、近衛歩兵第三聯隊であるから、病院も元来は東京へ送られるはずであった。それが大阪陸軍病院で二箇月余りも足止めを食うことになったのは、すでに東京は空襲で市街地の大半が廃墟になっていたためである。といっても大阪だって、三月十四日の大空襲でかなりひどくやられており、少しも安全なわけではなかった。大阪駅から、バスで堺の金岡分院へ送られたのだが、一面赤錆びたトタンや瓦礫に覆われた焼け野が原は、満州から帰ってきた僕らには驚いたとも何とも言いようのないものであった。いま憶えば、あれは十三《じゅうそう》のあたりであったろうか、切れて垂れ下った電線がバスの屋根にぶっつかって、頭の上で不気味な音をたてたが、運転手は慣れているとみえて、少しも驚かず、何ごともなかったようにバスは走りつづけた。

時間がどれぐらいかかったかは忘れてしまったが、平常のときの三倍ぐらいはかかったように思う。とにかく病院に着いたときには、真っ暗になっていた。そんな暗い中で夕飯を食ったかどうか、これも覚えていない。たしかなことは、大阪の病院の食事が満州のそれとは較べものにならないほど貧弱でマズかったことだ。窓から二〇三高地など、日露戦争の古戦場の見える水師営の病院は、建物も急造のバラックで、甚だ殺風景なところだったが、食事だけはいま憶い出しても、なかなかちゃんとしたものであった。朝は味噌汁や漬物の他に生卵がつき、それのないときは魚肉や牛肉の缶詰などが出た。昼と晩は、魚のテンプラや豚肉の煮付などが多く、その他、間食には毎日、豆乳とリンゴ、それにシナまんじゅうなどの配給も週に一度ぐらいはあった。ところが、大阪では間食は一切ないし、三度の食事は三度とも、菜っ葉の浮かんだ薄い雑炊で、それが薄汚いアルミニウムの食器に入って出てくる。栄養価の乏しいことは言うまでもないが、それ以上にイヤだったのは、食事を運んでくる看護婦や当番兵が、まるでノラ犬か棄て猫にでも餌をくれるような態度に見えたことだ。

勿論、当時の食糧事情ではゼイタクなことはいえない。曲りなりにも三度の食事があたえられれば、有難いと言うべきだったかもしれない。それに僕ら病兵は、軍にとっても国家にとっても、何の益もないどころか、戦力のマイナスにしかならない存在なのだ。文句をいうヒマがあったら、レイテ島の戦場へ連れて行かれた戦友たちの運命を考えてみるべきであったろう。

しかし、大阪の病院には、僕らのような後方の補給部隊要員の患者ばかりでなく、中国や南方各地の戦線から還送されてきた傷病兵もいたのである。そういうなかには、内地や満州などの軍病院ではめったに見られないような病人、たとえばハンセン氏病だの、戦時栄養失調症だのの患者も混っていた。「エイヨーシッチョー」というのは、戦後一般にひろまって一種の流行語になったが、僕がそういう病名をきいたのはこの病院が初めてで、同じ病室にその患者がいた。南京から還送されてきたその兵隊は、文字通り骨と皮に痩せていて、診断のとき病衣を脱ぐとまったく骸骨が立っているようだった。何が原因でそんなになってしまったのか、これは僕には勿論わからない。わかるのは、そういう病人が米粒と菜っ葉の泳いでいるような雑炊しか与えられないのでは、治る見込みはなさそうだということだけだ。

いや、栄養失調患者だけではない、この病院は、医療機関としての機能はもはや停止しているといってもよかった。食餌も悪かったが、衛生状態はもっとひどく、病衣や下着だけではなく敷布や毛布にまでシラミの卵がぎっしり生みつけられていた。普通、シラミは下着など人間の肌に直接触れる衣類にはつくけれども、それ以外のものにはつかない。それが寝具の中にまで卵を生みつけるのだから、ここのシラミの繁殖ぶりは、一般の不衛生という概念をこえて猛烈であったという他はない。こういう状態を知りながら、軍医も衛生兵も看護婦も、何の手を打とうともしなかった。

病院といっても、陸軍病院は軍隊だから、それなりの秩序があるはずだが、ここではそれも怪しかった。中庭をはさんで、僕らの向い側に精神科の病棟があったが、そこでは前線で異状を来した将校たちが、兵隊と同じ病室に収容され、二等兵の〝室長〟の前に食膳を捧げ持って最敬礼したりしているのであった。このような階級無視の傾向は、精神科に限らず普通病棟にも及んでいた。さすがに将校は別室に入れられて、僕らの病室にはいなかったが、下士官以下がまとめて百人近くも一室に入れられた大部屋では、階級も年次も関係なしに、ここの病院での古顔の患者たちが順繰りに〝室長〟になって、屯営内の隊長のように絶対権力をおびていた。それは滑稽といえば滑稽だが、野戦帰りの古年次兵を、内地で病院暮らしをしてきた若い〝室長〟が頭ごなしにドナりつけたり、シゴいたりするのは、やはり僕らが傍で見ていても愉快なことではなかった。しかし、この病院の混乱ぶりは、何よりも週番士官の要望事項に、

一、離隊、逃亡、自殺の防止

という項目があったといえば、察しがつくだろう。普通、週番士官の要望事項といえば、「敬礼の厳正励行」とか、「営内清掃浄化の徹底」とか、そんなことがキマリ文句で、言葉はいかめしいが、要するに上官に会ったら敬礼をキチンとやれ、兵営内の掃除をきれいにしろ、といったアタリマエのことを、何処の部隊でも毎週、判で押したように繰り返すことになっている。しかし、この大阪陸軍病院では、そんなことより兵隊の脱走と自殺

の防止が「要望」されているというわけだ。

しかし、慣れてくると、この病院の住み心地は悪くなかった。何よりも有難かったのは、ここは空気も水も温かくて肌触りが軟らかかったことだ。満州の水は、夏でも手が切れそうに冷たく、感触もヒリヒリしている。それに較べてここでは、水道の蛇口から出てくる水が人肌の温もりを持っているように思われた。病院の風呂は汚くて、到底入る気にはなれなかったが、僕は入浴の代りに毎日、洗濯場で頭から水を何杯もあびた。そして、食い物がいかに粗末で、寝床がシラミだらけであろうとも、この水と空気がある限り、ここは自分にとって満州よりも好いところだという気がした。

次に、ここが軍病院らしくもなく無秩序であるということも、僕の気性には適していた。満州では胸部疾患患者には厳禁されていたタバコが、ここでは自由に許されており、タバコの配給もあったうえに、足りない分はヤミで買うことができた。入営するとき、僕は母親から何かの用意にと百円紙幣を渡されていたが、そんなものは満州では使う機会がまったくなかったのに、ここでは金さえ出せば古参の上等兵が、

「よろしおまッ」

と駈け出して、何処かからタバコだの菓子だのを買ってきてくれるのである。戦後発表された野間宏の軍隊小説『真空地帯』は、内務班の様相を最も如実に綿密に描き出したも

のといえるが、一つ注意しておきたいのは、あの人間臭い集団は大阪の部隊を描いているからであって、必ずしも旧日本陸軍の全体にあの小説の細部の一つ一つが当てはまるわけではないということだ。

大阪の歩兵第八聯隊は、東京の歩一、歩三と並んで、日本陸軍で最も弱い聯隊ということが定評になっていたが、そのシャバ臭さにおいて、八聯隊の兵隊はおそらく歩一、歩三の比ではないのである。たしかに東京の兵隊は、ひ弱で困苦欠乏に耐える精神力は乏しいかもしれないが、大阪の兵隊に較べると遥かに組織化されやすく、規律正しいように思われる。一方、大阪は土地柄からして政府や軍隊の権威を重んじていないところがある。これは決して、大阪の兵隊が独立不羈でヒューマニスティックであったというようなことではない。病院で見る限り、八聯隊からきた兵隊も結構、卑屈で権威には弱く、弱い者に対しては残忍であった。ただ、その権威の認め方が軍隊内のそれではなくて、シャバでの基準をそのまま軍隊内でも反映させていた。具体的にいうと彼等は、将校には通り一ぺんの敬意を払うだけだが、病棟の主任看護婦に対しては恥も外聞もなくお追従を言い、争って彼女の白衣の洗濯までするのである。また弱い者いじめの例としては、朝鮮出身の兵隊に対する差別心を丸出しにした気持の悪くなるようなイタぶり方を挙げるべきだろう。

最初、僕らがこの病院に着いたとき、灯火管制下の病室に一人、痩せ細って眼ばかりギヨロリとした兵隊が、水を張った洗面器を目八分に捧げたまま直立不動の姿勢で立たされていた。彼の氏名は国本イントン（漢字でどう書くかわからない）、大阪の朝鮮人集落地区から初めて徴集されて入隊した初年兵であるという。国本が洗面器を持って立たされていたのは、他病棟へ残飯あさりに行って見付けられたためだというのだが、こんな手の込んだ体罰は他の部隊では見たことがなかった。国本がどれほどの間、立たされていたのかは知らないが、やがて両腕をふるわせて洗面器を投げ出したので、あたりは水浸しになり、国本自身の下半身もびしょ濡れになった。「しっかりせんかい、あほんだら」、四つん這いになって濡れた床を拭いてまわる国本に、室長のまわりにいる兵隊が口ぐちに罵声をあびせかける。これに較べれば、上靴びんたや帯革びんたを取られる方が屈辱の度合いが少ないだけに、まだしもマシであろう。しかし国本がイタぶられるのは、こういう体罰によるばかりではなかった。彼が罰せられるのは、残飯あさりのためであるが、それは陰に陽にあらゆる方法で残飯あさりをせざるを得ないように、周囲から仕向けられて行くからなのである。国本の病名は胃潰瘍であったが、彼には菜っ葉入りの雑炊さえあたえられず、少量の粥があたえられるだけなので、空腹に耐えかねて残飯あさりをすると、そのあとは食餌止めになってしまう。そうなると、国本は伝染病棟へまで出掛けて、そこの残飯桶の中のものをすくって食うようになる。すると、こんどは国本のやっていることは食い意地のためだけではなくて、わざと体をこわして兵役を忌避するためだということになってしまうのである。そして、そういう彼の行為は、最初から最後まで彼が朝鮮人であるということと結びつけて考えられていた。

勿論、このようなかたちで痛めつけられたのは国本だけではない。野間宏は、『真空地帯』の主人公を——或る配慮からハッキリそうとは書いていないが——被差別部落出身者に設定している。つまり主人公木谷上等兵は、窃盗事件のために陸軍刑務所で服役するが、彼の窃盗は物欲しさのためではなく差別心に対する反撥からであり、そこに軍隊の権力機構と社会の差別構造とが互いに照射し合うさまが重層的に描き出されているのであるが、これと同じようなことは、国本の残飯あさりについても言えた。『真空地帯』の木谷は刑務所を下番した後、脱走事件を起して捕えられ、最も危険な前線へ送り出されるところで終っているが、国本はその後間もなく、胃潰瘍が治癒しないまま原隊復帰させられた。よろける体に軍服を着せられ、左右から手をとられて原隊へ帰った国本が、それからどうなったかは知らない。

もっとも、すでに述べたように、この病院は医療機関としての体はなしていなかったから、国本はいつまでここにいたって体の治る見込みはまったくなかったであろうけれども。

ルーズベルトが死んだのは、四月の終り頃か、それとも五月に入ってからか、新聞は見せて貰えなかったので、はっきりしたことはわからない。とにかく、それと前後してヒトラーが死に、ムッソリーニも処刑され、わが国では小磯内閣が退いて鈴木貫太郎海軍大将が首相になった。その頃から、病室のなかでも「無条件降伏」という言葉が半ば公然と飛びかうようになった。あれはベルリン陥落が伝えられた頃だ。医務室の使役に行っていた兵隊が、病室へかえってくると僕らに報告した。

「いま、医務室では軍医殿たちが集って、酒盛りやってるでえ、『もう、こうなったら、こっちも無条件降伏や』いうて……」

しかし、無条件降伏とは一体どういうことなのか、それは誰も知らなかった。わかるのは、何にしても戦局の動きがあわただしくなってきたということだ。船舶兵の暁部隊に属する兵隊たちが大勢退院して行き、それと入れかわりに八聯隊からまた大勢の病兵が入院してきた。また、大陸からの還送患者が全然来なくなったのは、輸送の病院船が止ってしまったからだということだった。敵機の空襲はますます頻繁になり、空襲警報が出るたびに、僕ら歩行患者は担送、護送の患者を防空壕に運ぶ手伝いをさせられた。

五月二十五日、東京の大空襲のあったあと、僕ら東京に原隊のある者は、いよいよ東京には帰れないことになって、ほとんど全員、大阪から金沢の病院へ移された。そして僕らが金沢へ移されると間もなく、大阪のこの病院は空襲で焼失してしまった。

金沢の町は、空襲を受けておらず、物静かに落ち着いていた。しかし、そうなると奇妙なことに、空襲のないことが何か物足りず、淋しいような気分になってくるのである。静けさは、かえってヨソヨソしく、落ち着きのあることが冷淡であるようにも思われた。空襲がないばかりでなく、ここにはシラミもいないし、食餌も良かった。にもかかわらず、皆が異口同音に大阪の病院をなつかしんで、「もし無事に退院して命があったら、もう一度、あの病院を訪ねてみたい」などと言い合ったりした。実際に終戦後、それを実行した者がいるかどうかは別として……。大阪のどこがそんなに良かったのか？　一つだけ考えられるのは、大阪にはすでにその頃から〝戦後〟の荒廃とともに自由があったということだ。

金沢へ来ると、季節が逆転したように、毎日が薄ら寒く、僕はほとんど一日中、寝台のなかにもぐりこんでいた。考えてみれば、病人だから、安静に寝ているのはあたりまえのことなのだが、そうやって寝ていると実際以上に病人臭くなってきたことは、たしかだ。大阪と違って、ここでは「無条件降伏」など口にするのも許されない雰囲気があり、事実また誰もそんなことは言わなくなったが、心の中では大抵の者が、いつになったら戦争が終るのだろうか、ということだけを考えていた。

六月二十一日、アメリカ軍との間で死闘を繰り返していた沖縄が、ついに陥落した。敵は、いよいよ日本本土に上陸してくるに違いない。そのためだろうか、病棟づきの見習士官の軍医が、おかしなことを想いついた。「必勝の信念について」という題で、病室から一人ずつ代表が出て皆の前で話をする会を催すというのである。そして僕の病室からは、僕がその会に出されることになった。

そうでなくとも僕は、ふだんのおしゃべりに似ず、演説することは苦手であるのに、題名が「必勝の信念について」考えたことを話せといわれても、まったく何を話していいかわからなかった。ことによれば、それはわれわれの思想調査を兼ねるものであるのかも知れなかった。とりあえず僕は、医務室で軍医に新聞を読ませてもらうことにした。「最高戦争指導会議、本土決戦断行を決定」、「手形交換所解散」、「証券取引所、長期清算取引一時中止」、「国民義勇戦闘隊、統率令公布」……。パラパラとめくって、そんな見出しの記事が眼についたなかに、『借問す、君に「必勝の信念」ありや否や』という佐藤春夫の文章があった。

いま僕は、その文章がどんなことを書いてあったのか、憶い出そうとしても憶い出すことができない。当時の新聞をさがしてみたが、何新聞であったかという記憶もさだかでないので、見付け出すことができない。しかし僕にとっては、その題名だけで充分であった。要するに、「必勝の信念」などと軽がるしく言っても、その言葉には内容がない。いまのような時代に、「必勝」というような言葉を口にするのは、それだけでも重大な覚悟が必要であるはずだ。さらに「信念」というのは元来、口に出していうべきことではない。信じ念ずるというのは心の問題だから、信念は一人一人が心の中で念ずれば、それですむことだ――。大要そんな意味のことを、僕はその文章から汲みとって、それに近いことを大勢の前に立って話した。

勿論、話はそんなにうまく出来るはずはなかった。そうでなくとも逆上しているうえに、演壇の脇には軍医がひかえて聞いている。僕は言葉につまったり、何度も同じことを繰り返したりしながら、それでも十五分間ばかりを何とか無事に話し了えることができた。心にもないことも多少は言ったが、それでも大筋のところは自分の信条からあまり遠くないことを話せたというだけで、僕は満足した。あれは、その話の会のあった翌日か、翌々日、まだ昂奮のシコリが頭の何処かにのこっていた頃だ。病室でボウッとしていると、看護婦が医務室へ来るようにと呼びに来た。僕は、どきりとした。やはり、あんなことを話したのは良くなかったのだろうか？　出掛けて行くと、主任看護婦から粗末な紙の命令書を手渡された。

陸軍二等兵安岡章太郎

右者、左湿性胸膜炎のため、現役免除、退院を命ず。

七月一日　金沢第一陸軍病院長

僕が、病院を出たのは、その命令書を受けとった当日であるのか、次の日であったのかも、よく憶えていない。現役免除にするといわれても、五月二十五日の空襲で東京の家は焼かれており、留守宅が何処なのか、母親が何処にいるのかもハッキリしていなかったから、直ぐさま病衣を私服に着換えて家へ帰るというわけには行かなかった。僕は病院を出ると、一と先ず金沢の駅前旅館に宿をとり、母宛てに電報を打って、出迎えを待つことにした。

旅館の部屋にいても退屈なので、僕は外へ出ると、足まかせに歩いた。大きな川が流れている。たぶんそれは室生犀星の小説に出てくる川に違いない。その支流とおぼしい堀割のような小川もあった。その小川のほとりで僕は、何ということもなしに漢籍を一冊買った。買ったって、どうせ僕には読めっこないのだ。しかし、本を買ったことで自分がどうやら、もう一度、学生の身分に戻りかけてきたという自覚を持つことは出来た。翌日も、僕は朝から街を歩きまわった。途中、何度か意外なことに出くわした。或るお寺の並んだ静かな横丁をまがると、向うから三、四人づれの女学生がやってきて、僕の前に立ち止るとイキナリ深々とお辞儀をするのだ。どうやら僕を〝白衣の勇士〟と間違えたらしい。僕はあわてて盛り場らしい方角に足を向け、行き当りバッタリの映画館に入ったが、キップを買おうとすると、金を突き返された。ここでも傷痍軍人扱いである。僕は、そこで田中絹代と上原謙の映画を見て、急ぎ脚に宿へ帰りかけていた。すると後から、すっと風を切るような感じで、後から追い駈けてきた人物に問いかけられた。

「もしもし、君は何処の病院の兵隊ですか」

その男の乙型国民服の襟の合せめから、軍襦袢のボタンが覗いている。果たして、それは私服の憲兵であった。こんどは僕は脱走兵と間違えられていた。現役免除の命令書を見せると、憲兵はニヤリと笑って言った。

「あんまり、そんな恰好でぶらぶら歩かんで下さいよ」

衣類を持って迎えにきてくれた母親と一緒に東京へ帰ってきたのは、七月十二、三日の頃だ。世田谷の家は五月二十五日の空襲で焼けており、母は叔母たちの一家とともに身延山の寺を借りて疎開していたが、僕はそんな抹香くさいところに行く気になれず、しばらく東京で親戚や知人の焼け残った家を転々としながらブラブラしていた。

現役免除になったのは病状が思わしくないからで、本来は家で寝ていなければならないのだが、僕は健康状態を心配するよりも、あと三箇月ほどで確実にやってくる再召集の日まで、束の間の自由な時間を愉しみたかった。復学手続きをとるために大学へも行ってみたが、日吉の校舎は海軍の連合艦隊司令部とかになっており、校庭では白い作業衣をきた水兵たちが、大勢で体操だの手旗信号の練習だのをやっていた。そして僕は、そんな連中を見ていると自分が脱走兵であって、いまにも衛兵に後から襟元をつかんで引き廻されるのではないかという気がして落ち着かず、復学手続きはそのままにして逃げるように学校をはなれた。

実際、この時期に軍隊から解放されたのはたとえようもない幸運といってよかったが、一面からいえばイキナリ路頭に放り出されたようなものでもあった。家が焼けたとき、母は荷物の疎開を全然していなかったので、僕には住むところもなければ着るものもない。母が無理して、買いととのえたり、親戚から譲り受けたりしてくれた衣類は、草色作業服の上下、白の半袖シャツ、戦闘帽、絹のレインコート、それにズックの白い夏靴である。作業服とシャツは新品であるが、代用繊維のひどく粗末な布地であった。また、レインコートと靴は高級品であったが、シナ事変の初期から使い古したものだから、もう直ぐ使用に耐えなくなるほどクタビれている。とりわけ僕を落胆させたのは戦闘帽で、これは紙のコヨリを織って作ったような粗悪な製品で、こんなものを頭に載せるのかと思うと、あんなにイヤだった軍隊でかぶっていた純毛のラシャ地の略帽がなつかしくなるぐらいのものだった。

食糧事情もひどかった。金沢の陸軍病院では、一日に四合の米と、魚その他、まともな副食物があたえられていたが、シャバではコーリャンや大豆粕の飯と、水ぶくれのしたサツマ芋、うらなりのカボチャなどが主食になっていた。

しかし、どんなに食うものがなかろうと、ボロをまとっていようと、いったんシャバの風に吹かれると、もう一度、軍隊に帰りたいとは絶対に思えなかった。一日一日、何ということなしに消えて行くのだが、日がたつほどに僕は軍隊での生活が恐ろしくなった。何が恐ろしいのか、理由はよくわからない。ただ、振りかえると、あそこにだけは二度と戻りたくないという心持と、絶えず何かに追われているような背中のムズ痒ゆくなるような、或る端的な恐怖をおぼえさせられていた。そして僕は、ものに憑かれたように、東京の街のあちこちを、ただヤタラに足まかせに歩きまわった。

浅草、日本橋、銀座、築地……。カチドキ橋の上に出て、隅田川の川風と東京湾の潮風とに吹かれていると、僕は小田原町でごろごろしていた時代を憶い出し、国破れて山河ありと思った。

街の大半は焼け野原であった。しかし建物の残っている通りも人の気配はなく、かえって焼け跡よりも不気味に静まりかえっていた。浅草は観音堂も公園六区の興行街も失くなって、赤茶けた土地に瓢簞池だけがポカリと穴があいたように残っていたが、その池のまわりになぜか大勢の人が群がって、まるで酉の市の日のようにざわめきながら往ったり来たりしているのだ。

(この人たちは、いったい何でこんなところへやって来ているんだろう)

僕は、自分自身が用もないところを無闇に歩きまわっているくせに、そう思った。このへんの人たちは、大震災のときにも、こんどの空襲に劣らずヒドい目にあったが、結局みんな昔住んでいた土地に戻って暮らしているということだ。これは本能だろうか、それとも他には何処へ行くアテもないということだろうか？　しかし、もといた場所に戻るのが本能だとしたら、これは僕には当てはまらなかった。僕は東京のあっちこっちをずいぶん歩きまわったのに、世田谷の自分の家の焼け跡にだけは足を向ける気にもなれなかったからだ。自分の家だけではない。青山の佐藤守雄の家の跡を通りがかりに見に行くと、跡形なく焼けてしまった土地の一隅に白い糸屑のような針金の束が半ば灰になりかかって一と抱えも落ちていた。それが佐藤の妹のつかっていたピアノの焼けた残骸であるとわかったとき、僕は居堪れぬ想いでその場を逃げ出した。あのとき何で逃げ出したのだろう？　痛ましさからか、怕さからか、それとも義憤のようなものからだろうか？　僕は、そんなことを考えながら瓢簞池から仲店の方へ歩きかけると、向うから黄色いネッカチーフをかぶった娘さんが、姉か母親らしい人と二人づれでやってきた。擦れちがいざまに、僕はハッとした。夏の日を浴びて、ひらひらしているネッカチーフの下から娘さんの頭が覗いた。焼夷弾にやられたのだろうか、頭髪がほとんどなく頭皮が剝き出しになって光っている。けれども僕が胸を突かれたのは、その娘さんが隣の人と話しながら愉しそうに笑っていたことだ。生きていることは、本当はあんなにうれしいことなのだろうか。

僕は振りかえって、もう一度、娘さんの後ろ姿を見た。彼女は何のためか、片手に真新しいアルミニウムの鍋を持っており、その軽がるとした鍋が強い日射しを受けてキラキラ光っていた。

その後、僕は身延へ行き、七月一杯、山の坊という寺にいた。身延は日蓮宗の本山で山の中だから空襲の心配はなかったが、食い物は何もないところだった。母も叔母も仏教には縁がないのに、どうしてこんなところに疎開したのか。叔母の小学生の娘たちは、寺の裏庭の隅を掘り返して、ソバを植えると言っていたが、そんなものが育つ見込みもなさそうだった。僕は、叔母の家の女中をつれて甲府の近くまで買い出しに出掛けたが、米は買えず、手に入るのはカボチャとナスぐらいのものだった。しかし、身延の駅には、そんなものさえ買えず、餓え死に一歩手前かと思われるような人たちが、うつろな眼つきで何人かベンチに坐っていた。

「何かくれ、大豆をくれ、大豆でいいんだよ、大豆の煎ったやつ、あれなら持ってるだろう、あれをくれ……」

そんなことを言いながら、相手かまわず食い物をネダって歩いている中年男もいたが、誰もとり合う者はなかった。その男は、一時間か二時間後には倒れて動かなくなるかもしれない。しかし、そんな男に煎り大豆を恵んでやろうという気には、誰もならないものらしかった。駅では、また眼を血走らせた坊さんが反戦演説のような説教を大声でやっていた。

「戦争は終ります。われわれが終らせます。われわれにまかせて下さい、世界の平和を約束します。その代りにです、皆さん、家へ帰ったら、神棚も仏壇もぜんぶ取り毀して頂きたい。そして私がこれから申し上げる……を、そこにお供えして頂きたい。そうすれば平和は必ず来ます。腹一杯、食べられます」

　こういう勇敢な演説にも、誰も耳を傾ける者はいなかった。世の中はどうなっているのか。軍人が一人、中尉の襟章をつけたのが通りかかったが、暑苦しそうな眼で坊さんの方をチラリと見たきり、何も言わずに通り過ぎた。

　八月に入って、僕はまた東京に戻り、市川の叔母の家から食糧を運んでくることになった。叔母の連れ合いは大会社の資材課長をやっており、土地の警察とも連絡がとれていたから、その家には食糧がかなり溜めこんであった。しかし、その義理の叔父は、僕が米も配給通帳も持たずにやって来たのを知ると、露骨にイヤな顔をした。そして、叔母から食糧を取ってくるようにたのまれたと言っても、聞えないふりをした。夕方になると叔父は、自転車に米の袋とウイスキーをくくりつけ、黙って何処かへ出掛けて行った。

　その翌々日から僕は、叔父の言いつけで、Kという爺さんと二人で、千葉の田舎をあちこち廻って食糧を集めてくることになった。叔父はキツネ憑きのように青い顔になって、僕をドナリつけたものだ。

「いいか、お前、ぼんやりしとっちゃダメだぞ。食い物を集めるには、狂奔せにゃならんぞ、狂奔を……」

叔父は敗戦後、財閥解体になった会社をやめて、小さな町工場をつくり、そのかたわら闇ブローカーのようなことをはじめたが、その覚悟はすでに敗戦二週間前のこの頃からきまっていたのであろう。そして僕自身、このときから彼の義甥ではなくて単なる闇屋の使用人になったわけだ。

しかし、やってみると闇屋の子分のようなこの仕事は、そんなに辛いものではなかった。身延でカボチャの買い出しに出掛けたのに較べると、気分はカラッとして壮快でさえあった。一緒に行ったK爺というのは、叔父が戦前銃猟に出掛けるとき、鉄砲をかつがせたり、犬を引っぱらせたりしていた男で、六十あまりの年で女房も貰わず、村のヤクザのなれの果てというような爺さんであったが、附き合ってみると、これが甚だ有能でタヨリになる道連れであることがわかった。というより僕は、この男がいなかったら、何も出来なかったはずである。

その頃、農家へ買い出しに行くといえば、衣類だの、石鹼だの、そのほか都会でも不足している日用品や、若い娘のよろこびそうな装身具だのを手土産に用意しなければならなかったが、K爺が道案内に立つ限りそんなものはいらなかった——第一、叔父がそんなものを持たせてくれるわけはなかったが——。だいたいK爺の縄張りは、I沼周辺のSとかNとかいったあたりであるらしく、そのへんに行くとあっちこっちに、K爺を親しげに迎えてくれる家があった。それは親戚というよりもっと親密の関係であるらしく、K爺はほとんど声も掛けずに、まるで自分の家へ入って行くようにどんどん上りこんでいく。すると、その家ではお神さんが、「あら、Kさん、いつ帰ってきたの」というようなことを言いながら、鮒の煮びたしだの何だので、酒を出してくれたり、大福だの、ボタ餅だのと、その頃の都会ではめったに見ることも出来ないようなものを食わせてくれたうえに、帰りには、米や、メリケン粉や、鶏卵や、家にないものはそのへんで買い集めてきたのを持たせてくれた。勿論、金は払ったが、それらは普通、金だけでは到底買えないようなものだったのだ。

どうやら農村には、その地方によって特別な流通機構があるものらしい。しかも、これは僕には想像も及ばぬことであったが、後になってきくと、K爺は若い頃、I沼のまわりではカサノヴァ的な活躍を果し、そのため生涯独身であったにもかかわらず、あのへんのあっちこっちに彼の子孫が残されていたというのである。とすると、K爺が僕を案内してくれた何軒かの家のなかにも、K爺の血をうけた娘や孫たちがいたわけだろうか。まさかそんなことはあるはずはないが、地縁血縁で結ばれた社会ではかえってこういう話が実感をおびてくるのである。

そのようにして、何日間かI沼のまわりをぶらぶらしてきただけで、僕はK爺と二人で持ち切れないほどの食糧を買いこんで帰ることができた。

叔父は相変らず不機嫌で、ひどくイライラしていた。こんどは僕に、身延へ行く切符を買ってこいというのだ。すでにかなり以前から国鉄では旅客の制限をしており、不急不用の一般人には都会地の通勤区間以外の切符は買えないことになっていた。ただ、これまでは叔父は会社で申し込めば、何とか切符がとれることになっていたのだが、制限が厳しくなって、それが出来なくなった。それで僕に、戦病兵であるということを理由に軍公用の旅行者の切符を取ってこいというのである。しかし国鉄の窓口で、僕の現役免除や退院証明書を示しても、そんなものでは切符は売ってくれるはずはなかった。だいたい自宅療養を命ぜられた者が、町を出歩いているのはなぜなのだと訊かれると、僕にはこたえるすべがなかった。しかし叔父は、何とでもして切符を買い、切符が買えなければキセル乗車でもして、身延へ食糧を届けてこいというのである。

仕方なく僕は、朝になると叔父の家を出た。勿論、切符が買えるアテはないし、キセル乗車をする気にもなれなかった。ヘタに不正乗車が発覚すると、気が立って警官気どりになっている駅員たちに囲まれて、袋叩きに叩きのめされるということが実際にあったからだ。それで僕は、ひたすら東京の町をさ迷い歩いて時間をつぶし、夕刻になると市川へ帰って、努力はしたけれども切符は買えなかったと報告する。そんな毎日が続くうちに、広島には〝新型爆弾〟が落され、ソ連が参戦して満州に侵入してきたというニュースが伝わった。僕は、焼け跡の町をアテもなく歩きながら、これまで二十五年間、自分が生きてきたことの無意味さを考えざるを得なかった。おれのような者が、この世の中に生きていて、いったい何の役に立つというのだろう。ただのゴクツブシじゃないか。おれが一人生きていることで、そのぶんだけ周囲の人間の食い扶持が減るというだけだ。そういうおれが世の中の役に立とうとしたら、一刻も早く消えて無くなるしかないじゃないか……。僕は、シベリヤ平原の対岸、黒河の町からほど近い孫呉の、満人の民家や、兵営や、白樺の林や、表面が乾いたツンドラの曠野を想い浮かべ、そこをソ連軍の兵隊が重戦車を先頭になだれを打って進撃してくる光景をかんがえた。すでに孫呉には、戦車や戦闘機はおろか速射砲や歩兵砲さえ南方の戦線に持ち去られて、兵器として役に立ちそうなものはほとんどなかったはずだ。もしおれが孫呉に居残っていたとしたら、いま頃は戦車の下敷になるほかはあるまい。僕は、カメノコと称する爆弾を背中にしょわされて戦車に向って駈け出して行く自分を想像し、身振いが出た……。そうだ、おれのような人間だって、何とかして生きてはいたい。

僕は、浅草で出会った娘さんが、黄色いネッカチーフで毛髪のなくなった頭をかくしながら、あんなに明るい笑顔で隣の人に愉しげに話しかけていたことを憶い出し、自分自身につぶやいた。おれだって、あの娘のように生きて行けない法はないだろう。と同時に、僕は或ることを想いついた。それは、叔父の家の防空壕から、食糧を盗み出すことだ。あの中には、米や、砂糖や、味の素や、牛肉や豚肉の塩漬や、ウイスキーやがギッシリ詰まっている……。いや、べつに泥棒のまねなんかしなくたっていい。おれは叔父に言いさえすればいいんだ。「何とか、キセルで身延へ行くことにします」そうすれば叔父は、おれのリュックに米だの砂糖だのカン詰だのを詰め込むにきまっている。おれはそのリュックを持って、そのまま東京の町の何処かへ消えちまえばいい。焼け跡には、空き家になったままの防空壕や壕舎がいくらでもある。おれはそのどれかへ潜り込んで、リュックの食糧を食いながら暮らすとしよう。一人で暮らすのが淋しければ、そうだ、あの浅草の黄色いネッカチーフの娘さんを探し出して、彼女と一緒になるのはどうだ。おれたちは、小さな壕舎の中で結婚して、リュックの中のものを食べつくすまで生きて、それがなくなったら二人して死んだっていい……。

ラチもないそんなことを想いながら、僕はその日、真っ暗くなって市川の家へ帰り着いた。叔父は珍しく機嫌がよかった。

「おい章太郎、もう戦争は終ったぞ」

僕は何を言い出すのかと思った。叔父はつづけた。「しばらく前から宮中で、ポツダム宣言をのむか飲まないかで大会議がつづいているというウワサだったが、いよいよ敵さんの条件を全部飲むことに決ったらしい。きょうの午後で、会社の疎開荷物の発送も全部ストップした。戦争を続ける気なら疎開はストップにならんよ」

日本の代表的な財閥会社の一つである叔父の勤め先は、重臣との連絡も緊密にとれていた。叔父の言う通りなら、たしかに戦争はもう終るだろう。ラジオが、「明日正午の放送をきくように」というニュースを流したのは、その翌日か翌々日の夜だった。

その夜、僕はなかなか寝つけなかった。いよいよシナ事変から続いた八年越しの戦争が終るのか。そう考えると、僕はホッとして夢を見ているような心持だったが、眠ろうとすると空襲警報がかかり、電灯を消すと暗い中でB29の爆音がいつまでもきこえた。ことによると、明日の天皇の重大放送は、これから本土決戦が始まるから国民一同は決意を固めろとでもいうのだろうか？　しかし、そんなことは有り得ないと思った。それよりも突然、僕は南方戦線に行っている父の顔を憶い浮かべた。敗戦となれば、前線にいる高級将校は全員自決ということになるかもしれない。いや、必ずそうなるだろう。部下たちに、「死んでも捕虜にはなるな」と言っていた幹部将校が、敗戦だからといって自分たちだけ腹も切らずにすまして捕虜になることなど、許されるわけがない。そう思うと同時に僕は、なぜか自分がコエ桶をかついだ姿が眼に浮かんだ。もし、親父が死んだら、これからはおれが母親を養って行かなければならない……。これは、父が自決するかどうかというより、もっと現実的に重大な問題であった。迂闊にも僕は、これまで戦争が終ることをあれほど熱望していながら、敗戦が父の失職を意味し、たとい母一人子一人の家族でもその経済的負担がすべて自分にかかってくるということは、まだ一度も考えて見たこともなかったのだ。

　翌朝、僕は予定どおり叔父に、何とか身延へ行ってみることを申し出た。家族おもいの叔父は、よろこんで僕のリュックに米やショウ油や金平糖など、詰め込めるだけ詰め込んだあげくタクアンの重石まで入れそうになったほどだ。さすがにそれは思い止まったが、ゆうに四十キロほどの重さになった。しかし僕は、この食糧を全部、自分がインズウをつけてしまうのかと思うと、荷の重さがかえって心丈夫であった。市川駅までくると、また空襲警報が出て、しばらく駅の構内で足止めをくったが、十二時少し前に解除になった。僕は、最初の上り電車に乗ったが、亀戸までくると、車掌が臨時停車するから乗客は全員下車するようにと言いに来た。焼け落ちて屋根もないプラットフォームの電柱にスピーカーが着けてあり、乗客はそのまわりに集った。

　初めてきく天皇の声は、雑音だらけで聴き取り難かった。それが終戦を告げていることだけはわかったが、まわりの連中はイラ立っていた。突然、僕の背中の方で赤ん坊の泣き声がきこえ、頭の真上から照りつける真夏の太陽が堪らなく暑くなってきた。重大放送はまだ続いていたが、母親は赤ん坊を抱えて電車に乗った。僕も、それにならった。母親は、白いブラウスの胸をひらいて赤ん坊に乳房をふくませたが、乳の出が悪いのか、赤ん坊は泣きつづけた。その声は、ガランとした電車の内部に反響して先刻よりもっと大きく聞えた。

——もっと泣け、うんと泣け。

僕は、明け放った車窓から吹きこんでくる風に、汗に濡れた首筋や両頰を撫でられるのを感じながら、心の中でさけんでいた。

僕の昭和史Ⅱ

昭和二十年八月十五日、午後一時になると、すでに新宿の街では〝戦後〟がはじまっていた。

僕は、食糧品のギッシリ詰まった重いリュックを担いだまま、まず新宿駅へ行った。どうせ切符は買えないにきまっている。しかし、これは食糧品を身延にいる叔父の家族たちに届けることを請負った手前、一応はやっておかなければならないことであった。新宿の駅舎も焼けており、近くのビルの何階かに旅行者査察官の事務所が移転していて、そこで旅行目的を申請した上、それが通れば切符を売って貰えるというわけだが、僕はその赤茶けたビルを外側から見ただけで、なかに入るのは止めてしまった。旅行目的の申請といったって、実際にその資格があるのは軍公用の旅行者だけで、それ以外の者が申し出たって受けつけられるはずがないからだ。しかし仮に、万に一つ、その可能性があったにしたところで、僕はそれに賭けようとは思わなかった。端的にいえば僕は、このまま東京を離れる気にはなれなかったのだ。なぜだろう？　東京にいても、もう空襲にあう危険はないからだろうか。それもある。しかしそれよりも僕は、もう叔父の命令に従ってその通り行動することが何としてもイヤだった。

駅の構内は人の波で埋まっており、たまに空間があると、そこには便所から溢れ出した大小便の汚物が溜っていた。焼け野原となった都会の住民は、すでに羞恥心を失っており、不潔なものにも麻痺していたが、毀れた敷石の上を大量の汚物がだぶだぶと押し流れてくるのを見ると、精も根も尽き果てて床石にベタリと腰を下ろしていた人たちも、飛び上るようにしてその場を逃げ出した。

駅前の表通りには、いつもなら尾津組の露店が並んで、針だの、櫛だの、安全カミソリだのを売っていたのに、この日は正午の玉音放送で早仕舞いしたのか、店は一軒も出ていなかった。裏通りにまわったが、ここもガランとして人影がなかった。外壁だけが焼け残った武蔵野館の角までくると、四つ辻の電信柱のかげに薄汚れた手拭を頭に巻いた男が立っていた。小柄な老人が、すうっと男の傍に近づいて金を渡すと、小さな紙包みを受けとって、そのまま足早に去った。

僕のポケットには、財布とは別に、けさ叔父から手渡された十円紙幣が二枚入っていた。身延までの旅費にしろというのである。普通の切符代の三倍に当る金額であった。

「キップが買えなかったら、キセルで行け。もし車掌か駅員に不正乗車を見つけられたら、この金を渡せばいい」と、叔父はいった。しかし僕は、そんなことまでして身延に行きたくはないし、汽車に乗りたくもない。だから、叔父に貰った金をいつまでもポケットに入れているのは何となくイヤだった。僕は、男の傍へよるとポケットの金をそのまつかんで渡した。男は一瞬、僕をけわしい眼で見詰めたが、金を受けとるが早いか、正面を向いたまま、手で覆った品物を僕の手に移し、顋を振って「早く行け」というシグサをした。

僕は、急ぎ脚にガード下の曲り角まできて、手の中の品物をあらためて見た。タバコだった。ひかりが十本入っている。僕は、こおどりしたい心持だった。これで二十円とは儲けものだ。タバコは一週間で一と箱とかの配給があるはずだが、僕はそれさえ受けとっていない。こころみに一本、火を点けてみると、まちがいなく辛味の強い「ひかり」の味がする。——専売局のちゃんとしたタバコを、真っ昼間、公道の上で売っているのは、やっぱり戦争がおわった証拠だな、僕はそんなことを思いながら、出来たらもう十本も買い足しておこうかと、線路沿いの裏通りからまた武蔵野館の前に出た。しかし、そこにはもう先刻の男は見当らなかった。わずか五分ぐらいの間に商品（おそらくは盗品）を売り尽してしまったのか、彼の姿は消え失せていた。

その晩、僕は世田谷のSの家に泊めて貰った。Sは僕よりも六、七歳も年下だったから、そんなに親しい間柄ではなかったが、兵隊に行っていない友人といえばSぐらいしか思い当る者はなかった。ところが訪ねてみると、そのSは海軍の甲種予科練に応募して飛行下士官になり、前線に出動中であるという。僕は二重の意味で驚いた。Sというのは、大学生の僕が少々持てあますぐらいの不良少年で、まだ中学生のくせにタバコも吸うし、女も知っていた。そのうえジャズ・シンガー志望で、灰田勝彦の一番弟子とかのそのまた弟子になっていたこともある。

「ことしの五月に、どうやら特攻隊に入ったようで、いまごろは何処かで戦死していることと存じます」

と、Sの母親の言うのをきいて、僕は返辞のしようもなく、簡単にお悔みを述べると、早々に退散しようとした。しかし、Sの母は僕を熱心に引きとめ、上ってあの子のアルバムでも見て行ってやってほしい、という。そう言われると、僕は振り切って帰るわけにも行かなくなった。手土産の代りに、リュックサックの氷砂糖の袋を取り出して、障子のかげから顔を覗かせたSの妹に差し出した。彼女は一瞬おびえた眼つきになった。

「まあ、こんな貴重なものを」と、Sの母も言った。「せっかくだから、Rちゃん、一つだけいただきなさい」

「いいんですよ、袋ごと、どうぞ」

僕はおうようだった。どっち途、これは叔父のイントク物資だ。一人の息子を、一人の兄を、お国に捧げた母と子に、これを贈って悪いという道理はない。僕は氷砂糖のほかに、リュックサックの中から、かりん糖だのコンペイ糖だのを、手当り次第に取り出して並べた。Sの妹は、はしゃいだ声を上げた。母親は、いったんは不興げな声になってこれをたしなめたが、僕が、

「いや、これはS君に渡すつもりで持ってきたのですから、代りにどうぞ召し上ってください」

と、その場の想いつきで出まかせにいうと、機嫌を直してこんどは素直によろこんでくれた。そして、こんなにいろいろの物を貰っても、お返しにするものがないので、ぜひ夕食を食べていってくれと言った。僕は内心、うしろめたさを覚えないではなかったが、いったん畳の上に腰を落ちつけると、重いリュックを背負って、まだ日盛りの町に出て行く気には、どうしてもなれなかった。

夕方になった。僕は、井戸端で顔や手足を洗わせてもらい、さっぱりとした気分で夕食の膳についた。食卓には野菜のイタメものと卵の料理が並んでおり、新鮮なトマトのサラダがあった。僕は、またしても叔父に託されたリュックから牛カンを取り出そうとしたが、Sの母親はほとんど懇願するように、それをとめた。

「いけませんわ、それは。今夜はこれで我慢なさってください。本当に何もありませんけ

れども、これでも結構おいしく頂けるはずですよ、……」

そう言いかけて、彼女は口ごもって黙った。たぶん（戦地の兵隊さんのことを想えば）というつもりであったのかもわからない。そうだとすれば、僕だって兵隊に行っていました、といいたいところだが、それは言わなかった。どうせ戦争はもう終ったのだ。するとSの妹が言った。

「お母さま、電灯の暗幕、はずしましょうよ。きょう学校で、皆が言ってたわ、これからはどんなに明るく電気をつけたってかまわないんだって」

女学校一年生の彼女は、マセた口調でいった。母親は躊躇したが、僕がそれに賛成したので、電灯の傘をすっぽり覆っていた黒い防空暗幕は取り除かれることになった。

「せいせいするわね。何年振りかしら、こんなに明るい灯りの下でお食事するのは……」

まっ先にそんな声を上げたのは母親自身であった。実際それは何年振りのことだろう。シナ事変の頃には、まだ空襲をうける心配はなかったはずだが、灯火管制はもう何十年も前から続いておこなわれていたような気がしたものだ。食卓の明るさもさることながら、雨戸を開け放った縁先の庭に、アジサイの葉が灯火を受けて緑のいろを浮かび上らせているのが、僕には何か物珍しく懐しいものに思われた。

Sの妹は、海軍機が徹底抗戦のビラをまいておったという噂を学校できいてきたと言った。

「もしかしたら、その飛行機にお兄さんが乗ってるんじゃないかと思って……」

「馬鹿なことをおっしゃい。秀夫はとっくに死んでいます」

と、母親は即座に打ち消した。僕は、他に慰めようもなく、

「しかし、戦死の公報は入っていないんでしょう。それなら、まだわかりませんよ」

と、見え透いたようなことを言った。母親は黙って僕にアルバムを差し出した。予科練入隊前後の頃からのものがいろいろ貼ってあるなかに、休暇で帰ってきたときのものとおぼしいSの写真があって、僕は心をうごかされた。真新しい白のワイシャツを着て、うれしそうに頬笑んでいる。衿の先が細長く尖ったそのワイシャツは、おしゃれなSが知り合いのシャツ職人に三拝九拝してあつらえたものに違いなかった。彼は、それを着てウクレレを抱え、鼻の穴をふくらませながら甘い裏声でハワイアン・ソングを歌える日がくるのを夢見ていたはずだ。

（ああ、Sのやつは、もう帰ってこないんだな――）

僕は、あらためて心の中でそうつぶやいた。

それにしても、その晩、僕はSの家で夕食を御馳走になっただけでなく、泊めて貰うことになったのだから、好い気なものであった。

「明日はどうなさるおつもり？」

夕食のあと、Sの母親に訊かれて、僕はなぜか咄嗟に嘘を吐いた。

「ひるすぎ新宿発の汽車で身延へ立ちます、切符はもう買ってあるのです」

すると、Sの母親は言った。

「そう。じゃ、こん晩はうちでお泊まりになるといいわ。ただ、蚊帳が一つしか出してないので、私たちと一緒に休んでいただかなくてはいけないんですけれども、それでよろしければ……」

常識としては、こんなふうに言われたら、これ以上迷惑をかけないように、引き下るべきところかもしれない。しかし僕には、常識を働かせる余裕はなかった。

「いや、すみません、それは有り難い。僕は蚊帳なんかいりません。どうせ今夜は、そのへんの防空壕にでも入って寝るつもりだったんです」

実際、僕はそのつもりだった。〝浮浪者〟という言葉はすでにあったとしても、当時は使われていなかったと思う。なぜなら、あの時期からしばらくの間、一般人と浮浪者を識別する方法がなかったからだ。罹災者、復員兵、そして大陸や殖民地からの引揚者、こういった人たちは、とくに都会地では厖大な数に上ったから、一時的に寝泊まりする場所にアブレることは珍しくはなかった。そして駅の待合室や地下道や、ちょっと休めそうな場所にゴロリと横になって夜を明かすぐらいのことは、大抵の人にとって別段、異常なことではなかったのだ……。だから、よその家で初めて泊めて貰うのに、そこの家族と同じ蚊帳の中で寝るぐらいは、何でもないといえば何でもない。

しかし正直のことを言えば、僕はその夜、何とも寝苦しい一夜を送ることになった。やはり雑念を生じて、しばしば輾転反側せざるを得なかった。言い遅れたが、Sの父親は民政官として南方に勤務しており、この人も生死不明の状態であった。八畳吊りの蚊帳は、大人が三人寝るのに充分の大きさであったが、夜中に眼を覚ますと、女学校一年生のSの妹の手や脚が、僕の胸の上に乗っていたり、腹を蹴とばしたりしていた。そして、そんなとき僕は、内務班で自分の小銃が銃架から外れて重おもしい音を立てながら寝床の上に倒れ落ちてくるような夢に悩まされているのであった。

「貴様、何をしている。銃は、かしこくも、(気ヲ付ケ!) 天皇陛下からの預かりものであるぞ……。銃に一箇所痕をつければ貴様の指を一本、二箇所痕つければ貴様の指を二本、切り落す」

班付き下士官に詰め寄られながら、僕は必死で自分の人さし指を片方の手で握りしめている。と、ふと気がつくと、僕の鼻先に汗ばんだSの妹の髪の毛がかかっており、僕は自分の手が何をしていたのかと怖ろしくなって、あわてて両手を体側につけると、寝たまま直立不動の姿勢にもどって暗闇の天井を、しばらく絶望的な心持で見詰めていた……。

あくる日も、朝から晴天だった。僕はSの家を出ると、悔恨ともつかぬ奇妙な恐怖心に責め立てられながら、炎天の新宿の街をアテもなしに歩いた。睡眠不足の眼に、焼けただれた街は白っぽくうつり、こなごなになったガラスが突き刺さってくるようだった。リュックサックの重量は両肩に食いこみ、汗が眼蓋の内側に流れこみそうになる。

駅の雑踏ぶりは、昨日よりも一層ひどかった。人垣を掻き分けながら構内に入ると、白衣の病兵が二人、時刻表を見上げていた。二人とも、痩せこけた肩に軍毛布の巻いたのを斜めに掛け、手に古びた飯盒をぶら下げている。病衣はネズミ色に汚れており、ツンツルテンの裾から細っこいシャモみたいな脚を覗かせて、それが大きな不細工な革の営内靴をつっかけている。おそらく二人とも、終戦命令が出ると早速、着のみ着のまま病院を追い出されてきたに違いない。

――ああ、おれもこの間までは、あんな恰好をさせられていたわけか。僕は、かすかな同情と優越感とをおぼえながら、同時に彼等が手にしている復員証明書にだけは、羨望の念を禁じ得なかった。とにかく、その紙がありさえすれば、いま汽車の切符が買えることはたしかだからだ。

僕には、もはや昨日市川の叔父の家を出てきたときのように、一人で東京じゅうをさ迷いながらリュックの中身の食糧を食いつくすまで好き勝手に暮らしてやろう、などという勇気は失われていた。もし、その勇気があれば昨日の晩、Sの家に泊めて貰ったりするわけがなかった。実際おれは、ゆうべ寝ながら何をしたのだろう――？　それを想うと僕は、記憶がほとんどないだけに自分自身が怖ろしかった。また、それ以上に僕は自分の存在が不安になった。いったいおれは、何をしたくて生きてるんだろう。焼けビルの外壁に、

承詔必謹、一億総懺悔

と、はやくもそんなガリ版刷りのビラが貼ってあり、僕はそのビラから眼を外向けながら、腹立たしさと自己嫌悪とが一時にわいてくるのを感じた。――何だって、何のためにザンゲしなけりゃいけないんだ？　しかし、そうつぶやきながら、僕の内心にはたしかに〝懺悔〟に似たものがこみ上げていた。

きのうは自粛していた尾津組の露店が、きょうは表の電車通りに沿って立ち並び、そのまわりに盛り場の活気めいたものが、何とはなしに漂っていた。僕は、立ちん坊でタバコを売っていた男が何処かにいはしまいかと、きのうとおった裏通りの道を歩いてみたが、やはり見当らなかった。

もう一度、表通りにもどって、焼ける前のおもかげの残っていそうな店を探しながら歩いていると、伊勢丹が店をあけているのが眼についた。べつに買い物をする気はなかったが、通りを横切ってなかに入った。勿論、ロクな商品らしいものは何もなかった。昔、呉服ものや洋服生地が並べてあったショーウインドウには、水に濡れるとすぐ紙のように溶ける代用繊維の作業衣やカッポウ着が、陰気に所在なげにブラ下っているだけだった。そ

れでも天井の高い建物は、外にいるよりは涼しく、埃っぽい風が吹きつけてこないだけでも、そのぶん居心地がよかった。

しかし僕は、いくらもいないうちに、からっぽのショー・ケースの向う側に、売り子の一人がぼんやりこちらを眺めているのと眼が合うと、たちまち或るおぞましさに襲われてデパートを出た。なぜだろう、その丸顔に口紅を塗った売り子の顔を見たとたんに、僕は寝苦しかったゆうべのことを憶い出し、じっとしていることが出来なくなった。

ふたたび駅の前へくると、僕は切符売場の窓口をさがした。切符は買えないにきまっている。しかし目的もなしに歩いていることには、もう耐えられなかった。それはムナしいというより、端的に苦痛だったのだ。切符売場は、「軍公用」と「一般」と二つ窓口が並んでおり、どちらも板切れで口をふさいであったが、「一般」用の売り口にだけは人垣が出来て、それが延々と建物の外につながり、さらに焼け跡の空地に何列にもなってつづいていた。僕はその列の最後尾についた。ふだんだと買物の行列につくのはイライラさせられるのだが、おかしなことにこの日は、そうやって皆と一緒に並んでいると、それで僕は何となく気分が落ち着いてきた。僕は背中のリュックを地べたに置いて、その上に腰を下ろした。行列の人たちも別段、切符が買えるものとは期待していないのであった。真夏の日に照りつけられて立ったり坐ったりしながら、何かをただ待つということのために待っている。誰かが、「きょうは二十枚ぐらいは売ってくれるかな?」というと、別の誰かが、「いや、そんなことはない、二百枚ぐらいは売るだろう」とこたえる。しかし、行列の人たちは、そんなヤリトリをまるで他人事のように聞き流しているようだった。僕の隣には、旧制T高校の制服をきた学生がしゃがんでいた。退屈して僕は、彼に話しかけた。

「君は、文科ですか、理科ですか。これから何をやるつもりなんです?」

僕は、大して意味もなしに、そんなことを訊いた。すると、その学生——彼は旧制高校生というよりは、まるで中学二、三年生のようにしか見えなかったが——は、驚いたように僕を見て訊き返した。

「これから何をやるって、オレのことですか?」

「そう、君のことだけれども……」

「オレは、これからのことなんて何も考えていません。明日のことも、きのうのことも考えていないんです。オレが考えてるのは、いまのことだけ——バスの行列についていれば、この次のバスに乗れるかどうかということ、切符の行列についていれば切符が買えるか買えないかという、それだけです」

切符は正午に売り出すという。僕は、十二時が近づくと何となくリュックを持って立ち上った。どうせ、この行列についていたってムダなことだ。同じムダなら、「一般」でなく、気分を変えるために「軍公用」の方へついてみよう。そちらの窓口には、ほんの十人ばかりしか人は並んでいなかったし、だいいちその場所は日影で涼しそうだった。ところで、僕がその短い行列の尻っぺたに着くと間もなくだった。駅員が駈けてきて、窓口に貼ってあった「軍公用」と、「一般」と書いた紙を両方とも剝がして、いきなり真っ赤な顔でドナった。

「皆さん、切符の窓口は共通です。こちらの窓口にも並んで下さい」

駅員が言いおわるか終らないうちに、空地に並んでいた行列の人たちが、どっと押し寄せて僕のうしろについた。

僕は、思いもかけず買えた切符を手にしながら、呆然となって自分自身につぶやきかえした。——これが〝戦争が終った〟ということか? それにしても、この混乱は何だろう……。

一と月あまり身延にいて、また東京へ戻ったのは九月の下旬である。身延は食物のまったくないところなので、僕らは飯の代りにカボチャと茄子ばかり食べて暮らした。そのカボチャや茄子も身延では手に入らず、甲府に近い花輪という農村まで一と晩がかりで買い出しに行かなければならなかった。密殺の牛肉が手に入ったのは、身延を離れる一週間ほど前のことであったろうか。母と叔母は、この血だらけの肉のカタマリ（重量はたぶん十キロか二十キロであったろう）でツクダ煮をつくり、貴重なタンパク源とした。

どうして、そんなに生活条件の悪いところに僕らは一と月もぐずぐずしていたのか？　それは一つには、外国軍の占領下におかれた都会では住民はどんな目にあうかわからないということがあったからだ。とくに叔母は、子供が女ばかり四人もいたので、まさかのことがあってはならぬと用心していた。しかしもう一つ、一層現実的な理由として、叔母たちは市川の家も鵠沼の別荘も空襲を免れて無事であったが、僕らは東京に帰ろうにも住む家がなかった。といって身延の山奥の寺にも、いつまでもいられるわけではない。げんに九月の中頃には寺の和尚さんが海軍から復員してきたので、僕らはそれまで住んでいた本堂を九月一杯で空け渡さなければならなくなった。それで結局、身延を引き揚げると、僕と母とは鵠沼海岸の叔母の別荘を借りて当分の間、住まわせて貰うことになった。

ところで、その当分の間という約束が、じつは昭和二十七年まで、七年間にもおよんだため、叔母の家と僕らの間には面倒な問題が生じることになるのだが、それはまた後で述べることにして、鵠沼に移ったその当座のホッとした気分を、僕はいまだに忘れることが出来ない。

小田急の鵠沼海岸の駅を下りると、ほぼ東西にのびる鵠沼銀座と称するメイン・ストリートがあり、その道を西へ三、四百メートルもいって、火の見櫓の前の横丁を海岸側に折れて百メートルあまり行ったところに、その家はあった。かつて、そのあたり一帯は広大な松林であったに違いない。古くからある別荘の庭には、必ず何本かの幹の太い松の木が枝をひろげており、またところどころの空き地には樹齢の古い大きな松が群がり立っていた。地べたは砂地で何処まで歩いても、足が泥だらけになるということはないし、雨が降ってもヌカルミにはならないのである。そんなツマらないことまでが、僕にはうれしかった。その時期ほど、自然の風景というものを身に沁みて感じたことはなかった。空襲をうけたことのない町というのは、こんなにも平穏なものだろうか。道ばたの水溜りに木の葉が映っていたり、マサキやサンゴジュの生け垣に日が当っていたり、またその垣の内側から瓦屋根の家の軒が覗いていたり、そんな何でもないようなものが一つ一つ、久しく見忘れていた貴重なもののように思われ、僕は兵隊から帰って以来、はじめて平和な日常生活を恢復できたような気がしていた。

ある日、海岸へ散歩に行くと、砂浜の手前の空地で、喚声がきこえ、近づいて見ると、十人あまりの若い男女があつまって野球をやっていた。いや、若いといったが、彼等の年恰好も身分も職業も僕には分らなかった。わかるのは、彼等が何の屈託もなしにボール遊びをやっているということだけだ。なかで一人、派手な横縞のセーターを着た女の動きが目についた。内野か外野か、とにかく彼女は野手なのだが、球が上るたびに、両手を拡げて誰よりも早くその落下点に駈けて行く。

「オーライ、オーライ」

喚声のなかから、彼女の声だけが際立って高くきこえた。秋の日の傾きかける海べりで、そんな光景を眺めながら僕は、なにか現実の中で夢を見ている心持だった。――これがあの長い間、待ちつづけてきた〝平和〟というものなのだろうか。それともやっぱり、おれは幻影を見ているだけなのだろうか。

何にしても、それから一と月か二た月の間、振り返ると僕は、平和に酔わされたような気分で暮らしていた。相変らず空腹であり、前途に何の希望も持てるわけではなかったが、とにかく戦争が終ったという実感は、何かにつけて湧き、朝となく昼となく一日のうちにも何度となく嚙みしめて、その手応えのようなものを確めずにはいられなかった。

しかし、現実はむしろ夢魔に似ていたかもしれない。GHQに挨拶に出かけた天皇が、マッカーサーと並んで立っている写真は、まるでコビトの国の王様のようであった。かと思うと、そのマッカーサー司令部のある皇居と向い合せのビルの前で、釈放された共産党員その他の政治犯たちが、「マッカーサー万歳」を唱えたというような記事が新聞に出ていた。大学予科二年修了で入営した僕は、いつの間にか学部に編入されており、三田の大学構内には、階級章を引き剝がした陸海軍の軍服に学帽をかぶった連中や、作業衣、ジャンパーなど、思いおもいの恰好をした者たちがむれ集って、アメリカ兵が銃をかまえて立っている校舎のまわりをウロウロしていた。

僕は最初、仏文科に入り、一度教室へ出ただけで、次からは英文科にかわることにした。志望を変えた理由は、仏文科だと学生の数が少なすぎて無闇に欠席するわけにもいかないような雰囲気だったからだ。どっち途、僕はもう勉強をする気はまったくなかった。それなのに学校へ出かけて行ったのは、もっぱら〝学生〟という身分を保証してもらうためであった。おかしなことに戦争が終って〝自由〟になると、かえって僕は学生でなくなることが不安になった。軍隊が失くなって、学校へも行かないとなると、僕は失業者になるわけだが、不安は失業のためではなかった。当時、世の中の大半の人は実質的に失業していた。軍需産業以外の職場は戦争末期から閉鎖されたも同然であり、敗戦でその軍需産業もなくなったのだから、会社づとめの人たちは職場へ出かけても仕事はなく、給料もヤミの食糧を買えば一日分か二日分で吹っとんでしまう程度のものでしかなかった。にもかかわらず大抵の人が、何処かしらに勤務先きがあって、そこへ行くと何となく落ち着いていられる様子であった。いや、仕事があろうとなかろうと、何らかの組織に属していない者は、世間ではマトモな社会の一員として認められないのだ。はやい話が、国鉄ではまだ旅客制限をやっており、つとめにも行かず、学生でもない者には、切符を売ってくれない。鵠沼から東京へ行くには、小田急で藤沢まで出て、そこから東海道線に乗りかえるのだが、通勤通学の定期券がなければ、しかるべき書類を出して旅行申請をしなくてはならない。その上で、運が良ければ一日に何枚と制限された切符を手に入れることが出来るのだ。無論、通学定期は学割になっているから切符を買うより遥かに安く、月に四、五回、東京へ出る切符代で定期券が買えてしまう。そんな具合に、たとい教室へ出る気はなくとも、学生であるというだけで、何かにつけて便利であり、心丈夫でもあった。

それに、大勢の人の集っているところへ、自分も行きたいという気持もあった。多分、僕は週に一日か二日は東京へ出たが、何をしに行くのかは、自分でもまったくわからなかった。学校へ顔を出し、復員してきた元の同級生たちと無駄ばなしをする。同じ復員学生でも海軍と陸軍とでは軍隊観がまったくちがい、海軍のとくに予備学生だった連中は、僕らとの会話の中でもしばしば士官室《ガン・ルーム》用語を混入させ、遠い夢でも追うような眼つきになった。一方、陸軍帰りの連中は将校だった者でも、こんなふうに軍隊を懐しがるところはなかった。第一、陸軍には若手の士官だけが使う隠語などはなく、将校も下士官や兵隊と共通の軍隊用語を使っていたから、復員した将校同士が〝同期のサクラ〟的な親しみを分ち合うこともなかったわけだ。しかし、それなら僕ら陸軍組が軍隊時代のことを語らなかったかといえば、そんなことはない。僕らが夜遅くまで話し込んだりすると、落ち着くさきは結局、軍隊の話になるのだ。それは故郷を棄てた同郷人同士が出会って、おたがいにイヤなふるさとを振り返るのにも似ているだろう。

昔の仲間では、石山皓一と佐藤守雄が復員していた。(これは後になってわかるのだが、小堀延二郎、高山彪、倉田博光の三人は、ルソンの山奥や中支戦線やマニラなどで死んでおり、古山高麗雄は戦犯で仏印の刑務所に収監されていた――)日本橋本町の石山の家は、その一部が奇跡的に焼け残って無事だったから、僕や佐藤はよく石山のところへ寄った。石山の家は元来、医療器具問屋だったが、その頃は手広くあらゆる商品を扱っており、土間や廊下にまで種々雑多な物資が積み上げてあった。或る日、石山の部屋に行くと、米軍の横流

れ品とおぼしい大きなラジオが置いてあり、石山は複雑なダイヤル・ボタンをひねりながら、僕を振りかえって、

「これで何とか、フランスの放送をきいてやろうと思うんだ」

と言った。当時、フランスの放送局が極東まで届くような強力な電波を流していたかどうかは知らない。しかし僕は、目の前に置かれた軍用行李の半分ぐらいはありそうな巨大な短波受信機を眺めて、それをフランスと結びつける石山のイマジネーションに、何か度胆を抜かれるおもいであった。

——そういえば、小堀が入営する前の晩、おれたちは「一九五〇年七月十四日にパリのポン・デザールで会おう」なんていってたな。

あれは、たった二年足らず前のことなのに、はるかな昔のことのように思われた。あのとき僕らがあんなことを言ったのは、一九五〇年にはいくらなんでも戦争は終っているだろうということだったのだ。いま、現実に戦争は終って、僕らはこうして復員してきた。しかし、あたりを見廻すと、目の前にひろがった風景や食い物や友達の顔が、みんな現実のものとは信じられないようだった。べた一面焼け野が原になった東京、そのなかで街の真ン中にある石山の家だけが焼け残り、石山は自分の部屋のラジオでフランスの電波を探そうとしている。中国大陸の空を超えた地球の裏側にあるヨーロッパの国々も、また焼け野が原になっているにちがいない。そこでも腹を空かせ、寒さに凍えた人たちが、仲間の

焼け残った家に集って、ラジオのダイヤル・ボタンをひねりながら、何処か遠い別世界の国の電波を探しているだろうか？　それとも、死んだ友人や、まだ戦地から戻ってこない連中のうわさでもしているのだろうか……。

「いま、パリじゃ、エクジスタンシアリスムというものが流行しているそうだ」

いくらボタンをひねっても雑音しか聞えないラジオのスイッチを切って、石山が言った。

「へえ、何だい、そりゃ」

「おれも知らない。何でも人混みのなかで足を踏んづけられたりすると『こん畜生』というかわりに『エクジスタンシアリスト』というんだそうだ」

「ふうん、『こん畜生』が『存在野郎』ってことになるのか」

僕はこたえたが、自分でも何を言っているのか意味のわからぬことだった。神の不在だとか、不条理の哲学だとかいわれても、だからどうしたとしか思えなかった。子供の頃から僕は、幽霊も神様も信じなかったし、物事は現実的に結果だけを見て判断するように仕向けられていた。つまり、いま自分の眼に見えないものは、最初から存在するはずがないというわけだ。こういう現実主義が、日本人に通有のものか、それとも僕だけのものか、よくわからない。しかし、結果を絶対視するのは軍隊式のリアリズムで、そうだとすれば、結果がよければすべて良く、結果が悪ければ全体が悪いという考え方を、僕は父親からひとりでに教えこまれていたのかもしれない。どっちにしても、こういう結果万能主義は、存在の不条理などという考え方とは最初から無縁なものにきまっている。パリでエクジスタンシアリスムが流行していようがいまいが、僕らにとっては『サ・セ・パリ』や『モン・パリ』があればたくさんだ。石山のところには、戦争中に買い集めたその種のレコードが、そっくりそのまま残っていた。あの頃僕らは、灯火管制下に、雨戸を閉め切った部屋で、音が戸外へ漏れないように気をつかいながら、針音だらけの古レコードをきいたものだ。『暗い日曜日』、『人の気も知らないで』、『自由を我等に』、『巴里祭』、『甘い言葉を』、『マリネラ』……。陸軍病院にいた頃、僕はアンペラ敷の床に藁蒲団をのせた寝台に横たわりながら、もう一度、内地へかえってダミアのレコードが聴けないものだろうか、と願ったものだ。もしこの願いがかなえられるようなら、あとはどうなったってかまわないという気がした。ところが、いまはそういうレコードを大っぴらに聴くこともできるし、レコードに合せてあたり近所へ聞えよがしの大声で歌ったって、何処からも文句を言われる心配もない。軍隊から生きて還れた幸福は、もうこれだけでも充分ではないか。

我ら《ア・ヌー》に、我ら《ア・ヌー》に、自由《ラ・リベルテ》を！

精一杯、ドラ声をはり上げながら、僕は酒も飲まずに酔っぱらっていた。

ところで、あれは十月末頃のことだ。そのときも、僕は石山の部屋で、旅行鞄をドラムの代りに、どかんどかんと叩きながら、大声で歌っていると突然、胸の奥にビリッと電気の走るような痛みを覚えた。と同時に、いいようのない不安が心の何処かをかすめて通った。僕は一瞬、罰《ばち》が当ったと思った。無神論者で現実主義者であるはずの僕が、どうしてそんなことを思うのか、それに一体何の罰が当るというのだ？　それは自分でもまったくわからない。ただ、思い当るのは昨年八月、自分が入院した翌日か翌々日かに、同年兵の大部分が動員で南方に移動し、レイテ島でほとんど全滅させられたということ、それに孫呉、旅順、奉天などの陸軍病院で別れてきた病兵仲間の連中が大部分、いまごろはシベリアへつれて行かれて、雪と氷に閉じこめられているだろうというようなことだ。

あの頃、不公平ということ、或いは他人の不幸ということについて、僕は完全に心がマヒしていた。実際、戦争による被害は決して全国民一様のものではなかった。なるほど敗戦のショックは誰もが同じように受けたとしても、戦争体験の内容は各個人によって千差万別である。空襲のことだけをとってみても、幸運な人は都会地に居坐ったまま何の被害もなかったが、不運な人は疎開した先きざきで何度も罹災している。まるでそれは〝空襲〟を背負って歩いているみたいに思われたものだ。そして政府は勿論、保険会社も、罹災者には何らの補償をしなかった。こうした不公平に対して、不服を唱える人がほとんどいなかったのは、いま想うと不思議なほどである。つまり、それほど戦争中の国民は不幸に慣れ切っていたということであろうか。無論、一番不幸なのは黙って死んで行った人たちで、それを考えれば生き残った者は、不平をいう気にもなれなかったのであろう。僕自身は、死んで行く者に対しても、心は閉ざしたまま何も想うところがなかった。旅順の病院で、僕と藁蒲団を並べて隣りに寝ていたS一等兵は、三十代半ばの召集兵で、妻子がいた。乃木大将のような顔をしていて、性格も寡黙で謹厳だったから、ふだん僕はこのS一等兵とはロクに口もきいて貰えなかった。ところが或る日、国許から手紙が届くと、Sは急に顔色をかえて、僕に訴えはじめた。

「女房が死んだ。前から体は弱かったのだがね。おれがこうして兵隊にとられてからは、仕事でムリしたんだろう。とうとう死んじまった……。女房の奴も可哀そうだが、子供たちはどうしているだろうな、年はまだ三つに二つだよ。おッカアがいなくなったのに、あの子たちはどうやって暮らして行くか……」

僕は、それにどうこたえたか、憶えていない。第一、同情が少しもわかなかった。Sは、室長のM曹長にもこのことを訴えたらしい。しかし、M曹長にしたって、手のほどこしようもなかったはずだ。「よくあることさ、とにかく早く体を治して、お国にシッカリ御奉公するように」とでも言ったのではないか。そうだとしても、僕にはM曹長の冷淡さを責めることはできない。何百万いるかしれない兵隊の一人一人が国許の家族にどんな想いをさせているか、これは人間の想像力の及ぶところではないからだ。その晩、Sは夜通し泣いているようだった。僕が目を覚すと、そのたびに隣りで啜り上げる声がきこえた。

僕は、うるさいな、と思うだけだった。女房に死なれるということ、そして自分の子供たちが孤児同様の身の上になって残されているのに面倒一つ見てやれないということ、それがどんな心持のものか、僕には一向理解する手掛かりもなかったからだ。S一等兵は日増しに憔悴しはじめた。そして、一と月ばかりたつと、担送患者ということになって個室に移された。不精ヒゲが白毛だらけになって、ますます乃木大将に似てきたSの顔を見送りながら、僕はこれでやっとSの夜泣きからも解放されたという気がするばかりだった。それから半月とたたないうちに、Sの病状は急激に悪化し、M曹長が病室を代表して見舞いに行くと、その翌日かにSは死んだ。さすがにM曹長は、

「可哀相だったな、最後まで子供のことを心配していた」

と言ったが、僕はただ秋になってセミが死んだというような気がしただけだ。Sの子供がどうなったか、無論それは誰も知らない。

それにしても僕は、あとになって何でこんなことを憶い返すようになったのか？　それは僕が胸の奥に時折、激痛をおぼえるようになったことと関係があるのかないのか、それもわからない。初め僕は、その痛みを胸膜炎の後遺症かと思っていた。つまり、肋膜に水がたまって、その水が引いたあと癒着が起ると胸の引きつれるような痛みを感じるものだということを、同じ病室にいた患者によく聞かされていたからだ。それならば大して心配する必要はない、放っておけばいずれ治るという話だった。しかし、僕の場合、痛みはか

えって激しくなるばかりで、それも最初はほんの一瞬、痛むだけで、あとはケロリとしていたのに、だんだん痛む時間が長くなり、やがて一日に何度も激痛に襲われるようになった。それで僕は、これは胸膜の癒着ではなく、肋間神経痛というものに違いないと考えた。痛みはじめて、風呂に入ると、しばらくの間はそれを忘れていられるからだ。風呂に入れないときには、アスピリンをのんだ。初めは一、二錠でもきいたが、そのうちに何錠のんでもきかなくなり、痛みの起るたびに五、六錠も口に放りこんでいると、アスピリンの瓶が一日でカラッポになるようになった。食うものも、着るものも、何一つないのに、薬屋だけは焼け跡の町かどにも店をあけていて、比較的ふんだんに、安い値段でいろいろな薬を売っていた。ヒロポンとか、アドルムとか、強力な覚醒剤や睡眠剤も野放しで売っていたが、僕はそんなものには目もくれず、もっぱらアスピリンばかり買いあさっていた。しかし、そのアスピリンをいくら飲んでも、もうまったくきかなくなった頃、胸の痛みは激しくキリキリと痛むのではなく、鈍くぼんやりとした痛みを二六時中覚えるようになり、やがてその痛みも忘れるようになった。その頃、裸になった僕の背中を見て、母親がいった。

「おや、どうしたんだろう。お前の背骨は真ン中あたりで、ぷくっとふくらんでいるじゃないの」

戦争中、僕は精一杯、時流に逆らって生きてきたつもりだった。といったって、ベトナム戦争のときのアメリカの大学生のように徴兵カードを焼き棄てたり、反戦デモや集会をやったり、そんなことが出来るわけはなく、単にぶらぶらと平和な時代の怠け学生と同じことをやってきたに過ぎなかったが、それでも何とか周囲の影響を受けずに、自分生来の生き方を押し通したというのが、僕の奇妙な自負になっていた。

しかし実際のところ、周囲の影響をまったく受けずに暮らすことなど、出来ようはずがない。おまけに僕らの年齢では、戦争と自己形成期とはピッタリ一致しているのだから、なおさらのことだ。僕のなかには有形無形に戦争中の思想や国体観念といったものまでがシミこんで、知らず識らずそれに動かされてきたに違いない。徳富蘇峰によれば、「大義名分」というのは国体観念の第一義であって、平たく言えばそれは、日本国中、一塊の土も、一個の人も、みな悉く天皇に属すべきものだから、いつでも天皇に差し出すべきであるという意味だそうだ。大義名分といえば、いまでは「社会主義の大義」とかいって、英語の「プリンシプル」などと同じような使われ方をしているから、右の蘇峰の説明にあるようなおっそろしい意味があるとは、言われてみなければ気がつかない。だいたい「普天の下は皇土なり。率土の浜は皇臣なり」などといわれても、僕に限らず、大抵の人にとってチンプンカンプンであるに違いない。しかし、明治維新のときの大政奉還や、版籍奉還、そして藩主に領土と領民の所有権を返上させた廃藩置県などが、すべて大義名分によって、何の支障も抵抗もなしに行われたときくと、これは敗戦のときの詔勅も同じことであったと思わざるを得ない。

もっとも、僕自身が大義名分によって動かされているのかと思ったのは、そのようなことのためではない……。僕は、自分の身体が天皇のものだなどとは無論、思わない。しかし、自分の身体が自分自身のものかどうかとなると、僕は奇妙に確信がなくなるのだ。

僕の背筋の真ン中あたりが小さくぷくっと膨らんだのは、脊椎カリエスのせいだった。つまり、肺や肋膜をおかした結核菌が血管に入ると、その菌は体外に出て他人に伝染する惧れはなくなるかわり、体内をグルグルまわって内臓の弱い部分をおかすことになる。僕の場合は、それが背骨にくっついたというわけだ。それは、僕の子供の頃から、「骨くさるやまい」と呼ばれ、特効薬と称する怪しげな薬の広告が新聞や雑誌の隅によく出ていた……。ところで、そういうことがハッキリとわかったのは、終戦の翌年、父が南方から復員してきてからで、それまで僕は自分が「骨くさるやまい」であるとは思わなかったし、医者にも行かなかった。カリエスの痛みは虫歯と同じで、最初激痛が走るが、何処が傷んでいるのか自覚症としてはわからない。アスピリンや何かで痛みを抑えているうちに、やがて神経そのものが麻痺したように二六時中、鈍痛を覚えるだけで激しい痛みは感じなくなる。その頃には背骨の一部が崩れて、背中に小さな瘤がとび出すというわけだ。

十二月に入って僕は、接収されてマッカーサー司令部になった日比谷の第一生命ビルに、掃除夫のアルバイトに出掛けることになった。勤務は夜七時から九時までで、月給三百円。すでに食料や衣料の闇値は高騰していたが、大学出の初任給が百五十円ぐらいだったから、夜二時間の勤務で三百円はベラ棒に割高の労賃である。しかし僕は、必ずしも金が目当てではなかった。最初は掃除夫の通訳の仕事があるというので、それなら英会話の勉強にもなるかもしれぬと思ったのだ。ところが、実際にやってみると、掃除に通訳なんかいらないことがわかった。だいたい「スウィープ・ヒア」とか、「マップ・ヒア」とか、使う言葉はきまりきったものだし、掃除夫のなかには大学生も大勢いたので、あくる日から僕自身も掃除夫になった。

それにしても、カリエスをわずらいながらよく掃除夫がつとまったものだ。仕事そのものは大した労働ではなかったが、アメリカ軍は箒や棒ゾウキンからゴミ溜の缶（ギャベージ・キャン）まで、ちゃんと軍用陣営具としてアメリカ製のものを持ってきており、それが皆な馬鹿デカくて重いのだ。とくにゴミ缶は大きさが棺桶ぐらいもあって、分厚い鉄板で出来ているからヤタラに重い。それが各部屋に一つか二つは置いてあり、ゴミのつまったこの缶をブラ下げて歩くのは、二人がかりでも大変だった。

もっとも、この程度の労働は、二等兵で陸軍病院にいたときのことを想えば、何でもないともいえる。満州では零下十何度の戸外へ、病衣にレーンコートを着ただけで、石炭採りや炭殻棄てに行かされたし、大阪では〝瓶こすり〟と称して、病室の床全体を牛乳瓶の底でこすってピカピカに光らせる作業を、しょっ中やらされた。その他、飯上げや残飯返しなど、食事当番の仕事も、結構かなりの労働だった。おまけに軍病院では、病兵といえども何かあれば、衛生兵や下士官に顔がひん曲って口もきけなくなるほどブン殴られるから、その用心の気苦労だけでも並み大抵のことではない……。それやこれやを考えると、米軍のビルの掃除ぐらいは、まるで遊び半分の気楽なものだ。

それに掃除夫には、アルバイト学生の他にじつに雑多ないろいろの種類の人間がいて、それも僕には面白かった。全員を三班に分けて、各班が大体二十人ぐらい、それが二フロアーずつ受け持って掃除するわけだが、僕の班の班長格は横浜からきている五十がらみの男で、通称〝パパさん〟。戦前から外人相手の店で、下働きでもやっていたらしく、言葉はべつに出来ないが、外人の扱い方を心得ているというのを誇りにしていた。班の誰かが米兵との間でトラブルを起す——大抵それは机の上のタバコやチューインガムをちょろまかすといったことだが——と、彼はすっ飛んで行き、その兵隊の前で両手を合せ、相手の顔をじっと見上げて、お祈りでもするように、

「イクスキューズ・アス・プリーズ……」

という。すると、それで大体のところ、実際にカタがついてしまうのであった。

この〝パパさん〟のやることを、いつも苦にがしげに見ているのは、やはり五十年輩の男で、これはもと東京都電の車掌であった。彼は単なる車掌ではなくて、都電が市電といった頃から、何度もその交通ストに参加して警察の厄介にもなったという。黒い詰襟の車掌の制服にカーキ色の戦闘帽をかぶり、青ぶくれのした顔で不機嫌に口を結んだところは、一見、不敵な闘士と呼ぶにふさわしい。しかし彼の何よりの特色は、じつに徹底して働かないことであった。いつもズボンのポケットに片手を入れ、片手にハタキを持って、そのへんをブラブラ歩いているだけだ。ときどきハタキの先きで電気スタンドの傘などをちょいと撫でたりしながら、小声で一人ごとを言っている。「コメ、ひとり、一日三合。玄米でも白米でもかまわねえから、それだけよこさなきゃ働けねえ……」

そんなことを、お経の文句みたいに唱えているのだ。

この元車掌とは反対に、よく働くけれども、働きながら隣にいる誰彼をつかまえて、泣き言ばかりいっているのは、元警察官だという三十五、六の男だった。話をきくと、彼は

また徹底的に運の悪い星に生れているらしく、警察官のくせにツマらないことで警察につかまってばかりいるのである。最初は、疎開先から妻子を呼びよせるとき、ついでに米を運ぼうとしたところ警察に見つかって全部没収されてしまった。次に、その損失を補うべく、彼は水飴の商売を思い立ち、休みの日に石油カンに入れた水飴をリュックで背負って、それを何処かへ売りに行こうとしていた。ところが、こんどは都内の交番で不審訊問に合い、仕入れたばかりの水飴を没収されそうになった。相手の若い警察官の態度があまりに横柄で権柄ずくなのに、つい向かっ腹が立って、「おれも警官だ、しかもお前よりは先輩だ。馬鹿にするのも好い加減にしろ、人をヤミ屋扱いにしやがって」とやったところ、相手も負けてはおらず、「何、警官がヤミをやるとは何事だ」と逆におどしにかかったので、大喧嘩となり、それが上司に知れて結局、警察官をやめざるを得なくなったというのである。

こういう男は、もともと警官には向いていなかったのであろう。当時は誰だってヤミをやらずに食って行けるわけはなく、おそらくもっと悪辣な手段で食糧を手に入れていた警官は、彼の他にいっぱいいたはずだ。

アメリカ兵は進駐してくると早々、街頭や電車の中でMPの眼を盗んでタバコやチョコレートを売っていたが、GHQのなかでも同じことが、もっと大っぴらに行われていた。そのために時には〝パパさん〟が「イクスキューズ・アス」と謝らなければならないような事態も発生することにもなるのだが、普通は兵隊が小遣いかせぎに自分の配給品を売るだけだから、そんなに面倒なことが起るわけはなかった。ただ、都心のまん中にあるGHQの兵隊たちは日本の事情をよく知っていて勘定高く、例えばラッキーストライクが他では一箇二十円で買えるときでも、GHQでは三十円の相場であった。しかし一般には、アメリカ・タバコはめったに買えるものではなかったから、金のあるときには僕らもここでタバコをよく買った。

T君というのは、共産党のシンパで、党の本部へしょっ中出入りしている様子であったが、徳田球一、神山茂夫、伊藤律など、錚々たる連中から頼まれたといって、よくキャメルやラッキーストライクを雑嚢にいっぱい詰めこんで帰った。

「明日はこいつを届けるんだよ。神山さんなんか本当によろこぶんだから……」

そういうT君自身、じつにうれしそうな顔つきだった。しかし、T君が共産党本部へ出掛けてタバコを届ける以外に何をやっているのか、僕にはわからなかった。まさか共産党がT君をスパイに送りこんでいるわけでもないだろう。第一、GHQの若い将校など、T君が共産党だときくと、「ノーサカさんのトモダーチですネ」と笑いながら、立ち話でデモクラシーの講義をしてくれたりした。僕がT君の名前を再び見出したのは、数年たって、火焔瓶闘争とかいうものがあっちこっちで起っていた頃だ。たしか、早稲田の方で交番が焼けたとき、逮捕された何人かの容疑者のなかに混って、T君の名前も新聞に出ていた。

僕は、この掃除夫のアルバイトを二箇月ばかりでやめた。勿論、最初から長く続ける気はなかったが、何よりも体が言うことをきかなくなったからだ。真直ぐに立って歩くことができず、背を丸めて前こごみにならないと立てなかった。とくに両手を前にのばすことが難しく、顔を洗うときや食事のときには、両肱を洗面台や食卓について、上体を支えなければならなかった。三月の学年末試験だけは受けに行ったが、それがすむと何処へも出掛けず、僕は毎日、寝て暮らした。

父が復員してきたのは、四月の終りか五月の初め——青いエンドウ豆が出る頃だった。階級章を剝ぎ取った軍服に、革製のリュックサックを背負った父を玄関に出迎えたとき、僕はやはり愕然とさせられた。戦争に敗け、軍隊がなくなれば、父は軍人ではなくなる、これは或る意味で僕をホッとさせていた。復学するとき学校に提出する書類に、「父の職業」という欄があり、これに「無職」と書きこんで、僕は言いようのない解放感をおぼえたものだ、玄関に立った父は、べつに長旅に疲れた様子も、おもやつれしたところもなかった。平時に長い出張や演習から帰ってきたときと、そんなに変りはないようだった。にもかかわらず、父は明らかに〝敗戦〟を背負って帰ってきたのだ……。ところで父は、自分を出迎えた息子が廊下を這うようにして出てきたのに、ギョッとしたらしい。親子三人、食卓をかこんで、形ばかりの帰還祝いの食事がはじまったが、その間も父は僕の病状を心配して、一日も早く医者に診てもらうようにと言った。

考えてみれば、僕が医者にも行かず、ひたすら家の中で寝てばかりいたのは異常なことかもしれない。実際のところ僕は、父に言われるまで、医者の診断を受けることなぞ想いつきもしなかったのだ。或いは僕は、自分の病気の実情を知らされるのが怖ろしかったのだろうか。とにかく僕は、その翌日、東京に出て慶応病院へ行った。しかし、この大きな病院の何処へ行けば自分の体を診て貰えるのだろう？　とりあえず、神経科の窓口へ行ってみた。

「どこか具合が悪いのですか」

窓口の男は不審げに訊いた。

「肋間神経痛らしいのです」

「神経痛？　じゃ、それは一応内科へまわってみてください。神経といっても、こちらは主に脳の方を診るところですから」

言われるままに、僕は内科へ行き、病歴と自覚症状を話した。

「そうですか、それはですね、」と、内科の若い医局員は、顔をしかめるようにして言った。「あなたの場合、こちらよりも整形外科へ行ってみてください」

僕は、渡されたカードを手に、整形外科へ行った。内科の診察室の前は人だかりがしていたが、こちらは森閑として廊下に人の気配もなかった。僕はドアを押して、なかに入った。

「君はリッパな脊椎カリエスだよ」

と、小肥りのした医者は、僕の病歴その他を聴きおわるかおわらないうちに言った。

「君はカリエスだ、カリエス以外の何ものでもない。君がいまドアをあけて、ここへ這入ってきた、その恰好を一と眼みただけで、わしにはちゃんとわかるんだ。ま、とにかく診てみよう、上半身、裸になりたまえ」

医者は、僕がカリエスであることをイヤに強調し、自分が何か大発見でもしたかのごとく、誇らしげに言った。そして、学生たちを呼び集めると、裸の僕の背中を実験動物であるかのように、指で押したりハンマーでこつこつ叩いたりしながら、

「おい、この骨は、今後、上へあがるか、下へさがるか、どっちだ?」

「はい、下ります……。いえ、上へあがります。しかし、まれには下ります」

などと、患者の僕にとってはどうでもいい質疑応答を繰り返した。結論として、僕にあたえられた指示は、脊椎カリエスの治療には手術する場合もあるが、それ以外には背骨を出来るだけ安静に保つことで、それにはギプス・コルセットを着けるしかない。しかしギプスをつくるにはガーゼが二反必要であるが、目下この病院にはそんなものはないから、ギプスはつくれない、但し純綿の古浴衣ならガーゼの代用になるから、命が惜しければ是

非とも古浴衣を二反、用意するように、ということだった。なお医者は、つけ加えて言った。

「あたら、君のような秀才が三十歳にもならないうちに、命を散らすのは勿体ないことだからな」

　僕には、その言葉は皮肉な嘲りのようにきこえた。

　病院を出ると、はやくも初夏の日射しがまぶしく照りつけていた。僕はその中を、あえぎながら、何かに追われるように歩いた。医者に要求された「純綿の古浴衣二反」が、僕を脅迫していた。――純綿の古浴衣と気やすく言うが、すでに昭和十三年から僕らの夏服はスフであり、純綿の浴衣もその頃から姿を消しているのだ。昭和二十一年の現在、そんなものは何処を探したって、めったなことで手に入るはずがない。命が惜しければ古浴衣を持ってくるように、と医者は言った。しかし僕の生命は果たして純綿の古浴衣二反に値するものだろうか？

　慶応病院の建物も、半分ぐらいは空襲で焼け落ちており、あたりには赤茶けた焼け跡の土地がひろがっている。僕は、アテもなしにのろのろと歩きつづけながら考えた。おれが生きていることでいったいこの世の中に、どんな益があるというのだろう。おれが生きていれば、配給の食糧がそのぶんだけ食い減らされる、それだけのことではないか。

普天の下は皇土なり
率土の浜は皇臣なり

そうだとすれば、僕はこの際、自分の生命を〝奉還〟してしまった方がいいのかもしれない。あの医者はおれのことを「あたら、君のような秀才が」といったが、おれはいま数えの二十七歳で、まだ大学も卒業できずにブラブラしている。こんな万年落第生を飼っておく余地は、いまこのくににはないのではないか。

僕は、その日、家へ帰っても父や母に、純綿の古浴衣のことは話す気になれなかった。話したって、どうせ父母を嘆かせることになるだけで、何の助けにもならないことだからだ。僕は母に言った。

「ギプスをつくらなきゃいけないって言うんだ。しかし、あんな窮屈なものはやっていられないよ。しばらく寝ていれば、また良くなるさ」

こうして僕は、その年いっぱい、ほとんど家で寝ていることになった。父は、庭の芝生を剝がして、そこに芋や麦を植え、またトリ小舎を建ててニワトリを飼うことなどもやりはじめた。この年の三月から預金は封鎖され、一世帯に五百円だけ新円の引き出しが許されることになっていたが、もはや我が家には封鎖されるだけの預金もなく、また現金収入のアテもなかった。金を得る唯一の手段は、焼け残った家財道具や、父が南方から持ち帰ったリュックの中身を売り払うことだけだったが、めぼしいものは半年足らずのうちに売って、秋になると家の中は文字通りガラン洞になってしまった。世田谷代田の焼け跡の土地が唯一の財産らしいものであったが、土地はあっても家は建てられない時代なので、持っていても何の足しにもならず、二束三文の値段で、代田の近所にいた人に売り渡した……。そんな有様なので、僕は自分のために純綿の古浴衣を買ってくれなどとは、到底言い出しかねたのである。

しかし、僕は死にもせず、また病気の進行もそんなに速くはなかった。それどころか、冬に入った頃から、僕は起き出して歩けるようになった。いや、そうせざるを得ないことになったのだ。

売り食いのタネも尽き果てたので、母は郷里の土佐から障子紙を取りよせて売ることを思い立ち、近所にいる闇ブローカーと相談して、一と貨車、障子紙を送ってもらったのはいいのだが、貨車の荷が着いたとたんに、商売に行き詰まっていたそのブローカーは、何処かへ姿をくらませてしまった。障子紙は野天積みにされると、たちまち傷んで商品にはならなくなってしまう。こんなとき相談にのって貰えるのは、石山皓一しかなかった。僕は石山にたのんで、その父親から倉庫を紹介して貰い、障子紙を一時、その倉庫にあずけたが、いつまでもあずけっぱなしにしておくことは出来ないので、紙の売り捌きに出掛けなければならなかった。僕は寝床から這い出して、毎日、東京へ出掛け、紙の引き取り手を探して問屋街を歩きまわった。

ところで、そんなことをやっているうちに、僕の体は病気を忘れたのか、何とか半人前ぐらいには動けるようになっていた。

「食い物を買うためには狂奔せにゃならんぞ」と敗戦の直前、市川の叔父は言っていたが、いまでは食糧も金さえ出せば買えることは買えた。ただ、その金がわが家にはまったくなかった。僕は、倉庫にあずけた障子紙の買い手をさがして、まさに狂奔しなければならなかった。しかし、紙問屋は何処でも相手にしてくれなかった。障子紙が売れるのは歳末であるが、十二月に入ってからでは、問屋が紙を買っても小売店に卸すまでに手間暇がかかって歳末には間に合わないというのである。それで僕は、小売店を一軒一軒まわって歩こうとしたが、一と貨車ぶんの障子紙を全部、年内に売り捌くことは到底不可能であった。

街にはクリスマスの歌が流れており、酔っ払いと、女を抱えたアメリカ兵の姿が、やたらに目についた。僕は一と晩、石山につれられてダンス・ホールというものを覗きに行った。焼けビルを改装して白木の床を貼っただけのホールには、古いセビロや、軍服を仕立て直したジャンパーや、さまざまな服装の男たちが、ポマードで塗り固めた頭髪をギラギラする電灯に光らせながら、一心不乱に踊っていた。一方、女たちは進駐軍横流しとおぼしい白いシーツでつくったお揃いのドレスを着ており、そのガバガバしたロング・スカートの裾から短い脚の足首が覗いてちょこちょこと動くのが異様であった。そういえば、ホールの入口には、

今宵も踊ろう！　白衣に包まれて乱舞する美女たちが、貴君のお相手をいたします。

と、看板が出ていた。カリエスの僕は、無論踊れないし、ダンスを習う暇も金もなかったから、隅に立って眺めているだけだった。しかし別段、退屈はしなかった。場内には言いようのない熱気が立ちこめており、あきらかに或る新しい〝時代〟の空気が僕とは無縁に流れていた。細面の頤の尖った女と踊っていた石山は、曲のテンポが速くなりジルバがはじまると、踊り止めて僕の傍へもどってきた。

「喉が渇いたな」

と石山は、僕を外へ連れ出し、道ばたの屋台に首をつっこんだ。

「カストリだよ、飲んでみるかい」

石山は、コップに注いだ粘っこい感じの酒を僕にもすすめてくれたが、僕には臭くてとても飲めなかった。

「おれも最初はダメだったよ、しかし鼻をつまんで飲んでるうちに、いまじゃすっかり馴れちゃったよ」

石山は自嘲気味に言った。しかし僕には、カストリが粗悪な酒だという意識はなかった。品質が良かろうが悪かろうが、それは自分の手の届かない高い所にある新時代の飲みものだという気がした。

僕は連日、日本橋から上野界隈にかけて紙問屋や小売店を歩きまわったが、それはまったくの徒労にひとしかった。僕が疲れているのを見て、石山は店のリヤカーを貸してくれた。僕はそれに乗り、店員の一人がその車を引っ張って倉庫と問屋街の間をまわってくれる。当時の下町には、まだ堀割があちこちに残っており、そばを通ると川風が吹き上げてきて、リヤカーは横に揺れた。僕はこのときほど、年の瀬というものを感じたことはなかった。夜遅く鵠沼の家へ帰ると、しばしば停電で、家の中は火の気もなく真っ暗だった。父と母が寝ている枕許を手探りでとおって、僕は冷い自分の寝床に入りに行く。

高知からは毎日、紙の代金の催促が火のつくようにやってくる。僕は居堪れぬ想いで、朝になると家を飛び出し、満員の東海道線に乗ってアテもなしに東京へ出て行く。そんなふうにして一日一日が消えて行き、とうとう大晦日になった。僕はこの日も東京の町々を歩きまわったすえ、ほんの少々売り捌いた紙の代金をやっと受けとって、杉並の従兄の家へ行き、その金を高知へ送る手続きをとると、もう鵠沼まで帰る気力もなく、従兄の家で泊めてもらった。風呂に入るようにすすめられ、ぼんやり湯に浸っていると、ラジオが恒例の歌合戦をやり出した。

「ことし、昭和二十一年も、もうあと余すところ三時間足らず……」

そんなアナウンサーの紋切型の言葉が、切実な実感をおびて聞えてきた。


結局、障子紙が全部捌けたのは、翌年の二月末か三月に入ってからだった。これは僕が努力したためではなくて、その間にインフレが猛烈に進行したためであった。物価は文字通り毎日のように上り、それにつれて官公庁その他の労働者のストライキも頻発した。僕はストのニュースをきくたびに、奇妙なジレンマを覚えた。心情的には労働者を支持するが、彼等の要求が通って賃上げになれば、その比率で物価も上る、そうなると収入の途のまったくない僕ら一家の生活は、そのぶん確実に絞め上げられ、一層苦しくなることは眼に見えていたからだ。いわゆる二・一ゼネストが、マッカーサー司令部の命令で中止になったときも、僕は見え透いた筋書の芝居を見せつけられた気がするばかりだった。

「いくらお偉いマッカーサー元帥の命令でも、こんどばかりは……」

と、涙声になった委員長の声明も、僕にはそのセンチメンタリズムが腹立たしかった。勿論、ゼネストがもし実施されていたら、その効果は甚大なものがあったろう。しかし、そうであれば占領軍司令部が黙ってゼネストをやらせて置くはずのないことは、最初からわかり切った話ではないか。だから、マッカーサーの中止命令が出たとき、委員長は満足したに違いない。つまり、そこまで占領軍司令官を追い詰めたことになるのだから。それを、涙声になってラジオで国民の前に訴えたのは、いかにも思い入れが過ぎる感じで、いやになった。

三月には、まだ学年末試験があり、僕は何の準備もなしに出掛けて行った。学友——というより顔見知りの連中——は、僕を見て、まるで幽霊に出会ったような顔つきになった。彼等の間で僕は「骨くさるやまい」で死の床についていることになっていたらしい。しかし、前に言ったように、障子紙のことで寝ていられなくなってから、僕は起きて歩けるようになっていた。

あれは五月の初め、ちょうど慶応病院でカリエスの診断をうけて、まる一年たった頃だ。鵠沼へ見舞いに来てくれた佐藤守雄に連れ出されて、一緒に東京へ出た。ゴールデン・ウィークという呼び名はまだなかったが、新憲法はその年の五月三日に施行されており、休日が重なって続くのは現在と同じだ。日比谷公園へ行くと、緑の芝生と花壇の花が、陽光に照り映えていた。しかし、それ以上に色鮮かに見えたのは、若い女たちの服装だった。冬の間、もんぺや、軍毛布を染め直した外套などを着ていた連中が、いまは半袖のワンピースで、軽やかな裾を風になびかせている。こんな恰好の女たちを見るのは、まったく何年振りのことだろう。それに五月は何と美しい季節なんだろう——僕はあらためてそう思った。

その頃、佐藤は〝ハウス・ガード〟と称して、進駐軍接収家屋の空き家の番人をやっていた。番人といったって、べつに二六時ちゅう家の内外を見廻るほどのことはなく、一軒の家を二人のガードが交替で留守番をしていればいいのだから、焼け出されたまま住む家のない佐藤は、まるで家具附きのアメリカ人家屋に下宿しながら、それがアルバイトになっているというわけだった。

「よかったら遊びに来ないか。いまの家は広いから、ガードが四人ついているんだが、みんなアルバイト学生で気心は知れている」

佐藤に誘われるままに、僕は大森にあるその接収家屋へ行った。アメリカ軍に家を接収されると、柾目の天井板にペンキを塗られたり、床の間を便所に改装されたり、好き勝手なことをされて、あとで使い物にならなくなってしまうというような噂も聞いていたが、その家はそれほど極端な改悪はほどこされていなかった。建坪百坪以上はある大きな家だが、元来とくに凝った作りではなく、和洋折衷で、アメリカ人向きに出来ていると言えなくもなかった。早稲田、慶応、一橋大などの学生が、広い台所のテーブルに集って、WVTRのラジオを大きな音で鳴らしながら、トランプをやっていた。彼等が皆、佐藤の同僚のガードであることは、聞くまでもなくわかったが、なるほどこれでは空き家の留守番に雇われているというより、学生が四人で豪勢な家を借り切って合宿をやっているようなものだ。しかも給料は、公務員ベースをやや上廻る額がきちんと支払われているのだという。

そんな話をきくと僕は、自分が障子紙を苦労して売り歩いていたことが馬鹿々々しくなった。と同時に、いまのような世の中でも、やりようによっては結構気楽に愉しく暮らす方法もあるものだ、と思った。

「それにしても、アメリカ人は鷹揚《おうよう》なものだなア」

と、僕が感心してみせると、学生の一人がさえぎって言った。

「いや、そうでもありませんよ。僕らはGHQで雇われているから、給料もGHQが払うんですが、その金は特別調達庁から出てるんだから、結局われわれの税金が廻りまわって僕らの給料になるわけです。アメリカ人が直接自分の金で人を雇うとなったら、そんなにおおらかなことをやるはずはないですよ」

それはそうかもしれない。アメリカの占領政策は間接統治だから、一事が万事、みんなこのハウス・ガードの雇用と同じやり方をやっているのかもしれない。ガードになっている者にも、いろいろなのがいて、一番多いのは佐藤みたいに家のない復員学生だが、なかにはアメリカ兵と取っ組み合って捕虜になったのが釈放されてガードになったり、また自分の家がアメリカ軍に接収されたときガードになって、そのまま自分で自身の家の留守番におさまったのもいるという。

　その晩、僕はすすめられてその家に泊り、いくつもあるベッド・ルームの大きな寝台に一人で寝た。すると、その寝台のスプリングの具合が僕の背骨とどううまく調和したのか、あくる朝、起き上ると、前かがみにもならずに、真直ぐ立って歩けるようになっていた。


　実際、僕の体はどうなっているのか、自分ではわかるわけもなかったが、わかりたくもなかった。決して好いはずはないのだが、決定的に悪くもならない。依然として、顔を洗うときと、飯を食うとき、肘を何かにつかなければならなかったが、そういう姿勢も習慣になると自分では気にならなくなる。僕は家にいるときは寝転んでおり、退屈すると東京へ出て、友人の家を泊り歩いた。そんなときは、ほとんど病気のことは忘れていたが、どうかして信濃町のあたりを通りかかると、慶応病院の医者に言われた「命が惜しければ、純綿の古浴衣を二反もって来るように」という言葉を不吉なおもいで憶いかえした。

　しかし本当のところ、「命が惜しいか」と訊かれても、僕にはこたえようがなかった。別段、自分を死に損いであるとも思わなかったが、生きるつもりで生きているわけではないこともたしかだった。自殺することも考えないわけではなかったが、或る一家が残った最後の金で芋を買い、親子五人でそれを食べたあと心中したというような記事を新聞で見ると、自分が死ぬときもこんなふうに書かれるのではないかと思い、イヤな気がした……。

いや、わが家には芋はあった。三百坪ほどあった庭の大半を、父は掘り返して畑にしており、ジャガ芋、サツマ芋、小麦、玉ネギ、カボチャなど、かなりの収穫を上げていた。また、ニワトリや、アンゴラ兎などの飼育もやった。小麦はメリケン粉をとったあとのフスマが鶏の餌になり、屑芋は兎の餌になる、そして鶏や兎の糞は肥料になって畑の地味をこやすという具合で、父は精一杯、小さな地面を活用して生産に努力していたが、所詮、庭先きの素人百姓では、一家三人の生活を支えるわけには行かなかった。ニワトリはしばしば野良猫に襲われて死に、またアンゴラ兎は飼育者が増えると値下りして殆ど無価値になった。そして僕は、こういう父の奮闘ぶりを見ていると、かえって生きることのムナシサを覚えさせられてしまうのだ。

父は、いわゆる出世主義の男ではなかった。獣医少将で終戦になったが、戦争に敗けたことも、失職したことも、悔んだり悲しんだりしている様子は少しもなかった。復員してきた父は、「これでやっと気ままに暮らせる」としか言わなかった。シナ事変の二年目から中国に渡り、中支に二年いて、一年だけ北九州に戻ったあと、日米開戦のとしの十月、南方に派遣されて、タイ、ビルマ、シンガポールと、後方基地の司令部をまわり、最後は仏印のサイゴンで武装解除をうけた。前後七年間におよぶ野戦生活をどんなふうに送ったものか、父はほとんど何も話さなかったから、僕には見当のつけようもない。ただ、べつに好きこのんで軍人を志願したわけでもない父は、おそらくこの七年間、ロクに気の合う話し相手もなく、終始孤独に過ごしてきたであろうことは想像に難くない……。そのあげくが、いまは軍服を泥だらけにし、ニワトリと兎の糞にまみれながら、毎日、庭先きで鍬を振るっている父の姿を見ると、これが中老に達した男のやっと手にした「気ままな暮し」というものか、と僕は自分自身に何か索漠たる想いを禁じ得なくなる。

しかし、本当のところ父を苦しめたのは、こうした貧困な生活よりも、絶えず聞かされる母の愚痴であったかもしれない。母は、父と同郷の土佐人であるといっても、祖父の勤めの関係で日本橋に生れたことを得意にしているような女だから、もともと土いじりなんかは好きではない。そのうえ長年、分れ分れに暮らしてきた夫が毎日、朝から晩まで家にいるというだけでも鬱とうしい気分がするのに、その夫がこれまでキチンと運んできてくれていた給料がばったり止ってしまったのだから、愚痴のタネには事欠かないわけだ……。母は、ときどき僕の傍へやってきては小声でいう。

「お父さん、あんなことをやっていて、これからどうするつもりなんだろうねえ」

どうすると言われたって、僕には答えようがない。敗戦で職を失った軍人がどうやって暮らして行くかは、誰にも分りっこないことだからだ。だが母には、父が敗戦で失職したことがどういうものか納得しかねるらしく、戦前の退役軍人と同様、何処かに適当な天下りのクチでも用意されているように思い込んでいるのか、「お父さんは、どうして何処かへ就職しようという気になれないんだろうねえ」と、そればかりを繰り返す。やがて母は、夜となく昼となく、父に直接それを訴えるようになった。同じことを、同じ調子で繰り返されるのは、生理的にも耐えられまい。

もっとも母にしてみれば、毎日が不安で仕方なかったであろう。とにかく、蓄えも収入もまったくないなかで暮らしを立てて行かなければならないのに、台所をあずかっているのはこれまでの習慣で主婦の役割だから、母は配給物一つ取りに行くにも、まったく身の細る想いをしたに違いない。そこで思いあまって、障子紙のブローカーの真似事に手を出したのはいいが、その結果は前にも述べたような始末だ。それでも母は、闇屋の使い走りや、下請けのようなこともやって、ずいぶん家計を助けてくれた。まがいもののサッカリンや味の素のようなものを取り次いだり、塩水とカラメル・ソースを混ぜ合せた怪しげな合成醬油と称するものを売り捌いたり……。しかし、そんな商売がいつまでも続けられる道理はない。母はすっかり信用を失って、二度目にはもう母が何か売りに行っても買ってくれるところはなくなった。そうこうするうちに秋になって、或る朝、気がついてみると、納戸にしてあった女中部屋に泥棒が入って、なけなしの衣類その他を、そっくり盗み出されていた。勿論、その大部分は屑屋でも引き取りそうもないボロ切れだったが、なかに父が南方から持って帰った英国製の毛布やら、戦前につくった一張羅のセビロやら、売り食いの最後のタネにと取ってあった宝物のような品々も二、三点は混っていた。しかし、わが家にとっては、ボロ切れ同然の下着や、綿のはみ出した古蒲団を持って行かれた方が、差し当って最も痛手であった。そんなものは泥棒にとって商品価値はゼロに等しいだろうが、盗られた側にしてみれば、それがなくてはその日から生活に差し支える必需品だったのである。僕ら親子三人は、しばらく呆然となっていたが、やがて母が決意をこめた口調で言った。

「もうこうなったら仕方がない。この家の部屋を一と間、貸しましょう」

同じ貧乏をしていても、それを越えれば、精神的にも物質的にも、それまでの貧乏とは質が変ってしまうという一線がある。母の言ったことは、まさにその一線を越えることだった。

じつは、これまでにも何度か部屋を借りたいという申し出はあった。近所の人が紹介の口をきいて来ることもあったし、見知らぬ人がいきなり訪ねてきて、物置でもいいから仮りの住居に貸してくれと言われたこともあった。しかし、この家は、すでに述べたように母が市川の叔母を口説いて、当分の間という約束で借りたものだから、何と言われようと他人に又貸しするわけには行かなかった。それが泥棒に入られたというショックもあって、とうとう越えてはならない一線を越えることになったのだ。それは当然、後にいろいろな禍根を残すことになったが、そのときは母も僕も、そしておそらくは父も、背に腹はかえられない気持になっていた。

昭和二十三年三月、僕はやっと大学を卒業した。満で二十八歳になろうとしていた。こんなに卒業が遅れたのは戦争のおかげだと言いたいところだが、じつのところ僕が卒業できたのは戦争と敗戦直後の混乱のためであった。もしマトモな世の中であれば、僕のような学生が到底卒業まで学校にいられるわけがない。大学は不規則に復学してくる復員学徒で膨らみ上り、学力に劣るこれらの学生を整理しない限り、授業も満足におこなわれず、学園の秩序も維持できないというわけで、僕らは形式的に修得課目の試験を受けると、卒業証書だけ貰って体よく学校から追ん出されたようなものであった。

その頃、僕は佐藤守雄の紹介でGHQのハウス・ガードをやっており、まわされた家が三田四国町のソ連軍将校家族宿舎であったことも、通学には都合がよかった。その家は二階の寝室から出火して半焼けになり、使用不可能になったアバラ家で、わざわざ留守番を置く必要もなさそうなところであったが、僕にとっては住み心地のいいネグラであった。一室だけ使える部屋があって、そこにベッドとソファーと机と椅子があり、暖房はガス・ストーヴが使い放題つかえたから、当時の住宅事情や生活水準からみれば、むしろ甚だ恵まれた居住環境といえた。風呂場や台所は天井が抜けて雨漏りがしたが、ちゃんと湯が出て使えないことはなかったし、学校までは歩いて十分ぐらいの距離だから、相棒のガードの慶大生はよく学校の帰りに友達を連れてきて、風呂に入れてやったりしていた。

もっとも僕は、そんなに学校が近くにあっても、ほとんど教室に顔を出すことはなく、同じ学科の級友とも附き合いはなかった。仏文科に遠藤周作がいたが、予科時代の遠藤を僕はまったく知らなかったし、向うも僕のことは単にガラの悪い与太学生と見做していたのだろう、講義の合い間や休み時間にホラを吹いたり無駄口を叩き合った覚えはあるが、文学や小説を語り合う仲間にはならなかった。僕が附き合っていたのは、すでに大学を卒業しながらブラブラしていた石山皓一や、早稲田へ行っている佐藤守雄、それに佐藤を通じて知り合ったガード仲間ぐらいのものであった。卒業前に英語で論文を書かなければならないことになっていたが、これも僕はフランス生れのアメリカ文学者J・M・マリーの作家論を丸写しにして出した。勿論こんなものは、ふだんなら受けつけて貰えるわけもなかったが、とにかく学校当局にとって僕らは厄介者だったので、何も言わずに卒業させてくれた。

卒業試験のおわった日、教室に茶菓を持ちこんで、形ばかりの卒業パーティーがおこなわれたが、英文科主任の西脇順三郎教授はその席上、

「ことしの卒業生は不思議だねえ、誰も就職の世話をたのみにこないんだが、君たち、就職はしないつもりかねえ……。こんなこと、ぼくが心配しても仕方がない。ぼく自身、就職のことなんか考えてもみなかったからねえ。しかし、いまは時代が違うから、諸君は就職はするつもりなんでしょう。いや、そうでもないのかねえ……」

と、いかにも僕らの前途をあやぶむように言われた。しかし、そんな話をきくと僕は、戦争中、高橋広江教授から、仏印にアヘン製造の国策会社をつくることになったから諸君は就職の心配はしなくていい、と言われたことを憶い出し、何やらひどく現実ばなれのした想いに戸惑わざるを得なかった。西脇教授が大学を出たのは大正の好景気時代、高橋教授の場合は昭和初年の大不況期である。そこから両先生の就職に対する考え方の違いが出てくる。ところが、これから僕らが出て行こうとしている社会は、景気が好いも悪いもない、国じゅう焼け野原の敗戦国なのだ。仮に就職してみたって、それで飯が食えるという可能性は何処にもない……。だから、卒業期をひかえて教授に就職の世話をたのみに行くなんて、そんなノンキなことを考えている奴はいやしない。大抵の連中が在学中から新聞社や雑誌社や何処かの会社でアルバイトをやったり、自分で商売をしたりして、すでに何とか自分で食える道を見つけている。逆に、たとえば石山のように、家庭がよくて自分で

働かないでも食える連中は、あせってツマらないところに就職するより、世の中が落ち着くまで様子を見ようとユックリかまえている。僕自身は、ハウス・ガードのアルバイトをいつまでも続ける気はなかったが、「骨くさるやまい」では、まともな会社に就職できる気づかいはなかった。それどころか、あと何年生きていられるかどうかさえ、まったく分らないのだ。

その年の夏までに、僕は中篇小説を一本書き上げた。二百字詰原稿用紙で四百枚、題して『意匠と冒険』――。主人公は服飾デザイナーであり、かつ天才的泥棒でもある。彼にとって、どちらが本職でどちらが副業ということもない。昼間はデザイナーとして働きながら、夜になるとネズミ小僧のように富豪の邸宅を荒しまわるのだが、変装術が巧みであるために、絶対に警察官につかまるということがない。その秘密を知っているのは一人だけ、彼の親友で大金持ちの美術愛好家である。物語はこの二人の奇妙な友情を縦糸に、美術愛好家が天才的デザイナーに変装し、デザイナーと組んで、あっちこっちの美術館から収蔵品を盗んでまわる冒険を描く。やがて美術愛好家はデザイナーの才能が盗みの天分と密接不可分であることを悟り、自分も才能を試すつもりでツマらぬものを盗んだことから、たちまち逮捕されてしまう。彼は微罪で釈放され、後悔しながら家へ帰って、部屋のなかを眺めまわす。と、その瞬間に、自分がこれまで苦心してあつめたコレクションが、ことごとく偽物であったことに気がつく……。

いまになってみると、こんな話を何のつもりで四百枚も書いたのか、自分ながらよく分らない。とにかく小説とは、出来るだけ架空な現実ばなれのしたもので、また徹底的に無意味なものでなければならぬというのが、僕の年来の主張であった。以前に述べたように、昭和十五年、六年頃から僕らは、いわゆる国民精神総動員といった暴力的な状況から自分を守るために、小さな《別世界》をつくって、その中に潜り込もうとした。そして小説を書く場合、なるたけ無意味な架空な言葉のなかに自分自身を隠さなければならなかったのだ。無論、戦争が終ったいまは言論も思想も〝自由〟であり、《別世界》のなかに隠れる必要はなくなった。しかし、外部の状況がどう変ろうと、僕らが内部に築き上げた《別世界》は、そう簡単に崩すわけにはいかなかった。

僕らより若い、戦時中、軍国少年であったような連中には、こういう悩みはなかったろう。勿論、ものごころついた頃から国家主義を吹きこまれてきた彼等が、戦後突如として民主主義教育を強制されたときは大いに困惑したにちがいない。しかし、そうだとしても彼等は、僕らのように内心と外面との矛盾相克をきたすことはなかったはずだ。また、僕らより年長の、戦争が終ったとき三十代に達していたような人たちにとって、〝戦後〟は一陽来復といったものであり、雑誌「近代文学」などによった人たちの間では、これから「第二の青春」を生きるのだという声も聞かれた。しかし僕自身には第一の青春も第二の青春もない。あるのは外部に対する漠然とした不信の念だけであった。

いや、これは必ずしも僕らが大人になる時期に戦争とマトモにぶっつかったためとばかりは言えないかもしれない。同じ戦中派世代でも、よく見れば一人一人、戦争の受けとめ方は性格によって千差万別だからである。逆に、戦時中から僕らの間で最も人気のあった太宰治、織田作之助といった人たちは、年齢は〝第一次戦後派〟と同年代であろうが、気質や感覚は僕らの方にヨリ近いといえるのではなかろうか。そういえば太宰治がこの年の六月、入水自殺をとげたというのを聞いて、僕は衝撃をうけると同時にホッとした。

僕らは何となく太宰治を自分の同類項のように考えていた。いや、これは僕らには限らないだろう。もともと太宰の人気は、若い読者に弱者の共感を呼び起すところから来ており、これは戦前から戦後三十数年たった現在でも変りないはずだ。ただ、戦争中の僕らは別段、太宰治を思想上の挫折者、みずからの階級を否定して破滅して行く貴族の末裔、といったような受け取り方はしていなかった。そういう読み方が一般にひろまったのは、おそらく戦後、『斜陽』『人間失格』などの作品が出てからのことで、戦前の僕らは太宰を、東北の大地主の息子が東京へ出てきて、何となく落第と自殺未遂を繰り返しながら、そのことを軽みがあってキメ細やかな文章に謳い上げている人といった程度に考えていただけだ。それと僕自身、たまたま子供の頃に弘前にいて旧制弘前高校の生徒を知っていたということからも、太宰を身近に、そして幾分か卑小に受けとめるようになっていたのかもしれない……。いずれにしても、小説といえば戦意昂揚の国策文学しかなかったあの時代に、太宰治は折節心に響く言葉を一種甘美なメロディアスな文章にのせて語っており、それは僕らの小さな《別世界》を、そのまま代弁してくれているように思われた。

戦争が終ると、太宰治の作品はこれまでにも増して、それこそ熱狂的に迎えられた。これには僕ら太宰治のファンであった者は、いささかたじろがされる想いがした。いや、誰よりも太宰治自身が、その人気に面くらわされる気持だったに違いない。

時代は少しも変らないと思ふ。一種の、あほらしい感じである。こんなのを、馬の背中に狐が乗つてゐるみたいと言ふのではなからうか。

敗戦の翌年、太宰は短篇『苦悩の年鑑』をこんなふうに書き出しているが、《馬の背中に狐が乗つてゐる》というのは、まさにあの時代に誰もが感じていたことに違いない。しかし太宰は、同時に彼自身、心ならずも《馬の背中》に乗せられていることに気づいて、このように書いたのではなかろうか。自分は戦前も、戦中も、戦後も、同じように生きて同じように考え、同じように書いてきた。それなのに、なぜ戦後の今日、急に時代の波に乗ったようにモテはやされることになったのだろう、と……。この『苦悩の年鑑』は、おそらくシメキリに追われ、せっぱ詰って一と晩で書き殴ったものとおぼしく、短篇小説として、決して出来映えのいいものではない。ただ、戦後民主主義のこの時代が、太宰にとって、いかにウサン臭く、いかに生き難いものであるかという気持は、端的に出ている。その書き出しの部分で太宰は、数え年四歳のとき、明治天皇が崩御されたのを「お隠れになった」と言っているのを聞き、「それは隠れん坊のことか」とワザと訊き返して祖母を笑わせたという思い出や、小学校四、五年生の頃「もし戦争が起つたら、先づ山の中へでも逃げこまう」と学校の作文の時間に書いたこと、また同じ頃にデモクラシーという言葉をきいて、その思想におそれをなしたことなどを書きつらねたうえで、次のように述べている。

してみると、いまから三十年ちかく前（大正七、八年の頃）に、日本の本州の北端の寒村の一童児にまで浸潤してゐた思想と、いまのこの昭和二十一年の新聞雑誌に於いて称へられてゐる「新思想」と、あまり違つてゐないのではないかと思はれる。一種のあほらしい感じ、とはこれを言ふのである。（略）

所謂「思想家」たちの書く「私はなぜ何々主義者になつたか」などといふ思想発展の回想録或ひは宣言書を読んでも、私には空々《そらぞら》しくてかなはない。彼等がその何々主義者になつたのには、何やら必ず一つの転機といふものがある。さうしてその転機は、たいていドラマチックである。感激的である。（略）

私は「思想」といふ言葉にさへ反撥を感じる。まして「思想の発展」などといふ事になると、さらにいらいらする。猿芝居みたいな気がしてくるのである。

こんな風に、思う存分、〝思想〟への不信を並べ立てているのだが、ジャーナリズムの《あほらしさ》や、《猿芝居》じみた思想家たちの言論は、何も終戦直後のこの時代にはじまったわけではない。いつの時代、どんな世の中にでも、そういう馬鹿々々しいものが失くなるはずはない。ただ僕は、これを読みながら、太宰がこんなにイラ立っているのは、単に〝思想〟に対する不信の念や、節操のないジャーナリズムへの怒りのためばかりだろうかと思うのだ。そんなことよりも太宰は、戦後の自由な世の中で自分の抵抗すべき相手を見失ったということが、じつは何よりも腹立たしかったのではなかろうか。もう一度、前の引用で略した部分を見てみよう。

……私は市井の作家である。私の物語るところのものは、いつも私といふ小さな個人の歴史の範囲にとどまる。之をもどかしがり、或ひは怠惰と罵り、或ひは卑俗と嘲笑するひともあるかも知れないが、しかし、後世に於いて、私たちのこの時代の思潮を探るに当り、所謂「歴史家」の書よりも、私たちのいつも書いてゐるやうな一個人の片々たる生活描写のはうが、たよりになる場合があるかも知れない。……

太宰はたしかに、市井の作家として《小さな個人の歴史》を書いてきた。しかし、それは必ずしも太宰が市井人そのものであったということではない。むしろ太宰は、自分を市井人になぞらえ、八ッさん熊さんであることを気取ることによって、戦時下にも険悪な世相のパロディーを綴ってきた。だいぶ前にもちょっと触れた『十二月八日』という短篇は、太平洋戦争勃発の朝のことを、主婦（太宰夫人）の文体で述べたものだが、それはこんな具合だ。

……どこかのラジオが、はつきり聞えてきた。

「大本営陸海軍部発表。帝国陸海軍は今八日未明西太平洋において米英軍と戦闘状態に入れり。」

（略）隣室の主人にお知らせしようと思ひ、あなた、と言ひかけると直ぐに、

「知つてるよ、知つてるよ。」

と答へた。語気がけはしく、さすがに緊張の御様子である。いつもの朝寝坊が、けさに限つて、こんなに早くからお目覚めになつてゐるとは、不思議である。芸術家といふものは、勘《かん》の強いものださうだから、何か虫の知らせとでもいふものがあつたのかも知れない。すこし感心する。けれども、それからたいへんまづい事をおつしやつたので、マイナスになつた。

「西太平洋つて、どの辺だね？　サンフランシスコかね？」

私はがつかりした。主人は、どういふものだか地理の知識は皆無なのである。西も東もわからないのではないか、とさへ思はれる時がある。つい先日まで、南極が一ばん暑くて、北極が一ばん寒いと覚えてゐたさうで、（略）

「西太平洋といへば、日本のはうの側の太平洋でせう。」

と私が言ふと、

「さうか。」と不機嫌さうに言ひ、しばらく考へて居られる御様子で、「しかし、それは初耳だつた。アメリカが東で、日本が西といふのは気持の悪い事ぢやないか。日本は日出づる国と言はれ、また東亜とも言はれてゐるのだ。それぢや駄目だ。日本が東亜でなかつたといふのは、不愉快な話だ。なんとかして日本が東で、アメリカが西と言ふ方法は無いものか。」

おつしやる事みな変である。……

これも市井の《小さな個人の歴史》といえば、そうに違いない。しかし、一歩あやまれば、これは太平洋戦争そのものを揶揄した反軍的なパロディーと見做されないものでもない。そういう危っかしいものが、じつは太宰の魅力であり、僕らがひそかな喝采を送ったゆえんであった。『十二月八日』には限らない。『黄村先生言行録』その他、太宰が戦時下に精力的に書きつづけて発表した〝市井人もの〟は、小さな善良な個人の私生活を語りながら、同時にその善良で愚直な生活ぶりが、そのまま険悪で滑稽な世相のパロディーになっていた。それ故に、戦時下の苛酷な検閲制度や言論思想の統制など、全体主義的国家体制は、太宰には恰好なパロディーの材料を無限にあたえていたともいえる。

太宰治の入水自殺のことから、話は妙な方に脱線してしまった。念のために言うが、僕は無論、太宰が戦時下の言論統制がはずされたことを苦にして死んだなどと言うつもりはない。ただ、満州事変から数えて十五年間も統制のタガを年々強く絞めつけられてきたわれわれにとって、そのタガが外国の占領軍の手で一挙にはずされたことは、解放感とともに、眼に見えぬところで精神的な危機をもたらすものであったとは言えるだろう。

僕自身の『意匠と冒険』にもどって言えば、僕がこんなラチもない無意味なことを延々と書き綴ったうらには、たしかにこの言論統制のタガがはずされたあと、抵抗を失った精神の空虚さを埋めようという欲求が、無意識のうちにも働いていたと思う。しかも、内心の空白を埋める〝思想〟はオイソレと他所から持ち込んでくるわけにも行かず、僕はもっぱら自分自身の空虚さに見合う無意味な言葉、無意味な思考を積み上げてみるより仕方がなかった。

ところで僕は、その『意匠と冒険』を書き上げると、それを神田の能楽書林にあった三田文学編集部に持ちこんだ。晩夏の暑苦しい午後であった。神田界隈には、まだ店舗を兼ねた民家が軒をつらねてギッシリと建て混んでおり、能楽書林もそんな中の一軒であった。僕は、障子紙を売り歩いた問屋街を憶い出しながら、なかに入った。能楽書林社長で三田文学編集委員でもあった丸岡明氏が、応対に出てこられた。丸岡さんは、その名の通り、顔も体もまるまるとした方で、たしか浴衣の胸を暑そうにはだけておられたように思う。僕は、急に自分の持ちこんだ半ぺら原稿用紙（それはセンカ紙と称する粗末な再生紙であった）の分厚い束がムサ苦しいものに感じられてきたが、思い切って丸岡さんの前に差し出した。

「いや、君、自分で初めの方をちょっと読んでくれませんか」

丸岡さんは椅子の背にもたれかかるように坐って、眠そうに半眼をとじたまま言われた。躊躇しながら僕は読みはじめた。十枚ばかり読んで、顔を上げると、丸岡さんは眼を完全にとじている。一と息いれていると、

「どうしました、もっと続けて」

と言われる。僕はまた十枚ばかり読んだ。すると、丸岡さんは、また言った。

「もっと続けて……」

そのようにして僕は、とうとう最初の部分を五十枚ほど読み上げた。

「なかなか面白いネ、この調子で最後までつづくようなら、三田文学で貰ってもいいですよ。とにかく預かっておきましょう」

丸岡さんが言われるのをきいて、僕の胸はとどろいた。能楽書林から神田駅まで、都電に乗ったか、歩いたか、それもロクに覚えていない。とにかく雲を踏む心持だった。

秋になった。

僕は相変らず空虚な日を送っていたが、十月に入って三田文学編集部から新宿紀伊国屋で会合がある旨、通知があったので出掛けていった。三田文学といえば、戦争中に一度、日吉の予科生にもっと小説を書くようにという呼び掛けがあり、三田文学日吉談話会なるものが何度か開かれたことがあったが、僕が三田文学の会に出るのはそれ以来のことだ。丸焼けになった新宿の街には、すでに焼け跡のおもかげはなかった。帝都座も武蔵野館もムーラン・ルージュも、ほぼ元通りのかたちで復興しており、紀伊国屋書店も元の場所で店舗をひらいていた。しかし、書店の中に会合のひらけるような部屋があるとは、僕は知らなかった。

部屋には、二十人ぐらいも集っていただろうか。なかに二、三人、顔を見覚えた人もいたが、先方は僕の顔は知らないと思ったので、挨拶はしなかった。席を探していると、丸岡明氏が僕に言った。

「あ、この間、預かった君の原稿ね、原君に読んでもらっているから、原君に訊いてみてください」

僕は一瞬、これはマズいことになったと思った。原君、すなわち原民喜氏は、無口で知られた人である。原さんは当時、能楽書林の一室に寝泊りして、昼となく夜となく黙然と思索にふけり、ときに遠藤周作や大久保房男など三田出の若い評論家や文芸記者と一緒に神田界隈の裏通りを飲み歩いて、文学的火花を飛ばしているというような生活だったらしいが、前年、三田文学に発表された『夏の花』さえ読んでいなかった僕は、原さんの人柄や原さんに関する伝説など、一切何も知らなかった。僕はただ、自分の眼の前にいる人が、カラーの部分に丁寧にツギの当ったワイシャツを着て、赤い毛糸の編みネクタイを締めているのを眺めて、この人は貧乏ながら身仕舞はおしゃれなんだな、と思っていた。そして、こういう人には自分の文章は多分受け入れられないのではないか、という気がした。だいいち黄ばんだセンカ紙の原稿用紙に、薄いインキの色が滲んで、大小不揃いの文字がマンガみたいに並んでいるのを見ただけで、この人は、これは自分の好みには合わないと思うだろう……。果して、その人は頰のこけた青白い顔を俯向けたまま、口ごもる声で言った。

「この原稿、お返しします」

その瞬間、僕は突然、自分の作品に自信がわいた。というより、不当におとしめられているという気がして、訊き返した。

「なぜです、どこがイケないんです」

「なぜということはありませんよ」原氏は気色ばんで言った。「だいたい初めて原稿を持ち込むのに、こんな長いものをイキナリのせろなんて、非常識です」

僕は、ガッカリすると同時に、拍子ぬけがした。なるほど、初めて原稿を持ち込むときは、短いものにするのが常識というわけか。

「わかりました」

僕は原稿を受けとると、会場を出た。落第することなら、学生時代から慣れている。僕は新宿の雑踏に揉まれて歩きながら、なぜか安堵に似た気持がしていた。とにかく、おれの原稿は読みもしないで突っ返されたのだ。読まれなくて、さいわいだ。おれは誰かに見せるつもりで、こんなものを書いたわけじゃなかったんだからな……。しかし僕は、やはり落胆しているにちがいなかった。家へ帰って、古い三田文学が一冊、部屋の隅にころがっているのに気がつくと、とたんにムシャクシャして、ひっつかむとわざわざ床の上に投げつけた。

小説の原稿がボツになったことは、学校で落第するのと違って、べつに親に負担をかけることでもなく、生活が行き詰ったりするわけでもなかったから、表面上はこれまでと変りない気持で暮らしていた。しかし内心では、落第よりも深く傷ついていたにちがいない。少なくとも心のハリを失っていたことはたしかだった。これまでだって僕の内面は空虚であったが、いまは一層索漠としたものになっているのが自分でもわかった。

僕は、ほとんど家には帰らず、ガード仲間が留守番をやっている家々を泊り歩いた。たまたま、その頃、僕の配属されていた三田の半焼けになったソ連軍将校家族宿舎は接収解除になり、あらためて田園調布の米軍家族宿舎の空き家にまわされたが、この家には住みこみのボーイやメードが四人ばかり居残っていたので、ここでは僕はわがもの顔に家を占領して一人で読んだり書いたりするようなことは許されなくなった。その代り、三度の食事はメードやコックがつくってくれるし、皿洗いや部屋の掃除もみんな彼等が引き受けてやってくれるので、僕はまるで三食つきのホテルに無料で長逗留をつづけているような、或いは何処かのお屋敷で主人のいない留守に居候をきめこんでいるような、そんな妙な心持になった。――これで給料を貰っていいのだろうか？　気楽といえば、こんなに気楽な暮らしもないだろうが、また何とも言えず不安なものでもあった。

メードやボーイは、それぞれボーイ・フレンド、ガール・フレンドを持っており、そういった仲間をかわるがわる家へ呼んでは、連日のように、乱痴気パーティーをもよおす。

といったって、もといた米軍家族の使い残りの食糧品で、料理だの菓子だのを作り、怪しげなアルコール類を飲みまわして、リヴィング・ルームでダンスをしたり、あとは幾部屋もある寝室にしけこむこともあれば、徹夜で下手くそな麻雀を打つといった程度のことだが……。本来、僕は職務上、こういうデタラメを取り締まるべきであったのかもしれない。しかし、そんなことをしたところで、何になるだろう？　彼等は占領軍家族の奉公人であり、僕は番人に雇われているだけだ。下男と下女が、主人の留守に羽根をのばして愉しんでいるのを、邪魔立てしてみたところで仕方がない。僕自身、彼等の仲間に入って、一緒に麻雀をしたり、アメリカ兵の間ではやっている新しい歌をおぼえて唄ったりして、それは結構愉しかった。

そんな具合だから僕は、進駐軍ハウスの外で何が起っているか、ほとんど興味がなく、新聞さえロクに読まなかった。いや、一度だけ、アメリカ軍下士官の細君と日本人のハウス・ボーイが恋愛していたのを、主人の下士官に見咎められ、世田谷あたりの何とか神社の境内で情死をとげたという事件があり、そのときばかりはメードやボーイが争って廻し読みする新聞を、僕も熱心に読みふけった。ボーイの一人が言った。

「あの男なら知ってる。本名は忘れたが、ハウスのなかじゃ、ヘンクとかヘンリーとかいう名前を貰ってた」

すると、もう一人が、

「何だ、ヘンクか。そういえばあいつ、ツバの広いカウボーイ・ハットみたいな帽子をかぶって、格子縞のズボンをはいてさ、みんなマダムにPXで買って貰ったもんだが、もうおれは着るものなんか欲しくない、何もいらないから自由が欲しいなんて、キザなことを言ってやがったっけ」

「そうだよ、あいつ、去年の秋頃から口髭なんか生やしてただろう。考えてみりゃあ、あれもマダムに言われて、少しでも老けて見えるように生やしてたんだろうな……」

ボーイたちの言葉には明らかに羨望の念が入っていたが、僕はそのヘンクとやらを羨むよりも、何か現実ばなれのした英雄譚でも聞かされているようだった。そういえば、アメリカ兵にむらがる女たちだって、或る意味では英雄だったかもしれない。肩にパッドの入ったウールの服に、ナイロンのストッキングをはき、ナイロンのショルダー・バッグからアメリカ煙草を取り出して、ロンソンかジッポーのライターで一発で火を点けると、これ見よがしに悠然と煙を吐き出す。そんな光景を駅頭などで見掛けるたびに僕は、彼女たちが悲惨な中に或るヒロイズムを漂わせるのを感じないではいられなかった。

カウボーイ・ハットや格子縞のズボンに釣られて、占領軍人の妻に身をまかせる日本人ボーイの姿は、いま想えば滑稽である。しかし当時の日本人で、それを本当に滑稽だと思える人は、果してどれくらい居ただろうか。

実際、当時の日本人の生活の貧しさは、豊かになった現代の人には想像の外である。僕の一家は住居があたえられていただけ、まだしも恵まれていたというべきだろう。しかし食うものもなければ、着るものもない。僕のハウス・ガードの月給だけでは到底、一家を養って行くわけにはいかなかった。父は相変らず泥まみれになって庭の畑を這いまわっており、母は廊下で穫り入れた小麦の穂から実を取り出す作業をやっていた。それで家じゅうに小麦の穂が散乱し、穂先きについた小さな棘が蒲団の中にまで侵入してきて、寝ているとそれがチクチクと体のそこここに刺さった。食糧のヤミ買いを拒否した判事がついに餓死したという話が新聞に出たのも、たしかその頃のことだ。これは当時にあっても衝撃的なニュースであった。法律に違反してヤミの食糧を買わなければ生きて行けないということが、実例で如実に示されたことになるからだ。しかし、この裁判官ほどには倫理観の強くない平凡な庶民でも、ヤミの食糧を買おうとしても、そうやたらに買い込めるものではなかった。永井荷風の昭和二十三年四月七日の日記は、この頃の物価として、ワイシャツ、靴下、カラーなど衣料の他に、食料の値段を次のようにしるしている。

一、白米　一升金弐百円也
一、小豆　一合金参拾円也
一、独活　百匁金参拾円也
一、ほうれん草　一束金拾円也

一、大根　　　　一本金弐拾円也
一、煮豆　　　　五十匁金四拾五円也

当時、この判事の月給は三千円ぐらいであったらしいから、細君の他に食い盛りの子供が二、三人もいれば、収入の全部をつかってもヤミの食糧はなかなかまかない切れなかったはずである。ついでに、外食すればどれぐらいかかるか。荷風は十一月十六日、小岩のヤミ市で夕食をとっているが、その費用は次のごとくである。

一、焼鳥一串　　金拾円也
一、五目そば　　金五拾円也
一、鶏卵一ッ　　金廿四円也
一、とんかつ　　金八拾円也
一、さしみ　　　金六拾円也
一、酒五勺位　　金百円也

荷風は当年、数えの七十歳で、これだけのものを一人で平らげたのは、老人としてはかなり旺盛な食欲であると感心するが、同じ頃、浅草ちんやで食ったとんかつは、一皿百五拾円也としるしてあるから、小岩のとんかつは小振りのものだったのだろう。いずれにしても場末のヤミ市の、おそらく小屋掛けか何かの粗末な店で、一食分の費用が三百二十四円というのは、ヤミ屋でもない普通の人はめったなことでは屋台の食い物屋にも首を突っ込めなかったわけだ。

その頃から、僕の病状は急激に悪化していた。といっても医者の診断を受けたわけではない。もし診断を受ければ、即座に入院を命じられただろうが、勿論そんなことは出来なかった。昼も夜も、大半は横になっていたが、背筋をのばして仰向けに寝ていると、腰の上の背骨の両側にゴム毬でも押し込まれているような圧迫感があって、これは傷んだ背骨の膿がそこに溜まっているものらしかった。この膿層が破れて膿が外へ出るようになると、それで一巻のおわりかもしれない……。しかし僕は、そのことをそれほど重大には考えていなかった。さいわい痛みは、重い鈍痛を覚えるだけで、さほど耐え難いものではなかった。ただ、立ち上るときや、歩き出すときなど、どうかすると全身に電流の走るような疼痛をおぼえて立っていられなくなる。それで姿勢を変えるときや歩くときは、ズボンのベルトを強く締め、そこに両手を突っこんで上体を支えながら、そろりそろりと身体を動かさなくてはならなかった。

こんな状態では、ハウス・ガードがいくら空き家の中で寝ていればつとまる仕事だといっても、それをつづけることは難しくなってきた。しかし、だからといって、いま直ぐこれをやめるわけにも行かなかった。何といってもわが家の現金収入は、僕がガードの仕事をやめると、あとは離れの一と間を貸している部屋代（五百円）だけになってしまうのである……。僕は、もうメードやボーイたちの遊びに加わることもやめた。ひと頃は台所のとなりの八畳間で、彼等が麻雀をやっているのを傍のソファーに寝そべったまま眺めていたりしたのだが、いまはそれも大儀になって北向きの暗い寝室のベッドで一日じゅう寝転んでいた。あるとき、ボーイもメードも全員で何処かへ遊びに出掛けたあと、僕一人、広い家のなかに居残っていたが、空腹になったので台所へ食いものを探しに立った。そのついでに、隣りの部屋のラジオを何の気なしに点けると、いきなり、「デス・バイ・ハンギング……」という聞き慣れない英語が流れてきた。一瞬僕は、進駐軍向けのWVTRなのかと思ったが、そうではなくNHKが東条以下A級戦犯の判決のニュースを流しているところだった。裁判長はたしか何とかいうオーストラリア人であり、その人の英語は無論、僕には聞きとれなかったが、つぎつぎに読み上げる判決文の、

「デス・バイ・ハンギング……」

という一と言だけが、いやにハッキリと耳に入った。——一体これはどうしたことだ？僕は、わけもなく腹立たしかった。べつに戦勝国が戦敗国を裁くということの不当をいまさら考えたわけではなかったし、東条以下七人に対する絞首刑の判決が間違いだとも思わなかった。では、いったい何に腹が立ったのか。それは自分にもよくわからなかった。しばらく前にニュース映画で、ドイツの戦犯の処刑を見た。階段を上ると、その最上段がドンデン返しになっていて、すぽんとその穴に落ちこむ拍子に首が絞まる。すぽん、すぽ

ん、すぽん、とフィルムは連続的に穴の中に人間が落ちこみ、綱がぴーんと張られるさまを映し出していた。そこには残酷さというものすらなく、ひたすら人間が機械的に処理されて行くようだった。僕は、せめて東条が精一杯、憎悪の感情をあらわにした残忍な方法で処刑されるのを望んでいたのかもしれない。その方が、まだしも人間的な処置だろう。しかし本当は、そんなことよりも何よりも、ガランとした広い家のなかに、

「デス・バイ・ハンギング……」

という声が、単調にさむざむと繰り返して響くのが、端的にイヤだった。それは、僕の腐って崩れかかった背骨の中ですでに痛覚もおぼえないほど麻痺した脊髄のように、何か名状し難いウツロな不快なものを漂わせた。


年が変って、昭和二十四年二月、僕はとうとうハウス・ガードをやめることにした。田園調布の接収家屋に新たに米軍准将の家族が入ることになり、僕は鵠沼の家に帰って自分の寝床につくと、あくる日はもう起き上る気になれなかった。いくらか熱っぽい感じがしたので、念のために体温計を入れてみると、三十九度何分かあった。僕らは、自分の行っていた空き家がふさがると、リザーヴと称して次の空き家にまわされるまでの間、ＧＨＱの事務所で待機させられることになっており、無断でそれを休むと即刻クビになるおそれがあった。それで僕は、父に代理で虎の門の事務所に行って貰うことにした。父は夕刻に

なって戻ってくると、僕の枕元に立ったまま言った。

「これから、わしがお前の代りにガードになる。きょう、監督のMさんに会って頼んできたんだ。採用してくれるらしい。保証人がいるというから、お前をおれの保証人ということにしといた……」

父にこのような仕事をさせるのは、僕もさすがに気がひけた。終戦で南方から復員してきた父に、僕と母とは何度となく何処かへ就職することをすすめた。たとえば、製薬会社とか獣医師会とか競馬会とか、そんなところに何か適当なつとめ口がありはしないか、と。しかし父は、そのたびにかたくなに首を振って拒否し、やがて困惑の表情を浮かべるようになった。「何だっていいじゃありませんか、こんな時代に昔の地位にこだわって、仕事の選り好みをするなんてゼイタクですよ」と母は言った。昔の父の部下で、いま獣医師として繁盛している男がいる、その男のところで働かせて貰ってはどうか、と母は言うのである。父は別段、体面などにこだわっているのではなかった。ただ現実の問題として、昼夜を問わず牧場や農家から呼び出されて農耕の牛馬の急病の治療に当るような仕事は、体力的に無理だということを自覚しているだけであった。考えてみれば、失業軍人が何百万といるなかで、父のような高年齢者が再就職の口を探すことなど、最初から無理な相談だったはずだ。しかし、そんな中で、父は父なりに、何とか自分にも出来る仕事を見つけようと必死になっていたにちがいない。それを思うと僕は忸怩たらざるを得なかったが、父がすすんでハウス・ガードになると言ってくれたのには、内心やはりホッとする思いでもあった。とにかく、これで自分がガードをやめても、わが家にこれまでどおりの収入は確保できるからだ。

ところで、僕が正式にガードをやめたのは二月十一日、戦前の紀元節の日であった。臨時雇いの労務者であるガードは、何か落ち度があれば即刻解雇されるのに、いざこちらから辞職を申し出ると、監督のM氏はなかなかそれを受け付けてくれないのであった。つまり、ガードは誰でもつとまるような仕事だとはいうものの、つねに一定の人数は保持しておかなければならない。もし、人員の補給がつかないうちに勝手にやめられると、空き家にまわす留守番がいなくなってしまうからだ。とくに三月、大学の卒業期をひかえて、これまでアルバイトにガードをやっていた学生が大量にやめることになるので、なおさら何の彼のと理由をつけて、やめようとする者を引きとめるのである。勿論、本気でやめるつもりなら、いくら引きとめられても勤務に出て行かなければそれでいいのだが、僕の場合、父のことがあるから、そう勝手なことも出来ない。それで僕は、後任の父をよろしくという挨拶かたがた、M氏に直接会って、辞職願いを出しに行くことにした。

もっとも、そういう気持の裏側には、これで寝ついたら、もう当分東京には出られない——近所の医者の診断では、少なくとも七、八年は寝ている覚悟をしなければならない、というのである——、そのまえに一度だけ都心の風景をゆっくり眺めておこう、といった下心もあった。

虎の門の大蔵省のビルを接収したGHQの事務所で、僕はM氏に事情を説明して一年余りつづけたアルバイトを円満にやめることが決った。米兵が銃剣つきで衛兵に立っている出入口を通りぬけて、気が軽くなると同時に僕は、敗戦以来、自分のやってきたことが、いかにも卑屈でさもしげなものに思われた。

街路には、早春の日がまぶしく降りそそいでいた。僕は、やって来たバスに行き先もたしかめずに乗った。国鉄の電車の何処かの駅へ行きさえすればいい。それまでの間、僕は走る窓の外に流れる風景を見ておきたかったのだ。しかし僕は、風景よりも隣りの男がひろげる新聞に眼を奪われた。

米軍報道官は語る——

ゾルゲ、尾崎秀実を売ったのは

共産党中央委員伊藤律だ！

見出しの活字が、眼の先きで躍った。中身の記事は細かい活字で読めない。それを何とか読もうとするのだが、バスが揺れるうえに、熱が出てきたせいか眼がかすんで、どうにも読めない。僕はイライラしながら、口の中でつぶやきかえした。何だ、こりゃあ、世の中は一体どうなっているんだ、馬鹿にしてやがらあ。

それにしても、この年はイヤなことがつづいた。ガードをやめると、僕は寝たっきりになった。仰向けになって寝ていると、背骨の両脇から腰骨へかけて脹れ上った部分を圧迫されて苦しく、寝返りを打って腹這いになったが、たったそれだけのことでも、全身に激痛をおぼえた。食事も寝床の中で腹這いになったまま摂った。ただ、排便だけは便器だとどうしてもウマく行かないので、便所まで這ってかよった。これが唯一の運動であったが、一度便所へ行くと、あと三十分ぐらいはものも考えられないほど、くたびれた。

○病牀六尺、これが我世界である。しかも此六尺の病牀が余には広過ぎるのである。僅かに手を延ばして畳に触れる事はあるが、蒲団の外へまで足を延ばして体をくつろぐ事も出来ない。甚しい時は極端の苦痛に苦しめられて五分《ぶ》も一寸も体の動けない事がある。苦痛、煩悶、号泣、麻痺剤、僅かに一条の活路を死路の内に求めて少しの安楽を貪《むさぼ》る果敢《はか》なさ、其れでも生きて居ればいひたい事はいひたいもので、毎日見るものは新聞雑誌に限つて居れど、其れさへ読めないで苦しんで居る時も多いが、読めば腹の立つ事、癪《しやく》にさはる事、たまには何となく嬉しくて為に病苦を忘る、様な事が無いでもない……。

正岡子規は、その最晩作『病牀六尺』をこのように書き出している。子規がこれを書きはじめたのは三十五歳、永眠するほんの四、五箇月まえのことなのであるから、同じ脊椎カリエスでも病状は僕などよりもずっと悪かったにちがいない。しかし、二六時ちゅう寝たっきりで、暗い天井板とササクレ立った畳の表とその畳の上にふわふわ浮遊している綿埃りのごときものを、交互に眺めているだけの僕の生活は、やはり『病牀六尺』と呼びたくなるようなものであった。ただ僕は、三十九度以上発熱していても、そんなに熱があるとは感じなかったくらいだから、感覚が全体に麻痺していたのだろう、子規のように「苦痛、煩悶、号泣」することもなく、したがって麻痺剤を用いることもなかった。苦痛といえば、肉体的な痛みよりも、破れ蒲団をひっかぶって寝ている体が全体、何かツルツルしてきて寝たまま何処かへ滑り落ちて行きそうな、そんな捉えどころのない不安を、間断なしに覚えさせられるのが苦しかった。かと思うと、また背筋の裏側を無数のシラミが這ってでもいるような、クスグッタいともつかぬ不気味な感触におそわれた。そういうとき僕は、眼をつむって背中をかがめるようにしながら、ただ耐えるより仕方がない。すると、暗い眼蓋のなかに、皮を剝かれたセロリのように白い脊髄の束が露出してそれが膿に洗われてユラユラ揺れ動いているさまが想い浮かんだ。

僕が受けた治療らしいものといえば、近所の外科医に一週間に一度、太い注射針で膿を抜き取ってもらうことだけだった。五寸釘ほどの太さの針を脇腹のあたりに突き刺されるのは、勿論苦痛だった。しかし膿盤に二杯もの膿を抜き取ってもらうと、あとしばらくは体が軽くなったようでサッパリした気分になる。これは当時の僕にとっては、唯一の慰安でもあった。やがて日が立ち、膿盤に二杯ずつ出ていた膿が、膿盤一杯ですむようになった。あとにリバノール溶液を注入してもらい、それが吸い出されると本当に体の中を洗われたような心持になる。僕は無理をすれば、歩いて医者のところへ行けるようになった。診療室の窓からは青い麦畑が見渡せ、その窓から膿を抜いたあとの僕の背中に爽やかな風が吹きつけてきた。

膿の溜まる量が減ってくると、熱も次第に下ってきた。しかし多少なりとも体が恢復してくると、僕は逆にイライラしはじめた。すでに僕は、数え年の三十歳になっており、もう青年というには老け過ぎていることを思うと、一日中、蒲団のなかで腐ったような体を横たえているのは、耐え難いおもいだった。いったい、おれは何をしに生れてきたというのだろう——? その頃、中国では中共軍が北京を占領し、毛沢東が主席となって連合政府を樹立していた。そして、そういう中国について或る作家が言っていた。「時代は変りました。いまや中国人は生れ変って、新しい時代を生きています。勿論、なかには古い時代の意識のまま、古い時代の生活をつづけているような人もいるでしょう。しかし、時代という川は、石も木の葉も一緒に巻き込んで流れて行きます。川面を見れば、木の葉は流れ、石は沈んでいるようです。だが、石は川底を転りながら、やはり流れのおもむく方に向って動いて行くのです。また、木の葉のなかには、岸辺に引っかかったりして動かないように見えるものもありますが、そういう木の葉もいつかは流れに乗って、然るべき方向に流れて行きます……」

僕は、自分が石であるか木の葉であるかは知らず、また時代がどちらの方向へ流れているとも分らなかった。しかし、たとい自分が川面に浮かんでは消えて行くアブクのような存在であるにしろ、せめてアブクならアブクとして生きてきたことを確認する手立てはないものか、という気がした。

時代の流れが西へ向いているか、東へ向かっているか、それは僕にはどうでもよかった。西であろうが東であろうが、どっち途、僕らがそれで救われることは有り得なかったからだ。ただ僕は、何かみえない手で自分を東に向けさせられたり、西へねじ曲げられたりするのは、やり切れなかった。《毎日見るものは新聞雑誌に限つて居れど、其れさへ読めないで苦しんで居る時も多いが、読めば腹の立つ事、癪にさはる事……》という子規の言葉は、そのまま当時の僕にも当てはまった。

そんな或る朝、僕はラジオのニュースで眼を覚ました。前日の午前中から失踪して行方のわからなかった下山国鉄総裁が、けさ早く、国鉄綾瀬駅近くの線路ぎわで、バラバラの轢断死体になって発見されたというのである。反射的に僕は、これは自殺だろうと思った。しかし、その後のラジオも新聞も大半は、他殺説を流しはじめた。たとえば翌七月七日づけの朝日新聞には、

下山総裁、無残な死
常磐線綾瀬付近で死体四散

とトップにかかげたうえ、

他殺説が決定的
特別捜査本部を設置

と、大きな活字の見出しで謳っている。僕はイヤな気がした。この段階で、なぜ他殺説が決定的であるのか？　他殺説が決定的というからには犯人のメボシぐらいはついていなければならないが、そのメボシをつけられた相手というのは、国鉄その他の労組員以外にはない。たとえば、その日の「天声人語」は次のように述べている。

下山国鉄総裁のむごたらしい死に方は、時が時だけに国民に大きなショックを与え

た。自殺にせよ他殺にせよ、容易ならぬ事態を切実に感ぜしめるものがある▼この日、農林省の入口に「弔いのことば」というビラが全農林労組の名によってはり出された。「首切り総裁下山氏は、線路上に首がとんだ死体となって発見された。迷信や神がかりを信ずるものではないが、支配階級の末路を物語るヒニクな事実として、首切り刀をかざす者に再考をうながすものである」という文句である▼何という冷酷無比な暴言であろうか。労組員も労組員である前に人間であるはずだ。階級闘争もそれが信念とあるならば闘うのもよかろう。階級の敵と思う者に対して抗争するのもやむを得ない。しかしこのような死に対しては、人間として率直に弔意を表するのが、普通の人間の人情というものである▼ことに自殺とも他殺ともわからない時、もしこれが他殺と断定されたら、テロを肯定する言辞にもなるわけである（以下略）。

この「天声人語」は、べつに他殺説を支持しているわけでもなく、これだけを読めば何処にも不穏当なところはない。しかし同じ第一面の最上段に、拇指大の活字で《他殺説が決定的》とあるほか、

殺して運ぶ？

他殺説に四つの根拠

脅迫状を重視

また、第二面にも、

「自殺は信じられぬ」
下山夫人談　鉄道にさゝげた半生
他殺と確信する
島工作局長談
腰を落着けていた
自殺なら遺書ぐらい

等々の見出しが並んで、まず全紙を挙げて他殺説を強調しているといっていい。そんななかで右の文章を読むと、まるで下山総裁の首切り計画――同総裁は占領軍当局から十万人ちかい人員整理の至上命令をうけていた――に憤慨した労組員が、階級の敵とばかりに下山総裁を無惨にも殺害した、といっているような印象を受けるのだ。

僕は別段、労組に同情していたわけではない。その頃、頻ぴんと行われていた国電ストに僕は迷惑していたし、車体にスローガンを塗りたくった〃人民電車〃と称するものなど、悲壮がった自己耽溺は子供じみて滑稽に思われた。ただ僕は、いかに国鉄労組が未曾有の大人員整理に反対しているといっても、それで下山総裁を誘拐したうえ密殺して、自分たちの職場である線路の上に寝かせて列車でメチャクチャに引き裂くなどということは、考えられなかったのである。それはまた何となく我々の国民性に合わない気もした。これまで僕らの聞いているテロは、原敬でも浜口雄幸でも駅頭などで衆人環視のうちに殺され、犯人はその場で逮捕されることを覚悟しているし、血盟団の一人一殺なども、狂的な暴力性はあっても誘拐殺人のように陰湿な残虐性は見られない。そして、五・一五や二・二六など、軍人のテロは、クーデター的な性格のものだから、犯人たちは大威張りで無論逃げも隠れもしなかったわけだ……。それに、もし下山国鉄総裁が労組員の怨恨で殺されたのだとしたら、下山総裁のうしろにいて事実上国鉄を支配していたシャグノンとかいう米軍中佐のことはどうして放っておくのだろう？　下山総裁に十万人の首切りを厳命したのがGHQの鉄道監督官であることは、新聞を読んでいれば誰にでも察しがつくことだし、まして労組員たちなら知らないはずはなかっただろうに……。それなのに、この中佐に対しては暗殺計画はおろか、脅迫状が届いたというウワサもないのは、なぜだろう？

いや、そういうウワサが仮に流れていたとしても、当時の日本の新聞にはそんなことが出るはずはなかった。占領以来、表現の自由をまもるということで、〇〇や××など、伏字は一切許されないことになっていたが、進駐軍を誹謗《ひぼう》したり批難したりすることは、これまた固く禁じられていたからだ。検閲は新聞雑誌などばかりではなく、僕らの私信にまで及び、封書はしばしば開封されて、その場合は封筒の切口に“OPENED BY CCD”とか書いたセロファンのテープが貼ってあった。もっとも検閲をするのは大部分が学生のアルバイトで、ハウス・ガードをクビになったり、やめたりした連中が、よく中央郵便局で手紙の検閲係に雇われていたから、彼等の仕事振りの実情を知っている僕らは、それほど恐ろしいことがおこなわれているという気はしなかったけれども……。

しかし、下山事件のようなことがあると、新聞雑誌が進駐軍の検閲下におかれているということが、あらためて気にならざるを得なくなった。朝日は相変らず他殺説を流しつづけており、これは自殺説を支持する毎日新聞への対抗意識のためかとも思われた。だが、代表的な二つの新聞が争うように相反する説を出し合っていても、真相らしいものは一向にわからなかった。ただ、わかるのはこの事件のうしろに何か大きな陰謀が隠されているらしいということだけだった。ことによったら、下山総裁は国鉄労組などのためではなく、進駐軍の手で殺され、それを労組員がやったように見せ掛けているのではないか？まさかとは思うが、アプトン・シンクレアやジョン・スタインベックなどの組合運動つぶしの小説を読んでいると、そんな気もしてきた。そして、そうなると朝日が執拗に他殺説を押し出しているのも、或いは裏の事情を知ったうえで、いずれ進駐軍の検閲が廃止される時期の来るのを見越して、それまではワザと知らぬ振りをしているのだろうか、とそんな風にも考えられてきた。下山総裁が失踪して十日目の七月十五日には、国電三鷹駅で無人の電車がひとりでに暴走して民家にぶっつかり、六人の死者が出るという事件があった。それからさらに一と月ばかりたった八月十七日には、東北線松川で貨物列車が脱線転覆という大事故が起った。この三鷹、松川の二つの事件は、どちらも共産党系の労組員の仕わざということで、大量の容疑者が逮捕されたが、三鷹事件は一年後に非共産党員一人を除いて他の共産党員の被告は全員無罪になり、松川事件も長い裁判がつづいたあと昭和三十八年に全員無罪になったことは、よく知られている通りだ。

この三つの事件は三つとも、真犯人はわからないままに終った。そして、いずれも後味の悪いシコリをのこした。

しかし、僕自身は後味が悪いというよりも、この三つの事件が相次いで起った一と月あまりの期間そのものが、何ともいえず重苦しく憂鬱なものに思われた。戦後あたえられた言論と思想の自由がまやかしであることがハッキリしてきたのもこの頃からだ。それは僕にとっては、どうということはないはずだった。僕は元来、社会主義には期待を持ったことはなかったし、あたえられた自由というのは、それ自体が矛盾しているからだ。とはいうものの、この三つの不可解な事件が相次いで起った一と月ばかりの間に、共産党の勢力が一気に凋落する模様を見せつけられると、僕はやはり鬱陶しくイラ立たしげなものを覚えずにはいられなかった。事件のショックがいったん共産党と結びつけられれば、それだけで確実に人心は共産党からはなれて行く。こういうことは、僕自身が共産主義を信ずるか否かにかかわらず、イヤな心持にさせられた。

もっとも政府も占領軍も、この時期に共産党を陥れるために何もこんな事件を引き起す必要はなかったかもしれない。僕の従姉の連れ合いがシベリアから引き上げてきたのも、ちょうどこの頃だった。彼は、「何も土産はないが」といって、僕のところにもわざわざパピロスと称する長い口付きのロシア・タバコを一と箱もってきてくれたが、一緒に夕食を食べたあと、シベリアの抑留生活の憶い出ばなしをしはじめると突然、形相が変ってキツネ憑きのようになり、眼をキョロキョロさせたまま押し黙ってしまったものだ。うっかりしたことをしゃべってアクチーヴに聞き咎められると、あとで酷く吊し上げられるというのである。勿論、わが家にはアクチーヴなどいるわけがない。しかし、その発狂したような眼差しを見ただけで、僕には彼がシベリアでどんな生活を送ってきたか、何一つ話をきかなくとも充分にわかった。それは理解というより、生理現象として感覚的に伝わってくる何かであった。「社会主義は組織を前提とし、組織は権力を生む。資本主義は人を餓えさせるであろう。しかし社会主義の権力は、人を餓えさせるまでもなく直接殺すことが出来る」そんな意味のことをアランが言っていたが、この言葉を僕は、シベリア帰りの従姉の夫の脅え上った顔つきから、憶い浮かべた。

僕の健康は、以前より良くなったとはいうものの、一進一退の状態だった。依然として脇腹に、少しずつだが膿が溜まり、寝苦しい夜がつづいた。夜ふけに、ふと眼を覚ますと、よく遠くから鉄道線路の音がきこえた。その重おもしい響きは、無言で僕を脅迫した。(とうとうお前は、一生何もせずにおわる、仕事にもつかず、結婚もせず、子供もつくらず……）しかし、闇夜にきこえるレールの響きは、或る意味で僕には慰めになった。とにかく、まだおれはいざとなればレールの傍まで這って行ける。そうすれば、ひとおもいでケリをつけることも出来るわけだ。自分の意志で死をえらべるということ——それだけの体力がまだ自分に残っているということは、僕をいくらかでも元気づけてくれるところがあった。

もっとも、死を考えるということは、正気な人間にとっては何処か滑稽なものがあるにちがいない。僕は、一つにはヒマつぶしのために、いろいろと自殺の方法を考案した。首に石鹼を塗って滑りをよくしてブラ下るのはラクかもしれないが、同じ家の中で住んでいる父や母を驚かせるのは気がすすまなかった。また、線路ぎわで下山総裁のように死ぬのも、死体になったときのことを考えると、やはり感心できない。結局、一番よさそうなのは、即効性のある薬を飲むことらしかった。塩酸ストリキニーネというのは、競走馬が脚を折ったりしたとき、馬主が馬への最後の愛情をかたむけて打つものだときいた。何しろその薬を注射すると、針を抜くか抜かないうちに馬は倒れるくらいで、苦痛はほんの一瞬のことらしい。何とかその薬を入手する法はないものか？

その頃、僕の家には或る私大の獣医学部の学生が遊びに来ていた。怠けもののその学生は、僕の父に卒業論文を代作させようとしており、父は喜んでそれを引き受けていた。

で、僕は或るときその学生に訊いてみた。

「どうも、この頃、ノラ猫がやってきて困るんだ。この間も、おれの眼の前でお袋がやっと買ってきたばかりの本物のバターを半ポンド、全部平らげられちゃった。癪にさわるから何とか捕えて殺してやりたいと思うんだが、君、塩酸ストリキニーネが手に入らないかね、あれを餌に塗っといて食わせたら、一発でコロリといくだろう」

「そうですね、ストリキニーネなら良くききますね。嚥下すると、とたんに全身の筋肉がいっぺんに収縮しますからね、それで心臓がパッととまるんです」

「そうかね、心臓へパッとくるかね。じゃ、ひとつたのむよ、あのノラ猫をやっつけてやる」

「わかりました、探しときましょう」

それから、一週間ばかりたって、上天気の秋晴れの日、その学生はまた家にやってきた。門から家まで、コスモスが足の踏み場もないほど一杯に咲きほこっている。学生は、そのコスモスの間を掻き分けながら、僕の寝ている部屋の方へ近づいてくると、

「ありましたよ、この間の猫にやるクスリ……」

そういって、ニコニコしながら、片手に握った小さな紙袋を差し上げて見せた。すると、どうしたことか僕は、咄嗟に不吉なもの——或る端的な恐怖——を覚えた。そして心の中で、ツブやいた。(何だ、この馬鹿、おれが死のうとしているのに、そんなにニコニ

コ笑う奴があるか！）

　さすがに僕は、自分のわがままに気づいて苦笑せざるを得なかった。それで、出来るだけ穏やかに言って断った。

「いいんだ、もうあの猫は来なくなったから、薬はもういらないんだ……。きっと動物的なカンで、あのノラ猫め、危険を察知しやがったにちがいない」

自分では死ねないということがハッキリわかると、僕はそれなりに落ち着いてきたらしい。勿論、僕もどうかした拍子に自殺することにはなるかもしれない。しかし、それは何も自分の意志で死をえらぶということではない。僕の生命は、決して僕の意志どおりにはうごいてくれるわけではないからだ。結局、僕は死ぬまでは生きていなくてはならないし、生きている以上、何かをやっていなくてはならない……。そんなとき、たまたま僕は、同居者のＩ氏から不要になった古い原稿用紙二百枚ばかりをめぐまれた。それはペンで書くとインクが滲み、すぐに破れてしまう粗悪な紙質のものであったが、エンピツで書くぶんにはどうにか使えた（脱線になるが、僕が原稿をエンピツで書くくせがついたのは、このときの原稿用紙のせいである）。僕は、その原稿用紙とノートを一冊、自分の寝ている枕元に置いた。

別段、僕には何かを書こうという気持があったわけではない。原稿用紙を見ると、れいの超現実的思考が反射的にはたらいて、何か奇妙な、殊更不可思議な、現実には起りそうもないもの、そんなものばかりを模索しはじめるのだ……。僕は、兵隊から帰って初めて見た東京の風景をしきりに想い描いた。あのとき、築地からカチドキ橋へまわり、橋の上から隅田川の水面を眺め、晴海通りを有楽町まで歩いて、焼け跡の街に堀割だけがあっちこっちに残っているのを見て廻った。そんな無意味な感傷的な行為を振り返りながら、僕はたちまち一疋の巨大な蛸がカチドキ橋から上陸して、晴海の通りを道幅いっぱいにのし歩いてくるさまを想像した。何でそんなことを考えるのか、自分でもわからない。復員した僕が、築地やカチドキ橋のまわりを徘徊したのは、そこに自分の青春の思い出が残っていると思ったからであろう。僕が小田原町の二階に間借りしていたあの頃は、対米戦争を半年後にひかえて、決して愉快な日々ではなかった。けれども、自分にもし青春というものがあったとすれば、あの一時期をおいて他にあるはずはない。せっかく戦争が終って無事に帰ってきたのだ、何もないことはわかっていても、もう一度あの場所へ戻ってみよう、そんな気持だったにちがいない。それなのに、どうしてそこにイキナリ巨大な蛸などが現れ出てこなければならないのか?

想うにそれは僕が、あの町で過ごしたあの時期の自分を振り返ることを怖れているということなのだろうか。それとも、あの時期の僕の生活はあまりにも空虚なので、振り返って何もないために、そこに大きなキングコングのような蛸の妄像など描くことになってしまうのだろうか。それなら、この際、この大蛸の正体を徹底的に追い駈けてみるとしようか——？　そう考えつくと僕は、蒲団の上で腹這いになり、枕元の原稿用紙を引きよせた。

しかし、この蛸の話は、一向にはかどらなかった。毎日、朝から晩まで、というより目の覚めている間は、ほとんど二六時ちゅう腹這いになったまま、原稿用紙をにらんでいるのだが、

その夜、僕はカチドキ橋のあたりで、ひどくとりとめもないほど巨大な動物のために、一人の男が殺される場面に遭遇した……。

という冒頭の二、三行を書いただけで、あとの言葉は全然出てこなかった。あわてることはない、書けなければ書けないでいいのだ、誰もガッカリする者はいない。僕はそろりと寝返りを打ち、仰向けになって天井を見た。だいたい小説を書こうなどと考えることが間違いなのじゃないか。小説なら、「三田文学」で『意匠と冒険』の原稿を突っ返されたときから、もう止めることにしていた。あれからすでに満一年以上たっている。

小説とは架空なことを物語るものだ。その考えは、いまも変りはない。しかし、あれはいつであったか、たまたま手にしたオスカー・ワイルドの『芸術論』のなかに、こんなこ

とが書いてあった。奇想天外な空想は創造とは関係がない。奇想天外と見えるものは、じつは大半、模倣であって、その発想の根は昔どこかで見た絵や本のなかにあり、それらのものを無意識に憶い出しながら語っているにすぎない。真の創造は批評にあり、それ以外のものから生れるのではない。大要そんな意味のことであった……。僕は、蛸のイメージを棄てたわけではなかった。しかし、蛸が僕の自己批評の表徴であるとしたら、何よりももっと自分自身を見詰め直すことが必要ではないか。

僕は何のために書くか。それは自分のなかの空虚なものを埋めるためではなかったか。しかし、そのためには書かれるもの自体は空虚なものであってはならない。僕が、カチドキ橋の上から暗い水面を眺めて、そこから半透明のゼリー状のとりとめもない恰好をした動物が浮かび上ってくることを考えたのは、何も空虚な自分をその動物に託して描くということではなかったはずだ。巨大な蛸は僕を追い駈けてくるが、僕はこれまでも人間関係のしがらみの中で生きており、これからもそうせざるを得ないというだけではないか。僕はもはや頼ることの出来ない父や母をいまだに頼って生きているし、父や母もまるでタヨリ甲斐のない僕をタヨリに暮らしている。そう考えて僕は、自分の過去を振り返ると同時に、もっと眼を自分の周囲に向けることにした。そして、これまでとは逆に、それを出来るだけ小さく切りつめたかたちで、文章にまとめることにつとめた。

無論、書けるものなら長篇を書きたかった。しかし、それは才能の点だけではなく、体力からいっても無理だった。僕は、腹這いになって胸にマクラをあて、枕元の原稿用紙に向って書くのだが、そんな姿勢は苦しいので、ほんの一、二行書いては、仰向けになって休まなければならなかった。そんなだから、一日に四百字詰原稿用紙に一枚書くのがやっとで、どうかすると一日じゅう原稿用紙を横眼で眺めながら一行も書けないこともあった……。しかし、僕はひるまなかったし、ヤケにもならなかった。落胆したり絶望したりするのは、まだ自分に幻想を持っていられるときのことだ。僕にはもはや、そんな抱負や期待は何もなかった。僕は、ただ短い行間にどんな小さなことでも自分の知り得たこと、自分の発見したことを書くだけだ。それが小さいなら小さいなりに正鵠を射たものであれば、その文章は生きてくるはずで、それによって自分のなかの空虚なものは少しずつでも埋められるわけだろう。

そんな風にして僕は、昭和二十四年の秋から翌年の初夏へかけて、ノートや原稿用紙に何かを書きつづけることに没頭した。その間、世間にどんなことが起っているか、まったく知らず、何の関心もなかった。年表を繰ると、昭和二十五年一月一日付けで、千円札が発行され、満年齢の数え方が実施されたことになっているが、僕には聖徳太子の肖像のついた千円紙幣をその頃に見たという記憶もなく、また数え年ならすでに三十一歳になっている自分が、満年齢のおかげで二十九歳に引き戻されたことについても、何かウソのような気がするだけで特別な感慨は残っていない。たしかに三十歳という歳は、男にとって大きな峠であり、そこで何も感じなかったはずはないのだが、僕の場合は数えと満で峠が二つ重なったせいか、山頂が平坦にならされた感じで、いつそこを越えたかハッキリしないのかもしれない。

何にしても、その頃の僕は、薄暗闇のなかでトンネルを掘りつづけているような毎日だった。ときどき溜った膿を抜くために医者へ行く以外に、まったく外出はせず、家の中ではほぼ完全に寝たっきりになっていた僕は、仰向いて天井を眺めるか、腹這いになって俯向くか、この二つの動作を交互に繰り返すだけであった。そして俯向くと、顔を左右に動かすのは苦しいので、自然に眼は正面に固定され、イヤでも畳の上の原稿用紙と向き合うことになる。

こうして僕は、あなぐらに閉じこめられた囚人がひたすら眼の前の壁土を掘り返すような具合に、一日じゅう黄色い罫の入った灰色の紙に眼をさらして、何かしら書いたり消したり、考えこんだりしていたわけだ。

一体こんなことをしていて何の役に立つか？　勿論、何の役にも立つわけがなかった。精神の空虚さを埋めるといったって、精神は眼に見えるわけはないのだから、埋ったか埋らないかは、自分では見当もつかなかった。そして、ああ一体、おれは何のために生きているのだ、というのが口癖になっていた。その言葉には何の意味もないし、言ったって仕方のないことだが、僕は疲れ果てて暗い天井を眺めていると、ついその言葉が無意識に口

をついて出た。しかし、或る時、僕は、

「ああ、一体おれは何のために……」

と、声に出して言いかけながら、思わず口をつぐんだ。いつか枕元に、書き溜めた原稿が裏返しになって一センチほどの厚味に積み上げてあるのが、眼の端にうつったからだ。その瞬間の戸惑いは、説明のしようもないものだ。まさか、その原稿が自分の生き甲斐であるとも言えないが、何か手応えのある充足感をおぼえたことは事実だった。それ以来、同じ口癖になっている言葉を何度もつぶやきかけながら、口ごもった。そして、そのたびに書き溜めた原稿は、ともかく厚味を増していた。

その年の梅雨は長かった。五月、六月のふた月は雨ばかり降っていたような気がする。その梅雨の上った頃、僕は、随筆のような小品文を一つ、随筆とも小説ともつかないものを一つ、小説らしい短篇を一つ、合せて百枚ちかくの原稿を書き上げていた。遊びにやってきた石山皓一にそれを見せると、石山は僕の枕元で、一篇ずつゆっくり読んで、「いいね」と言った。「三つともいいよ。奥野（信太郎）さんのところへ持ってって読んで貰おうじゃないか」

「奥野さん？　また、三田文学か」

僕はガッカリしながら言った。『意匠と冒険』を断られたときの記憶が、まだ僕のなかに残っていた。

「三田文学とは限らないさ。奥野さんは、あれで顔がひろいから、何処かいいところへ紹介してくれると思うよ」

「いいんだよ、そりゃ三田文学だって。ただ何となく面倒臭いんだよ、自分の書いたものをあっちこっちへ持ってまわるのは」

あきらかに、これは僕の我が儘であった。べつに僕は発表する意志が全然なくて何か書いたというわけではないのだから。ただ、そのときの僕は、幾つかの作品を仕上げたというより、まだあなぐらの中でトンネルを掘っている心持の方が強かったし、書き上げた原稿は手許に置いておきたかったことはたしかだ……。しかし、遅かれ早かれ、もうトンネルを抜ける時期にかかっていたのかもしれない。その頃から僕は、腹這いになって原稿用紙に向っても、以前のような集中力を失っていた。

たしか、あれは石山が家へ遊びに来た翌日か翌々日であった。ラジオは突然、北朝鮮軍が三十八度線をこえて続々と南下しつつあるというニュースを伝えた。

それは最初、デマか作りごとのようにしか思えなかった。韓国軍がアメリカの援助を得るために、一部が北朝鮮軍に変装して国境地帯をワザと騒がせているのではないか、という噂もあったぐらいだ。しかし、ほんの一、二日のうちに、京城が北朝鮮軍に占領され、マッカーサー元帥が前線視察に飛び出して行ったというので、状勢はいっぺんに深刻になった。僕は、満州事変やシナ事変のはじまった頃のことを憶い出し、戦争は米韓両軍が協同で仕組んだものだろうかとも思ったが、実際は北から不意に韓国領に攻めこんできたのだという。しかし、前年の下山、松川、三鷹など、国鉄にまつわる残虐な事件や、それにつづいておこなわれた教員や報道関係者の大掛りなレッド・パージ、共産党の非合法化などを考えると、みんな朝鮮戦争の下準備であったのかと思われた。ただ、それにしては北朝鮮軍が強過ぎ、韓国軍や救援に出掛けたアメリカ軍までが、連戦連敗しているのが不可解ではあったけれども。

僕は毎晩、遅くまで北京からきこえてくるラジオの声に耳を傾けた。アメリカ帝国主義と南朝鮮のカイライ軍がいかに無謀な戦いを仕掛けてきたかというような話は、べつに面白いわけではなかったが、女のアナウンサーの歯切れのいい日本語の声が夜空を伝わる電波にのって、はるばる北京から飛んできているのかと思うと、僕は奇妙に一種エロチックな感動を覚えさせられたものだ……。或いは、それはエロチスムではなくて、戦争によせる無意識の期待感であったのかもしれない。いったい何を期待するのか？　それは僕にはわからなかったし、わかりたくもない事柄ではあったが、硝煙のにおいのするニュースは、恐怖心と表裏一体になって胸のくすぐられるような快感をもたらすことは、たしかであった。

しかし正直にいうと、僕の戦争によせる期待感には、もっとグロテスクなものがあった。それは父親が再び現役軍人に復帰して、迎えの当番兵の連れてきた馬に乗って、門を出て行くという……。僕自身、一年半の兵営生活であれほど苦労し、軍隊の悪さをイヤというほど思い知らされたあげく、そのときの病気が原因で「骨くさるやまい」にいまも悩まされているにもかかわらず、一方で僕は父親が何かの拍子に名誉恢復してくれることを、心のどこかで秘かに願っていた。無論、そんな願望はいかにも架空すぎて、どう転んだって有り得ないことだし、仮にそんな事態が生ずれば、僕はかえって恐慌状態に陥るに違いないのだが……。それだけに、七月に入って間もなく、警察予備隊（七万五千人）創設の指示がマッカーサー司令部から出たというニュースに、僕はショックを受けた。

僕は、平和憲法なるものは信じていなかったし、武装解除された占領下にそのようなものを押しつけられたことに、屈辱を覚えてきた。それだけに、この明らかな憲法違反の要求を占領軍当局がヌケヌケと指示してきたのには、あきれかえる他はなかった。と同時に、父が紺色に染めかえた米軍の古軍服をまとってハウス・ガードをつとめていることに、いまさらながら呵責《かしゃく》の念をおぼえずにはいられなかった。僕は何とかして自分の働く口を見つけてこなければならない、と思った。もう小説なんぞ書いていられる場合ではない。さいわい、この二、三箇月、膿はほとんど出なくなっていたし、少しぐらいなら立って歩けるようになっていた。

しかし、就職といったって、差し当って僕に出来そうなものは何もない。思いつくのは、中等教員の資格がとれるということぐらいであった。だが、実際に教職につくとなれば、身体検査を受けなければならない。いまの僕の健康状態で、そんなものが通るとは到底考えられなかったが、とにかく大学病院で検査だけは受けておくことにした。さいわい、いつも膿を抜いて貰っている近所の医者が、東大病院に知っている人がいるというので、その紹介で東大病院へ行った。

構内をバスが走ったり、旧式の砲台をおもわせる赤煉瓦の廻廊でかこまれた運動場があったりする東大のなかを、僕はさ迷い歩きながら、ようやく病院を探し当てるまでに、くたびれ果てていた。こんなことなら、やっぱり慶応病院にした方がよかったかな——。じつは慶応には、カリエスの診断を最初に下されたとき、純綿の古浴衣を二反、持ってくるようにと言われて、そのままになっているので行きにくかったのだ。しかし診察室に入って気が重くなるのは、慶応も東大も変りがあるはずはなかった。僕は、上半身、裸になってレントゲン写真をとったあと、おそるおそる医者の前に出た。

医者は、カルテと写真を見較べながら、僕の背骨を指先きで触ったりしていたが、しばらくたって、

「ふうん」と、うなずきながら意外なことを言った。「もう、これはだいぶよくなってま

すね」

「え？」

僕は訊き返した。すると、

「あなたの病気は、もう峠はこえてますよ」

と、医者はこたえた。

「本当ですか」

「本当です。これ、ごらんなさい」医者はレントゲン写真を示しながら言った。「このへんで骨が崩れかかって、三つ一緒にくっついてるでしょう。しかし、もうほとんど固まってますよ」

僕は、医者の言葉をききながら、半分夢を見ているようだった。

開け放った診察室の窓から外を眺め下ろすと、さっき傍を通った運動場の赤土が見える。人影ひとつない運動場はガランとして、それ自体が嘘のように静かな光景だった。夏の日盛りの太陽を浴びて桜並木の葉は、青黒く繁っている。

「しかし、どうして良くなったんでしょう、何にも治療らしいことはしてないのに」

「どうしてでしょうね」医者は薄笑いしながらこたえた。「要するに、この病気は安静にしていれば治るんですよ。これまで毎日、どんなことをしてましたか」

「どんなこと……？」

僕は返答につまりながら、毎日、腹這いになって小説を書いていた、ということを話した。すると医者は、即座に大きな声になって言った。

「それがよかったんだ。腹這いの姿勢は背骨のためには一等いいんですよ。毎日、何時間も腹這いになったままジッとしてりゃ、そりゃいいはずです」

そんなものだろうか。僕は、半信半疑のまま、うなずきかえした。そして、気のせいか、体の重味が急に軽くなったようで、僕は診察室を出ると、せい一ぱい背骨をのばして歩き出した。

世間は特需景気とかいうものに沸いていた。朝鮮ではいったん釜山まで北朝鮮軍に追いつめられていた米韓軍が、マッカーサーの仁川上陸によって巻き返し、逆に北の中国満州との国境近くまで追い上げる、とそこへ中共義勇軍が出動して、また米韓軍を三十八度線の南へ押し戻すといった具合で、戦況はおよそ二箇月おきに逆転、逆々転をめまぐるしく繰り返した。そして僕ら日本人は、はじめて戦争を局外者として勝手なことの言える立場で眺めることになったわけだ。

勿論、いくらかの不安はないわけではなかった。北九州はアメリカ軍の前線基地になっていたし、もしソ連が出てくれば、日本全土はもう一度、戦乱に巻きこまれることを覚悟しなければならない。しかし実感として、そういう不安はあまりなかった。それよりも遥かに、日本もこれで息を吹きかえしたという楽観論の方が強かった……。だが、景気が好くなろうが、悪くなろうが、僕自身には関係のないことだった。

或る日、ラジオで、NHKが脚本部員を募集しているといっているのを聞いて、僕は応募することにした。それは一体どんな仕事か知らないが、とにかく脚本を書くことなら、寝ながらでも出来ないことはないだろう。但し年齢に制限があって、僕は一年ばかり超過している。そこを何とかゴマ化して、試験を通る方法はないものか？　さいわい父の高校大学時代の友人のH氏が政府の高官だというので、僕はそのH氏の官邸へ出掛けた。十中八九、門前払いを食わされるだろうが、それならそれでいい。そう思いながら、請願巡査が警固をかためる門を入った。H氏は親切な人であった。多忙きわまるなかで、何十年も昔の学生時代の友人の息子だというのに、ちゃんと会ってくれて、用件をきくと、紹介状を書いておくから日をあらためて取りにくるようにと言ってくれた。何日かたって僕は、H氏の秘書を通じて紹介状をもらうことが出来た。この紹介状で、果してNHKが僕に試験を受けさせてくれるかどうか、効果のほどはわからなかったが、とにかく行って様子だけでも訊いておくことにした。ところで、NHKは何処にあるのか？　田村町の放送会館というビルを探し当てるのは大してムツかしくはなかったが、すでに秋の日は暮れて真ッ暗くなっており、脇の通用口の方へまわってみると、人っ子ひとり見えない入口のまわりを用務員らしい男が箒を下げてうろうろしていた。僕はその男に、受付のありかを訊いた。

「じつは、脚本部員の試験のことでうかがったのですが」

僕は、おそるおそる言った。すると、相手は、ろくろくこちらの顔も見ずにアッサリこたえた。

「ああ、あの脚本部の試験ね、それならきょう終ったばかりですよ」

何たることか、僕は試験の期日もたしかめずに、年齢制限のことばかりを気にして、H氏の官邸に何度も足を運んだりしている間に、試験は終ってしまったというのだ。


就職運動というのは自分自身を売りこみに歩くことだろうが、これは季節はずれに障子紙を売って歩くよりも、もっとタヨリなく情ない心持のものだ。よく世間の風は冷いというう。ところが僕の場合は、考えてみるとトンチンカンなところばかりをさ迷い歩いて、世間の風の吹いている通りが何処にあるかさえ、見当もつかない有様だった。あっちこっちの出版社や広告会社、中小の新聞社や化学機械製造会社など、縁故のヒキのありそうなところを片っぱしから廻ってみたが、どこでもまるで相手にされなかった。それはそうだろう、大学を出て二年もたっているうえに、脊椎カリエスの持病持ちときては、どんなところでも雇う気にはなれないはずだ。

もっとも僕は、病気のことは出来るだけ言わないようにしていた。どうせ隠そうったって隠し切れるものではないのだが、大抵のところでは身体のことまで言わないうちに断られてしまうから、隠すも隠さないも同じであった。或るゴムの製造会社で、新しい化学製品を売り出すことになったときいて、そこの宣伝部にでも雇って貰えないかと出掛けたところ、相手は僕を大学の応用化学科を出たものと信じこんで、いきなり化学方程式を持ち出して話しはじめるのには、こちらで閉口して逃げ出さざるを得なかった。

そんなことがあってから、もう僕は自分自身を売りこみに歩く気にはなれなくなった。どこかへ就職しない限り食って行けないことは明らかだが、本当に餓えて死にそうになるまでは、もう動くのはよそうと思った。

僕の寝ている部屋からは、松林の梢ごしに屋根に破風のついた西洋館が見える。その二階の一室に、僕と同じ年頃の息子がやはり脊椎カリエスで寝込んでいるということだった。ただ、彼の家は手広く進駐軍関係の仕事を請負っているため、経済的には豊かで、何一つ不自由なものはないから、当時の高貴薬ストレプトマイシンその他、あらゆるものを使って万全の手当てをうけることが出来る。にもかかわらず、彼の病勢は進行するばかりで、血管の中をめぐっている結核菌は脊椎ばかりでなく全身に転移して、いまでは手の拇指の関節までカリエスに犯されているという。そんな話をきくと、手当てらしいものをほとんど受けていない僕が、腹這いになって原稿を書いている間に、ひとりでに自力で病気が治りつつあるというのは、結局自分がまだ死ねない運命にあるからだ、と思う他なかった。そして、自分が何かで生かされている以上、就職はできなくても何とか食って行けるにちがいない、と考えるようになった。

　年が明けて昭和二十六年になったが、僕の家の暮らし向きは相変らずだった。いや、一つだけ変ったのは、その一月から僕が近所の人の世話でレナウン研究室というところで翻訳係の嘱託になったことだ。これは、或いは朝鮮戦争の景気の恩恵が、ついに僕にまで及んできたということかもしれない。

　レナウンといえば、いまはテレビや何かでアラン・ドロンやシルヴィー・バルタンなどがコマーシャルをやっているから、知っている人も多いだろうが、その頃は日本橋大伝馬町にあったメリヤス問屋の一つで、業界の商人以外にはほとんど知られていなかった。メリヤス問屋というのは元来、モモヒキや肌着など、関西弁でいうパッチ類を扱う店なのだから、アラン・ドロンが宣伝をつとめるようなものではない。それが現在のように「近代的なエレガンス」を売りものにする会社になったのは、要するに日本人の生活様式や風俗がその頃から戦前とは一変しはじめたためである。つまり、ショウチュウからウイスキーにかわったように、メリヤスもジャージィと呼ばれるようになって、パッチやモモヒキのかわりに、セーターや水着やネグリジェなど、ハイカラな洋品店のショーウインドウに飾られるようなものが大量に生産され、売り捌かれることになったわけだ。

　衣料切符が廃止されたのが何年頃のことかは忘れてしまったが、ちょうど朝鮮戦争の起った頃からウールや純綿の布地が一般に出廻りはじめ、それと同時に日本橋の横山町や大伝馬町、小伝馬町などの問屋街は、いっせいに活気をおびてきた。レナウンも、その勢いに乗ったわけだが、これまでのパッチ屋のイメージを払拭するために、アメリカ、フランスなどのファッション雑誌や業界通信紙を大量に買い入れ、宣伝と情報蒐集に俄かに大わらわになりはじめた。しかし当時は、英語はともかくフランス語の読める人間は問屋街には余りいなかったので、手近な間に合せに僕みたいな者が翻訳係に雇われることになったという次第だ。

月給六千円は、大学出のサラリーマンの初任給並みで、とくに良くも悪くもなかったが、家にいて出来る仕事でこれだけの収入が定期的に得られるのは有り難かった。週に一度、大伝馬町の会社へ行き、何冊かの雑誌や新聞などを受けとって、翌週その翻訳を届けに行く。これは僕にとって適当な気分転換にもなることだった。それに「ヴォーグ」、「フェミナ」、「アダム」など、フランスから出ているファッション雑誌は紙質も印刷も良く、見ているだけでも愉しかった。ただ、頭痛のタネは僕の語学力の貧困さで――勿論僕は英仏語ぐらいは人並みに出来るような顔をして雇われたのだが――、最初に手渡された「ジャルダン・デ・モード」という雑誌の第一ページ目の表題をみたときから、大いに悩まされることになった。

Non tout à fait, mais Tout-Fait……

可愛らしいOLとおぼしい女の子がニッコリ笑った写真の上に、そんなふうに書いてある。tout à fait なら「全く」といった意味だが、tout-fait というのはわからない。辞書をひいたが三省堂のコンサイスぐらいでは、そんな熟語は出ていないし、本文と照らし合せて考えると、ますますチンプンカンプンで見当もつかない。わからないところは素っ飛ばしてゴマ化すつもりでいたのだが、表題では飛ばしようがない。止むを得ず、「流行は全く変る、あなたも全面的に美しく……」などと苦しまぎれのデマカセを並べておいた。大抵のファッション用語は英語版の雑誌と読みくらべているうちに、およその見当はつくようになったが、この tout-fait は一年間ぐらいわからなかった。わかってみればそれは簡単で、ready made のことなのであった。

三月に入って、そんな翻訳の仕事にもいくらか慣れてきた頃、家の郵便受に白い立派な封筒に入った手紙が届いていた。差出し人をみると、「北原武夫」とある。僕は胸が躍った。

北原武夫氏は、雑誌「スタイル」を出している文体社の社長である。半年ばかりまえに僕は、文体社へも就職運動に行き、そのときは社長の北原氏にも会えずに帰ってきた。それがこんどは先方から手紙をくれたのだから、きっと編集部員に欠員ができるか何かで僕を入社させてくれることになったのだろう。しかし、封を切って読んでみると、就職のことは何も触れられていなかった。そこには僕の書いた短篇小説についての讃辞だけが述べられてあった。僕は拍子ヌケのしたような、何かにダマされてでもいるような心持で、しばらく茫然となった。

そういえば前年の夏、僕は石山皓一に連れられて、奥野信太郎氏のお宅にうかがい、言われるままに自分の原稿を置いてきた覚えがある。北原氏の手紙には、その原稿が北原氏のところへまわされてきたのを興味深く読んだということ、そしてその原稿を新たに発足する戦後第二次「三田文学」にのせるについて、題名その他、多少相談したいこともあるから一度自宅に遊びにくるようにということが、率直な言葉でしるされている……。僕は何度かそれを読み返すうちに、昂奮してきた。自分の書いたものが、知らないうちに先輩作家の眼に触れて、こういうかたちで激励や賞讃を受けるというのは、いかにも劇的に過ぎて実感がわかず、まるで他人事のような気がしていたのが、時間がたつにつれて、ようやく自分自身のこととして受け止められるようになったのだ。

それにしても北原武夫氏とはどういう人だろう。僕は自分の作品を認めてくれた先輩に感謝しなければならないのに、その人のことを自分が何も知らないのは妙に不安なものだった。いや、北原氏が「スタイル」という雑誌を出していることは、自分がその会社に就職志願に出掛けたぐらいだから承知していたし、また宇野千代女史の夫君であることや、いささか気障っぽいほどのダンディーであることなどは、一応世間的な常識として知っていた。しかし、そういう北原氏と文学者としての北原氏とは、僕の中でどうしてもウマく結びつかなかったのである。それでツマらぬことだが、相談したいこともあるから家に来るようにといわれても、自分は一体どんな恰好をして行ったらいいのか、とそんなことが気になった。

もっとも、どんな恰好をするかといったって、僕は友人の父親のさんざん着古したフラノの替上衣が一つあるきりだから、学生服のズボンの上にそれを引っ掛けて行くより他にないのであるが。

その頃、北原さんの家は新橋演舞場のすぐ近くにあった。まわりは新橋の花街だから、金田中とか何とか、僕らも名前ぐらいは聞いている有名な料理屋や待合などが、ずらりと並んでいる。僕は、学生時代に築地にいた頃、このあたりで人力車に乗った芸者が車から下りる姿を見掛けたことなど想い出しながら、北原家の門をくぐって、洋風と数寄屋造りを巧みにとりまぜた玄関に立った。女中さんが出てきて、リヴィング・ルームを兼ねた応接間に案内される。部屋は二十畳ぐらいの広さで、ガラス戸の外には小さな坪庭が見えた。

正面の壁には、岸田劉生の「麗子像」が掛かっている。僕は個人の家の居間で劉生の絵を見たのは、これが初めてだった。その手前の応接セットの椅子からかなりはなれたところに、臙脂《えんじ》色のビロードを貼った大きなハイ・バック・チェアーが一つ据わっており、その上にパリから届いたばかりとおぼしい新品の婦人靴が、片方だけ箱から取り出されて置いてあった。僕は物珍しげに、そのキャシャな靴を手にとって見ようとしたとたんに、うしろで「チーン」と仏壇の鐘の鳴るような音がして、思わずその手を引っこめた。それは飾り棚の上の和時計が、時を打ったところだった。と、そこへ主人の北原さんが、和服姿であらわれた。

その日、北原さんからどんな話をうかがったか、また自分がどんなことを話したか、僕はほとんど何も覚えがない。はっきり記憶しているのは、女中さんが十分か十五分おきぐらいに、お盆を目八分にささげ持って部屋に入ってきたことだ。そのたびに僕は、（いえ、どうかもう、おかまいなく）などと遠慮の振りを示そうとするのだが、女中さんが運んできたのは大抵、食べものでも飲みものでもなく、単なる灰皿にすぎなかった。無論、お茶やお菓子は最初から出ていたのだが、そんなに頻繁に灰皿を交換しにこられると、これは長居をしてはいけないという警告かとも思われ、僕は何度も腰を浮かせかけたが、そのたびに北原さんから「まあいいでしょう、もう少し」と制せられた。

北原さんにしてみれば、こんなに落ち着きのない客は、さぞかしあしらいにくくもあったであろう。しかし僕の方では、こんなところで長居をしていると、何かとんでもない失敗を仕出かしそうな気ばかりした。おそらくそのときの僕は、この先輩作家から過度の期待をよせられているように思い、いまにも自分の化けの皮がはがれて尻ッぽが現われ出るのではあるまいかと、ひたすらそんなことに自ら脅やかされていたのである。

結局そのとき北原さんから受けた相談というのは、その短篇小説の題名のことで、僕は仮に『ひぐらし』というのにしてあったのだが、北原さんはそれでは少し淋しいし弱い感じがするから『ガラスの靴』にしてはどうかと言われた。じつは同じ題名を僕もいったんは考えたこともあったので、異存なく、そのようにして下さい、とお願いして、ようやく椅子から立ち上った。

「大丈夫ですよ。僕もついているし、僕ばかりじゃなく、この作品はきっと皆に支持されます。これからも体に気をつけて、しっかり精進するように……」

北原さんは、玄関で靴をはいている僕に、そんな励ましの言葉をかけてくれながら、最後にポンと、角帯の上から自分のお腹を叩かれた。そういう北原さんの顔が、僕には一瞬、河原崎長十郎扮するところの大石内蔵助のように見えた。

『ガラスの靴』は、それから二箇月ばかりたって「三田文学」六月号（復刊第二号）に、柴田錬三郎氏の『デスマスク』と並んで掲載された。『デスマスク』には佐藤春夫氏の、『ガラスの靴』には北原武夫氏の推薦の言葉がつけられていた。こんなことはまったく異例のことであり、僕にしても、柴田氏にしても、よくよく前途を祝福されていたことになる。

しかし、祝福され、激励をうければうけるほど、かえって僕は何も書けなくなってしまった。僕は『ガラスの靴』を書きおえたとき、すでに自分の仕事を一と通りやってしまったような気でいたし、その後、一年近くもの間、就職運動やらファッション雑誌の翻訳やらで、小説には頭を向けるひまもなかった。そこへ突然、こんな風に自分の書いたものを褒められ、もっと書くようにと激励されると、僕は緊張のあまり畏縮するばかりであった。それに何よりも、もうその頃の僕はかなり健康を恢復して、一日じゅう寝床の上に腹這いになって原稿用紙と向かい合っているようなことは出来なくなっていた。

いや、変ったのは僕だけではない。世の中も、いつの間にかすっかり変っていた。新橋や有楽町の駅前には、バラック建のヤミ市がそのまま残って、飲み屋や食い物屋になっていたが、そういうところでもカストリ・ショウチュウだの、得体のしれない代用食など出すことはなくなっていたし、食料品店では非合法ながらアメリカ製のキャンディーやチョコレートを堂々と店頭に並べて売っていた。ついこの間までは何処にでもいた復員服の男の姿がめっきり減って、それに代って悲しげな眼つきのアメリカ兵たちが軍用列車に乗せられて、何処か遠くへ連れ出される有様が目につくようになった。

朝鮮戦線は膠着したまま、マッカーサー元帥は国連軍司令官を解任され、それに代ってプルーストの『失われた時を求めて』が愛読書であるとかいうリッジウェイ中将が、派手な帽子のファッション・モデルのような夫人を伴って、総司令官に就任した。

すでに前年から共産党の幹部は地下にもぐっていたが、それと入れ換わるように追放になっていた数万人の保守派の政治家や旧指導層の連中が、ほとんど全面的に追放解除になって政界その他に復活していた。そういう意味でも、もはや〝戦後〟は終ろうとしていたにちがいない。

そんなとき僕は、自分の内部で失われたものを、書くことによって恢復するといった作業は、もう出来なくなっていた。いや、すっかり恢復したわけではないにしろ、これまでとは違った視点から眺めなければ、自分のなかで何が失われたかはわからなくなっていたはずだ。しかし、それにはどうすればいいのか、僕には見当もつかなかったのだ。

何も手につかないままに、夏になった。僕は連日、近所の人たちとヘタ糞なマージャンばかりやっていた。そんな或る晩、日本文学振興会というところから、往復ハガキで速達がやってきた。

『ガラスの靴』が芥川賞候補になっているから、略歴その他を知らせるようにというのである。

『ガラスの靴』は芥川賞にはならなかった。だが、それは思いの外に好評で、直ぐに「文学界」から原稿の注文があった。いま考えれば、これは極く当りまえの成り行きで、別段そんなにあわてることでもない。しかし、当時の僕としては、これは驚天動地の出来事であった。だいたい自分の書いた文章が活字になるというだけでも、僕にとっては異常な事態であり、昂奮せざるを得なかったのだが、それが賞の候補になったり、出版社から原稿の依頼が来たりということになると、これはもう意外という以上に、まったく想像の埒外に属する事柄なのであった。

何よりもマゴつかされたのは、原稿用紙をひろげてそこに無用の閑文字をつらねることは、これまでの僕には、日常生活の感覚からハミ出して多少とも異常な、何処かウシロメタいような気のすることであったのに、突然それが何か社会にとって有用な、公認された事業であるかのごとくに思われてきたことだ。いや、もっと端的にいうと僕は、小説を書くつもりで原稿用紙に向かいながら、ふと就職運動のための履歴書でも書きつつあるような、妙な索漠とした気分になっていた。想えば二年前、発表のアテもなしに、ただバクゼンと自分のなかの空虚なものを埋めたいという、欲求とも祈念ともつかないものに動かされて、毎日、二行、三行と、枕元の原稿用紙のマスを埋めていた頃と、何という違いだろう。あの頃の僕は、二六時中あなぐらのなかで閉じこめられたまま、眼の前の土を掘り返すように書いていた。それは辛い境遇ではあったが、書くという作業そのものには解放感があった。それが、いまでは逆になっている。僕は書けば原稿料が支払われるはずであり、作品が成功すれば僕自身も世間的に成功することになる。但し、そうなると書くことには何の解放感もない。僕は早くも成功した自作の模倣を強いられたような、欝屈した心境になっていた。僕は、眼の前に編集者を想定し、こんな問答を繰り返す。

――書けとおっしゃられても、いったい僕はどんなものを書けばよろしいんでしょうか。

――それはもうご随意に、お書きになりたいものを、お好きなように書いて戴いて結構なんですよ。

――それは、どうも。ご依頼の主旨はわかりました。しかし、好きなものを好きなように書けとおっしゃっても、そちら様にも作品のお好みがありましょうから、それを一つお聞かせいただけませんか。

――そうですね、それはやっぱり『ガラスの靴』、ああいう雰囲気のものを、もっと発展させたかたちで……。

――なるほど……。しかし『ガラスの靴』をもう一度書くわけにも行きませんし、何とかご期待にそえるようにがんばってみますが……。

無論、編集者との間でこんなヤリトリが実際におこなわれたことはない。しかし、大抵の新人作家が初めての原稿依頼を受けたときには、これに似た圧迫感を受けるのではないだろうか。

もっとも、原稿のことはともかく、その頃の僕の気持は明るかった。僕に限らず、大方の人にとって、敗戦のきびしい冬はようやく終ろうとしていたと言えるだろう。或る晩、開け放った離れの部屋で、原稿を書いていると、何処かの家のラジオの声が流れてきて、黒沢明の映画『羅生門』がヴェニスの国際映画コンクールでグラン・プリをとったというニュースがきこえた。へんな比喩だが、僕は戦争初期の海軍の〝大戦果〟のニュースをきいたときにも似た昂奮をおぼえたものだ。

湯川博士のノーベル賞や、古橋選手の世界新記録なども、戦後の明るいニュースには違いなかったが、黒沢監督のグラン・プリ受賞は、何か長年閉ざされていた窓がひらかれ、そこから世界じゅうに流れている空気と通い合うような、そんな気持に僕はなった。もっとも『羅生門』は、日本ではあまり評判にもならず、僕自身も見ていなかったので、どんな映画かまったく知らなかったのだが……。ついでに言えば、ヴェニスの国際映画コンクールも、グラン・プリというものも、一般の日本人の間では何のことか全然知られておらず、『羅生門』の製作者永田雅一氏などは、「このたび、わが社の作品がグラン・プリイーになりまして」と、得意げにニュースの中で言っていた。

タバコも自由に買えるようになったし、街へ出てもラーメンやコーヒーぐらいは僕の小遣いでも何とか飲み食い出来るようになって、街の表情自体も戦前の平和な時代の明るさを取り戻したように思われた。

十一月の終り頃、僕は「文学界」の原稿、六十枚を書き上げた。小学生の頃、夏休の宿題がやっていなくて悩んだことを題材にしたもので、正直にいって『ガラスの靴』などを書いたときのような充足感はなかったが、とにかく気掛かりになっていた仕事をやりおえたというだけで、僕は満足した。その原稿を、僕は石山皓一と一緒に、銀座のルパン横丁の隣りにあった文藝春秋新社（とその頃はいっていた）へ届けに行った。文春のビルの近くまできたとき、黒のセビロに黒のポーク・パイ・ハットをかぶった紳士が、心もち左肩上りの後姿を見せながら、僕らを追いこして通り過ぎた。

「あれは、誰だか知ってるかい」

と、石山が訊いた。知らない、と僕がこたえると、

「永井龍男だよ」

と、つい一年ほどまえに「苦楽」という雑誌が倒産するまで、そこにつとめていた石山が教えてくれた。なるほど、あれが『青電車』や『黒い御飯』の作者か、と僕は、その作家の文章と風貌が何処となく似ていることに感心した。

ところで僕は、原稿料というものは原稿と引き換えに渡してくれるものだとばかり思っていた。それで僕は、その金で帰りに何かオゴるつもりで、石山を引っ張って行ったのだ。途みち、僕らは話し合った。

「原稿料っていくらぐらいくれるもんだろう」

「そうだな、だいたい大家で三千円、中堅で千円から千五百円、新人でも五百円以下ってことはないだろう」

「五百円、一枚でか！　そうすると六十枚なら三万円じゃないか」

「ま、そんなところだ。もっとも税金が二割、天引きだから、手取りで二万四千円だな」

いずれにしても、それは当時の僕の月給なら四、五箇月分の金額だ。それが、いま自分の手許に転がりこんでくるというのは、夢みたいな話だった。文春ビルは、以前は個人病院か何かであったそうで、煤けて陰気な建物だった。僕は、その狭い曲りくねった階段を上って、机のたくさん並んだ大きな部屋に入った。「文学界」の編集部は、その部屋の一

番奥の日当りの悪そうな一隅にあった。机の前には、若い女子編集部員が一人で坐っていた。

「安岡です、原稿を持ってきました」

僕がそういって原稿の束を差し出すと、彼女は一瞬けげんな顔で僕を見返り、受け取った原稿を机の上にひろげて、パラパラと中程をめくってみたあと、

「では、たしかにお預かりしました」

と言ったきり口をつぐんでしまったのだ。僕はがっかりするというより、マゴつかされた。これは一体どうしたことだ？　どうしたもこうしたもない、新人に対する原稿の依頼というのは、じつは何か書けそうなものがあったら書いてみないか、良ければ採用しようという程度のものなので、原稿と引き換えに稿料が貰えるなどというものではなかったのだ。しかし、そんな事情がハッキリのみこめたのは、もっと後になってからのことで、そのときはただ出版社というのは何だかヘンなところだなという気がして、そういうところへノコノコと、金を貰うつもりで出掛けた自分自身が恥ずかしかっただけだ。

その原稿は、翌年一月、「文学界」二月号に掲載された。表紙に「新人特集号」とあり、僕の他に三浦朱門、小山清、武田繁太郎などの作品が並んでいた。原稿料は石山の言った通り、一枚税こみ五百円だった。作品は前作ほどの好評は得られなかったが、まずま

ずの出来で芥川賞候補になり、やはり落選した。しかし、これは当然で、僕はむしろホッとしたぐらいであった。当時、芥川賞といえば前回受賞した堀田善衛の『広場の孤独』のようなスケールを持ったものが期待されており、僕には到底そんなものは書けっこなかったからだ。

『広場の孤独』は、ひとくちに言えば、世界が二極化して米ソ超大国のどちらかの陣営に強制的に組み入れられ、日本は全面講和の可能性をまったく封じられて、アメリカとの単独講和に踏み切らざるを得なくなったことを描いたものだ。おしまいの方に、宮沢賢治の『雨ニモ負ケズ』をもじって、こんな詩が出てくる。

雨ニモ負ケテ
風ニモ負ケテ
アチラニ気兼ネシ
コチラニ気兼ネシ
(中略)
アッチヘウロウロ
コッチヘウロウロ
ソノウチ進退谷マッテ
窮ソ猫ヲハム勢イデトビダシテユキ

オヒゲニサワッテ気ヲ失ウ
ソウイウモノニワタシハナリソウダ
……

こういう状況は、その後三十年たったいまでも基本的に変りがない。おそらく今後も、第三次世界大戦でも起らない限り、変りようがないわけだろう。うっとうしいといえば、うっとうしい限りだが、こういう作品が出て来たことは、逆にいえば戦後の混乱期が終熄に近づいたことを示すものでもあったろう。

たしかに『広場の孤独』は、その時代の空気を情緒的に象徴していたといえるだろう。その年、昭和二十七年（一九五二）のメーデーは、皇居前広場で警官と群衆が衝突して、市街戦さながらの大乱闘になった。そのときの模様を梅崎春生は、ルポルタージュ『私はみた』で、次のように述べている。

デモ隊第一波の先頭が、馬場先門に着いた時、そこからすこし広場に入ったところに私はいた。私のすぐ傍では、三百名ほどの武装警官隊が、殺気立った風情で、待機していた。しかしどういうわけか、彼等はすぐに、ひとかたまりにまとまって、広場への道を開放し、デモ隊との衝突を回避する態度をとった。そしてデモ隊は、道いっぱいの幅で、二重橋めざして、広場になだれこんだ。二重橋前に、先頭が到着したのは、それから五分もかからなかったと思う。

二重橋前の広い通路の両側には、人の背丈ほどの鉄柵があり、鉄柵の外側は幅一米ばかり余地があって、そこから濠になる。私はそこにいた。その狭い場所には、デモ隊ではなく、私同様の一般市民が、たくさんいた。柵にとりついていたかなり年配の男が、遠くを指さしながら、

「ほら警官が走ってくるぞ、あそこから走って来るぞ」

と叫んだ。私も柵にとりつき、背伸びをすると、林立した組合旗の彼方に、急速に近づいてくる鉄兜の形がたくさん見えた。しかし老人のその叫びにも拘らず、デモ隊の連中は、あまりそちらに注意を向けていないように見えた。二重橋前に到着したという安堵感が、デモ隊の緊張をゆるめていたように思われる。

このルポでは、デモ隊の人数がどれぐらいいたか、具体的に書いていないのでよくわからない。おそらくそれは、警官隊の十倍よりは多く、百倍よりは少なかったという程度であったろうか。いずれにしても、当時のデモ隊はヘルメットもゲバ棒も、また石コロなども持っておらず、もっぱら非武装無抵抗の集団であったといえる。一方、警官隊のほうは鉄兜、警棒のほかに催涙ガスや銃砲の用意があった。だから、デモ隊が皇居前広場へ入ろうとするのを、馬場先門のあたりで阻止しようとすれば出来ないことはなかっただろう。しかし警官隊は、むしろデモ隊を広場へ導入し、デモ隊が二重橋に向って押し掛けるのを

みたとき、前後からこれを取り囲んで警棒を振るい、ガス弾を発射したらしい。

私はあの一瞬の光景を、忘れることは出来ない。ほとんど無抵抗なデモ隊（一般市民も相当にその中に混っていた）にむかって、完全に武装した警官たちは、目をおおわせるような獰猛《どうもう》な襲撃を敢えてした。またたく間に、警棒に頭を強打され、血まみれになった男女が、あちこちにごろごろころがる。頭を押さえてころがった者の腰骨を、警棒が更に殴りつける。そしてそれを踏み越えて、逃げまどうデモ隊を追っかける。

と、梅崎氏は現場で見たことをつぶさに述べている。デモ隊のほうも、非武装ではあったが完全に無抵抗で一方的に殴られっぱなしということでは、無論なかった。警官のなかには、鉄兜を剝ぎとられ、濠に放りこまれて、立泳ぎしながら同僚に助けを求める者もいたし、反撃に出たデモ隊に警官隊の一部が分断されて、逃げ遅れた者は怒り狂った群衆の真只中で《渚に取り残された鰈《かれい》みたい》な目にあわされたりもした。

ついに、警官隊はガス弾だけではなく、ピストルも発射した。梅崎氏は最初それをピストルの実弾音だとは信じなかったが、その信じられないことが実際に起った。ピストルの発射音は、梅崎氏が聞いただけでも、百発は優に越えていたという。当然、病院へ直ぐ運びこまなければならないような重傷者が大勢出たが、彼等の大部分は応急の手当てを受けただけで、芝生や草原の上に血まみれになって横たわったまま、うめき声を上げていた……。やがて、デモ隊の一部は暴徒化して、日比谷公園沿いの道路などに駐車してあった自動車に片っぱしから放火しはじめた。彼等はゲリラ兵や便衣隊の戦法を用いたらしく、一般市民の見まもるなかで自動車を引っくり返しては火をつけ、警官隊が押しよせると、すばやく通行人やヤジ馬のなかに潜りこんで姿をくらました。一般市民もむしろ彼等をかばい、《警官隊から守るような傾向が、強くあらわれていた》と梅崎氏は言っているが、市民の協力が得られなければゲリラ戦はたたかえるわけがない。

こういう一般市民の《傾向》に対して、警官は相当イラ立ったらしく、やたらに警棒を振りまわし、罪もない通行人を殴ったりもした、という。

私たちが、日比谷公園寄りの歩道を、交叉点に向かってゆっくり歩行していると、警官隊の一人が、目をつり上げ、警棒を威嚇《いかく》的にふりかざしながら、

「貴様らあ、まごまごしてると、ぶったくるぞ。貴様らの一人や二人、ぶっ殺したって、へでもねえんだからな」

それから、もう一人、

「一体貴様らは、それでも日本人か！」

この罵声は、さすがに私たちを少なからず驚かせ、また少なからず笑わせた。

この梅崎氏のルポルタージュ『私はみた』は、メーデー事件の裁判で、検察側と弁護側

の両者から証言として採用された。ということは、これがいかに中立的な立場で、客観的に、正確に叙述されていたかを示すものだろう。しかし、また中立的であるということは、このような場合、何も言っていないのと同じだということも示している。実際、ニヒリスチックな眼をした梅崎氏は、この大騒動を目のあたりに見ながら、警官隊とデモ隊と、どちらに正義があるとも言っていない。ただ彼は、暴力を憎み、負傷者を哀れみ、多少ヤジ馬的に警官隊をからかっているだけで、この事件の原因が何で、背後にどんな事情が隠されているかといったことには、全然言及していないのである……。いや、元来これは偶発的な事故であって、どちらが善いも悪いも無いことであるかもしれない。それは、このメーデー裁判が満二十年（一審十八年、二審二年）もの長期間の審議をつづけたあげく、騒乱罪は成立せず、結局二百数十人の被告が全員無罪になったことからも言えるだろう。

直接の原因としては、皇居前広場をメーデー会場には使わせないという警察の布告が、その三日前の四月二十八日に出ていたのに、それを無視してデモ隊が侵入したということが上げられているが、これは梅崎氏のルポにもあるように、むしろ警官隊が広場へ導入したという形跡が濃厚で、デモ隊が一方的に悪かったとは決められない。それよりも、同じ四月二十八日に日米の単独講和と安保条約が成立発効していることの方が、事件の要因として間接的ながら、ずっと重要なのではないか。つまり、この日を境いに日本の中立や非武装平和は事実上許されなくなったわけで、その無力感へのイラ立ちがデモ隊や一般市民の間にも、強く働いていたことはたしかだろう。警官が無辜《むこ》の通行人に向って、「一体貴様らは、それでも日本人か！」とドナっているのが、梅崎氏たちに滑稽に思われたというのも、超大外国の言いなりになって《アッチヘウロウロ、コッチヘウロウロ》しているのが自分たちの国家だという実感が大部分の日本人の胸の中にうずいていたからに違いない。

しかし、その一方、アメリカとだけでも講和が出来たということは、僕らに何となく自信をつけさせることにもなった。はやい話が、講和前なら路上に並んでいる自動車を片っぱしから引っくり返して火をつけることなんか出来っこない。なぜなら、たちまちＭＰがすっ飛んできて、有無をいわせず逮捕されたにきまっているからだ。実際、当時は自動車というものは、タクシーや官庁用の車を除いて大部分、アメリカ人の所有物であって、それは絶対権力と文化の象徴のように思われていたし、占領期間中にアメリカ軍のジープや乗用車にハネられて死んだり怪我をしたりした人たちは大部分、何の補償もなしに泣き寝入りさせられていた。それだけに自動車が――なかには日本人の車もあったであろうが――次つぎと黒煙を上げて燃えているのをみたとき、大抵の日本人が心のなかで快哉を叫び、その犯人を一般市民が警官から守ったのもムリはないわけだ。

そういうナショナリズムは、警官隊にもあった。ただ、彼等は心情的にも、またデモ隊を取締る職責上からも、反共であり反ソであって、デモ隊に反撃されると、自分たち以外の一般市民は全部、容共・親ソの〝非国民〟に見えたのであろう。しかし、滑稽なヒロイズムはデモ隊の側にもあって、「おれは二重橋に五回突撃した」とか、「七度も吶喊《とっかん》した」とかいう武勇談を、僕はあとになって何度聞かされたかしれない。そういう意味からは、あの皇居前の乱闘事件は、お祭騒ぎのページェントであったということも出来る。

気の毒なのは、あの裁判で被告にされた人たちで、彼等は青年期と中年期の大部分を、裁判所通いに費やされて、まともな就職も海外渡航も許されず、半生を棒に振ったようなものだった。

あれは、メーデー事件の後か前か、はっきりしたことは忘れたが、河出書房に勤務していた古山高麗雄から「現在の会」というのに入会しないかと言ってきた。古山高麗雄とは、昭和十七年以来、音信が絶えていたのであるが、前年、僕が「三田文学」に『ガラスの靴』を発表したとき、突然こんなハガキをよこした。

先日、奥野信太郎先生のところで君の話をきき、またその作品を読んで懐しく思った。あれから、おれも高山も倉田も入営したが、三人とも外地に出され、高山も死んだ、倉田も死んだ。おれは仏印で捕虜の収容所にいた関係で、戦後しばらくアチラで牢屋暮らし。復員後、貴兄らに連絡しようと思ったが、手掛りがなかった。目下、おれはジャナリ屋だが、いずれ何か書くつもりだ。ぜひ一度会いたい……

僕は直ちに返辞を書き、それ以後しばしば顔を合わせるようになっていた。ところで、

「現在の会」というものについては、僕はいまだにその性格がよくわからない。同人の中には、安部公房、阿川弘之、庄野潤三、島尾敏雄、前田純敬、真鍋呉夫、小山清、戸石泰一など、全部で二十人ばかりの名が挙がっていた。古山は「みんな芥川賞候補の浪人ばかりさ」と言っていたが、安部公房はすでに前年芥川賞をとっていたから、これはあんまりアテにならない。おそらくは「新日本文学」の中の若手だけが集まったものかと思われた。しかし、僕はその会には行かなかった。

するると、それから何日かたって、三浦朱門から手紙が来た。三浦朱門はその年の「文学界」二月号に、僕と一緒に作品が載っていたので、名前だけは知っていた。

現在の会に君は来ませんでしたね。あそこに集まってくるのは、ほとんど汗くさいシャツを着た者どもですが、なかには僕や石浜恒夫、吉行淳之介のような紳士も来ているのです。この次の会にはぜひ出席してください。

とある。その後僕は「現在の会」には行かなかったが、三浦や石浜とは知り合い、石浜の吾妻《あづま》橋のアパートなどへ押し掛けるようになった。

吉行淳之介とは「三田文学」の会で知り合った。吉行はその年の六月「三田文学」に、『谷間』を発表し、『原色の街』に続いて芥川賞候補に挙げられていた。「三田文学」の会の後、吉行は僕を伴って新宿の街を案内してくれた。「ドレスデン」というバーに入った。女性のいるバーで酒を飲むようなことは僕には考えられなかった。僕は吉行に、

「おまえ、こんなところに来て、それで文学をやっているのか」

と、言ったらしい。自分では覚えていないが、あとで吉行がそのように言っていた。

入口の近くのテーブルに、ばらりと髪を額に垂した目つきの鋭い男が、映画関係者らしい連中と酒を飲んでいた。その男は、僕らを見ると立ち上がって、ピカピカのゴム長をはいた足でわれわれのテーブルにやってきて、

「おい、吉行。これからはおまえらの時代だ。おれはもうダメやからな。しっかりやってくれ」

そんなことを一としきり威勢のいい大声で言うと、また自分のテーブルに戻った。

「だれだ、あの騎兵中尉みたいな野郎は」

と、訊くと、

「水上勉だよ」

と、吉行はこたえた。水上の名前は、『フライパンの歌』の作者として、三、四年前に一度、僕も聞いたことがある。それ以後、どうしているのかと思ったが、こんなところで酒を飲んでいるようでは、あれももうダメだな、と僕は思った。

それから二、三軒、あちこちの飲み屋を回ったろうか。勘定はたしか全部吉行のツケだった。僕は、吉行という男はよほど大金持ちの坊ちゃんに違いないと思った。

しかるに、これは二度目に吉行に会ったときのことだが、「おれの家に来い」と、誘わ

れるままに、市ケ谷の彼の家に寄った。麴町五番町という町名からも、僕は築地塀か何かをめぐらせた鬱然たる大邸宅を予想していたのだが、案内されたのは六畳、四畳半、二間きりの小住宅であり、しかも、四畳半には彼の友人が下宿していた。一匹の黒い猫を抱いた女性がいて、吉行のことを「兄チャン」と呼ぶ。実の妹にしては、どこか様子がおかしい。それが彼の夫人であった。僕は、その晩、吉行の家に泊めて貰った。六畳の部屋に、吉行と夫人と僕と三人で寝た。四畳半の下宿人も夫婦者で、いま考えてみると、すさまじい暮らしであるが、吉行は、

「おまえ、良かったらおれの家に下宿しないか。おれは同居人がたくさんいる方が落ち着くのだ」

などと、真顔で言っていた。もっとも、すさまじいといえば、その晩、僕は寝息と歯ぎしりとで吉行夫妻を悩ませたらしい。「ガーガー、カリカリ、キュルキュル、プファーッ(口から泡を吹く音)」と、ムソルグスキーの『禿山の一夜』のごとくであったと、吉行はあとで何かに書いている。僕自身は熟睡して、いかなる夢魔に魘《うな》されたか、まったく覚えがないのであるが。

秋になった。父はついにガードマンの職を辞めて、母を連れて高知県へ引っ込むことになった。借りていた鵠沼の叔父の別荘にいつまでも居ることは許されなかったからだ。

父と母とを送り出した後、僕は東京大森の下宿にひとり住まいするようになった。築地小田原町で下宿暮らしをして以来、僕が家族と別れてひとりで暮らすのは十一年ぶりだった。四畳半一間の下宿は、戦後のバラック建てで、外の通りで子供が遊んでいたりすると、それだけで震度三程度の振動を感じるようなボロ家であったが、家族の絆を放たれた自由はうれしかった。

小説の注文も、ポツポツ来るようになり、「文学界」だけでなく、「群像」などにも原稿を持って行くと稿料をくれるようになった。もっとも「群像」の原稿（『悪い仲間』）は、送り返されて書き直しを命ぜられたが……。そのほかに、朝日放送の庄野潤三から掌《てのひら》小説というものの依頼を受けた。原稿用紙七枚ないし十枚で、原稿料一枚八百円、これを一本書くと、一箇月分の月給くらいになったから、僕にとっては、貴重な収入源になった。僕ばかりではない、島尾敏雄も、吉行淳之介も、みんなこれをよろこんで書いた。

庄野には吉行の家で引き合わされたが、黒々とした縮れっ毛の頭や丸い顔は熊の子みたいであり、笑うと白い歯がこぼれて、悪童がそのまま大人になったような感じだった。吉行は、庄野を連れて、新宿の遊び場にしきりに出入している模様で、二人はその話になると何が面白いのかキャッキャと嬉しそうに笑い出す。それは後年の謹厳無比な庄野からは、想像もできないような姿であった。僕らが、「金がなくなったから、また掌小説書かせてくれよ」

と、言うと、庄野は、

「よっしゃ」

と、胸を叩いて応じてくれたものだ。しかし庄野は、プロデューサーとしてはなかなか厳格だった。僕らの原稿をその場で読んで、出来が好いときは、ニコニコしながら原稿料を持ってきてくれる。出来の悪いときでも、稿料をくれることはくれるが、「う、う」と唸るような声を発して、分厚い手でしきりに額を撫でまわす。それで吉行などは、庄野が額に手をやっただけで、「お、警戒警報」とわれわれに注意をうながした。

島尾敏雄にも、吉行の家で紹介された。そのころの島尾は、久坂葉子の小説によれば「蒼面の騎士」ということだった。しかし、われわれの間では「インキジノフ」と呼ばれていた。インキジノフは蒙古系のフランスの俳優で、デュヴィヴィエの映画『モンパルナスの夜』などに登場し、その陰気な悲しげな風貌でわれわれを魅きつけたものだ。島尾は風貌もだが、心情もインキジノフ的で、怒ると突発的に奇妙な行動に出る。ある時われわれが島尾をからかうようなことを言うと、いきなりシャツのボタンをはずして、

「これだ、見てくれ」

と、黒い自転車のチューブを巻きつけた腹を突き出して見せた。それほど内臓が弱っているということらしい。それで、僕も、

「これを見てくれ！」

と、シャツのボタンを外し、セルロイドのコルセットの胸を示した。脊椎カリエスは、もうほとんど良くなっていたが、やはりギプス・コルセットは、まだ放せなかったのだ。

吉行はゼンソク持ちで、絶えず携帯吸入器のごとき物をポケットに入れており、三十分か一時間おきに、少し咳込むとそれを口に当てて、われわれを驚かせた。まともな体をしているのは、元海軍大尉阿川弘之と、庄野、三浦くらいのものであったろう。

十一月、「文学界」で「新人作家文学を語る」という座談会があり、阿川、三浦、吉行のほか、武田繁太郎、伊藤桂一などと一緒に僕もそれに出た。つまり、「現在の会」の中で左翼系でない者、ノンポリ（そういう言葉は当時まだなかったが）の連中だけを集めたようなものだ。しかし、座談会に集っても、僕は何を発言していいのかほとんどわからなかった。だいたいイデオロギーに関心を持たない僕らは、手近に討論すべき対象が見つからなかったし、かといって文学そのものもどう語り出すべきか、その術《すべ》を知らなかった。そのくせお互いに他人の発言に対してはことごとく突っかかる性癖があり、したがって発言はおよそ支離滅裂なものとなった。何の話からか、「中央線の電車が東中野駅のホームの直前を通過した」というのに、阿川が真っ赤な顔をして憤慨しはじめた。

「そんなはずはない、東中野駅ならホームから少し離れたところを通ったはずだ」

というのである。もちろん電車が東中野駅のホームのそばを通ろうが通るまいが文学には何の関係もないのだが、話題はそのようにして無用な、トリトメのない方角にばかり発展していってしまうのだ。隣にいた吉行が僕に囁いた。

「この座談会はモノにならんな。おれは編集者をやっていたから、こういうカンは当るのだ。こうなったらもう食うよりしかたない。食って、飲んで、それでおしまいだ」

会場は銀座の料亭で、僕らの前にはふだんめったに口にすることのできないような料理が次々と運ばれていた。たとえば松茸を牛肉で挟んだサンドイッチ様のものなど、後にも先にも見たこともない。しかし吉行は、

「まずいな。ひでえものを食わせやがる」

と、しきりに顔を顰《しか》めていた。

ところで、驚いたことにその座談会は翌昭和二十八年「文学界」の新年号にそのまま発表された。およそ文芸雑誌の座談会でこれほど非文学的なものはなかったであろう。早速、あちこちの新聞、雑誌などの匿名批評の好餌となった。ある雑誌には「職業野球選手並みの頭脳」と書かれ、また「バカで図々しいのもここまで来れば泣いていいか笑っていいか分らない」などと嘆く批評家もいた。それで僕らはお互いに「バカズー」というのが呼び名になった。

しかし、この不評にもかかわらず、「文学界」では僕らに呼びかけて、毎月一回会合を開いてくれることになった。その会員は、小説家が三浦朱門、吉行淳之介、庄野潤三、島

尾敏雄、小島信夫、近藤啓太郎、武田繁太郎、結城信一、五味康祐、安岡章太郎。評論家が奥野健男、進藤純孝、村松剛、日野啓三、浜田新一、等であった。会場は銀座の「はせ川」で、会費はたしか一人二百円、残りは「文学界」で負担してくれた。そして、この頃から僕らは「第三の新人」と呼ばれるようになった。命名者は山本健吉氏で、その由来は戦後三番目にあらわれたグループということらしい。

何にしても、そのころの文芸雑誌は新人育成にずいぶん熱心であり、親切でもあったことになる。どの雑誌も年に二、三回は新人特集をやってくれていた。現在の文芸雑誌の編集者諸君にこのような新人作家の会を開いてはどうかと勧めたこともあるが、「やってもいいんですが、忙しくて作家の方で集ってくれませんよ」と言われた。

当時の僕らは、たしかに金はなかったが、ヒマだけは大いにあった。毎日のように、僕らはおたがいに訪問し合い、とくに足場のいいせいもあって吉行の家でよく集った。庄野などは一月に一度定期的に東京に出張すると、たいてい吉行の家の例の六畳間に夫妻と寝床を並べて泊まっていたようだ。吉行の六畳の部屋には、真ん中にコタツがあって、常時五、六人の客が来ていた。吉行は、そんな中で客の相手をしながら、平然と原稿用紙にペンを走らせたりもしていたが、僕にはとうていそんな真似はできない。いつか一度、原稿が間に合わないことがあって、

「ここで書いてしまえよ」

と言われるままに、近藤や庄野も来合せていた彼の部屋で書こうとしたが、何時間たっても、とうとう一行も書けなかった。

金があれば、新宿や銀座へ飲みにも行ったが、ないときはその部屋で延々とダベっていた。話題がなくなると、たとえば洗面器に水を張って、その中に顔をつけて、どれくらい我慢できるかという競争をしたりした。みんな一分足らずで顔を上げたが、野田開作という元水泳選手だった男は、一分三十秒ももった。すると、吉行が、

「何だ、みんな案外、息が短いなあ。おれなら、その倍はいくぜ」

と、冗談ごとのように言いながら洗面器に顔をつけた。そして、驚いたことに、二分たってもまだ水に顔をつけていた。余りに長いので心配になって、

「こいつ、死んだんじゃないか」

などといっていると、ブクブクと泡を立てながら吉行が顔を上げた。

「笑わせたらダメじゃないか、あのままだったら、おれは三分間でも我慢できたはずだ」

ゼンソク持ちの体で、吉行がどうしてそんなに長い間呼吸をとめていられたのか、いまだに僕にはわからない。ことによればゼンソク体質というのは、或る場合、鼻や口ばかりでなく、耳の穴からでも呼吸が出来るのだろうか？

この昭和二十八年というのは、僕にとってよほど好運な年廻りであったのか、五月に時

事新報社の時事文学賞というのを貰い、七月には『悪い仲間』『陰気な愉しみ』の二本で、芥川賞を受けた。

いまと違い、当時の芥川賞は、新聞の片隅にほんの二、三行小さく報じられるだけで、テレビやラジオがインタビューにやってくるなどということは全然なかった。たしか候補にあげられたとき、どこかの新聞社が大きなカメラを持って大森の下宿にやってきて、家主のバアさんを驚かせたくらいのものだ。バアさんは新聞記者がカメラマンを連れてきたというので、僕が何か悪事を働いたものと勘違いをしていた。

授賞式もそのころはなかったし、パーティーなどは勿論ない。当日、文藝春秋の社長室に行き、佐佐木茂索氏から賞金と副賞の時計を貰うだけのことであった。僕は、夏の背広は持っていなかったので、冬服の上着を手に持ち、社長室に入るとき急いで手を通そうとしていたら、佐佐木さんから、

「そのまま、そのまま」

と、声をかけられた。

賞金を貰ってすぐに引き上げようとすると、佐佐木さんは、

「少し話をして行き給え」

と、僕を引きとめた。

「いま、どこに住んでいるのかね」

「大森新井宿です。佐佐木さんのお宅はたしか山王でしょう。その崖の下あたりが僕の下宿です」

テーブルの上にダンヒルの銀のライターが置いてあり、僕がタバコをくわえて、そのライターを拝借しようとすると、

「ああ、これこれ」

と、佐佐木さんは、あわてて僕の手からライターを取り上げた。僕が不器用な手つきで、その高価なライターをひねくり返すのを見て、壊されてはならぬと心配をされたのであろう。当時、ダンヒルのライターは、外交官か大商社の人たちが海外から持って帰ったものしかなく、まさに貴金属製品並みに扱われていたものだ。

賞金は、時事文学賞と同額の五万円で、これは当時としてもあまり大した金額ではなかった。それにしても時事賞のときは、吉行などと一緒に新橋のキャバレー「ショウ・ボート」へ行ったりして遊んだ覚えがあるのだが、芥川賞のときはその吉行もすでに清瀬の病院に入っていたし、大勢で何処かへ繰り出すということもなく、何に費ったという記憶もない。おぼえているのは、その頃、僕は郵便貯金も銀行預金もせず、入った金は机のヒキダシの奥に放りこんでおき、外出のたびに手を突っこんで何枚かの紙幣を取り出すのだが、その際、残高は絶対にしらべなかったということだ。いったいヒキダシの中に金がいくら入っているのか、それを確認するのが僕は恐ろしかったのである……。言い遅れた

が、僕はその年の四月にはレナウンを辞めていた。仕事そのものも怠け放題に怠けて責任を果たせなくなっていたし、辞めても何とか食えるだろうという目算もあったからだが、やはり定収入がまったく無くなったのは心細いことではあった。

しかし、本当のところ、心細いのはそんなことよりも、賞を貰って努力目標を失ったというか、何となく拍子ヌケがしていることであった。たしかに、世間的にみれば芥川賞は大したことではなかったが、文壇的には一人の作家が登録されたようなものだから、それなりの意味があった。――ここで、文壇とは何かを説明しはじめると長くなるし、僕自身もじつは良く分らないことなので省略するが、要するにそれは職業作家という技能者のギルドのようなものだ。しかし、芥川賞をとって一年以内に何か印象に残るような仕事をしないと、その登録は抹消されてしまうというようなことも言われていた――。だが、そんなことを考えていると、かえって僕は原稿を書く気がしなくなり、毎日、賞品に貰った金側のオメガの懐中時計を眺めては、溜め息ばかり吐いていた。

十月に入って、父と母とを東京に呼びよせたのは、一つには賞金が無くなってしまわないうちに、親孝行ということを一度ぐらいはしておきたいと思ったからだが、また一つにはこんなとき父母の顔でも見れば、宙ぶらりんな自分の心持に整理がつきはしないかと考えたからだ。

大森の海岸寄りの料亭に初めて僕は席を取った。父は、一年前に別れたときと、ほとんど変わりはなかったが、母の方は、めっきり白毛も増えて、かなり急激に年を取っていた。

「お父さん、これ」

と、僕は例の金時計を父に差し出した。せっかく貰った時計だが、この金ピカの懐中時計は僕にはまったく不似合いであったし、そのころ、僕の書く物には父を材料にした作品も多かったので、感謝の意味で父に贈ることにした。

「ほう、これか」

父は、はにかんだような笑いを浮かべながら、暫くそれを掌に載せて眺めていたが、やがて大事そうに内ポケットにしまい込んだ。考えてみれば、満三十三歳のこの歳まで、僕は両親に、何かを贈ったということがなかったのだ。

「お母さんには、これ」

と、デパートの紙包みを差し出した。中身は純毛の都腰巻で、金色の懐中時計にくらべて何ともミミッチいものだが、僕としてはこれはユーモアのつもりであった。戦後八年目のそのころには、ようやく純毛品も容易に手に入るようになっていたが、戦災をうけたあと、母は一時期、口癖のように都腰巻を欲しがっていたのである。

「お父さんは、あちらでは牛だの馬だのを診てくれと近所の百姓たちが言ってくるのに、全然診ようとしないんだから」

母は愚痴っぽく言った。父は、黙然として窓の外を眺めていた。

僕は、一年前、親子三人で暮らしていたころのことを思い出し、暗い気持ちになった。申し訳ないが、僕は、両親と別れて、いまやっと一本立ちになったところなのだ。一緒に暮らしていたころは、原稿も一年に短篇が二、三作しか書けなかったのが、去年の秋からはその倍くらいは書けるようになった。

「もう暫く我慢していてください。あと二年か三年のうちには、もっと何とかするようにしますから」

本来なら、僕はいますぐにでも両親を自分の手に引き取って、扶養しなければならないところかもしれなかった。しかし、いまそうしたら親子共倒れになりかねない。

窓の外は掘割のように区切られた海であった。秋の日はほとんど暮れかかり、暗い水の上には材木が何本も浮かんでいた。父も、母も、僕も無言で、料理の運ばれてくるまでの空白の時間を過ごしていた。

文藝春秋の手帖のうしろに芥川賞受賞者の一覧表が出ている。

昭和二八年上　安岡章太郎「悪い仲間」「陰気な愉しみ」
　同　年下　なし
昭和二九年上　吉行淳之介「驟雨」
　同　年下　小島信夫「アメリカン・スクール」
　　　　　　庄野潤三「プールサイド小景」
昭和三〇年上　遠藤周作「白い人」
　同　年下　石原慎太郎「太陽の季節」
昭和三一年上　近藤啓太郎「海人舟」

つまり、昭和二十年代の終り頃から三十年代の初めにかけて、ほとんど第三の新人ばかりが連続して受賞していることになる。

第三の新人について、その頃、服部達は次のように書いている。

ところで、「第三の新人」らしい「第三の新人」とは、どういうことなのか。（略）作家がものを書き出すためには、彼はあらかじめ、何かを、何かの形で信じていなくてはならぬ。透谷や独歩はおのれの気分の高揚を信じ、志賀直哉は外部の世界の実在とそれを捉えるおのれの感覚を信じ、小林多喜二はコミュニズムの絶対性を信じた。太宰治は錯乱と感傷を打ち出すおのれのポーズを信じたし、戦後派作家は、それぞれの好みに応じて輸入したヨーロッパ風の観念を信じた。ところが、「第三の新人」たちには、これらのどれも信じられない。青春時代すなわち戦争の時代が終ったあと、彼らの手に残されたものは、一向に見栄えのしない、みずから信じこもうとする熱意も大して湧きたたない、平凡で卑小な自我であり、そうした自我を背負いながらともかく今日まで生きてきたという、起伏に乏しいだけに扱いにくい記憶にすぎなかった。そのうえ、厄介なことには、要領よく立ち廻るだけの才覚に乏しい彼ら（これは彼らのみならず一般に三十代の特色でもあって、現在、多くの職場で、戦前的ロマンチシズムの若干をなお残している三十代が、ちゃっかりした二十代にいかに「いかれて」いるかは、日常われわれが見聞するところである）にとっては、解放された戦後なるものはかえって身丈の合わぬ時代であり、これならいっそ空襲や疎開や徴兵や軍隊生活に脅

りかねない。やかされた戦争中の方が、スリルがあっただけまだましじゃないか、ということにな

（略）――彼らは、逆手を使う以外にはなかった。外部の世界も、高遠かつ絶対なる思想も、おのれのうちの気分の高揚を信じないこと。おのれが優等生でなく、おのれの自我が平凡であり卑小であることを認めること。しかも、大方の私小説作家のように、深刻ぶった、想いつめた顔つきをしないこと。……（『劣等生・小不具者・そして市民――第三の新人から第四の新人へ――』昭和三十年九月「文学界」）

これは、第三の新人を語ったなかで最も代表的なものであろう。その後あらわれた第三の新人論は、否定的なものも肯定的なものも含めて、基本的にはたいていこの服部の言ったことと同じようなものであった。いや、当時の僕らは皆、まだ文学論の対象になるほどの仕事をしているわけではなく、せいぜい文壇ゴシップの材料になるか、小さな社会現象の一つに取り上げられる程度の存在でしかなかった。そんななかで服部は、すでに前年、「近代文学」一月号の『新世代の作家たち』で僕らの作品を、おそらく何十冊もの古雑誌の中から拾い上げて論じてくれていたが、これは服部自身が僕らと同じく、自己形成の中途で軍隊生活に入らざるを得なかった〝戦中派〟（まだ当時はそんな言葉はなかったが）の一人であったからだろう。

この世代的共感というのは、感情の中身を探ってみれば、じつは甚だアヤフヤなものであったかもしれないが、軍隊の同年兵意識と同じく、僕らを生れ年や徴兵年次などによっていやおうなしに結びつける強い作用があった。そういえば「文学界」の主催する新人の会にも、小説家が十人、評論家が五人のメンバーがいたが、小説家と評論家はまるで別世界の人間同士のように別れて、ほとんど話し合うこともなかった。その原因はいろいろあるだろうが、最大のものは小説家がほぼ全員軍隊生活を経験していたのに、評論家は一人もその体験がなかったということではなかったろうか。

その「文学界」主催の新人の会は昭和二十八年いっぱいでおわり、翌二十九年から僕らで自主的に集ることになった。最初は同人雑誌を出そうということで、会費も徴集し、誌名も「構想」ときまっていたが、結局、雑誌は出ないまま、「構想の会」というのが毎月一回、昭和三十三、四年の頃までつづけられた。メンバーも「文学界」の頃とは多少の移動があって、たしか評論家では進藤純孝一人がのこり、これに代って前記の服部達とフランス新帰朝の遠藤周作とが加入した。その頃、遠藤はまだ小説は書き出しておらず、もっぱらカトリック神学や哲学で武装した抽象的な評論を書いており、むしろ服部の方が抒情的な短篇か何か書きそうな柔軟な姿勢が感じられた。

遠藤とは、僕は終戦直後の三田の山で何度か顔を合せていた。しかし、その頃の僕は、彼を遠藤周作という何やら剣豪めいた感じのフル・ネームでは憶えておらず、単に慶応の文科によくいる坊っちゃん風の、それにしてはガラの良くない学生だとしか思っていなかった……。こういえば、きっと遠藤は、「ガラの悪いのは、おまえの方こそだ」と言い返すだろう。それはその通りで、僕のガラの悪さはケタはずれだった。しかし僕の場合は、病気もしていたし、家は極貧の状態であったから、身分は学生でも実質は浮浪者同様で、上品に振る舞えなかったのも止むを得ない。ところが遠藤は、べつに家がこまっていたわけでもないし、当人も極くまじめな、勤勉な学生であった。にもかかわらず、教室へやってくると、

「おれの妹なア、この間までアメリカ兵のオンリーやっとったんやけど、そのアメリカ兵、本国へ帰ってしまいよって、妹のやつ、こんどはパンパン・ガールに転向して、おれに客探してこい、ポン引きやれちゅうんや。誰か金持っとる男、知らんかなア」

と、そんなことを誰彼かまわず、大声に話しかけるのである。最初、僕はそれを半ば本気にしていたが、よく聞いてみると、彼には妹などはいないし、パンパン・ガールの知り合いがいるわけでもない。いったい何が面白くて、そんなデタラメをいうのか、僕には一向に不可解であり、どこか頭の調子の狂った男としか考えようがなかった。それから何年かたって、僕がいよいよ体の具合が悪くなり、鵠沼の家で寝たっきりになっていた頃、見舞いに来てくれた石山皓一から、

「こんど、遠藤周作という男が、カトリック留学生でフランスへ行くそうだ」と聞かされたが、まさかそれがあの遠藤と同一人物であろうとは思えなかった。その後、僕が「三田文学」に顔を出すようになってから、在仏中の遠藤の噂はときどき聞いたが、それでもまだそれが三田の教室で大声にデタラメを言っていた男だとは気がつかなかった。僕がそれに気づいたのは昭和二十八年夏、ちょうど僕が芥川賞を受けた翌日か翌々日かであった。その日、丸岡明氏に会う用件があって僕は能楽書林へ出掛けた。すると丸岡さんは、フランスから帰った遠藤周作の出版記念会が日比谷の某レストランであるから一緒に行かないか、と言う。僕は、言われるままに日比谷のレストランへ丸岡さんにくっついて行った。と、そこに真黒く日灼けした顔に白麻のセビロをきた男が立っていた。

「おお、遠藤じゃないか」

「何だ、安岡、達者か」

二人は同時に声を上げた。しかし僕は、それがその日のパーティーの主人公の遠藤であるとは知らなかったのだ。遠藤も、眼の前にいる僕が芥川賞を受けたことは知らなかったらしい。丸岡さんが小声で何かささやくと、遠藤は初めて、はっとしたように眼を見ひらき、傍のテーブルに積んであった本を一冊、手にとると、ページをひらいて扉にそそくさと万年筆をはしらせた。

謹呈　安岡章太郎兄　遠藤周作

その『フランスの大学生』という本は、白い表紙が黄色くなったまま、いまも僕の本棚の隅に立てかけてあるが、ページをひらくと走り書きの署名の字が、となりのページにまでうつっていて、遠藤の狼狽した顔つきが、まざまざと想い浮かんでくるのである。

しかし、その遠藤が僕と再会して、すぐに僕らの「構想の会」へ入ってきたわけではない。おそらく遠藤の意識の中には、彼が日本を離れた昭和二十五年、占領時代の日本の状況が、そのまま現実のものとして続いており、そういう現実を背景に僕らが書いたりしゃべったりしているものを見ても、遠藤には何かひどく縁遠く、理解し難いものに思われたにちがいない。昭和二十五年から二十八年まで、わずか三年間のことだが、当時の三年間はゆうに平常な時代の十年にも当る変化をもたらしたと言えるだろう。しかし、二十八年から三十年へかけての変化もまた大きい。

服部達は、『新世代の作家たち』のなかで、僕らが文壇に出た昭和二十八年頃の社会情勢を次のように分析している。

――（現在は）暴力革命の可能性を潜在的に持ちながら、表面的には一応安定している。中流階級から没落して行く者があとを絶たぬ一方、残った（またあらたに加わった）中流階級は基礎を堅固にしつつある。中流階級の強化を主軸とする近代化の方向と、その没落を招来する近代超克の方向と図式的にいって逆向きの二つの流れが同時に存在する。朝鮮戦争による特需が表面的安定へのテコ入れとなった。こういう社会情勢と、新世代の作家のジャーナリズムへの登場とのあいだに、わたしは或る対応関係を認める。彼らはいわば特需文学派なのである。

根本的な不安定を、ともかく或る「型」を導入して収拾しようとする点において、そして、私小説という伝統的な「型」に依存する彼らが、彼らを登場させたジャーナリズムの作為を越えて、自発的な読者を持ち得るとすれば、それはたぶん、生活のあらゆる面で「型」を回復しようとする今日の中流階級の欲求に、彼らがその本質をもって応じ得るからである。

以上要するに、精神的基盤として小市民的性格を持ち、様式においてビーダーマイヤー的であり、方法においては私小説的、現象としては特需文学である――それが「新世代の作家」の統計的性格であるとわたしには思われる。

これはおそらく「第三の新人」について、最も早くあらわれた、最も辛辣な批評であろう。これに対して、服部自身はその翌年、『劣等生・小不具者・そして市民』のなかで、

この若気の至りの分析に、いまの私は必ずしも全く賛成ではない。

と断っているのだが、当時の社会情勢やジャーナリズムと新世代作家登場の関連など、必ずしも服部の《若気の至りの分析》であるとは言えないだろう。いや、服部が僅か一年余り前に言ったことを《若気の至り》と弁明したのは彼自身の内部に、そう言わざるを得

ないものがあっただけのことかもしれない。しかし、その間の時代の動きは、一瞬のうちに人を老けこませるぐらいに素速く目まぐるしいものがあったとも言える。ごくおおまかに年表を拾っても、

昭和二八年三月　スターリン死去
二九年一二月　吉田内閣総辞職、鳩山内閣成立
三〇年一一月　保守合同、自由民主党結成
三一年二月　フルシチョフ首相によるスターリン批判

吉田退陣とスターリン死去は、ただ国の内外で指導者が交替したというだけではない。吉田の退場は米軍統治の日本支配がようやく本格的に終ったということだし、スターリンの死とその批判は社会主義の無謬《むびゅう》信仰をひっくりかえすことになった。その間に一方では朝鮮戦争の特需景気などというものもなくなって、代りに不景気時代——大正生れの僕らにとって何とナツかしい言葉だろう——が始まっていた。

脱線になるが、終戦直後の一時期僕は共産主義とか社会主義とかいうものがどんなものか、ひととおりのことが知りたくて、『ドイツ・イデオロギー』など、何冊か経済学の本を借りて読みかけたことがあったが、みんな面倒臭くて途中でやめてしまった。どの本にも、いろいろとムツかしい熟語や言い廻しが並んでいたが、何よりも僕には生産過剰による不況——モノがあり余って売れなくて困る——ということが、実感としてどうにも合点

が行かず、これが出てくるとそこから先へは進めなかったのである。実際、食料や、衣料や、都会の貸し家や、そういうものがふんだんに身の廻りに溢れていたことは少年時代の記憶にあるものの、そんな時代に人が何で苦しんでいたかを考えようとすると、日常感覚では何としても捉え難く不可解だったのだ……。僕らでさえそうなのだから、まして僕らより年下の、ものごころついて以来、極端な物資不足のなかで育ってきた連中は、「過剰供給のための不況」などといわれれば、きっと南国生れの少年が雪山を眺めるような心持になったものと思われる。

昭和二十九年から三十年へかけての変化を一と言でいえば、その一年余りの間の或る時点で、第二次大戦の〝戦後〟がおわったということであろうか。勿論それは、八月十五日正午十二時というような、ハッキリとした日時で区切られるようなものではない、ただ何となく、その頃から大方の人が、もう〝戦後〟は終った、とバクゼンとながら考えるようになっていた。

しかし、戦後がおわって、すべてのものが〝戦前〟にもどったかといえば、当然そうはならなかった。服部流に言うならば、僕らは生活のあらゆる面で戦前の「型」を回復しようとしていたのかもしれないが、一度くずれた「型」は二度ともどってくるものではなかった。そして、この「型」がもどってこない限り、〝戦後〟はおわってもハッキリとそれを実感で受けとめることは、なかなか出来なかったわけだ。

くずれたのは、生活の面での「型」ばかりではなかった。経済、社会、文学などを考えるときの「型」、理論公式といったものも一層早くからくずれていた。ただ、それは眼には見えないものだけに、気がつくことが遅かっただけだ。おまけに占領初期、占領軍当局が左翼勢力の自由な活動を許していたことから、西欧的な個人主義と社会主義とが一体のものだというような錯覚――個人が自由を保持したまま、それを発展させることで社会主義に到達できるといった夢見心地の考え方――が、僕らの先輩、いわゆる第一次戦後派の文芸理論家たちの間で、かなりあとになるまでつづいていた。しかし、そういう夢のような理論の「型」も、いつか崩れるともなく消え失せて、「戦後文学は幻影であった」というようなことが次第にあちこちで言われはじめた。

服部が、僕ら「新世代の作家」（第三の新人）を《特需文学派》ときめつけたあと、その分析を《若気の至り》という言葉で撤回したうらには、以上のような事情があった。しかし、もともと朝鮮戦争の特需景気そのものがなくなってしまえば、特需文学派といった呼称も意味をなさなくなるわけだ。ただし僕ら自身は、どういう呼び方をされようと、それぞれ自分の文学を何とかつづけて行く以外に生きる途もなかったから、服部が《若気の至り》の意見をどう変えようと、それには大した関心はなかった。むしろ服部が、世代的な共感からでも自分たちの仲間に入ってきたことを歓迎する気分が強かった。何しろ僕らは、自分たちの文学を他人にどう説明するか、そんな言葉を誰一人、用意していなかったのだから。

小島信夫と庄野潤三の最初の短篇集が出て、その合同の出版記念会があったのは、たしか昭和二十九年の春先きであった。会場は東中野のモナミで、吉行淳之介の意見で発起人に先輩の名前を借りず、「構想の会」の同人名だけを並べた。そのとき僕らが何を話し合ったか、小島や庄野がどんな挨拶をしたか、もうすっかり忘れてしまった。ただ、一つだけ憶えているのは、最後に服部が立ち上って、何か短いスピーチをやったあと、青白い顔を俯け加減に、テーブルに片手をついて、

「三十代、ばんざい！」

と、叫んだことだ。断っておくが、服部は決して絶叫型の男ではない。それがなぜ、不意に「三十代、ばんざい」と口をついて言ったのか？　おそらくその夜、服部は実際に新世代の登場を感知し、みずからもその一員であることに昂奮を覚えたのであろうか。

その庄野と小島が、揃って昭和二十九年後半の芥川賞になったあと、つづいて遠藤周作も小説『白い人』で芥川賞をとった。遠藤はそのまえに「三田文学」に一つ短篇を書いたことがあるだけで、第二作目でいきなり受賞したのだから、仲間内の僕らも、そしておそらく遠藤自身も、意想外のよろこびを感じたことだろう。その受賞祝賀パーティーのあ

と、遠藤は、

「諸君、今夜はどうも有難う。お礼にこれから新橋で、芸者の総揚げをいたします。お暇な方は、どうぞ振るってご参加ください」

そんなふうにいって、出席有志を新橋の料亭「なだ万」へ招待した。勿論、われわれは全員ヒマであったし、芸者総揚げときいて勇躍、「なだ万」へ乗りこんだが、いつまでたっても芸者は一向にあらわれなかった。

「おい、遠藤、芸者はいったい何処にいる」

と、吉行が訊くと、遠藤は、

「何処にって、そこにいるじゃないか、君の眼の前に」

「だって、この人は女中さんだろう」

「失礼な。今夜は特に、芸者に女中さんの恰好で出て貰っとるんじゃよ」

これには一同、失笑せざるを得なかった。

「よーし、それなら、〝女中の総揚げ〟の饗宴にあずかろう」

と、吉行は早速、突撃の身がまえをする。女中さんは嬌声《きょうせい》を発して逃げまわる。大広間全体があわや落花狼藉の有様になろうとするのを横に見ながら、服部は一人、つまらなそうにツブやいた。

「いまが、第三の新人の花盛りだな」

まことに、それは言い得て妙というべきであった。花のさかりは決して長くはなかったからである。

そのころ服部達は、遠藤周作、村松剛と三人で、クリティック・メタフィジックなるものを提唱して、『メタフィジック批評の旗の下に』という大仰なタイトルの匿名座談会を雑誌「文学界」でやっていた。それは昭和三十年の前半、六回だけ連載されたものだが、僕はもっとずっと長く、昭和三十年いっぱい、あるいは昭和二十九年から続いて二年間くらい連載されていたような気がしていた。

メタフィジック批評というのは、聞いたこともない言葉で、誰もが妙なことをいい出したものだと思っていたが、簡単にいえば彼らなりのフォルマリズムあるいは構造主義といったもので、つまり文学を思想や精神主義から切りはなして、形式としてとらえ直そうということが主眼になっているらしかった。しかし、それはタテマエであって、ホンネは反左翼反政治主義指向であったと思われる。いわば一九二〇年代のアメリカのニュークリティシズムとか、同じころのロシア・フォルマリズムとかに似かよったものであろう。ロシア・フォルマリズムについては僕はよくは知らないが、あれも一九二〇年から三〇年へかけてのネップの運動とは切り離せないものであろう。また、ニュークリティシズムにしても当時のアメリカ南部の文学青年の間にあった政治的に過敏な風潮では、せっかく才能のある若い文学者たちが皆死んでいくために、何とかしなければならぬということからその運動が始まったと、アレン・テートが何かで書いているのを読んだことがある。

とにかく昭和三十年になると、戦後民主主義を旗印に掲げた文学運動は、その主張の現実的基盤を失っていた。『メタフィジック批評の旗の下に』の最終回では匿名をやめて、三人がそれぞれ本名で、「中野重治氏へ」、「荒正人氏へ」、「『現代評論』の友人たちへ」として、左翼陣営、「近代文学」、あるいは「近代文学」の後継者一派に挑戦的な批判を述べているのだが、何よりもここに時代の変り目を感じさせるものがある。例えば、「中野重治氏へ」の中で服部は、中野よりもむしろ武井昭夫を批判しているのだが、武井が「小説むらぎも批判」に、現実的、政治的立場からの批評を持ち込んだことに反対して、次のように述べている。

政治的真実と芸術的真実とを区別するというあなた（中野重治）の往年のきびしさはどこへ行ったのか。そういうきびしさをとり払うことが老年の知恵なのですか。（略）日本の左翼陣営の文学者たちには、私小説的思考法の弱点が、しばしば拡大されて現われている、というのが私の持論です。あなたは、そうお思いになりませんか。われわれが唱えるメタフィジック批評の原理の一つは「馬と火鉢を別々に計算する」という、若年のあなたの正当な理論と同じ場所に、置かれているのです。（傍点は引用者）

武井昭夫も荒正人も、そして政治家としての中野重治も、じつはこのときにはすでに舞台の正面から後退していた。だから「メタフィジック批評」は、文学における〝戦後〟の終結を唱えたものとも言えるだろう。

僕個人のことに戻ろう。

そのころ、僕自身にとっても〝戦後〟は終ったと言えそうだ。昭和二十九年四月、僕は平岡光子と結婚した。恋愛結婚といいたいところだが、実際は野合結婚というべきで、これは僕に限らず僕らの仲間が大抵そんなものであった。ただ、終戦直後に結婚した連中は式だの披露だのは不要であったが、昭和二十九年となると、そんなわけに行かず、仲人を庄野潤三夫妻にたのんで、虎の門の共済会館というところで、式と披露をおこなった。そして、大森新井宿の鶏小屋のような下宿屋から、田園調布二丁目の、元高級官僚の未亡人の家の部屋を借りて住むことになった。

その古ぼけた家には、五世帯の間借人が一緒に住んでいたが、僕らの借りたのは玄関横の洋間とそれに続いた三畳間とであった。洋間にはベッドとちゃぶ台を置き、三畳間には僕の布団を敷きっぱなしにして、僕はその上に腹這いになって原稿を書いた。ほかに家具一つない生活は、考えてみれば貧寒たるものだが、僕としては電話のついたその家に移転したことで、にわかにプロレタリアートから中産階級へ上昇したような気分になったものだ。

そんなことより、僕は結婚して、自分が再び家庭人になったことで、ひどくまごついていた。大森の下宿での一年間は、わずかながら僕の生涯では最も自由で孤独な期間であった。結婚してみると、そのような自由も孤独も奪われ、母親のかわりに二六時中、女房の干渉をうけることになった。カーテン一枚で仕切った三畳間の空間で、僕は失われた自由と孤独を何とか確保したいと願いながら原稿用紙に取り組んでいた。

しかし、原稿は少しもはかどらなかった。前年（昭和二十八年）夏から、新潮社の依頼で書下し長篇を書くようにいわれたのであるが、せいぜい二、三十枚から五、六十枚程度のものしか書いたことのなかった僕は、三百枚程度のものを書けといわれても、どこから何を書き出していいのか、さっぱりわからなかったのだ。書下しの準備金として、十万円がすでに支払われていたが、それは二、三箇月の間に消費してしまっていた。

しかも昭和三十年夏、ちょうど遠藤周作が芥川賞を受けたのと前後して、石原慎太郎という新人が『太陽の季節』で登場をしてきた。湘南海岸のいわゆるプレーボーイのはしりに当たる連中の生活を綴ったこの小説は、当時の文壇に衝撃的な話題を投じたことはよく知られているとおりである。

しかし、僕ら自身は、じつはその作品には大して驚きもしなかった。風俗としては新しいが、中身は気のきいた通俗小説ではないかなどと言い合っていた。ただし、服部達だけは、

「これにはやられた。オレがやろうとしていたことを先取りされてしまった」

などと、しきりにいっていた。服部がどうしてそんなことをいうのか、僕には理解できなかった。彼はその頃、長篇エッセー『われらにとって美は存在するか』や、『ロバート・シューマン論』を書いていたが、それは戦時中、彼が心の中に築いてきた〝小さな片隅の別世界〟の延長上にあるもので、その中で戦争中には開かせられなかった花を、戦後のいま栄養分を補給して何とか咲かせようという、そんなロマンティックな、いささか感傷主義的なものであった。そんなものと『太陽の季節』が、いったい何で結びつくというのか？

その頃、服部は銀座のバアの女性に入れ上げていて、いいようにあしらわれているという噂であった。勿論、噂がどの程度実情に近いものか、僕らにはわかりっこない。ただ、経済的にいっても、銀座のバアは新進評論家の服部が遊びに行くには無理な場所であり、そこで働く女性は彼が恋愛の相手とするには、かなり荒っぽく手強かったとは言えるだろ

う。服部が『太陽の季節』に惚れこんだのも、そこに彼自身の持ち合せていない数かずの要素——ドライで現実的で、肉体的にも精神的にもスポーティーで野卑で、陰気な自意識などは皆無で、もっぱら陽気な自己肯定だけがある——を見出したためではないか。そうだとすれば、それは恋愛中の服部の心情に最もよく見合うものだったに違いない。

とにかく、服部が遠藤の祝賀会の席で、「いまが第三の新人の花盛りだ」と言ったように、その花はひと月とたたないうちにすっかり散り落ちてしまった。遠藤の『白い人』も『太陽』の影に隠れて、まったく見栄えがしなかった。

そんなある日、吉行淳之介から電話がかかって、

「おまえ、いまカネはあるか」

「ない」

と、答えると、

「それじゃ、米はあるか」

「米ならある」

すると、吉行は愉しそうな声で、

「オレのところには配給の米もないんだが、カレーの汁がある。肉は入っていないんだがね、その汁は案外うまいのだ。それを持って夫婦で遊びに行くから、そちらで米を炊いて

おいてくれ」

吉行夫婦は、鍋に入れたカレー・ソースを持ってやってきた。ふたを取ってみると、本当に肉は一かけらも入っていなかった。僕らは米のほかに何かを用意したようにも思うが、それはもう忘れてしまった。覚えているのはその日一日、肉なしのライスカレーを食った後、二組の夫婦が借間の家具のない洋間の板の床の上で、とりとめもない話をして時間をつぶしたことだ。

服部もたびたびやってきた。彼は夜遅く、電車のなくなった時刻にやってくると、コツコツと窓ガラスを叩いて、「泊めてくれ」と言った。そして僕ら夫婦が寝てしまった後、一人で起きて書評の原稿を書いていた。しかし、その仕事は荒っぽいもので、ほとんど本の表紙と奥付を見て二、三枚の原稿をでっち上げている様子であった。何が何でもカネが入用であるに違いなかった。

服部が泊まった翌朝、僕は彼を誘って近所の銭湯へよく行った。服部は、僕が着ているものをすっかり脱いでしまっても、まだのろのろとパンツのひもなどをいじりながら茫然と天井の一角を見詰めていたりして、日常生活のあらゆる部分で心ここにあらざる模様を示していた。いったい服部は何を考えているのか、女のことか、カネのことか、しかし何にもまして彼の顔には孤独な影が漂っていた。服部の帰った後、忘れて行ったノートを何気なしに取り上げると、ページの間から質札が二、三枚、パラパラと落ちてきたりした。

僕自身は、それほど貧乏をしているという意識はなかった。ラジオも時計も入質して、時間は電話の時報で問い合わせたりしていたが、質草があるのはそれほど困っていないシルシだともいえた。ある日、文藝春秋の池島信平氏から電話がかかり、

「君、カネには困っていないのか」

と、訊かれた。

「ええ、まあ……」

と答えると、

「それなら、僕の知っている化粧品会社で宣伝部の顧問を求めているから、そこへ行ってみたまえ。月給は五万円、仕事は別に何もしなくていいはずだ」

僕は、言われるままにその化粧品会社へ出向いた。社長は留守であった。専務に会い、池島氏から言われたことをそのまま伝えたが、

「私の方はそのような話は存じておりません」

ということなので、そのまま帰ってきた。当時の僕は、外からはやはりよくよく貧窮しているように見えたのであろうか。それにしても、当時の編集者は甚だ行き届いた目で寄稿家を見てくれていたことになる。池島さんは、僕にとって別段、郷党の先達とか学校の先輩とかいう間柄の人ではない。単に一出版社の編集担当重役と駆け出し作家の関係に過ぎない。それでいてこんな心配をしてくれたのは、当時の文壇にはまだ村落共同体といっ

たコミュニティーの温かさが残っていたわけであろうか。

カネがないといえば、そのころ僕は友人のK君から、新宿にある土地を買わないかといわれていた。場所は幡ケ谷、新宿の盛り場から歩いても二十分程度で行けるところで、値段はたしか敷地全体で二、三万円くらいのものではなかったろうか。もっとも土地は狭くて、全部で十坪余りしかないという。しかし、二、三万円で土地が買えるのなら、安いことは確かに安い。

僕はその話を、佐藤春夫先生のお宅に伺ったとき冗談のつもりで話した。すると、先生は意外に興味を示された。

「ぼくは小説家になるよりは、建築家になるべきだったと思っているのだ。いま住んでいるこの家も、ぼく自身の設計だしね。十坪の土地でも、十分に夫婦二人に子供が二人ぐらい住める家はつくれるさ。三階建てにすればいいんだ」

と早速、目の前でそのスケッチを示された。それは一見、ピサの斜塔か、中断された煙突みたいな恰好をしていたが、僕はそのスケッチをいただいて家に帰った。

佐藤春夫といえば大正・昭和初期を代表する文学史中の作家のようにも思われていたが、関口台町の佐藤先生のお宅には、井伏鱒二、井上靖、檀一雄、保田与重郎、外村繁、中谷孝雄、富沢有為男など、日本浪曼派の作家・評論家、明星派の歌人・詩人、それに柴田錬三郎や五味康祐といった剣豪作家、等々、各種各様の文学志望者が大勢出入して、「門弟三千人」の賑わいを見せていた。その頃はすでに、文壇の中心は出版社であって、新人はすべてジャーナリズムでつくられるようになっていたから、実際は「門弟」などという徒弟制度の名残りのようなものは、とっくの昔に無くなっていた。そんな中で佐藤邸にだけ大勢の文士や読書人が集ったのは、そこが現実的利害ではなく、言葉として文学だけで啓発される場所だったからであろう。

僕らの中では、庄野潤三が、兄の童話作家の英二さんを通じて最も早くから先生のお宅に伺っており、僕や吉行淳之介は庄野に連れられて、その門下の末席につらなることになったわけだ。

ところで、ピサの斜塔的設計のスケッチをいただいてから一週間もたったであろうか。ある日、猟虎《らっこ》の毛皮の帽子をかぶった佐藤先生が僕の借間の部屋に突然訪ねてこられた。

「この間の土地だがね、どういうところにあるのか、これから見に行こう」

と、おっしゃる。僕はあわててK君に電話をかけた。K君も飛んで来た。先生は、用意周到にも早稲田大学理工学部建築科の教授をお伴に連れてこられた。この人は新丸ビルの設計者だった。K君はひどく恐縮した。

「つまらないところなんですよ」

「わかっている」

先生は、僕らをアメリカ製の大型車に有無をいわせず詰めこんで車を走らせた。

一行は幡ケ谷に着いた。見渡したところ、終戦直後にできたとおぼしきバラックが軒と軒とを接するように建っており、たとえ十坪の空地でも何処にあるのかわからない。案内に立ったK君は、ひどく情けない笑いを浮かべ、

「こっちなんですよ」

と、おむつなどがたくさんぶら下がった縄の下をくぐってわれわれを案内した。佐藤先生も、猟虎の毛皮の帽子をかぶった頭をひょいと下げ、ステッキでおむつの下がった縄を持ち上げて、気軽に奥へ進んで行かれる。行き着いたところは、コンクリートの万年塀に沿ったごみ捨て場であった。

「なるほど、ここか」

先生はいわれた。早稲田大学教授の設計家はまゆをひそめた。

「ここで三階建ての建物をつくっても違法になりますよ」

僕はホッとした。これでファルスは終りだ。しかるに、佐藤先生は僕を差し招いて小声でいわれた。

「きょうは失敗したよ。大学教授の設計者なんか、連れてくるんじゃなかった。あんなのさえいなければ、僕のこの間の設計ねエ、あれをそのまま使ってここへ三階建ての家が建てられたのだ。なまじ大学教授なんかやっていると、法律に縛られて発想が自由にならな

いのだよ」

そんなことがあって、僕は家を建てることなどあきらめていた。

しかるに、先生は、またしばらくたつと別の設計者をわが家に派遣された。今度はごみ捨て場の土地に三階建ての家を建てるようなことではなく、住宅金融公庫に申し込み、ちゃんとした小住宅を建てろといわれるのである。僕は仕方なく、金融公庫に申し込むことにした。すると、設計者が、「もう一人だれかお友達の名前で申し込まれた方がいいですよ、当たる率がふえますからね」というので、僕は吉行淳之介の名前も借りた。

そのときの公庫の当選倍率は三対一であった。三人に二人なら当たる可能性が多い。幸か不幸か僕自身の名前で申し込んだ分が当たった。しかし、土地もなし、頭金の資金もなしで、どうして家が建てられるか——?

「しかし、ものには潮どきということがあるからな。この際、どんな無理でもして家を建てちまえよ。あとは何とかなるものさ。おれが家を建てたときなんか、もっとずっとひどい状態だったんだが、それでも何とかなった。いまのお前に出来ないことはない……」

そういって、僕の尻を叩いたのは吉行であった。しかし、資金を調達するにも、土地を探すにも、僕はまったく無能であり、女房にまかせる他はなかった。女房は懐妊中であったが、大きな腹をかかえて、実家へ行って金を借り、また近所の不動産屋などに当って、尾山台二丁目の谷間の斜面のようなところに比較的安い値段で、どうにか家の建てられそうな土地を求めた。そして、その土地を担保に銀行から金を借りて、金融公庫の頭金に当てるなど、意外な生活能力を発揮した。

そんなこんなであわただしく昭和三十年は暮れた。

あれは翌年一月の何日であったろうか。服部達が失踪したというニュースが伝わった。三十年の暮れの十二月三十一日に、八ケ岳山麓の清里というところへ出かけたまま、その山荘で姿を消したというのである。自殺の疑いが濃かった。というより、遺書を見れば、その山荘を出て山麓のどこかで死んだことはほぼ明らかである。遺体は、約半年後に発見されることになるのであるが……。

服部はなぜ死んだのか？　下世話にいえば、銀座の女性と恋愛し、その間にいろいろとカネがかかるために無理な金策をしたり仕事をしたりして、疲労が重なったのが死につながったのだという。しかし、僕は必ずしもそうは思わなかった。死ぬときに二十万円ほどの借金があったというが、それは死ななければならないほどの金額ではない。それに、銀座の女性との恋愛が不首尾であったといっても、悲観して自殺を図るほどのことでもない。

原因はやはり、時代の環境がここへ来て激変したためなのではなかろうか。すでに述べたように服部は「メタフィジック批評」その他で〝戦後〟と戦後民主主義の時代の終ったことを、いちはやく唱えていた。そしてジャーナリズムは、服部に新しい時代のイデオローグの主戦投手の役割をあたえようとしているように見えた。勿論、服部自身もそのことを充分意識していたに相違ない。とはいえ服部には、その役割を引き受けるだけの蓄積や、心の準備が出来ていたかといえば、それはまったく疑わしい。

僕ら、自己形成期と戦争とがぶっつかった世代の者は、内心が空白なままに平和を迎え、戦後の新しい事態に素手で立ち向って行く他はなかった。その困難な状況については、服部自身が誰よりも早くから指摘していたとおりだ。しかし果して僕らは、戦争という暴力的な時代の外圧によってただそれだけで内心を空白にさせられていたのだろうか。原因は、単に戦争だけにあるのではなく、もっと大きな或るものによって、第二次大戦の起るずっとまえから、僕らは徐々に内部崩壊させられていたのではないか。だから、内心が空白だったのは、僕ら〝戦中派〟の者だけではなく、僕らより前の世代の人たちも、また別の意味で自から内部を空洞にさせられていたのかもしれない。そうだとすれば、〝戦後〟が終ったことは、まったく僕らにとっては、どういう意味のあることなのだろうか？

いずれにしても服部は、〝戦後〟がようやく終焉を遂げたこの時期に、眼を内心に向けたとき、手をつけられないほど荒廃した無限の曠野のようなものを見て、たじろいだのではなかったか。そして、他に行くところもないままに、十二月三十一日、深夜の八ケ岳に向って蹌踉《そうろう》として足を踏み出していったのではないだろうか。

昭和三十一年一月、赤ん坊が生れ、三月末には尾山台の家が完成したので、そちらへ移った。

南北五間、東西十間の細長い敷地に建ったその家は、三畳、六畳、六畳の三部屋が、横に長くつながっただけの、まるで小型の電車を地べたに据えたような不恰好なものだったが、それでもこれは独立家屋であることに間違いなかった。そして僕は、一軒の家に自分自身の家族だけで暮らすということの解放感を、あらためて知った。敗戦このかた、他人の家の留守番や間借り暮らしばかりで、自分の家の住み心地がどんなものか、何となく忘れてしまっていたわけだ。

しかし、この独立家屋も、住み慣れてくると、解放感よりも不如意なものを感ずることが多くなった。何よりも、僕の収入は間借りの頃と変りないのに、一軒の家に一世帯だけで暮らすというのは、意外なところで眼に見えない出費がある。こまかいことなので、どんなことに金がかかったかは忘れてしまったが、垣根の柵だの、郵便受だの、ゴミ溜めの箱だの、そんなものを作ったり買ったりする費用も案外馬鹿にならなかった。それに赤ん坊が一人できると、これにも結構手がかかった。病気をされると、医者もよばなければならない。間借りしていた頃には、赤ん坊の泣き声をきくと、隣りの部屋から大家さんの奥さんが駈けつけて、いろいろと面倒を見てもらったが、一軒の家では孤立無援で、何でもないことにも右往左往させられた。

だが、じつのところ、そんなことは大した問題ではなかった。僕にとっての最大の悩みは、郷里の高知県にかえっている母親の精神状態が、その頃からとみに悪化してきたと伝えられたことであった。母の精神が不安定であることは一昨年、僕の結婚式に上京してきた頃からかなりハッキリわかってきた。それまでは母親の言動に多少不可解なところがあっても、息子の僕から見ると、母が冗談半分にわざと耄碌《もうろく》したふりをしているようにも思われたのだ。しかし時がたつにつれて、それが冗談事などではないことが、次第に明らかになってきた。そして昨年春、僕が女房をつれて高知へ戻ってみると、母はもはや普通の耄碌という以上の状態になっていた。

医者にみせると、母の病気は老耄性痴呆症であろうという。しかし、それは一般に八十歳ちかくになって現れる症状であるが、母はまだやっと六十歳になったばかりなので、老耄性にしては早過ぎた。かといって分裂症とか躁鬱症とかいう症状にもアテはまらないとなれば結局、過度の精神的疲労から普通より非常に早く老耄したとでも考える他はない。

母は、元来のんきな性質で、ほとんど苦労知らずに育ち、結婚してからも生活の労苦はまったく無いままに敗戦のときまで過ごしてきた。それだけに戦後、激変した生活環境に対応するのは人一倍困難であったにちがいない。家は焼かれ、父は職業を失い、僕は脊椎カリエスで寝ついたままになっている。そんな中で家計は一時期何から何まで母のヤリクリ算段にたよる他はなかった。物々交換で農村へ買い出しに行く、買ってきた物をまた近所の人に売る。また、家で飼っているニワトリの卵や、繁殖したアンゴラ兎なども売ったし、ついには自家製のイカサマ醤油まで売り歩いた。勿論、当時はこんなことをやっているのは、うちの母だけではなかった。主婦がうちでジッとしたまま暮らして行けるのは、むしろ例外的に恵まれた家だったとも言えるだろう。ただ、母はこれまでの生活があまりにもノンビリしており、物質的にも精神的にも、何の悩みも心配ごともなかった。あるとすれば一人息子の僕が、落第ばかりしているぐらいのことだ。それが後半生の中頃から、ありとあらゆる困難が積み重なって一ぺんに押し寄せてきてしまったのだ……。とくに、住む家がないということ、これは一応食糧事情が最悪の状態を脱け出して、餓死する心配だけはどうやら無くなった頃から、かえって強く母の心を苛むようになったものと思われる。

昭和二十七年まで住んでいた鵠沼海岸の家は、母の妹の連れ合いの別荘だったのを、当分の間、留守番代りにという名目で嘘のように安い家賃で借り受けていたものだが、苦しまぎれにその一と部屋を他人に又貸ししたことから、貸借関係がもつれ、最後は裁判沙汰になって、ついに僕ら一家はその家を出、父と母とは高知に引き上げ、僕だけが東京に残って下宿暮らしをはじめることになったわけだ。

しかし高知へ引き上げるといっても、暮らしのアテはまるでなかった。軍人恩給の復活がきまったのは、翌昭和二十八年一月のことであり、それまでの何箇月間か、父と母とは伯父（父の兄）の家で厄介にならなければならなかった。母としては最も気詰まりな時期であったろう。その頃、母から支離滅裂としか言いようのない文面の手紙がきた。あるいは、その手紙を見ただけで、僕は母の異常に気づくべきであったかもしれない。しかし、なぜか僕は、漠然とした憂鬱なものに頭を押さえられるような心持がしただけで、母の精神状態を疑う気にはなれなかった。その年の夏、僕は芥川賞を受け、いくらか親孝行をするつもりで、父と母を東京へ呼んだことは、以前に述べたとおりだ。しかし、その頃の僕は、仕事のことや、文壇のことや、その他もろもろのことに気を奪われて、父母と顔を合せていても、まったく心ここに在らざる状態であり、母の眼つきや顔つきから、その異常を感知することは出来なかった。というより僕は、無意識のうちにも、そのような母の異常に眼をつむり、見て見ぬふりをして、そこから逃げ出そうとしていたのかもしれない。

しかし、いずれにしろ、その翌年、僕の結婚式に再度、父とともに上京してきた母を見て、これは明らかに異常があることを認めざるを得なかった。東京の大病院で検査して貰った結果、要するに分裂症でも躁鬱症でもないのだから、まわりの静かなところで、なるべく刺戟を避けて、誰かが傍で見ているようにという指示を得ただけだった。

昭和三十一年に入って、ようやく世間では、もはや〝戦後〟ではない、といった議論がさかんにおこなわれるようになった。アメリカやソ連や中国など、外国へ文士がさかんに出掛けるようになったのも、その頃からだ。といっても、まだ外貨の流出は厳重に制限されていたから、個人で外国旅行するわけには行かず、文士の外遊もほとんど外国の政府機関や財団などの招待によるものであったけれども……。それだけに外国から帰った人たちの「アメリカでは、戦争といえば朝鮮戦争のことで、戦後というのは朝鮮戦争終結後のことだ」といった発言は新鮮であり、自分たちの知らない外の世界では時代はそんなに速く動いているのかという驚きもあった。

たしかに、時代は変ったにちがいない。しかし、いまは朝鮮戦争の〝戦後〟の時代だということは、じつは直ちに僕らの第二次世界大戦の〝戦後〟が終ったということにはならないはずであった。朝鮮戦争の〝戦後〟は、要するにアメリカと中ソの対立が決定的なものになったというだけで、米ソの対立そのものは第二次大戦終結の直後からはじまっているわけだから、その意味では第二次大戦の〝戦後〟がそのまま続いていることになる。〝進駐軍〟という呼び名はなくなったが、まだ米軍基地は日本のいたるところに残っており、そこでは講和と引きかえに結ばれた安保条約で〝駐留軍〟と名をかえたアメリカ兵が大勢たむろしていた。したがって、安保がつづくかぎり〝戦後〟は終らないというのは、当時の庶民一般の素朴な実感であった。

しかし、そんなことよりも僕個人としては、母親のことを考えると、そこに〝戦後〟が残っていると思わざるを得なかった。勿論、母の病気は、母自身の体質や精神の問題であって、それ以外のものではない。戦後に苦労した人が、誰も彼も母のような状態になるというわけではない。ただ、そうは言っても僕は、母の落ちくぼんだ眼や、焦点の定まらない瞳の顔つきを見ると、そのまわりから忘れようにも忘れられない〝戦後〟の空気が立ちのぼって、焼け爛れた焦土の臭いが無残に吹きつけてくるように感じられるのだ。経済的にはすでに戦前の国民所得の水準を上廻って復興したといわれても、この母がいる限り、僕自身はその豊かさの分け前にあずかっているという気分には到底なれなかった。

この母をどうするかについて、僕は東京と高知の間を何度か往復した。父はすでに母の看護に疲れていた。夜中に毎晩のように起き上って発作をおこす母を、何とかなだめつけて寝かせるのは、それだけでも容易でない。しかも、それが一年、二年とつづいては、傍に附きそっている忍耐力も限界に近づいてくる。結局、病院に入れる他はなかった。最初、東京へ呼んで近くの病院に入れることを考えたが、施設のいいところは莫大な費用を要した。僕は、新聞社や通信社にいる友人を訪ね、どこかの地方新聞で連載小説を書かせてくれるところはないだろうか、と訊いてまわったが、駈け出しの純文学作家に娯楽向きの新聞小説など書かせてくれるところは、どこにもなかった。さいわい、高知に、設備も環境もよく、それほど高額な費用もかからない病院が見つかったので、母はそこに入院させ、父は高知市内に家を借りて、そこから病院にときどき見舞いに行くことになった。

それにしても、なおる見込みの殆どないものを病院に入れることは、まるで生きながら墓場にほうむるようなものではないか。僕は母を入院させることで、〝戦後〟をどこかに閉じこめたことになるだろうか。

僕はその年の八月、母を入院させ、高知からかえったあとも、しばらく仕事に手がつかなかった。九月、十月と、何をやって暮らしていたか、懸命に記憶をたどってみるのだが、まったく想い出すことができない。金が必要であり、手当りしだいに何でも書きたい気持はあったが、あいにくまとまった金の入る仕事の註文は何もなかった。新潮社からいわれた書き下ろし長篇の仕事はあったが、これはあまりにも長い間、毎月のように催促されながら、一向に進捗《しんちょく》しなかったため、ついに担当の編集者であった進藤純孝もサジを投げたのか、僕のところには寄りつかなくなってしまった。

もっともその年の二月、「週刊新潮」が創刊され、新潮社はみずから口火を切った週刊誌ブーム競争に全社あげて没頭している様子であったから、あるいは進藤純孝もそちらの仕事にかり出されて、他のことには手が廻らなかったのかもしれない。そういえば、あれは夏の初め頃であったか、吉行淳之介、庄野潤三と僕の三人で、新大久保の柴田錬三郎の家へ行き、新宿あたりへ遊びに誘い出そうとしたところ、口をへの字に結んだ柴田氏は、

「いま、おれはそれどころじゃないんだ」

と、深刻な顔つきで言いながら、ふところから巻き物のごときものを取り出して、われわれに示した。それには、ただ一行、筆太の手許のふるえるような字で、「眠狂四郎無頼控」とあった。

つまり、そのとき柴田氏は新潮社から初めて註文がきて、週刊誌に読み切りの連作短篇小説を書くように言われ、そのように緊張していたのであった。楽屋話になるが、同じ枚数を書くなら、長篇より短篇の方が遥かにムツかしい。しかも、それを毎週趣向をかえて連作で書くというのは、本当の意味の職人芸を要するのである。『眠狂四郎無頼控』は柴田氏の代表作であり、これによってシバレンの名は一躍、剣豪作家として知られることになるわけだが、それまでの柴田氏は、直木賞作家のなかではむしろ地味な、どちらかといえばクロウト好みのする存在にすぎなかった。

同じようなことは、僕より一期前に芥川賞になった五味康祐についても言える。五味氏

は、「週刊新潮」がはじまる少し前に、『一刀斎は背番号6』という短篇で、柳生一刀斎の子孫が巨人軍の一員としてバッター・ボックスに立ち、アメリカ大リーグとの試合でホームランを放つという話を書いて、ユニックな才能を認められてはいたが、彼が超流行作家になるのは、やはり創刊早々の「週刊新潮」に剣豪ものを連載しはじめてからである。
無論、僕にはこの二人のような芸はシャッチョコ立ちをしたって出来っこない。ただ、柴田氏は「三田文学」で僕の直接の先輩であり、五味氏は「文学界」の一二会のメンバーとあって、両方とも身近な存在であっただけに、この二人の活躍ぶりが全然羨ましくなかったと言えば、やはり嘘になる。

一二会といえば、その後身である構想の会は、ずいぶん心細いものになっていた。まず昭和三十年の夏、島尾敏雄が病気の細君の看護をしながら、細君の故郷である奄美大島に去って行った。そして三十一年には新年早々、服部達の失踪が伝えられ、七月にはその遺体が発見された。この二人がいなくなると、もともとそれほど熱心ではなかった小島信夫や進藤純孝は勤めがあって、毎月の例会にはあまり出てこなくなったし、鴨川在住の近藤啓太郎もそうそう東京へは出てこられない。さらに翌三十二年には、庄野潤三と小島信夫の二人が同時にロックフェラー財団の招待でアメリカ留学に出掛けてしまった。となると、あとに残ったのは、吉行淳之介、遠藤周作、三浦朱門、それに僕ぐらいのものだ。しかし、日大教授の三浦は学校の用事のあるときには欠席である。遠藤、吉行、僕の三人だけということになると、これは何処かしらで、しょっちゅう顔を合せているから、わざわざ会を開くまでもないわけだ。

しかし、こうなるとかえって、僕らは意地になって、とにかく毎月一回の会は、あくまでもつづけようということになった。

「よし、オレは、自分一人になっても断乎、この会はつづけるぞ」

と、遠藤が言った。これは、あながち空元気というわけでもなかった。何度も言うように、僕らの上には第一次戦後派の諸先輩がいて、〝戦後〟は終ったといわれる情況にもかかわらず、すでに築き上げた各自の足場によって各自の仕事をつづけており、また僕らの後からは、石原慎太郎、開高健、大江健三郎といった新鋭が、それぞれイキのいい作品を引っさげて登場し、意気さかんに僕らを追い上げてきた。気の早い時評家たちは、これでもう第三の新人は全員消えてなくなるだろう、というようなことを口ぐちに囃《はや》し立てていた。

とはいえ、僕らが早晩消えてなくなると言われ出したのは、これが初めてのことではなかった。文壇にちょっと名前が出た頃から、何度となく同じことを言われてきており、そういう文句には慣れっこになっていた。だから逆に、これが僕らの強みと言えばいえないこともない。ただ僕自身は、その頃ますます悪化してきた母親の病気のこともあって、最も気が滅入っており、消えられるものなら自分でも早く何処かへ消えてしまいたいような心持になっていた。

あれは、やはり遠藤と吉行の三人きりの構想の会がおわったあとだろうか、会の流れというのもおかしなものだが、たしか銀座のはせ川から、三人で新宿の地下室のバーへ寄った。そこのカウンターの椅子に坐ったときから、なぜか僕はイライラしていた。三人で、もうべつに話し合うこともなく、はせ川の座敷にいたときから同じような話題を何度も繰りかえすばかりで、そこでも何となく一人だけ座をはずして帰る気にもなれない、そんな心持だった。そこへ、吉行が子供の時分から知っている先輩の文芸評論家T氏があらわれた。もうだいぶ酩酊しており、よろける足で僕らの傍に近づいてきた。僕は、そのとき自分が何を話していたか知らない。気がつくと、横合いからいきなり、T氏の声がきこえた。

「ふん、そんな話、もう聞き倦きたぜ。ここ何年、いつまで同じことばかりしゃべっとるのや……」

僕は突然、腹が立ち――Tさん、何もあんたに聞いてもらいたくて、しゃべってるわけじゃないんだ……、そう言おうとして、言葉にならないうちに、手にしたコップをカウンターの下の床に叩きつけていた。コップは大きな音をたて、信じられないくらい細かく、こなごなに割れて、四方に飛び散った。僕はいっぺんに酔いがさめて、居堪れず、バーを飛び出した。駅に向って歩きかけていると、吉行が追いかけてきて言った。

「心配するな、あとのことはおれたちにまかせろ。何処かで飲みなおすか……」

僕は、吉行の心づかいに感謝した。と同時に、あらためて気恥ずかしさにおそわれ、そそくさと礼を言って別れた。

家へ帰りついたのは、割りに早く、まだ十二時前だった。ドアをあけると、玄関の上り框《かまち》に女房が立っていた。

「何かあったのか?」

僕が訊くよりさきに、女房は、

「赤ちゃんが起きるとイケないから静かにして……」

と、手にした電報を差し出した。電灯の下でひろげて、僕は酒酔いのせいでチカチカする眼で電文を読んだ。

「ハハキトク　スグカヘレ　チチ」

昭和三十二年の夏、母が死んだ。その年の秋から冬へかけて、精神的にも生活的にも、僕としては最も危機的な状況に見舞われた。

何よりも先ず経済上の問題があり、そのためにはとにかく書いて稼がなければならないはずであったが、僕はアセるばかりで、ほとんど仕事に手がつかなかった。雑誌「群像」に書き下ろしの長篇三百枚を、その年の十一月いっぱいに書く約束をしていたが、十月末になっても原稿はほとんど白紙のままだった。編集長のO氏は、慶応の文学部予科で僕より二年先輩であったが、口喧《やかま》しく、シメキリの日が近くなると、一日じゅう額に青筋を立ててドナリまくるので、「オニのO」というアダ名があった。ましてシメキリを一日でも遅らせると、相手が誰であろうと容赦なく、怒りのために青オニのような形相になって責め立てるという……。

僕自身は、まさかO氏がそれほどの人とは思っていなかったが、昔から附き合いの深かった遠藤周作などは、真実、O氏を怖れており、僕が「群像」で書き下ろし長篇をやると言うと、

「お前も金のない真っ最中に『群像』の仕事を引きうけるとはエラいもんだなあ」

と、半ばあきれ、半ば同情するかのごとくに言った。それは遠藤の言うとおりであったかもしれない。しかし本当のところ、僕はO氏を怖れてなどいられなかった。作家は、要するに売文業であって、稼業としては日雇労働者と変るところがない。母親が病気であろうが、死んで葬式を出そうが、ジャーナリズムはそんなことを斟酌《しんしゃく》してくれるところではない。仕事をしなければ、才能が枯渇し、怠けているのだとしか思われない。高知と東京の間は片道二十二時間、ほとんどマル一日かかるわけだが、その往復の汽車に乗っている間も、僕は見知らぬ隣の客のひろげる新聞の文芸時評が眼にうつると、落ち着いてはいられない心持になった。自分も何とかしなければ、このままでは忘れられてしまう。そんな強迫感がいつも何処かではたらいていた。

ところで、O氏はそういう僕に何かをやらせようというのであった。すでに述べたように、戦後民主主義の時代は朝鮮戦争を境いに終っており、「近代文学」系の批評家たちも主張の基盤を見失ったように、言論は空転していた。そして彼等に支持された第一次戦後派の作家たちも、戦後十年間のうちに内部に蓄えたものは一と通り吐き出して、新しい主

題を模索しながら何かそれを尋ねあぐねているように見えた。O氏は言った。
「そこで、がんばって貰わなきゃならんのは君たちだ。といっても〝第三の新人〟というのは、まるで傘張り浪人か、橋の下の乞食みたいな恰好で、ぼそぼそ自分のヘソの垢なんかほじくりながら、小声でツマらんことを言ったり、ときどきニヤッと笑ってみたり、ぜんぜんタヨリにならん連中だと誰もが思っとる。おれだって、そうさ……。しかし、おれは君たちの中には、まだ何か言いたいことが残っとる、言いたくてもいままでは言えなかったようなことが何かある、そのはずだと思う。君たちに、その気があるなら、いまそれをやってみろと言いたいんだ」

O氏にそう言われても、僕にはそのようなものが自分の中にあるとも無いともこたえようがなかった。無いはずはない、しかしあるとこたえると、その瞬間にたちまちそれは消えて行きそうな、そんなものでしかなかった。ただ、差し当って自分に何かが期待されているということを、こんなに率直なかたちで表明してくれた人は、O氏以外になく、それなら僕は自分に何が出来るか出来ないかわからなくとも、やってみるとこたえる他はなかった。

そのとき、僕の頭にあったのは、自分にとって〝戦後〟とは何だろうということだった。そして僕は、そのことを死んだ服部達の口を藉りて語らせたいと思った。勿論、僕は服部という人間がどんなであったか良くは知らないし、知りたいという気もなかった。ただ、僕が興味を持ったのは、服部の死がいかにも無意味で、無残なほど滑稽なものでありながら、そこに一種の必然が感じられたことだ。というより僕は、服部の死を馬鹿らしいと思う反面、まるでそれを自分自身のことのように共鳴するところがあったのだ。

その共鳴とは、ひと口で言えば、戦時中の僕らが心の中で持っていた「片隅の小さな別世界」ということになるだろう。《外部には暴力的な状況があり、彼等の精神はそのなかで育って行った。比較的年長者にあっては、外部の暴力を避けてその片隅に小さな別世界を形づくる余裕のある一時期が与えられた。年齢が若くなるほど、特殊な条件に恵まれた人々にしか、それができなくなった》という……。比較的年少であり、またそれほど《特殊な条件に恵まれ》てもいなかった僕らが、いかにその「小さな別世界」を不器用に貧弱なものしかつくり得なかったかということも、再々述べてきたとおりだ。しかし、いかほど不様な貧寒たるものであろうとも、僕らは自分たちの「小さな別世界」を必要としたし、むしろそれが不様で貧寒たるものであればあるほど、かえって濃密な世代的共鳴を抱かせることになったのだ。

よく「戦時中にはタテマエばかりでホンネは一切口にすることを許されなかった」というようなことが言われる。しかし、じつはこういう言葉こそ現代のタテマエ論なのであって、実際には戦争中だって僕らがホンネを吐露し合う場所がないわけではなかった。ただ、その範囲が状況によって制限されていたというだけのことだ。しかも制限をうければうけるほど、熱っぽい親密感を生じさせることになった。そこに限られた者同士の「小さな別世界」が形づくられたことは言うまでもない。もっとも、外部の状況がきびしくなるにつれて、一人一人が心の中に持っていた「別世界」と同様、相手をえらんでホンネを語り合う「小社会」も、ますます小さく、途切れ途切れのほとんど型をなさないようなものになって行った。そして、心の中の「別世界」も、限られた者との「小社会」も、圧しつぶされて、いよいよ根こそぎ奪われそうになったとき、終戦がやってきたというわけだ。

だから、僕らにとって〝戦後〟というのは、そうした「別世界」や「小社会」を、戦争中とは引っくり返しに全部表側に向けてさらし、あらゆる制限が取っ払われて、誰彼の見境いなしにホンネだけでものが言えるようになることだった。そして、たしかに一時期、そんな風通しのいい世の中になったと錯覚させるようなものがないわけではなかった。しかし人間、一人一人がみんなタテマエをはずしてホンネだけで暮らして行けるようなことは、あり得るわけがない。ホンネでものを言い合うといっても、そのホンネの中にタテマエがあり、そこにタテマエの中のホンネとは逆の意味のホンネがあったりする……。いずれにせよ、戦争中の「小社会」のような熱っぽい親密感は、もはや無かった。

僕らの心の中の「別世界」についても、また同じようなことが言えた。戦争中比較的年長になっていて、心の中の「別世界」もそれなりに堅固なものに築き上げることが出来た人たちは、戦後それを時代の先取りをしたように主張することも出来たであろう。しかし僕らのようにひ弱な不器用な「別世界」しか持てなかった者は、戦後になってもそれを表に持ち出すわけにはいかなかった。あえて表へ出せば、舌足らずな不様さが目立って眼も当てられない有様になるだけのことだからだ。ところで僕が、服部に共鳴したのは、そういうひ弱な不器用な「別世界」を自分自身に引きうけて、それをいわば〝歴史〟の正当な場所に位置づけようとしているように見えたからだ。とくにその生涯の最後の一年——昭和三十年いっぱい——の彼の行動を振りかえると、まるで戦時中の「別世界」をそのまま実生活のなかに再現しようとして悪戦苦闘していたように思われた。そこで僕は、そういう一年間の服部を僕自身に置きかえて日記体で語ることを考えたわけだ。

だが、その原稿は、思いの外に難航した。第一の原因は、服部と僕との個性の違いがあまりにもハッキリしていることであった。そんなことは最初からわかりきった話だといえば、そのとおりだ。或いは僕は、戦中派論といったジャーナリスチックな考えに知らず識らず流されていたのかもしれない。とにかく、服部と自分がほぼ同年代で、同じ頃、同じようにして戦争にぶっつかったという、ただそれだけのことから、服部の代弁を自分がつとめるというような軽率な気持は、僕にはないつもりだったのだが、実際に筆をとってみると、やはり自分が戦争という時代背景だけをタヨリに、一人の男を早合点にのみ込んでいたことを認めざるを得なかった。

僕は、服部が昭和三十年の正月に家を出て、東京で間借り暮らしをはじめたことを想い出し、その動機が何であったのか、べつに考えてもみずに、自分が昭和二十七年の秋、両親と別れて大森で下宿生活をはじめた頃の経験に安易に置き換えて書き出した。しかし、服部の家族関係を自分自身のそれにアテはめようとしたことから、たちまち行き詰まってしまったのだ。——服部の家族関係など、何でここに持ち出してくる必要があったのか。それは僕自身にも良くわからないことだ。ただ、この小説の主人公が最後に自殺することを考えると、そこへまで一人の男を追い込むには、背後に家族関係の縺《もつ》れのあることを、僕としてはどうしても想定せずにはいられなかったのだ。そのへんからして、僕と服部とはハッキリ別種の人間であるのかもしれない。つまり、服部と較べると僕は家族主義的な農村型の人間であり、服部の方はヨリ近代的な都市化した性格をおびているといったように……。

しかし、それ以上に困難だったのは、服部のなかにあった「片隅の小さな別世界」を、僕自身のそれに置き換えることであった。何度も言うように僕は、この「別世界」という考えに共感し、そのことで服部を理解したと思いこむと同時に、そこから自分の戦争体験を逆照射したつもりになっていた。その全部が全部、僕の早合点であったとは思わない。ただ、一人一人の人間が心ひそかに用意し、つくり上げていたこの「小さな別世界」というものほど、個人的な趣味と個性のハッキリあらわれたものはないはずで、本当のところそれは他人には理解出来っこないものに違いなかった。とくに僕が困惑したのは、服部の女性観、恋愛観であった。同じ戦中派だからといっても、こういうものについての好みや考え方は、当然のことながら千差万別である。

勿論、僕は服部の伝記作者である必要はなく、服部の行動を藉りて自分なりの小説を書けばいいのだから、その女性観や恋愛観も自分なりのものであって一向に差支えないはずで、僕も最初からそのつもりであった。しかし、実際に作品にとりかかってみると、服部の恋愛した銀座の女性を無視するわけにはいかず、バーで働いている女性を他のものに置きかえることもむつかしかった。しかも、この心のなかの「別世界」を描くには、恋愛感情は必須の条件で、それによって主人公の「別世界」は心理的なものから現実的なものに定着してくるわけだから、恋愛場面を除くわけには行かない。そこで出来るだけ女性に対する感情移入を排して、主人公の女に憑かれた心情だけを追うことにしたのだが、そうなるとその部分はパサパサと乾いた文字が架空に浮いて、まるきり小説の文章にはならないのである。

僕は、いまさらの如く、このような主題を選んだことを後悔したが、もう引き返すには遅すぎた。新たに別の材料で書き直すだけの時間がないこともたしかだが、それ以上に僕自身、いったん手をつけたこの主題に、心情的にのめりこんでいたのである。

僕は、その原稿を講談社の別館に泊りこんで書いていた。そこには、高見順、平野謙、小島信夫などの諸氏も、よく泊りこみで仕事をしに来るのであったが、そのときは二箇月あまりも僕一人しかいなかった。別館は、講談社本館と同時期に、同じ設計者（宮本百合子の父君）によって建てられたもので、もともとは三井高陽男爵とかの住居であったが、終戦後接収されて東京裁判主席検事ジョセフ・キーナンの宿舎になっていたという。接収解除後、講談社が買いとって別館としたものだが、三井家という日本資本主義総本山の権威にふさわしい堅固さと、一九三〇年代洋風建築の装飾性とが結び合い、それがかなり住み荒されているせいもあって、座敷に一人で坐っていると、それだけで悲愴な重苦しい気分になってきた。

食事は三度三度、外へ食いに出た。講談社の社員食堂にもぐりこんだり、表通りの飯屋やそば屋に入ったりしたが、何処も言い合せたようにマズかった。しかし本当のところ僕は、原稿の進み具合があまりにも遅々としているために、食いものの味など、ウマかろうがマズかろうが、どうでもよかった。

ときどき「群像」編集部員が見廻りにやってきた。最初のうちは、こちらも退屈しのぎに雑談をやっていればよかったが、そのうちに編集者の視線がチラチラと、机の上の原稿用紙に向けられるのが、気になってきた。それで僕は、書きほぐしの原稿を棄てずに、机のまわりに適当に散乱させておくことをおぼえた。それによって、書き上げた原稿の枚数の少なさを、いくらかでもカムフラージュできるように思ったからだ。しかし、相手は僕のそういう魂胆ぐらいは、とっくに見透していたにちがいない。

僕は、編集者に部屋に踏みこまれるよりは、こちらから出掛けた方がマシであると思い、頃合いを見計らっては、ときどき「群像」編集部に顔を出し、当らず触らずの馬鹿ばなしをして帰ってくることにした。しかし、こういう僕の手の内も、相手には完全に見抜かれていたはずだ。ただ、彼等にしてみれば原稿の進捗状況をあからさまに訊くのは、他人の懐中の金高を訊くのと同じような抵抗があって、手控えていただけだ。しかし或る日、僕がO氏と、慶応予科の教師のことや、在学中の憶い出ばなしをやっていると、突然、O氏は眼を据えて、

「ところで」と言った。「いま原稿は何枚ぐらいいっとるかネ」

「そうね」と、僕は一瞬、口ごもりながらこたえた。「だいたい八十枚ぐらい……」

「そうか、八十枚か」と、O氏はホッとしたような笑顔になって言った。「それじゃ、もうそろそろヤマは見えた頃じゃないか」

「いや、まだまだ……」

僕は手を振って言った。八十枚というのは、その場しのぎの出まかせで、じつはやっと十八枚ぐらいしか出来ていなかったからだ。

一体どうすればいいか――？　部屋へ帰っても、おいそれと仕事は手につかなかった。僕の原稿が出来なければ雑誌の方も困るだろう。しかし僕としたって、一日も早く原稿料が欲しかった。母の入院費や葬式代、それに高知までの旅費や滞在費などで、不時の出費が重なったうえ、夏以来、収入は皆無にひとしかったのだ。或いは僕は、監禁ノイローゼというようなものにかかっていたのかもしれない。新聞をひらくと、ソ連の人工衛星スプートニクが、内部に生きた犬を乗せて打ち上げられ、そのまま衛星は軌道にのって地球の周囲をまわり続けている、とある。僕は、衛星打ち上げの成功よりも、内部に閉じこめられた犬の運命をおもい、自分自身と引き較べて、暗い気分になった。

講談社前の音羽の通りは、徳川期には江戸有数の岡場所で、護国寺から江戸川橋へかけて道の両側に隠し女郎の店が軒を並べていたという。勿論、いまはその面影もなく、ただ戦災にも焼け残った古いつくりの店屋が、ひっそりと立ち並んで、くすんだ飾り棚に貧しげな品物が置いてあったりするばかりだ。夕暮れどき、僕が茫然とそんな通りを歩いていると、うしろから、

「おい」

と声がした。振り向くとオニのO氏だった。薄暗闇の中からO氏は言った。

「晩飯はすんだか。まだなら、そこで一緒にやろう」

二人は、飯屋を兼ねた鮨屋ののれんをくぐった。ツケ台の前の背の高い椅子に腰を下ろ

すと、O氏は鮨と銚子を注文し、僕の盃に酒をみたしながら言った。

「新年号のシメキリは十一月二十日だ。それまでに、こんどの長篇は間に合うだろうな」

僕は一瞬、冗談事のようにそれを聞いた。すでに十月も終ろうとしている。あと二十日間で三百枚の原稿が書けるなどとは、まことに夢のような話だ。僕がそのことを言うと、O氏はキッとなって訊き返した。

「しかし、この前、君は八十枚まで出来とると言ったろう。もう百枚はとっくに越えとるんじゃないか」

僕は、どきりとした。O氏は僕が出まかせに言ったことを、そのまま信じているのだろうか？　いずれにしても、いまさらあれは八十枚ではなくて、十八枚だとは言いかねる。止むを得ず僕は、いま非常にムツかしい箇所にかかって、この前から少しも進まず、むしろ書き直しているうちに枚数が減ってしまいそうだ、などと苦しい弁明をした。

「ふん、新年号には間に合わんか。じゃ、二月号にするか、十二月はふだんより少しシメキリが早いが、いまから馬力をかければ充分いけるだろう」

「いや、それもちょっと……」

「ナニ、二月号にも間に合わん？　君は一体、やる気があるのか、ないのか？　二月号にも君の原稿が入らんとなると、いまから他の人に三百枚の原稿をたのむわけにもいかん。一体どうしてくれるんだ」

そう言われても、僕には返す言葉はなかった。やっと言えたのは、三百枚は無理だが、その半分ぐらいならということだった。

「じゃ、百五十枚ということか？　しかし、君が三百枚書くということは、もう予告に出してある。それを一と月遅らせたうえに、その半分しか載せられんとなったら、雑誌の信用にもかかわるからな……。しかし、書けんというなら、無理なことは言わん。十二月いっぱいに二百枚書け。それが出来んようなら、もう君には頼まん……」

十二月いっぱいに二百枚は書けなかったが、それに近いところまでは、どうやらコナした。そして翌昭和三十三年一月には、『舌出し天使』二百五十枚を何とか書き上げることができた。無論、出来映えは決して好いものではなかったが、この際、出来の善し悪しよりは、とにかく書き上げたということで、僕はホッとした。

これまで僕は、短篇以外に小説らしいものは何一つ書けなかったといっていい。いや、前年、母が死ぬ少しまえに、軍隊の体験をつづったものを幾つか繫ぎ合せて、やはり二百五十枚ばかりにまとめた『遁走』を書き上げていた。出来映えは、むしろこれの方がマシであったのかもしれない。しかし、これは要するに短篇の寄せ集めで、或る一つの主題をそれだけの長さで書き上げたと言えるものではなかった。あるいは軍隊は、小説の主題とするには厖大に過ぎて僕自身の中で完結させることは不可能であったともいえるだろう。

そこへ行くと『舌出し天使』で僕は、曲りなりにも小説として完結し得る何かを手許に引きよせることは出来たという確信があった。

そのことは、オニのO氏も、よく了解してくれた。彼は、『舌出し天使』が完成すると、以前とは打って変って優しくなり、この作品のもっている意味を最大限に高く評価して、あらゆる機会を捉えて「群像」の寄稿家たちに、そのことを宣伝してくれた。編集者が自分の担当した作家や作品を売り出そうとするのは、職業意識として極く当りまえのことかもしれない。しかし、O氏の場合、それは通常の意味での職業意識を遥かにこえており、文芸雑誌の編集をつうじて文学をつくることに、まさにオニのごとき執念を燃やしていたと言っていい。

そういうO氏が尽力してくれたおかげもあって、『舌出し天使』は完全に失敗作であったにもかかわらず、一般にかなり好意的な批評で迎えられた。そして僕は、これと『遁走』の二作をほぼ同時期に発表したことで、どうやら忘れられた作家にはならずにすみ、第三の新人全体が「相対安定期の作家」などといわれていた頃とは違った眼で見られるようになってきた。

三月の末頃、僕はひと息いれたい心持になって、静岡県で温泉宿をやっている石山皓一のところへ、一人で泊りに行った。その間、女房は子供をつれて神奈川県葉山の実家へ泊りがけで帰っていた。本来なら、こういうときには家族づれで何処かへ慰安旅行に出掛けるところかもしれないが、中篇二作書き上げた直後のわが家には、到底そんな経済的余裕はなかった。それでも、友人の温泉宿で二、三日のんびり過ごしたあと、僕は葉山へ妻子を迎えに行き、夜になって世田谷の自分の家に帰ってきた。

「あら、ドアがあいている」と、女房は最初、何でもないように言った。

「留守の間に誰か来たのかしら」

玄関――といっても畳半分ぐらいの靴脱ぎ場にすぎなかったが――から、次の部屋を覗きこんでみて、はじめて異変が起っていることを知った。誰か来たどころではない、泥棒が侵入して荒らしまわったあとが歴然としていた。箪笥やら机やらのヒキダシがみんな引っぱり出されて、中身がひっかきまわしてあり、引き裂かれた現金書留の封筒が部屋じゅうに散乱している。

僕はしばらく茫然としていたが、いったい何を盗まれたのかと調べてみると、驚いたことに、これといって何一つ盗まれたようなものはない。

「おい、何か失くなっているものはないか」

「なさそうね。だいいちお金になりそうなものは、みんな質屋に入ってるもの」

そういえば、そうだ。僕のセビロもカメラも女房の着物も時計も、いま身につけているもの以外は全部質屋に入れたままだし、現金は勿論一文もなかった。一見、金目のものといえば、あちこちの出版社などから送られてきた現金書留の封筒だが、これは税金の申告のために女房が一応とっておいたもので、言うまでもなく中身はみんなカラッポだ。そして泥棒は、その二重三重になった破れ難い封筒を、一つ残さず破って、床の上に棄ててあった。僕は、泥棒が一つ一つ封筒を破るごとに、絶望的になってくる心境を推察して、滑稽になると同時に、気の毒なような心持にもなった。——こういうとき、泥棒を慰めるという意味でなくても、せめて千円か五百円札一枚ぐらいは、封筒の中に入れておいてやるべきではなかったか？

床一面、紙屑籠をぶちまけたようになった家の中を眺めながら、ぼんやりとそんなことを考えていると突然、電話のベルがけたたましく鳴った。

「モシモシ、安岡くん？　ああ、あんたねえ、いま、お金はいりましぇんか？　もしお金がいるんなら、いい儲け口があるんですがね、ひとつ話に乗ってみましぇんか？」

カン高い、九州なまりの声で、電話の主は梅崎春生氏とわかった。

梅崎氏は、酒に酔うといつも、このように時ならぬ時刻に益体《やくたい》もない電話をかけてくるクセがある。とくにエプリル・フールが近づいてくると、

「ことしも何か、また遠藤周作のやつをギャッと言わしぇるような手はないかネ、ニシェ電話でも、ニシェ手紙でもいいんだがネ。ぼくも考えておくけれども、あんたも何か好い

のを思いついたら、すぐ僕に知らしぇて下さい……」

といった種類の相談を持ちかけてくる。そして自分でも、しばしば、こちらは練馬のソバ屋であるとか、池袋の酒屋であるとかいって、

「あなたのところに、ファンだという人から、ざるそば百枚、プレジェントとして届けるように言われたんですが、どうしましょうかネ」

とか、

「しょう油、四斗樽一本、届けるように言われたんですがネ」

とか、つくり声の電話をかけてくる……。いまも僕は、受話器からもれてくる梅崎さんの声で一瞬、またいつものでんかと思った。それにしても、選りにも選って何もこんなときに、「金はいりましぇんか」などと余計な電話をかけてくることもなかろうに——。（それどころじゃないですよ、梅崎さん、いまうちには空巣にドロボーが入りましてね……）僕は言おうとしたが、梅崎氏の声の調子は、いつもと違って真面目だった。——じつは、某新聞に小説を連載中の某々氏が昨日突然発病して某大学病院に入院した。それで新聞社では、急遽ピンチ・ヒッターを立てて某々氏が恢復するまで短期間の連載をさせようとしているのだが、よかったら引き受けないか、というのであった。

「原稿は一回、三枚半で、稿料は一万円。新聞小説の稿料としては高い方じゃないが、そう悪くもないでしょう。あんた、純文学ばっかりやってて金が無いんなら、たまにはこう

いう話、引き受けたらいいと思うんだがな。思い切ってやってみなさいよ……」

　急病に倒れた某々氏というのは、柔道家を主人公にした時代小説を得意とする大衆作家であり、到底僕にはそのピンチ・ヒッターがつとめられるわけはなかったが、金はたしかに欲しかった。

「やるとしたら、いつからですか」

「それが、なるべく早くと言うんだ。ま、一週間くらいは待ってくれるだろうがね……。とにかく部長のS君に、明日の朝、君のところへ行くように言っておくから、S君とよく話し合ってみて下さい。まア僕は、君がいま引き受けるのが一番いいと思うけれどもね、何でもいいんだよ、書きさえすれば。こういう際だからね……」

　それだけ言うと、梅崎氏は電話を切った。

　僕は動転していた。

　新聞小説といえば短期連載といっても、最小限三箇月はつづけなければならないだろうし、それなら一応長篇小説になる。それを何の準備もなしに、一週間かそこらで構想をまとめて書き始めろと言われたって、そんなことが出来るわけがない。しかも、こちらは新聞小説を書いた経験など、まったく無いのだ。ふだんなら、こんな話は一も二もなく断ってしまうところだが、泥棒が入っても何一つ持って行くものもないような状態で、いきなり毎日一万円ずつ原稿料の入ってくる話をきかされると、僕は心を動かさざるを得なかった。ちなみに当時、「群像」の原稿料は一枚六百円だったが、それが新聞なら三枚半で一万円だというのだから、単純に計算しても五倍になる。しかも、新聞小説は改行や会話の部分が多く、ぱらぱらっと読みやすいように書いておけばいいのだから、慣れてしまえば労力は文芸雑誌の小説の何分の一かですむだろう。だから経済上の面からいえば、これはまさに一陽来復というべきものだ。おまけにピンチ・ヒッターで起用されるのだから、先方も決して成功作を期待しているわけではない。失敗しても、もともとで、大して気に咎めることもない。

翌朝、十時頃、警察から医者の着るような白い上ッ張りを羽織った捜査係の刑事が二、三人やってきて、泥棒の指紋やら足跡やらを調べているところへ、新聞社の文化部長S氏が部員をつれてあらわれた。S氏は、慶応の文科で僕より五年ぐらい先輩に当る人で、若い頃には柴田錬三郎と並んで「三田文学」にさかんに小説を発表していたから、僕はその人の名前も顔も以前から良く知っていた。そのせいか僕は、S氏を見ても新聞記者という気はほとんどしなかった。それはS氏の方でも同じであるらしく、まるで「三田文学」にでも何かちょっとしたものを書かないかというような調子で、

「ま、文芸雑誌とは違うんだから、気楽にひとつ何でも好きなことをやってくれよ。無論、Tさん（病気で倒れた某々作家）と君じゃ作風がまるで違うことは、うちの重役だってわかってる。だから、そんなことは気にすることはないんだ。君はTさんの身代りでも

何でもないんだから……。じゃ、たのんだよ」
と、もう最初から僕がこの原稿を引き受けたものときまっているように言って、新聞社の旗をひらひらさせた自動車に乗ると、そのままスーッと帰ってしまった。それを見送って初めて僕は、たいへんなものを背負いこんでしまったという気がしてきた。

実際、ジャーナリズムというのも妙なところだ。二年前、母の病状が悪化して入院させなければならなくなったとき、僕は何処か地方の新聞に小説を書かせてくれるところはないものかと、学生時代の友人などをたよってたのんでみたが、まったく相手にしてくれるところはなかった。ところが、その母が死んで、自分も新聞小説のことなど、すっかり忘れてしまった頃、こんなかたちで頼まれる。それも泥棒が入って、何も盗まれたわけでもないのに、医者みたいな恰好をした刑事が家の内外を仔細ありげに調べまわっている最中に……。僕は、まったく自分がドタバタ喜劇の主人公を演じつつあるような気がすると同時に、世の中のすべてのことが架空に、まるで火事場のドサクサ騒ぎの恰好で進行していくように思われた。

一週間は、たちまちのうちに過ぎた。僕は友人のKという男から聞いた話をもとに、世の中を息せき切って、まるで死に急ぐようにして生きている連中のことを書きはじめた。しかし、先きの見通しも全然なしに始めたこの小説は、連載の十日目あたりから自分でも何を書いているのか、わからなくなってきた。そして二週間もたった頃、頭がどうにもハッキリしないので体温を計ってみたところ、四十一度何分かの発熱をしていることがわかった。

子供の頃から僕は、何年おきかにワケのわからぬ高熱を発することがあったが、四十度に達する発熱は終戦直後に脊椎カリエスをわずらって以来のことであった。結婚した頃から僕は、カリエスのことなど忘れていたのだが、前年来の無理が祟って再発したものかと思われた。それならそれで仕方がない。僕はべつに悲観はしなかった。敗戦後数年間の食糧難の時代にくらべれば、いまは仮りに寝たっきりになるにしても、よほど気はラクだからだ。しかしカリエスの再発にしては、こんどは背骨はまったく痛まず、かわりに左膝の関節がほんのちょっと動かしただけで飛び上るほど痛んだ。脊椎カリエスのときには最悪の時期でも、便所へは這ってでもかようことが出来たが、膝が痛むと這うことも出来ず、その点大いに苦労した。

医者の診断を受けると、これはカリエスではなく、リュウマチ熱だろうという。「リュウマチ熱」というのは初めてきく病名だったが、普通は子供がかかる病気である由。そういえば僕は、三、四歳の幼児の頃、リュウマチにかかって、びっこを引きながら歩いた記憶がかすかにあった。しかし、そのときには高い熱が出たという覚えはまったく無い。熱は、コーチゾンの新薬をのむと嘘のように効能があって、わずか一日で三十七度台に下り、痛みもほとんど消えてしまった。何でもないようなことだが、こういう特効薬が出現したことにも、僕は時代の差を感じ、科学の進歩が自分の気がつかないところで人間を変えて行きつつあるような、不思議な心持がした。しかし、熱も痛みも失くなっても、放っておくと危険だといわれて、僕は飯田橋の東京逓信病院に入院させられることになった。

当日、新聞社のまわしてくれた自動車に、身のまわりの品物を積み、自分は寝間着のままガウンを羽織って乗りこむと、あらためていかにも病人になったという気がした。そのせいか、見慣れているはずの沿道の風景も妙になつかしいものに思われた。しかし、車が目黒を抜けて三田の通りにさしかかった頃、正面に赤白ダンダラに塗り分けた背の高い鉄塔が眼について、思わず、

「あれは一体、何だろう」

とつぶやくと、運転手が、

「東京タワーですよ。あそこからテレビの電波を発信しているんです」

と教えてくれた。東京タワーの噂なら、僕も知らないわけではなかった。しかし、それを動く車の中から眼の前に眺めると、ふと、三日見ぬ間の桜かな――、とそんな想いがした。

結局、逓信病院には四十日間、入院していた。その間、僕は一日も休まず新聞小説の原稿を書いた。某々先生が倒れたあと、ピンチ・ヒッターの僕までが途中で連載を下りるわけにも行かないからだ。

こういうと、いかにも殊勝げに聞えるが、じつをいえば、やっとはじまったばかりの連載を中絶してしまうと、僕は入院費用も払えなくなり、その日の生活にも事欠く有様になるところだった。それに、小説の出来具合は甚だひどいものだったが、入院加療中のところを休まずに書いたといえば、いくらか申し訳も立つようで、ぐだぐだと締まりのないことを書いていても、それほどヤマシいおもいもしないですんだ。

この四十日間の入院生活中に、僕は満三十八歳の誕生日を迎えたが、考えてみればこの間に僕の体は、人生の前半期から後半期への変り目をまたいでいたのかもしれない。どっちにしても、病院から出てくると僕は以前よりもよほど丈夫になった気がした。それに七月いっぱいで連載を了えると、前年から持ち越したあっちこっちの借金も払いおわって、いくらかの余裕さえ生じていた。僕はその金の一部で、近くの松陰神社に墓地を買い、母の遺骨をそれに納めた。それまで母の骨は、白いセトモノの壺に入って、本棚の隅に何となく居心地悪く置いてあったものだ。

庄野潤三、小島信夫の二人が、前後してアメリカ留学から帰ってきたのも、その頃のことだ。「構想の会」——という名前はもう使わなくなっていたかもしれないが——は、ひさしぶりで島尾敏雄を除いた全員が顔をそろえて、銀座の小料理屋でひらかれた。しかし、そこでどんなことを話し合ったか、記憶に残っていることは何もない。皆、明るい顔つきでタアイないことをしゃべり合って、それはそれで愉しかったが、かつての「構想の会」の長屋の花見ふうの自虐的な歓楽や、緊張感はもはや無かった。

秋になって、警職法改正というのが、にわかに新聞雑誌などで、問題になりはじめた。一と言でいうと、これは二年後にひかえた一九六〇年の安保改正のための地ならしという意味があるらしく、綜合雑誌は勿論、日頃そうした問題には積極的にうごかない文芸雑誌や週刊誌までが、いろいろのかたちで反対運動をやりはじめた。ふだん〝歌と踊り〟の芸能誌として知られている「週刊明星」までが、

またコワくなる警察官

――デートも邪魔する警職法!

と、大々的にうたった記事をかかげたのには、誰もが目をみはった。

〝モシモシ、ベンチで囁く、お二人さん。早くお帰り、夜が更ける。野暮な説教、するんじゃないが、ここらは近頃ブッソウだ……〟

――これは曾根史郎の唄でおなじみの民主警官の姿である。その反面、こうしたブッソウな人権侵害、越権行為がくりかえしくりかえし重ねられているのである。これはいったい、どういうことなのであろうか?

現在、「警察官職務執行法《おまわりさんのしごとのやりかた》」という法律がある。それが最近手ぬるいというので、もっと厳しく、警官の権限を拡大しようとして、改正案が提出され、大問題になっていることは、誰でも知っていよう。

いまでさえ、多くの行き過ぎがあるのに、そしてまた多くの反対を押し切ってまで、なぜこの改正案は強行されなければならないのだろう？

これは、まだ無名だった梶山季之が書いたものだそうだが、警職法反対を庶民に徹底させるという意味では、まことに効果的なものというべきであった。

世間では、昭和三十年頃からはじまった神武景気なるものが一段落したあと、こんどは神武を上廻る岩戸景気というのがはじまっていた。僕自身についていえば、神武景気のときには一向に不景気であったが、岩戸景気の場合は若干、余慶をこうむったといえるかもしれない。

元来、文筆業というのは一般の好況不況にはあまり左右されないもので、景気の急上昇しているようなときには本は売れず、かといって不況のどん底のときにも無論売れない。本が売れるのは景気がやや下り坂になって、ウワついた気持が落ち着いてきて、外へ出掛けて夜遊びもしなくなったようなときだという。だから戦争中、生産力が向上し、他に娯楽がなくなって、しかも本格的な空襲がまだ始まらなかった頃に、本は最もよく売れたらしい。

そういう意味では本来、岩戸景気で本が売れるということはあり得ない。ただ、僕の場合、たった一編、それも半年間、まずい新聞小説を書いたおかげで、他の本も多少売れたし、生活全体にいくらか余裕ができた。裏返していえば、これまでの生活がいかに苦しかったかということだろう。

昭和三十四年になると、各出版社がいっせいに週刊誌を出しはじめ、少年向けのマンガ週刊誌をいれると、いっぺんに倍以上になった。これまで「群像」の編集長だったO氏が「週刊現代」の編集長も兼任することになり、その創刊号から吉行淳之介が長編『すれすれ』の連載をはじめた。これも原稿料は「群像」の五、六倍で、要領を飲みこんでしまえば労力は「群像」の半分もかからない。新聞には大きな広告が出て、「新鋭巨匠吉行淳之介」というようなことになった。それでしばらくの間、仲間うちで「巨匠」は吉行のアダ名になった。

週刊誌がはじまると、各出版社の編集部員も大幅に増員された。われわれの頃には、大学の文学部卒といえば教師になる以外、就職は殆どあきらめたようなものだったが、この頃から出版社のほか民間のラジオやテレビ局、大手の広告取次業など、文学部卒でも結構就職先きが多くなり、また女子学生が大量に私大の文学部を目指すようになったこともあって、文学部の教室はこれまで世棄て人の吹き溜りのようだったのが、一挙に花嫁学校兼マスコミ要員養成所といった実利的な場所になったらしい。いきおい文学青年の気質も、この頃から情報産業戦士とでもいったものに変りはじめた。

週刊誌ブームと一緒にマイ・カー・ブームがはじまった。第三の新人の仲間では、三浦朱門が二、三年まえからフォルクス・ワーゲンの中古車に乗りはじめたが、これはやや特殊な例外だ。昭和の初期に、「新科学的」とかいってスポーツ・カーの写真を表紙にした文芸雑誌があったということだが、三浦がワーゲンのハンドルをにぎっている様子は、いかにもその「新科学的」雰囲気を実践しているように見えた。ところが吉行も、週刊誌の小説をはじめて間もなく紺色のオースチンを買い入れたが、これは必ずしも「新科学的」というようなモダニズムの文学論を実生活にうつすためではなかった。当時、進行中だった恋愛の相手が有名なミュージカル女優であったため、彼女とのランデ・ヴーには世間の眼を避けなければならず、それにはどうしても吉行が自分で自分の車を運転する以外にない、ということだった。つまり、それだけ吉行の場合、自動車は実用的な意義をもっていたわけだ。

吉行と前後して阿川弘之も、ルノーの小型を運転しはじめ、やがて遠藤周作も車を買い入れた。そして僕自身も、それから二、三年たってフォルクス・ワーゲンを買ったが、運転はもっぱら女房まかせで、助手台が僕の専用席だ。……しかし、自動車の普及は、都会より農村の方が早かったのではないか。三十年代のはじめには、もう農村では青年たちがオートバイをすっ飛ばしており、僕が自動車を買った頃には、農民がピカピカの新車にクワやスキを積んで田んぼを耕しに行くようになっていた。

岩戸景気をもり上げた原因は、ものの本によると、日本の技術が革新的に向上し、民間企業の設備投資が飛躍的に増大して、それと同時に賃金が上って消費が大幅に延びたことだというが、その象徴的なものは自動車産業だろう。憶い出すと戦争中、軍隊でも日本製のトラックを使っていたが、国産車はしばしばエンストを起こし、内地ならばいいが外地だとたちまち現地人（つまりゲリラ）にとり囲まれて、運転手は必ず殺されてしまうというので、兵隊はなるべく自動車部隊に廻されないよう、運転免許を持っている者もそれを隠す傾向があった。その時代には、日本でマトモな自動車がつくれるようになるとは思えなかったし、まして農夫が自家用車で田んぼへ稲刈りに出掛けるようになるなどとは、まったく夢にも考えられなかったことだ。

戦後になっても、昭和二十年代いっぱいは、まだ国産車はタクシーなどで使われているだけで、少し高級なハイヤーになると米軍払い下げか何かの大型車がハバをきかせていた。昭和三十一年夏、高知の伯父の家にいた母を騙しすかすようにして入院させるときにも僕は、村で一台しかない大型のハイヤーを前夜のうちに予約したものだ。当日は、その車のトランクに蒲団や身の廻りのものをこっそりと運び込み、母にはドライヴにでも出掛けるようなことを言って、弁当持参で父と三人でその車に乗りこんだ。その頃はまだ珍しかったカー・ラジオが歌番組をやり出すと、母はそれに合せて歌い、漫才がはじまると、母は笑った。僕は、母を待ちうけている運命を考えると、さすがに居堪れぬ胸苦しさを覚えた。

そのとき入院して、一年後にその病院で死んだ母のことを、僕は書かなければならないと思った。それは母の死んだ直後から考えていた、というよりも極く自然に、自分はそれを書く以外に何もすることはない、と思っていた。しかし、いざ書くとなると、僕の頭には、母のことも、その背後にあることも、何も浮かんでこなかった。僕はただ、母が息を引きとったあと、その病棟の直ぐそばの海岸で、潮が引いて底から何やら黒いものの絡《からま》った棒杙《ぼうくい》が列になって突き出していたことだけを憶えており、そのときうけた衝撃が何であるかが、これから自分の書くものの主題になるということ、それだけしか僕の頭の中にはなかった。——母は何のために狂ったのか、何のために死んだのか？　それを書くことに一体どういう意味があるのか？　頭の中だけで考えていても、どうどうめぐりをするばかりでよくわからなかった。

夏になった。講談社の軽井沢愛宕山の社員寮が空いているというので、そこの一室にこもることになった。旧道を上りつめた山の中腹のそのあたりは、殆ど人けがなく、社員寮に泊りこんでいるのも大抵は僕だけだった。——とにかく書き出してみなければ話にならない、書くことにどんな意味があろうとなかろうと、これを書かなければ僕は母親から自立することは出来ず、自分にとっての戦後を終らせることも出来ない、そう思って僕は、無理矢理、第一行を書き出した。けれども、それっきり、あとは仲々つづかなかった。

朝、食事をすませると、散歩のために山を下って、旧道の郵便局の近くの小さなコーヒー屋でコーヒーを飲む。店には、いつも何組かの週刊誌の記者やらカメラマンやらがトグロを巻いていた。彼等は、その年の四月、成婚式を上げられた皇太子夫妻をずっと追い駆けてきており、夏じゅうそのコーヒー屋で、皇太子か皇太子妃がテニス・コートにあらわれるのを待っているのだ。

「来た！」

と、伝令らしいのが飛びこんでくると、

「それ！」

と、カメラやらカバンやらを抱えて全員が立ち上って店を出て行く。けれども大抵、十分もたたないうちに、彼等は汗を拭きながら帰ってくる。

「何だ、ちがうよ、こんな時間に来るはずはねえと思ったよ」

口ぐちに、そんなことを言いながら、しかしそれでも一と仕事すませたように、ほっとした顔つきで、ふたたび腰を落ち着けると、さっき飲み残したコーヒーをすすり上げるのであった。——いったい、いつの間に、こういう世の中になったのだろう?

僕は傍で眺めながら、まるで戦前の映画『会議は踊る』を観ているような気分だった。勿論、メッテルニッヒ時代のウィーンの街並みに較べて軽井沢の町は貧弱すぎるし、その頃のヨーロッパ宮廷とわが皇室とを比較しても同じことは言えるだろう。けれども、全ヨーロッパを荒らし廻ったナポレオン戦争や、各国に起る革命騒ぎの合い間に、かりそめの平和と復古調の空気が、一見はなやかに流れていたあの時代と、現代のわがくにとはどこかよく似たところがあるように思われた。

まだその頃は、〝アンノン族〟というような名前は生れてはいなかったが、それに当る新しい消費階級（？）は、まず軽井沢にあらわれたと言っていいだろう。戦前の軽井沢というのは僕も知らないが、忘れられた街道筋の宿場町に外人宣教師たちが夏の間だけ集ってきたところからはじまったこの別荘地は、もともとどこか架空な作りものめいた町だったにちがいない。しかし、そういう戦前の軽井沢のスノビッシュな雰囲気は、戦争中にあらかた消えており、敗戦後は古い別荘の持ち主も入れかわって、神武景気、岩戸景気のその頃からは新たな別荘地やゴルフ場の開設がすすんでいた。そして戦前よりも、もっと架空で、もっと手っ取り早く大衆的な避暑地の風俗が、そのへん一帯にあふれている……。

勿論、僕にはそういう様変りして行く世の中をみて、怒ったり嘆いたりする理由は何もない。ただ僕は、そういう変化そのものが何となく不可解で、自分の居場所がわからなくなったような戸惑いを覚えるだけだ。

僕はコーヒー屋を出て、旧道の一本道を後かえりして湿っぽい愛宕山の講談社の社員寮にもどり、自分自身の〝戦後〟と対面するために、空白の原稿用紙に向いあう。そして、母が死んだ直後に干上った海の底から突き出してきたものを憶い浮かべて考える。あれは一体、何だったのだろう?

結局、僕は軽井沢にいた七月、八月の二箇月で、五十枚ほどの原稿を書いた。たったこれだけかという気もしたが、書き上げた部分については手応えがあり、僕は自信を持った。全体は二百枚から二百五十枚くらいの予定だが、ここまでくればもう半分は出来上ったも同じことだ。何が書けるかは知らないが、方角はすでに決った。間違っているとしたら、最初からまったく別の作品を書くより仕方がない、これはこれで最後までこの調子で押して行くべきだ……。九月の末までに百枚、そして十月の下旬には予定どおり二百十枚ばかりの作品が完成した。

干上った海の底から何が出てくるか、それが書けたか書けなかったか、僕には何とも言いようがない。僕に書けるのは、要するにこれまでの生涯で自分が見てきたものだけだ。心の中にあるものも、外側にあるものも、自分が何を経験してきたか、こなかったかということは、作品のなかに総てハッキリあらわれるだろう。書けなかったものは、言葉が不足しているためではなくて、そのものに対する経験が欠けているということだ。欠けているものがあったら、あったで仕方がない。差し当ってこの作品のために、あとから経験をつぎ足すことは出来っこない。その代り、自分に欠けているものがもしわかれば、それだけでもこれを書いた甲斐があるというものだろう。

わずか四箇月、しかもその間、この作品だけにかかり切りになっていたというわけでもないのに、仕上った原稿を「群像」編集部に手渡すと、僕はひどく長い歳月を穴ぐらの中で一人きりで暮らしてきたような気がした。自分の外側にあるまわりじゅうのものがやたらにマブシく、早く外の光に慣れてしまいたい心持だった。プロ野球は、巨人と南海の日本シリーズをやっており、たまたま僕は人から第五戦の切符を二枚もらっていたので、庄野潤三を誘って一緒に行くことにした。

ちょうど、その日は渡した原稿のゲラ刷りが出てくることになっていたが、それが印刷所からいつ出てくるかはハッキリしないので、「群像」には、よんどころない所用があって二、三時間そちらへまわるから、と断って出掛けた。このシリーズは、南海がすでに一引分けをはさんで三連勝しているので、この第五戦に南海が勝てば初めて巨人を破って優勝できることになる。僕も庄野もアンチ巨人だから、この試合は見逃せなかった。しかも、大阪育ちの庄野は南海には積極的に肩入れする気持がある。それで僕は、切符を手渡しながら言った。

「南海に応援するのはいいが、あんまり巨人を露骨にヤジったりしないでくれよ、これは巨人の席だからな」

「わかった、わかった」

庄野は上機嫌にこたえた。もっとも、庄野は、今宮中学の教師時代に野球部長をやっていて甲子園にも出場したことがあるというだけあって、野球は見巧者でかなり専門的な知識もあるから、間違ってもヘタなヤジなど飛ばす心配はなかった。それに試合は、至極淡々と南海有利のうちにすすんで、そんなにエキサイトする場面もなく、どちらかといえば凡戦だった。それで南海が勝ったが、何対何であったか僕はスコアも忘れてしまった。その試合で憶えていることといえば、連投の杉浦投手の球がよくのびて、巨人の打者の手元で生きもののようにホップしたことと、最終回に近く、巨人の敗色濃厚になった頃、一塁ベースにいた巨人藤田がイキナリ二塁へ単独盗塁したことだ。

投手の藤田は、水色のグラウンド・コートを羽織っており、それが突如として走り出したものだから、敵も味方もアッ気にとられるばかりで、たしか南海の捕手野村は二塁へ投球もしなかったかと思う。雨もよいの暗いグラウンドを横切って、水色のコートをひらひらさせながら走る藤田の姿は、ひどく孤独であった。場内は拍子ヌケしたようで、あまり拍手も喚声もわかなかったが、藤田は二塁塁上で怒ったように一人で突っ立っていた。そのときだった、僕は不意に母親の顔を憶い出し、胸のなかが暗くなった。なぜだろう？藤田の顔が母親に似ているわけはないし、僕は書き上げた原稿のことはすっかり忘れているつもりだった。しかし、帽子を眼深にかぶり、ひとり昂然としている藤田の姿に、目を虚空にみひらいて夕闇の中で立っている母親を、僕はいやになるほどアリアリと想い浮かべていた。

その年は、これまでになく安穏に暮れた。いや、世間に何が起っても、僕は呆然としており、自分一人、安穏な心地であったのかもしれない……。前年の警職法反対につづいて、一年後にひかえた安保改定反対の運動が、もうはじまっており、新聞、雑誌のページをめくると、何やら騒然としたものが吹き上げてきそうな気配でもあったからだ。しかし、実際に街を歩いていても、何処にそんな気配があるのかはわからなかった。街は混みあっていたが、雑踏の人波はそれぞれ自分の欲望や目的に向って歩いているだけで、その意味では安穏に悠然と平地の川のように流れているとしか思えなかった。

そういえば、あれは暮れも大分押しつまった頃、僕は阿川弘之に言われて、志賀直哉について語るテレビの正月番組の座談会に出た。出席者は志賀氏をはじめ、武者小路実篤、尾崎一雄、それに阿川と僕と、あとは誰であったか忘れたが、司会が河盛好蔵氏であったことだけはよく憶えている。この時期に、放送局がなぜ志賀直哉を取り上げたか、その理由も忘れてしまったが、とくに何という理由はなくとも正月の教育番組に、志賀氏は文壇の最長老格として最もふさわしいということであったのかもしれない。しかし、考えてみればこれも平穏無事な世の中を象徴したような番組であったともいえよう。

安保というのは日米平和条約のとき、アメリカ軍が引続き日本に駐留するための口実として設けられたものだという印象が、漠然と僕らのなかにあった。したがって、安保条約が改定されるといえば、その改定の内容はともかく、今後十年延長されるということで、それだけアメリカ軍の駐留は長くなり、日本の国の本当の意味の独立はそれだけ遠のくことになる。しかし、そういうことは頭の中ではわかってはいても、実感としてはアメリカ兵が日本を占領しているということを、僕らは忘れかけていた。いや、やがて敗戦後十五年になろうとしているということさえ、何だか嘘のような気がしていた。まったくのところ、十五年といえば大正年間と同じ長さではないか。そんなに長い間、外国軍に事実上、自分たちの国が占領されているのだと言われても、信じられるものだろうか？

人間、どんなものにも慣れられないことはない、と第二次大戦中、ナチの収容所に入れられていたユダヤ人の手記に書いてあったが、僕らも原爆の恐怖というようなものも、観念としてはおそろしいものだとわかっていても、実感の上ではもう慣れっこになっており、米ソ二大強国のはざまに立たされているといっても、そんなことを日常茶飯に心配していられるわけでもない。心配ごとは、いつももっと些細な個人的な出来事についてである。

話をテレビの座談会にもどせば、たしか一時間番組のそのテレビの録画が終ろうとする

五、六分まえであった。突然、カメラが故障して動かなくなってしまった。当時はまだビデオ・テープを切ったりつないだりする技術がなかったので、最初から撮り直しということになった。しかし、志賀氏や武者小路氏のような大家が、これに応じてくれるだろうか。司会者の河盛氏は文字通り狼狽して、床の上でよろけそうになった。さいわい、志賀、武者、両大家とも機嫌よく、無事に録画をすますことが出来、河盛氏も放送局との間に立って厄介な騒ぎを起さずにすんだ。しかし、河盛氏にとってはよほど気の揉める出来事であったに違いない。

録画を終えて、僕と阿川は何処かで一と休みしようと、志賀氏の子息の直吉さんの車に乗せてもらって、銀座の表通りをとおっていた。見ると、すぐ前の舗道を河盛さんが歩いて行く。その後姿を見て、一緒にお茶にでも誘おうと、僕と阿川は交互に窓から声をかけた。

「河盛さーん」

車がほとんど舗道の河盛さんの真横に並んだとき、僕は思い切り大声で呼んだが、河盛さんは真っ赤な顔をしたまま、こちらを振り向きもせず、まっ直ぐ前を向いて一見悠々と機械人形のように歩きつづけていた。

昭和三十五年に入って、安保闘争はいよいよ本格的になってきた。——とはいうものの僕自身の記憶では、いつ頃から、どのように本格化したかは、どうもハッキリしない。当時の朝日新聞をめくると、一月二十日づけの朝刊に「日米安保新条約調印さる」と第一面の最上段ぶち抜きの横書きで大きく出ており、同じ日の夕刊のコラム「今日の問題」に、『期限十年』という題で次のように書いてある。

日米新安保条約の第十条には、この条約の有効期限が十年と定められてある。もちろん、批准が終って効力を生じたときから十年ということである。さきに「十年では短かすぎる。三十年にせよ」という意見も自民党内にはあったようだが、本社の世論調査では四二%が「十年は長過ぎる」という見方に賛成している。

「十年ひと昔」といわれる。過去を振りかえるとき、人間の健忘症は、過ぎ去った年月を都合よく整理してくれるので、「十年一日の如く」にさえ相成る。たとえば、千円札が出るというので、私たちが驚き、珍しがったのは、まさに今から十年前。その発行は昭和二十五年一月七日のことだった。（略）十年前の一月十九日、社会党が分裂騒ぎを演じたことを思うと、歴史は繰り返して退屈だなどと言いたくもなる。もっとも、うっかり繰り返してもらいたくないものは、やはり十年前に起った朝鮮戦争。この戦争こそ日米安保条約に大きく影響したものだった。

過去を振りかえれば十年一日だが、将来への十年は、掛値なしに一日一刻の積み重ねである。その十年、私たちを包む環境に「大きな変化はない」と、たれが太鼓判を押せるだろうか。……

取り立てて言うほどの名文ではない。いや、むしろ問題の焦点を殊更ずらせたようなこの文章は、「今日の問題」というには、間の抜けたものかもしれない。しかし、これは或る意味では当時の日本の知識人の態度を典型的にあらわしたものと言えるのではないか。「安保改定に賛成か反対か」と問われれば、「反対」とこたえるのが常識であった。しかし、「新安保のどこに反対か」と訊かれると、これには殆どの人はこたえるすべがなかったはずである。だいたい安保の条項なるものを読んで、完全に理解できる人がどれほどいたか？　仮りに一応の理解はできるにしても、軍事同盟の条項には保険会社の契約書以上に解釈のムツかしいところがあり、どこにどんな落し穴があるかは、専門的な法律家でも判定をつけかねるのではないか。ハッキリしていることは、日米の、軍事力を含む国力には圧倒的な差違があり、そういう国に自国の防衛の重要な点をまかせるような条約を結べば、実質的にその国の保護国の立場におかれてしまうだろうということだ。しかし、だからといって、アメリカの援助なしに日本が独力で非武装の中立を保ちうると自信をもって言い切れるかといえば、そんな自信はまず大抵の人にはない……。となると、安保改定に反対するには、それが今後十年つづくという期限の長さを問題にするしかないことになる。

いま僕は、この『期限十年』の安保反対論を読みながら、幕末期に幕府の外交を担当した田辺太一の述懐を妙に切実な気分で憶い出す。田辺は、その『幕末外交談』の末尾に、とくに一言したいことがあるとして、こう言っているのだ。

それは、ほかではない。幕府が外人に接してきたのは、余をしてこれを言わしめるならば、これは外交とは言うことのできないものだ。その跡をたどって見ると、これは徹頭徹尾鎖国攘夷を謀って、しかも、それをなしとげることのできなかった歴史であるといってよいものだ。

終戦以来の日米間の交渉が、外交と言うことのできるものであったかどうか、無論僕は知らない。ただ、フランスや西独などの諸国とアメリカとの対応ぶりを見ると、そこには外交があるように思われるのに、日本の場合、政府のアメリカとの対応は外交というより、もっぱら国内に向って国民をどう納得させるかということが主眼になっていたように感じられる。そして国民の側でも、外国を見るより政府のなかに外国の手先を見立てて、それを攻撃することに終始してきたのではなかったか。

幕末期の幕府は、たしかに田辺のいうように、尊攘派の志士たち以上に鎖国攘夷にこりかたまっており、外国の軍艦に大砲を向けられると止むを得ず開港はしたが、決して積極的に門戸を外にひらいたわけではなく、どうやって外国人を居留地内に押しこめておくかに腐心するばかりであった。また攘夷派も、馬関戦争や薩英戦争で手ひどい打撃をうけてからは勿論、それ以前から外国人に対する散発的なテロ行為はあっても、決して本格的な対外攻撃の意志はなく、攘夷を唱えるのはむしろ幕府を窮地に追いこむためであった。

田辺は、文久三年と慶応三年に幕仏同盟と対仏借款《しゃっかん》六百万ドルの交渉のためにフランスへ行き、明治四年には岩倉使節団に随行して安政不平等条約改正のためにアメリカからヨーロッパをまわったが、交渉はいずれも失敗――というより、最初から相手にもされなかったらしい。もっとも対仏交渉の失敗は、「おかげでフランスの属国にならないですんだ」と、勝海舟などはむしろ喜んでいるのであるが、フランスと結んで薩長を討伐するつもりの幕府の外交官として、田辺は落第であったにちがいない。幕仏同盟の主唱者は小栗忠順で、小栗にそのことを吹きこんだのは駐日公使レオン・ロッシュと〝怪僧〟メルメ・

ド・カションであるといわれているが、小栗の頭には幕府の命運のことだけがあって、ロッシュやカションがいかなる野望をもって幕府に接近したかなど、少しも意に介さなかった模様である。田辺が、幕府の外交は「外交とは言うことのできないものだ」と述べているのは、そのようなことを指すのであろう。

しかし田辺に限らず、当時の日本政府が最も苦労したのは、安政五年の不平等条約の改正である。そのなかで、日本は関税の自主設定権を放棄し、また日本国内での外人の犯罪についての裁判権も外国にまかせていた。安政条約は通商条約に過ぎないのに、どうしてこんな不利な条件をのまなければならなかったのか？　いま考えると不可解であるが、幕府としては外国に軍艦を差し向けられたことは決定的な脅威であり、同時にまたその怖るべき相手と交渉の途中に尊攘派から横槍を入れられる危険もある。こうしてまさに腹背に敵を受けた状態で、前後の見境いなしに外国から突きつけられた条約に判を押してしまったものであろう。だから、そこには「外交と言うことのできる」ものなど有り得なかったわけだ。

単独講和のサンフランシスコ条約と引きかえに押しつけられた旧安保を、仮りに安政条約になぞらえると、その不平等条約にいくらかの自主性を加えたものが一九六〇年の新安保ということになるであろうか。しかし国民一般に、新安保と旧安保を比較して、そこにどの程度の自主性が恢復されたかを検討するほどの余裕はまったくなかった。先きに述べたように、軍事同盟に関する諸条文をどう理解し、どう判断するかについて、その手だては自分たちにはないと、僕自身は早々にあきらめてしまっていたし、その興味もなかったのである。

僕にとってハッキリしていることは、新安保を結んだ首相の岸信介氏が戦争中の閣僚であり、当然戦犯でもあって、スガモ・プリズンから釈放されると、いつの間にか自民党の中枢に坐っていて石橋湛山首相のあと、あっという間に総理大臣になっていたということだ。そういう岸氏に、僕はウサン臭げなものを感じており、新安保にも同様の薄気味悪さを覚えていた。しかし、だからといって僕は、その前年十一月、社会党の浅沼書記長とともに、デモ隊が国会構内に乱入するといった幕末の攘夷派さながらの安保反対運動に共鳴する気には、さらになれなかった。

幕末の尊攘運動の〝攘夷〟は単に外国を排斥することから次第に近代ナショナリズムに近づいて行き、幕府が倒れて統一国家の明治政府が成立すると、とたんに尊王開国に変ってしまったことは、僕らも歴史で知っているとおりだ。しかし、反安保が尊攘運動と同じものであるわけはない。ただ奇妙なナショナリズムを掻き立てられる点では幕末維新の昂奮状態と一致しているが、そのナショナリズムが現代では超国家主義に結びつく傾向があることを想うと、彼等の国会乱入事件もこれまた薄気味悪いものに思われた。

勿論、超国家主義を生む危険は反安保の側だけにあるわけではなかった。五月になって自民党政府は、安保採決に反対して廊下に坐りこんだ野党議員をゴボウ抜きにするために、警官隊を国会内に入れた。こうなると、もう国会は何のためにあるのか、何をするところなのか、僕らにはわからない。僕は、たまたま町のソバ屋のテレビで、この場面のニュースをみていたが、議員たちがモミ合う有様に、まわりの客が笑い出すのに誘われて、思わず自分も吹き出した。

ブラウン管の画面で演じられているものは、ドタバタ喜劇そのものであった。しかし、滑稽なのはそういう議員たちの取っ組み合いよりも、何か戦後民主主義そのものが化けの皮を剝がれたように、およそ醜悪な恰好をあられもなくさらけ出して見せていることであった。無論、この滑稽劇は他人事ではなく、僕自身もそのなかの一員であるにちがいない。そう思うと、笑っている自分自身が腹立たしくもなるわけだが、そういうこともひっくるめて、何も彼もがイヤになるほど滑稽なものに思われた。

家へ帰ると、当年四歳の僕の娘は、近所の子供たちと電車ごっこの代りに、安保ごっこをやっていた。子供たちは、一列になって縄につながり、

「チンチン、発車、オーライ」

などとやっていたのだが、それがテレビでも見て覚えたものか、

「アンコ、アンタ〜イ、アンコ、アンタ〜イ……」

と叫びながら、家の前の路地を曲りくねって走りまわるようになった。

そんな最中に僕は、ロックフェラー財団からアメリカ留学の招きをうけた。同じロックフェラー財団からよばれて、大岡昇平、福田恆存、中村光夫、阿川弘之、有吉佐和子、庄野潤三、小島信夫といった人たちが、昭和三十年前後から相次いでアメリカに留学していた。手持ち外貨の乏しかった当時、外国へ留学するには、すべて向うの財団、教団などの招待によるほかはなく、たとい私費で留学する場合でも、表面は向うからの招待をうけたかたちをとらなければならなかった。一般の観光旅行は許されておらず、航空会社の何とかツアーといった団体旅行などがおこなわれるようになったのは、もっと先きの話である。つまり当時は、戦時下以来の〝鎖国〟がまだ続いていたわけだ。

勿論、僕らは戦前の海外渡航が自由に許されていた時代のことは知らず、したがってこの〝鎖国〟をとくに鎖国と意識することもなく、半永久的につづくものと思っていた。そういう意味でも、僕らは幕末の開港場が出来るか出来ないかの頃と同じ時代を生きていたことになる。

実際のところ、僕はこの留学の招待を受けるべきか否かに迷った。巷には安保反対の〝攘夷〟の声があふれている。国会は開店休業の状態であり、街路はいたるところデモの行列にふさがれて、そのためタクシーは商売にもならなくなったせいか、運転手たちは気が荒れて客に八ツ当りしていた。僕は、「週刊現代」に吉行淳之介のあとをうけて滑稽小説『ああ女難』を連載しており、また毎日新聞にも別の連載小説を書いていた。別段、両方とも途中でやめても惜しいような仕事ではなかったが、何も仕事を中断してまで海外留学に出掛けるという気持にはなれなかった。しかし正直のところ、何よりも僕はこんな時期に外国へ出掛けるということが、億劫でならなかった。

無論、ロックフェラー財団の招待をうけることは、べつに安保に賛成することにはならない。いや僕は、国会の安保の採決のやり方はデタラメであるとしても、新安保そのものにはとくに反対する気もなかった。せいぜい朝日新聞の「今日の問題」氏と同じく『期限十年』に疑問を感じるぐらいのところだ。ただ僕は、こういうことで自分の態度をみずから決定することが何としても苦手なのだ。そういえば戦時中、兵隊にとられるときも、同じような気分だった。それは徴兵制度の軍隊だから、入ろうか入るまいかと迷ったりするわけはありっこない。いやだと言ったって、無理矢理しょっぴかれて行くにきまっている。しかし問題は、いつ入るかということだ。僕らは一様に、或る年限まで徴兵猶予をみとめられていたが、学校によって、専攻科目によって、また徴集の時期によって、猶予期間その他、恩典のありようは種々様々だった。たとえば理科系の学生は、学徒動員にもひっかからなかったし、また極く少数だが特研学生とかいうものになると、たとい文科系でも最後まで兵隊に行かずにすんだ。勿論、僕はトッケン学生などになれるわけもないし、また理科系へ進む気持もさらさらなかった。それどころか、普通の学生として普通に学校にかようことも出来ず、ただ兵隊にとられるのがイヤさのあまり学校に籍だけはおいているという怠け学生であった。しかし、そういう怠け者の僕らも、ときには自分自身のいぎたなさにいや気がさし、こんな蛇の生殺しのような気分でシャバでぶらぶらしているより、いっそ兵隊になってやろうかという心持になる。事実、僕の仲間の連中は何人も、学校を中途でやめて軍隊に入った。ところが僕自身は、ふだん彼等と行動をともにしていながら、いざとなるとその決心もつかなかった。

——どうせ、時期がくればイヤでもとられる軍隊に、いまこちらから急いで入ることもないだろう、という気になるのである。

ロックフェラー財団の留学生は当然、召集ではない。いやなら、こちらから断ることは、いくらでも出来る。ところが、なぜか僕は自分からそれを言い出す気にはなれないのだ。

僕は自分の性格が、われながらイヤになる。おそらく主体性というものが、てんから僕には欠けているのだろうか？　それとも、これは主体性の問題ではなく、また別の事柄なのだろうか？　主体性というものは、おそらく将来を或る程度見透すことの出来るときでなければ発揮できない。しかるに僕は、生れてこの方、将来のことが自分自身できめられるような環境にいたことがない。ものごころつくまでは、父親の転任にひっぱられて、一、二年おきに、あっちこっちと住む所を転々とさせられてきたし、ものごころついたときには十五年戦争の真っ只中にいて、将来を自分自身できめるどころじゃなかった。やっと落ち着いて、自分で自分がどう生きるかをきめられるようになったのは、戦後になってからだ。しかし、あたえられた〝自由〟と〝民主主義〟の世の中で、それを拒否したり否定したりする権利や自由が僕にはあるとしても、それを行使することに何の意味もありはしない。結果としては、与えられたものを強制的に受けとらされるだけで、そのこと自体は戦争以前と何の変りもなかった。

しかし、いくらそんな風に自分の主体性のないことを環境のせいにしたところでこの際、何の役にも立ちはしない。僕は、留学生の招待を断る気持で、ロックフェラー財団の人のところへ出掛けていった。但し、自分で断るよりも、何とかして向うから断ってくれるようにというムシのいいことを考えながら……。そして、その結果、このような僕のもくろみは見事にはずされてしまった。

ロックフェラー財団の窓口になっているのは、日本人のS女史だった。S女史には、あるものわかりのよさがあって、たとえば安保改定の賛否を訊いた雑誌のアンケートに、彼女も「安保自体には反対ではないが、十年という期限には疑問がある」という意味のことをこたえていた。

僕は先ず、自分が留学するとしても、何を勉強するか、これといった目標がないことを言った。するとS女史は、

「そんなことは、向うへ行ってゆっくり考えればいいのですよ。あなたに、それを考えるヒマを上げたいというのが、この留学の第一の目的です」というのだ。

次に僕は、自分が先年、リュウマチ熱を患ったことを言い、だから寒い地方は自分の健康に適さない、温暖の地、つまりアメリカなら南部でなければ、自分は暮らせない、ということを述べた。じつは、少し前から南部のアーカンソー州リトルロックで黒人の権利回復運動が暴動化しており、アメリカの〝恥部〟南部には、なるべく外国人を行かせない方針だときかされていたのである。ところが、S女史は顔を上げ、むしろ昂然として言った。

「それはいいですねえ、南部はいいですよ。これまで日本人の留学生は、みんな北部へばかり行きましたが、これからは南部を観なければいけません。南部の人は、一見かたくなで不愛想ですが心の層が厚いのです。ぜひ南部へ行ってください。自然科学や何かは当然、北部の方が進んでいますが、文学は南部ですよ。農本主義の残っている南部の人たちには、日本人に通じ合うものがあるはずですよ。あなたはいいところに、眼をつけました」

そう言われては、僕はもう留学の招待を受けざるを得なかった。

あれは、S女史に会ってからのことか、会う直前のことか忘れてしまったが、僕は新安保条約批准の日、国会のデモを見に出掛けた。べつに動機というほどのものはなかったが、その日の真夜中過ぎれば、新安保の批准が自然成立するという、その瞬間を自分の眼で見ておきたい気がしたのだ。デモ隊は、国会のまわりを十重二十重に、まさに黒山のように取りまいていた。

「敵の挑発にのらないように」

と、坐りこんだデモ隊のまわりを、ときどきそんな風に言ってまわる人の声が聞えたが、なぜかそれ以外には物音一つしないほど静まりかえっていた。いろいろのグループの、大小さまざまの赤旗が、あっちこっちに立っていたが、思いなしかそれにはすでに生気がなかった。知り合いの新聞記者が一人、闇の中から声をかけてきた。

「もし、デモの連中が国会の扉を破って柵の中に入るようなら、自衛隊が出動するというんだがね、今夜の十二時がヤマだよ……」

いきおいこんだようなその声にも、僕はムナしげなものしか感じなかった。そして暗い空を眺めながら、十二時がくるのを、ただ茫然と待っていた。

僕は、いわゆる戦後民主主義とか、平和主義とかいうものを信じたことはない。しかし安保の騒動がおさまって、街からデモ隊の姿が消え、新聞がローマ・オリンピックのことばかり書きはじめたのを見ると、僕は何ともつかぬイラ立たしさをおぼえた。

こんどこそ本当に〝戦後〟はおわったに違いない。しかし、岸氏と交代した池田新首相の「サラリーマン月給倍増論」や「ライスカレー礼讃論」のようなものを聞かされていると、いまさらながら敗戦直後のマッカーサー元帥の年頭教書などが、いかにも格調高いものとして憶い出されてくるのである。たしかに、あの時代に進駐軍当局からバラまかれた〝自由〟や〝民主主義〟のご託宣は、要するに無責任な宣撫工作にすぎなかったのかもしれない。しかし、そうだとしても、あのなかには何らかの意味で僕らを鼓舞する真実の言葉もあったではないか。少なくとも、それは〝低姿勢〟をむねとしている新首相から、

「みんなでライスカレーでも食べてがんばりましょう」と、塩っぱいガラガラ声で呼びかけられるよりは、遥かにマシなものがあった。

夏が過ぎて、秋になった。

妙に空白な日々がつづいた。深沢七郎が『風流夢譚』と題して、皇族の首がスッテンコロコロと転がり落ちるという小説を発表して物議をかもした。あれはその少し前であったか、社会党の委員長浅沼稲次郎が日比谷公会堂で立会演説中、右翼少年に刺殺されるという事件があった。深沢氏の小説はその印象と重なり合ったせいもあって、空虚な夢物語のはずのものがイヤに血腥く、どろどろした実感をおびて受けとられた。そのあげく深沢氏自身も右翼のテロリストにつけ狙われて、逃亡生活を余儀なくされるという附録がついたのは、馬鹿げているだけになおさら不愉快なものに思われた。

しかし、僕自身にとっては、そんなことより気がかりなのは、ロックフェラー財団から届いている留学の願書なるものを放りっぱなしにしてあることだった。

英文で書くその願書は、記入の要領がよくわからないこともあって何となく面倒臭く、かといって一日のばしに延ばしていると、そのこと自体が重圧感になって、ますます書けなくなってきた。とうとう僕は決心して、練馬区南田中の庄野潤三の家に相談に出掛けた。その日は朝から雨だったが、庄野は薄暗い座敷の真ン中に坐って、一人で原稿を書いていた。背中にケニヨン・カレッジと大きく書いた白い木綿のジャンパーを羽織っており、これは天井のいたるところから雨漏りのしてくるのを防ぐためのものらしかった。庄野は近々、この家を引き払って小田急沿線の柿生に新築した家に移ることになっており、細君はそちらへ片付けに行っているところであった。僕が来意を告げると、庄野は言った。

「何だ、君はまだアプリケーションを出しとらんのか、そりゃいかんな。願書と一緒に謝り状も書いとけよ」

庄野は僕よりも一つ年下であるが、いまや僕は教員室に呼びつけられた劣等生の心境になった。

「謝り状って、いったいどう書くんだ」

「そうだな」と、庄野は頰杖をついて天井を見上げながら言った。

「アイ・アム・ヴェリー・ソーリー、いや、アイ・アム・オーフリー・ソーリーかな、オーフリー・ソーリー・ザット……」

僕は、言われるままに庄野の言葉を書き取った。仮りに英語でなく、日本語で書くにしても、僕にはこの謝り状はどう書いていいかわからなかった。日本はアメリカから、食糧とともに教育についても多額の援助をうけてきた。アメリカの奨学資金をうけた人は数え切れないほどいるし、文壇でも沢山いることは前にも述べたとおりだ。それに僕自身、アメリカの援助物資で餓をしのいできたことでもあり、いまさらロックフェラー財団の世話になりたくないなどと言う気は全然なかった。ただ、僕がマゴついたのは財団に提出する書類にAPPLICATIONとあったことだ。その言葉の正確な訳語はわからないが、おそらく大した意味のあるものではないだろう。しかし、そうだとしても僕には、一札とられるという気持が何となく重苦しく感じられたからだ。いかにも、これからお前は契約社会の一員になるのだ、自分の行動は自分で責任をとらなければならない、と言われたような……。しかし、そんなことは謝り状に書くわけには行かない。要するに、こちらがズボラで先方の事務手続を遅らせたというだけのはなしなのだ。

もっとも、僕が願書を書き渋ったのは、留学するにしても何処へ行くかという返辞が、先方からなかなか届かなかったからでもある。財団側のS女史が最初にすすめてくれたのは、ノース・カロライナの州立大学であった。これは大学としては一流ではないが、南部の社会を見るには最も適しているところだという。しかし、これは先方で空席がないということで断られた。次に、テネシー州のスワニーという町にあるサウス大学はどうかといわれた。それは庄野が先年留学したオハイオ州のケニヨン大学と同じく小さな学校だが、「スワニー・リヴィユー」という質の高い文芸雑誌を出していることで有名だという。だが、これも理由はわからないが何となく立ち消えになった。そして最後に、テネシー州ナッシュヴィルのヴァンダービルト大学へ行くようにと言われた。

僕としては、以上三つの大学はどれも聞いたことがなく、どうせ学校へ通う気はあまりなかったので、どれでも良かった。ただ、見知らぬ土地の、自分では名前も知らない大学に留学を申し込んで、次つぎと断られたり立ち消えになったりするのは、やはり不安であり、気のすすまぬ心持にはさせられた。三度目のヴァンダービルト大学については、S女史も最初はあまり乗り気でない様子であった。

「一九三〇年代のヴァンダービルトの文学部は素晴らしかったのですが、最近はあまりパッとしないようですね」ということだった。しかし、南部の大学で僕を受け入れてくれそうなのは、そのヴァンダービルト以外にはなかった。

ヴァンダービルト大学というのは、南北戦争直後、南部の復興には教育を振興させる以外にはないというので、メソジストの坊さんが北部の実業家コーネリユース・ヴァンダービルトの援助で創設したものだという。ただしヴァンダービルトは鉄道でもうけた成金で泥棒貴族のアダ名があった由。勿論、当時の僕はこんなことは知らなかったし、僕のまわりでは一層何も知らなかった。遠藤周作は僕に言った。

「なんや、お前、ヴァンデベルデ大学とは……。やめとけ、そんなとこ」

ヴァン・デ・ヴェルデは戦争直後、『完全なる結婚』という本で有名であった。しかしテネシーといえば、昭和二十年代の半ば頃に『テネシー・ワルツ』とかいう歌がはやったことがあり、その暗い調子のメロディーで敗戦後の生活の苦しかったことを憶い出すだけで、一向にどんなところか様子はわからない。ヴァンダービルト大学のあるナッシュヴィルは、そのテネシーの州都であるが、人口は十万ぐらいで、S女史によれば、たぶん日本人は一人もいないはずだとのことだ。無論、南部であるから、州法で黒人差別が認められており、人種によって食堂も便所も別々になっているが、日本人は白人並みに扱われるから心配はいらないという。つまり、それは占領期間中、進駐軍専用のホテルや劇場やレストランには、日本人は一切入れなかったが、あれと同じようなことを黒人に対してやっているわけだろうか。

そんなことを考えていると、僕は憂鬱になり、南部でなければ留学できないなどと、S女史に申し出たことを後悔する気持にもなってきた。しかし、いまさら何を言ったところで、はじまらない。すでに僕は、庄野に手伝ってもらって、あのアプリケーションをロックフェラー財団あてに出してしまったのだ。もはや取り返しのつかないところに来ていることは、あきらかだった。

結局のところ、僕が一番苦しんでいるのは、海外留学の意味なり、目的なりが自分自身にもハッキリわからないためであるらしかった。いったい小説家が、それも決して、もう若くもない——僕はこの年の五月で満四十歳になっていた——者が、外国の大学へ行って何を勉強することがあるだろう? もともと僕は、学校とは性の合わないタチなのだし、学問としての文学は、僕にはまったく興味がない。S女史は、何を勉強するか、考えるヒマをあなたに上げたい、それがこの留学の第一の目的だ、と言ってくれた。

考えるヒマを持てることは、たしかに有り難い。小説家で食って行くには、毎月の雑誌に何かしら書いていなければならないのだが、これでは実際、小説のタネを考える以外に何の余裕もないわけだ。しかし、ものを考えるのに何もわざわざ外国の地方都市まで出掛ける必要があるだろうか――？　これが外国ではなく、日本国内の何処か草深い田舎の寺へでも行って、一年間ぐらいユックリものを考えてこいと言われたのなら、どんなに好いだろう――と、そんなことも、僕は考えずにはいられなかった。いや、外国の財団から金を貰って国内の何処かに〝留学〟するなど、手前勝手にすぎる考えだろう。国内でインンするのは、その気になれば、自分自身の力でだってどうにかならないわけはないからだ。

本当のところ、ほんの四、五年まえ、昭和三十年ぐらいまでは、アメリカに留学することは、一定期間、物質的に生活が保証されるということで、個人的にいえばそこに大きな意味があった。当時、食うものや、着るものや、生活の必需物資はすでに一応出まわってきたとはいえ、アメリカに留学してきた連中は、一杯の生のオレンジ・ジュースが僅か何セントで飲めるとかいうことに、本気で感動しており、その喜びを僕らに伝えてくれたものだ。勿論、カリフォルニアのオレンジはいまだって果物としては高価であるし貴重でもある。しかし、オレンジ・ジュースに限らず、ベーコン・エッグやTボーン・ステーキやアイスクリームがふんだんに食べられるというアメリカ的食生活にひかされて留学しようという者は、昭和三十五年のいまは、ほとんどいないだろう。その程度には、日本も豊かになっていた……。物質的にいえば僕の場合、アメリカでは、かえって窮乏生活を余儀なくされそうだった。財団から支給されるのは、夫婦で一と月、三百五十ドルであり、それは日本円に換算すれば十万円以上にはなるとしても、アメリカでは実感として三万円見当にしか使えないという。それはいいとしても、まだ学齢に達していない子供まで連れて行くのは大変だから、それを女房の里へあずかって貰ったり、留守番をたのんだり、それやこれやのことを考えると、まったくのはなしが、自分一人で国内の何処かに籠ることが出来れば、その方がどれほどいいかと思わざるを得なかった。

唯一の魅力は、アメリカ南部という、これまであまり人の行ったことのないところへ出掛けていくということだろう。何年か前に、ウイリアム・フォークナーが日本へやってきたとき、「日本人諸君の苦しみはよくわかる、われわれ南部の者も同じく戦争の敗者だからだ」と言ったのを、僕は何かで読んで覚えていた。フォークナーのいう「戦争」は南北戦争のことだという。百年前のその痛手がまだ治っていないということ、それがどういうことか、僕にはわからなかった。いや、僕には自分自身が第二次大戦の敗者であるということも、実際には良くわかっていないところがある。

たしかに、もはや〝戦後〟ではなくなった。しかしそれは敗戦のショックが、ようやく消えたというまでであって、戦争に負けるというのがどういうことなのか、その意味を知ることも、その苦しみをハッキリと嚙み別けることも、僕にはまだ出来ていない。無論、アメリカ南部へ行っても、そのようなことが自分自身のなかで、確かめることが出来るかどうかはわからない。しかし、その可能性がまったく無いというわけでもないだろう。そう考えれば、この留学はムダではないかもしれない……。

アメリカに出発するまでの一と月あまりをどうやって過ごし、何を考えていたかは、あとになって思い返しても、よくわからない。要するに僕は、いろいろのことをトリトメもなく思い悩んで、ただあたふたと日を送っていたに過ぎなかった。そういえば兵隊にとられる直前のときも、同じようにして僕は無為に日を送った。

考えてみれば、僕は生れ落ちたときから二十歳になる頃まで、一箇所に三年とまとまって暮らしたことがない。せいぜい一、二年、短いときは半年ぐらいで住む土地や居所が変った。立つ鳥あとを濁さずというが、僕の場合は、あとは野となれ山となれ、というのが基本的な人生態度になっており、それは敗戦後、ようやく一箇所に五年、七年とまとまって暮らすようになってからも、変らないらしい。

十一月二十五日、夜、十時過ぎの飛行機で僕は、女房をつれて羽田を立つことになった。阿川や、庄野や、吉行や、いろいろと大勢の人が見送りにきてくれたが、僕はよほど逆上していたに違いない。誰が誰やら、ほとんど人の顔も見分けられないぐらいだった。誰かが「バンザーイ」と大きな声を出したので、僕は恥ずかしさにその場に居たたまれず、一刻も早く逃げ出したいような想いで、出発ロビーの階段を駈け下りた。

階段の下に、何をする役目か、飛行機会社の制帽をかぶった色の浅黒い男が立っていた。そのあきらかにアジア系とわかる外国人の男を見た瞬間、なぜか僕はもうここが日本ではないという気がして、言いようもない緊張をおぼえた。

僕の昭和史Ⅲ

現代は情報過剰の時代であり、いまどき何処へ行ったって、目新しいものや驚くようなものは何もないという。それはそうかもしれない。昭和三十五年十一月二十七日の早朝、ニューヨーク空港に着いて、僕はタクシーをひろい、ホテルに向った。イースト・リヴァーを渡り、車が高速道路から見通しのきくカーヴにさしかかると、黒人の運転手は速度を落しながら、われわれを振りかえって、

「ジス・イズ・ニューヨーク・シティー」

と言った。なるほど、フロント・ガラスの向う側に、朝靄につつまれたマンハッタンの超高層ビル群が鼠色のシルエットを浮び上らせており、まるでシネマ・スコープの画面を見るようだ。しかし、その風景に、僕は何の感動もおぼえなかった。これまでに、映画や写真や絵ハガキなどで、何十ぺん、何百ぺん、見てきたかわからないニューヨークの摩天

楼、その実物がいま眼の前にあらわれたのだから、それなりに心を動かされるものがあっていいはずだが、僕にはそれがまったく無い。この数十階、いや百階以上もある建物は、それぞれが人間の野望と競争心と利益追求の執念から生れた近代社会の記念碑なんだ、と僕は自分自身に言いきかせようとするのだが、そんなことは眼の前にある都市の風景とは何の関係もなさそうだった。

「だいぶ走ったわね、これだと十ドルぐらいとられるかしら」と、となりで女房がハンドバッグの中身を掻きまわしながら言う。「チップが要るんでしょう、二割ぐらいかしら」

僕は現実に引き戻され、感動することはアキラめて、こたえた。

「いや、二割はいらない。一割五分でいいだろう。しかし、荷物の代もとられるぞ、鞄一箇について一ドルぐらいかな……」

実際、ビルというのは機能がムキ出しになって立っているだけだから、大きくても小さくても、背が高くても低くても、その機能が同じことなら、どんなに巨大なビルが並んでいたって、それだけで感動させられる理由はないのかもしれない。しかしじつのところ僕は、無感動であったというより、初めて外国の土地を踏んだことで、緊張のあまり周囲を見廻して、感動している余裕もなかったと言うべきかとも思う。そのことは、目的地のテネシー州ナッシュヴィルに着いてみて、痛感せざるを得なかった。

いまは、アメリカ西部海岸の大きな街では日本字の道路標識まで出ているところもあり、東部でもニューヨークの通りを歩いていると、ふと有楽町から西銀座へかけての道路を歩いているような錯覚を起しそうになったりもする。しかし、こんなことはアメリカ全体からすれば、極く限られた地域の特殊な事情にすぎない。まして、いまから四半世紀前一九六〇年の地方都市では情況はまるで違っていた。

「ナッシュヴィルには、たしか日本人は一人もいないはずです」

とは、日本でS女史から言われてきたことだ。だいたい留学地を選ぶとき、なるべく日本人のいないところ、というのがS女史の上げた第一条件であった。そして僕自身、それは望ましいことであるような気がしていたのだ。ただ僕は、そんなところへ自分が行くとどういうことになるのか、なぜか考えてもみなかった。それは考えたって仕方のないことではあるけれども。

ナッシュヴィルに着いて、僕たちがホテルのロビーに入って行くと、居合せた客がいっせいにこちらを見た。それはいいとしても、僕がフロントで部屋をとり鍵を受けとって、何気なく振りかえると、うしろのソファーに坐っていた客たちが、全員、さっと新聞をひろげて読みはじめたのは、まことに奇妙な心持であった。おそらく彼等は、たったいままで僕と女房の後姿を穴のあくほど見つめていたに違いないのである。それ以来、僕は町を歩いていても、図書館で本を眺めていても、また便所で小用を足していても、いつも背中にムズ痒いような視線を感じるようになった。こういうことは、何もナッシュヴィルに限ったことではなく、何処にでもあることだし、日本に来ている外国人は年中これに似た経験をしているかもしれない。但し、日本では便所の扉のまえに、〝WHITE〟とか〝COLOURED〟とかは書いてない。

いや、便所に限らず、ホテルも、レストランも、バスの待合所の椅子も、アメリカ南部では白人用と黒人用に分かれており、日本人は白人用を使用すべきだということを、あらかじめ僕は知らされてはいた。けれども、こういうことは、ニューヨークの摩天楼などとちがって、いくら予備知識があっても、実際にぶっつかってみるまで、そのショックはわからないのである。これは、日本人が白人用に入れられるか黒人用に振り向けられるか、といった事柄ではない。ふだんわれわれが忘れている〝人種〟という問題を真正面から突きつけられるために、まったくナマナマしい衝撃を覚えさせられるのだ。

しかも、人種偏見は必ずしも黒人にだけ向けられるのではない。カラード・ピープルは一般に黒人を指すのであるが、有色人種ということを厳密に言う場合、われわれ黄色人種《オリエンタル》も勿論〝有色〟のなかに含まれる。ふだんそんなことを表立って言われることはないが、たとえばアパートを借りるようなときには、そういうものにぶっつかる。住宅街には「貸部屋あり《ルーム・フォア・レント》」の看板を出した家がいくらもあるが、僕はそういうところに飛びこんで、三軒ばかり立て続けに断られた。

「たったいま、借り手がついたところなので」、といったことを判で押したように言われる。それで僕は“For Rent”という言葉には何か自分の知らない他の意味があるのか、と思うようになったぐらいだ。何軒目かに、頤《おとがい》の角ばった気の強そうな婆さんが応対に出てきて、眼鏡ごしに僕の顔を見据えながらハッキリと言った。

「あたしのところは、日本人には貸したくないのよ。だって日本人は、部屋を汚くするって言うからね。……」

それをきいて、僕はかえってホッとした。断られるにしろ、率直に理由を明らかにされれば納得しやすいからだ。傍で女房は、「日本人は部屋をよごすだなんて、ひとをバカにして。何よ、こんな古ぼけたボロ家……」と、しきりに憤慨していたが、結局僕らはこの家の二階の部屋を「決して汚すことはしない」という約束で借り、そこで半年間暮らすことになった。

　とくに日本人の立場よりして主張すべきは、黄白人の差別的待遇の撤廃なり。かの合衆国をはじめ、英国植民地たる濠州、加奈陀《カナダ》等が白人に対して門戸を開放しながら、日本人はじめ一般黄人を劣等視してこれを排斥しつつあるは、いまさら事新しく喋々するまでもなく、我が国民の夙に憤慨しつつあるところなり。黄人と見ればすべての職業に就くを、妨害し、家屋耕地の貸しつけをなさざるのみならず、甚しきはホテルに一夜の宿を求むるにも白人の保証人を要する所ありというにいたりては、人道上由々しき問題にして……

これは前にも引用した近衛文麿が、大正七年(一九一八)、ヴェルサイユ講和会議に出席するに当って述べた文章である。今世紀の初め頃から、アメリカ西部海岸では排日運動がさかんになっており、近衛は第一次大戦講和会議の機会をとらえて、それに反対しようとしていたわけだが、いざ会議になると日本の発言は完全に無視された。そして六年後の一九二四年には、ついに日本人のアメリカ移住は全面的に禁止されてしまった。こういうことは、これまで日本人移民がヤタラに働き、いつまでも地元のアメリカ市民に同化しないために、差別され排斥されたのだ、とそんなふうに聞かされて、僕も大体その通りにうけとっていた。しかし、これはどうやら事実の半面に過ぎないようだ。実際は日本人移民が排斥されたのは、彼等が働き過ぎるとかいうことよりも、やはり有色人種だからではないか。

日本人が排斥されたのは、アメリカ西部の移民だけではない。第一次大戦のはじまる少し前に、パリに留学した藤田嗣治は、当時の模様を回想して、こんなことを述べている。

……巴里の往来を歩く異様な僕に、十人余りの子供が石を投げて東洋人と嘲弄した。石を浴びて地下鉄道に避難した僕は、他日の復讐を盟《ちか》った。市場の方面では何十人という大人に取り巻かれ、往来止めの理由で、角袖(巡査、刑事)のために大店の中に引き摺られて、裏口から放免された。又、表の往来へ戻って、入口に僕を待っている好奇心の群衆を、後方から笑ったものだ。学生町で二人のアパッシ（無頼漢）が僕に吸殻を投げ付けて冷笑したのを、一瞬の暇に横棄身で二人を束にして、敷石に叩き付けて、警察で柔道の奥義を説いて巡査に二三の手を教授した。こんな事も、洋服が買えぬので手製の洋服が余りに大胆であった事と、若い元気が漲っていたからであった。（『巴里の追憶』）

藤田がパリにやって来るときの意気ごみは、まさに武者修行の侍のようだ。柔道の他にボクシングも習い、また日本刀を三本、つねに座右に置いていたという。オカッパ頭の藤田の肖像からは想像し難いことだが、パリのような国際都市でさえ、異人種にはそれだけ周囲からの圧迫感が強かったということだろう。しかし藤田は、また別のところで、こんな意味のことを言っている――。「外国へ行けば、日本人は必ず不愉快な目にあはされる。それで外国へ勉強に行つた者は皆、国粋主義になつて日本へ帰るが、若い人たちはさういふ者の言ふことをきいてはいけない。わたしも、いつたんは国粋主義になつたが、勉強をつづけてゐるうちに、それを越えて外国のことを理解出来るやうになつた。さうすると、また向うでもこちらを理解するやうになる。これから外国へ行かうとする人は、すべからくわたしを見習ふべきである」

ナッシュヴィルには、日本人は一人もいないはずであったが、大学に顔を出すと、その日に大学院生のM君に紹介され、またM君から神学部のJ君や、隣の大学の図書館学部にきているN君などに引き合された。さらに一、二箇月たって、医学部の研究員S氏とも知り合い、これらの日本人たちと僕は仲良くなった。

ナッシュヴィルは人口二十万、テネシー州の首都といっても、日本では地名もめったに知られていない。しかし、そのナッシュヴィルに大学と名のつくものが大小合せて十幾つかあり、日本人も全員で二十人くらいはいるだろうという。そういえば一九一三年、藤田嗣治が初めて留学したときのパリには、すでに日本人の画学生が二十人前後いた由だ。その中に藤田をはじめ、梅原龍三郎、安井曾太郎、その他、錚々たる大家のタマゴが混っていたわけだが、いまナッシュヴィルにいる日本人のなかからも、将来このような大家に匹敵する人物が何人か出てくるだろうか——? 藤田の回想記によれば、留学生で失敗するのは、博奕《バクチ》か、競馬か、女に引っ掛かるためで、とくに女で失敗する例は多く、「巴里で女に迷はずに居られたら、既に成功者であらう」と言っている。

そうだとすれば、ナッシュヴィルにいる日本人は全員、成功者であること疑いない。何しろナッシュヴィルには、博奕場も競馬場も女郎屋のようなものもないうえに、もし日本人が白人の女性を自分の車に乗せて走っていれば、それだけで石をぶっつけられるというくらいだからだ。これはヨーロッパとアメリカ、或いはパリとナッシュヴィルの違いというだけではない、時代の差違ということもあるだろう。

実際、この禁欲的な町で、日本人が一人の例外もなく一生懸命に生きていることは間違いない。ただ、彼等のこころざしているものは、藤田や梅原龍三郎の頃のパリの画学生とはまったく違うし、戦前にアメリカ東部の名門大学に籍を置いた留学生とも違う。端的にいえば、いまナッシュヴィルにいるのは、大半、留学生というより移民であり、移民が滞在ヴィザをとるために学校に在籍しているように見えた。いや、もっと留学生らしい留学生にしても、フルブライト、その他、何らかの奨学金を受けており、親許からの送金で学費や生活費をまかなっている者は、一人もいない。その意味で、彼等も日本の家族制度の桎梏からはなれ、一時的にアメリカ移民になっていると言えないこともなかった。

ところで、滞米五年とか七年とかの、移民的留学生の古つわものを見ていると僕は、彼等の一人一人に〝戦後〟の影が色濃くつきまとっているのを感じ、自分もまた敗戦国民の一人であることを、あらためて認めざるを得なかった。——「もはや戦後ではない」そんなことを最初に言いはじめたのは、海外から帰った知識人たちであった。そして僕ら自身、何年か前から、もう〝戦後〟は終ったと思いはじめていた。たしかに、僕らは経済的には戦後の窮乏状態から脱け出していたし、〝戦後民主主義〟もまた戦後の枠組みをはずして考え直さなければならないところに来ていた。しかし、人間はそう簡単に、変るわけにはいかない。〝戦後〟は僕ら一人一人の性格のなかに深く食いこんでおり、しかも僕らは不断、そのことにはまったく気がつかない……。

たとえば滞米七年のM君は、昭和二十九年に大阪の高校を卒業すると、すぐにアメリカの小さな大学の奨学資金をうけて渡米してきたのだが、彼の顔つきや、着ているものや、そして考え方のなかには、おかしなくらいハッキリと昭和二十九年の日本が映っている。また滞米五年のJ君は、昭和三十一年に日本を出てきたというが、やはりその頃の時代相が内心にコビリついていることが、ちょっとした話のはしばしにも感じられた。J君は、M君のことを〝敗戦の子〟と呼び、その言葉に大阪弁のナマリが抜けないように、着ている青鼠色のスエターや臙脂色《えんじいろ》のコールテンの上衣にも、進駐軍の古衣めいた臭いを漂わせている、と笑うのだが、そういうJ君からも、やはり石原慎太郎に似た髪型をはじめ、〝太陽族〟はなやかなりし昭和三十一年の雰囲気が、古いアルバムをめくったようにマザマザと浮かび上ってくる。そうである以上、僕自身にも或る〝戦後〟の世相がそのまま肉体化したように残っているのが、傍目《はため》には良くわかるに違いない。

しかし、〝戦後〟が簡単に終るものではないことを、何よりも明瞭に教えてくれたのは、このナッシュヴィルという土地や、そこに親代々暮らしてきた人たちであるかもしれない。アメリカ南部にのこっている南北戦争の影といったものについては、マーガレット・ミッチェルの小説『風と共に去りぬ』をはじめ、数え切れないほど多くのものが、わがくににも紹介されていることだから、いまさら知ったか振りを言う必要はないだろう。ただ、一つだけいえば、社会の仕組をかえるような戦争や占領の歴史は、時代がうつったからといって消えるものではないということだ。

勿論、アメリカ南部には、北部に対する敗戦の怨念のようなものも充分にのこっている。たとえばヴァンダービルト大学というのは、南北戦争直後、南部の荒廃を救うために北部の資本家ヴァンダービルトの資金で設立されたものである。にもかかわらず、なぜか南軍の戦死者の遺族やその子孫に限って、月謝は半額免除とされており、大切に扱われているのだ。一事が万事で、大学の校風も南部の上流階級の気風を基盤に置いたところがあり、その意味ではいちじるしく保守的である。

ところが、そのヴァンダービルト大学からの紹介で、僕のアパートに一週間に三回、英会話を教えにきてくれることになったP夫人は、北軍の子孫に当る人であった。紺サージの、救世軍かバス・ガールの制服に似たワンピースをまとい、髪をひっつめに結ったP夫人のようなアメリカ人に出会ったのは、何十年ぶりのことだろう？　昔、僕が子供で朝鮮の京城にいた頃、こんな恰好をした西洋人が黒いコーモリ傘を手に歩いていたのを覚えているが、それ以来とんと見掛けたことがない。とくに戦後、日本にやってきたアメリカ人は皆、色あざやかな服をきて、かなりの年の人でもサン・グラスに口紅の濃い化粧をし、カン高い声でしゃべり散らしながら、焼跡のバラック建ての家並みの街を我がもの顔に通って行く、そんなケバケバしい存在がアメリカ婦人だという印象が、いつの間にか僕の固定観念になっていた。しかるに、いま僕の眼の前にあらわれたP夫人は、そういう種類のアメリカ人とはまるで無縁の人なのだ。

アメリカは移民の国で、したがってアメリカ人は国内でもしょっ中、簡単に移動して行くという。しかし、この定義は南部のアメリカ人については、あまり当てはまらないだろう。ナッシュヴィルは、南部といっても本当のディープ・サウスではないわけだが、それでも住民の大半は何代も前からこの土地に住みついた人たちで、他の州からここへ移転してくるという例は、極めて稀である。P夫人の家も曾祖父の代には、もうナッシュヴィルにきていた。但し、その人は奴隷制度に反対で、南北戦争のときには北軍についた。しかし、そう聞いただけでは、P家の人たちがこの土地でいかに例外的な存在であるかということは、ヨソ者の僕らにはわからない。

P夫人は、決していわゆるリベラルな人ではない。むしろ頑固な保守派である。それが黒人差別に断固として反対し、大学にかよっている息子や娘が校則を破って黒人運動に参加するのを積極的に奨励してきたのは、もっぱら曾祖父以来の家憲に従い、一家揃ってリンカーンの共和党を熱心に支援してきたからなのである。そして、こういう人たちにとって、ナッシュヴィルは決して住み良い土地ではなかった。P夫人の一家は、父親の代に宣教師として東南アジアに移住し、P夫人も教育はアメリカの大学で受けたが、卒業すると中国に渡り、そこで宣教師のアメリカ南部人と結婚した。シナ事変から太平洋戦争にかけて、P夫人は乳呑み子を抱え、夫とともに中国奥地を逃げまわるという苦労も経験したが、戦後はやっとボルネオのサラワックに学校をひらいて、そこで一家揃って布教に従事するという安穏な生活が出来るようになった。しかし、中国本土が中共軍に制圧されると、ボルネオでの布教も難しくなり、そこへ夫が急死するという不幸が重って、ついに数年前に故郷のナッシュヴィルに戻り、宣教師を引退した老父母と一緒に暮らしはじめたというわけだ。

僕は、こういうP夫人の一族の歴史というか身の上ばなしのようなものを、出会ってすぐに聞かされたわけではない。P夫人は毎週三回、僕のアパートに英語を教えにきてくれるほか、大学の講義にも一緒についてきて隣に坐って、南部訛の教師の言葉をやさしい英語で説明してくれたし、日曜日には欠かさず何処かの教会へつれて行ってくれるという具合で、ほとんど毎日、顔を合せることになった。そうやって、アメリカ南部の歴史や、聖書のはなし、人種問題などについて聞かされているうちに、いまのP夫人一家の話も少しずつ断片的にわかってきたという次第だ――。P夫人の暮らし向きは極めて楽ではなかった。P夫人は、年齢もまだ五十歳そこそこだし、学歴も大学の修士号を持っているのだから、何処にでも就職口はありそうなものなのに、おもわしい学校教師の口もなく、就職運動にあちこちへ手紙を出す切手代にも事欠くほどであった。これほど有能な人が、なぜそんなに就職が困難なのか、その理由は僕にはわからない。しかし、そこに南北戦争以来の怨念が働いていたことは疑う余地がない。

アメリカ南部の暑さは一応覚悟していたが、冬の寒さは意外だった。春先き、三月の末頃になっても、風の強い日など肌を切られる冷たさだ。そして四月になって、花水木や水仙の花がひらき、ツツジが血のしたたるような真っ赤な色に咲き乱れて、ぽかぽかした陽気が何日間かつづいたかと思うと、いきなり真夏の太陽が照りつけるようになる。

「よく、こちらの人間はイエスとノウがはっきりしてるって言うでしょう。そりゃ気候のせいですよ。こちらじゃ一年じゅう寒いか暑いかのどちらかで、日本みたいに寒くも暑くもないなんて季節はありやしません。夏が終ればすぐ冬で、冬から一足飛びに夏になるんです。色もヤケに派手なものか無闇に暗いものかで、中間色というのはない……」

と、S君は言ったが、なるほどと思う。金持より貧乏人が多いのは何処でも同じことだろうが、アメリカ軍といえば一兵卒にいたるまで日本軍の将校よりも好い恰好をしていたことから、僕らは何となくアメリカとは貧乏人のいない国かと思っていた。しかるに、こちらへ来てみると結構、貧乏している人が大勢いて、

「日本は何でもモノが安くて、あり余っている国だそうだね」

などと話しかけてきたりするのである。勿論、アメリカは日本とは較べものにならないほど豊かな国にちがいない。貧乏人といったって大抵、日本なら会社の重役の家かと思うような〝西洋館〟に住んで、大きな自動車を乗りまわしている。しかし眼が慣れてくると、家や自動車の大小などで、貧富が計れるものでないことがわかってきた。

げんに僕らが部屋を借りた家だって、古びてはいるが、外観はなかなか立派なもので、田園調布あたりの高級住宅にヒケはとらない。しかし、退役の大工だとかいう家主の老夫婦は、その家の階下を自分たちの住居に当て、二階の部屋をアパートにして、その家賃で暮らしている。アパートは二家族入れるようになっていて、それぞれ二十畳ほどの寝室とダイニング・キッチン、それに浴室と便所がついている。台所には大きな電気冷蔵庫と七キロ・ワットの電気レンジがついており、寝室には時代もののダブル・ベッドや、ビューロー、ロッキング・チェアーなどがそなえてある。それで家賃は月五十ドル。一九六〇年代の物価でも東京やアメリカ北部の都会では考えられない安さだが、この安さが家主夫婦の暮らしの貧しさをあらわしていると言えるだろう。

僕らと壁一つへだてた隣人は、まだ二十代半ばの若夫婦だが、夫はトラックの運転手、妻は師範大学の学生で、妻が学校を卒業して教師で稼げるようになったら、こんどは女房の稼ぎで夫が大学へ行く番だという。ふだんは物音一つせず、居るのか居ないのか分らないぐらい静かだが、金曜日の晩から土曜日の朝にかけて、毎週必ずといっていいくらい、猛烈な夫婦喧嘩がくりかえされる。最初は夫婦でどなり合っているが、そのうち物を投げる音、投げ返す音、部屋じゅう追い駆けまわして取っ組み合いをはじめる音。何しろ二人とも靴をはいたまま板貼りの床を駆けまわるのだから、それだけでも相当の大音響を発するが、さらに女の悲鳴、男の怒号が加わり、皿、小鉢、その他の器具が飛び交って砕け、体ごと壁にぶっつかる音が加わると、まさに家鳴り震動の騒ぎになる。家庭内暴力というのは、男が女に対して振うものだとばかり思っていたが、ここでは逆で、途中の経過は知らないが、最後に逃げ出すのは、いつも巨漢のトラック運転手であり、それを追跡するのは長身瘦軀《そうく》の女教師の卵である。夫は浴室に飛びこみ、内側から鍵を下ろす。妻はしばらく、「ヤイ、出てこい、弱虫め！」というようなことを僕には聞きとれない英語でどなりつづけるが、夫は一と言もそれに答えようとはしない。やがて妻は、

「ロバート！」

と、母親が幼児を叱る口調で呼びかける。夫は依然として無言である。

「ロバート！　ロバート……」

妻の声は、だんだん柔らいでくる。そして、ついに嘆願するような声で、

「ローバート、……バート、……ブァート、……ブァッブ、……ボッブ」

と、猫の鳴くような声から、次第に本当の泣き声になる。こうして僕は、彼等夫婦が和解するまでの間に、Robertの愛称がBobになることを発声学的に確認することが出来た。アメリカでは夫婦の離婚率が極めて高いということなら、僕も知っていた。その理由の一つは、女性の地位向上とともに教育程度が高まって経済的に独立出来るようになったことだという。しかし、隣りのトラック運転手と師範大学女子学生の夫婦を見ていると、彼等の喧嘩の原因は、本当のところ何なのか良くわからないが、少くとも女性の教育水準が向上したためだとは思われない。むしろ彼等の場合、夫婦が交替で働いて学資を稼ぎ出そうという一見合理的な生活形態そのものに無理があって、不和を招いていたのかもしれない。そうだとすれば、これは貧しさから来るイラ立ちが彼等の不和の原因だったということになるだろう。

もっとも、夫婦喧嘩が必ずしも離婚につながるものとは限らない。隣の夫婦があのように毎週定期的に派手な喧嘩をくりかえしていたのは、かえって離婚を避けるための賢明な予防手段であったのかもわからない。いずれにしても不可思議なのは、あのように壮烈な喧嘩がおさまって一時間もたつと、二人は揃って夫の運転するトラックに乗り、にこやかに手を振って大家の老夫婦に挨拶しながら、近郊の農村にある夫の両親の家に泊りがけで

出掛けて行くことであった。

不可思議なのは、アメリカ人の夫婦喧嘩ばかりではない。この国の人の気質や風習など、ありとあらゆるものが、僕らの眼には大なり小なり不可思議なものにうつると言っていい。一つには、それは彼等の徹底した個人主義というものが、僕らには理解し難いところがあるせいだろう。しかし、個人主義だけではあの何時間もつづく夫婦喧嘩のあとのニコニコ顔というものは捉えにくい。それは、むしろS君の言ったように「この国の気候は暑いか寒いかのどちらかで、日本みたいに寒くも暑くもないなんて季節はありやしません」という移り変りの激しい気象状況のせいだと考えた方がいいかもしれない。寒暖のきびしさだけではない、この国には竜巻《トルネード》という恐るべきものもあるのだ。突然、空から秒速百メートルをこえる突風が吹いてきて、一瞬のうちに牛や馬や自動車や人家を巻き上げながら通り過ぎて行くという。

アメリカの人種問題についても、やはり同じようなことが言えるのではないか——。いや、人種差別や偏見はわれわれにだってあるし、それ自体はべつに不思議なものでも不可解なものでもない。僕らがこの国にやってきて驚くのは、黒人差別が地域によって、州によって、町や村によって、制度化されているということだ。

ひとくちに言えば、アメリカの白人全般は黒人を含む有色人種に偏見がある——これはむしろアタリマエのことで、その偏見もわれわれの持っている人種偏見よりはゆるやかなものかもしれない。アメリカ南部諸州で黒人差別が法制化されているのは、南部人がとくに偏見が強いというより、差別を法制化することで黒人奴隷を合法的に保持しようということだろう。南部人は自分たちの文化を誇りにしているが、なかでも黒人奴隷は南部文化の重要な基盤だと考えられてきた。したがって南部人にとって黒人奴隷を失うことは、南北戦争の敗北感を追認させられることになる。だから、その敗北感を忘れるためには、黒人差別を法律で規定してつづけようということになるわけだ。

ところで、黒人差別を制度化するといっても、同じ南部でも州によって、町や村によって、いろいろと条件が違ってくる。はやい話が一九六〇年の大統領選挙で、ケネディーがニクソンを破って当選したのは、ジョージア州で大量の黒人票を獲得できたためだというが、これは南部でもジョージア州だけは黒人に選挙権をあたえていたということだろう。――なぜ、そんなことが可能なのか？　これは僕には、分かったような分からないようなものだった。

大統領選挙ともなれば、これは全国一律の規準でやるのがあたりまえだろう。黒人に選挙権を認めるなら全部の州で認めるべきだし、仮に南部諸州だけは特別な事情があって黒人の選挙権を認め難いというなら、南部諸州の全体がこれを認めないという方が分りやすい。だいたい南部諸州ではどうやって黒人から選挙権を取り上げているのだろう？　僕は、べつに黒人に同情して、そんなことを考えたわけではない。ただ、戦前、カリフォルニアなど太平洋沿岸の諸州に住む日系人が、選挙権をあたえられず、軍隊だけは半ば強制的に志願させられたというようなことから、僕はアメリカの選挙権とはどういうものか、他人事ではなく、その実体が知りたくなっただけだ。

僕が、そのことを話すと、P夫人は、「それならブラウンズヴィルの町へ行ってごらんなさい。去年の選挙で、投票所へ出掛けた黒人たちが、住む家もなくなってテントを張って暮らしているところが見られるはずですよ」という。

前にも述べたように、P夫人は北軍の子孫だから、南部の黒人差別には反対なのである。たまたまP夫人の親しくしているS夫人は、ブラウンズヴィルのすぐ近くのメンフィスの出身である。

「ミセスSにたのんでごらんなさいよ。彼女なら、ブラウンズヴィルにも親戚がいて、きっといろんな人を紹介してくれるはずですよ」

「大丈夫ですかね、ミセスSにそんなことをたのんで……。彼女、怒るんじゃないですかね」

「それは大丈夫ですよ。何しろミセスSはお国自慢の人だから、あなたがメンフィスとブラウンズヴィルを見に行きたいといえば、大喜びで、あっちこっちの人に紹介状を書いてくれるでしょうよ」

「そりゃ、そうでしょうけれど、ブラウンズヴィルの黒人に会いに行きたいと言ったら、好い顔はしないんじゃないですか」

「勿論、好い顔をしないどころか、カンカンになって怒るでしょうよ。でも、あなたは何もそこまで正直に言う必要はないのよ。ただ向うへ行って、知らん顔をして、黒人の集っている場所は何処かということを訊いて、自分で勝手に出掛けて行けばいいんですよ。わたしたち白人は黒人の集ってるところへ近づくのは危険ですけれども、あなたは日本人だから平気でしょう」

僕は、あぶなっかしいものだと思った。第一、P夫人はふだん頑固一徹の馬鹿正直な人で、だからこそ大学の修士課程まで出ていてもナッシュヴィルでは何処にも就職口がなくて困っているのだが、そのP夫人がこんな謀略めいたズルいことを僕にすすめてくれるとは、意外であった。それに、「あなたは日本人だから、黒人の集っているところへ行っても平気でしょう」とまで言われると、僕はあとへは退けなくなった。

たしかに、黒人は有色人種である僕らに親しみを持っていてくれていいはずだ。とくに人種差別に反対して自分たちの公民権を強く主張している黒人たちは、そうだろう。しかし正直に言って僕は、特別自分が一般の黒人たちから友情にみちた眼で見られているとは思えなかった。というより逆に、黒人たちは僕ら日本人が有色人種でありながら〝白人用〟の便所や食堂を利用し、白人しか行けない大学や教会などにかよっていることを、底意地の悪い目で見ているのではないかという気がしていた。無論、こんなことは単なる僕の思い過ごしにすぎないかもしれないが……。要するに僕は、黒人のなかに皮膚の色に対する屈折した感情を見ており、それをまた自分自身に投影させて同じ屈折した想いで黒人たちを眺めるような傾向を、知らず識らずのうちに生じさせていたにちがいない。

いずれにしても僕は、言われるままにS夫人に、メンフィスとブラウンズヴィルの町を見に行きたいのだが、と相談を持ちかけた。するとS夫人は果せるかな、上機嫌でブラウンズヴィルの町長はじめ何人かの町の有力者にあてて紹介状を書いてくれたうえに、メンフィスの市長には僕のことを市の賓客として招待してくれるように、と要請状を出したらしい。二、三日たつと、メンフィスの市役所から市長の名前で、

日本の作家を当市に招待し、二泊三日の予定で市内各所を案内する。その間のホテル代その他、一切の費用は当市に於いて負担する。

という正式の招待状が届いた。勿論、僕はこんなことまでして貰うつもりはなかった。それに市長の招待では、メンフィスの黒人たちの差別された情況など見て廻るわけには行かないではないか……。僕は、そのことをS夫人に打ち明け、メンフィス市長の招待だけは遠慮したいと言った。しかし、S夫人は、

「いいのよ、そんなことに気を遣わなくても。あなたは自分の行きたいところへ勝手に行

って、見たいものを見てくればいいの、わたしたちのくにには自由の国ですからね」と、僕の意向は無視して、一向に屈託のないことを言うばかりだ。やむをえず僕は、市長の招待も受け入れることにして、グレーハウンド・バスで五時間ばかりかかるブラウンズヴィルとメンフィスを三日がかりで一と廻りしてくることになった。

メンフィスは人口四十万の大都市だが、その隣りのブラウンズヴィルの町は人口七千、そのうち七割が黒人で、白人は三割だから二千人余りしかいないことになる。S夫人によれば、「ブラウンズヴィルじゃ、きっとブラス・バンドがバスの停留所まで出迎えに来てるでしょうよ」とのことであったが、着いてみるとさすがにブラス・バンドまではいなかったけれども、町長以下、町の顔役とおぼしい面々が数人、迎えに出ていてくれた。僕はもはや、この町で黒人と接触することは諦めることにした。元来、僕の英語力は甚だ貧しいうえに、黒人の田舎訛りの言葉はほとんど聞きとれないのである。一人で黒人の集団に入ってインタ一ヴューをとることは到底無理だ。それでも僕は、この町——というより村——に来てみて、白人が極力、黒人の選挙権を抑えにかかった理由がよくわかった。

選挙の投票には、選挙人登録をする必要があるが、この町では登録にきた黒人を全部チェックして、彼等にガソリンを売らないことにした。アメリカでは自家用車の他に交通機関は殆どない。だからとくに農村ではガソリンがなければ陸の孤島に取り残されたも同然で生活は立ち行かなくなる。それで選挙人登録に出掛けた黒人たちは、町の中心地に近いところにテント村をつくって、そこで暮らすことになった。P夫人は僕に、このテント村の黒人を訪問してみろというわけだが、町のオエラ方連中に常時取り囲まれていては、黒人たちに近づくことさえムツかしい。

「テント村へ行ってみたいんですが」

と僕は言った。

「そりゃ、あんたが行きたいと言うなら、わしらは止めるわけにゃいかんがね」と、町の顔役の一人は言う。「しかし、わしらの立場も考えてくれよ。あの連中に選挙権を許したら、この町はどうなると思う？　町長から町役場から学校まで全体が黒人におさえられて、わしらの行き場がなくなっちまうんだ。それも、彼等に町を運営して行く能力があるんならともかく、そんなことは奴さんたちには出来っこないんだからね」

一九八四年の現在、デトロイトやロサンゼルスなど、ほうぼうの大都市で黒人市長が市政の実績を上げており、黒人の大統領候補さえ登場していることから考えても、このブラウンズヴィルの町のオエラ方の言い草は、まともなものとは思われない。しかし、見渡すかぎり広漠たる草原のなかの寒駅ともいうべきこの町で、当年七十歳だという町長や、六十年配の取り巻き連中から、「わしらの行き場がなくなる」という話を聞かされると、僕は彼等の黒人を怖れる気持も分らないでもなかった。勿論、この町の黒人たちに政治的訓練がまったく出来ておらず、町役人もつとまらないとしたら、その責任は大半この町のオエラ方連中にあるに違いないし、このままでは町全体が黒人に乗っ取られてしまうと嘆かれても、同情の余地はまったくない。ただ僕は、遅かれ早かれ足許から崩れ去るに相違ない彼等の〝立場〟を眼の前に見ながら、何が何でもテント村の黒人に会いに行きたいとは、やはり言い出しかねたのである。

しかし、そういう僕は、やはりお人好しであったのかもしれない——。三日間、ブラウンズヴィルとメンフィスで過ごしたあと、僕はナッシュヴィルへかえるバスが食事のために延々とつづくトウモロコシ畑の真中で止ったとき、或る決定的にいまいましいものを見て、そう思った。

バスの停留所の近くに、一軒だけ木造の掘立小舎のような食堂があり、運転手に案内されて乗客たちはその小舎の中で食事をとることになった。僕はすでにブラウンズヴィルやメンフィスで、さんざんご馳走になってきたあとで食欲もなかったが、ガラ空きのバスに自分だけ居残る気にもなれなかったので、皆の後をついて小舎に入った。板壁にそったカウンターの隅に腰を下ろして、コカコラを飲もうとした。正面の板壁に直径三十センチほどの丸い穴があいているのが眼について、何気なく眺めているうちに、その穴から黒い腕が突き出た。とその手がカウンターの内側にいた男から料理の皿を受けとって、また引っこむのが見えた。

最初、僕は何のことかわからなかった。しかし、まわりの客を見廻して一瞬、僕はどきりとした。彼等はみんな白人ばかりだ。バスには黒人の客も乗っていたはずだ。しかし彼等は、この掘立小舎の食堂に入ることは許されず、小舎の外で壁の穴から料理を受けとって食べているのだ。僕はもはやコカコラを飲む気にもなれず、小舎を出た。一人でバスに乗り、窓の外にひろがる曠野を眺めたが、僕の眼の中にはまだ薄黒く汚れた板壁の穴から突き出された黒い腕の印象が、そのまま残って容易に消えそうもなかった。

アメリカ人の特色は、率直で、単純さを好み、正直であることだという。それはその通りだろう。しかし、いくらアメリカ人が正直だからといって、彼等に隠しごとがまったくないわけでもない。僕は、アメリカに行くとき、ロックフェラー財団の世話で南部にあるあっちこっちの大学に留学を申し込んだのに、何かハッキリしない理由でなかなかどの大学でも受け入れて貰えなかった。そんなこともあって、本来なら新しい学年のはじまる九月から留学しはじめるところを、僕は十一月も末になってやっとナッシュヴィルのヴァンダービルト大学に顔を出すことになったわけだ。勿論、これは前にも述べたように、僕自身が留学に積極的ではなく、大学に提出すべき願書をグズグズと放ったらかしにしていたせいでもあるが、留学を受け入れる側にも問題があったことはたしかなのだ。一体、何があったのか？　これは僕がナッシュヴィルに滞在して三、四箇月もたった頃、ようやくわかってきた。

簡単にいうと、この年、一九六〇年の初め頃から、アメリカ南部のあっちこっちの大学では人種問題で紛争が起っていた。アーカンソー州リトルロックでの黒人紛争は日本の新聞でもかなり大きく扱っており、僕も知っていたが、リトルロック以外に南部の各地で似たようなことが持ち上っていたとは、僕は全然知らなかった。いや、僕だけではない、ロックフェラー財団の日本での窓口になっていたS女史でさえ、これについては何も知らされていなかったにちがいない。なぜなら、S女史が僕に留学をすすめてくれた大学は、みな紛争に巻きこまれて、或る場合はその拠点になっていたからだ。S女史は戦前、ルーズベルト大統領の時代に進歩的な東部の大学町で学生生活を送った。当時からアメリカでは、学生に政治運動を禁じており、ちゃんとした大学で学園紛争が起ることなど、考えられもしなかったであろう。しかし、そのS女史が僕に留学の第一候補として上げてくれた北カロライナ州立大学で、黒人の人権運動が起り大勢の逮捕者を出した。つづいて、ヴァンダービルト大学でも、一人の黒人学生の入学を許すか許さないかで学園全体が二派に別れて、あわや大学がつぶれそうな騒ぎになった。そしてその余波は、小さな学園町スワニーのサウス大学にも及んだ模様だ。

考えてみれば、同じ頃、わがくにでは連日、国会周辺に教授や一般市民を含む学生の大掛りなデモ隊が押しかけて、安保反対やアイゼンハワー大統領来日反対の気勢を上げており、隣の韓国でも李承晩大統領を退陣に追いこむ学生のデモに、軍人の武装蜂起までともなって、全国的な大騒動を引き起していた。そんなだから、日本の新聞がアメリカ南部の大学紛争のニュースまで、いちいち取り上げているヒマはなかったといえば、その通りであろう。

しかし、このときアメリカ南部にひろがった学園紛争は、単なる学生の問題ではなかった。紛争が北カロライナ州立大学から起ったのは、マルチン・ルッサー・キング牧師の〝フリーダム・ライダーズ〟と称するバス・ボイコット運動が北カロライナからはじまったためである。当時のバスは、車内の真ん中に綱が一本張ってあり、綱の前方が白人席で後方が黒人席になっていた。キング牧師はこういうバスの黒人差別に反対して、バスに乗らない運動をはじめたわけだが、僕がナッシュヴィルに着いたのは、ちょうどそのバスの車内に張ってあった綱がとれたばかりのところであった。しかし、車内にはまだ綱をくくりつける金具はまだ残っており、乗客もこの金具の前方に白人が、後方に黒人がひとりでに集って坐っていた。

ところで、こんな風に黒人のバス・ボイコットが、まがりなりにもかなり素早く成功したのは、バスの乗客の大半が黒人であったため、バス会社は黒人に乗って貰わないことには経営が成り立たないからである。もっともかつては黒人はバスに乗ることも出来なかったのだが、一九五〇年代の後半あたりから南部の農作地帯でも工業化がはじまり、農地に機械が導入されて、そのぶんだけ余った労働力が都市の工場に吸収されることになった。それで南部の黒人たちは、綿畑で働くかわりに、バスで都会の工場にかようことになったわけだ。

こうして南部の工業化は黒人の都市化をうながし、都市に住みついた黒人たちが失業すると、やがてあちこちで暴動が起るようになる。勿論、一九六〇年のその当時は、まだ〝長い暑い夏〟などという言葉もなく、黒人が暴徒化する気配も見えなかった。しかし、農村という緩衝地帯を失った社会は、ちょっとした経済変動があればたちまち暴発する危険があるだろう。そういえばブラウンズヴィルの町（村？）では、黒人の人口比を減らすために、公立の黒人工業高校をつくって一人でも多く都会地に黒人を送り出そうとしていたが、その思惑は失敗であったらしい。ブラウンズヴィルのおエラ方は、顔をしかめながら言った。

「ダメなんだよ。奴さんたちは、せっかく手に職をつけて北部の都会へ送り出してやっても、すぐにこっちへ帰ってきちまうんだ。何しろ奴さんたちは怠け者だから、都会の工場でも勤めを休んでばかりいて、すぐクビになる。そうなると、もう二度と都会へ出て働こうとしねえ。都会で失業すると本当に飢えて死ぬしかないが、田舎でなら食えるだけは食えるからな」

これがどこまで真実なのか、僕は知らない。おそらくP夫人のような人なら、「そんなのは典型的な黒人蔑視の差別論ですよ。黒人にお金を出して学校を建ててやったって、それでどうして教育が出来るでしょう」と憤慨するだろう。しかし、そうだとしても大抵の人は、ブラウンズヴィルのおエラ方の言うことにも一面の真実があることを認めざるを得ないのではないか。

勿論、黒人と一と口にいっても決して一様ではない。皮膚の色からして、濃淡さまざまで、なかには僕らの眼には白人と変らないように見える黒人もいる。しかし本当のところ、骨格は黒人で皮膚だけが晒したように白い黒人を見るのは、不気味でイタイタしかった。Black is Beautiful というが、そういう標語は色だけが白い黒人をみると、いかにも皮肉に響くだろう。しかし、ナッシュヴィルの黒人大学の構内で開催された黒人の集会へ出てみると、そこでは色の白い黒いをこえて、たとえばブラウンズヴィルの黒人などとはまったく異質な、新しいタイプの黒人たちに出会う。彼等は、顔は黒いが、歩き方や、身のこなし方など、水際立ってムダがなく、いかにもスマートなアメリカ人という感じである。会の進行も、きわめて手際よく熟練した様子でおこなわれる。熱狂とか怒号とかいったものは、しゃべる側にも聴く側にもまったく見られない。すべてが知的に洗練され、日本の学生にくらべて数段大人の印象を受ける。演壇に立つのは、隣りの北カロライナ州か

らやって来た者が大多数で、

「この人も、また北カロライナ州の何某市から……。要するに、たったいま刑務所から出てきたところです」

といった司会者の紹介があるたびに、笑い声がわくが、それも決して哄笑《こうしょう》というようなものではなくて、軽く会釈するような笑い声である。しかし、すでにバスの差別撤廃を勝ちとった彼等は、余裕綽《しゃくしゃく》々といった態度で、大学、教会、銀行、ホテル、映画館、レストラン、その他、あらゆる施設、あらゆる職場での完全な差別撤廃と雇用の平等を要求していることは明らかだった。勿論それは当然過ぎるほど当然な要求であり、異論をさしはさむ筋合いのものでもない。ただ僕は、そういう彼等の話の中で、first citizen-ship という言葉が出てきたとき、何か異物が歯にさわったような、はっとした気分にさせられた。本来、市民権に一級も二級もあるはずはなく、一級市民権というのは要するに完全な市民権という程度の意味だろう。しかし彼等の口から〝ファースト〟といわれると、僕は一瞬、何ともなじみにくいものを突きつけられたように思った。

いや、僕はべつにヒガミ根性から、こんなことを言っているのではない。ただ、僕にとって、市民と等級という概念とは、どうしても合致しないだけのことだ。一級の神や、一級の天皇がないと同じく、一級市民というものは有り得ない。そう考えるから僕は、何に向ってぶっつけていいかわからないような或る忿懣《ふんまん》を覚えていた。どうやら僕は、この集会に出ている黒人たちが、一向に黒人らしくないことに腹を立てているのだろうか。

もし、これがプリミティヴ・バプティストといった土俗的な黒人教会か何かでなら、「ファースト・シティズン」といわれたって、べつにどうということもなかったろう。ミサがはじまると、黒い顔に紫色のハチマキをしめた聖歌隊がいきなり手拍子を打ち、やがて会衆全員が床を踏み鳴らしながら、

神よ、天国行きのキップを

あたえ給え!

おらたちに

天国行き特別急行のキップを!

と、牧師の声に合せて歌う。そういうところでなら、ファースト・シティズンはまさに天国行きの一等旅客の意味として、僕も素直に受けとめることが出来る。しかし、この学生たちの集会では、ファースト・シティズンは他の何かの言い換えではない、文字通りの「一級市民」でしかないところに、何とも言いようのないイラ立たしさを覚えさせられるのだ。

アメリカは自由の国であり、移民国としての機能もまだ生きている。日本から来ている留学生たちも、在米二、三年目頃から、そろそろ市民権をとることが気になりだすらし

い。実際、こういう心境については、アメリカにきてみるまでは、僕にはまるきり理解しかねることだった。

たしかに、敗戦後の一時期、日本もハワイ王国のようにアメリカの一州にして貰った方がいい、と、そんなことを文章にして公表する文学者もいて、それは冗談半分の話としてきけば、僕にもわからないものでもなかった。ところが、アメリカに滞在しているうちに、アメリカ人になることを考えるのは、決して冗談事でもトッピな想いつきでもない、むしろ極めてまともな常識的なことなのである。一体どうしてそんな気持になるのか？　滞米四年とか七年とかになる日本人留学生たちが、顔を合せるたびにヘンにひそひそ声になって、

「どうなんだ、あの件は？」

「何だ、市民権のことか」

「そうさ、気持のふんぎりはもうついたか？」

「いや……。だって、おれなんかまだ無理だろう、そんなことを言ったって」

「そうでもないさ。韓国人の弁護士にわたりをつけて、五十ドルぐらい渡しとくと、ちゃんと面倒を見てくれて、キレイに手続きをとってくれるって話だ」

と、そんな話をかわしているのを見て、最初のうち僕は、不愉快に思った。しかし、日がたつにつれて、愉快にはならないまでも、腹も立たなくなってきた。彼等にとって市民

権とは自動車の運転免許、或いは文壇における文学賞のごときものであるらしい。アメリカという国に来て、そこで自分を生かし、能力を十分に発揮しようとすれば、その土地の一員にならなければならず、それには結局、市民権をとらなくてはならない。そういうシステムで、この近代の申し子ともいうべき国は、成り立っているのだ。

アメリカ人——といったって当然何代まえかにここへ移ってきた人たちだが——も、新しく自分の町へやってきた者を見ると、これはおれたちの仲間に入れてやっても大丈夫かどうか、とまず考える。つまり、一人一人が多少とも移民局の役人のような眼で、新参の連中を眺め、最終的には市民権をあたえるべきか否かを、日常茶飯、常住坐臥の間に審査しているわけだ。パーティーとか、ボランティアー活動とかは、みんなそのためにもこの国にとって必要なことなのだ。そんなだから、見られる側の人間——労働者であれ、留学生であれ、何であれ——も、最初は何も帰化するつもりでやってきたわけでなくとも、しらずしらず、周囲からの期待にこたえるように、この市民権試験に合格したいと願うようになるわけだろう。

となると、市民権も正式のファースト・シティズンシップのほかに、セカンド、サード、準市民権、準々市民権といったものも、ひとりでに考えられてくる道理だろう。

結局、僕はナッシュヴィルの滞在を半年で打ち切って日本に帰ることにした。——この半年、おれはここで何をしたろう？　僕は、古ぼけたアパートの二階の薄汚れた窓のガラス越しに、カエデ並木の通りを眺め下ろしながらツブやいた。言葉もロクに通じないところで、四十面を下げた男が、毎日何をやって暮らして来たか、憶い返すと、それはただ自分のなかで人種的屈辱を嚙みしめるだけのことだったようだ。

戦争に敗けたことを、僕は恥ずかしいとは思っていないし、それを恥ずべきことだと考えたことも一度もない。ただ僕は、まったく無能な自分が、こうして戦勝国の財団の金で留学生として招かれながら、文字通り無為徒食して、セカンド・シティズンにも、サード・シティズンにも、手の届きそうもない日々を送ってきたことを恥じるばかりだ。それでも僕は、これまで孤独というものには比較的耐えられるタチだと思ってきたが、その妙な自負さえ、ここへきて揺らがざるを得なかった。実際、まわり中の人がわからない言葉でしゃべっているなかで、ただ一人、微笑を浮かべながら坐っているのは、一人きりで放って置かれる以上に苦痛なことだ。僕は一日中、英語に追いまわされ、脅やかされてきた。うしろから誰かに呼び止められ、話しかけられはしないか、そんなことを心配しながら暮らすのは、これでなかなか容易でない。どうせ日本へ帰ったって、ロクなことにはならないだろうが、それでも言葉が自由自在に通じるところで暮せるのは何よりの喜びだ。

そういえば僕は、女房によれば毎晩、英語の寝言しかいわなかったらしい。いったい自分が眠っている間に、そんなに英語で何を考えることがあったのだろう、と不思議だが、とにかく女房が夜中に目を覚すと、そのたびに僕はハッキリとした英語を大声でしゃべっているという。しかるに、ロックフェラー財団から、日本へ帰る旅費と飛行機のキップが届くと、その晩から僕の寝言は日本語になったという。

海外留学する者は、行くときと帰ってからと、二度にわたってカルチュアー・ショックを経験させられるらしい。無論、僕の場合、わずか半年、アメリカ南部の中都市でぶらぶらしてきただけのことだから、日本へ帰ってショックを受けるというほどのものをまなんできたわけはない。しかし、帰ってきてしばらくは、時差ボケのせいもあって二六時中、白昼夢をみているような茫然たる気分になっていたことはたしかだ。街をとおると、

　有り難や、有り難や、

　あーりがたや、有り難や

と、お経のようなフシまわしの妙な歌声が耳についた。いったい、何がそんなに有り難いのか。

　腹がへったら、おまんま食べて、

寿命つきれば、あの世行き
ああ、有り難や、有り難や

これでは怒る気にもなれない。にもかかわらず僕は、この歌がきこえてくると、なぜか憤然とさせられた。「腹がへったらおまんま食べて、寿命がつきればあの世行き」とは何事か！　どうやら、それは池田勇人首相の政策をカラカっているようでもあった。

巷では「ドドンパ」とかいう奇妙な踊りがはやっており、楽隊のドラムがドドンと鳴ると、男も女もパッと尻を落して、何やらカッパに尻を抜かれたような恰好になる。嬉々として、そんな踊りを得意げにおどっている連中を見ていると、僕は一年前、国会のまわりに連日、何万というデモ隊が押しかけ、東京じゅうが革命前夜のような昂奮に包まれていたことが、ひどく遠い時代の夢かマボロシのようなものに思われてくるのだ。

別段、僕はあの時期の緊張状態を懐しむ気はなかったし、もう一度、あの熱狂した空気を取りもどしたいなどとはさらさら考えなかった。ただ、いまの自分が何かウサン臭げな上っ調子なものに取りまかれて、本来のものを見失いそうになっていることが不安でもあり、不愉快でもあった。

しかし、じつのところ東京も、僕自身も、これまでとそんなに変ったわけではなかったかもしれない。僕は家に帰って二、三週間たつうちに、自分と周囲のものとの異和感が、ひとりでに融けてきたのを無意識のうちにも感じていた。『有り難や節』も「ドドンパ」も、そんなに気にはならなくなった、というよりそんなものを気にしている自分がオカしいのだと気がついた。考えてみれば前年、安保騒動のとしにだってフラ・フープだの、だっこちゃん人形だのと、随分へんなものが流行していたのだし、誰も彼もが「アンポ反対」だけに明け暮れていたわけでもない。いくら日本が目まぐるしく変るテンポの速い国だといっても、半年やそこらでそんなに大きな変化があるはずがない。

おそらく僕は、アメリカ南部の田舎町で暮らしているうちに、いくらかでもその禁欲的な気風にカブれていたのであろう。

その半年間、僕は精神的にサナトリウムに入っていたようなものだった。毎日曜日、P夫人につれられて何処かの教会に出掛け、ちんぷんかんぷんな説教を聞かされたり、調子外れの声で讃美歌を歌わされたりしていた。それに週に三日は大学へ行って、一時間ずつでも教室の椅子に坐っていたが、こういう勤勉さは、三田の大学に籍を置いていた頃の僕には到底考えられないほどのものだ。僕としては、それらはすべてヒマつぶしのつもりであった。つまり、ニューヨークとかシカゴとかいう大都会とちがってナッシュヴィルでは、学校か教会か人の家のパーティーに呼ばれて行くかする以外に時間のつぶしようもない有様だったのだ。そんなだから、東京へ帰ってくると、いきなり日常の浮薄な歓楽的な面ばかりがイヤに眼について、(こんなことで、これから先き日本はどうなるのだろう？）などと悲憤慷慨するような気分になっていたものと見える。しかし、そうした気分も二、三週間たって、身体の時差ボケがとれると同時に、ひとりでに何処かへ消えてしまったというわけだ。

いや、それだけではなかった。たまたまその頃、僕は一身上の旧悪が露見するという、文字通り個人的な事件が発生して、世間の浮薄な風潮などについて慨嘆していられなくなったということもある。自分自身が何とも浮わついた怪しげなことをやっているのを棚に上げて、「ドドンパ」がどうの、『有り難や節』がどうのと言っていられるわけがない。しかし自己弁護のためにいうのではないが、十年もまえからの旧悪がこんな時期に露見したというのは、ここへきて世の中や時代の環境がそれだけ変ったということも考えられないでもなかった。

たしかに、戦争の傷痕というのは、もう何処にも見当らなくなっていた。そういえば六〇年安保のあの大騒動も、〝戦後〟を終らせる大掛りな闇祭のようなものだったのかもしれない。勿論、安保は講和条約と引きかえにアメリカ軍の駐留を認めたものだから、その安保が六〇年の改定で十年延長されたことは、〝戦後〟がそれだけ延長されたということにもなるだろう。しかし現実に、アメリカの軍事支配力は、終戦直後や講和条約の頃にくらべて遥かに薄まっていることはたしかで、その意味で六〇年安保は〝戦後〟を終らせるとはいえないまでも、その内容を本質的に変えるものであったには違いない。

米ソの世界支配力が決定的に弱まるのは、中ソ論争やアメリカのベトナム紛争介入からで、それが起るのは、まだ二、三年さきのことなのだが、すでにその前兆は六〇年安保の直後の頃からはじまっていたといえるのかもしれない。そういえば僕がナッシュヴィルにいた頃、つき合っていたS夫人の息子は海軍の予備士官だったが、こんどベトナムに派遣されることになって除隊が遅れるという話をきいた。「ケネディーはよくないわね、就任早々、キューバで面倒なことを起したかと思うと、こんどはベトナムに手を出して、またヘンなことをやるんじゃないでしょうね」

と、S夫人やP夫人など、徴兵適齢期の息子をかかえた小母さん連中は、ささやき合っていたものだ。とはいえ、これはテネシー州でケネディーの人気がなかったためで、まさかベトナム介入に手をつけて、あのような敗北を招くことになろうとは、まだ誰も予想していなかったし、僕自身には無論そんなことは夢にも考えられなかった……。

わからないといえば、間もなく日本に本格的な好景気と経済成長がやってくることも、この時期には全くわからないことであった。経済学者をふくめて当時のインテリたちの意見では、「アメリカの言いなりに安保の改定と期間延長を許した以上、日本は今後、有形無形に軍事協力を強いられ、そのあげく不況のどん底に陥るだろう」というのが通説のようになっており、僕自身もそんなことだろうと思っていた。ただ、その不況が、いつ、どんなようにやってくるか、具体的なことになると一向に見当がつかず、経済学者も何も教えてはくれなかった。そして奇妙なことに、僕自身の収入は、アメリカに行っている間は何も書かず、帰国してからも雑事にまぎれて仕事らしい仕事には手がつかない有様であったにもかかわらず、以前に書いたものが何冊かの単行本になったり、結構いろいろのところから金が入ってきて、従来のような貧乏もしないで暮らしが成り立っているのであった。

『不確実性の時代』とかいうのは、もっとずっとたって石油ショックの後で出た話題の本の題名だが、不確実な時代の動きは、すでに六〇年代の初頭からはじまっていたのかもしれない。いや、おおざっぱに言って、学者や有識者のいうことが正確に当っていたのは第二次大戦の米ソの勝利と日独の敗北、それに中共の中国支配ぐらいまでで、その後は間違ってばかりいたといえなくもない。

無論、無限に数かずの要素から成り立っている現実を正確に見極めることは不可能にちかいことで、学者の予測がはずれたって、それで彼等が無能であったということにはならない。だいたい学者やインテリの言うことは悲観論に傾くし、ものごとが暗い方向に動いて行くというが、これは現実にある確実な条件から楽観論をひき出すことが、元来無理だからなのであろう。はやい話が終戦直後、日本では何十万か何百万かの餓死者が一と冬で出るといわれながら、実際には餓死した者はほとんどいなかった。しかし、これは推測がまちがっていたというより、この時期にアメリカからの援助物資がくるというデータがふくまれていなかっただけである。くれるかくれないか、くれるとしてもどれぐらいの数量か、はっきりわからないデータを基盤に入れて、将来を考えるわけには行かなかったわけだろう。

ナッシュヴィルにいるとき、日本の輸出産業の将来について、ヴァンダービルト大学経済学部のT教授の話をきいたことがある。T教授は中国系の一世だが、戦争中は国民政府軍の中佐で桂林の米空軍の戦略爆撃隊に協力して働いていたということだ。戦後の内戦で中共軍に敗れた後、アメリカに渡って学位をとり、経済学の教授になったが、つい最近まで交換教授で日本の大学で教えていたというだけあって、日本の戦後の実状にも良く通じており、僕は教授の家によばれたり、また僕のアパートへ来てもらったりして、かなり親しくなっていた。あれは何がキッカケだったか――たぶん僕が自分の日本製のカメラを自慢して、日本の機械もずいぶん進歩したというようなことを言ったときだと思う――、T教授は突然、真顔でこんなことを言った。

「日本の輸出でウマく行っているのは、カメラやラジオやミシンなど、昔の玩具や安物の時計から進歩した程度のもので、それ以上に精密なものやシッカリした基礎工学の必要なものに手を出すのはムリだ。エレクトロニクスなら、トランジスター・ラジオまではいいが、テレビやコンピューターは出来っこない。内燃機関類もモーター・バイクがせいぜいで、自動車工業に本腰を入れて取り組んだりしたら、必ず手ひどい目にあうだろう」

別段、T教授は日本を馬鹿にしてこんなことを言っているわけではなかった。むしろ同じ東洋人として、せっかく近代化に成功しかけている日本が、ここで無理な背伸びをして元も子もなくしたりしないようにと老婆心から言っていることは、僕にもよくわかった。ただ僕は、そういうT教授が在来の欧米先進国のパターンだけで近代産業を語っているような気がして、何かイラ立たしいような口惜しさを覚えた。それで、つい何の目算もなしに、こんなことを言った。

「そりゃ、自動車の輸出まではムリかもしれないけれども、テレビならソニーが小型の受像機生産に成功しているし、やがてラジオみたいに日本製のテレビがアメリカの市場にどんどん出てくることになるんじゃないかな」

しかし、これに対してT教授は、黙って頭を横に振るだけで、何もこたえようとはしなかった。

おそらくT教授は、日本を中進国と見做していたわけで、これは何もT教授独自の見解ではなく、客観的にみれば日本の評価はほぼそんなところに違いなかった。僕自身、T教授に多少異論はとなえたものの、それは口先だけのことで本心ではT教授の意見に異を立てる根拠も自信もなかった。

だいたい、いくら僕らが日本製のテレビを自慢したって、テレビの作り方やメカニズムを知っている道理がない。それにオートバイにしても、アメリカでは新聞配達の少年までが大型のハーレー・ダビッドソンにまたがって、重厚な排気音をひびかせながら、筒型に巻いた新聞を二階のヴェランダまで景気よく放り投げて行く、そんなのを見ていると、日本製のオートバイなんか、せいぜい三輪車に毛の生えたくらいの玩具じみたものとしか考えられなくとも仕方がなかろう、という気がした。まして自動車となると、地平線の彼方まで真直ぐにのびたハイ・ウェイを、時速百何十キロのスピードで悠然とすっ飛ばして行く巨大なアメリカ車と日本の小型車では、到底比較にも何にもなりはしない。

ところが、あれは僕が日本に帰って、まだ一と月とたたない頃のことだ。或る日、新聞を見ていると、「本田技研工業チーム、イギリスのマン島オート・レースで、一二五cc、二五〇cc両クラスに優勝！」とあるではないか。僕は、思わず快哉をさけび、T教授よ、見たかこれを、と言いたい気持になった。正直のところ、僕は自動車の運転は一生おぼえる気はなく、オートバイにも乗ったことも触ったこともない。それがどうして、こんなことで昂奮するのか。考えてみれば、愚かしい限りであるが、たしかに嬉しかったのだから仕方がない。おもうに自動車は先進国の象徴であって、たとい軽量のオートバイであろうと、それが世界の檜舞台で優勝できるようになれば、やがて自動車の生産でもヨーロッパに追いつけるようにはなるだろう。そう思うと僕は、こんなことが自分にとって何のプラスでもマイナスでもありはしないとわかってはいても、やはり日本選手がオリンピックで勝つこと以上に昂奮せざるを得なかった。

自動車といえば、九月の初旬、吉行淳之介がそれまで乗っていたダットサン・ブルーバードを、新たに英国製のMGセダンに買いかえたというので、その車で近藤啓太郎と三人で日光周辺をドライヴに出掛けようということになった。一昨昭和三十四年、吉行が週刊誌の小説『すれすれ』で当てて、オースチンを買い入れたときにも、この三人で利根川の下流を水郷から犬吠埼《いぬぼう》にかけて二泊三日のドライヴ旅行をしたことがあり、また久しぶりでノンビリと旅してみようというわけだった。僕は日光には、中学二年のときの修学旅行以来行ったことがなく、お上りさん気分で左甚五郎の眠り猫などジックリ眺めてみるのも悪くはないという気がした。

しかし、いまそのときのことを、いくら憶い出そうとしても、眠り猫はおろか、東照宮の霊廟に参詣したかどうかという記憶もさだかでない。はっきり覚えているのは、三人で東照宮の入口の右手にある旅館に、いきなり車を乗りつけてフリで泊ったこと、晩飯に酒を飲み、土地の芸者を二人ほど呼んだこと、そして皆で吉行の運転で宇都宮のキャバレーに繰り込んだことぐらいだ。栃木なまりの芸者は、「この車、なーに。わあMG、すごい。わだし、おでんぱだから自動車、大好き」と、はしゃぎまくり、キャバレーでは白い裾模様の着物の男のうたう『王将』か何かをきいて、かれこれ十二時頃に宿へ帰った。匆論、全員が好い機嫌で酔っていたから帰り途の記憶もない。ただ、小型の台風が接近しているとかで、小雨のパラつくなかを、車はかなりのスピード――たぶん時速百キロ以上――で突っ走ったことは覚えている。

翌朝、その道を通って、いろは坂に向う途中、吉行がふと感に耐えた口調で言った。

「いや、ゆうべは危いところだったな」

「何が」

と訊き返すと、

「見ろよ」と吉行は言った。「濡れた路面いっぱい落ち葉が散って、タイヤがつるつるに滑るんだ。そんな道を、目いっぱいアクセルを踏んで走ってきたかと思うとゾッとするよ」

「そういえば、車が好きだとか言っていた芸者が、帰り途に急にシーンとなっちゃったなあ」と、近藤がいった。「ありゃ、きっと恐ろしくなったんだぜ。おれたちゃ酔っ払ってたから何も気がつかなかったけれどもよ」

僕自身、昨夜は何の恐怖も覚えず、前後に車も人けもない夜道を素っ飛ばす快感が残っているだけだ。しかし、あのとき、もし一度でも吉行が急ブレーキを踏んでいたら、フル・スピードの車は横転して、われわれ三人は、芸者二人を道づれに、死ぬか、半死半生の重傷を負っていたにちがいない――、そう思うと、いま自分が生きて、車に揺られていることが不思議な気分だった。車は、たしかに濡れた落葉の道でときどきスリップし、そのたびに吉行は神経質にハンドルを切った。そして、その真剣な表情をバック・ミラーの中で覗くうちに、僕は次第に覚えのない恐怖心がいまさらのように眼ざめてくるのを感じはじめた。

景気が循環するというのは常識だろう。これまでも、神武景気とか岩戸景気とかいわれるような時期が二、三年もつづいたあとでは、必ずナベ底不景気とかいうものがやってきて、企業の倒産や店仕舞のことが話題になった。だいたい景気が過熱してくると、政府は公定歩合を引き上げて金が出廻らないようにするから、景気が落ち込んで物価の値上りが沈静してくるのはアタリマエの話だ。ところが昭和三十六年七月、三年以上つづいた好景気で外国からの原材料輸入が増大し国際収支が赤字になってきたので、政府は金融引き締めをおこなって景気を抑えようとした。しかるに、こんどは景気はほとんど落ち込まず、物価の値上りも止まらず、世の中は好況ムードに包まれたまま、経済は成長をつづけたという。つまり、昭和三十六、七年頃から、景気が循環するという常識が、これまでの常識どおりには動かなくなってきたという。

僕自身、この頃を振り返ると、景気の暖冬異変とでもいうか、冷え込むはずの景気がいつまでも冷たくならず、真冬になっても春の陽気がつづいているような、そんな気分であった。もっとも僕ら文筆業者というのは、自身の懐具合と世間の景気とはあまり関係がない。一般に好景気のときは世間の人は本など読まなくなるので、むしろ景気の下り気味のときのほうが出版界は活況を呈するというのが通り相場になっている。ところで僕は、その頃べつに原稿料の好い新聞や週刊誌などマスコミ関係の仕事をしていたわけでもないのに、前年書いた新書判の『アメリカ感情旅行』や、書き下ろし長篇小説『花祭』などの印税が入ってきて、あまりアクセク働いているわけでもないのに、収入は前年度や前々年度と大して変りないぐらいになった。

働かないのに収入が上るというのは、個人的には大変結構な話なのだが、僕は何となく不安だった。世の中全体が妙に空虚なつけ景気に踊らされて、うわべだけの好況をつづけているような感じなのだ。——こんなことがいつまでも続くはずはない、いまにドカンと大不況がくるぞ。僕は、何とはなしにそう思った。その頃の『経済白書』を覗いてみると、こんなふうに述べている。

（昭和）三五年までは「投資が投資を呼ぶ」効果も有効需要の増加に引きずられて投資がふえる形であったが、三六年には現実に需要が生じてからでは遅すぎるということから、長期計画のもとで将来需要に依存して投資計画が実施されるまでに発展していた。それも、自動車の長期計画に合せて鉄鋼の需要見通しが作られ、石油精製の能力増強計画が作られるという形で、各業界が将来需要に大きな期待をかけ合っており、いわば「期待が期待を呼ぶ」増幅効果が大きくなって、膨大な投資計画が推進されることになったのであった。

「期待が期待を呼ぶ」好景気――。つまり当時の好況は、企業家たちが大して根拠もない期待に胸はずませて、需要もないのに競争で膨大な投資計画をすすめてきたためだ、というわけだ。株でいえば、皆がいっせいにカラ買いをつづけて株価を買い煽っているというようなものだろうか。そういえば、どの週刊誌も投資案内のコラムをもうけて経済評論家と称する人たちに一攫千金《いっかくせんきん》の戦術を語らせ、巷では株価や投資信託の噂が日常の話題になっていた。一九二九年秋、アメリカの大恐慌の起ったときも、その直前までウォール・ストリートでは株価が値上りし、不動産屋には土地を買いあさる大衆投資家がつめかけていたという。わがくにの現在の好況だって、ほんのちょっとしたことからでも期待ハズレが期待ハズレを呼ぶ大不況に逆転する可能性は大いにあり得るのではないか。しかし、その年の秋になっても、好況のくずれる気配は一向になく、兜町に混乱の起るキザシもまったく見えなかった。

まえにも述べたが、安保改定と期間延長でわがくにはこれまで以上に対アメリカ従属を強いられ、軍備増強を余儀なくされるから、近い将来に不況に陥入り、結局は戦前と同じく破滅の道を歩むことになるだろうというのが、安保騒動直後の新聞論調や知識人一般の意見であった――。実際、昭和初年の金融恐慌と大不況から軍事ファシズムを生じ、それに引きずられて大戦に突入、敗戦をへて中国に共産党政権成立というあたりまでは、左翼マルクス主義者たちの言うことは、まるで絵に描いたようにピタリと当っていた。「期待が期待を呼ぶ」好況がやがて崩れるだろうという予測は、こういうことからも極めて確率の高いもののように思われたものだ。

しかし、なぜだろう、僕がアメリカから帰ってみると、そのような不吉な予測は姿を消し、まるで安保条約そのものが立ち消えになってしまったように、誰一人そんなことを心配する声もない。そして、やって来るはずの不況は、安保改定から一年たち二年たっても、なかなかやってきそうもない。あるいは、いまや国民全体が政治的な危機感というものに倦き倦きして、将来の不安に眼をつむり、刺戟を何か他のものに求めはじめたのかもしれない。

あれは八月、終戦記念日の前か後か、テレビをつけると、日本人の青年が一人でヨットで太平洋を横断したというニュースをやっていた。そのこと自体も驚くべき快挙にちがいなかったが、或る意味でそれ以上に驚いたのは、その冒険をやりとげた堀江謙一青年というのが、ただの大阪の市井《しせい》の一庶民であったことだ。これまでヨットといえば、ヨーロッパの王族や貴族や、アメリカの資産家や、それに準ずるような人たちの遊びというのが、世間一般の常識だったはずだ。たまたまその頃みた『太陽がいっぱい』という映画も、フランスの下層階級の青年アラン・ドロンがアメリカの金持の息子に接近して、そのヨットに乗り、船の上でアメリカ人を殺し、ヨットもろとも莫大な資産も横領してしまおうというような話で、要するにヨット——それも遠洋航海用の——は、庶民には手のとどかぬ上流階級のステータス・シンボルそのものであったわけだ。しかるに堀江青年は、大阪の下町でいわばアラン・ドロンと同じような階級に属しながら、独力で小型のヨットを調達し、航海法を身につけて、地球上最大の大洋である太平洋を一人で横断してしまったのだ。その結果、ヨット遊びは貴族やブルジョワのものという概念は完全に引っくり返されることになった。その意味で、堀江青年は巷の冒険家の夢を成就したという以上に、たった一人で階層文化の壁を破る革命をなしとげたものともいえるだろう。

それにしても、このような冒険青年を出現させたのは、わがくにの庶民層が経済的にも心情的にもそれなりの余裕を生じてきたためでもあるだろう。そして、それはまた政府の金融引き締めにもかかわらず、一向不況にもならず、あらゆる企業家の投資熱がおとろえないということとも見合うものだろう。これを「期待が期待を呼ぶ」というような情緒的な言葉で説明されても、その実体は僕らには良く分らない。期待が期待を呼ぶといっても、その「期待」が根も葉もないものであれば、いつか必ず崩れるにきまっている。それが崩れないのは、眼に見えないところで、いままでの常識では許れない需要が大きく働いているからではないか。ところで、その「需要」はいったい何だろう？　さし当って考えられるのは、堀江青年のヨットが示すように階層文化が崩れて、これまで庶民の手の届かなかったもの——ゴルフ、別荘、自家用自動車、電気冷蔵庫、水洗便所、シャンデリア、等々——が、すっかり大衆化して、望めば誰でもが何とか手に入れられそうになってきたことだろう。そして、庶民にそのようなゼイタクが許されるようになった最大の理由は、国が軍備に金を費わずにすむようになったことだろう。

「エコノミック・アニマル」という言葉はまだ聞かれなかったが、日本人が経済動物と呼ばれるようになったのは、あきらかに六〇年安保のあとの池田首相のときからである。池田首相が西欧諸国を歴訪したとき、「トランジスターの商人がやって来た」と言ったのはフランスのドゴール大統領であったが、ドゴール氏は池田氏を見くびり過ぎていた。経済万能ということなら、ドゴール大統領はむしろナポレオン三世を想い浮べてみるべきだったのではないか？

ナポレオン三世、すなわちルイ・ボナパルトは、伯父ナポレオン一世の失脚後、近隣諸国を転々と亡命してきたが、一八五一年、議会と民衆の虚を突いた卑劣なクーデターによって帝位についた。それについてはマルクスの「ヘーゲルはどこかでのべている、すべての世界史的な大事件や大人物はいわば二度あらわれるものだ、と。一度目は悲劇として、二度目は茶番《ファルス》として」にはじまる『ルイ・ボナパルトのブリュメール十八日』が有名である。ところで、そのルイ・ボナパルトは、ナポレオン三世を名乗って帝位につくと、

「帝政とは平和である」

と宣言して、経済発展と産業の振興に全力を上げてつとめた。軍事では、どうがんばっても伯父ナポレオン一世にはかないっこないので、まず首都パリの大々的な再開発にとりかかったのである。迷路のような狭い道を拡張して整然とした大通りとし、大小不揃いの建物は取り毀して五階か六階建てに統一された家を表通りに並べた。これは、じつは人民の蜂起や暴動を取り締まる上で好都合だという配慮から出たものだともいうが、とにかく街は立派になった。さらに、セーヌ河も泥水がよどんで猫や犬の死骸の棄て場のようになっていたのを改修して、緑の木立ちや華麗な橋の下をきれいな水が流れるようにした。要するに、世界で最も美しい都会といわれる今日のパリは、この時代の再開発事業によって完成されたと言っていい。「ナポレオン三世ほどパリを理解していた者はなかった。さりながらパリはつねに彼の政治に反抗してきた」などとも言われているが、パリ市民といわず、フランス国民全体は、結局のところ彼の経済政策に満足し、日々の暮らしが豊かになったことで、次第に政治的関心はうすれて、口では皇帝の独裁に不満をとなえても実際はどうでもよくなって行ったという。

無論、池田首相は何もナポレオン三世の政策をマネするつもりなどなかったはずである。ただ、国民の政治的不満をそらすためには、政治よりも経済に重点をおいて、暮らし向きに関心を持たせるべきだと考えたのはナポレオン三世と同様であった。いや、これは池田氏には限らない、その後の歴代首相も皆同じで、田中角栄氏の時代にそれは絶頂に達したというべきだろう。つまり六〇年安保以降のわがくには、フランスの第二帝政期によく似ていると思われるが、その先鞭をつけた池田氏の個性が、そのまま現在の〝経済大国〟に反映していると言っていいだろう。

ナポレオン三世が「帝政とは平和だ」といったのは、自分には大ナポレオンの軍事的天才はないと自覚していたからであろうが、池田首相が〝低姿勢〟に徹したのも、自分が造り酒屋の息子で根っからの町人だと信じていたためであろうか。とにかく「経済のことは池田におまかせ下さい」とはいったが、軍備だとか国防だとかいうことは極力遠避けて口にせず、後代の佐藤や中曾根といった人たちに較べても、好戦的という印象はまことに少なかった。そのかわり、知性とか気位とかいったものは、これまでのどの首相よりも欠けていた。ジャーナリストの間では〝ディスインテリ〟という評判を立てられており、実際はどうか知らないが、雰囲気や風貌は大蔵官僚というよりは街の酒屋の親爺さんというようなところがあった。政治家や実業家は常磐津や小唄ぐらいはうたっても、演歌や流行歌を宴席でうたう人はいなかった。しかし池田首相の塩っぽいガラガラ声は、施政演説をきいても浪花節のように聞えてくるのである。

池田首相の評価は、その死後、経済の高度成長が本格的に進行しはじめるにつれて高くなった。一つには、池田首相の頃にしかれた路線——農業基本法とか、新産業都市の設定とか、設備投資の促進とか——が、首相の死後何年かたって本当に実を結び、効果を発揮しはじめたからであろう。しかし、もう一つは池田氏が経済発展一本槍で余計なことを言わず、もっぱら平穏無事な道をえらんで歩いてきたことが、あらためて奇特なことに思われてきたからであろう。

ナポレオン三世のことも、もし普仏戦争を起さず、不様な敗戦を喫したりさえしなければ、二十年間の治世で結構、賢明な皇帝として評判が好かったろうともいう。それは、その通りかもしれない。しかし、普仏戦争は起るべくして起り、フランス軍は敗れるべくして敗れたことも、またたしかである。何しろ第二帝政末期の頃は、あまりに長く繁栄がつづき、百姓庶民にいたるまで暮らしが豊かになって、そうなると自分たちにとって皇帝は一体何のために必要なのか、誰もがわからなくなってきたというのである。これでは仮りにどんなに有能な指揮官がいても戦争に勝てる道理はない。開戦後間もなく戦線視察に出掛けたナポレオン三世が、道に迷ってプロシア軍の捕虜になってしまったという間の抜けた事態も、故なくして起ったとは言えないわけだ。

秋になって、僕の家はまた改築をはじめた。東西十間、南北五間の土地に、十三坪半の横長い電車のような家を建てたのは昭和三十一年、赤ん坊が初めて生れた年であったが、三十四年には西の隅に僕の仕事部屋をつけ足した。つまり、電車が二輛連結になったわけだ。それから三年、三十七年になると子供が学校にかよいはじめ、それにわが家でもマイ・カーを一台購入することになって、車の置き場も必要になった。それで門を取り払ってガレージとし、玄関も少し拡げて、そばに子供部屋をつけた。これで電車は三輛連結となり、いよいよ奇妙な恰好になったが、それは日本の経済発展にともなって、わが家の生活も急速に膨張してきたことを示してもいた。

無論、こんなにたびたび増改築を繰り返すよりは、思い切って家を引っ越すか、建て直すかした方がいいにきまっている。しかし、僕の友人のあいだでは住宅の設計建築の権威である小島信夫の説では、「ここ当分、オリンピックがすむまでは、土木工事が忙しく、土建業者の鼻息も荒くて、職人の手間も上る一方だから、本格的に家を建て直すのは見合せた方がいい」というのである。オリンピックは昭和三十九年、あと先き二年のことだから、それまでは今のままで我慢していればいいようなものだが、貧乏性の僕は二年後の自分の経済状態がどうなるか、自信がなかった。少しでも懐具合に余裕のあるうちに、必要最小限の改築をやっておきたかった。それに東京の街全体が、いたるところで掘り返されたり、埋め立てられたり、古い建物が毀されたりしていると、自分の家を何とかしなくてはイケない、と妙にハヤり立った焦躁感をおぼえさせられてもいた。

十月の或る日、僕は有楽町の新聞社の小講堂で催される講演会に、講師として呼ばれていた。約束の時刻までまだ間があったので、新聞社とは方角ちがいの裏通りをぶらぶらした。東京都心でも最も繁華なこのあたりは、なぜか最も変化の少いところだった。勿論、空襲の被害もうけていたし、ごみごみした飲み屋や食い物屋のかたまった一画も戦前にはなかったものだ。しかし、新宿や渋谷や池袋などのように全然方角のわからなくなるような変化は、ここにはなかった。新聞社や劇場やホテルなど、大きな建物は、大半、戦前からのものがそのまま残っていたからだろう。それで僕は、このへんへ来ると、いつか学生時代に戻ったようなそんな気分にもなれるのだ……。だが、その日、僕はガード沿いに歩き慣れているはずの裏道をぶらぶら歩きながら、ふと何かが欠けているような、なぜかナジミのないところへ迷い込んだような心持になっていた。

何だろう？　僕はツブやきかえしながら咄嗟に、このナジミのないものの眼には見えない変化に気がついた。それはガード下の古いよどんだ堀割の、メタンガスと磯臭さの混ったような匂いが、いつの間にか無くなっていたのだ。古い東京の都心のあちこちにあった堀割が、片っぱしから埋め立てられていることなら、僕も知らないわけではなかった。しかし、この有楽町あたりの堀割が、いつ頃、どんなふうに埋め立てられたかについては、僕にはまったく記憶がなかった。そういえば、このへんにかかっていた古い木造の欄干のついた橋も、いつの間にか何処かに消え失せている。

何でもないといえば、それはまったく何でもないことだった。僕は別段、あの堀割の泥水と腐った魚の腹わたをこね合せたような臭気をなつかしんでいるわけではない。ただ僕は、この重苦しい臭気が消えたことで、変らないようでも自分の気がつかないところで、いろんなものが目まぐるしい勢いで変っているのだということを、いまさらのように悟らされて、小さなショックを覚えただけだ。

そのあと、僕は新聞社の小講堂へ行き、自分の話がおわったあと、控室で、同じく講師をつとめた新聞社の外報部記者と向い合っていた。「わたしの見たアメリカ」というのが僕の演題で、それについて僕は演壇では言いそびれたことを、ワシントンにも駐在していた記者を相手に話していた。勿論、アメリカでの体験も話題も、その記者は僕より何層倍も豊富だったにちがいないが、聴き上手らしく僕の言うことをアイヅチを打ちながら興味ありげにきいてくれた。そのとき、電話がかかってきて、記者は中座したが、席にもどると、

「たいへんだ、ケネディーがキューバを封鎖したそうです。ソ連の出方はまだわかりませんが、アメリカはキューバからソ連のミサイル基地の即時撤去を強硬に主張しているようです」

それだけいうと、記者はあわただしく部屋を出た。階段を駈け下りる靴音をききながら、僕はしばらく茫然となった。

——戦争になるのだろうか？

まさか、とは思う。しかし、第二次大戦も、太平洋戦争も、起ったときにはみんなこのようにヤブから棒に、まるで冗談ごとのように始まったのではなかったか。主催者の案内で、僕は控室からビルの階上のレストランにつれて行かれた。窓際のテーブルからは、夕暮れどきの雑踏が見下ろせた。帰宅をいそぐ勤め人たちと、これから夜の町へ出掛けようとする人の群れの交錯する有様を眺めながら、ふとそれは何か架空な、嘘のように平和なものに思われた。

さいわいキューバ危機は、こともなく終った。アメリカが海上封鎖という強硬な態度に出ると、ソ連は意外にあっさりキューバのミサイル基地を撤去したからである。終ってみれば何ということはなかった気もするが、へたをすれば第三次世界大戦に発展しかねない問題であっただけに、誰もがホッとしたはずだ。あとになって、この危機がこんなにウマく回避できたのは、ソ連のフルシチョフ首相とアメリカのケネディー大統領とが、裏で親密な友情をひそかに結び合っていたためだなどと、そんな噂がまことしやかに囁かれたりもした。

無論、こんな噂は、根も葉もないものであったに違いない。しかし、超大国同士が国家的利己心から密約を結ぶ可能性のあることは、翌、昭和三十八年（一九六三）の夏、モスクワでおこなわれた部分核停止条約の例からも、たしかだろう。

たまたま僕は、その頃、小林秀雄、佐々木基一の両氏とともに、ソ連のあちらこちらを旅行していた。これはソ連作家同盟の招待旅行であって、勿論核停会議とは何の関係もない。それどころか僕らは、同じ時期にモスクワで毛沢東中国主席やラスク米国務長官、それに国連事務総長など世界中の大立物が集って、そんな大掛りな会議がひらかれているということさえ、知らなかった。この無関心は、いま考えると不思議な気もする。しかし当時の日本は、いま以上に国際社会での発言力は微弱で、いくらヤキモキしたってはじまらないという気分が国民全体にあった。

ソ連の招待旅行は、アンドレ・ジッドが一九三六年、『北ホテル』の作者ウジェーヌ・ダビなど総勢五人、やはり僕らと同じく作家同盟の招待でソ連の各地をまわった頃と何の変りもないようだ。すなわち、一日じゅう案内人が附きっきりで一定のコースを一定時間内に見て廻る。この旅行でジッドがソ連の現状にいたく失望したことは、『ソヴェト紀行』その他にくわしいが、いま読み返してみると、僕らの旅行の印象と一致するところが余りに多いので驚かされる。無論、僕自身はジッドのように社会主義に過大な期待をもって出掛けたわけではないので、とくに失望させられることもなかったし、またコルホーズや工場などをまわっていちいち生産状況や労働者の意欲などを検討したりもしなかったから、くわしいデータもわからない。ただ、街の様子や店頭に並ぶ行列など、イヤでも目につくものを眺めただけでも、この国の流通機構の悪さや官僚主義の弊害、それに個々人の貧富の差（！）等々、ジッドの指摘していたことは、一九三〇年代から三十年たったその頃のソ連にも、そのまま当て嵌まるにちがいなかった。「ほんとに、こんな連中があの革命をやったのだろうか？　否、彼等は革命で利権をかせいだのだ」と、ジッドは、ソ連の現状を慨嘆しながら、またこんなことも言っている。

私も知っているし、また人からも何度となく言ってきかされている、時にはほんとに魅惑的な彼ら（ロシア人）の性格――例えば咄嗟《とっさ》に湧き出るようなあの親近感や、人の心をすぐ惹きつけてしまう尽きせぬ親切――にしても、また折角うまく行っているものを滅茶苦茶にするあの蔽《おお》い難い欠点にしても、これらの性格上の特徴は半東洋人であるロシア民族の気質から切り離せないものであって、別に新制度（社会主義）からきたものではない。帝政時代のロシア人も、だいたい同じ長所短所をもっていたのだ。

これについては僕も、「これらの性格上の特徴は半東洋人……」という箇所に抵抗をおぼえながらも、大体そんなところだろうなと思わざるを得ない。

ジッドの失望は、ソ連の政治体制に対してだけではなく、農産物にまで及んでおり、たいていの人が誉めるグルジア産のメロンまで、うまいとは言っていない。ただし、「葡萄酒には美味《うま》いのが、ままある。わけても想いだされるのは、カヘーチヤでのんだチナンダーリの地酒のうまさだ」と手放しで賞讃しているのだが、これには僕らも同感であった。

チナンダーリの白葡萄酒を初めて僕らが飲んだのは、モスクワのアラグビーというグルジア料理のレストランで、そこは堂々とチップをとることでも有名な店だった。ソ連ではチップは奴隷制の名残りだというので禁止になっており、普通はホテルでもレストランでもチップは受けとらない。もしチップをとって、それが表沙汰になると営業停止を食うからである。しかるに、そのアラグビーという店だけは、何べん営業停止になっても、平然としてチップをとる。これは店主がグルジア出身であるため、スターリン時代には特権的にチップをとることを許されてきたからだという。フルシチョフ政権になって、スターリンは批判され、政府からもスターリン派は一掃されたはずなのに、なぜこの店がスターリン時代の特権を固執するのかわからないが、とにかくこの店は、料理もサーヴィスもソ連としては例外的に、おそらく西側の国の一級レストランに匹敵するものと思われた。僕らはタバカと称するヒナ鶏の丸焼きをとったが、鶏の味も焼き加減も申し分なく、とくに炭火でこんがり焼けた皮を、にんにくの利いたサラダ・ドレッシングみたいなソースに漬けて、ジュッと音のするのを口に入れると、焦げた匂いと淡い塩味が何ともいえずウマかった。そして、これと辛口の白葡萄酒チナンダーリとは、じつに好く合うのである。

しかし、アラグビーに限らず、一般に頗る不評なソ連のレストランや食べものは、僕にはそれほどヒドいものとは思われなかった。たしかにモスクワに到着早々、ペキン・ホテルのレストランで出てきた中華料理は言語道断のしろものであったが、同じホテルのビュッフェで出すキャビアやサーモンのサンドウィッチは、値段からは考えられないほど上等なもので、これとチナンダーリの酒があれば、文句の言いようはないわけだ。もっとも、これは僕らが招待客《デリガーツィア》ということで、一般には許されない特権的な待遇を受けてきたせいでもあるだろう。

アラグビーは金さえ出せば誰でも入れるはずだが、作家同盟や俳優同盟などのレストランは同盟員かその招待者でなければ入れない。ヤルタのリゾート・ホテル〝創作の家〟なども同様である。チナンダーリの白葡萄酒なども、一般には容易に入手し難いものであるかもしれない。チナンダーリと並んで、アルメニアのコニャックも大変優秀なもので、戦時中、チャーチル首相がスターリンにたのんで何十ケースも取りよせたことでも知られているが、僕らが街の食料品店でフリの客と並んで、「アルメニアンスキー・コニャック」と称するものを買ってみると、これはアルコールに色をつけただけの、わがくにの戦中戦後の代用ウィスキーにひとしいしろものであった。こんな例から考えても、僕らの旅行中、飲み食いしてきたものは、ソ連市民の日常的な食物ではなかったはずだ。ただし僕らは、ソ連の食糧事情を調査しに行ったわけではないから、三度三度の食餌を、いちいち特権的なものかどうかなど考えているヒマはなく、出されたものを、ウマいとか、マズいとか言いながら食べただけだ。

　ヤルタ海岸の〝創作の家〟の食事は、なかでもとくに素晴しかった。糸杉の林にかこまれたその家は、いずれ帝政時代の貴族の別荘か何かの跡であろう。しかし建物は新しく、貴族的というより、南欧の民家に見られる明るい開放的なつくりだった。〝創作の家〟というからには、作家を集団的にカンヅメにして国家的な大長編でも書かせる場所かと思ったが、僕の見たところ誰も仕事をしている気配はなく、宿泊客の大半は家族づれで、単にノンビリと遊びに来ている様子だった。ソ連では、作家は大学教授などとともに優遇されているらしく、食事どき食堂に集ってくる彼等の家族を見ていると、これがソ連かと思うほど皆、優雅で垢抜けがしている。ことに年頃の令嬢（というべきであろう）たちは、挙措もしとやかで花が咲いたように美しい。

　料理人は四十年配の小母さんだが、ウクライナ人らしく大柄で、顔の色艶もいい。食事のたびに、皆のテーブルをまわって、体調はどうか、味加減はどうか、など愛想よく訊いて歩く。三食とも、いかにもロシア的にいろいろの料理が盛り沢山に出てきたが、ここは野菜も魚も新鮮でみんな上質であった。朝飯には、卵やハムや何種類かのパンの他に、桜ん坊のジャムの入ったピロシキが出たが、小林さんが、そのピロシキを、

「これは好い、これこそは本当のジャムってもんだ……」

　と讃めると、そばから案内人のアンチーピン君が、

「こういうジャムの入ったピロシキは、もう街のレストランでは食べられませんです。家

庭でも年寄りがいなければ作って貰えませんです」
と、自慢げに胸をはってこたえながら、料理人の小母さんにもロシア語で通訳してきかせた。ロシア人にとってジャムは、われわれの漬物の如きものであるらしく、各家庭で主婦が腕にヨリをかけてつくったものだという。桜ん坊は味も匂いも淡白なものなのに、温いピロシキの中から出てきた薄赤色のジャムは、砂糖の加減や煮方がうまいのか、ちゃんと桜ん坊の味がする。料理人の小母さんは、小林さんの顔を見て、大いに満足げな笑いを浮べていたが、酒好きの小林さんがジャムを舐めてこんなに嬉しそうにされるのは、意外なだけに何とも頰笑ましい気がした。

こんな具合に、僕ら――いや僕自身――は、飲んだり食ったりするだけで、他の事はあまり考えなかった。小林さんは、この旅行を振りかえって、次のように言っている。
ソヴェット作家同盟から招待を受けて、私の心に、ばくぜんたる旅情の如きものが動いたというまでのことで、私は、特に、ソヴェットを見たいと希ったことはなかった。（略）しかし、自分が文学者になったについては、ロシヤの十九世紀文学から、大変世話になった。この感情は、私には、きわめて鮮明なものであり、私には、私なりのロシヤという恩人の顔が、はっきりと見えていたのである。（『ネヴァ河』）
僕自身は、精神形成の上でとくにロシア文学から何かを学んだという自覚もない。したがって「ロシヤという恩人の顔」が見えているということもなかった。といっても、まさか飲み食いに魅かされて、それだけのためにこの国へやってきたというわけでもない。社会主義に期待を持っているわけでもないが、今世紀はじめに世界中を驚かせた革命の国がどんなものか、やはり自分の眼で見ておきたい気持もあったし、また三年前に見てきたアメリカとくらべてみる興味もあった。もっとも、アメリカでは地方都市で半年間暮らしたことから曲りなりにも〝生活〟があったが、こんどの旅行には生活はないのだから、その点だけでもこの比較が無理なことは分ってはいたのだが……。にも拘らず僕は、この旅行中、絶えず心のどこかで、この国をアメリカと見較べてみたにちがいない。それも相違点よりは類似点の方が、遥かに多く眼についた。両者とも多人種国家で、国土がべらぼうに広いこと、歴史が新しく、まだ建設途上にあること、それにプロテスタントと社会主義の違いはあっても、観念的な理想のもとに独立や革命を達成した国であること、等々。しかし、何よりも米ソ両国の間に共通しているのは、いうまでもなくこの二国が超大国で世界を二分しているということだ。

あれは僕らがこの国を旅行して二週間以上たった七月十四日、キエフの街にいた頃だ。ウクライナ共和国産業博覧会とかいうものに案内されて、自動車を下りると、いきなり場内のラウド・スピーカーから何やら演説口調の大声がきこえてきた。

「何なんだい、あれは……」

僕は訊いた。じつは同じ口調の声は、朝からホテルのなかのスピーカーからも聞えていた。廊下でも、階段でも、玄関のロビーでも聞えたそのアナウンスの声が何なのか、そのときは別段気にもとめなかったが、いま博覧会場へきて、広場のなかの黒い電柱のようなもののテッペンから、単調な響きの男の声が流れてくるのを聞くと、妙な心持がした。

「あれですか、あれはラジオですよ」

と、案内人のアンチーピン君は言った。ラジオだということぐらい、きかなくたってわかっている。すると、アンチーピン君は、想いついたようにこたえた。

「けさ、中ソ会談の経過について、政府から人民へメッセージが出ました。それを放送しているんですよ」

それをきいて僕は、一昨日、佐々木さんと二人でキエフの街を散歩している途中、何度も中国人と見間違えられたことを憶い出した。最初、ドニエプル河の土堤に出て、カメラを川に向けていると、不意に一人の男が僕の正面に立ちふさがった。僕は一瞬、ここは撮影禁止の機密地帯だろうかと思った。ソ連では鉄道の駅だの橋だのにカメラを向けることは禁じられている。しかし、僕はスパイと間違えられたわけではなかった。僕がカメラを下ろすと、男は顔を僕のまえに突き出すように詰めよって訊いた。

「キタイスキー?」

「ニエット、ヤ・ヤポンスキー」

すると、男は別人のように顔色をやわらげ、

「ハラショー」

と、僕の肩を叩くと、テレ臭いのか、くるりと背中を向けて足早やに遠避かって行った――。こんなことは以前にもあった。レニングラード近郊の噴水公園を見に行ったときにも、田舎から出てきたらしい数人の青年が、僕らを見ると、こぶしを突き出したり、腕を振りまわしたりしながら、何か口汚く罵りはじめた。これは彼等が東洋人に偏見を持っているためかと思ったが、そうではなかった。僕らが日本人であることがわかると、彼等は態度を一変して上機嫌になり、僕らのまわりでデングリ返しを打ったり、トンボを切って見せたりして親愛の情を示した。おかげで僕らは、それ以来、「ヤ・ヤポンスキー（わたしは日本人だ）」というロシア語を後生大事に憶えこむことになった。そして実際に、これは何度も役に立ったのである。とくにキエフでは、ドニエプル河畔で文句をつけられたあと、ホテルに帰ってくる途中でも、二度ばかり僕と佐々木さんとが交互に「お前はキタイスキーか」と見咎められ、そのたびに僕らは「ヤ・ヤポンスキー」を魔除けのまじないのように唱えざるを得なかった。

　博覧会場のスピーカーは、まだ演説を流しつづけていた。気のせいか、「キタイ」とか「キタイスキー」とか、そんな言葉が耳につく。僕はアンチーピン君にたずねた。

「いったい何を言っているのかね」

アンチーピン君は、とぼけるように言った。

「さァ、ぼくも中途から聞いて、間を抜かして、また中途から聞いているのだから、よくわかりません」

「じゃ、さっきからやっているのは、同じニュースを繰り返しているんじゃなかったの」

「繰り返しじゃありません。全文の発表をやっているんです」

「朝からずっと、ぶっつづけで？」

「そうです。政府のメッセージは、いつも相当長いのです」

けさ、ホテルでこの放送が聞えてきたのは九時頃だから、もうかれこれ二時間ちかくも続いているわけだ。

「要するに、中ソ会談は決裂になったというわけだね」

「いや、それはわかりません。しかし、中国の代表は帰ってしまったらしいです」

僕は、アンチーピン君からこれ以上何か訊き出すことは無理だと知って、その話は打ち切った。

うかつな事だと思われるだろうが、そのとき僕は、この中ソ会談なるものが部分核停止条約に関するものかどうかさえ、ハッキリとは知らなかった。すでに前年から、中ソ論争ははじまっていたが、これが中国の核武装をめぐってソ連が技術供与を拒否したことから起ったものだと言われるようになったのはずっと後になってからのことで、当時はこの〝論争〟はソ連と中国の社会の成熟度の差違から生じたというような説が、もっぱら行われていた。この旅行で一緒になったソ連事情通の黒田辰男氏なども、

「なにしろ、革命後四十年以上たっているソ連と、まだ十二、三年しかたっていない中国とでは、同じ社会主義国といっても、イデオロギーや理念についての理解の程度がちがうのですよ。もう少し中国の連中がオトナになれば、ソ連の言うことが分ってくるはずですよ」

と、僕らに解説してくれたものだ。そして、言われてみれば、そんなところもあるのかもしれないという気が、僕はしていた。けだし、その頃は、中国がおよそ一年後に自力で核爆弾の実験をおこなうようになるなどとは、ほとんど世界中の誰もが夢にも考えてはいなかったのである。

　部分核停止条約というのは、すでに核兵器を所有している国以外には核兵器をつくらせないということで、要するに米ソ両国が核を独占しようというのだから、超大国のエゴイズムから出たものに違いない。しかし世界中のあらゆる国が競争で核兵器をつくりはじめることになるよりは、差し当って超大国だけに制限する方がマシだろう。

　ところで、キエフの街で聞えてきたラウド・スピーカーの声で、僕は子供の頃、よその家のラジオでロンドンの軍縮会議の模様をきいたことを憶い出していた。昭和五年のその

頃、ラジオはやっと一部のブルジョワの家庭に普及しはじめたばかりだったが、その重大な放送はロンドンから生中継で送られてくるというので、僕らはラジオのある家に集って大人も子供も一緒に耳を傾けて聴いたものだ。ラジオは雑音だらけのうえに、日本の全権若槻礼次郎の声はカン高くきいきい言うだけで、言葉もむつかしく、子供の僕には到底何のことかわからなかった。にもかかわらず、その場に居合せた大人たちの何か絶望的な溜め息のようなものは、僕の胸にもハッキリと伝わってきた。その軍縮会議で、日本は英米両国から五・五・三の比率で海軍艦船を押さえられることになった。それは当時の日本の国力からすれば、常識的にきわめて妥当なものであったと言えるかもしれない。しかし、そのとき僕が子供心にも覚えた重苦しい圧迫感は、海軍力の比率がどうのこうのということではなく、イギリスとアメリカが手を組んで日本をイジメているという、一種端的な孤立感のためであった。

博覧会の会場は広大なので、僕らは豆汽車のようなものに乗って、まわりを一巡することになった。途中、林や、畑や、実物大の家の模型や、さまざまのものがあり、それがみんな博覧会の展示物なのだ。豆汽車が走り出すと、ようやくあのスピーカーの声は遠のき、梢をわたる風の音に掻き消されて、やがてまったく聞えなくなった。しかし僕は、子供心に植えつけられたあの孤立感を、かえって明瞭に憶い出し、いま豆汽車に揺られている自分自身を、気恥ずかしいとも何とも言いようのない心持で振りかえった。

ソ連旅行のかえり、僕はチェコのプラハに一週間あまり滞在した後、パリに出た。プラハまでは佐々木基一氏が一緒だったが、佐々木氏は東独へ廻ったので、パリでは僕は完全に一人だった。宿は、開高健に教えられてパンテオンの近くのオテル・デュ・マチュランというのに泊った。このホテル――というより学生街の下宿屋だが――には、ドイツから出てきたばかりの頃のリルケも泊っていたという。そういえば、『マルテの手記』第一部の冒頭には、

九月十一日、トゥリエ街にて

とある。サン・ミシェルの大通りから、正面にパンテオンの丸屋根の見えるスフロ通りの坂を上って行く途中、左へ曲ると、石畳の小径がトゥリエ街で、そこを十メートルばかりも行った左側にあるのがオテル・デュ・マチュランだ。リルケは書いている。

窓をあけたまま眠るのが、僕にはどうしてもやめられぬ。電車がベルをならして僕の部屋を走りぬける。自動車が僕を轢《ひ》いて疾駆する。どこかでドアの締る音がする。どこかで窓ガラスがはずれる。僕には大きなガラスの破片が哄笑《こうしょう》し、小さな破片が忍び笑いするような気がしたりした。と、突然、別な方向で、家の内部で、鈍い、押隠したような物音が、聞えはじめる。誰かが階段を上って来るのだ。いつまでも、いつまでも、上って来る。……（大山定一訳）

パリの市街電車はとうの昔に廃止になっているから、どんな安ホテルでも電車の騒音は聞えない。しかしそれを除くと、右の状況は僕がここに泊ったときと何の変りもない。窓の外はウルさいのに、家の中はへんにシーンとしていて、時折階段を上ってくる他人の足音が不安にひびく。足音が自分の部屋の前で立ちどまり、いまにも扉を叩くのではないかと、怯えた気持で待ちかまえているのだが、そのまま足音が遠避かって行くと、こんどは妙にがっかりさせられる。妻子をドイツの田舎町に残したまま、単身でパリに上ってきたリルケの孤独は、この足音の描写にもよく出ている。ところで、リルケはこの安宿の部屋のなかをすべて書き尽しているか。そんなことはない。一つだけ重要なこと——少くとも僕にとっては、階段を上る押し殺した足音以上にショッキングなもの——を書き落している。それはビデだ。

寝台が一つ、用箪笥が一つ、机が一つ、椅子が一脚、窓には洗いざらしのカーテンが一枚かかっているきりで、無論、風呂も便所もついていない。そんな部屋なのに、窓際の洗面台のわきに、ビデだけは堂々たるものが備えつけられているのだ。日本人がよく便器と間違えるというその器具について、僕は一応概念的な知識だけは持っていた。白い磁器の台の上にコックが二つ着いていて、ひねると内縁から湯と水が渦巻き状に噴き出す。廊下の電灯さえ、点灯して二分間かそこらで自動的に消えてしまうほどツマしい下宿屋が、こんな器具を各部屋にととのえているということは、単に風習とか衛生観念の差違という以上に、何かこの国とわれわれとの文化の質の異相を見せつけられる気がした。ビデは、実際に使ってみれば便利なものかもしれない。ただ僕にとって理解し難いのは、さして広くもない部屋の中にこんな器具が覆いも掛けずに堂々と鎮座しているということだ。椅子に坐っていようが、寝台の上にひっくりかえっていようが、洗面台で顔を洗っていようが、要するにこの部屋の中にいる限り、ビデはいやでも眼につくし、二六時中その存在を忘れるわけに行かない。

それにしても、リルケはどうしてビデについて何も言っていないのだろう。プラハ生れのドイツ人であるリルケは、パリへ出てくるまでに、ドイツやオーストリアで暮らしたことがあり、また年上の恋人と一緒にロシアの各地、モスクワ、ペテルスブルク、キエフ、ツーラ、ヤスナヤ・ポリヤナなどを旅行している。それはたまたま、こんどのソ連旅行で僕自身が立ちよった土地ばかりだが、僕はプラハのホテルを含めて何処でも一度もビデにはお目に掛ったことはない。とすれば、リルケもまた、このトゥリエ街の下宿屋で初めてビデを見たわけではないのか。それなのにリルケがこれについて全く言及していないのはなぜだろう？　そういえば僕は、これまでフランス映画の中でもビデを見たことがない。『巴里の屋根の下』、『巴里祭』、『巴里の空の下セーヌは流れる』、『北ホテル』など、パリの下町や安ホテルを描いた映画はずいぶん観てきたはずだが、部屋の中にビデの写っている場面は一度も見た記憶がない。ということは、やはりビデは、隠すほどのものではないにしろ、言及することは不作法であり、避けるべき事柄とされているのだろうか。そうなると、僕には全く合点が行かないと言うほかはない。

いずれにしても、ビデは僕にとっては非日常的な、性的な連想をよぶ器具であり、そんなものが部屋の中の断えず眼につくところに据えつけられてあると、それだけで孤独を意識させられた。とくに夜半過ぎ、あっちこっちの部屋から水や湯の流れる音がパイプを通してきこえてくると、僕は思わず天井を見上げ、道学者になったような気分で嘆息せざるを得なかった。

夏のパリには、フランス人はいなくなり、外国人の旅行者ばかりになるという。いや、僕にはフランス人とオランダ人の区別もわかりっこなかったが、カフェやレストランや洗濯屋など、大半が休業中で、街を歩いてみても通りに面した店屋は七割方が昼間から鎧戸を下ろしている。そんなところからみても、たしかにパリは空っぽになっていると言ってよさそうだった。けれども、乞食までがヴァカンスに出掛けているといわれるぐらい、ガランとして人けのない都会は、僕にとっては気楽で有り難かった。ルーヴルをはじめ、有名な美術館をひとわたり覗いてみたが、どこも閑散として、人っ子ひとりいない部屋も沢山あった。

無論、美術の鑑賞には人が込み合っていない方がいい。しかし、誰一人いない大きな部屋で絵を見るのも、かえって倉庫にでも入ったようで落ち着かない。たとえばルーヴルの彫刻の部屋でミロのヴィーナスを眺めると、これはただ毀れているだけじゃないかという気がしたりする。美術館に倦きると、僕は足の向く方に歩き出し、くたびれるとカフェのテラスに腰を下ろした。あれは古本屋の並んでいるヴォルテール河岸のカフェ・ド・ヴォルテールとかいう店のテラスで休んでいたときだ。小さな店だが、昼下りの時刻に、客は僕の他に一人、ベトナム人らしい若者がいるきりだった。僕はこの若者から、カフェではビールをいかにゆっくり飲むものかを学んだ。彼はビールの小瓶をたっぷり一時間以上もかけて飲んでいたのだ。これはプラハやモスクワでの飲み方と、何たる違いであることか。モスクワでは労働者が街角でシャンパンの立ち飲みをやっており、プラハでは出勤前のオフィス・ガールが朝食にビールのジョッキをひっかけていたが、いずれも時間はせいぜい四、五分しかかかっていないようだった。しかるに、このセーヌ河畔のカフェの若者は、細長い逆円錐形のコップについだビールを二口か三口、口をつけると、あとは陶然とした眼つきになって通りを眺めている。そして旅行者らしい若い女がやってくると、眼ざとく見つけて、いちいち声をかける。

「ボン・ジュール・マドモアゼル！」

しかし、これにこたえる女はいない。十人が十人、みんな知らん顔をして行ってしまう。それでも彼は一向にへこたれない。アメリカ人の女子学生らしいのがくると、また呼びかける。

「ボン・ジュール……」

こうして彼は、僕がそのカフェに坐っている間、何十人かに声をかけながら全然無視されたままだった。もしこの若者がイタリア人か何かであれば、僕は何も感じなかっただろう。だが、この小柄な眉の濃い若者は東洋人であるだけに、僕は何か自身の心が傷つくおもいで席を立った。いや彼自身は、セーヌ河で魚釣りでもしているつもりなのかもしれない。しかし、そうだとすれば彼は、釣り方を間違えており、最初から場違いのところで釣糸をたれているにちがいなかった。

ところで、それから二、三日おいて、僕は同じカフェで、またこの若者に出会った。彼は僕を見ると、眼顔で挨拶した。僕は、なぜか気紛れな親近感をおぼえ、ビールを二本とって、一本彼に渡してやった。彼はよろこんで、僕に話しかけてきた。若者はやはりベトナム人の留学生で、兄弟でフランスへやってきたが、弟は先年、帰国したという。

「君は帰らないのか」

「帰りたくない」

「なぜ？」

「戦争ばかりやっているからさ。戦争はもうたくさんだ」

「そりゃ、そうだろう……」

これで僕らの会話は終った。もう少し話したかったが、僕のフランス語はこれが限界で、英語で話しかけても相手には全然通じなかったからだ。僕は自分の気紛れを後悔し、いいかげんに切り上げるつもりでビールを飲みほした。すると相手も、今日はピッチが早く、コップを明けると、こんどは自分がオゴると言い、カウンターを振り向くと、低音の声を威勢よくひびかせた。

「ドゥー・ドゥミ！」

なるほどビールを注文するときは、こんなふうに言うものか、と僕はツマらぬことに感心し、警戒心をゆるめた。第一、警戒するといったって、盗まれるほどの金は持っていなかったし、相手がホモなら断ればいい。僕は二本目のビールがまわってくると多少感傷的になり、入営前夜に友人たちと、「一九五〇年七月十四日にパリのポン・デザールで会おう」などと言いかわしたことを憶い出した。勿論、当時はいつになったら戦争が終るかわからなかったし、一九五〇年という年まで誰が生き残れるかもわからなかった。そんな頃にパリの橋の畔で会おうなどというのは、要するに架空な酔狂な思いつきにすぎなかったし、僕自身そんな約束はたったいままで忘れていた。しかし、そういう自分が、一九六三年八月のいま、こうしてセーヌ河のほとりでビールを飲んでいる。僕は、傍の見ず知らずのベトナムの若者のうえに、終戦間際にルソン島の山中で死んだときく小堀延二郎や、マニラで倒れたという倉田博光や、また中国の何処かで戦死したと伝えられる高山彪などの顔を、かわるがわる想い浮かべずにはいられなかった。

もし戦争さえなければ、彼等はいま僕の隣りでビールを飲んでいることになるだろうか——？　いや、それは何とも言えない。戦前の平和な時代でも、大多数の日本人にとって、フランスは「行きたしと思えども、フランスはあまりに遠し」という別天地であったからだ。パリやヨーロッパがわれわれ日本人にこんなに近くなったのは、戦後の経済成長とジェット機の大量旅客輸送のおかげであり、それはまた世界のあっちこっちで絶え間なく起っている戦争の余慶を少からず受けたものであることはたしかだろう……。僕がボンヤリとそんなことを考えていると、ベトナムの若者が言った。

「裸の女の子を見に行かないか？　きれいなのがいっぱいいるよ」

何だ、こいつはやっぱりポン引きか——、僕は若干この若者に友情を覚えかけていただけにがっかりさせられたが、とにかくキッパリ断ることにした。

「ダメだ、そんなところへ行く金はない」

「金？　金なんかいらないよ」若者は笑いながら言った。「おれたちはピシンに行こうっていうんだよ」

「ピシン？　ピシンて何だ」

「ピシンだよ、ピッシン、ピッシン……」

若者は、そう言いながら、両手でしきりに何かを搔きまわすしぐさをする。僕はようやく了解した。ピシンはピシーヌ、つまりプールである。彼の言うには、セーヌ河の一部を区切って水泳場にしたところがある、それを垣根の外から覗けば若い女の裸が見られるというわけだ。僕も、それは面白そうだと思った。僕らより四、五歳上の連中には小学生時代に隅田川で水泳を習ったというのがよくいるが、僕らの頃になると隅田川は到底泳げるような川ではなくなっていた。セーヌ河でいまでも大勢の人が泳いでいるというのは、それだけでも一見の価値がある。

「そこは遠いのかい」

「いや、すぐ近くだよ、歩いたってわけはない」

僕はまだいくぶんか不安であったが、うねる川面に明るい日射しを浴びて流れるセーヌを眺めながら歩くのは、好い気分だった。しかるに、行けども行けども若者のいう「ピシン」らしきものは何処にもない。

「へんだなァ、ついこの間まで、ちゃんと囲いがしてあったんだがなァ。もう止めてしまったのかなァ。毎年、夏の間はずっとピシンをやっていたはずなのに……」

若者は、だんだん自信なげに、困惑した顔になってきた。僕は、彼を疑うよりも気の毒になった。どうせ、裸の覗き見など大してアテにしてきたわけではない。礼を言って、ここらで別れることにしようと思った。すると若者は、

「ヴェルサイユへ行ったことがあるか。まだなら行ってみよう」

と言う。勿論、僕はパリに着いたばかりで、ヴェルサイユが何処にあるかも知らない。べつにヴェルサイユ宮殿が見たいわけでもなかったが、こうなったらこの若者にとことん附き合ってみようという気になった。まさか妙なところへ連れこまれて身ぐるみ剝されるということもないだろう。僕らは、モンパルナスの駅まで歩いて、そこから郊外電車でヴェルサイユへ出掛けた。

これは何でもないといえば、まったく何でもない話だ——。要するに僕らは、夕方ちかくまでヴェルサイユでぶらぶらして、また電車でパリに帰ってきた。それだけのことだ。ただ僕にとっては、このとりとめもない半日足らずの出来事が、なぜか忘れ難いのである。考えてみれば、旅先きで見知らぬ人間としばらく行動をともにすることは、べつに珍

しくもないようだが、僕自身にはこんなことは後にも先きにも一度もない。似たようなことは少年の頃、転校したばかりの小学校（僕は小学校だけで六ぺんも転校している）で、帰り途にクラスでも仲間はずれにされているような子供と一緒になって、その子の隠れ家にしているような原っぱの一隅に連れて行かれ、セミの殻だの蠟紙だのを貰ったりしたことがあるだけだ。

ヴェルサイユでは、有名な庭園を見ても宮殿の建物を見ても、じつのところ僕は大した共感は覚えられなかった。古い沼のような池に水車小屋などを配したイギリス風の小庭園は美しいと思ったが、円や直線で自然を幾何学的に再構成したといわれる大庭園の方は、何やら巨大な剝製の生きものを見せられたようで、一向に感銘はうけなかったのである。しかし、そんなことはどうでもよかった。僕はただ、思いがけず自分がこんなところへ連れ出されて、知り合ったばかりの東南アジアの若者と一緒に歩いているということに、奇妙な昂奮をおぼえた。

僕らはおたがいに名前も知らず、話もほとんど通じなかった。しかしそれでよかった。もし、われわれの間で言葉が自由に通じるようなら、僕は必ずやこの若者にベトナムのことを訊いただろう。自分がこの若者と同じ年頃であったあの時代を振り返ると、彼が故国を外にして現在、何を考えているのか、そのことに触れずにはいられまい。いかにそれが残酷なことであろうとも、これは僕自身の問題として、過去に自分が何をしてきたかを考える上で、なおざりには出来ない事柄であるはずだからだ。しかし実際に、そんなことをしてみたところで何になるだろう？　おそらく彼はおざなりな言葉でこたえを用意し、僕はそれを新聞記事のように受けとるだけのことではないか？

僕は、この若者のあとをついて歩きながら、つい一と月ばかり前、ゴ・ジン・ジェムの政策に反抗して焼身自殺をとげた坊さんのことを考えたり、またアメリカのベトナム軍事介入に対して、ドゴール大統領がケネディー大統領に再三にわたってあたえた忠告の言葉、「いったん民族主義が目覚めると、いかなる外国勢力がどのような手段を用いようと、決してその地を支配し得ぬものです。……われわれフランス人が終止符を打ったばかりの戦火を、いまあなたは再燃させようとしています。あらかじめ申し上げておきますが、あなたがインドシナで、いかに莫大な損害と出費を払おうと、あなたは一歩一歩、軍事的、政治的な泥沼にはまりこむことになるでしょう」というのを、ぼんやりと断片的に憶い返したりしていた。勿論、それは自分たちには何の係わりもないことだ。しかし、そう思いながら、眼の前にいる若者の黒い瞳に濃い眉の迫った顔を見ると、やはりベトナム人に民族主義の火をつけたのが、他ならぬ日本軍の仏印進駐であったことを、不思議な気持で想い出さないわけには行かなかった。

こういう僕の気持は、言わず語らずのうちに何となく、この若者にも通じなかったと言えるだろうか。それにしても、この友情の何と果敢なく崩れやすかったことか——。

電車がパリに着いたとき、もうあたりは真暗になっていた。まだ八月なのに、こんなに日が暮れやすいのは、やはりパリの緯度がよほど北によっているからに違いない。僕はベトナムの若者に、日本食の夕飯を誘った。若者は上機嫌でついてきた。しかしパンテオンの傍の日本料理店に入ったときから、この若者はなぜか口数が少くなった。料理店のなかは日本人の客で込んでいたが、ギャルソンはフランス人で彼はほとんど日本語は出来ないのだから、ベトナムの若者にとってはむしろ好都合のはずだった。しかし若者は、そのギャルソンともまるきり口をきこうともしなかった。理由はよくわからないが、僕自身も次第に気分が沈んできた。くたびれたのかもしれない。何といったって、昼過ぎにヴォルテール河岸のカフェを出てから、立ちどおしの歩きどおしなのだ。テーブルの上には、刺身だのトンカツだのが並べられ、僕は若者の気を引き立てるように、ビールや葡萄酒をすすめたが、彼はコップを手にするのも気が重そうに、ほとんどお義理に口をつけるだけのように見えた。

あるいは日本料理店に入ったことが失敗であったのかもしれない。そこは料理店というより一種の租界であり、日本人もここでなら大声で話すことのできる場所なのだ。そういう空気を、このベトナムの若者は鋭敏に感じ取ったにちがいない。そう思うと僕は、この若者を慰めようもないままに、だんだんと本格的に憂鬱になってきた。あせればあせるほど僕は、カタコトのフランス語さえ一句も出てこなくなり、沈黙が長びくにつれて、眼には見えない孤独の壁が、われわれ二人の間にどうしようもなく堅固に築かれて行くことだけが、救い難くハッキリとわかってくるのであった。

結局、僕は七月の終り頃から十月のはじめまでフランスにいた。その間、スペインとイギリスに十日間ばかり旅行したり、北仏ノルマンディー地方を三日間ほど廻ってきたりしたが、あとはほとんどトゥリエ街の下宿屋オテル・デュ・マチュランでごろごろしていた。プラハで別れた佐々木基一氏も、八月の半頃には東独からパリに来て、同じオテル・デュ・マチュランの一階上の部屋に泊り、美術評論家の江原順、慶大仏文の高畠正明、遠藤周作の義妹の岡田嬢など、パリ在住のいろんな人たちが、毎日のように入れ替り立ち替りあらわれるようになった。こうなると、パリのカルチエ・ラタンにいても、まるで神田の下宿屋にいるようなものだ。僕は久しぶりで学生時代——あの築地小田原町でグレた仲間の連中とあそんでいた頃——の気分にもどっていた。

いや、僕が小田原町で暮らしたのは昭和十六年、大東亜戦争を半年後にひかえて最もうっとうしい時期だった。日本軍は中国戦線の泥沼に足をとられて身動きがつかず、国内では言論や思想の取締まりが一層きびしくなったうえに、食糧や衣料も不足して、着飾って出歩く者は「非国民」とののしられる。そういうトゲトゲしく暴力的な空気に囲まれたなかで、僕らは隅田川をセーヌ河に、築地の魚河岸をサンドニ街の大市場《レアール》になぞらえたりして、ひそかに自分たちの別世界をいとなんでいるつもりだった。いまは、もうそんな子供じみた架空な譬え話ではなく、セーヌ河もサンドニ街も現物が、眼の前の手のとどくところにあるわけだ。無論、僕自身はもはや中年過ぎの男であって子供ではない。にもかかわらず、このトゥリエ街にいると、ふと小田原町のエビの仲買人の家の二階に暮らしている心持になるのだ。

　夕方、窓の下の石畳の道にサンダルの音をひびかせながら若い女が通る。大方、それは近所の郵便局の事務員か雑貨屋の売り子かであろう。しかし、薄暗い光をとおして、石の壁で額縁のように囲まれたその後姿を眺めると、赤いカーディガンを肩にショールのように引っかけただけの恰好が、いかにも小粋で、まるで一九三〇年代の映画と現実とが二重写しになって見えてくるような錯覚が、無意識のうちに起ってくる。

　もっとも、その錯覚は一瞬のことだ。ホテルの向い側は中国人の乾物屋で、それが毎日この時刻になると、きまってヴォリュームを大きく上げて京劇のレコードをやりはじめる。ドラや太鼓やカン高い叫声が狭い路地いっぱいに反響して、たちまちあたりは東洋人街のようになってしまい、僕自身、現実に東洋人の一人であることを、いやおうなしに自覚させられることになるからだ。おそらく、僕らが仲間同士でしゃべっている日本語だって、フランス人が聞けば京劇の歌や叫声に劣らず奇妙なものに思われるに違いない。しかし、周囲に対してのそういう違和感は、ふだんは全くといっていいほど感じることはなかった。その点、パリは、アメリカ南部のナッシュヴィルは勿論、モスクワやプラハとも違って、骨の髄から本物の大都会なのだ。

違和感といえば、あのビデも、僕は見慣れて、いつの間にか気にはならなくなっていた。江原順の話では、日本から来た新聞記者のなかには、ビデの湯でインスタント・ラーメンをつくって食った豪傑もいるという。しかし、そういう話をきくと僕は、世の中には物おじしない男もいるものだと感心する反面、なぜそんなにまでしてインスタント・ラーメンを食わなければならなかったのかという疑問もわく。ことによるとその男は、激しい閉塞感にとらわれて部屋から一歩も出られなくなったのではあるまいか？　日本では一時、新聞などで「天才児」のように書き立てられた年少の画家が、画商の世話でパリに連れてこられると、とたんに絵もかかず、口もきかなくなって、モンパルナスの薄暗いアパートに閉じこもったきりになった、それで、この何箇月、誰も彼の姿を見た者がないという、そんな噂もきいた。

昨日は、林《はやし》倭衛《しずえ》や長島君などと、画商めぐりをやった。有名なマチスやルノアールやゲランやドニ、ピカソ、アンリ・ルーソーやモネやその他現代のハヤリ児の画や、セザンヌなどが、ウルサイ程並んでいる。いいものはすバラシくいいが、大体から云えば、実につまらない。流行児の画ときては、とても話にならぬ。（中略）

何んと云っても油絵はフランスだとか云う奴がよくいるがフランスには油絵はどっさりあるが芸術は無いと云ってもよさそうだ。日本で己《お》れが考えていた以上に、俺れは、ハッキリと、確信する事が出来る。フランスでこれだから西洋には、今の処は、いいものは無い。

死んだセザンヌやゴッホは西洋人としては異数の人だ、そしてこんな異数な、高尚な画は西洋人にはわからないんだ。だから、今の、ルーブルなどには陳列されていない、ただ個人のコレクションとして並んでいるだけだ。

写真版位いで西洋の名画をゴテゴテ云うのはヤボだとかよく聞いたもんだが、実際ヤボかもしれない、実際は写真版以下だ、クールベーの絵などはその適例だ。写真版と云うものは不完全なものだからずい分想像をさせるからね。

パリへ来て、芸術が無いので失望したと云うのは、変だが、ね。

然し、金持ちには存外ケチ臭いのが多いからね、それとよく似ていると思う。

これは一九二一年（大正十年）、渡仏した小出楢重《こいでならしげ》がパリに着いたばかりの頃、友人の石浜純太郎にあてた手紙だ。一九二一年は僕の生れた翌年になるのだが、いまパリに在住している日本人画家も大半は、多かれ少なかれこれに似た心境を持っているのではないか。しかし、これは必ずしもパリの画壇が当時からいかに堕落していたかということではない。この小出の手紙から感じられるのは、何よりもフランスと日本の距離の遠さであり、悲憤やるかたない小出の口調の裏側から読みとれるのは、外国での生活に適応し兼ねているときのアセリとイラ立ちであろう。画商めぐりをやって、有名無名の画家の作品が「ウルサイ程並んでいる」のをみて、「いいものはすバラシくいいが、大体から云えば、実につまらない」というが、これは至極アタリマエのことだ。画商も本当にいいものや自分の気に入ったものなど、店先きに並べておいたりするわけはない、飾窓や人目につきやすいところに掛けておくのは大抵、流行画家の作品や派手で見映えのするようなものにきまっている。そんなものに、いちいち腹を立ててみたって仕方がないだろう。

とはいうものの、「パリへ来て、芸術が無いので失望したと云うのは、変だが、ね。然し、金持ちには存外ケチ臭いのが多いからね」というあたりには、やはり僕は小出のしたたかな慧眼《けいがん》を感じないではいられない。別段、小出はこんなことを、パリの画商のすさまじい商魂とヌケ目のない遣《や》り口の評判をきいて書いているわけではないだろう。一種動物的な嗅覚で嗅ぎつけたこの都会の全般的な印象を、そのまま述べたものに違いない。僕自身、江原順につれられて何軒か画商のやっている画廊を覗いてみて、そのツマらなさに、小出の言葉を実感として想い起さざるを得なかった。

勿論、僕は絵描きではないし、専門的なことは何も知らない。ただ、現在のパリの絵は、小出がパリにやってきた頃にくらべて一層ツマらなくなっているとは言えるであろう。いや、小出がやってきた一九二一年は〝エコール・ド・パリ〟の最盛期で、印象派のあとのフォーヴや立体派などの画家が、いっせいに意気さかんな仕事振りを示していたはずで、それを見て小出がどうしてあんなに憤慨したのか不思議なくらいだ。つまり、これは「うしとみし世ぞ、いまは恋しき」ということで、いつの時代でも眼の前にあるものには不満がつきまとうものなんだろうか——？　僕は、ノートルダム寺院をはじめ、パリのあっちこっちで行われている古い建物の洗い出し作業を見ながら、そんなことを思った。

この洗い出し作業は、前年からアンドレ・マルロー文化相のお声がかりではじまったというが、百年から数百年もの煤が溜って真ッ黒くなった石造建築物は、大半が洗いかけの途中なので、壁一面が黒白マダラの縞模様になっていたり、浮き彫りの彫刻をほどこした窪みが大きな虫歯の穴のように黒く残っていたりして、街全体が剝げかかった老女の厚化粧のように醜いものに見えた。こんなことなら、何もせず黒く煤けたままにしておいた方が、落ち着きがあって好さそうに思うのだが、これ以上放っておくと石が腐蝕してボロボロに崩れ落ちる危険があるという。そんな話をきくにつけて僕は、何やらヨーロッパ崩壊の予兆がこんなところにも現れているのかという気になる。

ヨーロッパの没落ということなら、僕がものごころついてからでも、何度となく繰り返して聞かされてきた。とくに第二次大戦でフランスが、一年足らずでナチのドイツ軍にパリの無血入城を許し、なすところなく降伏してからは、フランスというより〝古いヨーロッパ〟が新しい時代の波に呑みこまれたのだというような説が横行した。そして日本が対米戦争に踏み切り、真珠湾とマレー沖海戦で大勝すると、雑誌「文学界」は「近代の超克」という大座談をもよおしたが、その〝近代〟とは具体的には欧米先進国のことで、いまこそそれらの国々を乗り超えるときがきた、と謳い上げたものだ。勿論これは大方、僕ら日本人の劣等感を裏返しにしたようなものだから、戦争の旗色が悪くなってからは、もう誰もヨーロッパの没落などとは言わなくなってしまったが……。しかし、じつのところヨーロッパの興亡は、何も日本の国運の盛衰とは関係はないはずで、日本が戦争に勝とうが敗けようが、ヨーロッパは自身の内部からの要因で没落するものならするわけであろう。

いや、ヨーロッパが衰亡しつつあるかどうか、そんなことは誰にも簡単にわかるわけはない。ましてヴァカンスでからっぽになったパリの街を歩いているだけの僕には、何もわからないのが当然だ。僕にわかるのは、いまのフランスの絵には一向に活力が感じられないということぐらいだ。「フランスには油絵はどっさりあるが芸術は無い」と小出は言うが、現在フランスにはその油絵らしい油絵も無さそうに思われる。

どうして、こんなことになったのだろう？　美術評論家の江原順に訊いてみたが、江原にもそれはわからないという。

「画壇の中心は、パリからニューヨークへ移っちまったというのは、本当かね」

「或る程度、本当だね。とくに抽象画はハッキリとそうだね。とにかくアメリカでは売れるんだよ、抽象画が。こっちじゃ、まるで売れないからね」

「なるほど、ね」

僕には、しかし抽象画のことはわからない。あんなものは売れない方が健全ではないかとさえ思う。ただ、絵画の購買力も圧倒的にアメリカが強いとすれば、フランスの絵描きもアメリカ人の好みに従わざるを得ないところはあるかもしれない……。そういえばシャンゼリゼーの大通りで、ひときわ目立つビルの壁に〝O' Kennedy〟と大きく書いた店があって、何のことかと思ったが、これはアメリカン・スタイルの既製服店の看板だった。二年前にケネディー大統領夫妻が訪仏したときには、フランス系のジャクリーヌ夫人の人気が高く、アイルランド系のケネディー大統領自身の方はカスんでしまったとかいう話だが、吊るし服専門の店の名が、〝オッケネディー〟というのは何となく滑稽だった。

オッケネディーがケネディー大統領を意識したものかどうかは知らない。しかし、ダンスでもフランス式のゴーゴーとかいうのがあったりして、パリにもアメリカ風俗が無視出来ないほど這入りこんでいることは、たしからしい。もっともモンパルナスのカフェで、コカコラを注文すると、中年過ぎのギャルソンが、振り向きざま、

「アン・コッキャ！」

と、何やらヤケ糞な大声を発したりして、そういうときにはフランス人の愛国心を憶い出させられたりする。

それにしても、パリでは時間のたつのが早かった。別段、何をするということもない。朝は江原順のアパートでムール貝の味噌汁と生卵で和風の朝飯を食わせてもらい、昼は高畠君のところへ行って御自慢のブルギニヨンの牛肉の煮込みをご馳走になる、そして夜になると皆でモンパルナスへ出掛けて、ドームやロトンドやセレクトなどの店を順繰りにハシゴをして歩く、そんなことを繰り返しているだけの毎日だったが、倦きもせずイヤになることもなかった。

あれは高畠君に連れられて、コメディー・フランセーズへモリエールの『気に病む男』を観に行った帰りだった。ラスパイユ通りの飲み屋へ行くと、江原と佐々木基一さんが、Lという年寄りの娼婦を相手に飲んでいた。テーブルには安物だが特大の白葡萄酒の瓶が乗っている。僕が、モリエールを見物に行ったが終始一貫、一言半句も何のことかわからなかったと言うと、江原が、

「そりゃ無理もない。おれだって、こちらへきて三年近くたっても、あんなものはわからねえもの。こっちの連中が歌舞伎を見せられたようなものさ」

「しかし、歌舞伎なら所作や踊りがあるから多少は何とかなるだろうが、こっちの芝居はセリフばかりで動きは全然ないからな」

「そうさ、フランス人はふだんでもしゃべくってばかりいて、しゃべることが文明人だと思ってやがるんだ」

そこへ、ベレー帽にロイド眼鏡の鈴木力衛氏があらわれた。モリエールなら、鈴木先生の領分である。高畠、江原の両君もかしこまって、鈴木先生にモリエールやフランス古典劇の講義をうかがっているうちに、話はラシーヌのことになった。鈴木先生が『フェードル』のセリフをフランス語で言われたとき、傍で黙ってきいていたL嬢が、「そのセリフは間違っている、そこのところは本当はこういうのだ」と言い直した。

鈴木先生は、L嬢をジロリと眺め、いきなり〝お前おれ《テュトワイエ》〟で、

「おや、お前さん、きいたふうなことを言いなさるね」

というようなことを俗語《アルゴ》を交じえておっしゃった。これに、L嬢も負けずに何か言い返す。L嬢はふだんの猥雑な顔つきとは面持ちが違って、緑色の眼に知的な光が射している。二人は、僕にはわからぬ言葉で何やら論争をつづけていたが、結局カブトを脱いだのは鈴木先生の方だった。「なるほど、お前さんの言うとおりだ、おれの思い違いだった

よ。まいったな……」鈴木先生は苦笑しながら立ち上ると、飲み屋を出て行かれた。

「やったね……」

江原がいうと、いつもの老娼婦の顔にもどったＬ嬢は、「何いってんのさ、飲みなさいよ」と、江原の肩を一つ叩いて、自分のコップにも、なみなみと酒を注いだ。


いつか秋になり、パリの道路はヴァカンスから帰ってきた自動車でゴッタ返すようになった。佐々木さんはギリシャへ廻り、僕はまた一人になった。高畠、江原の両君とは、相変らず毎日顔を合せて、飲んだり、食ったり、だべったりするし、岡田嬢はモンマルトルのダミアのアパートに僕を案内して、七十何歳になった『人の気も知らないで』の歌手に引き合せてくれるなど、何くれとなく親切に面倒をみて貰って、結構居心地はいいのだが、その居心地のよさがかえって妙に不安になってきた。

一体、おれは何をやっている？

別段、里心がつく理由はなかったが、トゥリエ街の宿にもどって一人になると、怠けていることが、だんだん心細くなってきたことは事実だ。朝になり、僕は一人で散歩に出掛けた。あてもなしに歩きまわったあと、思いついて久しぶりにヴォルテール河岸の小さなカフェに寄ってみる。店は相変らずすいており、客は僕一人しかいなかった。まわりも夏の頃よりかえってガランとして、前の通りを往きかう人の姿もめったにない。ベトナムの留学生はどうしたろう。僕は、手持不沙汰に飲みたくもないビールを飲みながら、あれ以来一度も会っていないベトナム青年の顔を憶い出そうとするが、わずか一と月半ばかり前のことなのに、もう記憶が薄れてハッキリしたものは浮かんでこない。第一、いまは空は雨を含んでどんより曇り、セーヌ河には鼠色の水が流れて、あの頃とは眼の前の風景もまるで違っている。僕自身はどうだろう？　あれから少しは利口な人間になったろうか。勿論、そんなことはない。ただ、振りかえってみると、自分が急に老いこんだような気がするだけだ。パリで憶えたことといえば、カフェでビールの注文の仕方や、それに中国料理屋でシナソバをドミ・ソース、ワンタンをコンソメ・オー・ラヴィオリなどと呼びならわしていることぐらいで、他には何があるだろう……。僕は、かれこれ一時間ちかくもカフェの椅子に坐っていたが、このうえ何も想い浮かぶことさえないままに立ち上った。

考えることも想うこともないというのは、もうパリにいても何の刺戟も受けていないということだろう。それなら、もう日本へ帰った方がいい。街じゅういたるところが掘り返され、ジャリや泥を積んだ汚いトラックが我がもの顔に走りまわっている東京を考えると、そこへもどって行くことは憂鬱だったが、他に帰るところがない以上、ここでぐずぐずしていたって仕方がない。

……三箇月ぶりに帰ってきた東京の表情は、思いの外に明るかった。

街の騒音や汚れ方も、考えていたほどひどくはない。二年前、アメリカから半歳ぶりで帰ったときには、街じゅうがワケのわからぬ昂奮に沸きかえっているようで、ついて行けない気がしたものだが、こんどはそんなことはなかった。これは僕自身、それだけ海外旅行に慣れてきたということでもあるだろうが、日本もそれだけ落ち着いて、三月やそこら留守にしたぐらいでは大して様子が変ったという感じもしなくなったわけだろう。

といって勿論、東京の動きが止ってしまったわけではない。来年のオリンピックに向けて、工事は着々と進んでいるらしい。競技場の施設だけではなく、都内の道路の拡張だの、東京大阪間の特急鉄道、東海道新幹線の開設だの、日米間のテレビを人工衛星で宇宙中継するというのも、やはりオリンピックに対応した事業の一つだったのだろうか。しかし、十一月下旬の朝、何げなくテレビをつけて、その宇宙中継の第一回実験放送というのがうつったときには驚いた。ケネディー大統領がたったいまテキサス州ダラスで暗殺されたというニュースとともに、ブラウン管には、オープン・カーの上で手を振っていたジョン・F・ケネディーが、いきなり突っ伏したかと思うと、人垣の間をゆっくり進んでいた自動車の行列が急にスピードを上げて走り去って行く有様が、そのまま写し出されていたからである。

ケネディーの暗殺について、裏面にどのような工作があったのか、これは事件から二十年以上たった現在でもハッキリしたことは一向にわからない。ただ誰にもわかることは、これで〝ケネディー王朝〟の神話が崩壊してしまったこと、またこれまで民主主義国家の総本山のように思われていたアメリカの中に、何やら中南米の独裁国に似たウサン臭げな要素がありそうに見えてきたことだろう。

たまたま、ケネディーが殺される二、三週前に、南ベトナムでクーデターが起ってゴ・ディン・ジェム大統領とその後楯ゴ・ジン・ヌーが殺されたが、これもまたアメリカ出先き機関の仕業であるように噂された。勿論これはタダの噂であって、ベトナムのクーデターはベトナムの軍部自身が引き起したもので、ジェムやヌーはそのどさくさに暴徒や兵隊の手で惨殺されたまでだという。しかし、アメリカはクーデターに直接手を下していないにしろ、南ベトナム軍部の動きをよく知っており、また南ベトナムの将軍連も事前にアメリカの了解を取りつけた上でクーデターを起したことはたしからしい。そしてこれも、アメリカ人といえば単純率直で馬鹿正直にまっとうなスジをとおす人たちだという定評をくつがえすものであった。

もっとも僕自身には、ケネディー大統領が何で暗殺されたのか、またそれでアメリカ人がどんなショックを受けているかなど、さらに見当もつかなかった。そういえば、ケネディーの大統領就任式のテレビ中継をP夫人の家で見せて貰ったとき、ケネディーの就任宣誓に先き立って、アイクの大統領解任の場面がうつると、とたんにP家の家長である祖父さんが、

「ナウ、ウイ・ハヴ・ノー・プレジデント！」

と叫んだことを想い出す。要するに、それは大統領職が前任者から新任者へ移る儀式の間だけ、アメリカ大統領がいなくなるという、まったくどうでもいいようなことなのだが、アメリカ人にとってそれは昂奮と感動を呼ぶ一瞬であるらしい。それを考えると、ケネディーが海軍病院で息を引きとったという報らせを受けて、副大統領のジョンソンがワシントンへ向う飛行機の中で大統領就任の宣誓をおこなったとき、アメリカ人が内心はどんなに強い衝撃を受けたか、これは僕らの想像の他なのである。

一般に、ケネディーは若い進歩的なアメリカ人の希望の星であり、ジョンソンはテキサ

スの教員上りの政治屋でズル賢い男という印象がある。しかし、僕がアメリカに出掛けた一九六〇～六一年頃のテネシー州では、この評価は逆で、ケネディーはジョンソンのおかげで大統領になれたのだ、ということになっていた。白人人口の大部分がアングロ・サクソンで占められる南部では、アイルランド系でカトリック信徒のケネディーは著しく不利なのである。P家の人たちの間でもケネディーは不評であったが、これは他の南部人の場合とは理由が違って、P家の祖先がリンカーンを支持して北軍に参加し、それ以来代々一家こぞって共和党に入れあげてきたためであろう。しかし、そのP家の人たちも、ケネディーがインテリ風を吹かしているとか、ジャックリーヌ夫人のパリ・モードの衣裳が派手過ぎるとかいって、同じ民主党員なら南部出身のジョンソンに遥かに好意を持っていることはたしかであった。まして極右のジョン・バーチ協会員とみなされるような人たちの間では、ケネディーの評判は当然のことながら極端に悪く、ケネディーの名前を口にするのも汚らわしいといったふうに、Some one in White House とか Some thing in White House とか呼んでいた。おそらくそんなところから、ケネディーびいきの人たちの間では、ケネディー大統領暗殺の黒幕はジョンソン副大統領だという評判が立ったものであろう。

もっとも、後年出版されたディヴィッド・ハルバースタムの『ベスト&ブライテスト』によれば、ジョンソンはクーデターや暗殺をくだらないものだと言っており、ベトナムのクーデター計画には一貫して反対していたという。そして、ケネディーがこのクーデターに深く係わり過ぎたと考え、ケネディーが暗殺されたあと、友人に、ほとんど神がかり的な口調で、「ケネディーの死はジェム暗殺の報いだよ」と言った、とある……。これがどこまで本当のことか、無論僕にはわからない。しかしケネディーが最もまずい時期に死んだことはたしからしい。ジェムの死後、ベトナム政府軍の将校は初めて戦局の実態をありのままに報告するようになったが、それによると状況はケネディーなどの推測を遥かに上廻って悪化しており、アメリカの指導でつくられた〝戦略村〟をはじめ南ベトナムの全土にベトコンが侵入して、彼等の思うがままになっていたというのである。

ハルバースタムはニューヨーク・タイムズの従軍記者でベトナムに行っていたわけだが、彼のように明確な記事がどれだけ当時の日本の新聞に出ていたか、いまハッキリした覚えはない。だが僕らは、もっと漠然とキナ臭いものを新聞紙面から嗅ぎとって、どうやらアメリカはシナ事変初期の日本と同じことになっているようだという気配を感じていただけだ。いや、アメリカが五十万の兵力を投入して本格的にベトナムに介入したのは、反ジェムのクーデターから一年以上たった一九六五年（昭和四十年）一月からで、これは日本軍が蘆溝橋から四箇月後に杭州湾に大軍を上陸させたのに較べて、それだけピッチは遅いことになる。しかし、当初は不拡大方針で臨みながらズルズルと戦線が拡がって行った有様は、ベトナム戦争もシナ事変とそっくりだった。

これは一面、僕らにとって快いことでもあった。自信満々のアメリカ人が、かつての僕らと同じ経過をたどって鬱屈したり挫折させられたりするのだから、表面とりすました平和論者たちでも内心そらみたことかという気持があっただろう。まして俗受けを狙った週刊誌などには、ベトコンや北ベトナム軍が強いのは旧日本軍の将校や下士官らが秘かに作戦を指導しているからだ、とまことしやかに述べたてて、まるで太平洋戦争のウップン晴しをやらかしているようなものもあった。要するに僕らは、高みの見物を愉んでいたことになるだろう。しかし、その半面、こんなことがいつまで許されるだろうという気持もあった。いつなんどき、火の粉が自分たちの頭の上にふりかかってこないものでもない。いや実感として、そんな危機感は僕にはなかった。しかし、自分たちの国がいつかベトナムのようになる可能性が無いとは、本当のところ言い切れるものではなかった。

シナ事変の初期にも、僕には真剣な危機感はなかった。前にも述べたように中学五年生の僕は、ジャン・ルノアールの映画『大いなる幻影』が上映禁止になったこと、またそれと前後して昭和十五年（一九四〇）に予定されていた東京オリンピックの中止が発表されたことで、初めて時代の波が自分に直接ぶつかってくるのを感じたものだ。もともとスポーツに興味のなかった僕には、東京オリンピックの中止はどうでもよく、もっぱら『大いなる幻影』が見られなくなったことについて憤慨していた。しかし、オリンピックの開催を取り止めたことは、日本が国際社会への扉をとざして自らを閉め出したことになるわけで、その影響力は一本の映画を上映禁止にしたことなどより、ずっと大きなものがあったはずだ。このことは僕自身、あとになるほどハッキリとわかってきた。

東京、横浜など、盛り場のあっちこっちに、オリンピックめあての大衆的なチェーン・レストラン「オリンピック」が出来て、これはオリンピックが中止になってからも店を開いていたが、戦争の進行につれてそこで出す食事がだんだん貧しくなって行った。ステーキも最初はちゃんとしたビフテキだったのが、次第に肉が薄く小さくなり、やがて恐ろしく固い鹿の肉に変って、ついにはそれも失くなった。そして僕が兵隊に行く頃には、まったく休業の状態になって、建物だけがガランとした倉庫のように立っていた。その裏ぶれた姿を見るにつけて僕は、ああオリンピックと思い、まるで平和な時代の夢の残骸を見せつけられる気がしたものだ。

レニ・リーフェンシュタールの記録映画『民族の祭典』を見たときも、そうだった。当時、リーフェンシュタールはヒトラーの愛妾という噂もあって、この映画も監督として最大限の自由と特典をあたえられてつくられた。撮影設備も競技場がそのまま映画スタジオといっていいほど完璧にととのえられ、カメラマンも最大数を動員したうえ、編集にも充分の手間ひまをかけたから、わがくにで封切られたのは昭和十五年、すでに第二次大戦の二年目になってからだ。それだけに映画の出来ばえも素晴らしかったが、それと同時に僕は、本来ならいま頃はこの東京でオリンピックが開催されていたはずだと思わずにはいられなかった。入場式の場面で、小柄な日本人選手たちが戦闘帽をかぶって短い足を動かしながら行進する姿に、おもわず涙がこぼれたことは以前にも述べた。いったい何で泣いたのか、その理由はいまになっても、よくわからない。言うまでもなく『民族の祭典』は、ナチ一流のやり方でドイツの国威とアーリアン民族の優越を謳い上げたものにちがいなかった。フランス選手団が三色旗を先頭に入場すると、ヒトラーのきびしい顔がカット・バックされたりして、何やら両民族対決といった雰囲気を漂わせてもいた。にもかかわらず、その映画は、すでにヨーロッパ各地に戦火がひろがり、毎週そのニュースが上映されている映画館で見ると、いまは失われた平和な時代の平和な顔が明るく描き出されているように思われた。

東京オリンピックの記録映画は、黒沢明監督がつくることになっており、黒沢氏はローマ・オリンピックにも出掛けてその頃から準備にかかっていたのだが、東京大会の一年前(昭和三十八年)になって突然、監督を辞退した。理由は製作費が予定の半分しかとれないというようなことであったが、そればかりではなかっただろう。完全主義者の黒沢氏は、おそらく『民族の祭典』を意識して、自分がつくる以上、リーフェンシュタールの作品を越えるものでなければならない、と考えていたのかもしれない。これは黒沢氏に限らず、大抵の映画監督には多少ともこれに似た心持があったであろう。そうでなくともインテリの間では、オリンピックのようなお祭り騒ぎには背を向けるのが一般の傾向であった。それに、製作費に限らず、あらゆる面で『民族の祭典』とは条件が違いすぎた。たとえば、リーフェンシュタールは百メートル競走をとるために、トラックと並行してカメラを走らせるレールをグラウンド内に敷設させたが、東京大会ではそんなことは許されず、いかなる場合も競技者の邪魔にならぬことが絶対の条件で、競技場内に持ちこむカメラの台数も最小限に制限され、ほとんどが観客席から望遠レンズつきのカメラで狙わざるを得ないといった具合だ。そんなだから、黒沢氏のあとを引き受ける監督がなかなか見つからず、たしかオリンピック開催の半年ぐらい前になって、ようやく市川崑氏が監督にきまった。

ところで僕は、ちょうどその頃、たまたま映画の試写会で市川氏に引き合されたが、何かのはずみで話題がオリンピック映画のことになると、市川氏はいきなり、

「あんた、よかったら、ぼくの仕事を手伝ってくれませんか」

と切り出した。そういわれても、僕はスポーツのことは何も知らないので、そのことを言うと、市川氏は、

「いや、ぼくだってスポーツ音痴です。しかし何も知らないから、かえっておもしろい絵がとれると思ってるんだ。それにオリンピックといったって、何もスポーツばっかり追い駆けるのが能じゃない。競技場に来ているお客さんや、場外にあふれている人、それにオ

リンピックにはそっぽを向いている人まで含めて、民衆の動き全体を『東京オリンピック』というもので捉えてみたいんです」

という。僕は、なるほどそんなものかと思い、何よりも市川氏のこの映画にかける熱意にうごかされた。そして、言われるままに市川氏の仕事に参加することにした。どうせオリンピックの期間中は、落ち着いて自分の仕事をする気にもなれないだろうと思いながら。

僕は年少の頃、映画に熱中した時期があり、小説を書き出す以前にシナリオ・ライターを志願したこともあった。しかし、映画の制作現場に入ったことは一度もない。というより、会社づとめの経験もなければ、組織や集団の中で他人と一緒に仕事をしたこともない。似たようなことがあるとすれば、それは軍隊生活だけだ。オリンピック映画制作班は、四谷の旧赤坂離宮（現在の迎賓館）を本拠にしていたが、僕はそこへ出掛けて行っても、何をしていいかわからず、何もすることがなかった。旧赤坂離宮は戦後一時、国会図書館になっていたことがあり、また門柱には「弾劾裁判所」の看板もかかっていたが、そんなものが何処にあるのかもわからないほど、建物も敷地も広大であり、しかもヴェルサイユ宮殿をまねたという建築は、なぜか家屋としての実在感がなかった。外観はともかく、屋内は荒れ放題に荒れていて、ロココ風の装飾をほどこした天井も壁もヒビ割れがして塗料が剝げ落ち、毀れたシャンデリアのまわりには蜘蛛の巣がかかって、一面ほこりだらけになっている。そこに、東宝、松竹、大映、日活などの映画会社や、日映、毎日、読売、その他のニュース映画社から出向してきたプロデューサー、助監督、シナリオ・ライター、スクリプター、それに百何十人ものカメラマン、また僕のような作家や詩人やフリーの写真家、等々が入れかわり立ちかわり集ってくるのだが、大半はおたがいに顔も知らない寄せ集めの者同士だから、その混乱は並大抵ではなく、どこへ行けば誰に会えるか、人ひとり探すだけでも大変だ。

僕は茫然として、出掛けて行っては支給されるトンカツ弁当を食べて帰ってくる、そんな毎日だった。——こんなことで、果して映画が出来るのだろうか？

基本的なシナリオだけは一応のものが出来ていた。市川監督の狙いは、無名の民衆に支えられたオリンピックということだが、選手団としては団長以下三名という小さなグループで初参加を申し込んできている中央アフリカのチャド国を、新興国の代表という意味でストーリーのシンに組み入れることにした。といっても、チャドがどんな国かスタッフのなかで知っている者は誰もいない。ジッドの『コンゴ紀行』をひらくと、チャドには大きな湖水があって、その北岸の地帯では人肉嗜食の習慣がつづいているなどとあるばかりで、これでは役に立たない。ともかくシナリオには、最も無難なものとして次のような場面が考えられた。

○早朝の明治神宮表参道。朝モヤのなかに欅の並木が浮かび、樹木の幹をとおしてチャドの選手の走る姿が見える。選手たちが走りやめ、カメラに向って歩いてくる。と、日本の子供たち数人、駆けよって選手たちにサインをせがむ。

少年「サイン、サイン……」

選手はとまどって首を振り、チャド語でつぶやく。「わからない、わたしわからない……」

少年「サインだよ、名前書いてくれよ」

選手、やっと了解したように微笑し、少年のノートにマジック・ペンで大きく署名する。

○画面、チャド文字によるサインの大写し。

きわめてありふれたものとして、こんな場面を想像したのだが、実際にやってきたチャドの選手に会ってみると、これがまったく見当違いであることがわかった。第一に彼等はフランス語をはなし、チャド語というものは存在しないというのだ。無論、土着の言語はある。だが、それは一つの村、一つの部落のなかだけで通ずる特異な方言であって、国全体で通用する言葉はないというのである。固有の国語がないぐらいだから、無論チャド文字などあるわけがない。こんなことでショックをうけたのは、われわれが父祖代々単一民族、単一言語の島国のなかで育ってきて、外国、とくに新興国というものに、まったく無知であったせいにすぎない。

それにしても、オリンピックという限られた期間のイヴェントの記録映画に、あらかじめシナリオをつくることは、いかに困難であることか。これは開催日が切迫してくるにつれて、一層切実にわかってきた。その年は十月に入っても雨降りの日がつづき、十月九日、開会式の前日には台風が接近して暴風雨の様相さえ呈しはじめた。しかるにシナリオでは、その日の天候は晴天を設定しているのである。僕らは、陰気な顔で額をよせながら話し合った。

「どうするかね、明日もこんな調子なら」

「どうするも、こうするもあるもんか、そうなったら強風でオリンピックの旗が吹きちぎられ、ずぶ濡れの選手たちがドロ水をはね上げて入場行進するところを、悲愴感を盛り上げて写すだけさ……」

おたがいに無責任な強がりを言ってみても、誰もがこの記録映画、いやオリンピック自体に、前途多難な不吉なものを覚えずにはいられなかった。そうでなくとも各社から寄せ集めのカメラマンたちが、どの程度、自発的に働いてくれるか、誰にもわからないのである。まして暴風雨にでもなったら、広い競技場にちらばったカメラマンを、監督の意志どおりに動かすことは到底不可能だろう。

しかし、一同がこんな不吉な予感を抱いたことは、かえって幸いしたのかもしれない。翌日、朝から嘘のように晴れ上った空を見ると、皆はそれだけで一挙に気分を昂揚させた。前日まで不満げに荒廃した旧離宮のあっちこっちでしゃがみこんだりしていたカメラマンたちは、イーストマン・コダックの長尺のカラー・フィルムを気前よく分配されると、眼つきが変り、カメラを抱えて猟犬のように駆けまわり始めた。制作予算は極めて限られていたが、フィルムだけは当時貴重だったコダ・カラーが豊富に用意されて、ほとんど無制限に近いほど使えることになっていたのだ。

僕らスタッフ一同は、メーン・スタンドの貴賓席の斜め上の特設スタンドに陣取った市川監督の傍にいた。ここにも望遠レンズつきのカメラが何台か据えつけられてあったが、べつに各自一台ずつ手持ちのカメラをあたえられて、目についたものを写すように言われていた。

開会式がはじまった。ファンファーレが鳴りひびき、選手の入場に先き立って、少年少女の鼓笛隊が行進する。

「こんなの、たいしたことないよ、創価学会の運動会の方がよっぽど凄いよ……」

僕のとなりで、フリーのカメラマンN君がつぶやく。しかし、それは胸の高鳴りを押さえようとして言っているとしか思えなかった。アランが『マルス――裁かれた戦争』で言っていたように、人の行進は美意識の根源にちがいない。どんなに抵抗しても、われわれには感動を抑制できないものがある。やがて世界中の国ぐにの選手団が、色とりどりの国旗をかかげて入場しはじめると、もうN君も沈黙し、真剣な目指しでカメラをかまえ出す。市川監督の上気した声が耳もとで響いた。

「あ、次はポーランドだ。ポーランドは映画の国だ、それ行け！　赤白のあの国旗、ばっちり撮れよ……」

それに応じて、何人かがスタンドを駆け下りる。僕自身は、その場を動く気にもなれなかった。各国選手団の列が、次つぎと入場して、流れるように行進し、天皇の席の前でいったん国旗を傾けて通る。天皇はそれに手を振ってこたえる。――ともかくこれで日本は国際社会に復帰したことになるわけだろうか。僕は、胸に何かが突き上げてくるのを感じながら、わけもなく口の中でつぶやきかえした。

「平和はいいな、平和は……」

オリンピックの二週間は、またたく間に過ぎた。その間、ほとんどの日本人は連日、大半の時間をテレビの前で過ごしたのではないか。僕は映画班の一員として競技場や練習場や選手宿舎のまわりをウロついていたせいもあるが、どうやら東京じゅうがオリンピックに吸い寄せられて街全体がウツロになり、活動が止ってしまったのではあるまいかと思われた。

無論、実際にはこの期間も世界はあわただしく動きつづけていたにちがいない。あれはオリンピックがはじまって一週間もたった頃、僕は深夜二時過ぎに新聞社からの電話で起された。ソ連で首相兼第一書記のフルシチョフが解任され、コスイギンとブレジネフがその後任にきまった、ついてはその感想を聞きたい、というのである。ヤブから棒にそんなことを言われたって、僕はコスイギンもブレジネフも何をする人かまったく知らないのだ

から答えようがない。と相手は、

「しかし、あなたは昨年、ソ連から帰ってきたばかりではありませんか」

と、たたみかけてくる。たしかに僕は、去年、ソ連を三週間旅行して帰ってきたが、その間新聞一つ見なかったのだから、ソ連の政治事情なんかわかるわけがない。そのことをいうと相手も、「なるほどそうでしたかなア」と電話を切った。新聞社の外報部が僕にまでそんなことを問い合せてきたのは、よほどアワテていたのだろう。僕は、もう一度寝床に入ったが、なかなか眠れず、この世の中オリンピックだけで動いているわけじゃないな、といまさらのごとく暗闇の中でつぶやきかえしていた。

ところで、その翌日、まるでフルシチョフ解任のニュースに追い討ちをかけるように、こんどは中国の通信社が次のようなことを発表した。「——十月十五日、中国は最初の原爆実験に成功、同日づけで中共政府は核兵器全面禁止のための世界首脳者会議の開催を提唱した」

これは昨年夏、モスクワで会議のおこなわれた部分核停止条約に対する中国のシッペ返しに違いない。たまたまソ連を旅行している間に、この核停止条約のことで中ソが衝突し、僕らが中国人と間違えられてソ連人から文句をつけられそうになって、迷惑した話は前にも述べた。当時、僕には中国がなぜこの条約に反対するのか、その真意がわからなかった。しかし考えてみれば、あの頃すでに中国は原爆完成の一歩手前まで漕ぎつけていたことになる。そしてソ連は、おそらくそのことを察知して、何が何でも核停止条約を結んでしまおうとアセったのであろう。つまり、あの条約は中国の核を封じこめるためのものであった。だからこそ中国は会議の中途で席を蹴って帰り、原爆実験に成功したいま、あらためて核の「部分停止」でなく「全面禁止」を自分の方から言い出したというわけだろう。

いずれにしてもこれは、ソ連の政変なんかと違って、いますぐどうということはないにしろ、へたをすれば僕らの頭の上にも降りかかってくる問題であるだけに、不気味であった。もっとも小林秀雄氏は、これについてこんなふうに述べている。

競技の途中で、中共の核実験のニュースが這入る、おやおや、さうかい、と私は思ふ。テレビを前にして、重大なニュースが這入つたなどと余計な事を考へる要も認めない。ゼウスといふ祭神を失つてしまつた現代のオリンピックは、なるほど、妙な事になつてゐるやうだが、しかし、中味が、空つぽになつてしまつたわけではあるまい。ホイジンガで有名になつた「ホモ・ルーデンス」の姿は、生き残つてゐる。(略)油断も隙もない今日の実用主義の社会が、オリンピックの競技に課する様々な条件にもかかはらず、ここに見られるものは、やはり正銘の遊戯する人間の姿だ、と考へる方がいいだらう。(『オリンピックのテレビ』)

言われてみれば、なるほどという気がする。中国の原爆実験のニュースを、「おやおや、さうかい」と聞き流す勇気は僕にはない。不安があることはたしかなのだ。しかし、その不安は抽象的なものにすぎない。少くとも、いま眼の前にあるオリンピックを打ち消すほどのものではなかった。そのニュースを聞いたとき、僕は代々木の選手村の近くの練習場にいた。アメリカの選手たちがリレーの練習をやっており、映画班はトラックのまわりに何台ものカメラを据えて撮影の準備をしていた。カメラにつけたバズーカ砲のような望遠レンズやズーム・レンズは、オリンピックのためにつくられた新製品で、それがみな日本製であることに、僕は何か国民的な自負心のようなものを覚えていた。レンズといえばドイツ製でなければお話にならず、日本製のカメラもレンズも玩具じみたもののように言われていたのは、ついこの間までのことなのだ。それがどうだ、いまでは外国の通信社やニュース映画のカメラマンも、ほとんどが日本製のレンズを使っているじゃないか。ところが、そんなことを考えている矢先きに、イヤ・ホーンで競技場からのニュースをきいていた助監督の一人が言った。

「おい、中共が核爆弾をつくったんだってよ」

「何だって？　ソ連製じゃないのか」

「いや、中共が自前でつくったらしいよ」

それをきいていると、秋の日を浴びて光っている最新鋭の日本製のレンズが、急にツマラないものに見えてきた。しかし、一〇〇メートルで九秒九の記録を出したヘイズが、トラックを走りはじめると、もうそんなことも吹っ飛んでしまった。ヘイズは何度か軽くダッシュをこころみたのち、僕の眼の前を全力で疾走した。それはまったく人間というより馬だった。暗褐色の太腿とバネのきいた脚がぐんと伸びて地表を蹴る、と地響きといっしょに風圧が押しよせ、頑丈な三脚に支えられたシネマスコープの大きなカメラがふわりと浮き上りそうに思われるほどだった。

そういえば、ベルリン大会で幾つもの金メダルを取った黒人選手オウエンスが、オリンピックのあとプロになって、馬と駆けっこの見せ物をやっているという話を新聞で見て、妙に裏悲しい気がしたものだが、ヘイズの走る姿にはそんな感じは少しもなかった。実際に人間が馬のように走るということ、これはそれだけで見ている者を圧倒する力がある。僕らは人間の肉体的エネルギーというものを何となく馬鹿にしている。知力こそが人間の能力のすべてであって、体力などはどうせ機械力や動物力にはかないっこないのだという気がどこかでしている。しかし、われわれのなかで動物力は知力や精神力と分ち難く結びついており、眼の前で肉体的な力が発揮されるのを見ると、僕らは精神的な昂揚をおぼえ感銘させられる。そしてオリンピックは、ふだん度忘れしているそういうことを憶い出させてくれるのである。

　ところで、東京オリンピックの特色の一つは、有色人種の国でおこなわれた最初の大会ということだろう。これについて僕らは、あまり意識していなかったかもしれない。しかし、外国の選手——とくにアフリカその他の植民地から独立した新興国の選手たち——は、このことをかなり敏感に意識していたようだ。映画班がマークしていたチャド国の選手たちも、日本のことは高校の教科書で習ったといって、明治維新や日露戦争の知識を披瀝してわれわれを驚かせた。無論、彼等はフランス革命のことを明治維新の何層倍も知っているにちがいない。前にも述べたようにチャド国は旧宗主国のフランス語を独立後もオフィシャル・ランゲージとしており、彼等自身フランスの体育大学に留学して、そこから直接日本へ来た者もいるのだ。そういう彼等が明治維新に殊更関心を示すのは、何よりも日本が彼等と同じ有色人種の国だと思っているからに相違なかった。もっとも、彼等が日本で現実に見たものは、巨大な過密都市東京の猥雑な混乱ぶりで、これには失望するという以上に戸惑わざるを得なかったらしい。競技や練習の合い間に、渋谷や原宿のあたりを一と廻りして帰ってくると、そのたびに彼等は口ぐちに箴言めいた哲学的言辞を吐いた。

「ここは狂人の都だ。誰一人、まともに歩く者はなく、みな駈けまわっている」

「やたら忙しく働くことが無益だと知らぬ連中ばかりが群って、いったい何をするつもりか?」

「せっかく暗くなっても、ここではワザワザ電灯をつけて大勢が働きつづけている。日本人は何のために夜があるのかも知らないのだろうか。どこの国でも、昼は働き、夜は休むものときまっているのに」等々。

しかし彼等は、日を追って寡黙になり、街へ連れ出しても顔を上げて周囲を見廻すことさえしなくなった。外国の都会でわけもない恐怖のようなものに取り憑かれることは、僕自身にも覚えのないことではない。ましてチャド国は未開であり、まるで神代のタカマガハラみたいなところだという人もいる。だが、彼等は日本へ来て初めて〝文明〟に接したわけではない。何度もいうように彼等は、フランスやヨーロッパの国々を僕ら以上によく見て知っているはずなのだ。そういう彼等が、東京へ来て日がたつにつれ元気を失い、憂鬱になって行くように見えるのは、なぜだろう。競技の成績があまり振わないせいだろうか？　それもあるかもしれない。しかし、団長を含めて三人しか参加していないのでは、陸上競技の予選で全員が敗退したのも止むを得ないし、そんなことは最初から分かり切った話だろう。想うに、彼等の憂鬱の原因はやはりカルチュアー・ショックにあった。それも先進国の文明に接したというより、無茶苦茶な速さで近代化を達成した国の混沌たる有様に眩暈《めまい》のするような困惑を覚えさせられたにちがいない。

新幹線、東京タワー、街なかを巨大なジェット・コースターのようにうねり走る高速道路、それに島田のカツラをつけた芸者のはべる料亭……。一日、映画班はチャドの選手たちを案内して、そのようなものを見せてまわった。しかし彼等は、何を見てもまったく無感動であり、料亭での夕食のときは黒い顔をますます暗くし、疲れた表情をみせただけであった。おそらく彼等は、幕末期にパリの万国博に派遣された幕臣たちが、街じゅうを引き廻されたときの心境でもあったであろう。われわれも、また妙にムナしい心持で彼等と別れた。ところで翌日、何かのついでに山口県でおこなわれた国体の記録映画を見せると、彼等は初めて驚嘆の声を上げた。画面に競技場がうつると、彼等は訊いた。

「この競技場も東京にあるのか。昨日は案内してくれなかったようだが」

「いや、それは東京ではない、本州の西端にある地方都市の運動場で、毎年、日本の各地方を持ちまわりでやっている競技会だ」

と、誰かが映画のあとで地図を持ち出して説明してきかせた。彼等は一瞬、愕然と黒い顔が青ざめて見えるような驚きを示した。おそらく彼等は、ヨーロッパ以外の土地に地方都市というものがあることさえ理解出来なかったのだ。チャドに限らず、アフリカの旧植民地の国には、それぞれ一つか二つヨーロッパの都会をそのまま移築したような近代都市がある。それは日本の都会に較べて遥かに整然とした瀟洒《しょうしゃ》な街だ。ところが、その市街地を一歩外へ出ると、もうそこは未開の原野で、往けどもゆけども草原と密林がつらなり、村落らしいものさえめったに見当らない。しかるに、日本には全国各地に都会があり、そこにオリンピックの競技場と見まがうばかりのスポーツ施設がある。そのことの善し悪しはともかく、全国の各地方が平均して発展し、近代化の足並みをそろえているということ自体に、彼等はしばらくは声も出ないほどの感銘をおぼえたのだ。団長のドゥングース氏は、三十そこそこの若さでチャド国の文部大臣であるというが、帰り際、遠慮がちに申し出た。

「できたら、この国体のフィルムを焼き増しして一本ゆずって貰えないだろうか。われわれの体育行政の参考にしたいし、いつかは自分たちの国にも、このようなスポーツ施設や競技会の組織をつくれるようになりたいと思うから」

オリンピックは参加することに意義があるという、映画班はその精神を映画『東京オリンピック』の主題にとり入れ、勝敗はなるべく度外視することにした。このことが後に物議をかもし、「日本はレスリングだけでも五つの金メダルをとったのに、日の丸の上る場面が一つもないのは何事か」といった批難をうけた。これについては、市川監督以下、われわれもノンキに考え過ぎたかもしれない。スポーツは人間の遊戯であるといっても、人びとが昂奮するのは、所詮そこに勝敗を賭けた争いがあるからで、勝敗ヌキでは遊戯にもならないのであろう。しかし、勝敗を言うなら、オリンピックは陸上競技で勝たない限り、勝ったことにはならないのではないか。何といってもオリンピックの主競技は陸上だからである。その陸上では星条旗ばかりがイヤというほど上り、アメリカ国歌が繰り返して演奏されて、日の丸の旗はマラソンで三位になった円谷のために一度上ったきりであった。これではわれわれも、あまり国粋主義を強調する気にはなれないのである。

ただ、アメリカが勝ったといっても大部分は黒人選手の活躍によるもので、人種的にいえば、マラソンのアベベも含めて、オリンピックは黒人の勝利とも言えるだろう。映画『東京オリンピック』に対する批難のなかに、「黒人を持ち上げ過ぎている」というのもあったが、主競技で黒人選手が圧倒的な強さを示している以上、これに多く眼を向けることは止むを得ぬ仕儀であった。

オリンピックのメダル獲得数は、その国のGNPに大略見合っている、という説もある。たしかに、いまや個々人の体力や能力だけではオリンピックは勝てない。国家に経済力がなければ、チャドやカメルーンのような新興国は早々に敗退せざるを得ない。逆に日本が金メダルを十六もとれたのは、主催国ということもあるが、やはりGNPの余慶をうけたものと言えるだろう。その点、アメリカはGNPが抜群であるうえに黒人も多いのだから、オリンピックで強いのは当然だろう……。しかもアメリカでは、選手同士の競争がまた極めて激甚らしい。僕はナッシュヴィルで黒人の女子スプリンター、イルマ・ロドルフに会った。彼女は前回のローマ・オリンピックで金メダルを三個も取っており、当然こんどの東京大会にもやってくるものと思われたが、選手村に彼女の姿は見当らなかった。「ロドルフはどうした?」と訊くと、すでに彼女は引退しているという。三年前に僕が会ったとき、彼女はまだテネシー州立農工大学の学生であった。その匂うような、ういういしい風姿が眼の中に残っているだけに、僕は意外というより無惨な気がした。彼女は、黒人の例によくあるように、十一人きょうだいの末っ子で極貧のうちに育った。運動選手でなければ到底大学へは行けなかったはずで、そういう彼女が運動選手をやめれば、またもとの薄暗い極貧家族に逆戻りする他ないのではないか。さきに触れたベルリン大会の勇者オウエンスは、プロになったがうまく行かず、結局どこかのビルの地下室で風呂炊きか何かをやって晩年を過ごしたという話をきいた。

何にしても大多数の黒人選手にとって、オリンピックは生涯に一度のお祭りで、それが終ると火の消えたような人生が待っているというわけだろう。

開幕以来、オリンピックの期間中はほぼ晴天つづきだったが、最終日になって天気はくずれた。競技場の上には黒い雲がかかって、馬術競技の終り頃から時折、冷い雨がパラついてきた。しかし、あとは閉会式があるだけだ。雨よいくらでも降ってくれ、という気持だった。

馬の蹄に荒されたフィールドの後片づけが一応おわり、電子音楽がヘンに空疎な響きをたてて流れる頃には、もう日は暮れかかって、スリバチの底のようなグラウンドは薄闇に包まれていた。各国の国旗を持った代表が一人ずつ入場してくる。開会式のときとちがって選手団の姿はない。彼等は主催国の国旗が入場したあと、国名のＡＢＣ順に長い縦隊を組んで入ってくるはずだ。

「こりゃ、いけねえや、馬鹿に暗いな」

カメラマンは、望遠レンズの絞りをひらきながら、ピントの合せにくくなることを気にしていた。最後に入場してくる日の丸の旗だけは、何とかハッキリ映っていてくれなくては困るのだ。しかし、日はどんどん暮れてくる。ようやく日章旗が入ってきたときは、もう旗だけで、旗手の顔はろくに見えない。そのときだった。

「何だ、なんだ。あれは……」

皆が口ぐちに言った。日の丸の旗のうしろに黒い人垣のようなものが出来ていたが、それがいきなりグラウンドのなかに溢れ出してきて、日章旗のまわりを跳びはねている。僕らには最初、彼等が選手たちであるかどうか分からなかった。一瞬、暴動が起ったのかとも思った。カメラマンたちは狼狽した。市川監督は、入場してくる選手団の一人一人の顔のクローズ・アップ・ショットを要求しており、それには近づいてくる隊列に合せて、超望遠レンズのピントを無限大から近距離に手探りで合せて行かなければならない。しかし、いまはそれどころではない。各国別の隊伍も何もなく、選手たちは文字通り蜘蛛の子を散らすように場内に溢れて、グラウンドを勝手に走り廻っている。

一体、どうしたというのだ？　場内整理員は茫然となって、すくんだように突っ立ったままだ。実際、こうなると日本人は、背の高い白人や黒人と較べても威厳がなく、ひたすら石の地蔵さんのようにポツネンと立つばかりだ。茫然となっているのは、日本の選手団も同じだった。彼等だけが規定通り隊列を組んで歩いていたが、やがて行進は止めなければならなかった。まわりを入り乱れた群衆に囲まれて、身動きもつかなくなったからだ。

――ことによると、これは外国選手団の欲求不満なのだろうか？　彼等はこの二週間、男女別の選手村に閉じこめられて、外部の人間との接触も厳重にチェックされていた。その杓子定規の監理に、不平や不満のあることは僕らも知っていた。とくに黒人選手たちは同じ有色人種の日本人に監理されることに、或る種の抵抗があったかもしれない。そんなことが、ふと頭をかすめた。

しかし、そんな疑念は瞬時に消えた。日本選手団をかこんだ黒人や白人たちは、日本人を肩車に乗せて歩き出した。ワッショイ、ワッショイ、こうなると、もう日本人も外国人もない。国籍の壁も、皮膚の色の壁もない。

「それ行け！　カメラ全員で行け」

顔色を変えた市川監督が、ドナっている。

「だって監督、この暗さで、ＡＳＡ一〇〇のフィルムじゃ、何も写らんですよ」

「アーサーもへったくれもあるもんか、とにかくカメラを廻すんだ、フィルムのありったけ廻せ……」

言い棄てて市川氏は、みずからもアイモを抱えてスタンドの階段を駆け下りた。

昭和四十年――、これは新たな〝戦後〟のはじまった年かと思われる。もはや〝戦後〟ではないとか、〝戦後〟は終ったとか、これまでに何度も言われてきたが、僕は何か本気に出来ない心持がした。たしかに僕らは、敗戦前後の頃の飢餓状態からはとうの昔に脱け出していた。食糧ばかりではない。革靴は何十年に一足、コウモリ傘は生涯にほぼ一本の配給しかない、そんなことをいわれた物資不足の事態も、いつか嘘のように解消されていた。そういう意味では、〝戦後〟はよほど以前に終りを告げていたにちがいない。だが僕自身の内部には、敗戦の焼土がそのまま残っており、振り返ると直ぐうしろに荒涼たる廃墟が拡がっている。僕と同年代の経済学者日高普は、こんなことを言っている。

「戦後」でないとはどういうことか。ぼくはこの言葉を晴朗なる出発宣言のように理解していたが、（経済白書の）前後を読んでみると、それがまったくの誤解であったことがわかる。敗戦による荒廃は、当然のことだがいずれは回復できる。すでに過去に到達したところに達すればいいのだから、回復過程は容易だ。これからはそうはいかないぞ。これが白書にいう「戦後」ではないということの意味であろう。(『戦後四十年の見取図』)

つまり、単に経済的な面からいっても、〝戦後〟がおわったというのは一時期のことであって、いつまたドカンともとの貧窮状態に落込まないものでもないというのが、日高氏を含めてわれわれ戦中派世代一般の心情であったろう。しかし、このいつかは来るはずのドカ貧の不景気は、なかなかやって来なかった。神武景気や岩戸景気は、それぞれ三年間から四年間ちかくもつづき、そのあとやって来たのは、オリンピック景気であった。もっとも、このオリンピック景気というのは、いくらか人為的なツケ景気の要素もあったらしく、そのせいかオリンピックが終ると急速にしぼんで行き、やがて本格的な不況がはじまった。といっても僕自身には、何が不況なのかわかるわけがない。ただ新聞や週刊誌などに、何とかいう特殊鋼の会社や、ステンレスの流しなどを作る会社、さらに四大証券会社の一つまでが相次いで倒産し、これで戦後復興期の高度成長の時代はおしまいだ、というような記事が出ているのを読んで、なるほどそういうものか、と思っただけだ。

たまたまその頃、邱永漢がこんど軽井沢に新築した別荘にこないかというので、僕は邱さんの車に乗せて貰って出掛けた。邱永漢は佐藤春夫門下の一人で、台湾独立運動の小説で直木賞をとっていたが、いつの間にか経済評論家に転向し、金儲けの専門家のようになって、一時は僕にもさかんに株を買うことをすすめてくれた。しかし僕は、邱家の家庭料理のご馳走にあずかることには熱心だが、株を買うほどの資力も甲斐性もない。それで邱永漢も、僕には株の話はしなくなった。ところが、その邱さんが、碓氷峠のつづら折りのカーブを切りながら、こんなことを言った。

「もう、株はダメね。当分は何を買っても儲からないから、こんどは商売がえをして、流行歌の作詞をやることにした。これはカンタンだし、当れば儲かるのよ。けさも一つ想いついて、こんなのを作ったから、早速レコード会社に売ろうと思ってね」と、最新作の歌詞を口ずさんでみせた。

　　はやる心でアクセル踏めば
　　ああ差しかかる恋のインターチェンジ
　　真っ直ぐ行こうか、曲ろうか
　　それとも、このまま戻ろうか
　　ここが思案のしどころよ

「この歌のこころ、わかる？　題名は『恋のインターチェンジ』というんだけれどね、本当はこれ『株のインターチェンジ』なのよ、真直ぐ行こうか曲ろうか、それともこのまま戻ろうかってね、ぼくのいまの心境よ」

『恋のインターチェンジ』がどの程度ヒットしたか、僕は知らない。ただ、それから半年ばかりもたって、僕はタクシーの中で偶然ラジオがこの歌を流しているのをきき、懐しいとも何ともつかぬ不思議な心持がした。男の歌手が鼻にかかった甘い声で、「ここがしあんの、しーどころよ」とうたっているのを聞いて、誰もこれが株の売買に迷って思案にくれている歌だとは思うまい。しかしそれ以上に、僕がこの歌をきいて懐しいような気分になったのは、すでにこの頃、わがくにはオリンピック後の不況を脱け出して、いざなぎ景気と称する大好況期を迎えようとしていたからだ。

何度も繰り返すが、好況とか不況とかいうことは、僕らのような文筆業者には直接何の係わりもない。ただ、好況期になると世間は活気づき、それは何となく僕らにも伝わってくる。一九六〇年代の初頭、僕はアメリカでタバコの自動販売機を初めて見て、その扱い方がわからず困惑した。当時アメリカでは、タバコに限らず、種々の自動販売機が発達して、大抵のものがこれで買えるようになっていた。使い慣れると結構便利だが、こういうものは日本のように人件費の安い国では普及するわけはないと思ったものだ。ところが、いつの間にか日本でも自動販売機が街角のいたるところに並び、人手不足が日常の話題になりはじめた。人件費の上ったことは散髪代でわかった。ナッシュヴィルで頭を刈りに行くと一ドル（三百六十円）とられて、ずいぶん高いと思ったが、それから三、四年たった頃には日本でも同じくらいの値段になっていた。

しかし、何よりも驚いたのは、農村がすっかり変貌していたことだ。その頃、僕は週刊誌に利根川のことを書くために毎週、関東平野のあちこちに取材に出掛けた。が、しばしば溜息の出るような驚きを禁じ得なかった。つい何年か前とは較べものにならないほど道路が良くなっている。畑のあちこちで耕耘機を見かけるばかりでなく、ピカピカの乗用車が野良道に乗り棄ててあり、なかを覗くと座席に鍬だの鎌だのが置いてあったりする。つまり、百姓が乗用車で稲刈りに来ているのだ。アメリカでは農業が機械化されて、トラクターや自動車は農家の必需品になっている。しかし、アメリカの農家は大抵、一軒で何百町歩かの耕地をたがやしているのである。その百分の一にも当らない田畑しかない日本の農家で同じようなことをやって、どうして成り立って行けるのだろう?

無論、そのへんの仕組や事情は、僕などに簡単にわかるものではない。ただ直感的に言えることは、日本の農村もここへきて封建遺制から完全に脱け出してきたということだ。いや心情的には、昔ながらの農村気質や百姓気質といったものも残ってはいるであろう。しかし戦後の農地改革は、地主という搾取階級を一挙に消滅させ、一軒一軒の農家に自立する経済基盤をあたえただけでなく、家族主義や家父長制などにささえられた農村を根底から一変させて、農民の一人一人を近代人に仕立てることになった。東北の農村が冷害にあうたびに、「娘売る人、相談に応じます」と看板が村の駐在所のそばに立つ、そんな話をきかずにすむことは、われわれにとってもホッとすることだし、全国的に豊かになった農家が消費景気の支えになっているのだとすれば、日本の経済にとって間違いなく善いことであったはずだ。それに新憲法の非武装条項も、集中排除の財閥解体も、戦後数年でキレイに骨抜きになっているのに、農地改革だけは完全に定着しているところをみても、これが単にアメリカ軍の占領政策で決められたものではなく、まさに民意を反映した正しい判断であったことがわかる。ただ、それにしても自国の封建制度を外国軍の手で断ち切られたということは、何処かに無理なヒズミを残しているのではなかろうか。仮りに農地解放が封建主義に代って金権万能主義をもたらしたとすれば、これは必ずしも善いとばかりも言い切れなくなる。

ところで、僕がタクシーの中で、『恋のインターチェンジ』を聞いた頃には、もう邱永漢は流行歌の作詞はあまりやっていないようだった。少くとも僕と会っても、邱さんはそんな話はしなかった。一つには、いざなぎ景気という、神武、岩戸を上廻る大型長期の大好況期を迎えて、「真直ぐ行こうか、曲ろうか」などとノンキなことは言っていられなくなったからでもあろう。しかし邱さんは、もう以前のようには株だけに熱中している様子はなかった。それよりもウナギの養殖だとか、コイン・ランドリーだとか、技術革新時代にはあまりふさわしくないような事業を、いろいろと手がけ始めていたようだ。なかでも印象的だったのは〝救髪〟という毛生え薬を売り出したことだ……。じつは邱さん自身、若禿げの性で、知り合ったばかりの頃はそうでもなかったが、三十代の半ばを過ぎる頃から頭顱《とうろ》は燦然としてユル・ブリンナーをおもわせるほどになっていた。そのせいもあって、〝救髪〟の発売にあたって邱さんは、利潤の追求というより福音頒布の使命に燃えているかの情熱を示した。僕のところへ、しばしば一升瓶入りの〝救髪〟を下げてあらわれた。

「ほれ安岡さん、見てごらん。ぼくの頭、この前とくらべて黒くなってきたでしょう。この前に来たときは、薬をつけ始めて一週間たった頃で、あのときはやっとウブ毛のようなのが生えかけたところだった。それが一と月たった頃から、だんだんと黒くなってきたのよ。ね、わかるでしょう」

そういわれても僕は従来、邱さんの頭をそんなに子細に観察してきたわけではないので、その薬で果してどの程度、発毛が促進されたものか、さだかなことはわからなかった。それに僕は、べつに頭髪が薄くもなっていなかったので、その種の薬にはたいして興味が持てなかった。すると邱さんは、

「しかし安岡さん、あんたの髪は大分白くなっている。悪いことは言わないから、この薬を朝晩、頭にふりかけてごらん、必ず一週間ぐらいで黒ぐろとした毛になってくるって……」

「いや、僕はいまのままでいいよ。四十五歳にもなれば、ゴマ塩頭が年相応さ」

それでも邱さんは、毛生え薬を推奨してやまなかった。白毛というのは、黒い毛が白く変色するのではない。黒いのが脱け変って白い毛が生えてくるのだ。それでは健康体とはいえない。〝救髪〟を用いれば、脱け変って黒い毛が生えてくる、というのである。

たまたま、その時、武田泰淳夫人の百合子さんが何かの用で来訪され、傍で僕らのやりとりを聞いておられたが、

「邱さん、そのお薬を塗ると体のシンから若返って、新しい健康なのに生え変るってわけ？」

と訊いた。邱さんはこたえた。

「そうですよ。おたくの泰淳先生も大分、髪が薄くおなりでしょう。だったら、これを……」

すると、百合子夫人は大きな黒い眼をパッと見ひらいて、

「いえ、うちの武田は髪じゃないの、歯がほとんど抜けて、もう一本ぐらいしか残ってないのよ。でも、そのお薬を歯茎に塗ったら、若い新しい歯が生えてくるかしら」

僕は、その発想の奇抜さにおどろいた。百合子夫人は昔、吉行淳之介たちと雑誌「世代」の同人をやっており、当時から才気煥発、頗るユニークな感覚の人だったとは吉行から聞いていたが、さすが、と思った。だが、そのときの邱永漢の応対に、僕は別の意味で

おどろかされた。邱さんは、百合子夫人の質問に少しもあわてず、落ち着いた声で、こうこたえたのである。

「そうですね、まだ歯で実験した人はおりませんが、やってみる価値は十分ありますね。しかしそれには、この薬を歯茎に塗るより、飲んだ方がいいでしょう、朝、昼、晩と、一日三回ぐらいね。いえ、お腹をこわす心配はありません。とにかく〝救髪〟一升、お宅に届けさせますから、実験してみて下さい」


武田泰淳さんがこの薬を服用したかどうかは、聞き漏らして知らない。たしかなことは、泰淳さんの歯は再生してこなかったし、また邱さんの頭髪もその後さしたる改良の様子も見られなかったことだ。僕の記憶はこのへんから、かなり混沌としてくるのだが、邱さんの薬のことを聞く前か後か、僕は視力が急に弱くなって小さな活字が読めなくなった。どうやら老眼らしいというので、吉行淳之介と二人で吉行の親戚のあるメガネ屋に老眼鏡をあつらえに行った。

そのメガネが出来上って間もない頃――あれは七月の暑い日であったが、梅崎春生の訃報をきいた。その晩、僕は新調の老眼鏡をポケットに入れて、練馬の梅崎さんの家にお通夜に行った。椎名麟三、武田泰淳、埴谷雄高、野間宏、それに大岡昇平、三島由紀夫など、第一次戦後派の文学者のほとんどが顔を揃えて集っていた。椎名さんは心臓を悪くして、ときどきウィスキーを飲まないと心臓が止まってしまうという危険な状態であったが、他の人たちは皆、元気であった。遠藤周作、三浦朱門、それに吉行や僕など、「第三の新人」も居合せたし、受付のところには服部達の友人、吉田時善もいた。そして、こういう顔振れを見ていると僕は、何となく自分が戦後文壇に顔を出したばかりの頃を憶い出し、過ぎ去った時代の断片がチラチラと走馬灯のように浮かび上ってきた。——とにかくこれでワン・サイクル、終ったんだな。そんなことを僕は心の中でつぶやいた。

そういえば、梅崎さんが亡くなる直前この年の五月に、発表した『幻化』は、処女作『桜島』の舞台を再訪したものだ。昭和二十年七月、海軍暗号兵の〝私〟は、米軍の襲来がいつあるとも知れぬ桜島に転属を命じられて、坊津《ぼうのつ》から枕崎に向う峠の道を海沿いに歩いていた。『幻化』の主人公五郎は、同じ道を逆に枕崎から坊津に向って歩いて行く。

〈誰かがおれを追っている〉

五郎はそんな感じを背中に負っているが、その〈誰〉には実体がない。ただ何ものかに追われながら中年男の五郎は、砂塵の巻く峠の道をバスにも乗らず、次第に呼吸が荒くなってくるのに、ひたすら歩く。やっと切り通しをとおり抜ける。

忽然として、視界がぱっと開けた。左側の下に海が見える。すさまじい青さで広がっている。右側はそそり立つ急坂となり、雑木雑草が茂っている。その間を白い道が、曲りながら一筋通っている。甘美な衝撃と感動が、一瞬五郎の全身をつらぬいた。

五郎は思わず立ちすくみ、「これだ。これだったんだな」とつぶやく。『幻化』では、この風景を終戦後数日たった頃に見たことになっている。そして「ああ。あの時は嬉しかったなあ。あらゆるものから解放されて、この峠にさしかかった時は、気が遠くなるようだった」とおもう。しかし同じ風景を、同じ想いで、『桜島』の主人公も見たのではなかったか？　無論、『桜島』の主人公は死地に赴く任務の中途でこの風景を見たに違いない。炎天下に燃えるような真夏の海の自然は、一個の人間の生死や一国の興亡といったものを越えて、もっと自由に強烈に光りかがやいていたはずだからである。その超然たる自然の生命力に触れたからこそ、五郎は思わず立ちすくんだのではないか……。しかし、それを敢えて戦後の解放感に結びつけずにはいられないところに、五郎、即ち梅崎春生の切ない想いがある。

作家はその晩年に処女作にかえってくるものだという。しかし、梅崎さんほど典型的にこれを実践して見せた人はいない。おそらく『幻化』は、無意識のうちにも心の何処かで死を予期しながら書かれたものであろう。いや、これは何も梅崎さんの死が覚悟の上の自殺であったと言っているのではない。梅崎さんは臆病であり、いつも死を怖れていた。しかし同時に、死を含めて或る〝不安〟を死ぬこと以上に怖れており、その不安をまぎらわせるために、医師に厳禁されていた酒を飲みつづけずにはいられなかったのだ。〈誰かがおれを追っている〉この不安は何なのか？　この〈誰〉には実体がない、と梅崎さんは言う。梅崎さんにとって、〝戦後〟は一時の解放感に過ぎなかった。その後の二十年間は、ただ実体のないものに追われ続けてきただけであり、それは〝幻化〟と呼ぶ他はないものだった。夜風に煽られる蠟燭のうしろで、梅崎さんの含み笑いしているような遺影を眺めていると、『徒然草』の一節が想いうかぶ。――人の心不定なり、物みな幻化なり、何事かしばらくも住する

この年は、じつに多くの人が死んだ。まず二月に「三田文学」で活躍した山川方夫が交通事故で死亡し、七月には梅崎春生の他に、谷崎潤一郎、江戸川乱歩、翌八月には高見順、安西冬衛といった大家が相次いで亡くなった。これに前年五月に逝去した佐藤春夫を加えると、文壇にはポッカリ空洞があいたようになり、その意味でもこの昭和四十年という年は〝戦後〟が一段落を遂げたことになる。

個人的なことを言えば、この年、十二月も押しつまった三十日の夜、僕は父を失った。享年七十五歳。生前の父は、僕との縁は決してそんなに濃くはなかった。率直にいえば、僕にとって父はわずらわしい存在でしかないように思われた。それに戦後、南方から敗れた職業軍人として復員してきた父と僕との間には、小さな衝突が絶えなかった。しかし、いまにして憶えば、その父から僕は何と多くのものを受けていたことだろう。僕の精神に

本当の意味で影響をあたえたものは父であり、僕は父の姿から人間の孤独を悟らされた。

母が亡くなった後、僕は父にすすめて後添の人とめあわせ、晩年の父は葉山の奥でその人と犬とで静かに暮らした。この年の秋口から健康状態がおもわしくなく、十二月に入ってからは危篤の状態がつづいて、僕も女房と交代で葉山との間をいったり来たりしていたが、暮の二十九日にどうやら今年一杯は持ちそうだといわれて家に帰って休んでいると、三十日の夜に容態が急変し、駆けつけたときには、もう間に合わなかった。

大晦日から正月にかけては、火葬場も休みだというので、葬式は一月の四日になって出した。葉山から逗子の焼き場まで遺体を運び、遺骨をまた葉山の奥まで送り届けた頃は、もう日が暮れて真暗になっていた。僕は集ってくれた人たちに形ばかりの礼を述べ、解散して三々五々、暗い道を歩いているうち、何か頭の上につかえたものが取れたようなホッとした気分になった。と、そのとき夜の浜風が吹きつけてきて、僕は一瞬、ふわりと体ごと持ち上げられそうな、ひどくタヨリないものを覚えさせられた。そうだ、これからはおれは自分の脚で歩くんだぞ、しっかり歩けよ。そんなことを僕は、口の中でぶつぶつ言いながら、一歩一歩、崩れやすい砂地を踏みつけながら歩いて行った。

昭和四十年から四十一年へかけて、もう一つ時代の変り目を感じさせられたのは、学園紛争があっちこっちで起ったことだ。学生のデモやストライキは、べつに珍しいことではないが、紛争の様相がこれまでとは何となく違ってきた。

その幕明けは、四十年の初めに慶応大学が学費値上げに反対して全学ストに踏み切ったことだが、だいたい慶大でストライキが起ること自体が珍しかった。それに、学費値上げ反対といっても、学費が上るのは四十年度の新入生からで在学生には関係がない。それなのに四年生が卒業試験を拒否してまで、全学ストをやろうというんだから、これは個人的な利害をこえた理想主義的なストということになるだろう。たまたま僕は、週刊誌からルポをたのまれていたので、母校のストを見に行ったが、日吉校舎の正門前でバリケードをつくっている学生たちに、何で月謝値上げに反対するのかと訊いても、あまり判然としたこたえは返ってこなかった。一人の学生は「月謝が上ると、金持の息子ばかりが集ってロクな学生がこなくなりますから」

とこたえたが、これはまともな返答とは思えない。たとえば私学のさかんなアメリカでは名門校ほど学費が高く、僕のかよったヴァンダービルト大学にくらべてハーバード大学の学費はほぼ倍額であった。私学である以上、優秀な教授陣や施設をととのえようとすれば、そのぶん学費が高くなるのは止むを得ないのである。しかし、委員長の寺尾方孝君の回答は、さすがにこんな他愛ないものではなかった。寺尾君の意見は毎日新聞の投書欄にも出ていたが、大学経営の苦しいことはわかるとしても、学費の値上げでこれを解決しようとするのは安易過ぎる、そのまえに大学側はもっと手をつくさなければならないことがある、として次のように言っている。

私たちは学生であると同時に一社会人として、この問題に真剣に取り組んでいます。私学への国庫補助の要求、私学への寄附に対する四割という高率の課税制度など、建設的な方向で事態の収拾をはかることを塾当局に要求しているのです。（略）

文部省が昨年発表した大学生急増対策は、大部分を私学にまかせ国立大学が受け持つのはごくわずかです。一方、政府からの国庫援助は国立大にくらべてひどい差別をうけており、見方によっては私学は国立大の下請け機関の様相を呈しています。これらの問題の根本的な解決は、けっして慶応義塾内部だけで解決できるものではないし、教育行政の抜本的改造を必要とするのです。……

これをひと言でいえば、国立大と私立大の差別を何とかしてくれ、ということだろう。慶大の学費値上げ案は、これまで入学金も授業料も六万円ずつだったのを、入学金を七万円、授業料を八万円とするものだが、他に塾債と設備拡充費というのを新たに十万円ずつ課したのが大きかった。合計すると入学のときに文科系で三十五万円（医学部は四十八万円）用意しなければならない。しかるに東大は、入学金が千五百円、授業料が一万二千円、合計一万三千五百円で、これは慶大の二十五分の一以下である。ちなみに僕が、慶大予科に入った昭和十六年の学費は、予科の授業料は百二十円で東大と同額、学部は百四十円で東大より二十円高いだけであった。

つまり、戦前には私学も官学も学費は大差がなかった。それが戦後になってどうして二十五、六倍もの大きな違いを生むことになったのか。無論、僕にはこれについて精しいことはわからない。一つだけ言えることは、私学の場合、戦災をうけても国家が面倒を見てくれるわけではないから、ほとんど自力で復興を計るほかはなかったことだ。たとえば僕の成績証明書には、黄ばんだ紙にあまり名誉にならぬ評点が並んでいるのだが、それは大学学部の方だけで、予科の方は空欄に斜線が一本引いてあって、「戦災により書類焼失」というゴム印が押してあるばかりだ。「不可、不可、大不可……」といった落第点が盛大に並んだ成績表よりは、きれいサッパリ何もない方が僕にとっては有り難いようなものだが、同時に自分の過去の一部が抹消されたような孤独な気分にもなる。戦災をうけたのは何月何日のことか、また成績表の他に何が焼けたのか、そんなことは僕は知らない。病気で敗戦の一と月まえに現役免除になった僕が、復学手続のために日吉へ行ってみると、焼け残った校舎はそっくり帝国海軍の聯合艦隊司令部になっており、校庭では艦船の大半を撃沈されて陸に上った水兵たちが体操をやっていた。軍隊が校舎を接収するなら、私学よりも官学の方が順当であろうと思うのだが、国立大学で軍隊に校舎をとられた例はあるのかないのか僕は知らない。それでも、学生の大半が出征したり勤労動員で工場に行ったりしていた戦争中は、事実上学校閉鎖の状態だから軍隊に接収されてもまだいい。しかし日吉の校舎は、敗戦で海軍がいなくなると、入れ換りにアメリカ兵が入ってきて、占領期間中は米軍施設にされてしまった。

戦災にあったのは、日吉だけではなく、三田も木造校舎は全焼し、講堂や図書館は外壁だけになっていた。しかも焼け残った校舎の一部を米軍が占拠し、ここにも一個分隊ぐらいのアメリカ兵が常駐していたのだから、よくよく慶応はアメリカ軍に見込まれたものとみえる。また、四谷の医学部校舎や附属病院も空襲でかなりの被害をうけている。

僕は戦後、ほとんど登校しなかったにもかかわらず、何とか卒業ということにしてもらっているが、その裏には右のような事情があった。もし復員学生が全員、まじめに登校していたら、校舎はその三分の一も収容できなかったのではないか。つまり、戦時中から戦後数年間にかけては、大学も学生も到底まともに勉学のできる状況ではなく、とくに僕の在籍した頃は、学校はただ名目的に存在していただけといっても大して言い過ぎではなかったろう。そんな壊滅的な状態から、わずかの期間に戦前を上廻って大きく復興した理由は何だったのか？　おそらく他の一般企業と同じような活力が、私立大学の経営にも働いたわけであろうが、そのシワよせが学費の値上げになったことも、たしかであろう。

それにしても、国立大学の二十何倍という学費値上げは異常である。このうち塾債は後に強制ではなく任意とすることにあらためられたが、それを差し引いても十九倍ぐらいになる。学生たちが、これを「国立大とくらべてひどい差別」と受けとったのも、無理からぬものがあるだろう。しかし繰り返して言えば、この学費値上げは昭和四十年度の新入生からで、在学生は従来どおりの学費ですむのだから何の関係もない。にもかかわらず、卒業を目の前にした四年生を含めて全学生がストに入ったというのは、学費の値上げそのものよりも、その値上げ幅の大きさに国立大学との〝差別〟を感じたために違いない。

無論、官学と私学の差別は、いまに始ったことではない。僕らの年代の者からすれば、それはむしろ常識であった。前にも述べたように、僕らの頃は東大と慶応とでは学費の差はほとんどなかった。しかし、それは差別がなかったということではない。官庁は勿論、民間企業でも官学出と私学出とでは初任給から差のついているところが珍しくなかった。東京府立一中（日比谷高校の前身）の卒業名簿は、アイウエオ順でもイロハ順でもなく成績順で氏名が並んでいるのだが、氏名の下に「法学士」とか「文学士」とか書いてある。これは東大の法学部とか文学部とかを出たという意味である。東大以外の帝大、たとえば東北帝大の医学部出身の者は「東北医学士」となっている。そして帝国大学以外の私学出身の場合は、「三田出」とか「早稲田出」とかあるだけで、「慶応経済学士」とか「早稲田工学士」とかは書いてない。僕らより十年か二十年年長の明治生れの人たちは、大学といえば東大のことで、慶応などは「福沢さんの学校」と呼びならわしていたというが、府立一中の名簿はその明治人気質でつくられていたのであろう。

官学と私学とが一律に同じように扱われはじめたのは、おそらく戦時中からである。これには徴兵猶予の問題や軍人の考え方が絡んでいる。学生の徴兵猶予の年限には私学と官学の差はないし、入営後軍人としての能力も官学私学にかかわりはないからである。また海軍では、大学卒業生や在学生を予備学生として士官候補生並みの資格で採用し、また旧制高校生や大学予科生を予備生徒として兵学校生徒並みの扱いで採用したが、これにも官学私学の区別はなかった。元来、英国を模範にしてきた海軍は、階級も英国海軍と同じようにつくられたが、それは当然イギリスの一般社会の階級に見合うものであった。ところで英国の大学はオックスフォードもケンブリッジもみな私学であるが、これが英国海軍で差別されるわけがない、それで日本の海軍も私学を差別しなかったのであろう。しかし英国の社会は身分制がはっきりしており、大学も日本でいえば徳川期の昌平黌《しょうへいこう》のように一定の身分や社会的地位のある者の子弟の教育機関である。その点、日本の大学とはまったく違っている。後にそのことに気づいた海軍は、採用した予備学生のガラの悪さに辟易して、「貴様らは帝国海軍の恥だ」とか、「海軍はじまって以来最低の士官」とか、さかんに悪態をつくことになるのであるが、学力はともかく人柄の好し悪しは官学も私学も大差はなかった模様である。

しかし、官学と私学の格差が実際にちぢまってきたのは、戦後の学制切りかえからだろう。僕自身は戦後、旧制大学の最後の頃に卒業したから、新制大学のことはまったく知らない。けれども、六三三四の新学制が施行されたとき、社会の様相が戦前とは一変していたことは、いやおうなしに気がつかざるを得なかった。国民の九十パーセントが中流意識を持つにいたったという統計が出たのは、かなり後になってからだが、そのような意識は六三三制がはじまった頃から、すでに芽生えていたといっていいだろう。あるいは新制度で中学までが義務教育になったときから、社会層の隔壁は取り除かれたというべきかもしれない。

欧米社会の上流中流といった階層の区別を当てはめると、現在でも日本には下層階級しかないといわれるが、戦後の日本に指導者層を育てる知識階級が失くなったのは、たしかであろう。さしずめ戦前の学校制度にこれを求めるとすれば、高等普通教育をさずけることを主旨とした旧制高校（大学予科）がそれに当るであろう。旧制高校といえば「寮歌祭」とかいって、好い年をした親爺連中が、弊衣破帽に朴歯の下駄を踏み鳴らし、太鼓を叩いて踊りまくるといった珍奇な集会のことが、ときどき新聞などに出ているが、彼等の狂態は単に旧制度の学校が失くなったということよりも、そういう学校を存続させた社会が消えてしまったことへの感傷のためであろう。旧制高校は、帝国大学予科に当るものだが、一学年二百五十人ぐらいの小規模のもので、全寮制を建前としており、寮は自治を基本に運営されていた。いってみれば若衆宿のごときものであり、しかも学士様の卵をあつめたものだから、とくに地方ではエリート集団としてもてはやされたらしい。僕はその旧制高校を何べん受けても落第ばかりで入れなかったから、その実情については何も知らない。しかし、帝大という官吏養成機関へ入れるまえに、曲りなりにも全人教育というか、人格育成のための何年間かを過させる学校があったというのは、悪くすれば鼻持ちならない特権意識を育てもしたであろうが、やはり社会全体がそれだけのユトリを持っていたということでもあろう。

たしかに新学制の特色の一つは、旧制高校を廃止したことで、官学と私学をへだてる壁はそこから眼に見えないかたちで崩れて行った。旧制高校は新制大学に格上げされたが、これはじつは格上げというより変質であって、もとの師範学校などを合併した地方大学は、世間からは駅弁大学などと呼ばれて、東京その他の大都市の有力な私立大学よりも下に見られるようになった。無論、東大は新制に切りかわっても最高の名門大学の地位はゆるがなかった。しかし他の旧帝国大学は、新制になると以前ほどの権威はなくなり、どうかすると一般の地方大学と同列に置かれるようになった。いや、東大でさえも、権威は旧制の頃にくらべて高くなったとは言えない。以前の東大は、旧制高校からしか入れなかったから競争率はそれだけ低く、学部によっては無競争で入学できた。新制東大の入試が難しくなったのは、むしろ東大が大衆化して、試験さえ受かれば誰でもが入れる有名校の一つになったためとも考えられる。

まわり道が大分長くなったが、慶大の闘争委員長の学生が、政府からの国庫援助が国立大にくらべてひどく少いのは不当な差別であり、「私学が国立大の下請け機関の様相を呈して」いると、憤慨しているウラには、以上述べたような背景がある。

以前、僕らが学生だった頃には、私学に政府からの援助金がなくても別段それを不当なことと思わなかった。だいたい自分の学校に援助金がくることなど考えもしなかったのである。それに、私学が官学の下請けをさせられているといったことも、まったく思ってもいなかった。いや、僕自身、慶応に入るまえに何度も国立の学校を受けて落ちているのだから、その意味では私学は〝下請け〟であったかもしれない。にもかかわらず僕は、慶応に入って下請けをしてもらったという意識は全然なかった。慶応が官学とは異質な学校であることは、あまりにも明らかであったからだ。それに学校は、どこでも似たようなところがある。とくに戦争中は、官学私学を問わず軍事教練ばかりやらされていたし、教練に学風の違いなどあるわけもなかった。しかし何とあらわしていいか言いようもないが、おそらく教室の中の空気からして、僕らのまなんだ慶応は官学とは別個のものであるに違いなかった。

無論、僕らの頃は慶応も「福沢さんの学校」といえるような私塾ではなくなっていた。しかしそれでも講堂に、福沢諭吉の和服に前垂れ姿の大きな肖像画が掛かっているのを見ると僕は、権威主義に反抗する心意気を感じて昂奮をおぼえさせられたものだ。この肖像画も空襲で焼けてしまったが、いまの塾生たちにとって、他に何か感奮興起させられるようなシンボルはあるだろうか。

いや僕は、決してこの学費値上げストに反対する気持はなかったし、学生が私学の国立大との差別を感じ、教育行政の抜本的改造を政府に要求するよう塾当局に訴えていることも、間違ったことだとは思わなかった。これは僕だけではない。世論が学生側に肩を持つのはいつものことだとしても、世間一般がこのストに同情的であったのは、単にお坊っちゃん学校だと思われていた慶応のストライキが珍しかったからというより、やはり委員長の投書に見られるような学生たちの言い分に共感を呼ぶものがあったからであろう。ふだんはストなどには無関心というより、右翼的な傾向があってスト破りに活躍しそうな運動部の選手たちまでが、一般学生に同調して全員ストに参加したのも、こうした事情をよく裏書きしている。

僕は、慶応義塾評議員会議長というより、われわれの頃の塾長で依然として〝慶応の顔〟であった小泉信三氏に面会して、感想をうかがったが、一番最初に言われたのは、

「在学生がこんなに騒ぐとは意外だったネ」

ということだった。つまり、学費の値上げに影響をうけない在学生たちがこれだけ反対しているのは、これが単なる学費の問題ではないと、小泉氏も十分にそのことを察知して学生たちに理解を示したものと思われた。

結局、このストライキは、四年生の卒業試験ボイコットも起らず、学生側の処分者もなく、高村塾長が塾債の強制を撤回したことで落着をみた。学生側の全面勝利とは言えないまでも、その言い分は認められたことになるだろう。しかし問題は、学生たちの言い分がどれほど正しかったかということより、このストライキ自体に、新しい時代の動きがはっきりと映って見えたことだろう。

私学官学を問わず、これまで大学の内部には、善かれ悪しかれ旧時代の空気が色濃く漂

っていた。「封建制度は親のかたき」といった福沢諭吉の言葉にもかかわらず、慶応義塾のなかにも封建的なものは雰囲気としても実体としても、たしかにあった。おそらくこれは、学問、芸術といったものが封建時代の産物で、どんな近代的な学説も封建制のない場所からは育って来なかったということがあるためかもしれない。具体的にいえば、慶応義塾の職員の給与は極めて低く、おそらく教授たちも自分の給料で子弟を慶応に学ばせようとすれば、大半の人が破産せざるを得なかったはずである。しかも、教授の中にそのことを口にするような人は誰もいなかった。もともと学問をやって金をかせごうという気は、誰にも毛頭なかったからである。

そういえば、小泉信三夫人は小泉氏の親友水上滝太郎の妹であるが、水上氏は妹を小泉氏に嫁がせるにあたって、「小泉の家は貧乏だから、そのことを覚悟して行くように」と言い渡したという。これは学者の家計や家風が実業家のそれとどれほど違うかを物語るものだろう。

しかし、戦後の実状は大学教授の誰も彼もが金銭のことを考えずに暮せるようなものではなかった。知識を切り売りして、自分の名声を金銭にかえるようなことでもしなければ、大学の給与だけでは生活が成りたちかねるほどになっていた。しかも、一方で戦後の世間は、学歴社会とかいうものになって、どんな家業、どんな職業の人たちも一律に子弟を進学させることになり、世間知らずの貧乏な学者たちのところへ、無理矢理、息子や娘を大学に押し込めようとして頼みに来たり、受験塾でメチャクチャな詰めこみ教育をやらせたりする。そうなると大学の封建的な気風も価値観も変って来ざるを得なくなるし、さまざまの混乱が生じてくる。私学と国立大の差別被差別といった意識も、いわばそうした新しい時代の空気とともに大学内に持ちこまれてきたものであろう。

慶応の学費値上げ反対のストにつづいて、翌昭和四十一年の一月に早稲田が、そして十一月には明治大学が、やはり授業料値上げに反対してストライキを起し、十二月には中央大学が授業放棄することになった。そのたびにストの規模は大きくなり、大学内に警官が入りこんで学生と乱闘するなど、ストそれ自体が暴力的、政治的な色彩をおびてくる。

たしかに僕は、何かを忘れている。しかしいったい何を忘れたのだろう?

憶いかえすと僕は、終戦後しばらく鵠沼で脊椎カリエスで寝ていた頃、ときどき四十代の半ばに達した自分のことを想像した——。それまでには多分おれの病気もよくなって、小さな出版社にでも勤めているだろう。木造二階建ての建物の一室で、おれは何かの事務をとっている。そして窓際のデスクで外の景色を眺めながら、そろそろ昼飯だナ、と思う。と、そのとたんにピカリと尖光が走って、ドカンと例の大音響がひびく。まァそんなようなことを、僕は仰向けに寝たまま身動きもならず天井を見上げながら、何度となく考えたものだ。

世界大戦は二十年ごとに繰り返す、とは、あの頃よく聞いた説だ。二十年たって、戦争を知らない子供たちが兵役適齢期になって次の戦争をはじめる、というのである。そういえば第一次大戦は一九一八年におわり、一九三九年に第二次大戦がはじまっている。またジョージ・オーウェルの『一九八四年』は、たしか第三次大戦がおわって四十年足らずの間に、第一次、第二次の大戦に匹敵する大戦争が二度か三度繰り返されているという設定ではなかったか。いま昭和四十一年（一九六六）、第二次大戦がおわって、いつの間にか二十年をこえたのに、まだ第三次大戦は起っていないし、その気配も別段ない。

しかし、僕が何かを忘れていると思うのは、戦争が一定の周期で繰り返すというようなことではない。実際、戦争を知らない世代や、戦時中は子供で軍隊体験のなかった連中が、いまベトナム反戦などで気勢を上げているところを見ても、戦争二十年周期説など馬鹿げたことだ。ただ僕は、まわりを見廻して、すべてのものが二重写しになっていて、その底にあるものが何であるのかわからないという妙に空虚なものを覚え、そんなときふっと自分が何かを度忘れしているような不安な心持になるのである。

たとえば神田の街を歩いていると、ヘルメットをかぶった大学生たちが、キャンパスのまわりで騒いでいるところにぶっつかる。いったい何をやっているのか――？　すでに学園紛争も、前年の慶応の学費値上げ反対ストのときのように目的のハッキリした単純なものではなく、学生同士も政治的派閥によって対立しており、どことどこが敵対して何を相手に闘っているのか、傍から見たのではサッパリわからない。しかし、そんなことより僕が困惑するのは、もっと素朴なことだ。人垣を縫ってバリケードの中へスポーツ・カーが一台入ってくる。屋根のないその車には、包帯姿もいたいたしい負傷者が二人ほど乗っており、駆けよった女子学生たちが甲斐甲斐しく手をとったり肩を貸したりして、彼等を治療室へ連れて行く。すると僕は、まるで映画の中の一場面を見ているような現実ばなれのした気分になって、黄色く塗ったスポーツ・カーを中心に、人々の動き全体がセットのなかのエキストラのように見えてきてしまうのだ。そして、何かわからないものを度忘れしているような、タヨリないものを自分自身の内心のどこかで覚えさせられるのだ。

その年の夏、たまたま遊びにきた遠藤周作と二人でテレビを眺めていた——。画面には、中国の紅衛兵と呼ばれる少年兵たちの跋扈《ばっこ》するさまが映っていた。何人かが屋根に上って看板を下ろし、壁に何かを貼りつけている。またべつのところでは、三角のトンガリ帽をかぶせられ、胸に罪状をしるした板を下げた男が、少年たちに引き立てられて歩いている。

「こりゃオモロイで」と遠藤が言った。「何をやっとるのか知らんが、向うへ行ってみたら、きっとオモロイで」

しかし僕には、そんなもののどこが面白いのかわからなかった。敗戦直後、中国で戦犯になった日本の軍人が、後手に縛られたうえ、背中に卒塔婆のようなものを突き立てられて処刑される写真を見たが、それに似た心持だった。勿論、日本軍が中国でやったことについて、僕は弁護も擁護もするつもりはない。ただ、その罪を戦犯とされた者だけが負わされているのは、何とも気分が重かった。いや遠藤も、決して三角帽子をかぶせられた人のことを面白がっているのではなかった。そうではなく、田舎から呼び集められた少年たちが、都会の街路をノシ歩き、屋根や塀に跳び上ったり、看板や道路標識を引き倒したり、勝手なことをやっているのが、いかにも愉しそうで面白いというのであった。

「フランス革命も、パリ・コムミューンも、こんなものだったんだろうな」遠藤は感慨深げにつぶやいた。「いまなア、こういう革命騒ぎが起っとるのは中国だけじゃないんだ。カトリックでも第二ヴァチカン公会議というのがあって、坊さんやら尼さんやらの階級差別をテッパイせよとか、坊さんの民衆支配をやめさせろとか、要するに中世以来の伝統をみんな引っくりかえせっていうんで、こっちの方もそれこそ文化大革命で、ヨーロッパじゅうが大騒ぎなんだ」

いわれてみれば、わが家の娘のかよっているカトリック系のミッション・スクールでも、尼僧の先生たちを「マザー」と呼んでいたのを、最近「シスター」と呼ぶようになり、また服装も中世風の黒い尼僧服から一般女性のスカートとブラウスといった恰好にあらためられた。そしてミサも、これまではラテン語でおこなわれていたのが、日本語が使われるようになった。なぜそんなことをするのか別段考えてみたこともなかったが、遠藤によれば、これが皆、第二公会議とやらであらためられたことだという。そんな改革に、どれほどの意味のあることやら、カトリック信者でもない僕にはわかりっこない。ただ、二千年来、キリスト教が土の底までしみこんでいるヨーロッパでは、カトリックの尼さんが僧服を脱いで庶民の女と同じ恰好をするというだけで、びっくり仰天の大変化かもしれない。また、僧院内でマザーがシスター、ファーザーがブラザーになるのは、軍隊内で将校が兵隊になるのと同じだから、これはまさに画期的な変革であろう。しかも、僧院内のこうした変化は、一般社会の変化を反映、もしくは先取りしたものに違いないので、そうなると第二ヴァチカン公会議なるものは、たしかに文化大革命に匹敵する大改革と言えるわけだ。

いずれにせよ、東西呼応するようにこうした大変革の起っていること、しかもこれまで革命といえば大戦争がつきもので、戦争の混乱につけこんで社会の旧秩序を引っくりかえすのが常道のように言われていたのに、いまは戦争もなしに〝革命〟だけが進行していること——これは、つまり革命も戦争もこれまでのものとは様相が変り、僕らにはまったく未経験な何かが、世界中のあっちこっちで同時多発的にはじまっているということなのだろうか？

文化大革命をオモロイといったのは僕の周囲では遠藤周作ぐらいで、おそらく日本人の大多数は、ただボンヤリとした戸惑いを覚えただけであったろう。戸惑いのなかには幻滅があり、シナはやっぱりシナだといった醒めた心持にさせられる一方、戦後の中国、いや戦後そのものが、自分にとって一体何であったのか、と妙にムナしげなものを感じさせられもする。文化大革命について、最も明瞭に真正面から反対したのは、三島由紀夫が、川端康成、石川淳、安部公房の連名で発表した声明書であろう。

昨今の中国における文化大革命は、本質的には政治革命である。百家争鳴の時代から今日にいたる変遷の間に、時々刻々に変貌する政治権力の恣意によつて学問芸術の自律性が犯されたことは、隣邦にあつて文筆に携はる者として、座視するに忍びざるものがある。

この政治革命の現象面にとらはれて、芸術家としての態度決定を故意に留保するが如きは、われわれのとるところではない。われわれは左右いづれのイデオロギー的立場をも超えて、ここに学問芸術の自由の圧殺に抗議し、中国の学問芸術が（その古典研究をも含めて）本来の自律性を恢復するためのあらゆる努力に対して、支持を表明する者である。

われわれは、学問芸術の原理を、いかなる形態、いかなる種類の政治権力とも異範疇のものと見なすことを、ここに改めて確認し、あらゆる「文学報国」的思想、またはこれと異形同質なるいはゆる「政治と文学」理論、すなはち、学問芸術を終局的には政治権力の具とするが如き思考方法に一致して反対する。（『文化大革命に関する声明』三島由紀夫全集第三十五巻）

この声明文を、新聞で読んだとき、僕は何ともいえず奇妙な想いに捉われた。文章としては筋道がとおって明晰であり、文化大革命が多くの芸術家にとって迷惑なものであることも確かだろう。《「文学報国」的思想》や《学問芸術を終局的には政治権力の具とするが如き思考》には、僕も反対である。しかしこの文章自体、作家の文体というより、まるで政治家か官僚の議事録でも読んでいるようで、無味乾燥なものに思われた。勿論これは三島氏の文章というよりは、三島氏が他の三氏の言い分を取り入れて書かれたものであろう。したがって、そこには三島氏固有の文体というものは影をひそめ、最大公約数的意見が抽象的に人格をはなれて語られることにもなったのであろう。それにしても、この声明書が政治臭を漂わせるのは、その行為自体に一つの政治的な意図が感じられたせいである。

たしかに、文化大革命は《本質的には政治革命》であろうし、それは具体的にいえば毛沢東の劉少奇一派に対する権力闘争であったに違いない。だから、《時々刻々に変貌する政治権力の恣意によつて学問芸術の自律性が犯されたこと》は、われわれとしても他人事ならず心を痛めずにはいられない。しかし、いくら《座視するに忍びざるものがある》といっても、われわれは一体どうやって隣邦の文学者たちに手を差しのべたらいいのだろう？　第一、中国はわがくにの隣邦であるにしても、三島氏を含めてわれわれ日本の作家は、現代中国の作家たちにとって本当の隣人であり得るのだろうか？　毛沢東派の作家も劉少奇派の作家も、ともにわれわれの隣人であると同時に他人でもあって、この際、迂闊に手出しをすれば、かえって迷惑がられるだけのことではないか。

勿論、そんなことは三島氏は百も承知であったろう。三島氏は、何よりも文革に対して《芸術家としての態度決定を故意に留保する》ことに反対しているわけで、つまり毛沢東の文革に反対しない者は芸術家の風上におけないと言うのであろう。しかし、そうなると僕は、文革というものが果して一〇〇パーセント《政治革命》、つまり政治権力者同士の権力争いであったのだろうか、という気がした。仮にそうだとしても、毛沢東のなかには劉少奇一派の近代化路線に革命の理想が裏切られて行くのを、それこそ《座視するに忍びざる》想いがあったのではないか。毛沢東でなくとも、われわれ東洋人にとって、近代化は避け難く西洋化に重り合うところがあり、それは即座に植民地化になる危険もある。早い話が、福沢諭吉は「脱亜論」を述べたが「入欧論」を唱えたことはない。にも拘らず、福沢は「脱亜入欧」を唱えたと大抵の人が思い込まされている。僕は無論、劉少奇の政治路線がどんなものかまったく知らない。ただ、近代化路線は必然的に「入欧」路線にならざるを得ず、それを避けようとすれば、文化革命を絶えず繰返して行く他あるまいとは思うのだ。

毛沢東は後に「批林批孔」とか言い出すようになって、こうなるともう誰もついて行けない。そして紅衛兵たちの暴状がハッキリしてくるにつれて、事態の傷ましさが、われわれにも分かってきた。だが、文革の初期の頃、毛沢東が揚子江にとびこんで泳いで見せたり、何とか自分が健在であることを中国民衆に知らせようとつとめたことは、年寄りの冷や水といった滑稽な感じがする反面、革命の理想に向って最後まで力を振りしぼろうという老いの一徹の姿が想い浮かんで、僕は決して笑う気にはなれなかった。

文化大革命は、それ自体としては隣家の火事のようなもので、僕らに直接影響するところは殆ど何もなかった。しかし、中国にこのような騒ぎが起ったことで、日本がその政治的な立場も思想的な潮流も一変させられるようになったことはたしかだろう。

三島氏は、昭和四十二年二月、「文化大革命に関する声明」を発表したあと、四月には久留米陸上自衛隊に体験入隊し、以後、富士学校教導連隊、習志野空挺団などに自身が入隊するだけでなく、翌四十三年には学生を集めて「楯の会」を結成、自衛隊に集団で何度も入隊して軍事教練を実施した。そして翌々四十五年の十一月には、その楯の会を率いて市ケ谷の自衛隊総監室に闖入、割腹自殺をとげることになるのである。この一連の動きをみると、やはり文化大革命が起点にあって、三島氏は紅衛兵的な私兵を養成するなど、毛沢東に学んで、その反対側の路線をまっしぐらに突き進んで行ったものと言えるだろう。

この三島氏とは反対側の立場にいる全学連も、また六〇年安保の頃とは運動方針を一転させて、学内にあっては教授陣を吊るし上げ、学外に出てはゲバ棒や投石によって機動隊と衝突するなど、「造反有理」の武装闘争を展開することになる。従来の暴力否定・無抵抗主義から、このように変って行った転機は、やはり文化大革命と紅衛兵の活躍振りが最大のものと考えられる。勿論、全学連、全共闘などの動きは、アメリカのベトナム反戦の学生運動や、フランスのパリ大学を中心とする学園紛争からの刺激も多かったであろう。しかしアメリカやフランスの学生運動自体、文化大革命から直接間接に影響されるところが少からずあったはずだ。

街かどに、催涙ガスの煙が立ちこめ、石つぶてやガス弾頭が飛びかう中を、ヘルメットにタオル覆面の学生たちと、胸当て手当てで身を固めた機動隊の揉み合うさまは、まさに戦争映画や活劇の実物を繰りひろげたような効果があり、学生運動に対する関心があろうとなかろうと、一時的に一般民衆を昂奮させることになった。しかし、こうなるともう遠藤周作も、「オモロイ」などとは言わなくなった。

テレビで紅衛兵を見るのと違って、その現物に近いものが眼の前に展開されると、パリ・コムミューンもこうだったのだろうといった想像力は、もう働らかない。暴力の危険が現実に迫ってくると同時に、暴力の原因になっているものと自分との距離が急に拡がって、昂奮がさめてしまうからであろう。そして僕自身は、何やら戦争中、まだ米軍の空襲が本格的にはじまる以前の防空演習に巻き込まれたときのような、妙にムナしい傍《はた》迷惑な心持になってくるのである。

しかし、文化大革命がこのように日本の学生運動に影響をあたえるところがあったにしろ、それは外形上のことであって、内面的には殆ど何のつながりもなかった。日本の学生と中国の若者とではあらゆる意味で、立場が違いすぎるのである。そして、この外観が似ているのに内面が違うということこそ、僕らに或る意味で最も深刻な影響をおよぼしたことになるのではなかろうか。つまり、僕らは眼の前にある日本の学生たちの行動を見て、そこに中国の文革のムナシサを見た心持にさせられた。実際は中国の文革が何であったか、僕らは知らなかったにもかかわらず、である。そして、こんな連中に屋台骨を動かされそうになっている中華人民共和国とは何であろうか、またこんな連中の護符になっている毛沢東思想とは何だというのか、と考えるようになった。要するに、僕らは文化大革命を通じて、中国革命のもっていた道義的・倫理的な性格が、いっぺんに御破算になったように思いはじめたのである。

このことは、日本人が敗戦以来、中国人に感じつづけていた心理的負担をきれいサッパリ忘れさせてくれることにもなった。これを、日本人の自信恢復といえるであろうか――？　自信恢復といえば、何よりも大きかったのは、文化大革命によって、中国が完全に国際的に孤立化されてしまったことだ。これによって、日本の地位は相対的にこれまでになく安全確固たるものになってきた。

敗戦後二十年、起るはずの新しい大戦争は起らなかった代りに、一見目につきにくいところで、何も彼もが大きく変りはじめた。これを、新しい〝戦後〟がはじまったと言うべきであろうか。

昭和四十三年、日本のＧＮＰは五十二兆七千億円に達し、アメリカについで自由世界第二位になったという。僕らの生活の実感としては、これまでと何ら変りのない貧相なものに過ぎないのに、ＧＮＰという数字の上だけでは、驚くべき富裕な国になっている。この個人的実感と客観的数字との奇妙な乖離、このズレは一体どこから生じており、一体どちらが正しいのだろう？

この年の三月、僕は沖縄へ行った。いよいよ沖縄の本土復帰がきまったというので、ある出版社主催の講演会の講師によばれたのである。外国軍占領下の日本領土というものに、昭和二十六年以降、ひさしぶりで再会する想いであった。しかし、沖縄の人たちは、占領下にあって別段、何を思い悩む風にも見えず、意外にもアッケラカンと日々の生活をたのしんでいるように見えた。これも個人的実感と客観的現実との違いというのだろうか。米軍基地のなかも見学させてもらったが、そこにはかつて日本全土が占領下に置かれていた頃の威圧的な差別感は目につかず、沖縄人のオバさん連中が基地の内部のゲーム・センター（？）に這入りこんで、わきめも振らずスロット・マシーンのハンドルをガチャンガチャンといわせている姿ばかりが、印象深かった。

基地のなかに、沖縄戦を記念する博物館があり、米軍が日本軍といかに戦い、いかにして勝利をおさめたか、その作戦を電気仕掛で見せたものがある。それを見ても、僕はべつに昂奮はしなかった。ただ、帰りがけに、日本軍から鹵獲《ろかく》した兵器が飾ってあり、その中に十一年式軽機関銃があるのを見たときだけ、一瞬胸を突かれた。この軽機は、僕が入った歩兵部隊でもさかんに使われたものだが、その性能は極めて悪く、一時間の戦闘訓練中、四挺のうち三挺までが毀れて動かなくなるというシロモノであった。沖縄の攻防戦であの機銃をあたえられた機関銃手は、敵兵を前にして弾の発射できなくなった銃をかかえて、どんな叫び声を上げたろう？　それを考えると僕は、シーンと静まりかえった広漠たる米軍基地の、どこかしらから旧日本軍兵士のすすり泣くような声がきこえてくる気がした。

新しい〝戦後〟は、日本よりも国外へ出たときハッキリと感じられた。この年、昭和四十三年（一九六八）の夏、僕はメキシコからアメリカを三週間ばかり旅行して、そう思った。メキシコは初めての国で、見るもの聞くもの、すべてが珍しいだけであったが、マリアッチのラッパの鳴り響く屋外のレストランで、オレゴン州の高校の校長さんだというアメリカ人から話かけられ、

「君はベトナム戦争をどう思うか。アメリカは撤兵すべきだろうか」

と訊かれた。僕は、即刻撤兵すべきでしょう、とこたえるつもりで、〝The sooner the possible〟といったりしたが、この珍妙な英語にもかかわらず、相手は真剣な顔で、「ふーん」と溜め息をつきながら深くうなずき返したものだ。アメリカがベトナムから完全に手を引いたのは、それから七年後の一九七五年のことだが、アメリカ軍の敗色はこの年、マ

クナマラ国防長官が辞任し、ジョンソンが北爆の停止と大統領選挙不出馬を宣言した頃から、すでに決定的であった。

もっとも僕は、そのことでアメリカ人がどれほど傷つき、敗北感にひたされているかといったことには、一向に気がつかなかった。それを知ったのは何年もたって、『ディア・ハンター』だの『地獄の黙示録』だのといった映画が評判になった頃からだ。しかし、メキシコからアメリカに入ったとき僕は、この八年振りに見る国が以前とは随分変ったことに気がついた。ニューヨークに着いたその晩、僕は空腹だったので街へ出た。すると深夜のブロードウェイを、若い黒人の娘たちが十人、二十人と群れになって歩いている。どうやら彼女らは娼婦らしいのだが、言い合せたように金髪や赤毛の大きなカツラをかぶり、だぶだぶのパンタロンをはいた脚で大股にやってくるところは、街娼の群というより、仮装舞踏会のデモでもやっているようだった。腿の上までしかないスカートや、胸のひらいたドレスをつけた者、乳当てだけつけてヘソを丸出しにした下腹にセーラー・パンツをひっかけた者、服装は奇抜でまちまちだが、近寄ると街灯に照らされた肌が汗ばんで、皆ひどく埃っぽい。

この年の四月、黒人運動の指導者マルチン・ルッサー・キング牧師がテネシー州メンフィスで暗殺されると、激怒した黒人たちが全米のあっちこっちで暴動を起し、五月から六月にかけて「貧者の行進」のプラカードをかかげた黒人の大群衆がワシントンに集結して抗議の気勢を上げているといったことは、そのときどきのニュースで、僕も知っていた。しかし、それは要するに観念的な情報であって、〝ブラック・パワー〟とか〝長い暑い夏〟とかの実態がどんなものか、わかりようもなかった。それがいま、深夜のブロードウェイをのし歩く黒人娼婦の群れを見て、何かがわかったように思うのは、勿論早計であろう。だが、五人、七人と、手を組んだり、一列横隊になったりして、後から後からやってくる黒人たちを見ていると、ある〝パワー〟を感じることはたしかだ。擦れちがいざまに、白い歯を剝き出して笑いかけたら、「いっしょに行かない?」とか、「十五ドルでいいよ」とか、声をかけてくるところをみれば、彼女らは娼婦であることは間違いない。だが、それは終戦直後、有楽町のガード下あたりにたむろしていた街娼たちと較べて、何という違いだろう。日本のいわゆるパンパンたちの餓えた眼つきや、後暗いトゲトゲしさは、群がって通る黒人たちにはまるで縁がない。彼女らは商売女であるにしても、あまり商売っ気はない。第一、もし彼女らが本当に商売を目的にしているのなら、人通りもほとんど絶えた真夜中に、こんなに大勢で集って右往左往してみたって仕方がない。おそらく大部分の女がアブレることは明らかなのだ。彼女らは、むしろ陽気にこの夏の夜の街頭の散歩を愉しんでいるようだ。セックスと人種差別からの解放をよろこびながら。

そういえばニューヨークでは、南部の田舎町と違って、八年前には表立った人種差別はなかった。しかし、当時のブロードウェイを黒人だけが何百人も寄り集って、舗道いっぱいに拡がって歩くことは考えられもしなかったろう。赤い薄物のパンタロンの上下を着た小柄な女が、丸い眼をクリクリさせて、僕に笑いかけてきたかと思うと、いきなり、

「ウォーッ」

と、声を上げながら突進してきた。僕は思わず二、三歩、飛び退り、そのまま駆け出して逃げる。しかし彼女は、逃げ出した相手を深追いはしない。こちらを向いて、仲間といっしょに大口をあいて笑うだけだ。そんな様子を見るにつけて、彼女たちは生活に追いつめられて売笑をしているのではなく、地方都市からワシントンをめがけてやってきた「貧者の行進」のつづきを、ニューヨークのブロードウェイでも演じつづけているとしか思えない。

人種差別撤廃の公民権法がジョンソン大統領のもとで成立したのは一九六四年、その翌年の一九六五年には黒人の選挙権を保証する投票権というものも正式に可決された。しかし本当のところ僕は、そんなことで人種差別が改善されるとか、黒人の地位が向上するとかいった期待は、まったく持っていなかった。南北戦争の直後から、南部の人種差別に反対する法律はいろいろ出来たが、そのたびに法律を空文化してザル法にしてしまうのは従来の南部の政治家のお家芸であったし、おまけにジョンソン大統領自身、テキサス出身の典型的な南部人であるからだ。

だいたい、これまで黒人に選挙権がない――いや、あっても実際には使えない――とい

うことは、僕を含めて世界中の人があまり知らなかったのではないか。黒人ばかりでなく戦前の日系人にも投票権はなかったのだが、そんなことを果して日本人がどの程度知っていただろう? 選挙権があっても選挙人登録が許されない限り投票に行くことが出来ないという、現代のアメリカのような国で、そんな政治的なカラクリがおこなわれていたことは、僕などは全く知らなかった。

要するに、法律は運用次第でどうにでもなるものだし、法律をどう変えてみたって、それで人の心の中身まで変えるわけには行かない――、これまで僕はそう考えてきたし、これからもこの考えを変える気はない。ただ、こんどアメリカへ来てみて、黒人の地位が上ったことは認めざるをえなかった。これが公民権法の成果であるとは、一概には言えないにしても、法の改正によってアメリカ南部の黒人の様相が一変したことは、たしかであった。

八年前、半年ほど滞在したテネシー州ナッシュヴィルへ行ってみて、最初に眼についたのはバスの停留所で白人と黒人が同じ場所で一緒に列をつくっていたことだ。これは八年前には夢にも考えられなかった光景だ。バス停にはしばしばベンチが置いてあるが、それは白人専用で、黒人たちは離れたところに立っていたものだ。そのくせバスに乗るのは白人よりも黒人の方がはるかに多いのだが……。バス停に限らず、便所や町の食堂など、以前は White と Coloured とハッキリ区別してあったが、そんな標識も消されていた。

僕が最もショックを覚えたのは、ヴァンダービルト大学の構内に足を踏み入れたときだ。この大学は全米のベスト20の二十番目ぐらいに入る有力校で、〝南部のアテネ〟と称するナッシュヴィルでは一番の名門大学なのであるが、八年前に僕が留学する寸前には、一人の黒人学生の入学を認めるかどうかで大揉めに揉め、あわや学園閉鎖になろうかという騒ぎであった。結局、その黒人は入学を許されず、教授の何人かが辞職しただけで騒ぎは収まったが、キャンパスのなかは僕ら日本人学生にもヨソヨソしい風が吹きつけてくるような冷然たる緊張感があった。それがどうだろう、いまは本やノートを抱えた黒人の姿が三人五人と、青い芝生の校庭にあっちこっちに見られるではないか。それだけではなかった。以前なら黒人は調理場で働いているだけだった学生食堂も、いまは白人学生の影が薄くなるほどテーブルの大半を黒人学生で占められ、なかには傲然と両脚を前の椅子に投げ出して、ハンバーガーを頬張りながら新聞をひろげたりする者までいるではないか。

これは一体どうしたことだ？　南北戦争の直後に、北軍の司令官は南部人を懲らしめる意味から、南部の白人たちは元奴隷の黒人の前では頭を下げて通るようにと命令を発したというが、いまはアメリカ全体がその時代に逆戻りしたようなことになっているのだろうか。そういえば、ナッシュヴィルの下町《ダウンタウン》を歩いていても、黒人の姿が馬鹿に目立つ。それも以前と違って服装もいいし、みんな胸を張って、殊に若い男女はきびきびとリズミカルにおどるような足取りでとおる。これとは逆に、白人はかつての黒人のように、老若男女を問わず皆、肩をすぼめて遠慮がちに舗道の端をひろいながら歩く。白人の初老とおぼしい婦人が僕とすれ違いざまに、小声で「ハイ」と、会釈の声をかけていった。僕は耳を疑った。こんなことは、かつてはなかった。ナッシュヴィルのことはＯ・ヘンリーが短編に書いているが、その小説『ナッシュヴィル』によれば当時からここの住民は気取り屋で、ヘンにお高くとまっていて、とくにヨソ者に対して冷淡だったというのである。

勿論、これは文字どおり通り一ぺんの印象に過ぎない。しかし、黒人の地位は八年前に較べて見違えるほど向上した。これは疑いようのないことだ。いや、率直にいえば、その〝向上〟ぶりがこうもアカラサマだと、何か現実ばなれがして、幻想的な諷刺劇でも見ているような気にさせられるくらいだ。「ブラック・イズ・ビューティフル」という、僕はその標語をきくと、戦前に観た黒人ばかりの出てくる映画を想い出す。題名はたしか『緑の牧場』とかいってキリスト教の聖劇なのだが、出てくるのが黒人ばかりだから、天使も真黒な体に白い大きな羽根がついている。その羽根でバタバタと飛びまわるさまが何とも異様で、物語の主題とはかかわりなしに一種悲惨な滑稽さを感じさせられた。白人文化の伝統のなかで異人種が生きることのムツかしさ、これは黒人だけの問題ではないし、人種差別がどうの、偏見がどうのといった政治的な事柄とも関係がない。政治や経済ではどうしようもない文化のヨリ本質的な問題が、われわれの皮膚や血液の中にひそんでいるというべきかもしれない。

僕は、ひととおりナッシュヴィルの町をブラついたあと、八年前に毎日のように顔を合せて何くれとなく面倒を見て貰ったP夫人を訪ねることにした。本来なら、この町に着いたら真先きにP夫人の家に顔を出すべきところだが、この何年間か手紙一本出すことも怠っていたので、うしろめたさもあり、気遅れがしたのだ。念のために電話帖を見ると、住所も電話番号もちゃんと昔のままのものがのっている。電話を入れると、直ぐ来るようにとのことなので、タクシーに乗ったが、見覚えのある道がだんだんP家に近づいてくるにつれて、こんどはまた別のことが気になってきた。ことによるとPさんの一家は大変不幸なことになっているのではないか、という……。そんなことを考えたのは、とくに理由があったからではない。ただ、Pさんの一家は揃って善良な人たちであり、この八年間のアメリカやナッシュヴィルの町の激しい変り方をみるにつけて、こういう時代にはえてして善良な人々が真先きに世の中の荒波を受けて酷い目にあうものだといった感傷的なことを考えたからだ。

しかし実際に再会してみると、P夫人は八年前よりむしろ若返って見えた。あの頃、P夫人はご主人が亡くなり、一家は東南アジアの旧英領植民地から引き揚げてきたばかりで、経済的に大変苦しかったのだが、いまはナッシュヴィルでも確実に中流の中といった暮らし向きだろう。あの頃、ヴァンダービルト大学の学生だった長男と長女は、それぞれ独立して、長男は海兵隊で戦闘機のテスト・パイロットになっており、長女は二十三歳の若さでPh・Dをとり東部の研究所にいっているという。家に残っているのは当時小学生だった末娘のマリリンだけで、彼女もいまは大学生で美しいお嬢さんになっていた。これならP夫人が一人で家計の切り盛りをしていた頃と違って、暮し向きがずっとラクになっているのも当然だろう。僕は他人事ならずホッとした。と同時に、僕はP家を訪ねて、ようやくそこに〝戦後〟ではない平常のアメリカとめぐり合った気がしていた。それは一つには、黒人の地位向上による白人の敗北感といったものがここにはないせいだろう——。

ずっと以前に述べたように、P夫人をはじめP家の人たちは一家揃って黒人の差別反対運動を支持してきた。大学では学生の黒人支援運動を禁止しており、それを見つけられれば退学処分になる惧れがあるのに、街のレストランやスーパー・マーケットで黒人の座り込み《シット・イン》がはじまると、大学生の息子や娘もP夫人と一緒になって応援に出掛けた。

何しろP家の先祖は、南北戦争のとき南部のテネシーからわざわざ北軍に従軍したくらいで、爾来、黒人差別撤廃は清教徒精神とともに代々P家の家憲になっていたのである。ナッシュヴィルのように閉鎖的な中都市では、こういうP家の人たちのような家庭は、どうかすれば村八分のような目に会うし、就職その他、何かにつけて普通のヨソ者以上に不利だったことは言うまでもない。だから、P家の人たちにとっては、黒人の公民権回復を果したいまは一陽来復といった想いであるに違いない。

しかし、以前でもナッシュヴィルの人たち全部が、P家の家族を疎外していたわけではない。たとえばP家のお隣りのS夫人は、典型的な南部人で、頑強な黒人差別論者であったが、それにもかかわらずP夫人とS夫人とは極めて仲が良くて、年じゅう一緒につるんでおり、僕のアパートにも、よく訪ねてきて何かと面倒を見てくれた。そのS夫人も健在で、この日も僕がP夫人と話しているところへやってくると、

「まア、ヤスオカさん、さっきは大変だったのよ。Pさんがね、わたしにヘルプって言うのよ。ミスター・ヤスオカが日本からやって来た、どうしようって大変なアワて方……」

と、いきなりそんなことをまくし立てる。八年ぶりで会ったという感じは全然なく、まるで昨日まで一緒にいた人のようだ。S夫人は、つぎに最近、自分が減食美容法をはじめたという話をした。

「どう、わたし若返ったでしょう。一ト月で三ポンドも痩せたのよ。いいえ、痩せたって健康状態は全然悪くないわ。これからわたし、おムコさんを探すんですからね、ホントよ」

たてつづけに南部ナマリの英語で、そんな風に言われても、僕には返事のしようもない。ただ不思議にこの人の言葉は、僕でも何とか聞きとることが出来る。やはり八年前に毎日のように会っていたということで、耳がちゃんとそれを憶えているのだろうか？　そ

ういえば、このS夫人は、自分も夫も小学校しか出ていないのに、二人の息子は揃って成績優秀で、兄はヴァンダービルト大学をファイ・ベタ・カッパとやらで卒業し、弟はもっと頭が良くてテネシー州の高校生の進学考査で一番をとってハーバード大学に奨学資金つきで入学した。そのことを憶い出して、いまどうしているか、と訊くと、S夫人は、

「ああ、ハーバードへ行ったあの子ね、あれはいまメキシコで大学の先生になっているわ」という。

「ほう、メキシコ大学の教授、それはすごい！」

僕は、ついこの間、廻ってきたメキシコで、大学教授の地位がいかに高いかということを聞いてきたばかりだったので、そのことを言った。すると、S夫人とP夫人が一瞬、顔をくもらせた。

「それが、あんまり良いことでもないのよ」

と、P夫人が言った。

「そう、あたしとPさんとはこの頃、立場がアベコベになっちゃったのよ、ベトナムのことでね……。あの子は、兄と違ってキカン気で、昔からあたしを困らせてばかりいたけれど、こんどはとうとう徴兵カードをべりっとやっちゃったのよ、もうすぐ卒業だというときに……。それでボストンの警察でご厄介になったあげく、メキシコへ行ったのよ」

S夫人は、カードを破るしぐさをしながら、そう言うと天井を向いた。——ここにも、

やはり〝戦後〟はあるのか、と僕は思った。ベトナムとは、アメリカ人にとって何であるのか、率直にいって、これは僕には簡単に理解出来ることではない。それはアメリカ人にとって初めての敗北であり、道義的な敗北が軍事的な敗北につながったという。そういわれても、僕にはまだハッキリとは呑み込めない。道義的な敗北感をそれほど明瞭に意識出来るということは、まだ決してアメリカ人が心底からは退廃していないことであり、それはかえって素晴らしいことなのではないか？

アメリカの大学生が徴兵カードを破り棄てているというニュースをきいたとき、僕は戦時中の自分たちと引き較べて、その勇気と信念を守る自主的な行為に、羨望とも共鳴ともつかぬある感銘を受けた。徴兵カードを破り棄てると、その男はどうなるのか？　S夫人の息子の場合、大学だけはどうやら卒業させてくれた。しかし、それ以後、アメリカ国内に住むことも、職業を持つことも許されず、外国へ出ても休暇で帰ってくれば、たちまち入獄させられるし、あと何年たてば許されることになるか、その見込みはまったくないという。徴兵制度がなくなっても、徴兵忌避の罪だけはあくまでも残るというわけだ。厳しいといえば、これは随分きびしい。しかし、僕が羨ましいと思うのは、アメリカの場合、そうやって徴兵を忌避しても、その罪が三族に及ぶということがないことだ。アメリカにも家族主義はある。しかし息子が犯した罪で、親までが一緒に罰せられたり、世間から仮借ない非難を浴びせられるということはない。げんにS夫人は、息子のことで多少グチを

こぼしたあとで、顔を上げると、

「でも、あたしはあの子のやったことを間違いだとは思ってませんよ。戦争で人殺しをするなんて、誰が何と言おうとゼッタイに良くないんだから……。そりゃ、Pさんの息子は海兵隊の戦闘機乗りで、お国のために正しいことをやっているつもりでしょうけれどね。でも、うちの息子だって正しいんですよ。こんどは、あたしがハト派の進歩派で、タカ派のPさんをこてんぱんにやっつける番よ、黒人差別のときのお返しにね」

そういって、P夫人の顔を振り向いてニヤリと笑った。

Ｐ夫人とＳ夫人とが、進歩派と保守派の立場を逆転させたのは、いまの時代を象徴する出来事であるのかもしれない。要するに、すべてが混沌としている。

僕は、アメリカから帰るとき、もう一度ニューヨークに寄り、驚くべきものを見た。創価学会ニューヨーク本部というところへ電話をかけたのは、ハーレムの中の様子を覗いてみたいと思ったからだ。八年前、初めてアメリカへ来たときにも、僕は日本の新聞社の特派員にハーレムを案内して貰い、黒人のナイトクラブでショーを見たりした。その頃のハーレムは何でもない場所だった。それがいまは、警察も近寄れない危険区域になっているという。一体どんなことになっているのか？　ハーレムに行くなら、黒人と結婚している日本人妻を探して、案内して貰うがいい、そういう日本人妻は創価学会に行けば会えるだろう、とそんなアドヴァイスをしてくれる人があったので、僕は電話をかけたわけだ。

電話に出てきたのは、日本人ではなく白人とわかる声だった。僕がタドタドしい英語で用件をいうと、とにかく直接こちらへ来い、という。それでコロンビア大学の近くの仏教会館（創価学会）なる所へ出掛けてみると、柔道場みたいな畳敷の大部屋に、二百人ばかりの信者が集っていた。見たところ黒人と白人が半々ぐらいで、日本人らしいのは二割ぐらいしかいない。正面に幹部の日本人が坐って、何やら英語で説教をやっていたが、一区切りつくと信者の一人を指名した。

「イエス・サア！」

金髪の青年が立ち上り、正坐している会衆を眺めまわすと、やにわに日の丸の扇子をパッとひらいて、応援団長よろしく、

「レッツ・ダイモーク！」

と、号令をかけた。すると部屋じゅうに、何か唸り声のようなものが上り、つづいて、

「ナムミョーホーレンゲッキョー、ナムミョーホーレン……」

と唱和する声が湧き起った。僕は夢の中にいるようで、自分が何処にいるのかわからなくなった。本門寺のお会式というのは見たことがないが、二百人の題目の大合唱は室内だけに大変な迫力だ。僕の右隣りはラテン系らしい白人のテノールがいて、「ナンミョー」と甘いカン高い声をはり上げる。と左隣りのプエルトリカンとおぼしい黒人が、「ホウレンゲッキョー」と、負けじとバリトンの声を響かせる。日蓮宗の題目がオペラの二重唱と

ゴッタ煮になったようで、僕は吹き出しそうになるのを懸命にこらえた。ベルグソンによれば、笑いは優越心から生じるという。たしかに僕は、ここへきて初めて人種的劣等感から解放され、奇妙な優越心を覚えていた。けれども、この滑稽感は必ずしもそんな優越心のせいばかりではない。何かわからぬ生理的にグロテスクなものが、腹の底から突き上げてくるのだ。ここで笑ったが最後、二百人の信者たちから袋叩きにされるだろう。ところが、そう思うと、なぜか一層おかしくなり、わけもなく笑いがこみ上げてくる。

アメリカは、清教徒たちが信仰の自由を求めて乗りこんできたときから「乳と蜜の流れる約束の土地」であり、いつの時代にも数え切れないほどの宗教団体が各地にひしめきあっていたという。日本からも、仏教の各宗派のほか、「踊る宗教」だの何だのと怪しげなものも、西部海岸地帯などに行っているという話は、僕も以前から聞いてはいた。しかし、それはもっぱら日系人社会に入りこんでいるだけで、この創価学会のように日系以外のアメリカ人社会の中で勢力を伸ばしているという例はこれまでにないことであろう。

「あと二、三年のうちにアメリカだけで百万人の会員になりますよ。これからの創価学会は、むしろアメリカで伸びると、われわれは考えているんです」

勤行のおわったあとで、僕は学会幹部のS氏からそんな話をきかされた。……これは一九六八年（昭和四十三年）の時点での話である。その後、創価学会がアメリカでどの程度勢力を伸ばしたか、文鮮明の「原理運動」などに押されて、思ったほどには発展しなかったようにも聞いているが、実際のところ僕は何も知らない。ただ、はっきりしていることは、日本人や韓国人など、以前は問題にもされていなかった少数民族の宗教団体が、この頃からアメリカ社会の一部に食いこんできたということだ。無論、一面からいえば、これはアメリカ社会のふところの深さということであって、アジア系の新興宗教に百万や二百万の信者が出来たって、べつに驚くほどのことではないのかもしれない。しかし、僕の個人的実感としては、日本人のまえで白人が正坐してお辞儀するというだけでも、驚かざるを得ないのだ。

アングロ・サクソンを頂点に、ユダヤ人、アジア人、黒人と、皮膚の色で区別される人種的ピラミッドは、一九六〇年、初めてアメリカへ行った頃には南部のテネシー州であろうとニューヨークのような大都会であろうと、動かし難いものとされていた。いや、八年後のいまだって、大筋ではそれは変らないだろう。それが新興宗教のニューヨーク支部といった特殊なサークル内にしろ、あきらかに逆転しているところをみると、やがてこのピラミッド全体が揺らぎ出す日がきそうな予兆は、感じられるのである。

S氏の話では、創価学会の会員はアメリカでも、大部分は社会の底辺の人たちだが、最近では上流社会の一部にも拡がりだしてきたという。サットンプレースといえば、『ライ麦畑でつかまえて』など、サリンジャーの小説の舞台になるところで、ニューヨークでは最もスノビッシュな階級の人たちの住む地域とされており、日本人が個人的にそこの家庭に招ばれることは殆んどないといわれている。そのサットンプレースの弁護士の家で、創価学会の集会があるというので、僕はS氏につれられて出掛けてみた。

家といっても、マンハッタンの中だからアパートだが、東京ならさしずめ麻布か赤坂あたりのウン億円のマンションといったところだろう。しかし僕を驚かせたのは、豪華なシャンデリアや壁飾などよりも、ピカピカに磨きたてられた固い寄せ木の床に、じかにハイヒールの靴のまま正坐して、壁際の仏壇に向って一心に祈りつづけている奥方《マダム》の姿であった。S氏によれば、下層の人たちの悩みは貧困と病気、上層の人たちの場合は夫婦の不和、なかんずく性に関する不一致が多いという。彼女の悩みも何かそれに類するものなのであろうか。それにしても、この頃は日本人だって畳の上に坐蒲団もなしで坐っていれば、三十分もたたないうちにシビレが切れて動けなくなる人が多いだろうに、彼女は板敷の床に素脚で坐ったまま何時間でも勤行をつづけることが出来ると言うのである。

ここに集ってきた会衆は男女合せて十人余り。仏教会館の場合とちがって全員白人で、社会的にも相当の地位のある人ばかりであるらしく、とくに婦人連は髪型や服装からも日常の贅沢な暮らし向きが察しられた。そういう人たちに向って、その日のS氏は、べつに講義や説教のようなことはしなかった。ただ、コロンビア大学の哲学教授とかいう髭を生やした男に、「ご本尊とは何か？」というような質問をうけて、こんな風にこたえているのが、僕には面白かった。

“Gohonzon is nothing, it is nothing but a white paper.”

そういってS氏は、胸のポケットから白いハンカチをとり出して、ひらひらさせながらつづけた。

“Nothing but a white paper, it has nothing, so it has every thing, it has the strongest power……”

創価学会の教義がどんなものであるか、無論僕はまったく知らない。ただ、S氏のいっていた「御本尊は無であり、無なるが故に最も強力なものである」というのが、その信仰の根底にあるものだとすると、それは一種の終末観のようなものかと思われる。そして、もしかするとこれは、創価学会がアメリカ社会の上層下層の双方から受け入れられるゆえんであるのかもしれない。

ところで、終末観などということを想い浮べたのは、一つにはニューヨークの街の何ともいえない汚れ方のせいだろう。以前から何処を歩いても紙屑が舞っており、舗道にはいたるところに大きな亀裂が走って、裂け目から湯気や水が吹き出したりしていたが、それはエネルギッシュな躍動的な眺めということも出来た。だが、いまのニューヨークにはそうした活力は感じられない。すでにマンハッタンのビルの大半は建て換えの時期にきているというが、ヨーロッパの石造建築と違って、タイルの剝げかけたセメント造りの建物は古びると本当に汚くなり、何やら末世を想わせるのである。しかしニューヨークの街が汚れて見えるのは、建物や道路が古びて傷んでいるせいばかりではない。街に溢れる人波に表情がない。せかせかと忙しげに歩くのは何処の都会でも同じだろうが、ニューヨークの人たちは自分のこと以外には全く関心がなさそうだ。五番街の繁華な場所にあった東京銀行の支店が、何日か前に爆破されたというので、大きな窓の吹っ飛んだガラン洞の建物の前に、巡査が一人立っていたが、誰一人、ふり向いて見ようともしない。ニューヨークには、ヤジ馬というものもいないのだろうか。

一年前には、ちょっとした交通事故から黒人と警官がいさかいをはじめ、それが黒人暴動を引き起して、警察や州兵が動員されて黒人との間で市街戦になったというから、爆弾の一発や二発、目抜きの大通りでバクハツしたぐらいのことでは、誰も驚かないのは当り前かもしれない。いや彼等は、こんなことには馴れっこになっているというよりは、もはやウンザリさせられているのだろうか……。東銀の爆発現場の前で、帽子をアミダにかぶった警官が、額から流れる汗に眉をしかめながら、退屈そうに突っ立ったまま、ぞろぞろと通り過ぎて行く雑踏をボンヤリ眺めているところを見ると、そんな気もする。

さて、東京へ帰ってみると、ここもまた何やら物情騒然たる有様であった。全国百十五の大学で紛争が発生、東大では六月から学生が安田講堂に立てこもり、また日大でも学生が大学本部を占拠していたが、機動隊が乱入してこれを排除する際、隊員の一人が重傷を負い、やがて死亡したという。

学園紛争は、このところ世界的な規模でひろがっている。中国では文化大革命が続行中であるが、フランスでも学生たちが毛沢東の「造反有理」を自分たちのスローガンに取り入れている由。メキシコでは、十月に開かれるオリンピックをひかえて、学生と軍隊が衝突、百五十人以上の死傷者が出たとある。アメリカでは、S夫人の息子も在籍していたハーバード大学をはじめ各地の大学でベトナム反戦の紛争がつづいているというし、そのほか西独、イタリヤ、スペイン、ユーゴ、ブラジル、タイなど、ヨーロッパから、北米、中米、南米、アジアへかけて、いたるところで学生の造反だらけの様子である。

国により、地方により、学生のおかれた環境はさまざまであって、また造反の理由もそれによってさまざまであろう。しかし気のせいか、僕にとっては最も身近かな日本の学園紛争が最も理解しにくいものに思われる。これはおそらく、欧米流の大学というものが、わがくにの社会にはウマく根づかず、そのために大学当局も学生たちもイラ立つばかりで、紛争の焦点がおたがいにハッキリしないせいではなかろうか。いや、原因は他にもいろいろとあるだろう。だが、最も根本的には、わがくにには知識階級という階級がなく、したがって大学そのものも、せいぜい知識の切り売りをするだけの空虚な存在にならざるを得ないということが上げられるだろう。

しかし考えてみれば、日本の社会に〝階級〟がないということ、これはじつに現代的であり、今後の技術万能社会をつくって行くには良く見合ったものというべきかもしれない。たとえばフランスでは大学出身者が、銀行に就職すればイキナリ支店長になり、一般の会社に入れば重役クラスの地位につく。つまり大学はエリートの養成機関であって、エリートになれるのは一定の階層の人たちだから、そうでない階級の子弟は最初から大学などへは行かないのだという。ところが戦後の或る時期から、フランスでも出身階級にかかわりなく大学に進学する者が多くなり、そうなると必然的に彼等が卒業を迎えた時期には就職が問題になってくる。つまり、親戚縁者に銀行や大会社の首脳や経営者のいない者やコネのつかない連中は、何処にも就職先きがないことになる。ここからフランスの学生運動は一般社会の階級闘争と連帯を生じてくるわけだ。事実、彼等の運動はそれだけの成果は上ったらしく、この一九六八年の学園紛争のあと、パリのカフェなどでは給仕人のことを「ギャルソン」とは呼ばず、「ムッシュー、お勘定《ラディシオン》！」という風に呼ぶことになったし、また農業法が改正されて、小作人が雇主である地主をののしったからといって解雇されることはなくなった、とジャン・ナグレの『フランスの農業法』に出ている、一見、些細なことのようだが、こういうことからヨーロッパの階級社会は、やはり確実に揺らぎ出してきたにちがいない。

それにつけても日本では、小作人が地主をののしったからといって解雇されないどころか、小作人とか地主とかいうもの自体、とっくの昔に失くなっている。

以前にも触れたが、戦後の民主化政策で農地解放ほど決定的な効果を収めたものはまれだろう。公職追放も財閥解体もなし崩しに元へ戻り、A級戦犯の戦時中の閣僚が首相に返り咲いたりするなかで、新憲法とこの農地解放だけは絶対に逆転せず戦後の日本に定着した。こんなに思い切った急進的な施策が、これほど確実な成功を収めるとは、おそらくマッカーサー元帥にとっても、意想外なことだったのではあるまいか。たしかに、民度としては決してそれほど革新的でも開明的であるとも思われないわがくにで、憲法と農地法という国法の根幹になるようなものを、こんなにラジカルな内容のまま、民衆のなかに滲透させ定着させてしまったというのは、外国の占領軍のやった実験としては未曾有の大成功だったに違いない。しかし、その半面、われわれの社会や個々人の内部のあちこちに、外科手術の後遺症のヒキツレのような病症を生じさせることになったかもしれない。

いや、病症といったって、漠然とそんな気がするだけで、何がどう病んでいるかなど、僕には的確なことは何もわからない。しかし、外国軍の手で民主化政策が強制されたということ、そのこと自体の矛盾はひとまず置くとしても、僕らが自分でやらなければならないことをさき取りされてしまったという欲求不満が残ったことはたしかだろう。たとえば農地解放が、あんなに徹底的なかたちで強行されてしまったあとでは、左翼勢力のなかの農民運動家たちは目標を喪失させられ活力を失うことになっただろう。また、憲法第九条の戦争否定、軍隊否定の条項にしても、自分たちの意志でかちとったものであれば、われわれはもっと胸を張って、これを世界中にひろめる勇気や使命感が持てただろう。しかし実際には、外国軍が来なければ、自分たちの力では農地解放も戦争放棄も何一つ出来なかったというウシロメタサや劣等感を植えつけられることになった。しかも僕らは、こうした欲求不満や劣等感を、ふだん表に向って口にすることを良心の問題として禁じられているのである。

おそらく、わがくにの学園紛争の実体の不明瞭さといったものも、こうした僕ら一人一人の内心にこもっている自己矛盾の欲求不満や、そこからくる劣等感と無縁のものではないだろう。いや僕は、大学なるものがどんなところで、何をやっているのか、ほとんど知らない。だから学園紛争の実体など、到底わかりっこないわけだ。ただ、新聞などで、イキリ立っている学生側の言い分を、教授たちが、「心情的には理解できる」などと言ってウナだれて聞いている様子が報じられるのを見ると、それこそ心情的にはわかったような気はするものの、現実的には何とも理解しようのないモヤモヤとした不分明なものを覚えさせられるのである。

断っておくが、僕は決して憲法改正論者ではない。憲法改正を主張する人たちは、必ず新憲法が敗戦後の占領期間中にアメリカ軍によって強制されたものであることを言い立てる。それはまさにその通りだろう。もっと言えば、アメリカ軍、すなわちアメリカ政府によって強制された憲法に規制される戦後の日本国政府は、アメリカ政府の傀儡《かいらい》という性格をおびるだろう。したがって、憲法を改正することはアメリカからの自立を計ることであり、対米従属を断ち切ることに他ならない。しかしながら実際に憲法改正を主張する人たちからは、こんな発言はまったく聞かれない。このことで僕は、すこしまえに或る会合の席で、三島由紀夫氏と二、三、言葉をかわしたことがある。

そのとき三島氏は、その会合にすこし遅れて、セビロでなく革のジャンパー姿でやってきた。礼儀正しい氏は、その日は自衛隊の飛行訓練基地で、新型のジェット戦闘機に同乗していたために遅刻したのだということを述べて、丁寧にあやまった。そして用件の会談に入るまえに、ジェット戦闘機の乗り心地について多少自慢げに、いろいろと語ってくれた。そこから三島氏は、自衛隊をいつまでも日陰者にしておいてはいけない、という意味のことを言った。

「ほうっておくと、いまにクーデターが起るよ」

そこで僕は言った。

「たしかに、自衛隊はクーデターをやるべきですね、まずアメリカ軍からの基地を取り返すためにもね」

　三島氏は眉をひそめた。そして小声で、

「みずからの同盟国に対して、クーデターをやるなんて……」

　と言ったきり、黙りこんでしまった。三島氏が、楯の会を結成する一、二年まえのことである。

日本は長年にわたって中国文化の影響をうけてきたが、宦官《かんがん》と科挙の制度は朝鮮半島まで止って、ついにわがくにには入って来なかった。だから日本は、本当の意味で儒教国家とは言えないという説がある。それはそうかもしれない。しかし、わがくにの入学試験を考えると、それはやはり科挙的なものだと思わないわけにはいかないし、士大夫といった階級も〝学閥〟というかたちでちゃんと残っているように思われる。

勿論、学閥は階級ではないし、入試は官僚登用試験の科挙と同じものではない。しかし官庁の上級職、いわゆるキャリアー組の大多数が東大法学部出身であるところを見れば、彼らを当代の士大夫と呼んでもいいだろう。それに、わがくにの大学が入るに難しく出るに容易であるといわれている点も、科挙にたいへん似ているのである。

科挙は、隋の文帝の時代に門閥打破のためにつくられた。つまり官吏を公平なペーパー・テストで採用することで、政府の中枢から貴族階級を閉め出すことを狙ったものだ。こういうことをいまから千四百年もまえに始めたというのは、中国文明のスゴいところだろう。しかし、どんなに好いものでも一つの制度を千年以上も続けていれば、いろいろ弊害が出てくる。科挙の最大の弊害は、国家が試験を重視するあまり、学校制度がうまく育たず、中央の太学をはじめ地方の県学、府学など、すべての学校が有名無実のものになってしまったことだという。それに、学問をもっぱら立身出世や現世利益のためにするようになったのも困ったことだろう。宋の真宗皇帝作といわれる『勧学歌』に、こういうのがあるそうだ。

金持になるに良田を買う要はない
本のなかから自然に千石の米が出てくる
安楽に住まうに高堂を建てる要はない
本のなかから自然に黄金の家が出てくる
外出するにお伴がないと歎くことはない
本のなかから車馬がぞくぞく出てくる
妻を娶るに良縁がないと歎くことはない
本のなかから玉の如き美人が出てくる……

この歌は、宮崎市定氏の『科挙』に紹介されているのだが、僕は昭和四十三年、学園紛争のさなかにこの本を読んで、考えこまざるを得なかった。

前にも述べたように、この年、学園紛争は世界的規模でひろがったが、そのなかでわれわれにとって最も身近かな日本の学園紛争が、最も理解しにくく、紛争の焦点が何処にあるのかハッキリしないように思われた。といっても僕は、大学がどんなところか、ほとんど何も知らない。戦時中は軍事教練と勤労奉仕にいそがしく、戦後は病気療養とアルバイトに時間をとられて、まともに教室に出たのは試験のときぐらいのものだ。しかし、そんな僕のような学生でも、何とか卒業だけはさせてくれるというのが日本の大学の特色だと言えるのではないか。

もっとも、これは私立大学の場合で、東大など国立大学の場合はもっとキビシかったようだ。太宰治が東大の仏文を何年かかっても卒業できず、自殺をはかったりしたことは、彼の小説にも出てくる有名な話だ。しかし、太宰氏は大学予科に当る旧制高校でフランス語の授業をうけておらず、自宅でもべつに仏語の勉強はやっていなかったのだから、卒業試験に落第したのも止むを得ない。僕の友人でも一人、旧制高校の文科甲類（英語コース）から東大仏文に入った男がいたが、彼も結局、卒業できずに中退してしまった。当時は東大でも志願者の少い仏文科などは、旧制高校卒業者は事実上無試験で入学できた。その代り、学内での試験が不成績だと卒業はできない。つまり、入るにやさしく出るにムツかしいという、日本の大学としては例外的に、かなりマトモな教育の場であったわけだろう。しかし、東大でも最も東大らしい法学部などは、入試も難しいうえに、在学中に高等文官試験というのをパスしておかないと、単に法学部卒業というだけでは官吏にはなれないし、大会社に就職するにも不利である。だから法学部の学生たちは、行政にしろ司法にしろ日夜、高文の試験に頭を悩ませていたようだ。これでもし高文が科挙のように、すべてに優先して、高文さえ受かっていれば大学は出ていなくとも官僚として出世できるようなら、東大も中国の太学のようになっていたかもしれない。

中国の場合、タテマエとしては科挙によらなくとも太学で好い成績をとっていれば官途につけることになっていた。しかし実際には太学を出ただけでは、官吏になるにも順番があって十年も二十年も待たされるうえに、なかなか希望する官庁には入れない。そこで太学の学生も科挙をうけるし、科挙に合格してしまえば、太学の成績や年次とはかかわりなしに士大夫となって官途につけるのだから、誰もが太学の勉強はそっちのけにして科挙の受験に専念するようになる。このようにして太学も、下位の地方学校もともども内容は荒廃して、中央政府からも厄介者あつかいされることになる。そして学校としては、正規に認可されていない科挙受験の私塾だけが唯一、大繁盛するようになるのである。

どうしてこんなことになったのか？　一と言でいえば、それは中国では政府が教育に金を惜しんだためである。学校には設備費もかかるし、優秀な教官を一定数以上揃えるための費用も必要だ。それに較べると試験は、どんなに厳重に何段階にも分けてやるにしろ、ずっと安上りである。科挙は、下位の学校試を含めて七段階にも分れているし、何千という受験生を一箇所にあつめ何日間もカン詰めにして行う試験場の設備や、その答案をこれまた大勢の試験官全員が一と月もカン詰めになってしらべる労力や費用も、じつに大変なものではあるが、それだって所詮、実際の教育は民間でめいめいが勝手にやってくれるわけだから、政府は大した失費もなしに官僚の卵の補給が充分つくことになる。その結果、せっかく国立の学校制度をつくりながら、それはまったく有名無実のものになったわけだ。

日本の場合、そんなことにならなかったのは、二つの理由が考えられる。一つは徳川期から全国に、寺子屋や、各藩の藩校、幕府直轄の昌平黌や蕃書調所《ばんしょしらべしょ》など、学校制度が発達していて、それが明治以降の小、中学校や大学に引きつがれたこと、もう一つは明治の近代化には、文科系だけでなく、医科や工科など理科系の教育機関が必要で、これには実験設備のととのった学校と、学生の手をとって教える教授陣が不可欠であったことだ。こういうことから、日本では教育といえば即学校と考えられるくらいになったし、大学を出ていれば出世するので、『勧学歌』ではないが、

学士様なら、嫁にもやろうか

ということにもなったわけだ。

しかし、科挙の影響がわがくにに全く無かったかといえば、そうは思えない。たしかに徳川期の学校は、寺子屋を除いて各藩校や昌平黌は門閥家の子弟教育をタテマエとしたから、これは門閥打破の科挙とはナジまなかったはずだ。しかし、朱子学中心の漢学が教育の主になっていれば、科挙的な考えは入ってこないわけはないし、学校そのものが門閥子弟だけではなく、庶民のなかからも優秀な者が選抜されて少しずつ入ってくるようにもなった。つまり、わがくにでは学校がいくらか科挙に代る要素を持っていたといえるだろう。そして明治になってからは、理科系の技官を除いて文科系の官吏は高等文官試験で採用されるようになったから、本格的に科挙的制度が導入されたことになる。ただし、日本では前に言ったように、教育即学校という考え方だから、高文をパスしていても大学の成績が悪ければ有力な官庁には入れないし、就職後はますます学閥がものを言うから、東大は中国の太学のように無視されることにはならず、むしろ東大法学部は高文と一体になって、随一無比の官僚養成機関になった。

学園紛争を振り返るつもりで、ずいぶん廻り道をしてしまった。勿論、僕は学校制度のことなど、日本のことも外国のこともロクに知りはしない。ただ、日本の学園紛争のわかりにくさは、日本の大学や学制の成り立ちと不可分のものだろうし、一応そのへんを考えてみないわけには行かないのである。

だいたい欧米の大学は、名門校であればあるほど、門閥家の子弟をあつめている。英国のオックスフォードやケンブリッジがそうだし、米国のハーバードやプリンストンといった大学もそうだ。僕の行ったヴァンダービルトなんかは全米的には大した大学ではないけれども、南部では名門校で学内の雰囲気はかなりスノビッシュなところがあった。学内にいろいろクラブがあって、そこに入るのには人柄も家柄もよくなくてはいけないという。よく僕の面倒をみてくれていたキビー君というのが、音楽クラブへ入れて貰ったといって大喜びしていたが、わがくにならさしずめ名門のゴルフ・クラブに入れたようなものだろう。このように、外国の大学は一と言でいえば、門閥家を擁護しながら次代のエリートを育成するためにある。

一方、日本の大学は、これとは逆に門閥打破を目指している。「封建制度は親の仇」といったのは福沢諭吉だが、福沢に限らず明治政府自体が下級武士の集団で、新興エリートであると同時に革新的でもあって、教育機関もその意向を反映していたわけだろう。東大閥は官界を独占している有力閥だが、それは学閥であって門閥とは無縁であり、どんな名門の子弟も試験が受らなければ東大には入れないし、官界からも閉め出される。

ところで日本の官学閥が門閥とは無縁だといっても、閥である以上、閉鎖性はつきものであって、いかに門閥打破の大学でも、なかに入ってみれば恐しく保守的な風習やシキタリが濃厚に漂っているらしい。東大紛争が、医学部医局内の封建的な人間関係の軋轢から始ったというのは、おそらく理由のないことではないだろう。東大医学部がどんなところで、医局のなかがどんな様子か、僕はまったく知らない。ただ、そこが日本の大学医学部のなかで一番権威のあることや、入試のヘンサ値の圧倒的に高いことは、週刊誌的な知識として知っているだけだ。そして、そういう権威者や選りぬきの秀才ばかりが、ヨーロッパの古い僧院をおもわせる陰気な部屋に集っているところを想像するだけで、何やら息の詰まりそうな気がしてくる。そんなところで、師弟関係の重苦しさの上に、人間同士の葛藤がからみ合ってくるとしたら、長年無給の局員として働かされている人たちの間に、不満が鬱積してこなければ却っておかしいぐらいのものだろう。

この医学部の騒動から安田講堂を学生たちが占拠することになり、これを排除するために大学側は機動隊を導入した。すると、これまで平穏だった他学部の学生もいっせいに「大学自治を脅かすものだ」として大学側を激しく批難しはじめた。ここから東大紛争は全学ストに拡がり、やがて東大をぶっつぶせという騒ぎになる。

しかし正直のところ僕は、東大の〝自治〟には疑問を持っている。戦争中も〝自治〟が最後まで擁護されてきたのは東大であったが、それはじつは東大がそれだけ国家権力の内側に抱えこまれていたということに過ぎなかった。実際、あの頃を振り返ると、国家権力から遠い学園――私立大学でも歴史が浅く学園基盤の弱いところ――から順々に自治を奪われて行ったと言えるのである。そして最後に、官僚の養成機関である東大だけに最小限度の自治が許される。こういうことは、それ自体、自治の精神と矛盾し合うものではないか。したがって、大学の自治を本当に確立しようとしたら、東大をつぶすべきだというのは正しい意見だろう。ただし、それを東大生自身が言うのを聞くと僕は、眉ツバというより、全身にクスグッタさを禁じ得なかった。

これに較べると、学園紛争のもう一つの発火点となった日大の場合には、紛争の原因にしろ目的にしろ、ずっと明瞭で理解しやすいものがあった。日大紛争は、大学当局に何十億かの脱税があったのを明るみに出されたことから起った。つまり一般の企業で経営者に不正があったときと同じような反応が、学生側から起り、それがストライキになった。日大は私学であるから、大学側がゴマ化していた何十億かの金も大部分は学生のおさめた学費から出ている。だから当然、学生たちには大学当局を糾弾する権利がある。ところが大学側は、そういう学生の集団に対して暴力団や機動隊を差向けて、これを追い払おうとした。ここに日大の学生と大学側（暴力団、機動隊）とが正面衝突することになった。

とはいえ僕は、日大の学生が何をやっているのかほとんど知らなかった。学生が校舎を占領し、机や椅子を積み上げてバリケードを築いているときいても、それは例の革命ごっこをやっているとしか思えなかった。ただ、日大の学生にはこれまで政治意識がほとんどなく、こんども革マルとか中核とかいった全学連とは関係なしのストライキだということが、珍しいといえば珍しいぐらいであった。だが、考えてみれば、政治意識なしのストライキこそ、革命ごっこや政治ごっこではない本物のストライキであり、自分たちの当然の権利を守ろうという素朴で正当な実質をもった闘争であった。

ところで、日大の学生は本当のところ、何を主張しようとしていたのか？　大学の経理がデタラメをやっていることを咎めようとしたという、それもあるだろう。しかし何よりも彼らは、自分たちの学園が大学らしい大学になり、自分たち自身も大学生らしい大学生として認められることを要求したのではなかったろうか。

日大に限らず、日本の国公私立の全大学のほとんどが大学の体をなしていない――、これはアメリカ軍が日本に進駐して大学の実態を調査したときの報告である。彼らは、大学をキャンパスの広さや、教室の数や大きさや、図書館の充実度、教授陣の人員と学生の割合などによって、等級別に評価しようとしたのだが、東大がかろうじて二流クラスの大学と認められるくらいで、他はほとんど問題にならなかったらしい。勿論、これは終戦直後の調査であり、またこんな調査でどの程度正確なことがわかるかは疑わしいが、かなりの程度これは現在の大学にも当てはまるのではないか。よく言われることだが、日本の学生は入学試験のとき以外には真剣に勉強することがない。つまり、日本には大学の入試はあっても、大学そのものは無いに等しいのではないか？

何度も述べるように、日本の社会には欧米流の大学はウマくなじまない。その代りに、東大その他の大学の入試が科挙の役割をつとめ、青年の質を、官僚向き、技術者向き、会社員向き、職人向き、商人向き、といった具合に振り分ける。そして彼らを大学では何年間か遊ばせたあと、就職先きで使い物になる人間に仕上げていく。これが、わがくにの人間育成の方法であり、それなりに何とか人間は出来上って行くらしいから、かまわないといえばかまわない。しかし、この日本的科挙の振り分け方に、不満を感じている者がどれほどいるか、彼らの憤懣や怨念が全体でどのぐらいの量に上るか、これは計量のしようもないものだからハッキリとはわからないが、社会の底には馬鹿にならない力になって働いているものと思われる。そして、日大紛争というのは、こうした日本的科挙の落ちこぼれ学生の鬱憤を、初めて間接的なかたちにもせよ社会のおもてに爆発させたものではなかろうか。

世の中には、暗黙のうちに成り立っている了解事項のようなものが数かずあるが、出身学校による人間の差別もその一つだろう。有名校出身の場合も、それなりに人柄を色眼鏡でうんぬんされることもあるが、無名校の場合はじつに隠微なかたちで知能や学力だけでなく人格そのものまでを蔑まれる。そして日大は、組織も大きく学生数も多いだけに、代表的な私立大学として蔑視の対象になってきた。いや、ありのままにいえば、日大は大学自体が〝科挙の落第生〟を収容するべく最初から利潤追求の目的でつくられていたかと思われる。帽章も、帝国大学のそれとマギらわしい「大学」の文字の下に小さな桜の印がついていて、それはアゴ紐で隠れるようになっていたし、また日大予科の制帽は旧制高校のそれに酷似していたのである。そういう日大が、いつの間にか力をつけ、学生たちの方から大学のイカサマ臭い体質を何とかするようにと要求をつきつけてきた、それが日大紛争であろう。

僕は、あの年の十一月二十二日、東大紛争最大の危機をはらんだヤマ場だといわれた日に、週刊誌のルポを書くために東大に行っていた。安田講堂正面の時計台には、赤地に白ヌキで「革マル」とした大きな垂れ幕が下っており、キャンパスのなかは色とりどりのヘルメットをかぶった新左翼各派や代々木系の学生たち、それに僕のようなヤジ馬連中で埋っていた。その頃は、まだパフォーマンスという言葉は流行していなかったが、群衆の一人一人が幻想的な革命劇を演じる役者のような、緊張感とお祭騒ぎを一緒くたにした一種異様な昂奮をかもし出しており、そんななかで僕は、妙にムナしい疲労感にひたされていた。馬鹿げているといえば、この上なく馬鹿げている。そのくせそこには現代の意識や思想の混沌とした矛盾が、そのまま具体的にあらわれてもいる。あれは五時過ぎ、晩秋の日はすでに暮れ切って、真っ暗な闇に閉ざされたなかで突然、人の波がざわめき立った。

「来たぞ」

「日大だ」

そんな声があっちこっちからきこえ、機動隊の姿がそれを制止するように動いた。と、眩しく照らし出されたライトを浴びて、正門から数千の日大生が一団となって入ってきた。

そのときの昂奮を、僕は何と言っていいかわからない。権力の庭に黒い雄牛の群れが突入してきたというか、もくもくとしたその集団は、数列の縦隊となって、あたかも全員が憤怒にもえる一つの精神にこり固まったように、頭を低く下げ、腰だめの姿勢で、肩と肩、胴と胴をぴったりつけ、一人一人がニギリメシの飯粒のように堅くむすばれたまま、真直ぐ安田講堂に向って進んで行ったのだ。

その瞬間に、まわりの群衆は何か一つの意志を一本、叩きこまれたようだった。怒号も、革命歌もないままに、日大全共闘の集団はたしかに東大キャンパスの中を、かりそめの解放区といったお祭騒ぎから現実的な闘争の場にかえていた。

東大は、昭和四十四年度の入学試験と学生募集を取り止めた。ということは、大学自体が休止状態になったと言っていいだろう。戦争中や、戦後の混乱期にも、こんな事態には一度もならなかった。昭和二十年、初頭から本格的にはじまる大空襲で、東京の都心部、下町から、山手や郊外の一部までが焼野原になったときでさえ、東大をはじめ都内の官立、私立の大学で新入生募集を中止したところは一つもなかったはずだ。つまり、学園紛争は戦争や空襲よりも激しく大学を揺振ったことになる。もっとも昭和二十年のあの時期に、大学が果してどの程度大学らしく運営されていたかは疑問であるが。

昭和二十年四月には、吉行淳之介が東大文学部に入学している。吉行によれば、この年は高校浪人をつくらないようにするため、例年と違って第二志望、第三志望まで認めたので、志願者の少い文学部に、法科や経済を第一志望にしていた学生が大勢まわされて入ってきた。そして、そういう学生は文科の教授たちから何かにつけて露骨なイヤがらせをうけたということだ。これは何でもないような話だが、戦前の文科の教室の雰囲気を覗かせたものといえるだろう。要するに文学部といえば、大学に残れるような一部の秀才を除いて、あとは大体不良青年もどきの連中だから、法学部など役人や裁判官をめざす学生とは気風が違うのは止むを得ない。そういえば、三島由紀夫は吉行より半年早く、昭和十九年十月、

東京帝国大学法学部法律学科（独法）に推薦入学。勤労動員で、群馬県中島飛行機小泉工場へ行く。十月、富士正晴らの尽力で『花ざかりの森』を七丈書院より刊行。

と、年譜（新潮現代文学32）にある。これでみると、やはり入学試験というものは、戦争末期のあの当時は行われていなかったのであろうか。ところで、同じ年譜のもう少し先きを見ると、

昭和二十年（一九四五）　二十歳

二月、入隊検査の際軍医の誤診により即日帰京。五月、勤労動員で、神奈川県海軍高座工廠の寮に入る。六月、東大文化委員の回覧雑誌《東雲》を編集。この頃、庄野潤三、島尾敏雄と知り、《曼荼羅》に詩を発表。

とある。ここで意外なのは、この頃、三島氏が庄野潤三や島尾敏雄と知り合っていることだ。当時、島尾、庄野も、予備学生から海軍士官に任官して軍務に忙しく、とくに島尾

は南方の孤島の基地で特攻隊長になっていたはずだから、三島氏が彼等と知り合ったといっても、おそらく文通したという程度のことか、と私は思っていた。しかるに、念のために庄野にそのことを問い合わせてみると、庄野は、

「いや、あの頃、たしかに僕は三島と会ったことがあるよ、林富士馬と一緒にね」

と言うのである。その頃、庄野は横須賀にいたが——四月か五月かハッキリしないが——、ある日曜日、東京に出て西巣鴨の林富士馬の家に行くと、三島由紀夫が来ており、三島氏はそのとき、庄野が同人雑誌「まほろば」に発表した小説『雪・ほたる』を読んでいて絶讃したという。『雪・ほたる』は戦時中の学生生活を描いたものだが、庄野はこれを昭和十八年十月、文科系学生の徴兵猶予取り消しが発表された直後に家に帰って書き、同年十二月武山海兵団入営の直前に書き上げたらしい。「読んでいて切ない気持になった」と、伊東静雄が「まほろば」の中で賞めている由、これは阪田寛夫が述べている。何にしても、戦争の真最中に文芸同人誌が発行され、三島、庄野、林といった連中が、膝をつき合せて文学談にふけっていた有様を想像すると、何やら夢の中の光景のようでもあり、それこそ「切ない気持」に誘われる。

『雪・ほたる』は習作であって、庄野の全集にも入っていないから、現在読むことは出来ない。ただ、阪田によれば、それは解体して長編『前途』の最後の部分につかわれたとい

うから、三島由紀夫を讃嘆させ、伊東静雄を切ない気持にさせたのは、次のような部分かもしれない――それは主人公〝僕〟の下宿の部屋に同じ大学（九州帝大）の学生小高（島尾敏雄）と室というのがやって来て、三人で語り合う場面である。時は昭和十八年九月一日、三人のうち小高はすでにその九月、大学を仮卒業すると海軍予備学生に入隊することが決っている。はじめ小高は『大菩薩峠』の話をしていたのだが、（その）話が終ると、今度は海軍航空予備学生が任官後、六ヵ月の命であり、その期間中に殆どの者が戦死する、七〇％が死ぬということを小高が昨日、聞いて来たと話する。

そんなに死ぬのかと僕はびっくりして何度も聞いた。

「いまのうち、大事にしときや」

と小高が例の口調で云うので、僕は、

「はったい粉（麦焦がし）、食うか」

とわざと心細気な声で云った。

「食うで、食うで」

室が笑った。

それからまた真面目になって、小高は、

「だけど、これから先、親しい友達が次々と戦死してゆくのを聞いたら、くそーと思うだろうなあ。俺は一回、あの飛行服着られたら死んでもええわ。かくかくたる武勲が立てたい」

と云った。そして、はったい粉のことを思い出して、僕に催促した。僕は押入からはったい粉と砂糖の缶を取り出し、原稿用紙を三枚出して、みなに配った。

それから三人は、一昨日の晩のように畳の上に腹這いになり、めいめいの原稿用紙の上のはったい粉を嘗めた、黙ったままで。そして、この日で僕が家から持ってきたはったい粉は終りになった。

余計な回り道をしたようだが、学園紛争で大学が休止状態に陥入り、一般の街路にまで催涙弾のガスが流れ、爆発音が鳴りひびくと、僕は昭和十八年秋の学徒出陣以降、敗戦までの学園内がガラン洞になってしまった頃を憶い出さずにはいられなかった。そういえば庄野潤三が「群像」に『前途』を発表したのは昭和四十三年八月、ちょうど紛争の火が東大に燃えうつって、安田講堂が学生たちに占拠され、全学の九学部がストに入った頃だ。無論、庄野はとくにそのことを意識して、みずからの学生生活を長編小説に書いたわけではないだろう。しかし、毎日の新聞やテレビで機動隊と学生との乱闘ぶりを見るにつけて、自分たちの学生時代を振りかえるということはあったであろう。

『前途』は、海軍予備学生として入隊する小高民夫、つまり島尾敏雄を、博多の駅まで見送りに行くところで終っているのだが、そのあと庄野は一人で満州旅行に出掛け、東京城に渤海国の首都の遺跡をたずねる途中、新聞で文科系学生の徴兵猶予令廃止のことを知って、急遽大阪帝塚山の自宅に帰り、ただちに徴兵検査を受けて自分も海軍に入ることになるわけだ。きょうは他人《ひと》の身あすは我が身、とはまさにこのことだ。あの頃は連日、駅頭は出征学徒を見送る人の波でごった返し、校歌や軍歌や応援歌の声がラッパや太鼓の音とともに遠くの方まで響きわたった。そして僕は、いまヘルメットにゲバ棒をかまえて街頭を練り歩く学生たちのシュプレヒコールの声をききながら、

「くそーっ……。俺は一回、あの飛行服着られたら死んでもええわ」

といったあの頃の学生の昂奮した声を、耳許できくおもいがするのである。

三島由紀夫は、昭和四十四年五月十三日、東大全共闘の学生と討論するために、封鎖された駒場の教養学部に出向いて行った。すでに東大では学長が辞任し、学生たちは教授を片っぱしから吊るし上げたり軟禁したりしている様子であった。そんなところへわざわざ出掛けて、学生たちと論争してみて、いったい何になるのか、勿論僕は知らない。ただ、闘争中の学生たちも、年長の教授や知識人たちと無闇に暴力的に対立しようとしているわけでもなさそうだった。また三島氏にしても、そういう学生たちのなかにむしろ或る甘えの心情のあることを見抜いて、何か郷愁をさそわれるような気分があったようだ。学生たちとの討論のあと、三島氏はその感想を次のように述べている。

概して私の全共闘訪問は愉快な経験であった。東大教養学部を訪れるのは、昔、大学卒業後、呉茂一先生のプラトンの講義を盗聴しに行って以来であるが、裏門から入ればよいと教えられて入った構内は意外に広く、私は何人かの学生に道を訊きながら会場を目ざした。（略）すでに会は三十分前から始まっており、そこで学生の前説《まえせつ》の演説が行われている模様であった。場内は満員で、玄関のところもひどい人混みであったが、私はどこから入ってよいかわからず入口のところでうろうろしていた。

ふと見ると、会場入口にゴリラの漫画に仕立てられた私の肖像画が描かれ、「近代ゴリラ」と大きな字が書かれて、その飼育料が百円以上と謳ってあり、『葉隠入門』その他の私の著書からの引用文が諷刺的につぎはぎしてあった。私がそれを見て思わず笑っていると、私のうしろをすでに大勢の学生が十重二十重と取り囲んで、自分の漫画を見て笑っている私を見て笑っていた。その雰囲気自体から私はすでにこの会合には笑いが含まれているということに気がついた。その笑いは冷笑であり嘲笑であってもよいが、少くとも人は笑いながら闘うことはできない。（以下略）

たしかに「人は笑いながら闘うことはできない」にちがいない。読みながら僕は、生前の三島氏の腹の底から突き上げてくるような一種のゴウケツ笑いを憶い出す。そして三島氏がこの全共闘訪問を《概して（略）愉快な経験であった》といっているのは、決して誇張でも負け惜しみでもなく、『アルト・ハイデルベルク』にも似た愉しいひとときであったろうという気はする。

『アルト・ハイデルベルク』は、宮廷生活の固苦しさに倦きた王子が、自由な学生時代をなつかしんで母校を訪れる話だが、長年にわたって文壇の《王子》役を演じてきた三島氏は、その役割に少からず疲労をおぼえていたであろう。そうでなくとも職業作家は生活の実体を見失いがちであるが、三島氏の場合、学生時代から新進作家として注目を集め、東大卒業後、大蔵省につとめたものの一年足らずで止めてしまうから、ほとんど作家以外の生活は経験がないといっていい。いや三島氏は、単なる作家ではなくてつねに時代のヒーローであり、みずからその役割をすすんで引き受けてきた。勿論、それだけでもずいぶんクタビレることに相違ないが、とりわけ終戦後の焼け跡だらけの頃から高度成長をへて昭和四十年代の未曾有の繁栄期にいたるまで、一貫して同じ《王子》とヒーローの役を演じつづけてきたというのは、考えただけでも気の遠くなりそうな話ではないか。

おそらく三島氏にとって、東大全共闘が懐かしのハイデルベルクであり得たのは、単に東大が母校であったからというだけではない。学園紛争によってキャンパスの内外が一時的に焼け跡に似た様相を呈していたからでもあろう。ガス弾の臭気のただようバリケードや、投石のために敷石の剝がされた舗道などは、たしかに戦時下から敗戦直後にかけての都会の街路をよみがえらせたようなところがあり、三島氏は無意識のうちにも自身の作家としての原点にもどったような昂奮をおぼえていたかもしれない。

討論の進行している間にも、尿意を催した学生たちが演壇に駆け上り楽屋裏で用を足すというような乱雑な講堂で、三島氏は四月二十八日、数万の反日共系学生や労働者たちが都内各所でゲリラ活動を展開したときのことにふれて、次のようなことを語りかけている。

私は政府当局者の顔を見ていてふと思ったのですが、四月二十八日（事件の当日）の午前中に、彼らの目の中には何ら不安がありませんでした。（略）私はモーリヤックの書いた『テレーズ・デケイルゥ』という小説をよく思い出すのです。あの中に亭主に毒を飲まして殺そうとするテレーズという女の話が出てまいります。何だって亭主を毒殺しようとしたか。愛していなかったのか。これははっきりいえない。憎んでいたのか。これもはっきりいえない。はっきりいえないけれども、どうしても亭主に毒を盛りたかった。そしてその心理をモーリヤックはいろいろ追求しているのですが、最後にテレーズは、「亭主の目の中に不安を見たかったからだ」というのでありますす。私はこれだなと思うのですが、諸君もとにかく日本の権力構造、体制の目の中に不安を見たいに違いない。私も実は見たい。（以下略）

権力者・為政者の《目の中に不安を見たい》、三島氏がなぜそういうことを言うか

――？　別段、学生たちに阿諛するつもりのないことは明らかだが、その真意は当時の僕には計りかねた。三島氏が《目に不安のない》社会に対していかにイラ立っていたか、それがハッキリとわかったのは、この討論会のあと一年半たってからだ。つまり三島氏は、市ケ谷の自衛隊本部で割腹自殺をとげるのだが、自殺の理由も本当のところ僕にはわからない。ただ、たしかなことは、そのとき三島氏がイヤでも自衛官の目に不安の色を浮かべさせようとしたということだろう。

いや、三島氏が学園紛争の頃すでに割腹自決を覚悟していたかどうかはわからない。ただ、この討論会での発言内容を追って行くと、一年半後のあの突拍子もないような行動が、決して突発的におこなわれたわけではなく、相応によく準備され、それなりに一貫した思考にもとづいて実行されたものであることが、よくわかる。三島氏は、単に体制側権力者たちの目に不安の色のないことにイラ立っていただけではなく、反体制の学生・労働者側の行動にも中途半端な半熟卵のような煮え切らないところがあるとして怒っている。とくに、政府自民党も共産党側も、ともども無原則、無前提のままに、ひたすら暴力否定ということだけを言い立てていることに非常な危惧を抱いて、次のように述べている。

東大問題は、全般を見まして、自民党と共産党が非常に接点になる時点を見まして、これなるかな、実におそろしい世の中だと思った。（笑）（略）秩父宮ラグビー場のああいう集会のあったあとあたりで入試復活という動きが非常に見えてきた。その時に自民党も共産党も入試復活の線で折合いそうになった。そして大体学生の厭戦思想につけ込んで、「とにかくここらで手を打とうじゃないか」という気分が濃厚になってきた。この気分は日本全国に瀰漫《びまん》している、イデオロギーなんかどうでもいいじゃないか、筋や論理はどうでもいいじゃないか、とにかく秩序が大切である。（略）そのために警察があるのだ、警察はその当面の秩序を維持すればいいのだし、当面の秩序が維持されさえすれば、自民党と共産党がある時、手を握ったっていいのだという。

三島氏は、ここで東大や政府自民党が秩序維持入試復活のために共産党と手を握ろうとしていることを強調し、それによってもっぱら聴衆を脅やかそうとしているように見える。その点これは一九二〇年代のナチの反共演説のようでもある。しかし三島氏が「これなるかな、実におそろしい世の中だと思った」というその怖ろしいことは、自民党と共産党が手を握るとかいったことよりも、日本全国に瀰漫している気分「イデオロギーなんかどうでもいいじゃないか、筋や論理はどうでもいいじゃないか、とにかく秩序が大切だ」というそのことではないか……。いや、イデオロギーなんかどうでもいい、筋や論理なんかどうでもいいというのは、何もこの学園紛争の時期からはじまったわけではない。敗戦のときにもそれはあったし、戦争中にもあった。明治の民権運動のときにもあったし、明治維新そのものが筋や論理を無理矢理ねじまげてやっと出来上ったものだろう。その間、民衆の心を支配していたのは「ええじゃないか、ええじゃないか」の気分であった。ただ、いまになって考えてみると、学園紛争の後半から全国的に瀰漫した「イデオロギーなんかどうでもいい」という気分は、その間に筋や論理をねじまげるというより、われわれの内心をそのまま眠らせて、何か役にたたないものとスリ変えてしまったようだ。

いや、ものごとを自分の都合の好いようにスリ変えたのは、何も政府自民党や文部官僚など権力者側の人たちばかりではない。反体制側の学生たちもそうであったし、三島氏をふくめて反・反体制派の人たちもそうであったろう。

繰り返していえば、僕らはあらゆるものごとをスリ変えてばかりいたのかもしれない。敗戦を終戦、退却を転進、軍隊を警察予備隊、自衛隊、などと呼び変えることからはじまって、大きくいえば明治以降の日本の社会は西洋の文明文化を日本風のそれに自己流に置き換えたものに埋まっているのではないか。黒船来襲のとき、幕府の役人たちは開港を迫る外国の使節に対して、もっぱら〝ぶらかし戦法〟なるものを使ったという。つまり交渉に当って、ものごとを本当に解決しようとするのではなく、何とか彼とかたぶらかしを言って一時逃れの時間をかせごうとする。これは幕府の役人だけではなく、僕ら日本人全般の固有の性格かもしれない。

こんどの学園紛争も、全国的に燃え拡がった様子は一見ものすごかったが、大学側も学生側も、おたがいに〝ぶらかし戦法〟で時間をついやすうちに、双方とも厭戦気分になって、結局は何事も解決せぬままウヤムヤのうちにバリケードは崩され、大方の学生は大学にもどって、ほぼ一年以内にどこの学園も再開されることになった。そして、理論や、言論や、イデオロギーについての不信の念は、執拗に疥癬か何ぞのように各個人の内面にとりついて、一人一人の心を隠微に苦しめることになった。

昭和四十四年の後半から、学園紛争はあきらかに下火になってきた。勿論、僕は紛争の全体については知らない。ただ、およそのところ東京から全国各地の大学に紛争の火は拡がって行ったのだが、鎮火するのも東京が真先きであったようだ。そして、その年いっぱいで急速に〝秩序〟は回復され、人の噂も七十五日のたとえのとおり、いつか話題にも上らなくなり、ヘルメットの学生姿もほとんど見かけなくなった。

翌昭和四十五年は〝七〇年アンポ〟の年である。活動家たちは、この年を焦点に運動をもり上げようと何年もまえから準備をすすめてきた。六八年に燃え上った学園紛争も、その一環であったと言えるだろうし、ベ平連はまさに安保反対運動と一体のものであったはずだ。しかし、実際にその七〇年がやってきてみると、もう六〇年の頃の熱気は何処にもなかった。ちなみに年表（岩波書店版）をくってみると、

六月二十三日　日米安全保障条約、自動延長（以後、一年の予告期間で条約を解消できる）。

六月二十三日　反安保統一行動。国労・動労ら二六単産時限スト。社共・総評、代々木公園で統一中央集会、深夜までデモ二二万人。全国一三四五ヵ所、七七万人。

とある。ほかに、《六月十四日　新左翼系諸団体、三三都道府県で反安保統一決起集会とデモ。五万三〇〇〇人。同十六日　植村環・千田是也・末川博ら一九名、安保廃棄宣言発表。同日、城戸幡太郎ら四名が呼びかけ人となり、学者文化人安保廃棄署名連絡会を結成》、とあるだけで、他にまったく安保関係の記述はない。

六〇年安保のときには、この条約の有効期限は十年と定められて、それはいかにも長過ぎるというのが大方の意見であり、僕自身もそう思った。しかし、過ぎ去ってみると、この十年のいかに速かったことか！　いや、この十年の歳月自体は長くも短かくもなかった。日々の生活のことを考えれば、十年は一日のごとく退屈な単調なものであり、まことに長たらしく感じられたが、安保に関していえばアッ気ないほどの短かさではなかったか。では、そのアッ気なさは何からくるか、それは簡単にいって日本とアメリカの力関係からきたものと思われる。

十年前、六〇年安保騒動のさなかに訪日の途についたアイゼンハウアー大統領を、中途から追い返したというので、知米派の識者や財界人たちの間からは、「今後の日米関係はどうなって行くか、これではアメリカからどのような報復措置をとられようとも、日本は一言も文句はいえまい」といった憂慮の声が上った。言われてみればこれは親米家や知米家でなくとも一般の日本人の誰もが気になることであったろう。しかし実際のところ、米大統領の訪日が中止になったのは、決して日本人がこれを追い返したからというわけではなかった。要するに安保反対のデモが日を追って熾《さか》んになり、女子学生の一人が死亡するという事態が生じたため、アメリカ側で大統領の訪日を取り止めたというに過ぎなかった。それを日本側で、今後アメリカからどのような報復措置をとられるやもしれぬ、というように受けとったのは、つまりそれだけわれわれのアメリカについての恐怖や有形無形の圧迫感が大きかったというわけだ。安保条約の有効期限十年を、長い、と感じさせたのも同じ理由からである。しかし、それは一九六〇年代初期の或る時期までのことであった。そしてその時期を過ぎると、いつの間にかアメリカの力は弱まっており、安保条約それ自体も重苦しい軛《くびき》のようには思えなくなっていた。

一体いつ頃から、こういうことになったのか？　僕には、それはわからない。ハッキリしているのは、六〇年安保騒動の頃のアメリカには、まだケネディー大統領の暗殺もベトナム戦争もなく、黒人紛争はあってもそれは南部の特殊な地域的な問題であって、アメリカ全土に拡がるようなものになろうとは考えられもしなかったことだ……。そういえば

〝ハイ・ジャック〟という言葉も、六〇〜六一年頃のアメリカでは聞いたこともなかった。あれは何度目のアメリカ旅行であったか、西部の田舎のバス停留所と変りないような小さな空港の待合室に、ハイ・ジャック防止のための注意書が出入口の扉に貼ってあり、こんなノドカな草茫々の寒村でも旅客機の乗取り事件など起るのだろうか、と不思議な気がしたものだ。

ところで、それからほんの一、二年後の一九七〇年の三月、アフリカ旅行をしていた僕は、ナイロビのホテルの部屋で新聞をひろげるとそこに大きく、日航機が赤軍派の学生たちにハイ・ジャックされたというのが出ていたのには驚いた。アメリカのものは何でも日本に伝わってくるというが、東京の羽田空港が一瞬のうちにアメリカ西部の田舎町のそれとスリかえられたような困惑を覚えさせられた。新左翼の団体にも種々雑多なグループがあって、そのなかに〝日本赤軍〟を名乗る一派のあることは、僕も知っていた。戦後〝軍隊〟のなくなったはずの日本に赤軍のあること自体漫画じみたものに思われ、何やら昔の学生の仮装行列でも眺めているようでもあった。しかし、その赤軍派が最新の先端技術をあつめたジェット旅客機内で日本刀を振りまわし、旅客を人質に乗っ取った飛行機で北朝鮮に向って飛んで行ったという。もはやそれはマンガ本や仮装行列どころのことではなく、極めて現実的な、まったく陳腐なほどに実際的な事柄になってしまったらしい。これは一体どうしたことか？　三島由紀夫は前年、東大全共闘との討論会で、これからの世の中はすべての生産手段が高度に機械化され、やがてわれわれは管理技術の中だけで生きるようになる、全共闘の学生が石コロやゲバ棒など素朴なもので武装するのは、そういう流れに抵抗して無意識のうちに自然復帰をはかっているのであり、自分が目下日本刀に復帰しつつあるのもこれと軌を同じくするものだ、という意味のことを述べていたが、赤軍派の学生たちは、この三島氏の暴力肯定論を一言一句拳々服膺《けんけんふくよう》しようとしてハイ・ジャックに日本刀を持ち出したのであろうか。

僕には無論、三島氏の気持も赤軍派の気持もわからない。ただこのハイ・ジャック事件でわかったのは、空をとぶ飛行機がいかにモロいものかということで、機械類がいかに高度な進歩をとげ、管理技術や体制がいかに発達しようとも、基本的に空を飛んでいることのモロさは克服されるわけがない。それに複雑巧緻な機械類や管理体制も、その運用は最終的には人間という一層モロい生身の存在にゆだねられているとすれば、ハイ・ジャックのようなことは今後もいくらも起り得るわけだ。そして同じことは、おそらく近代の文明社会そのものについても言えるに違いない。

繰り返していえば、僕は六〇年安保の結ばれた直後に留学生として初めて海外へ出、アメリカを見たわけだ。実際、あの頃のアメリカは都市といわず、農村といわず、社会のすみずみまで管理が行き届いて、ピカピカに磨き立てられているように見えたものだ。ニューヨークに着いた翌日の晩、僕らは夫婦で日本の新聞記者の案内で、ハーレムへ行き黒人のナイト・クラブでショーを見たり、バアで酒を飲んだりしたが、まるで子供の頃に宝塚温泉へ連れて行かれたときのような気分で、少しも危険は感じられなかった。またナッシュヴィルでは、白人学生の案内で何度も黒人のデモや居住区を見に行ったが、そこに黒人と白人との緊張感や摩擦はあるにしても、それは管理された社会の中での摩擦であって、まさかそれから三、四年後に都市暴動に発展するようなことになろうとは、考えられもしなかった。

一方、その間に日本は、めざましい経済成長をとげて、七〇年（昭和四十五年）になると、安保の自動延長の声明を佐藤栄作首相がおこなった六月二十二日に、ワシントンでは日米繊維交渉が開始されている。この繊維交渉は、沖縄返還問題ともからんで縺《もつ》れにもつれ、あげくの果てはニクソン大統領が佐藤首相を「嘘吐き」呼ばわりする騒ぎで、戦後初の日米摩擦を引き起こすことになるわけだ。もっとも、多くの日本人にとってはこんなことが何でそんなに大騒ぎになるのか、まるでキツネにつままれる想いであったろう。要するに、この時期になると六〇年の頃と違って、安保をことさらアメリカによる日本の軍事支配というような受け取り方はしなくなって、むしろ日本はみずから軍備をせずアメリカの軍事力をタダ乗りしている、とアメリカから文句をつけられるようになった。

実際、僕らは、アメリカ軍が日本列島の要地を軍事基地として使っていることなど、忘れるともなく忘れていた。無論、沖縄は全島が対ベトナム戦争の重要拠点になっているに違いないし、そうである以上、日本本土もいつ戦争に巻き込まれないものでもないことはわかっている。しかし、実感として戦場はわれわれから遥かに遠く、アメリカ軍がベトナムで戦っている隙をついてソ連や中国が日本へ攻めこんでくるなどとは、想像するのも架空に過ぎる気がした。

　或いは日本人は、この時期にようやく幕末以来、絶えてなかったノドカな気分にひたれるようになっていたのかもしれない。「昭和元禄」というのはその一、二年まえからの流行語であったが、じつは昭和もこの頃になると、元禄より何層倍も長くて平和な繁栄期を迎えようとしていた。「明治百年記念式典」というのがあったのも、たぶん「昭和元禄」がはやり出したのと同じ頃だ。記念式典というのは政府のお手盛り事業で、要するに国民の眼を何とか学園紛争などからそらせようというものだろうが、僕は興味も関心もなかったから、何をやったのか全然知らない。ただ、明治維新から百年たったということ自体は、政府の事業とは関係なしに、僕ら一人一人に或る感慨をもたらしたことはたしかだろう。

　ちなみに僕自身は大正九年（一九二〇）生れだから、明治五十三年生れということになる。つまり、維新から現在にいたるちょうど真ン中あたりで生れたことになるわけだ。そしてそんな風に想うと、ふと自分は明治から始った近代化の流れの中途にポツンと一人浮んで流されてきたような気がしてくる。

いや、実際は自分自身の年齢がようやく五十歳に達したということで、僕は何となく役割りを了えかけた心持になっていたのかもしれない。人生五十年というのは、僕らの物心ついた頃から誰に教えられるともなく知らされてきたことで、常識というか、通り相場のようなものであった。戦争中はそれを半分にして、人生二十五年といわれ、僕らもそれを覚悟していたが、僕自身が満二十五歳になったとしの夏、戦争は終った。しかし、それからさらに二十五年も生きつづけることになろうとは、あの頃の僕にはまったく思い寄りもないことであった。いま、昭和四十五年、自分が五十歳になったといわれても、何だか嘘のような気がする。そのくせ一方では、たしかに五十歳になったという実感を心のどこかで覚えてはいるのだ。

そのとしの秋遅く、僕は韓国のソウル——というより僕自身にとっては京城——に行った。

大正が昭和と元号の変ったとき、僕が京城の南山幼稚園というのにかよっていたことは、この『昭和史』の冒頭に述べたとおりだ。

地にひれふして　天地《あめつち》に
いのりし誠　いれられず
……

御大葬のときにうたわれたその歌の哀調をおびた暗いメロディーは、まだ耳の底にかすかに残っている。それは肌に突き刺さってくるような大陸の冬の空気のピリピリした感触とともに、僕が幼年期を振りかえるときの感傷的な主調音のようなものだ。澄み切った空は、夜になるとますます冴えて一面、黒ダイヤのように固い鉱物的な色合いをていし、星だけが鮮明にかがやくのである。

この空の色と、空気の冷たさだけは、四十何年たっても変りないように思われた。それほどに現在のソウルは、僕の記憶にある京城とはカケはなれて見えたのである。だからといって勿論、僕は失望したわけではない。第一ここは外国の都市であり、そのことを僕は他のいかなる〝外国〟へ行ったときよりも強く感じた。空港で関門を入るとき、検査官はパスポートに判を押しながら、

「観光ですか。楽しんできて下さい」

と言った。その日本語は僕が子供の頃に京城の朝鮮人街できいたものと較べて遥かに流暢であったが、在日韓国人のそれと違ってあくまでも〝外国語〟であった。言葉に稚拙なひびきがあるというのではない。緊張感というか、一種のヨソヨソしさが、言葉全体に漂っていたのである。しかし、言語がつうじたのはそこまでであった。いったん空港を出て街に入ると、そこは看板も標識もハングル文字の氾濫だ。ハングル文字そのものには子供の頃から見覚えがある。だが、それが何を意味するかとなると、僕にはてんからわからな

い。アメリカやヨーロッパのいかなる土地へ行ったときでも、こんなにちんぷんかんな気がすることはない。いや、これは言葉だけのことではない。何か端的な断絶感を覚えさせられるものだ。

この断絶感は何からくるか、四十何年の歳月のへだたりから来るのか？　それもあるだろう。しかし、もっと本当の理由は他にある。それはもともと外国であった土地を、われわれが踏み込んで自国のように住み慣らしていたことからくるのである。植民地時代という〝時代〟は、われわれだけのものではなく、世界史的なものだ。わがくには、その時代の終る間際に駆け込んで、台湾や遼東半島や朝鮮をものにした。そして、歴史のなかにあるその〝時代〟と断絶することが新しい韓国の国是であり、そのために日本や日本語だけでなく、漢字というものさえ朝鮮半島から追放されてしまった。街じゅうに見られるハングル文字の氾濫はそこからくる……。ただ、そういうソウルの街を歩いていると、いつか断絶感の底から別のものが浮かび上ってくる。それは「内鮮一体、同胞一如」とかいった戦前の空虚なスローガンを必ずしも空虚ではないものとして、もう一度考え直してみたくなるような何かだ。

そのとき僕は、道ばたの露店でリンゴを買おうとしていた。子供の頃の朝鮮リンゴは、ヨーロッパやアメリカの原産のものに似て、小粒だが香りや味が濃く、僕には懐しいものだった。しかし、いま眼の前にあるのは改良された日本のリンゴと同じく大粒なものばかりなのだ。落胆して僕は、何かひとりごとをブツブツいったらしい。突然、うしろから声がした。

「そうだよ、いまは韓国でも日本と同じ大きなリンゴだけだよ……」

それは一と目で韓国人とわかる四十がらみの男だった。その日本語は空港の役人のように流暢ではなかったかもしれない。しかし、疎外感を強いられるような冷たさや、ヨソヨソしさといったものはまったく感じられなかった。むしろ、周囲をはばかって懐しさを押し隠しているような気配さえあった。勿論、僕はそれだけで警戒心を解くわけにはいかず、買ったリンゴ——果してそれは大味で水気もなくてマズかったが——を抱えて急ぎ足にその場をはなれてきたのだが、韓国人とわれわれとの間には、怨念や敵対の姿勢だけでなく、裏側に同族意識のようなものがあって、それが時折り熱っぽく吹き出してくるのを、短い滞在期間にもしばしば見せつけられた。

宿は忠武路《チュンムロ》のSホテルというのにとった。その通りは日本統治時代は本町と呼ばれ、銀座の食料品店の支店もあったし、日本人の店舗だけが並んだ京城で一番の繁華街といってよかった。そして僕の一家は、その通りのすぐ裏側にある憲兵隊官舎の一画に住んでいた。黒い塀に囲まれた官舎の外側には、ちょっとした広場があり、そこに喜楽館という活動写真館があって、何本かの幟《のぼ》りが立って強い北風にはためいていた。僕は、ホテルを出ると忠武路を横切って、この広場のあったあたりを探した。たしか本町通りの時計屋と洋服屋にはさまれた横丁を曲ったところに歯医者があって、そのすぐ隣りが広場になっていたと思うのだが、いくら歩きまわっても見覚えた時計屋も洋服屋もなく、また歯医者や映画館に囲まれた広場もない……。これは、あたりまえだろう。何しろ四十何年前の町がそのまま残っているわけは、ありっこない。おまけに、その間に日本が第二次大戦に敗退して日本人がいなくなっただけでなく、朝鮮戦争でソウルは北に占領され、また南に奪い返されるという具合に、二重三重に戦禍をこうむっている。昔の街並みは跡形なく無くなっていて当然だろう。しかし、昔のものが何も彼も消失せてしまったかといえば、そうでもない。日本統治時代の朝鮮銀行は、いまは韓国銀行と名を変えているが、石造の建物はそっくりそのまま威圧的な構えを見せて残っている。それ以上に僕を驚かせたのは、僕が三年生の一学期までかよった南山小学校がまだ残っているということだ。紹介された土地の人に、そのことを話すと、

「南山《なんざん》小学校？　ああ、南山《ナムサン》のね、あれはいまでもソウルで一番の進学率の高い名門校ですよ。いまは日進国民学校と名前は変ってますがね」

というのである。僕は懐しさと同時に、面食らわざるを得なかった。自分のかよっていた学校がそんな名門校とは知らなかったが、何よりもこれは日本人の進学熱がそのまま韓国人に引きつがれているということではないか？　しかし、韓国に引きつがれた〝日本〟

はそれだけではなかった。京城時代、僕の父親は南山にあった憲兵隊に勤務していたのであるが、あのKCIAもまた南山に本部を構えており、「南山《ナムサン》にひっぱられる」といえばKCIAの訊問を受けることで、それだけでいまの韓国人はドキリとするというのである。それにしても僕の住んでいた憲兵隊官舎はいまどうなっているのか？　これは土地の人たちに、いくら訊いてみてもハッキリしないのである。

「本町通り、つまり忠武路を南側へ入った裏手にあったはずなんですがね」

そう言っても、相手は、

「忠武路の南の通りね……」

と、分ったような分らないような口振りだ。一応案内されたところを僕は歩いたが、まるで見覚えがない。混み合った建物の間を切り裂くように広いコンクリート舗装の道路が通っている。その道ばたに立ったとたんに、僕は顔をそむけた。韓国兵を満載した軍用トラックが何台も、風を巻き起しながら高速度で走り抜けて行ったからだ。僕は、軽い砂埃の向うに消えて行くトラックの列を見送って納得した。この幅広い道路のコンクリート舗装の下敷になっているところが、僕らの住んでいた憲兵隊官舎のあとなのだ、と。

いま昭和六十三年である。秋には、ソウルでオリンピックがあるという。東京オリンピックのあと、日本が中進国から先進国のなかに数えられることになったように、韓国もそうなるだろうという説がもっぱらだ。そういわれても僕には、何が先進国かよくわからないが、ただ出来れば、オリンピックが終ってからでも、またソウルを見てみたい気もする。

昭和四十五年に見たソウルは、僕にとってはむしろ京城というべきであって、それはどんな外国よりも厳しい疎外感を覚えさせられる一方、何か九州の先きにある巨大な地方都市という印象を受けたことも否定できない。しかし現在では、もはやそのようなことはあるまい。京城はいまや僕自身の中でも古い写真のように褪色して、ソウルとは全く別個のものだ。そういえば同じ昭和四十五年の春に日航機をハイジャックして平壌に飛んだ赤軍派は、一人病死した他、あとの九人は健在らしい。昨年、中国経由で北朝鮮（朝鮮民主主義人民共和国）に密入国したハイティーン・ジャーナリストを名乗る高野生は、向うで田宮高麿などに出会った様子を、こんな風に述べている。

田宮氏来る。どこに住んでいるのか？　この周辺ではなく、ピョンヤンからすこし離れた河の近くとだけ教えられる。
『授業』を受けることの意義について彼は僕に『授業』する。（略）
「ボクラ人民のためと叫びながら人民を盾にハイジャックしたのは間違ってた。そう総括しとるんや。でもなあ、ボクラが北朝鮮に亡命したから日本革命の頭脳が保存され、国際根拠地もできたんや。レーニンだって主席（金日成）だって政権奪るまでは外国にいたやないか」
狂っている。なにが革命の頭脳だ、なにが国際根拠地だ。彼らは北朝鮮の思想と金と銃の力で日本を変えるのか。（略）
彼らは毎日何をやっているんだ、彼らは毎日何をやってきたんだ。一七年前の総括よりも一七年間の総括が必要だ。

（『20歳のバイブル』）

たしかに、この十七年間、何をやってきたか？　この質問には、赤軍派ならずとも大抵の人を一瞬ハッとさせる何かがあるだろう。無論、僕自身は赤軍派の言うことをいまさら「狂っている」のなんのとは思いもしない。ただ、十七年前と現在とでは世態人心に大きな変化と隔たりの出来ていることはたしかであり、高野生の伝える田宮高麿たちの言動を見ると、まるでこの十七年の歳月が冷凍になって出てきたような感じがする。

一体どうしてこういうことになったのか？　それは赤軍派がどんなに自分たちを総括してみたって、それだけで解決のつく問題ではないだろう。これはべつにイデオロギーには関係がない。例えば、三島由紀夫が市ケ谷の自衛隊で割腹自決をとげたのは、やはり十七年前（昭和四十五年十一月）のことであるが、仮に三島氏が現在の日本を何処かで覗いているとすれば、自分が何のために死んだのか全くわからなくなるのではないか。無論、自殺者が何で死ぬかは当人にだってわかることではなく、三島氏の場合も自衛隊に決起をうながすといったって、果して本当にそれだけを考えて死んだのかどうかは、疑わざるを得ない。ただし、三島氏は決して一時的な想いつきや何かで、あのような死を選んだわけではない。それは前年（昭和四十四年）五月、東大全共闘との討論で、こんなことを言っているのをみても、あきらかだろう。

人間はやるときにはやらなきゃならんと思ってます。やらなきゃならんと思ってますからそのときにはやるでしょうが、それがいつくるかまだわからない。（略）私は自衛隊の一員じゃありません。（略）私は一人の民間人であります。私が行動を起すときは、結局諸君と同じ非合法でやるほかないのだ。非合法で、決闘の思想において人をやれば、それは殺人犯だから、そうなったら自分もおまわりさんにつかまらないうちに自決でも何でもして死にたいと思うのです。

三島氏は、自分と全共闘との接点は暴力を肯定していることで、おたがいに政治的思想は正反対だろうが、《思想を通じて肉体からさらに暴力というものを論理的につなげている》点では、自分は全共闘と一致している、と述べているのである。

全共闘の学生たちが、これをどう思って聞いたかは知らない。しかし三島氏は、その日が《いつくるかまだわからない》としながら、遠くない将来に行動を起すことを確実に自身の予定表のなかに組み込んでいたにちがいない。いずれにしても、十七年前のこの時点では、反・非暴力主義にもそれなりの論理があり、また左右を問わず反体制派もみずからの行動をプログラムに従って起すというだけの秩序があり得た。そしてそういう暴力肯定は、行き詰った教養主義や大学の閉鎖性を打開するためにはある程度止むを得まいというのが、ジャーナリズムや世間のかなり一般的な風潮でもあった。

しかし、そんな風潮は、それから一年あまりたった昭和四十七年二月には、いっぺんに吹っ飛ぶことになった。年表をみると、二月十七日に赤軍派と京浜安保共闘の永田洋子と森恒夫が逮捕され、翌々十九日に連合赤軍の五人が軽井沢のあさま山荘に管理人の妻を人質にとって籠城、彼等は猟銃を持っており近づく警官隊に向って乱射する。そして一週間後の二十八日、あさま山荘を囲んで二百人あまりの警官隊が早朝から攻撃を開始し、夕刻ついに山荘に突入して人質を救出、犯人全員を投降させた、とある。

この日、朝八時頃から夕刻八時を過ぎるまで、僕は自分の家でテレビの前の椅子に坐ったきり、ほとんど一歩も動くことができなかった。連合赤軍なるものの主張や存在理由に、とくに関心があったわけではない。ただ、眼の前で演じられる現物の活劇に昂奮し、そこから眼がはなせなかっただけのことだ。テレビがデモや学生と警官隊との衝突を現場から実況放送したのはこれが最初というわけではない。東大紛争の模様も長時間放映されたし、佐世保にアメリカの空母エンタープライズが入港したときの警察の過剰防衛ぶりなども、生中継でハッキリとうつし出された。また三島由紀夫が切腹する直前に自衛隊本部のバルコニーから演説するさまも、テレビで同時に中継された。なかでも、場面の効果という意味では安田講堂の攻防戦が最も動きが大きく見映えがしたかもしれない。しかし、そのスペクタクルの壮大さは事件の内容とは全然関係がなく、観ていてひどく空虚な気分にさせられた。むなしさという点では、あさま山荘の連合赤軍だって変りはない。ただ、連合赤軍の場合、むなしさのほかに何かセッパつまった想いがあり、時々刻々それがどういう変化や展開を見せるか計り難いものがあって、山荘の窓の内部にチラリと動くものがうつっただけでも、ついギクリとさせられた。

しかし、連合赤軍が本当の意味で僕らを驚かせたのは、山荘の銃撃戦以前に彼等が仲間内でおこなってきた〝総括〟と称するリンチの残酷さであろう。いずれ革命には、内紛や粛清がつきもので、暴力がつねに正当な方向に振るわれるというわけには行かないといえばそれまでだが、僕が連合赤軍の〝総括〟でやり切れない心持がしたのは、暴力そのものもさることながら、リンチの受けとめ方や、それを正当化する考え方が旧日本軍隊のそれにそっくりであったことだ。森恒夫は逮捕された後に警察の中でしたためた「上申書」で次のように述べている。

一、わたしは、我々の闘いの中で死亡した十名の元同志達、我々が死刑にせざるを得なかった二名の元同志の死について指導者としてのわたし自身の責任を明らかにすると共に、彼等のなきがらを一日でも早く、その家族の人達に手渡したいと考えています。

二、尾崎充男、進藤隆三郎、小嶋和子、加藤能敬、遠山美枝子、行方正時、寺岡恒一、山崎順、山本順一、大槻節子、金子みちよ、山田孝の元同志達の死についてわたしは他の同志の先頭に立って、それらの闘いの全てを法廷において、明らかにしようと考えています。

三、日本階級闘争の中で、かつてないシレツな権力との攻防を通じて我々がかちとろうとし、その端緒についた革命戦争の党建設、その内実としての「共産主義化」の闘いは、敵権力に対する銃を軸としたせん滅戦以前に、我々自身に死にもの狂いの闘争を要求していった。

この闘いの中での彼等の死は、決して反革命や個人の卑俗な人間性の問題として片付けられるものではなく、文字どおり生死をかけた革命戦争の主体構築の闘いの中に刻み込まれなければならない。

四、今日逮捕された同志の団結を軸にこの十二名の同志の死を決して無駄にせず、それを革命戦争の党建設へ止揚する闘いを我々はより根底的に進める段階に到達している。この事の確認の上に、わたしはこの十二名の同志達のなきがらを、その家族の人達にできる限り早く手渡すための手続きを上申します。

何も知らずに、これを読んだ人は、革命戦線の隊長が敵弾に倒れた同志を悼んでいるものとしか思わないだろう。《我々が死刑にせざるを得なかった二名の元同志》という一句を除いて、自分たちの手で仲間に暴力を振るい殺害したことについては一言も触れず、もっぱら全員が壮烈な戦死をとげたように述べているからだ。この甚しい責任転嫁は、おそらく森恒夫のなかにヤマシサの念が働いたからでもあろう（森は翌年一月一日、留置場内で自殺をとげている）。何にしても十二人の仲間の死は、森と永田洋子とが命令を下しておこした〝総括〟の結果なのであるが、森によると《総括》とは《ブルジョワ社会の残存物を排せつして、革命戦士として自らを変えていくことであり、討論（自己批判の強制）の過程で〝総括〟しつくせないときは、暴力の援助（全員によるリンチ）をし、仮にその者が死に至った場合は敗北になる》という。生身の人間を縛りつけて、十数人で殴ったりキリで突き刺したりしたあげく、氷点下十何度という屋外に、食物もあたえず何日間も放り出しておくことを《暴力の援助》と称するのも論外だが、そんなことをされても死に至らない人間がいると考えるのは、全くどうかしている。

さきに僕は連合赤軍の〝総括〟が旧軍隊のそれにそっくりだと言ったが、いくら日本陸軍が非人間的な集団であっても兵隊を殺すようなことはしなかった。それどころか、顔が完全に変型するまで殴りつけても後に残るような痕はつけないだけの技術ないしは気配りがあった。要するに、旧軍隊をリンチのプロとすれば連合赤軍はアマであろう。たかだか三十人に足りない兵力しかないのに、十二人も殺してしまってはどうにもならないはずだ。ただし僕自身は知らないが、日本軍でも敗戦間際の頃には何処かで似たようなことは行われていたかもしれない。だが、何よりも連合赤軍が旧日本軍に通じるのは、上級者が下級兵士をいたぶるのに勿体ぶった理屈やモットもらしい言い草をつけることだ。単なる気紛れや腹立ちまぎれに古兵が、初年兵を集めてブン殴る場合でも、〝気合〟を入れるとか、〝学課〟するとか称するのである。そして初年兵たちは、革のスリッパや帯革などで、鼻血を流したり、頰が紫色に腫れ上ったりするまで殴られたあとで、

「ありがたくあります」
「ご苦労様でありました」

などと、口ぐちに叫ぶように言って頭を下げなければならない。殴られた上に礼を言うなど、一体いつ頃から誰がはじめたものかは知らない。僕自身、最初は抵抗感があって「ありがたくあります」とは言えなかった。しかし皆がこれを言うのに、自分一人が言わずにいることは不安であり、やがて自分でも言うようになった。こんな奇妙な、卑屈さを押し付けられるような習慣は、戦後は当然なくなったものと僕は思っていたのだが、連合赤軍がリンチを《暴力の援助》などと呼んでいたところをみれば、この伝統は戦後生れの世代にも受け嗣がれていたと考えられる。

いや、殴ることは必ずしもリンチとは言えないかもしれない。いまも運動選手などは監督から殴られながら根性を鍛えられて行くというのが美談とされていて、最も日本人好みの教育論になっている。おそらく連合赤軍も初めの頃は運動部のキャプテンが下級生をシゴクようなつもりでやっていたのかとも思う。それにしても《暴力の援助》とは、まったく自分と他人を混同して、無用の援助を押しつけたものだ。そんな手前勝手の連帯感から、縛りつけた仲間を全員で死ぬまで傷めつけておいて、それを《文字どおり生死をかけた革命戦争の主体構築の闘い》などと言うのは、勿論まともな精神状態のものとは思われない。が、そうかといってこれが普通人の理解を絶した完全に異常なものかと言えば、そうでもない。これに似たことをする人はそのへんにもいそうだし、多少ともこれに通じる要素を部分的に持ち合せている人は決して珍しくはないと思われる。この集団リンチ事件の恐ろしさも、じつはそこにあると言うべきだろう。

この事件にかかわっているのは、加害者も被害者も全員、かなりの高学歴であり知識もあって、ヤクザや旧軍隊の職業的下士官のように意識的に古い道徳観念で支配されている人たちではない。森恒夫の「上申書」などに見られる奇妙に持って廻った文章も、じつは学生同士の討論用弁論の口調や論理が奇妙なだけで、格別生来の異常性格を反映させたものとは思えない。要するに、彼等は〝革命〟を目指す最尖端の思想グループなのだ。しかも彼等がやったことといえば、それと正反対に古い日本の封建意識――闇の世界のオキテやシキタリ――をそのまま、ゾッとするほど刻明に辿って見せただけなのである。ここに、この事件の何とも言えず暗いおぞましさがある。

十七年前の総括よりも、この十七年間の総括をどうするかだ、とハイティーンの少年に迫られて、田宮高麿たちはまごついたに違いない。〝よど号〟乗っとりグループの一人、若林盛亮は、「連合赤軍の仲間殺しをどう思いますか。おなじ『赤軍』だったんでしょう」と訊かれて、

「あれかあ。あれはちょっとね。そりゃおなじ『赤軍』で、ボクラだって銃で戦おう

としたけど、都市を離れて農村や山村でやろうなんて馬鹿なこと考えなかったよ。日本は中国と違うんだから」

としかこたえていない。また、田宮高麿の答えはもっと簡単で粗っぽい。

「ボクラ『赤軍』やったけど、『連合赤軍』とは違うで。それに総括ばかりしとってもしゃあないやろ。なんやかんやあっても勝ってきてるんや、前進しとるんや。成果を考えや。マイナスから何が生れるんや」

どうやら日本赤軍と連合赤軍とは全然別個で無関係だということらしい。そうだとしてもメンタリティは両者共通のものがあり、田宮はしきりに、

「信念もってやれば革命できる、できるんや。きみら若者が先頭に立って国を愛し、国のために闘えば絶対勝てるんや」

とか、

「とにかく勝たなあかん、今度は勝たなあかんのや。どうしたら勝つ、勝てるかというところから出発せなあかんのや」

「敗けた、敗けてるいうても、一時的なことで最後に絶対正義は勝つんや。戦闘に敗けたんであって戦争に敗けたわけじゃない」

とか、必勝の信念だけをネンブツのように繰り返す。敗戦間際、沖縄が陥落した頃、金沢の陸軍病院で僕もまた将校から同じようなことを何度も説教されていた。「必勝の信念

をもって戦えば、必ず勝つ。われわれが勝つも敗けるも信念次第だ」と……。北朝鮮で優遇されている田宮たちのグループは、戦争末期に温泉旅館を接収した病院でのんびりしていた将校たちと似たような立場であろう。赤軍は連合赤軍と違うという田宮たちにしても、冬の北関東山岳地帯のようなところに追い詰められていれば、必ずや血腥い〝総括〟を繰りひろげることになったのではないか。

昨年（昭和六十二年）出た阿利莫二『ルソン戦――死の谷』（岩波新書）を読んでも、その感を深くする。阿利氏は、《ルソンの戦場において、見聞したなかで、日本軍が内部でおこなった最も非人間的な行為は、自軍の将兵に対する終戦後の「処置」とこの処刑ではなかったかと思う》としながら、次のように述べている。

このような状況のなかで、遅れや、迷いと離脱、逃亡との区別はほとんど不可能である。にもかかわらず、あるところでは、軍法会議もなしに、連隊長などの感情的な判断で処刑がおこなわれた。自ら穴を掘り自決を迫られる話など、まるで日本軍が捕虜を殺す時に見られたやり方である。ひどい場合には斬り込みに行って迷い、戦後やっと帰隊したところ、全員が処刑された例も聞いている。

常識では考えられない、終戦後のこの狂気の沙汰を許したひとつの理由は、終戦と降伏との長いズレと、降伏の仕方にある。十四方面軍関係部隊の降伏は、九月初旬〜

中旬、ときには下旬で、終戦から約一か月も経っている。それも、大本営・南方総軍の降伏命令が出ないために、軍司令官山下大将の独断により「皇軍精神」を無視して投降したものである。極限状況の一か月の延長は、はかり知れない悲劇を生んだ。

つまり、南方総軍は「必勝の信念」を唱えてきたせいか、終戦の詔勅が出てからも一月ほども降伏命令を出さなかった。しかし、命令は出なくても戦争の終ったことは兵隊たちも知っている。しかるに、兵や下士官や下級将校たちが、連絡不十分なまま軍が降伏したものとしての行動をとると、そのことが軍規違反であるとして、《軍法会議もなしに、連隊長などの感情的な判断で処刑がおこなわれた》というわけだ。まさにそれは、赤城山中の連合赤軍の仲間内の処刑にそっくりではないか。

連合赤軍の処刑事件のあった頃は、阿利氏の『ルソン戦――死の谷』は無論まだ出ていない。だが僕は、この事件でじつは一層身近かに小堀延二郎のことを憶い出していた。いや、それは憶い出すなどと言うより、もっと直截に僕の内心に呼びかけてくるように迫ってきた。

前にも述べたように小堀は、昭和十八年十二月一日、学徒出陣で慶大文学部予科から東部第六部隊に入隊した。われわれの仲間は揃って怠け者で軍事教練の授業などロクに受けたこともなかったから、幹部候補生の試験には落ちるか、合格しても下士官要員の乙幹であったが、小堀だけは将校コースの甲幹になった。何でも小堀は機関銃中隊に入ったが、普通なら兵隊が二人がかりで運ぶ重機関銃を体力抜群の小堀は一人で抱えて代々木の練兵場を走り廻ったというようなことから、教官に注目され抜擢されたらしい。

僕自身も同じ東部六部隊に翌昭和十九年三月二十日に入営したのだが、兵舎は満員なので僕らは即日、外苑の日本青年館に移され、そこに一週間いただけでソ満国境孫呉の部隊につれて行かれたから、勿論小堀とは顔を合せることもなかった。いずれにしろ小堀は、同年四月、前橋陸軍予備士官学校に入り、その年の秋にフィリッピン・ルソン島の戦線に転属させられたが、そのまま帰ってこなかった。昭和二十五年、戦死の公報が入ったとかで、夏の暑い日に法要がおこなわれ、当時、脊椎カリエスで寝ていた僕はギプス・コルセットをつけて鵠沼から出向いて行ったことを憶えている。

それから一年余りたって、昭和二十七年の初め頃、小堀の弟から「話したいことがある」と連絡があって、石山皓一と二人で訪ねて行くと、「じつは兄は戦死したのではなく、終戦間際に部下が逃亡したことの責任を問われて自決させられたのだ――と、先日、同じ部隊にいた人が訪ねてきて話してくれた」というのである。何でも、見習士官に任官した小堀は、昭和二十年六月頃ルソン島北部の陣地に赴任、機関銃中隊の小隊長を命ぜられたが、当時の日本兵の大多数がそうであったように、飢餓と下痢とマラリヤとで体力を失い、ふらふらになっていた。ちょうどその頃、敵が渓谷沿いに攻めのぼってくるというので、小堀の小隊はその谷の両岸の台地に銃座をつくり、重機関銃を一挺ずつ据えて待ちかまえていたが、敵は姿をあらわすまえに空からの爆撃や銃撃、それに地上からも迫撃砲や野砲弾による徹底的な攻撃を加えてくるので、二挺の重機関銃はたちまち銃座ごと叩きつぶされてしまった。運悪く小堀は、そのときマラリヤの発作で高熱を発し、崖の側穴の中で天幕の防水布にくるまって寝ており、先任軍曹が代理に指揮をとっていたが、隊長のいない機関銃小隊は銃座をつぶされると、隊員は全員ちりぢりになって陣地をはなれたという。そして小堀は、病気とはいえ重大なときに寝込んでいたというので、引責自決を命じられたというのである。

小堀は大隊長の前に引き立てられると、地べたにムシロを敷いた上に坐らせられた。連日の雨であたり一面ぬかるんでおり、熱のある小堀が外套の代りにくるまってきた天幕の布も、赤土の泥まみれであったという。小堀は自決のためにピストルを渡されたが、おそらく小堀がピストルを撃った経験はそれまでに一度もなかったのではないか。正坐した小堀の体は、高熱のために小刻みにふるえており、こめかみに銃口を当てたピストルも安定が良くなかったらしい。引き金をひいたが弾丸は額をかすめて外れて行った。

「しっかりせい、そんなことで見習士官がつとまるか」

大隊長は叱咤した。それで小堀は、二発目はピストルを口にくわえて発射させられた。第一弾を撃って間もないピストルは銃身がまだ熱かったに違いないし、火薬や硝煙の臭いも刺すほど強く漂っていたはずだ。こんなものを口にくわえさせられて、小堀はどんな心持であったろう。いや、どんな心持になるも極度の緊張や昂奮で、何も感じなかったのかもしれない。いずれにしろ二発目の弾丸で確実に小堀は倒れた……。

しかし、こんな話を僕は、どう聞いていいかわからなかった。とにかくその晩は、石山と二人で何か悪い酒にでも酔ったような気分であった。戦記ものなどによく出てくる話のようでもあるが、否定する材料もべつになかった。五年たち十年たち、戦争の記憶そのものが僕のなかでも薄れてきたが、小堀がそういう死に方をしたという話は忘れようがなかった。但し、憶えているのは話の形骸だけで実感は遥かに遠くなってしまったけれども……。ところが阿利氏の『ルソン戦——死の谷』を読んでいると、また小堀のことが改めて憶い出されてきた。初めの所に、

前橋陸軍予備士官学校第十一期生の小銃、機関銃、通信、砲兵各中隊の主力約六〇〇名が、南方転属となり校門を出たのは一九四四（昭和一九）年九月一七日。八月、九十九里浜で砲兵、歩兵全兵科の総合演習があった。上陸米軍の邀撃《ようげき》、密林突破、海上避難などの「ア号」作戦の演習だ。

と書き出されているのに、僕ははっとした。これは小堀たちのことではないか。たしか小堀たちが前橋の予備士からフィリッピンに移るとき、千葉かどこかの海岸で大掛りな上陸演習があったという話をきいた覚えがある。阿利氏自身、昭和十八年十二月一日入営の学徒兵で、前橋予備士に入ったのは翌年五月一日だから、小堀とは同期生ということだろ

う。

一一月末には早くもマラリヤ患者が発生する。移動をくり返しながら陣地構築が始まると、誰の手足も熱帯性潰瘍で穴があき、栄養不良と過労でみるみる痩《や》せ衰え、病人も増える。皆が衰弱し、からだの故障が多くなると、病人との区別が難しい。衰弱と「たるみ」の区別もできない。（略）一か月後、年が明けるとマラリヤも熱発作の時以外は「病気」でなくなった。「病気」にすれば部隊が成り立たない。

おそらく、これも小堀にそっくり当嵌まるであろう。士官としての教育も十分には受けず、兵器も食糧もロクに持たぬまま前線に送り出された見習士官というのは、《事実上陸の特攻隊員》であった、と阿利氏は『ルソン戦の話』（法政平和大学）の中でも述べているが、そのとおりに違いない。彼等はそのようにフラフラの体で、山を越え谷を渡り、自分たちの配属をきめられた奥地にある部隊を探し歩くのだが、途中で不意に上官にぶつかり、「見習士官、何をぼやぼやしている。軍法会議にかけるぞ。直ちに部隊を追求しろ」とおどかされる。現地では「軍法会議」も「銃殺」も気合を入れる挨拶言葉のようなものだが、そんな脅《おど》し文句をいちいち気にすることはないのかといえば、そうはいかない。

戦場では、脅しも見せしめも営倉や血判ぐらいではすまない。銃殺、処刑、切腹、自決となる。こういう脅しは何回も聞いていると多少馴れてくるが、単なる脅しでないことがあるから気持のよいものではない。場所が場所でなく、相手が相手でなければ、帝国軍隊は陸軍刑法でもっているのかとどなりたくなる。

こんなくだりを読みながら、僕はかつて小堀の弟を通じて聞かされた小堀の最後の模様――部下の敵前逃亡による引責自決――は、ほとんど事実に違いあるまいと確信した。僕はこのことを、阿利莫二氏に直接に会って訊ねてみることにした。

勿論、阿利氏は僕にとって未知の人である。しかし実際に訪ねてみると、初対面という気はまったくしなかった。一九二三年（大正十一年）生れというのは、僕より二つ下、小堀より一歳上ということになるが、その半白の髪を見ると、自分のことは忘れて、ああ小堀も生きていれば、これぐらいの年かと思う。早速、小堀のことを話すと、阿利氏は小堀を知っていた。

「たしか、機関銃中隊でしたね」

という。前橋予備士からずっとフィリッピンまで一緒に来たわけだが、とくに昭和二十年四月から五月にかけて約一箇月間、虎兵団（第十九師団）の見習士官約十名がバヨンボンの八八兵站《へいたん》に集合して、勤務についたときは、そのなかに小堀もいたという。ただし阿利氏は、小堀と親しい口をきくほどの間柄ではなかったらしい。というより、小堀は阿利氏の印象では、誰といって特に仲間がいるわけでもなく、いつも背の高い体をちぢめるように猫背になって黙然と人の後からついてくるといったふうであったという。これは僕としては意外であったが、言われてみればたしかに小堀には、大男に特有の気の弱さのようなものがあった。と思うと同時に、僕は急にあたりの日がかげってくるように、心の中が暗くなってきた。〝戦場の孤独〟といった言葉は、ややもすれば僕たちを感傷的なヒロイズムや悲愴感に引き入れそうになる。しかし現実の戦場は、決してそんなものではなく、要するに一人一人がムキ出しの生存本能にしがみついているだけの醜いものに違いない。その戦場にひとり取残されること、この恐しいとも淋しいともいいようのない想いを、僕は阿利さんの言葉に浮かんだ小堀の中からふと端的に感じさせられたのだ。そういう小堀が、最後にどんな死に方をしたか？　いまさらそれは訊くまでもないことのようにも思われたが、やはり訊いてはみた。すると阿利さんは、困惑げに、

「さあ、それは僕にはわかりません。それに似た話をふれまわっていた男がいるということなら聞いています。しかし実際に小堀君がどんな死に方をしたか、これは傍らにいて見た者でない限りわかりません。ただ、引責自決のような死はいくらもあって、小堀君の最後がそうであっても一向不思議ではないとだけ申し上げておきましょう」

と、そんなふうに答えられた。そのとき阿利氏は、「前橋陸軍予備士官学校第一一期生記録及名簿」という百ページあまりの冊子をくれた。それによれば、小堀は昭和二十年八月十九日、ルソン島のロウという山中の村落で戦死したことになっている。八月十九日といえば終戦後四日目で、すでに戦闘は停止されているはずだから、「戦死」といっても即

死ではなく、戦傷死か戦病死であろう。しかし、終戦後の混乱期に、日本軍の内部で軍法会議もなしに《連隊長などの感情的な判断で》かずかずの処刑のおこなわれたことは、阿利氏を含めていろいろの人の述べているところだ。小堀がそのような多分に私的制裁的な処刑の犠牲者の一人になった可能性はあるだろう。

僕は別段、ここで自分にとっての昭和を〝総括〟しようとは思わない。総括どころか、戦後のある時期以降、自分がどんな時代に生きているかということさえ、まったくのところ解らないのである。ただ、昭和を考えると、やはりその中心を〝戦争〟におかざるを得ない。そして、〝戦後〟もまた戦争の延長だと思う。すでに昭和二十年代から三十年代にかかる頃から、〝戦後〟は終った、と言われてきたし、僕自身、客観的にはそのとおりだと思ってもいるが、感情的には戦争で失われた何ものかをいまもなお追いつづけており、それが見附からないかぎり、僕の昭和史は終っても〝戦後〟は終りそうもない。

一身にして二生をへること

解説
加藤典洋

1

ここでは一冊になっているが、この本はもともと『僕の昭和史』三部作として刊行されている。Ⅰが一九八四年七月、Ⅱが同年九月に刊行され、Ⅲが四年後、一九八八年九月に刊行されて完結。三部作をまとめ、この年度の野間文芸賞を与えられている。

単行本刊行時の表紙は、Ⅰがゴールデンバット、Ⅱがピース、Ⅲがセブンスターと全巻、タバコの函の図柄が用いられていた。装丁は田村義也。喫煙者が激減したいまではこの感じはわかってもらえないかもしれないのだが、

Ⅰが、昭和改元から敗戦まで、

Ⅱが、占領期から一九六〇年の安保まで、Ⅲがそれ以降、高度成長の開始から一九七二年の連合赤軍事件まで。もう禁煙をはじめていたものの体内にニコチンがしっかりと残っていたのだろう。単行本を手にとったとき、それぞれの巻の風合いを示す装丁の秀逸さに、私は舌を巻いたものである。

当初は講談社のPR誌『本』に連載された。途中、八四年にⅢをはじめるにあたり、一〇ヶ月の休載、ついで八五年に半年の病気休載、八六年から八七年にかけて一年二ヶ月の休載があるほかは、ほぼ毎月、一九八〇年五月から八八年五月まで、丸八年のあいだ足かけ九年にわたって書き続けられた。すべてで五六章からなるが、そこには章のナンバーも、タイトルも、ない。

私が思うに、このような身のこなしで、この本は、半分、いや三分の一ほど、自分はエッセイ的な小説かもしれない、いや小説的なエッセイかもしれない、と自分にまつわる身体言語を発しているのである。

連載が終わってから四ヶ月後に、昭和天皇が吐血し、さらに四ヶ月後、一九八九年一月七日には天皇が死去していることも、ここで断っておいた方がよいだろう。その結果、そのことがめざされたわけではないのだが、ほぼ昭和の全域を網羅した、きわめて特異な歴史をめぐる私的な記述が、私たちに差し出されることになった。

2

これがきわめて特異な昭和史の本、というか、読み物、不思議な自伝でもあることに、読む人はみなすぐに気づくだろう。刊行時には「自叙伝的歴史」などという奇妙な言葉も帯に載っていたことが、当時の「選評」などを読むとわかるのだが、このような本は、ほかにない、どこかヘンだ。多くの人がそんなふうに漠然と感じるはず。一方、いや、そんな感想すら読者に浮かばせることなく、面白い、というほか、とりたてての感想もないいま、多くの人がこれをあっさりと読み終えてしまう、という気がしないでもない、というところもある。そしてかくのごとき懸念を押しとどめるかのように、最後に、ずしんと三巻を貫いて読者の心の底に響く、一つのエピソードが置かれているのだが、こうした不思議な、読みやすさと軽さ、それに読み過ごされやすさのうちに、この本の例を見ない特質が顔を見せている、といいたい気持ちが私にはある。

この本はどんなことを私たちに伝えてよこすのだろう。

たとえば私はいま、憲法9条をめぐる本を書こうとして歴史のことを再勉強しているところだが、そういう場所から見ると、この本は貴重である。ある日、安岡さんが、小学校をズル休みして帰ってくると、お母さんたちが「手に号外を持って」立ち話をしている。

年)。

「おかげで僕もここ当分は自分の悪事が見つかる心配はないだろうと思った」。これが後に「十五年戦争」と呼ばれることになる戦争の発端となる満州事変の日の話である(昭和六年)。

さて、この本では、こういう記述が、その後、数年間のインターヴァルがあり、「当時は誰もこんな戦争がこれから十五年間もつづくだろうとは、夢にも思ってはいなかった」、十五年戦争という感じは自分(安岡さん)にはなかった、と続く。当時の感覚からは、六年後(昭和一二年)の「シナ事変」からというほうが実感に適う。そして、これを証すように、次には年表仕立てで前後数年のできごとが示されるのだが、このような話の展開を前に、これはきっとそうだったのだろうナ、二つの戦争といったほうがよいのかもしれないネ、と私などは思う。

しかし、思いながら、もしこのようなスタイルの歴史記述がなければ、その時代に生きたのでない人間が、こういうことを知るには、どうすればよいのだろう、とも考える。そして考えながら、ではこのばあいの〝このようなスタイルの歴史記述〟とは、いったい何なのだろう、と改めて思うのである。

この本の記述は、ときどき小説的になる。緩急自在。つまり記述に書き手の思いが深まり、書き手がその気になってしまうと、すっぽりとその時代のなかに読者も書き手と一緒に、包まれてしまう。

たとえば。

一九四五年八月一五日の朝、千葉県市川に一時居候中の「僕は予定どおり叔父に、何とか身延へ行ってみることを申し出た」。電車に乗るが、「亀戸までくると」電車が止まり、外に出ろ、といわれる。

初めてきく天皇の声は、雑音だらけで聴き取り難かった。

放送は続いていたが、背中の方から赤ん坊の泣き声がきこえた。母親が電車に乗るのに続けて「僕も、それにならった」。乳の出が悪いのか、「赤ん坊は泣きつづけた。その声は、ガランとした電車の内部に反響して先刻よりもっと大きく聞えた」。

——もっと泣け、うんと泣け。

僕は、明け放った車窓から吹きこんでくる風に、汗に濡れた首筋や両頰を撫でられるのを感じながら、心の中でさけんでいた。

つまり、これが『僕の昭和史』I、戦前編の最後の場面で、私たち読者の心には、「——もっと泣け、うんと泣け」という声が残る。そして思う。

安岡章太郎（1988年12月野間文芸賞贈呈式にて）

誰かが泣いている。誰が泣いているのだろう。

いつの間にかこの歴史記述は、小説になっている。けれども、Ⅱの頁を繰ると、作者はふたたび、素知らぬ顔の歴史記述者に戻っていて、戦後の新宿の焼け跡の感想などを述べている。

こういう本は例を見ない、ということの一端が、このような個所に顔を現しているのだが、私にいわせると、ここで安岡さんはこれまで誰もしなかったことをしている。一言でいうと、彼は、戦前から戦後、高度成長期後の社会までを、「僕」で語る、ということをしているのである。

3

すべてを「僕」で通す。

すると何が起こるだろうか。小説のばあい、たとえば安岡さんの芥川賞受賞作「悪い仲間」では、アメリカのベトナム戦時下の映画『アメリカン・グラフィティ』さながら、その後、一人一人、兵士に取られることになる文学不良仲間たちが、戦争下、家を離れ、遊郭近くの下町や銀座、新宿界隈でこもごも遊蕩と無為の生活にあけくれる。それらの日々を描いて作品は終わるのだが、しかしこの「僕」の歴史記述は、小説ではないので、そこで終わらない。

年譜に、

「一九四〇年、二〇歳。山形高校を受験して失敗。浪人三年目となったこの年、友人たちと銀座裏のコーヒー店で日々を送り、谷崎や荷風等、耽美派の小説家の生活を模倣する。一九四一年、二一歳。四月、慶応義塾大学文学部予科へ入学。築地小田原町に下宿し、学校へは行かずに西銀座電通前のコーヒー店に通う。（中略）級友の石山皓一・小堀延二郎らと同人雑誌を計画」

とあるその先に、

「一九四三年、二三歳。三月、予科三年にすすむ試験に落第。六月、徴兵検査を受け、甲種合格となる。一九四四年、二四歳。三月、東部第六部隊に現役兵として入営。北満孫呉へ派遣される」

とあるように、「僕」の語りは、そのまま北満州のソ連との国境地帯の駐屯地の日本陸軍の兵営へと、場面を移す。

すると、もう一度、どういうことになるのだろうか。これまではほぼ「戦後文学」だけが描いてきた日本軍の悲惨な内務班の生活、日本兵の中国侵略の現場が、軟弱な不良少年の「僕」の文体、あのサリンジャーを思わせないでもない、軽やかでなだらかな文体で、語られることになる。

たとえばこんなふうに。

(前略)或る寒い朝、官物が盗まれたという疑いがかけられたため、中隊全員が抜き打ちに私物検査されたことがある。(中略)たぶん僕は膨れ面をしていたかもしれない。(中略)自分ではそのような不服をおもてには現したつもりはなかった。それが、そうではないことがわかったのは、その夜の日夕点呼がすんでからだ。僕は班長室に呼びつけられた。

「お前は、けさの内務検査と服装検査のとき、隊長どのの前で、腕組みをして立っていたな……。あれは、いったい何の真似だ。軍人勅諭に何と仰せられている。『上官の命令は直ちに朕が命令と心得よ』とあるだろう。上官はお前にとって天皇陛下じゃ。陛下の前でお前は腕組みをして立っとったんじゃ」

下士官は、僕の胸ぐらをつかんで言うと、革の上靴《じょうか》で僕の頬桁を力いっぱい殴りはじめた。人の顔を殴るのに、なぜ履き物で殴るのか、僕はその由来は知らない。しかし〝上靴びんた〟を食うのはこれが初めてではなく、頬の肉の引き裂かれるような痛みをこらえることには一種の快感があることも知っていたから、びんたそのものには別段僕はへこたれなかった。ただ僕は、理不尽なことで無抵抗なままで殴られてい

写真右上　『僕の昭和史Ⅰ』（1984年７月刊）カバー
写真左上　『僕の昭和史Ⅱ』（1984年９月刊）カバー
写真右下　『僕の昭和史Ⅲ』（1988年９月刊）カバー
写真左下　『対談・僕の昭和史』（1989年４月刊）カバー

る自分自身に何かウンザリせざるを得なかった。

この件《くだり》の少し後には、大岡昇平の『レイテ戦記』が出てくるが、それは、年譜から引くなら、この場面のあと、八月のある日、安岡さんが一人「胸部疾患で入院」すると、「翌日、部隊はフィリピンへ移動し」、それから数ヶ月後、「レイテ戦で全滅する」からである。もう少し進むと今度は野間宏『真空地帯』が出てくるが、これも、翌年、胸部を病む安岡さんが満州から「内地送還になる」先が大阪の陸軍病院で、そこの様子が野間の小説に出てくる軍隊が関西の部隊であることを「僕」に思い出させるからである。それを記す地の文は『レイテ戦記』とも『真空地帯』とも違う。どこが違うのだろう。『レイテ戦記』にも『真空地帯』にも、「僕」はいない——。

私たちは、こんなふうにして、これまで日本軍隊内部の描写が、ある狭い一つの時代の感覚によって囲われていたことに気づく。日本陸軍の内務班の描写が一度もラップのリズムに刻まれたことがないことに気づく。軽い不良少年的な日常的な感覚のもとに描かれた〝上靴びんた〟がなぜ新鮮なのか。その理由に思いあたる。

ここで何が達成されているのだろうか。そのことを語ろうとすると、ちょっと無理して何かをいわなければならなくなりそうな気がする。そしてそれが少し面倒な言い方になりそうでもある。それで私としては、次のように書いて、あとは読者の想像に任せたい。

この本を読んで私は、二人の著者とその著作を思い出した。一人は、Ｊ・Ｄ・サリンジャーと彼の『ライ麦畑でつかまえて』。もう一人は、プリーモ・レーヴィと彼の『休戦』である。

これは私の個人的な推定だが、サリンジャーは右の作品のもとになる草稿を、戦場の塹壕のなかで書いている。サリンジャーは連合軍のノルマンディー上陸作戦後、兵士として三万人以上の死者、捕虜を出したヒュルトゲンの森の攻防戦に参加して、神経を病み、その後、陸軍病院に収容されている。彼はほかにも、ニューヨークのシティ・ボーイが戦場に引き出される、（そして生きて帰ってくる）短編をいくつか書いている。

また、レーヴィは、収容所からの生存者で『アウシュヴィッツは終わらない』等の著作で知られるが、その続編ともいえるここに挙げた作品で、収容所内の何人ものペテン師やワルの生彩ある姿を描いている。なかの一人などは、収容所を脱走したあと、イタリアに辿りつくとレーヴィの生家に訪れて伝言を伝え、そのついでに、レーヴィの妹をかどわかそうとする。私たちは読んでいて、思わず、笑う。

この三人には共通点がある。安岡さんは一九二〇年生まれだが、後の二人は、一九一九年の生まれ。ともに東京とニューヨークとトリノで育ったもと都市の少年で、この本のいい方を借りれば、「自己形成期と戦争とがぶっつかった世代」に属している。また彼らは〝同じ戦争〟を体験している。安岡さんが満州の駐屯地から内地送還される一九四四年三月の二ヶ月前、サリンジャーは、六月のノルマンディー上陸作戦に向けてイギリスに送られている。その一ヶ月前、レーヴィはナチスによるトリノ占領へのレジスタンスでとらえられ、それから二ヶ月後、アウシュヴィッツに移送されている。そして、これも私の考えにすぎないわけだが、彼らにはもう一つ、共通点がある。それは、その書くもののなかに、定型から脱した戦争体験（収容所体験）と「笑い」の結合があること。つまり、彼らは、どのようなことを語るにも、社会通念にとらわれることなく、いわば少年時のままの「僕」で通すのだ。

4

昭和の時代は敗戦で二つに分断されている。それで私たちはそれ以前を戦前、それ以後を戦後と呼んできた。

この本の文庫旧版（講談社文庫版、Ⅲ）の末尾には、この本が野間文芸賞という大きな賞を受賞した際の「受賞のことば」が載っていて、このことに関し、安岡さんが、自分のような「自己形成期と戦争とがぶっつかった世代」の人間にとって、戦前と戦後とに分断された昭和という時代を生きる経験は、「一身に二生をへたという福沢諭吉の言葉」を連想させるものだった、という意味のことをいっている（「生涯に一度の〝歴史〟」）。

このことは、福沢の『福翁自伝』と合わせ考えて、私に、一つの問いをもたらす。それは、

二つの「生」を生きる「一身」とは、何だろう、

それはどのようにして得られるのだろう、

という問いである。

『福翁自伝』は、幕末に先立つ天保五年（一八三五年）の自分の誕生から幕末をへて明治後期の現在（一八九八年）にいたる生涯を、当時としては珍しい、くだけた「私」を一人称とする口語文体で通した、これも変則的といってよい歴史記述と重ねて語られた自伝である。手元のウィキペディアによると、きっかけはある外国人から幕末維新前後の体験談に関するインタビューを受け、口述筆記という方法を思い立ったことだったという。ひょんな偶然が、福沢に誰よりも早く軽くてスマートな「私」を選ばせたのである。

安岡さんは、一九四〇年前後から、自分たちは「いわゆる国民精神総動員といった暴力的な状況から自分を守るために、小さな《別世界》をつくって、その中に潜り込もうとした」と書いている。しかしその小さな《別世界》とは何だったろう。この本を読んでくるとその答えと思われるものが見えてくるが、それは文学不良仲間との交遊でも、精神の自由でもなく、戦後、ただ一つ安岡さんの手に残ったもの、「自分の文体をもつこと」だった。というか、最後にそれだけ残った《別世界》が、安岡さんのばあいは、「文体」だっ

た。それで何でも書ける文体をもつこと、それが、安岡さんにとって、「一身」をもつということの意味だったのである。その安岡さんの文体の核心に、「僕」という一人称を用いたくだけた口語話体がある。安岡さんはあるとき、この「僕」で、「何でも書いてやろう」と思ったのではないだろうか。

しかし、このことはもっと敷衍《ふえん》できそうである。福沢についてもその事情は同じだからだ。福沢は江戸と幕末と明治の自分を同じ「私」で語る。そのことを、この『福翁自伝』でじつは実現している。そしてそれは当時、ほかの誰にもなしえないこと、なそうとすることすら思いも及ばないことだった。口述筆記し、それに後に手を入れるという一見安易そうに見えながら理にも適った書き方の発見が、福沢の文体にいわば商人風の軽やかさを与え、それまで誰にも書けなかった「私の幕末明治史」を書かせている。彼は江戸、幕末、明治を「私」で通す。「一身にして二生をへる」経験を伝えるためには、「一身」をもたなければならない。その「一身」をどのように手にするか。「僕」にもそんな問いがあったと、安岡さんは、ここで福沢に仮託して、語っているのではないだろうか。

5

この本の最後で、歴史記述は、一九七二年の連合赤軍事件から、書いている現在、つまり一九八八年に飛ぶ。一九七二年の最左翼の若者たちの組織内リンチ殺人事件から、執筆現在時での「昨年」、一九八七年に出た一冊の本の感想に移る。阿利莫二『ルソン戦――死の谷』（岩波新書）という本である。

安岡さんは書いている（なお連合赤軍の事件があった頃、この阿利氏の本は出ていない）。

「だが僕は、この事件でじつは一層身近かに小堀延二郎のことを憶い出していた」。小堀とは、先出の年譜にも名前の出てくる学生時代の同人雑誌仲間である。小堀と自分は同じ部隊に入隊した。「われわれの仲間は揃って怠け者で軍事教練の授業などロクに受けたこともなかったから、幹部候補生の試験には落ちるか、合格しても下士官要員の乙幹であったが、小堀だけは将校コースの甲幹になった」。小堀は、四四年秋に「ルソン島の戦線に転属させられたが、そのまま帰ってこなかった」。一九五〇年、戦死の公報が入り、「夏の暑い日に法要がおこなわれ」た。五二年のはじめ、「小堀の弟」から連絡があり、同じ同人雑誌仲間の石山皓一と訪ねていくと、実は小堀は戦死ではなく、終戦間際に部下が逃亡したことの責任を問われて自決させられたのだ、と知らせてくれる人があったと、その最期の様子を教えられる。そういうことがあったので、一九七二年のできごとが、安岡さんに小堀を思い出させた。

そこから、話は、一九八八年に移る。安岡さんが、阿利氏の本を読むと、そこにでてくるのは小堀の所属した部隊のようだ。安岡さんは、阿利氏に会いに行く。阿利氏は小堀を知っていた。最期はむろん知らない。しかし、似た例はいくらもあっただろう、という。

小堀は大隊長の前に引き立てられると、地べたにムシロを敷いた上に坐らせられた。(中略)正坐した小堀の体は、高熱のために小刻みにふるえており、こめかみに銃口を当てたピストルも安定が良くなかったらしい。引き金をひいたが弾丸は額をかすめて外れて行った。

「しっかりせい、そんなことで見習士官がつとまるか」

大隊長は叱咤した。

阿利氏にもらった予備士官学校の名簿によれば、小堀延二郎の死亡の期日は八月一九日。「終戦後四日目で、すでに戦闘は停止されてい」た。こうして、Ⅲの最後が、Ⅰの戦争時の思い出につながり、「一身にして二生をへる」この本は終わっている。

年譜

安岡章太郎

一九二〇年（大正九年）

五月三〇日、高知県帯屋町で生まれる。父、章は陸軍獣医。母は恒。生後間もなく、父の勤務地の千葉県国府台へ移る。以後、軍隊のある町を転々とする。

一九二七年（昭和二年）七歳

朝鮮京城の南山小学校に入学。

一九二九年（昭和四年）九歳

六月、青森県弘前市に引き揚げ、第二大成小学校へ転校。以後、引越しのたびに転校を繰り返す。

一九三一年（昭和六年）一一歳

四月、東京市赤坂区青山南町へ移る。青山小学校へ入り、二ヵ月後、青南小学校へ転校。

一九三三年（昭和八年）一三歳

四月、東京市立第一中学校に入学。世田谷区代田二丁目に移住。

一九三四年（昭和九年）一四歳

一月、成績・素行の不良を理由に、英敏道（国漢の教師、赤羽区道灌山清勝寺の住職）宅にあずけられる。

一九三八年（昭和一三年）一八歳

三月、中学校を卒業。松山高校を受験して失敗。これより三年間、浪人生活を送ることになる。

一九三九年（昭和一四年）一九歳

高知高校を受験して失敗。城北高等講習学校で、古山高麗雄・倉田博光らと知り合う。八月、父、中支へ行く。

一九四〇年（昭和一五年）二〇歳

山形高校を受験して失敗。浪人三年目となったこの年、友人たちと銀座裏のコーヒー店で日々を送り、谷崎や荷風等、耽美派の小説家の生活を模倣する。

一九四一年（昭和一六年）二一歳

四月、慶応義塾大学文学部予科へ入学。築地小田原町に下宿し、学校へは行かずに西銀座電通前のコーヒー店に通う。二学期からはその生活に嫌気がさし、古山・倉田と絶交。代田二丁目の家に戻り、日吉の予科へ通いはじめる。級友の石山皓一・小堀延二郎らと同人雑誌を計画。誌名は一旦『奇形』に決まるが、結局『青年の構想』として、一月に刊行される。この誌上に時代小説「首斬り話」を発表。

一九四二年（昭和一七年）二二歳

七月、同人雑誌の第二号を、『青馬』と誌名を変えて出す。情報局に呼ばれ、雑誌をやめるよう言われる。

一九四三年（昭和一八年）二三歳

三月、予科三年にすすむ試験に落第。六月、徴兵検査を受け、甲種合格となる。

一九四四年（昭和一九年）二四歳

三月、東部第六部隊に現役兵として入営。北満孫呉へ派遣される。八月、胸部疾患で入院。翌日、部隊はフィリピンへ移動し、レイテ戦で全滅する。

一九四五年（昭和二〇年）二五歳

三月、内地送還になる。七月、金沢の陸軍病院で現役免除。一〇月、藤沢市鵠沼に住みはじめ、脊椎カリエスになるが、医療費不足のため医者にはかからず寝たきりの生活になる。

一九四六年（昭和二一年）二六歳

カリエスが悪化。五月、父が南方から復員するが生活はますます逼迫する。一二月、ヤミ屋になるため熱のあるまま東京へ出かける。

一九四七年（昭和二二年）二七歳

一一月、寝たままでもつとまる仕事として、進駐軍の接収家屋の留守番になる。

一九四八年（昭和二三年）二八歳

慶応義塾大学を卒業。「意匠と冒険」二〇〇枚を書き『三田文学』へ持ちこむが原民喜により不採用とされる。

一九四九年（昭和二四年）二九歳

二月、カリエス悪化、コルセットをつけ寝たきりになる。一二月、体力やや回復。枕もとに原稿用紙をおき、腹ばいで「ジングルベル」を書く。

一九五〇年（昭和二五年）三〇歳

「陰気な愉しみ」「ガラスの靴」などを書く。八月、石山皓一につれられて奥野信太郎に会いに行き、短編を見せる。

一九五一年（昭和二六年）三一歳

一月、レナウン研究室で服飾雑誌の翻訳係の嘱託になる。三月、北原武夫から「ガラスの靴」についての賛辞と批評を受け取る。六月、『三田文学』に「ガラスの靴」を発表、芥川賞候補作となる。一〇月、『三田文学』に「ジングルベル」を発表。

一九五二年（昭和二七年）三二歳

二月、「宿題」を『文学界』（新人特集号）に発表。庄野潤三・島尾敏雄・三浦朱門・吉行淳之介らと知り合う。一〇月、鵠沼の家をひきはらい、高知へ帰る父母と別れて、大森新井宿で下宿ずまいをはじめる。一一月、「愛玩」を『文学界』に発表。

一九五三年（昭和二八年）三三歳

三月、レナウン研究室を退職、創作に専念。四月、「陰気な愉しみ」を『新潮』（新人特集号）に発表。六月、「悪い仲間」を『群像』に発表。七月、『時事新報』に発表した「ハウスガード」で時事文学賞を、「悪い仲間」「陰気な愉しみ」の二作で第二九回芥川賞を受ける。一〇月、短編集『悪い仲間』を文藝春秋新社より刊行。このころ、新人の定期的な会合「一二会《いちに》」（のちに「構想の会」）が発足し、三浦・吉行らのほか小島信夫・奥野健男・服部達などと知り合う。三田で一級下にいた遠藤周作もこれに加わる。

一九五四年（昭和二九年）三四歳

四月、「家庭」を『別冊文藝春秋』に発表。平岡光子と結婚する。七月、「王様の耳」を『文藝』に発表。カリエスが全治し、コルセットをはずす。

一九五五年（昭和三〇年）三五歳

一月、「秘密」を『文藝』に発表。三月、「青馬館」を『文学界』に発表。八月、短編集『青馬館』（河出新書）を刊行。一〇月、「サアカスの馬」を『新潮』に発表。

一九五六年（昭和三一年）三六歳

一月、服部達が八ヶ岳で失踪。自殺と見られる。長女治子出生。五月、「遁走」を『群像』に発表。田園調布の間借りをひきはらい、玉川尾山台に住みはじめる。八月、母を見舞いに高知へ行く。

一九五七年（昭和三二年）三七歳

一月、「D町のにおい」を『群像』に、五月、短編集『肥った女』（新鋭作家叢書）を現代文芸社より刊行。七月、高知へ行く。二七日、母、恒が死去。一二月、『遁走』を講談社より刊行。

一九五八年（昭和三三年）三八歳

四月、失踪した服部達をモデルにした「舌出し天使」を『群像』に発表。五月、リューマチ熱をわずらい、五月から六月まで東京逓信病院に入院。七月、『舌出し天使』を講談社より刊行。一〇月、「青葉しげれる」を『中央公論』に発表。

一九五九年（昭和三四年）三九歳

一〇月、短編集『青葉しげれる』を新潮社より刊行。一一月、母の死を扱った長編「海辺の光景」を『群像』に連載（一二月完結）、一二月、講談社より刊行。この年、父が、安岡の勧めにより見合いをして、再婚。
一九六〇年（昭和三五年）四〇歳
四月、『海辺の光景』で芸術選奨文部大臣賞を受賞。五月、「質屋の女房」を『文藝春秋』に発表。一一月、『海辺の光景』で野間文芸賞を受賞。ロックフェラー財団の招きに応じ、妻とともに米国へ留学、テネシー州ナッシュヴィルのヴァンダービルト大学文学部に聴講に行く。
一九六一年（昭和三六年）四一歳
五月、アメリカより帰国。このアメリカ留学は重要な転機となった。一〇月、「むし暑い朝」を『中央公論』に発表。
一九六二年（昭和三七年）四二歳
二月、『アメリカ感情旅行』（岩波新書）を刊行。九月、『花祭』を新潮社より刊行。
一九六三年（昭和三八年）四三歳
二月、「焼き栗とアスパラガスと街」を『群像』に発表。三月、短編集『質屋の女房』を新潮社より刊行。七月、ソビエト作家同盟の招待で小林秀雄・佐々木基一とともにソビエト旅行、八月、プラハを経てパリに行き、九月半ばまで滞在。
一九六四年（昭和三九年）四四歳
四月、『ソビエト感情旅行』（ポケット・ライブラリ）を新潮社より刊行。九月、『映画の感情教育』を講談社より刊行。
一九六五年（昭和四〇年）四五歳
八月、「風土記・利根川」を『週刊朝日』に連載（四一年一月完結）。一二月、父死去。
一九六六年（昭和四一年）四六歳
四月、紀行文集『利根川』を朝日新聞社より刊行。八月、エッセイ集『ああいえばこういう―感情的文明論』を文藝春秋より刊行。九月、「玉手箱」を『文学界』に発表。

一九六七年（昭和四二年）四七歳

三月、「幕が下りてから」を『群像』に発表、六月、講談社より刊行。一〇月、「志賀直哉論―作家による作家論」を『文学界』に連載（四三年八月完結）。『幕が下りてから』で毎日出版文化賞を受賞。

一九六八年（昭和四三年）四八歳

一月、「ソウタと犬と」を『群像』に発表。『三田文学』の編集委員となる。七月、アメリカ、メキシコを旅行し、ナッシュヴィルを再訪。一一月、『志賀直哉私論』を文藝春秋より刊行。一二月、『毎日新聞』紙上で文芸時評が始まる（四四年一一月まで一年間続く）。

一九六九年（昭和四四年）四九歳

七月、アメリカ再訪体験が反映された戯曲「ブリストヴィルの午後」（書下ろし）を『文藝』に発表。一一月、小田実との対談『大逃走論―政治行動への自由』（コア・ブックス）を毎日新聞社より刊行。

一九七〇年（昭和四五年）五〇歳

三月、ケニア・ウガンダ・タンザニアを旅行（五月帰国）。一〇月、「月は東に」を『新潮』に連載（四六年四月完結）。作家論集『小説家の小説論』を河出書房新社より刊行。

一九七一年（昭和四六年）五一歳

一月、『安岡章太郎全集』全七巻を講談社より刊行（七月完結）。一二月、紀行文集『サルが木から下りるとき』を朝日新聞社より刊行。この年度（第六六回）から芥川賞選考委員になる。

一九七二年（昭和四七年）五二歳

一月、「走れトマホーク」を『新潮』に発表。『月は東に』を新潮社より刊行。七月、「私の戦中史」を『文藝春秋』に連載（一二月完結）。九月から三ヵ月間、カナダのトロント大学で日本文学を講義する（一二月帰国)。
一九七三年(昭和四八年)五三歳
八月、「ケベックの雨」を『新潮』に連載(九月完結)。九月、「私説聊斎志異」を『朝日ジャーナル』に連載(四九年二月完結)。短編集『走れトマホーク』を講談社より刊行。
一九七四年(昭和四九年)五四歳
一月、「一頁時評」を『文藝』に連載(一二月完結)。『走れトマホーク』で第二五回読売文学賞(小説賞)を受賞。五月、『安岡章太郎の世界―別冊新評』が新評社より刊行される。
一九七五年(昭和五〇年)五五歳
一月、『私説聊斎志異』を朝日新聞社より刊行。八月、『安岡章太郎エッセイ全集』全八巻を読売新聞社より刊行(五一年二月完結)。
一九七六年(昭和五一年)五六歳
一月、「夜半の波音」を『世界』に発表。三月、「流離譚」を『新潮』に連載(五六年四月完結)。この年、芸術院賞を受賞、芸術院会員に推される。
一九七七年(昭和五二年)五七歳
六月、「放屁抄」を『文学界』に発表。七月、『差別―その根源を問う』(上)(野間宏との共編)を朝日新聞社より(下は一一月)刊行。九月、『アメリカ人の血と気質』を集英社より刊行。また同月と翌一〇月、アーサー・ヘイリーの『ルーツ』(上・下)を、松田銑と共同で訳出、社会思想社より刊行。
一九七八年(昭和五三年)五八歳
一月、柄谷行人との対談「アメリカについて」が『群像』に出る。一一月、美術エッセイ集『絵のある日常』を平凡社より刊行。
一九七九年(昭和五四年)五九歳
三月、「離島にて」を『世界』に、八月、「遥かなるイリノイ」を『海』に発表。一〇月、短編集『放屁抄』を岩波書店より刊行。

一九八〇年（昭和五五年）六〇歳
五月、「僕の昭和史」を『本』に連載（六三年五月完結）。一〇月、エッセイ集『水の神様』を講談社より刊行。
一九八一年（昭和五六年）六一歳
七月、「街道の温もり」を『新潮』に発表。一二月、『流離譚』（上・下）を新潮社より刊行。
一九八二年（昭和五七年）六二歳
一月、文学者の反核アピール「核戦争の危機を訴える文学者の声明」に参加。五月、『流離譚』によって日本文学大賞を受賞。
一九八三年（昭和五八年）六三歳
六月、「大世紀末サーカス」を『朝日ジャーナル』に連載（五九年四月完結）。
一九八四年（昭和五九年）六四歳
七月、『僕の昭和史Ⅰ』を講談社より刊行（Ⅱは九月、Ⅲは六三年九月）。九月、『大世紀末サーカス』を朝日新聞社より刊行。この年末よりメニュエル氏病に悩む。
一九八五年（昭和六〇年）六五歳
八月、メニュエル氏病の体験を「私のメニュエル闘病記」として『週刊読売』に発表。一二月、『僕の東京地図』を文化出版局より刊行。
一九八六年（昭和六一年）六六歳
六月、『安岡章太郎集』全一〇巻を岩波書店より刊行（六三年五月完結）。既発表作に、綿密な加筆を行う。一二月、胆石の発作に心筋梗塞を併発して入院。
一九八七年（昭和六二年）六七歳
半年間入院の間、中里介山の『大菩薩峠』を初めて全巻通して読む。この体験は後に『果てもない道中記』にまとめられる。
一九八八年（昭和六三年）六八歳
七月、佐々木基一との対談「昭和という時代を生きてきて」が『群像』に、田村義也との対談「『僕の昭和史』を終えて」が『本』に出る。一一月、『僕の昭和史』で二度目の野間文芸賞を受賞。この年、カトリックの洗礼を受ける。

一九八九年（昭和六四年・平成元年）六九歳
三月、「『昭和』はいつも新しかった」を『文藝春秋』に発表。四月、対談集『僕の昭和史』を講談社より刊行。七月、「活動小屋のある風景」を『世界』に連載（平成二年一〇月完結）。

一九九〇年（平成二年）七〇歳
二月、「伯父の墓地」を『文藝春秋』に発表。五月、『酒屋へ三里、豆腐屋へ二里』を福武書店より刊行。一二月、『活動小屋のある風景』を岩波書店より刊行。

一九九一年（平成三年）七一歳
二月、「果てもない道中記」を『群像』に連載（七年七月完結）。三月、『父の酒』を文藝春秋より、八月、『夕陽の河岸』を新潮社より刊行。

一九九二年（平成四年）七二歳
一〇月、中上健次追悼「弔辞」を『海燕』に、「過去の闇」を『波』に発表。

一九九三年（平成五年）七三歳
九月、追悼井伏鱒二「魚のうた」を『文学界』に発表。井上洋治・遠藤周作との座談会「『信』と『形』—『深い河』をめぐって」が『群像』に出る。

一九九四年（平成六年）七四歳
一月、「笑顔の記憶」を『波』に発表。五月、組坂繁之・千本健一郎との座談会「表現は自由じゃない」が『海燕』に出る。六月、総胆管結石のため三ヵ月入院。

一九九五年（平成七年）七五歳
一一月、『果てもない道中記』（上・下）を講談社より、『歴史への感情旅行』を新潮社より刊行。

一九九六年（平成八年）七六歳
二月、『果てもない道中記』によって、第四七回読売文学賞（随筆・紀行賞）を受賞。四月、「わたしの20世紀」を『一冊の本』に連載（一一年六月完結）。一〇月、追悼遠藤周作「人間・文学・信仰　弔辞」を『新潮』に発表。『まぼろしの川―私の履歴書』を講談社より刊行。

一九九七年（平成九年）七七歳
九月、『安岡章太郎　15の対話』を新潮社より刊行。一二月、『安岡章太郎―群像日本の作家28』が小学館より刊行される。

一九九八年（平成一〇年）七八歳
一月、加藤典洋との対談「戦後以後『ねじれ』をどうする」が『群像』に出る。三月、『死との対面』を光文社より刊行。

一九九九年（平成一一年）七九歳
一月、井上洋治との共著で『我等なぜキリスト教徒となりし乎』を光文社より刊行。六月、『私の濹東綺譚』を新潮社より刊行。一一月、『わたしの20世紀』を朝日新聞社より刊行。

二〇〇〇年（平成一二年）八〇歳
七月、『鏡川』を新潮社より刊行。一一月、随筆集『風のすがた』を世界文化社より刊行。一二月、『鏡川』により朝日新聞社の大佛次郎賞を受賞。

二〇〇一年（平成一三年）八一歳
九月、近藤啓太郎との対談『齢八十いまなお勉強』を光文社より刊行。一〇月、文化功労者となる。

二〇〇二年（平成一四年）八二歳
一月、「危うい記憶―小林秀雄と丸山眞男」を『本』に随時連載（三月、九月、二〇〇三年一月、一一月）。同月、『群像』に「カーライルの家」を発表。六月、随筆集『慈雨』を世界文化社より刊行。

二〇〇三年（平成一五年）八三歳
七月、『晴れた空 曇った顔―私の文学散歩』を幻戯書房より刊行。九月、『天上大風』を世界文化社より刊行。

二〇〇四年（平成一六年）八四歳

一〇月、随筆集『雁行集』を世界文化社より刊行。

二〇〇五年（平成一七年）八五歳

六月、随筆集『観自在』を世界文化社より刊行。

二〇〇六年（平成一八年）八六歳

六月、『僕の東京地図』を世界文化社より刊行。一二月、「危うい記憶」と「カーライルの家」をまとめた『カーライルの家』を講談社より刊行。

二〇一三年（平成二五年）

一月二六日、老衰により逝去。享年九二。

（鳥居邦朗編）

著書目録

安岡章太郎

【単行本】

悪い仲間　昭28・10　文藝春秋新社
青馬館　昭30・8　河出書房
肥った女　昭32・5　現代文芸社
青い貝殻　昭32・5　講談社
遁走　昭32・12　講談社
舌出し天使　昭33・7　講談社
結婚恐怖症　昭33・7　平凡出版
二つの顔　昭33・10　講談社
青葉しげれる　昭34・10　新潮社
海辺の光景　昭34・12　講談社
ああ女難　昭35・7　講談社
いざこざ手帳　昭36・2　雪華社
やって来た連中　昭36・3　毎日新聞社
アメリカ感情旅行　昭37・2　岩波書店
花祭　昭37・9　新潮社
質屋の女房　昭38・3　新潮社
奴隷の教訓　昭38・4　白凰社
ちえかします　昭38・12　筑摩書房
ソビエト感情旅行　昭39・4　新潮社
映画の感情教育　昭39・9　講談社
良友・悪友　昭41・4　新潮社
利根川　昭41・4　朝日新聞社
思想音痴の発想　昭41・5　芳賀書店
ああいえばこういう　昭41・8　文藝春秋
不精の悪魔　昭42・2　新潮社
幕が下りてから　昭42・6　講談社

軟骨の精神　昭43・7　講談社
志賀直哉私論　昭43・11　文藝春秋
犬をえらばば　昭44・1　新潮社
もぐらの言葉　昭44・2　講談社
大逃走論＊　昭44・11　毎日新聞社
アメリカ夏象冬記　昭44・12　中央公論社
感性の骨格　昭45・3　講談社
小説家の小説論　昭45・10　河出書房新社
サルが木から下りるとき　昭46・12　朝日新聞社
月は東に　昭47・1　新潮社
セメント時代の思想　昭47・9　講談社
自叙伝旅行　昭48・5　文藝春秋
走れトマホーク　昭48・9　講談社
もぐらの手袋　昭48・10　番町書房
戦争と青春＊　昭49・12　潮出版社
私説聊斎志異　昭50・1　朝日新聞社
われわれはなぜ書くか＊　昭50・2　毎日新聞社
ドン・キホーテと軍神　昭50・4　講談社
エンリコ（M・ムルージ）＊　昭50・4　中央公論社
とちりの虫　昭50・5　番町書房
人生の隣　昭50・8　講談社
驢馬の学校　昭50・11　現代史出版会
ヨーロッパやきもの旅行　昭51・10　平凡社
快楽その日その日　昭51・11　新潮社
作家はどう発言するか＊　昭52・1　毎日新聞社
アメリカ人の血と気質　昭52・9　集英社
ルーツ上下（A・ヘイリー）＊　昭52・9、10　社会思想社
古寺巡礼・京都＊　昭53・7　淡交社
絵のある日常　昭53・11　平凡社
方言の感傷　昭53・11　日本書籍
放屁抄　昭54・10　岩波書店
ひとなぜ怒りを謳う＊　昭54・11　朝日出版社

水の神様　昭55・10　講談社
犬と歩けば　昭56・9　読売新聞社
流離譚上下　昭56・12　新潮社
街道の温もり　昭59・2　講談社
言葉のなかの旅　昭59・3　朝日新聞社
僕の昭和史Ⅰ〜Ⅲ　昭59・7、9、63・9
　講談社
大世紀末サーカス　昭59・9　朝日新聞社
僕の東京地図　昭60・12　文化出版局
安岡章太郎対談集　昭63・1〜3
　1〜3＊　読売新聞社
対談・僕の昭和史＊　平1・4　講談社
年々歳々　平1・12　講談社
酒屋へ三里、豆腐屋
　へ二里　平2・5　福武書店
活動小屋のある風景　平2・12　岩波書店
父の酒　平3・3　文藝春秋
夕陽の河岸　平3・8　新潮社
果てもない道中記上
　下　平7・11　講談社
歴史への感情旅行　平7・11　新潮社
まぼろしの川　平8・10　講談社
安岡章太郎　15の対
　話＊　平9・9　新潮社
死との対面　平10・3　光文社
我等なぜキリスト教
　徒となりし乎＊　平11・1　光文社
私の濹東綺譚　平11・6　新潮社
わたしの20世紀　平11・11　朝日新聞社
戦後文学放浪記　平12・6　岩波書店
鏡川　平12・7　新潮社
齢八十いまなお勉強＊　平13・9　光文社
慈雨　平14・6　世界文化社
晴れた空 曇った顔　平15・7　幻戯書房
天上大風　平15・9　世界文化社
雁行集　平16・10　世界文化社
観自在　平17・6　世界文化社
僕の東京地図　平18・6　世界文化社
カーライルの家　平18・12　講談社
歴史の温もり　安岡　平25・12　講談社

章太郎歴史文集

【全集】

安岡章太郎全集　全7巻　昭46・1～7　講談社
安岡章太郎エッセイ全集　全8巻　昭50・8～51・2　読売新聞社
安岡章太郎集　全10巻　昭61・6～63・5　岩波書店
現代日本文学全集88　昭33　筑摩書房
新選現代日本文学全集32　昭35　筑摩書房
新鋭文学叢書4　昭36　筑摩書房
昭和文学全集20　昭37　角川書店
長編小説全集20　昭37　講談社
新日本文学全集35　昭38　集英社
現代の文学36　昭40　河出書房新社
日本文学全集72　昭40　新潮社
昭和戦争文学全集7　昭40　集英社
戦争の文学5　昭40　東都書房
われらの文学12　昭42　講談社
現代文学大系62　昭42　筑摩書房
日本短篇文学全集41　昭43　筑摩書房
日本の文学74　昭43　中央公論社
現代文学の発見5、15　昭43　学芸書林
日本現代文学全集106　昭44　講談社
現代文学の実験室8　昭44　大光社
日本文学全集45　昭45　河出書房新社
現代日本の文学45　昭46　学習研究社
日本文学全集51　昭46　河出書房新社
現代の文学17　昭47　講談社
新潮日本文学52　昭47　新潮社
現代日本文学大系90　昭47　筑摩書房
戦争文学全集5　昭47　毎日新聞社
筑摩現代文学大系80　昭51　筑摩書房
新潮現代文学38　昭55　新潮社
現代日本のユーモア文学6　昭56　立風書房
芥川賞全集5　昭57　文藝春秋
昭和文学全集20　昭62　小学館

年＝鳥居邦朗　著）
安岡章太郎戦争小説集成　平30　中公文庫（解＝開高健）

「著書目録」は編集部で作成した。／原則として編著・再刊本等は入れなかった。／＊は対談・共著・翻訳等を示す。／【文庫】は本書初刷刊行日現在刊行されているものに限った。（　）内の略号は、解＝解説　案＝作家案内　年＝年譜　著＝著書目録を示す。

【文庫】
海辺の光景（解＝平野謙）　昭40　新潮文庫
質屋の女房（解＝小島信夫）　昭41　新潮文庫
走れトマホーク（解＝佐伯彰一　案＝鳥居邦朗　著）　昭63　文芸文庫
ガラスの靴・悪い仲間（解＝加藤典洋　案＝勝又浩　著）　平1　文芸文庫
幕が下りてから（解＝秋山駿　案＝紅野敏郎　著）　平2　文芸文庫
流離譚上下（解＝勝又浩　年＝鳥居邦朗　著）　平12　文芸文庫
果てもない道中記上下（解＝千本健一郎　年＝鳥居邦朗）　平14　文芸文庫
死との対面　平24　光文社知恵の森文庫
犬をえらばば（解＝小高賢　平25　文芸文庫

本書は『僕の昭和史Ⅰ』（講談社文庫、一九九一年七月刊）、『僕の昭和史Ⅱ』（同、一九九一年八月刊）、『僕の昭和史Ⅲ』（同、一九九一年九月刊）を底本とし、明らかな誤りは正し、多少ルビを調整しました。なお底本にある表現で、人種や民族などの呼称や旧植民地の記述に関して今日から見れば不適切と思われるものがありますが、著者が故人であること、また作品の文学的価値および描かれている場面の時代背景を考慮しそのままにしました。

僕《ぼく》の昭《しょう》和《わ》史《し》
安岡《やすおか》章《しょう》太郎《たろう》

二〇一八年八月一〇日第一刷発行

発行者――渡瀬昌彦
発行所――株式会社　講談社
東京都文京区音羽2・12・21　〒112-8001
電話　編集（03）5395・3513
販売（03）5395・5817
業務（03）5395・3615

デザイン―菊地信義
印刷――豊国印刷株式会社
製本――株式会社国宝社
本文データ制作―講談社デジタル製作

定価はカバーに表示してあります。

講談社
文芸文庫

ISBN978-4-06-512675-2

古井由吉 ―聖耳	佐伯一麦――解／著者―――年
古井由吉 ―仮往生伝試文	佐々木 中―解／著者―――年
古井由吉 ―白暗淵	阿部公彦――解／著者―――年
古井由吉 ―蜩の声	蜂飼 耳――解／著者―――年
北條民雄 ―北條民雄 小説随筆書簡集	若松英輔――解／計盛達也―年
堀田善衞 ―歯車｜至福千年 堀田善衞作品集	川西政明――解／新見正彰―年
堀 辰雄 ――風立ちぬ｜ルウベンスの偽画	大橋千明―年
堀口大學 ―月下の一群（翻訳）	窪田般彌――解／柳沢通博―年
正宗白鳥 ―何処へ｜入江のほとり	千石英世――解／中島河太郎-年
正宗白鳥 ―世界漫遊随筆抄	大嶋 仁――解／中島河太郎-年
正宗白鳥 ―白鳥随筆 坪内祐三選	坪内祐三――解／中島河太郎-年
正宗白鳥 ―白鳥評論 坪内祐三選	坪内祐三――解
町田 康 ――残響 中原中也の詩によせる言葉	日和聡子――解／吉田凞生・著者-年
松浦寿輝 ―青天有月 エセー	三浦雅士――解／著者―――年
松浦寿輝 ―幽｜花腐し	三浦雅士――解／著者―――年
松下竜一 ―豆腐屋の四季 ある青春の記録	小嵐九八郎-解／新木安利他-年
松下竜一 ―ルイズ 父に貰いし名は	鎌田 慧――解／新木安利他-年
松田解子 ―乳を売る｜朝の霧 松田解子作品集	高橋秀晴――解／江崎 淳――年
丸谷才一 ―忠臣蔵とは何か	野口武彦――解
丸谷才一 ―横しぐれ	池内 紀――解
丸谷才一 ―たった一人の反乱	三浦雅士――解／編集部――年
丸谷才一 ―日本文学史早わかり	大岡 信――解／編集部――年
丸谷才一編-丸谷才一編・花柳小説傑作選	杉本秀太郎-解
丸谷才一 ―恋と日本文学と本居宣長｜女の救はれ	張 競―――解／編集部――年
丸谷才一 ―七十句｜八十八句	編集部――年
丸山健二 ―夏の流れ 丸山健二初期作品集	茂木健一郎-解／佐藤清文―年
三浦哲郎 ―拳銃と十五の短篇	川西政明――解／勝又 浩――案
三浦哲郎 ―野	秋山 駿――解／栗坪良樹―案
三浦哲郎 ―おらんだ帽子	秋山 駿――解／進藤純孝―案
三木 清 ――読書と人生	鷲田清一――解／柿谷浩一――年
三木 清 ――三木清教養論集 大澤聡編	大澤 聡――解／柿谷浩一――年
三木 清 ――三木清大学論集 大澤聡編	大澤 聡――解／柿谷浩一――年
三木 清 ――三木清文芸批評集 大澤聡編	大澤 聡――解／柿谷浩一――年
三木 卓 ――震える舌	石黒達昌――解／若杉美智子-年

講談社文芸文庫

三木卓	K	永田和宏—解／若杉美智子—年
水上勉	才市|蓑笠の人	川村 湊—解／祖田浩一—案
宮本徳蔵	力士漂泊 相撲のアルケオロジー	坪内祐三—解／著者—年
三好達治	測量船	北川 透—人／安藤靖彦—年
三好達治	萩原朔太郎	杉本秀太郎-解／安藤靖彦—年
三好達治	諷詠十二月	高橋順子—解／安藤靖彦—年
室生犀星	蜜のあわれ|われはうたえどもやぶれかぶれ	久保忠夫—解／本多 浩—案
室生犀星	加賀金沢|故郷を辞す	星野晃一—人／星野晃一—年
室生犀星	あにいもうと|詩人の別れ	中沢けい—解／三木サニア-案
室生犀星	深夜の人|結婚者の手記	髙瀨真理子-解／星野晃一—年
室生犀星	かげろうの日記遺文	佐々木幹郎-解／星野晃一—解
室生犀星	我が愛する詩人の伝記	鹿島 茂—解／星野晃一—年
森敦	われ逝くもののごとく	川村二郎—解／富岡幸一郎-案
森敦	意味の変容|マンダラ紀行	森 富子—解／森 富子—年
森孝一編	文士と骨董 やきもの随筆	森 孝一—解
森茉莉	父の帽子	小島千加子-人／小島千加子-年
森茉莉	贅沢貧乏	小島千加子-人／小島千加子-年
森茉莉	薔薇くい姫|枯葉の寝床	小島千加子-解／小島千加子-年
安岡章太郎	走れトマホーク	佐伯彰一—解／鳥居邦朗—案
安岡章太郎	ガラスの靴|悪い仲間	加藤典洋—解／勝又 浩—案
安岡章太郎	幕が下りてから	秋山 駿—解／紅野敏郎—案
安岡章太郎	流離譚 上・下	勝又 浩—解／鳥居邦朗—年
安岡章太郎	果てもない道中記 上・下	千本健一郎-解／鳥居邦朗—年
安岡章太郎	犬をえらばば	小高 賢—解／鳥居邦朗—年
安岡章太郎	[ワイド版]月は東に	日野啓三—解／栗坪良樹—案
安岡章太郎	僕の昭和史	加藤典洋—解／鳥居邦朗—年
安原喜弘	中原中也の手紙	秋山 駿—解／安原喜秀—年
矢田津世子	[ワイド版]神楽坂|茶粥の記 矢田津世子作品集	川村 湊—解／高橋秀晴—年
柳宗悦	木喰上人	岡本勝人—解／水尾比呂志他-年
山川方夫	[ワイド版]愛のごとく	坂上 弘—解／坂上 弘—年
山川方夫	春の華客|旅恋い 山川方夫名作選	川本三郎—解／坂上 弘—案・年
山城むつみ	文学のプログラム	著者—年
山城むつみ	ドストエフスキー	著者—年
山之口貘	山之口貘詩文集	荒川洋治—解／松下博文—年

湯川秀樹 ― 湯川秀樹歌文集 細川光洋選	細川光洋 ― 解
横光利一 ― 上海	菅野昭正 ― 解／保昌正夫 ― 案
横光利一 ― 旅愁 上・下	樋口 覚 ― 解／保昌正夫 ― 年
横光利一 ― 欧洲紀行	大久保喬樹 ― 解／保昌正夫 ― 年
吉田健一 ― 金沢｜酒宴	四方田犬彦 ― 解／近藤信行 ― 案
吉田健一 ― 絵空ごと｜百鬼の会	高橋英夫 ― 解／勝又 浩 ― 案
吉田健一 ― 英語と英国と英国人	柳瀬尚紀 ― 人／藤本寿彦 ― 年
吉田健一 ― 英国の文学の横道	金井美恵子 ― 人／藤本寿彦 ― 年
吉田健一 ― 思い出すままに	粟津則雄 ― 人／藤本寿彦 ― 年
吉田健一 ― 本当のような話	中村 稔 ― 解／鈴村和成 ― 案
吉田健一 ― 東西文学論｜日本の現代文学	島内裕子 ― 人／藤本寿彦 ― 年
吉田健一 ― 文学人生案内	高橋英夫 ― 人／藤本寿彦 ― 年
吉田健一 ― 時間	高橋英夫 ― 解／藤本寿彦 ― 年
吉田健一 ― 旅の時間	清水 徹 ― 解／藤本寿彦 ― 年
吉田健一 ― ロンドンの味 吉田健一未収録エッセイ 島内裕子編	島内裕子 ― 解／藤本寿彦 ― 年
吉田健一 ― 吉田健一対談集成	長谷川郁夫 ― 解／藤本寿彦 ― 年
吉田健一 ― 文学概論	清水 徹 ― 解／藤本寿彦 ― 年
吉田健一 ― 文学の楽しみ	長谷川郁夫 ― 解／藤本寿彦 ― 年
吉田健一 ― 交遊録	池内 紀 ― 解／藤本寿彦 ― 年
吉田健一 ― おたのしみ弁当 吉田健一未収録エッセイ 島内裕子編	島内裕子 ― 解／藤本寿彦 ― 年
吉田健一 ― 英国の青年 吉田健一未収録エッセイ 島内裕子編	島内裕子 ― 解／藤本寿彦 ― 年
吉田健一 ― [ワイド版]絵空ごと｜百鬼の会	高橋英夫 ― 解／勝又 浩 ― 案
吉田健一 ― 昔話	島内裕子 ― 解／藤本寿彦 ― 年
吉田知子 ― お供え	荒川洋治 ― 解／津久井 隆 ― 年
吉田秀和 ― ソロモンの歌｜一本の木	大久保喬樹 ― 解
吉田 満 ― 戦艦大和ノ最期	鶴見俊輔 ― 解／古山高麗雄 ― 案
吉田 満 ― [ワイド版]戦艦大和ノ最期	鶴見俊輔 ― 解／古山高麗雄 ― 案
吉村 昭 ― 月夜の記憶	秋山 駿 ― 解／木村暢男 ― 年
吉本隆明 ― 西行論	月村敏行 ― 解／佐藤泰正 ― 案
吉本隆明 ― マチウ書試論｜転向論	月村敏行 ― 解／梶木 剛 ― 案
吉本隆明 ― 吉本隆明初期詩集	著者 ― 解／川上春雄 ― 案
吉本隆明 ― マス・イメージ論	鹿島 茂 ― 解／高橋忠義 ― 年
吉本隆明 ― 写生の物語	田中和生 ― 解／高橋忠義 ― 年
吉屋信子 ― 自伝的女流文壇史	与那覇恵子 ― 解／武藤康史 ― 年

吉行淳之介-暗室　川村二郎──解／青山 毅──案
吉行淳之介-星と月は天の穴　川村二郎──解／荻久保泰幸-案
吉行淳之介-やわらかい話 吉行淳之介対談集 丸谷才一編　久米 勲──年
吉行淳之介-やわらかい話2 吉行淳之介対談集 丸谷才一編　久米 勲──年
吉行淳之介-街角の煙草屋までの旅 吉行淳之介エッセイ選　久米 勲──解／久米 勲──年
吉行淳之介編-酔っぱらい読本　徳島高義──解
吉行淳之介編-続・酔っぱらい読本　坪内祐三──解
吉行淳之介編-最後の酔っぱらい読本　中沢けい──解
吉行淳之介-[ワイド版]私の文学放浪　長部日出雄-解／久米 勲──年
吉行淳之介-わが文学生活　徳島高義──解／久米 勲──年
李恢成──サハリンへの旅　小笠原 克──解／紅野謙介──案
和田芳恵──ひとつの文壇史　久米 勲──解／保昌正夫──年

講談社文芸文庫

安岡章太郎
僕の昭和史
大正天皇崩御と御大葬の記憶から始まる「僕」の昭和史——私的な体験を語り続けることを通して激動の時代の本質を捉え直した記念碑的大作。野間文芸賞受賞作。
解説=加藤典洋　年譜=鳥居邦朗
やA11
978-4-06-512675-2

窪川鶴次郎
東京の散歩道
昭和の変貌していく街並みの背後に静かにたたずむ遺構や、文豪ゆかりの地、作品の舞台を訪ねて明治・大正の面影を浮かび上がらせた、街歩きのための絶好の案内書。
解説=勝又　浩
くL1
978-4-06-512647-9